话说中华五千年

中国上古史演义

（外一种：秦楚演义）

陈稺常 著

中国文史出版社

图书在版编目（CIP）数据

中国上古史演义 / 陈稺常著 . -- 北京 : 中国文史出版社 , 2018.6
（话说中华五千年）
ISBN 978-7-5205-0302-0

Ⅰ . ①中… Ⅱ . ①陈… Ⅲ . ①章回小说—中国—当代
Ⅳ . ① I247.4

中国版本图书馆 CIP 数据核字（2018）第 113464 号

责任编辑：秦千里

出版发行：中国文史出版社
社　　址：北京市海淀区西八里庄 69 号院　邮编：100142
电　　话：010-81136606　81136602　81136603（发行部）
传　　真：010-81136655
印　　装：廊坊市海涛印刷有限公司
经　　销：全国新华书店
开　　本：16 开
印　　张：19.75
字　　数：444 千字
版　　次：2019 年 5 月北京第 1 版
印　　次：2021 年 4 月第 2 次印刷
定　　价：68.00 元

出版说明

20世纪30年代初期，著名历史学家顾颉刚发愿要编一部中国通史演义，相继向郑侃嬨和吕叔达约稿。郑女士早逝；吕先生花七年写了一百五十万字，从上古写到太平天国，但未竟稿。中华人民共和国成立后，顾先生因新时代的需要，约陈穉常改写吕先生原稿。吕先生原稿的上古部分只有一万多字，陈女士感到发挥不够，索性另起炉灶，于1952年写成这本三十多万字的《中国上古史演义》。在顾颉刚和章丹枫等人校订之后，1954年交由四联出版社出版。

《中国上古史演义》是陈穉常的力作。全书采用神话传说、天文生物、考古、文献等多方面的资料，用轻松通俗的文笔与章回小说的形式，生动有趣地再现了中国上古时期的历史。本书从地球上出现生物讲起，勾勒古猿的进化、人类的出现，介绍传说中的有巢氏、燧人氏、伏羲、神农、黄帝、尧、舜，演绎夏、商、周三代，截止于西周灭亡。

本书出版之初，就受到读者的热烈欢迎，好评如潮，曾被列入全国学生必读书目，至今仍是上古历史通俗读物最佳选择之一。

《秦楚演义》由上海文化出版社初版于1958年。全书从秦始皇统一六国写起，历叙胡亥二世、子婴登位，陈胜、吴广起义，楚汉相争，截止于刘邦称帝。徐福海外求仙、黄石公授书张良、鸿门宴、霸王别姬等千古流传的故事都在其中。本书叙事清晰，文笔生动，历史知识丰富，是一本优秀的历史读物。

陈穉常(1901－1969)，名懋恒，字穉常。出身于福州螺洲陈氏家族。帝师陈宝琛乃其伯父。陈穉常自幼博闻强记，聪颖灵慧，曾熟读《十三经》并能背诵其中的十一经。1928年考入燕京大学历史系，受教于顾颉刚先生，顾赞其为“一代才女”。1933年，陈毕业后先后执教于东吴大学、光华大学、圣约翰大学。1956年进上海历史研究所，1960年调至上海财经学院，1962年退休。“文革”中屡遭冲击，1969年因在劳动中摔伤不治去世。曾参加点校《明史》、编写《辞海》，著有《中国上古史演义》《明代倭寇考略》《春秋考异》及历史通俗读物多种。

五龍氏分治天下

伏羲八卦治天下

女媧氏煉石補天

神農教民種五穀

黄帝問道廣成子

顓頊帝四夷賓伏

軒轅氏即黄帝位

堯帝訪賢讓天下

序

这还是“九一八”事变的前夕，我在北京任教的时候，因为目击时艰，认识了帝国主义者的侵略企图，感到必须发扬爱国主义；发扬爱国主义又必须提高广大人民对祖国的亲切认识；而发展通俗书刊，对提高广大人民的爱国认识将发生巨大的作用，因此我一向就很重视这方面，尤其感觉到历史演义在广大群众中所起的重大影响，它是被压迫民族英勇斗争时候迫切需要的精神食粮。所以，二十多年来我发愿要编出一部中国通史演义，来供应大众的需要。

但是，当时由于教务忙碌，自己没有工夫动笔，虽然有这种思想，却不易实现。有时和朋友们谈到，很多人都感到这部书的确需要，尤其是青年们有热烈的要求。可是，也有人认为这是一件太艰巨的工作，而且中国田野考古工作刚刚开始，新史学还没有建立，要写一部通史演义谈何容易；除非再等二百年，才有正确史料可以依据，许多历史上的重要问题也可有适当的解决，那时写来才不会有重大的错误。

当然，这种见解也有它的道理，可是这仅足以代表专家的愿望。在那样危急存亡的黑暗时代，提起笔杆来启发群众的爱国思想，正和拿起枪杆来捍卫祖国是同等的迫切事情，哪能等到一二百年之后！现在史料不完备是事实，许多问题没有得到解决也是事实，可是普通的历史常识却是每一个人民所不能不具有的呀！譬如钢骨水泥的大厦固然是近代化的建筑，是最理想的居住处所；但在条件还没有具备之前，为了一般的迫切需要，也尽可先盖个能蔽风雨的茅庐。

我抱了这种希望，随时都在留意机会。有一天，在《燕大月刊》里，发见了郑侃嬨女士的一篇讽刺性的小说，写得非常生动，激起了我的共鸣，我便请她在我当时所主持的通俗读物编刊社里，写了几篇通俗的历史人物传记，陆续在《大公报》的《史学周刊》和《申报》的《通俗讲座》里发表。郑女士的文字清健流畅，描写人物栩栩如生，颇得一般读者的好评。那时我打算先由个别人物写起，将来再加工整理，改写通史演义。不料“七七”事变突然起来，抗战方兴，通俗读物社辗转流徙以至停办；郑女士也仓促南下，在港病殁，使我失去了一个最良好的同志，伤痛到了极点。编写通史演义的梦想也只得暂时中断。

抗战期间，我饱尝了颠沛流离之苦，又看穿了国民党反动政府的贪污腐化，既不愿意进政界，也不愿意留在学界，索性和几位出版界人士组织了大中国图书局，从事出版事业。那时就约了吕叔达先生开始写作《中国通史演义》。吕先生心无旁骛地费了七年工夫，从上古直写到太平天国，写了一百五十万字，但还没有全部完成。

中华人民共和国成立后，光明的太阳普照着一切，也照亮了整个历史界。过去许多由于立场错误而发生的错误观点，都被显示出来而得到了批判和纠正。我在不断的学习过程中，逐步地体会到马列主义历史观点和方法的正确，同时更深刻地认识到正确的历史知识对发扬爱国主义、认识社会发展的方向和祖国劳动人民的光荣传统，都具有重要的作用；尤其在随着新中国所展开的文化建设中，通俗历史小说是全国人民十分需要的读物。因此，我又约了陈穉常女士将吕先生原稿改写。陈女士因为吕先生原稿上的古史部分只有一万多字，感到发挥不够，提议另起炉灶，把它扩充到三十万字，特别要加重对中国人民的劳动创造、酷爱自由、反抗侵略和黑暗统治等光荣传统的描写。我觉得这个意见很对，便约她先写一部《上古史演义》，以后再分册来写。

陈女士本来是研究历史的，对各方面的上古史料都曾注意和阅读。她对古典经籍很爱好，又喜欢写作。我觉得约她来做这工作，是很适宜的。她接受了这个任务以后，搜罗新旧史料，细致考虑，排比穿插，很费了一番心力。

一九五二年全书脱稿，由章丹枫先生和我校订了一遍。为了慎重起见，大中国图书局又印了样本一百册，分送各方面征求意见。根据了各方面所提的意见，再由平心先生、丹枫先生、陈女士本人和我加以修订，方才交由四联出版社正式出版，因为大中国图书局为了专业化，已把通俗历史并入四联了。二十多年的愿望到这时才算有了一小部分的结果；虽然全部通史演义的告成还有待于将来的很大努力，可是第一块奠基石已算开始安置了。

当然，这块奠基石决不是没有缺点的；相反的，缺点一定是很多。因为通史演义本来就不容易写，尤其是上古史演义，在二千年前的司马迁时代，就已经感到史料不足，难以下笔，何况再经过二千多年的散佚和涂饰！二千年后的今天，要想恢复古史的全貌，那就像捡拾了一部分古瓷残片要想把它们拼成整个原物一般：拼的时候，当然不免花费许多补苴涂附的工夫，可是即使挖空心思，尽力做去，结果也决不能和原物完全相同。因为上古史本来就存在着许许多多难以解决的问题，史学家和经学家争辩了二三千年还没有得到一定的结论；在田野考古还没有得到比较足够的资料以前，一切问题是很难处理的。

但是我们就这样的畏难而退吗？不，我们应该尽我们的力量做下去；我们要拿出勇气，坚决地做去。只要这种书是人民所需要的，我们就应该贡献一切精力，抱定信心，向前迈进。这样，或许由于这块不大合乎理想的奠基石，逐渐建筑成一座足蔽风雨的小屋；更许由于这座小屋而引起了另外无数的钢骨水泥的大厦。那么，这块奠基石的历史任务就完成了。

希望爱护本书的读者随时指正本书的错误，使它能够逐渐修改。更希望将来考古学长足发展，陆续地填满了上古史的空白，解答了上古史的哑谜，在不久的将来，能够有一座壮丽巍峨的大厦矗立起来！

顾颉刚

一九五四年八月十八日

自 序

一九五一年春间，顾颉刚先生拿来吕叔达先生的《中国通史演义》稿子，嘱我把它改写。当时我以为这种工作和我的兴趣很相合，便不加考虑地答应了。可是吕先生原稿，上古部分只有一万多字，改写是不可能的，便和顾先生商量，需要另外写过，尽可能利用新旧史料和新的历史观点结合起来，扩充范围，适当地加以夸张，才可以符合演义体裁；但是字数可能增加好几倍。顾先生说："那么，就先写一部上古史演义，其余再分册来写。"事情就这样决定了。

拿起笔来，才感到这本书虽然是一种小说性质，却并不省事，因为除了要有正确的观点之外，还得注重趣味化；在不违背历史事实的原则下，予以形象化的描绘。已往我国历史小说不算太少，可是除了几部杰出的如《三国演义》等以外，一般说来，大都不够趣味化。因为它们差不多都是依照官书所载的历史事迹加以编写，注重的只是一姓兴亡，宫廷琐事，或者个人成败，局势分合；而对于劳动人民的创造，社会文化的发展，以及中华民族英勇斗争的精神和优秀的传统，则很少谈到。更不能要求它们有新的正确的历史观点了。

至于上古史阶段的演义那就更少了。有的完全用神话组成，例如《上古神话演义》。有的带着浓厚的迷信色彩，例如《封神演义》。根据正确史料来写成的上古史演义，似乎还不曾有过。（《廿四史演义》里有过很短的一部分，也是照抄古书。）最大的原因恐怕还是因为中国上古史料虽然不少，但是写起长篇小说来，还嫌不够，就只好避而不谈，去描写渺茫的神话。古人说："画牛马难，画鬼魅易。"这大约就是上古史演义所以很少有人根据历史事迹来写的原因吧！

当然，古代人民传说的神话，不是不可描写的。这些神话的来源，可能是古代人民对劳动创造的热爱，或对自然现象的幻想，还是有它一定的意义的。

近代考古学大兴，由于地下发掘，丰富了研究上古的史料；还有天文、地质、生物、甲骨、金石等科学家探索出上古的实在情形；尤其社会科学家阐明了社会发展史。这一切都使研究上古史的人们增加了许多便利。条件既然比较好，按理似乎可以依据关于上古的新旧史料，来写一部比较可看的上古史演义了。

但是真要写起来，问题可就多了。因为这些史料大半散见于各种书刊，必需多方搜罗。而且它们中间还存在着各执一词、彼此矛盾的情况；有些问题是历史学家们聚讼纷纭、迄今还没有得到结论的。选择去取之间，煞费斟酌。甚至若干年内仅有一片空白，毫无史实；或只剩一鳞片羽，真有"食之无味，弃之可惜"之感。

有些地方，中国史料不足，似乎可以采用外国历史学家研究的成果，可是它们往往又不一定适合于中国情况。例如外国历史学家说：苏联是农业早于狩猎的；可是中国史上，伏羲、神农的次序，已经成为几千年固定的传说。又如外国史肯定猿人最早是吃葡萄的，可是中国上古似乎没有葡萄。外国史认为最早的陶器是由篮子敷泥烧成的，可是中国最早的陶器记载是《周礼》的裹烧。其他如上古的动物植物，也未必中外尽同。为了慎重起见，除中国地下已经发见的之外，一概舍弃。有些地方，上古史料不足，又似可把中古以下的史料来类推，可是中国上古的生活和中古以下大不相同，许多文物名词都不是上古所有的。例如佛教在汉时始入中国，汉以前书籍无"僧"字。本书于上古巫祝，一概不用"僧侣"字样。"酋长"二字始见于《汉书·张敞传》，原文意义乃指窃盗的魁帅，与后人引申为部落首领的意义迥不相同（"部落"二字亦始见于《后汉书》，上古无此名词）。本书于上古氏族首领，一概不用部落酋长字样。其他一切词语，也都依照时代背景，极力避免杂用。

这样选择起来，时代越古，可以运用的词语就越少，何况还有许多应该删除的不正确史料和唯心派的见解呢！写的时候，真好比"衣败絮，行荆棘中"，随时随地都发生罣碍。兢兢业业，只怕摔倒，哪里还谈得到文字的好丑呢！可是在筚路蓝缕之中，坚持到底，也自有一种愉快的滋味。

现在总算把它写完了，不知不觉已经写了三十万字。自己看了几遍，还是很不满意，而且由于个人才力所限，一定有许多见不到的地方，现在也只得算了。还请读者多多批评指正，使这本不成熟的作品，得以陆续修正，减少错误。

最后，本书在写作过程中及印成样本后，曾蒙各方师友提出许多宝贵的意见，帮助很大，特别在此附笔志谢。

陈穉常

一九五四年八月

目　录

中国上古史演义

秦楚演义

楔　子

这真是一幅历史上永远不朽的图画，自从一九四九年十月一日我在北京参加了中华人民共和国开国大典以后，脑里常常浮现着这个动人的镜头。

整个广场排满了几十万人民的队伍，数不尽的红旗波浪般汹涌着。当毛泽东主席宣布中华人民共和国中央人民政府成立的时候，广场上登时发出震天动地的一片欢呼，千万只眼睛注视下的五星红旗缓缓地由旗杆升上，在光辉灿烂的阳光中庄严地招展着，接着便是轰隆轰隆的二十八声礼炮，那声音真是山摇地动，象征着全国人民的坚强力量。一阵阵的口号和掌声，陆续不断地响彻云霄，整个首都，以至整个中国，都沉浸在狂欢的热潮里。大家都认识到，在毛泽东主席和中国共产党的正确领导下，中国一定可以达到独立、民主、和平、统一、富强五者具备的国家，这是何等幸福啊！

当我极端兴奋的时候，又拿起毛泽东主席的《中国革命和中国共产党》，从头细细地看下去。在这书中，他告诉我们说："我们中国是世界上最大国家之一，它的领土和整个欧洲的面积差不多相等。在这个广大的领土之上，有广大的肥田沃地，给我们以衣食之源；有纵横全国的大小山脉，给我们生长了广大的森林，贮藏了丰富的矿产；有很多的江河湖泽，给我们以舟楫和灌溉之利；有很长的海岸线，给我们以交通海外各民族的方便。从很早的古代起，我们中华民族的祖先就劳动、生息、繁殖在这块广大的土地之上。"

这样壮丽伟大的祖国，有着雄阔浩瀚的山河，用之不竭取之不尽的宝藏，而我们就是承受这份丰富遗产的主人，这是何等荣幸的事情啊！我看了上面一段，全身都感觉温暖起来，于是怀着无限愉快的心情，再看下去：

"我们中国现在拥有四亿五千万人口，差不多占了全世界人口的四分之一。在这四亿五千万人口中，十分之九以上为汉人。此外，还有蒙人、回人、藏人、维吾尔人、苗人、彝人、僮人、仲家人、朝鲜人等，共有数十种少数民族，虽然文化发展的程度不同，但是都已有长久的历史。中国是一个由多数民族结合而成的拥有广大人口的国家。"

我们是这样一个人口众多的大家庭，这家庭哪里来的呢？在什么时候我们才团结在一起的呢？我对于这些常识实在太缺乏了，我觉得非常惭愧。再读下去：

"中华民族的发展（这里说的主要是汉族的发展），和世界上别的许多民族同样，曾经经过了若干万年的无阶级的原始公社的生活。而从原始公社崩溃，社会生活转入阶级生活那个时代开始，经过奴隶社会、封建社会，直到现在，已有了大约四千年之久。在中华民族的开化史上，有素称发达的农业和手工业，有许多伟大的思想家、科学家、发明家、政治家、军事家、文学家和艺术家，有丰富的文化典籍。在很早的时候，中国就有了指南针的发明。还在一千八百年前，已经发明了造纸法；在一千三百年前，已经发明了刻板印刷；在八百年前，更发明了活字印刷；火药的应用，也在欧洲人之前。所以，中国是世界文明发达最早的国家之一,中国已有了将近四千年的有文字可考的历史。”

我们的文化是这样的辉煌炫赫,我们的历史是这样的源远流长,我做一个中国人,真感到无上的光荣,无上的幸运,实在可以自豪。我充满了无限的自尊和热爱祖国的心情,再仔细读下去:

“中华民族不但以刻苦耐劳著称于世,同时又是酷爱自由、富于革命传统的民族。以汉族的历史为例,可以证明中国人民是不能忍受黑暗势力的统治的,他们每次都用革命的手段达到推翻和改造这种统治的目的。在汉族的数千年的历史上,有过大小几百次的农民起义,反抗地主和贵族的黑暗统治。而多数朝代的更换,都是由于农民起义的力量才能得到成功的。中华民族的各族人民都反对外来民族的压迫,都要用反抗的手段解除这种压迫。他们赞成平等的联合,而不赞成互相压迫。在中华民族的几千年的历史中,产生了很多的民族英雄和革命领袖。所以,中华民族又是一个有光荣的革命传统和优秀的历史遗产的民族。”

原来这样可爱的锦绣河山,这样丰富的文化遗产,是我们英勇的祖先遗留给我们的,这样悠久而光辉的历史,是千万年来人民用了自己的劳动与智慧创造出来的。我们在中国共产党和毛泽东主席的英明领导下,终于彻底推翻了帝国主义、封建主义与官僚资本主义的黑暗统治,取得了伟大无比的人民革命胜利,创建了今日辉煌灿烂的中华人民共和国。这和过去绵长的中国人民奋斗业绩是无法分割的。我们今天做了新中国的主人,享受着幸福胜利的果实,对于这样艰难缔造的光荣历史,实在应当好好学习,用爱国主义来武装自己的头脑。

可是要学习这样悠长的历史,也不是容易的事。中国历史书籍虽然多得数不清,可惜大半都是站在统治阶级的立场,无数人民的创造业绩和劳动成果都给掩蔽了,歪曲了。虽然现在已经有了用正确观点写成的中国新历史,我们又因工作很忙,无法充分研究。

中国过去有《三国演义》一类的历史演义,它们在中国文艺史上自有一定的地位。虽然这些书是在过去封建时代产生的,不免受了传统历史的束缚,不能表达人民在历史中的决定作用,但是它们的形式和写法是大众所熟悉,所喜爱的。既然我们有这样宝贵的文学遗产,又有正确的马列主义历史科学,为什么不结合起来写一本书,给工作繁忙的人看呢?

我正在想得出神的时候,忽然门铃一响,门缝里塞进了一个邮包。我连忙捡起来,打开一看,原来是一个朋友寄给我的一本新出版的《中国上古史演义》。据朋友来信说,这一册书仅仅是四千多年的《中国通史演义》的首卷。是章回体的小说,内容很丰富,字句也很通俗易懂。跟着这一卷陆续出版的,还有《春秋演义》《战国演义》《秦楚演义》一直到关于近代历史的演义。我高兴极了,便赶快搬了一把椅子,坐在院子里,静静地看了下去。它虽然还不十分符合我的理想,却也有些道理。现在,我就把它念出来给诸位朋友听一下吧!

第一回　开天辟地　兴亡何限鱼龙
从猿到人　劳动造成世界

我们人类的祖先,究竟是从哪里来的？这是人人心里的一个疑问。

从古以来,在我国一直流传着一种神话,据说:在最古时候,天地初分,有一个人,叫作盘古。他生在天地的中间,天每日高了一丈,地也每日厚了一丈,盘古也每日长了一丈。他老是顶天立地地生活着。经过了一万八千年,天极高,地极厚,盘古也极长。他呼吸的气变成了风,他的声音变成了雷,他的眼睛一闪一闪就是电,他哭的眼泪变成了江河,他高兴时就是天晴,他生气了就是阴雨。后来他死了,头变成山岳,眼睛变成日月,毛发变成草木,脂膏变成江海,他就是我们人类最早的祖先。盘古以后,还有三皇五帝和许多氏,大约离现在有一二百万年。这种神话一直流传了许多年代,成为民间有趣的故事。

到了近代,由于考古学发掘出许多古代遗留下来的化石,我们才知道我们人类的祖先的的确确是由古猿进化来的。尤其是伟大导师恩格斯所著的《从猿到人》,填补了人类远古历史的空白,使大家知道我们的祖先是通过不断的劳动,经历无数次艰难辛苦的斗争,才不断战胜自然,改造自己,创造了人类的文明和历史。那盘古开天辟地的神话,虽然说明了我国历史的悠长,却只不过是一个神话而已。

尽管如此,这个古代流传的神话,却另有它的意义。它表现出我们的老祖先们,并没有把"天地"认为是什么神创造的,而是靠人自己的力量来开辟的。因此,这个神话故事也说明了我们的最初祖先们,在改造自然和自然斗争的过程中,用自己的劳动创造了世界。

古代流传的神话既然不是事实,那么世界是怎样形成的呢？我们的最早祖先究竟是什么模样呢？

原来在最早最早的时候,据说天空中有许多像蒸气一般的东西。说它是云,它又闪闪发光,像许多星;说它是星,它又蓬蓬松松,像一团云。只好叫它做星云。它们在空中光辉灿烂,不停地旋转着,经过了不知几万万年,其中有一团星云热度渐渐降低,有些部分陆续飞了出去。中间留下的一大团便凝结成了太阳,飞出去的那些部分也都凝结成了行星,围着太阳,不停地旋转。现在已经知道的太阳系大行星有九个,其中一个便是地球。后来又由地球分出了绕着地球旋转的月亮。

地球最初既然是由太阳分出来的,所以非常炎热。过了几万万年,热度渐渐降低,表面就凝成了一层薄薄的壳,这就是地面。那个时候,地壳上面,围着极厚的空气,空气里含着极多的水蒸气,上面满布着阴沉沉的黑云,不断地降下阵阵热雨。雨还没有降到地面,又被地面热气蒸发,重行化汽上升。这样地循环不绝。地壳受了震动,也有剧烈的崩裂,忽高忽低,不知变动了多少次。

这般昏黑热湿的地上，一点日光也没有，只有熊熊的火山烈焰，红彻云霄，地层崩陷的声音，轰轰不绝，无数岩石灰尘满空飞舞，真和天崩地塌一般，实在太可怕了。

不知经过了多少万年，地球表面的热度越降越低，地壳也越来越厚，仿佛像一个带壳核桃的样子，高高低低，凹凸不平，不过略带一点扁形。雨渐渐可以降到地面、凝结成水，流在凹下的地方，就成了海洋。整个地球大半都是水，只有一点点陆地。据说在那时的中国只有泰山露出了山顶。

这个时候，比起以前，已经安静得多。可是空气依然浓厚，黑云遮蔽日光，狂风暴雨不断地吹击，把地面的岩石溶化成泥，带到海洋里去。这就是所谓天地初开的样子。那时代还不曾有生物，所以叫作无生代，也叫作太古代。

后来水里渐渐发生了一种很微小的蛋白质，慢慢变成了单细胞的水藻，这就是地上最早的生物。那时水上半沉半浮的满是这种绿色浮渣，又像泡沫一般，漂来漂去，越生越多，有时被海水潮汐冲到岸边。那时陆地上都是顽石，并没有一点生物。中国这块地方除了泰山外，只有五台山和南口也露出了水面。

水藻越生越多，就渐渐有了比它更绿更大的苔藓。过了许多年，像紫菜、石花菜、海带、马尾藻之类都生满了海洋水底，朱碧纷披，非常好看。这时候水里增添了许多生趣，无数极小的动物也生出来了：一种名叫曙虫，身体小得很；一种名叫货币虫，圆得像一个钱；此外还有什么鲛石虫、太阳虫等等。这些动物，现在说起来，很小很小，可是它们却是一切动物最早的祖先。

这些虫类身体都是软的，离开了水就要死亡。渐渐有一种比它适于生存的甲壳动物出现。其中身子又扁又平，每一部裂成三片的三叶虫，是繁殖得最早的。它偶然也能离水，全地球差不多都有它的踪迹。还有一种形似豆芽的贝类，名叫海豆芽。后来大一点的动物也有了。横行的螃蟹在水底蹒跚地爬着，身长丈余的海蠍，在海藻里穿来穿去，无数鱼类也都在摇头摆尾地逍遥自在。这时中国北方刚刚露出一片大陆，东南也有一条狭长陆地。中间一大片，都是极目无边的白茫茫海水。这些生物在这般汪洋大海里占尽了便宜，随意大量地扩充地盘。鱼类算是那时最高等的动物，尤其发展得快，千千万万地孳生起来，整个地球简直成了鱼的世界，这就是鱼类时代的古生代。

那时水里生物都欣欣向荣，许多鱼类，为了自己的生活，互相争斗吞吃，大的吃小的，强的吃弱的，你抢我夺，把碧波似镜的海洋闹得天翻地覆。

一部分植物，因为繁殖得快，也渐渐向水边蔓延。可是海水是有涨有落的，一到潮退的时候，不免露出水面，甚至完全和水离开。那不能适应环境的，自然就枯干死了；剩下比较坚强的，表面便干得成了一层皮，来保持内部的水分，根部也增加了吸水能力，慢慢就变成了陆地的植物。不久，动物也就跟着上陆。最先是鱼类里面出了一种肺鱼，当潮退时候，它们就藏在泥里，露出头来，用肺呼吸空气。没有水，它们也能生活。后来两栖动物像青蛙、蝾螈一类也渐渐出现。可是离水稍远的陆地，还是没有生物。

植物到了陆地，样子也改变了，种类也增加了。那时气候比现在温暖，没有冬天，树木永远青青，又高又大，象木贼、石松、羊齿一类都很茂盛。一望青翠，映着碧澄澄海水，浮现着几片陆地，颇为幽美。只是还没有美丽的花和芳软的草，也没有唧唧歌唱的虫鸟和翩翩飞舞的蜂蝶。昆虫和现在的也不一样。蜻蜓大得吓人，翅膀有二三丈长。蜘蛛不会吐丝结网。蜗牛在陆地上爬着。这样阴森寂寞的世界，只有时时火山爆发的巨响和红焰来打破它的沉默。火山爆发一次，地壳就跟着变动一次。陆地渐渐高了起来，海水也逐渐涸浅，到了最后，中国成了一片大陆，海水完全退去，鱼类的黄金时代便结束了。这时气候大变，寒冷无比，全球都在冰雪堆积之下，许多生物都死亡了，只剩下少数，进入了另一个爬虫时代，就叫作中生代。

爬虫时代开始，冰雪渐渐融化，以前古生代植物都已压积在地层底下，变成煤层。现在地上又另外生出许多植物，像棕榈模样的苏铁和银杏、松、柏之类。那松、柏是一种矮小常青的植物，并不是现在的松、柏。一切动物也和古生代差不多。可是后来忽然出现了一种空前绝后的凶猛大动物，独霸世界数百万年，这就是爬虫类里的恐龙。

最早的爬虫，古生代已经有了。后来越生越多，身子也越来越大。它们因为觅食，不得不用细小的四足，拖着笨重的身子，在潮湿的沼泽里勉强爬行。这样挣扎了几十万年，到了中生代，居然四足发达起来。有几种还会用后肢和尾巴来支持身体，把前肢伸出觅食。后来益发生得长大无比，像梁龙有八九丈长；雷龙全身有六只大象重；还有暴龙，是食肉的，凶暴得很。这时代的动物，统统给它们吃得走投无路，只剩下一些逃得快躲得远的才留下性命。到了后来，整个地上可吃的东西，差不多都给大肚皮的恐龙吃光了。恐龙们再也找不到足够的食物，越来越吃不饱。有时，一大群饥饿的龙正在盘踞湿地吃食生物的时候，碰着另外一群饥龙也来抢夺食物，就不免要发生一场恶斗，甚至自残同类地互相吞吃起来。

它们争斗的时候，常常扬鳞振鬣，像暴雨般喷溅出满身的腥臭黏涎，再迅疾地用尾巴撞击海水，卷起堆叠如山的白浪，满空瀑布狂飞乱溅，弄得天昏地暗，云雾弥漫。它们在半空中张开血盆般大口，露出两排白森森利刃般的牙齿，跃起庞大身躯向敌人猛扑，好像腾云驾雾一般，张牙舞爪，昂头掉尾地搅成一片。这时一望无际的森林，常常会给它们践踏得一排一排，稀里哗啦地倒了下来。碎叶零枝，满空飞舞。巉巉崖石也常常给钢铁般的尾巴扫得像冰雹一般纷纷碎落。不消片刻，周围若干里地方，都已扫成平地。那些逃得慢的动物，尽数踏为肉泥，砸成血酱。等到云开雾界，天地清明的时候，早已陵谷全非，山川变色，只剩下无数残鳞，几洼血海。那些水里的蛇颈龙、鱼龙，陆上的剑龙、鳃龙，空中的翼手龙、蝙蝠龙、羽齿龙，头有三角的三觭龙，也都是凶恶成性，日日争斗。像这样可怖的疯狂残杀，就是恐龙的日常生活。在几百万年爬虫时代中，一直进行着。

翼手龙又名飞龙，只有老鸦般大小；双爪的第五指和身体中间，生了一层薄薄的膜，可以飞行。因为它没有毛羽，仍然算是爬虫，和蝙蝠龙、羽齿龙一般。后来进化到一种鸟，全身和爬虫一般，有羽毛，也有两排牙齿，翅膀前端有三个带着指爪的指头，尾巴是一条长骨，尾骨两边排着长羽，模样像鸟，又会飞行，所以称为始祖鸟。始祖鸟出现以后，渐渐就分化出了许多鸟。水里也添了许多鳄鱼、章鱼、乌贼、龟、鳖、蛤、贝之类。这时候，地上已经分出冬夏两季，渐渐夏短冬长，全年大半都是严寒，受不了寒冷的生物全都灭亡,尤其是身躯庞大的恐龙类,早已因为食物不够,终日斗争,再碰着这样寒冷气候,就渐渐衰微减少,到了最后,这赫赫不可一世的恐龙竟然弄到灭种。我们现在除了在化石里看到它们的骨骼外,再也找不到这些曾经霸占地球几百万年的动物的踪迹了。

爬虫时代结束了,就进到哺乳动物繁盛的近生代。

中生代末期,早已有了哺乳动物,它为了需要保暖,身上生了一种温软的毛,以后天气越来越冷,它的毛也越生越长。经过了多少万年,便成了有毛的动物。又因幼儿是胎生的,乳哺了一个时期,又把觅食避害的本领传授给幼儿,使它能够自己生活,才和母亲离开,所以在那样寒冷气候里,哺乳类能够安全度过。爬虫类对于它们所生的卵是完全照顾不了的,因此冻死了许多。只有鸟类和哺乳类相似,身上也有羽毛,也会孵育抚养幼鸟,所以鸟类也繁盛起来。

近生代初年,冰期已经过去,中国整个大陆都温暖得四季如春,各种树木非常茂盛。一大片一大片的森林,浓荫参天,连绵不断。地上也长满了碧芊芊的嫩草和香馥馥的鲜花。万紫千红,争妍斗艳,又有宛转歌唱的娇鸟和逐队寻芳的蜂媒,这都是以前所没有的。在这样繁华美丽的环境里,哺乳类享受着无忧无虑的快乐生涯,孳生得特别繁盛,大的小的,应有尽有,大半和现在模样不同。马有五个脚趾,身子只有狗大;狗却大得和熊一般。大象很多。还有一种猫,牙齿极尖利,像刀一般,后来越变越大,就成了剑齿虎。此外还有骆驼、犀牛、豺、狼、羊、鹿等等,真是哺乳动物极盛的时期。

在那时候的许多动物中间,最机灵的要算猴子,种类也最多。小的有猕猴、狐猴等,大的有矮猿、鼻猿、黄河猿、上新猿,猩猩、狒狒等,布满了中国。还有一种类人猿和人很相似,后来又进化为一种古猿,就是我们人类最早的祖先。它们都在茂盛的大森林里,终年享受着吃不完的甜美果子。

这样温暖快乐的时间,有几百万年之久。以后渐渐因为许多火山陆续爆发,气候慢慢改变了,一点一点冷了下来,分出寒暑冬夏,不再是以前万花如绣终岁长春的美景了。到了大约离现在二百万年左右的时候,地壳忽然起了一个大变动,无数火山纷纷爆裂,天动地摇,地层倒塌了不计其数,这边凹下,那边凸了起来。陆陆续续造成了不少山脉,喜马拉雅山和西藏高原,就是在这个时候造成的,秦岭、南岭也出现了。在山脉之间,流出了浩浩荡荡的长江、黄河。东边的大陆陷下成为黄海、渤海。这样一个大变动,当然影响到周围的环境。气候突然冷了许多,寒多暖少。一到秋来,也照例西风飒飒,落叶萧萧。因为喜马拉雅山的高耸,把南方带有丰富水汽的云阻在山南,不能吹到山北亚洲的中部,雨量便渐渐减少了。雨量一少,大森林需要的水分不够,渐渐死去了许多,一天一天面积缩小;果子自然也少了。这时,享惯林里生活的动物,眼看着每天采的果子越来越少,寒风一起,树叶落得精光,再也不能保持温暖了,在饥寒交迫的情况下,只得陆续向森林较多的低湿地方迁移。

这时中国北方,尤其是黄河下游一带,住满了无数古猿。它们把树上的果子渐渐吃光,只好天天下树到各处寻觅。但是那时地上各种凶猛的野兽很多,古猿抵御不过它们。唯一的办法,就是碰着敌人时候,赶快爬上树去,因为古猿有很长的臂,攀缘树木特别快,所以古猿的生活是离不了树的。偶然下树来到地上,也不敢走到太远的地方。

树上果子渐渐少了,一部分古猿便攀枝跳树,跟着果子一点一点地搬移。南方天气比较北方暖,靠南一点的树林,自然果子也比较多。古猿便渐渐越搬向南方。到现在,南方还有这种猿类,但是它的名字已经不叫古猿而叫作现代猿了。

还有一部分开始没有搬走的古猿,到了森林减少,需要穿过大片平地才能找到另一片森林,于是它们就只好不搬了。因为它们穿过平地,就好像人类穿过大海一样危险,平地上有许多凶猛的敌人,时时刻刻会侵袭它们的。

当它们饥饿的时候,有时也到地上采摘野果,或挖取地下的植物根茎来吃。爪不够长,便折了树枝来挖,渐渐学会了使用木棒。偶然也拾取石块,当作一种工具。慢慢就把前肢练习得比后肢灵活许多,特别是大拇指会和其他四个指头对向着握起来。天气越来越冷,它们就加紧找寻食物,无奈冬天时候,处处都是缺草少果,即使侥幸找到一些,也是今天饱,明天饿,有一顿,没一顿的。它们又不知道把多余的东西储藏起来,以致天天都得忙碌地找寻。

这天,有一个古猿到山下找寻食物,忽然看见一只花鹿,在草堆里拨动。它看见古狼,就迅速跑开去。古猿仔细一看,草丛下微微露出一块东西。它伸出前肢挖了一会,挖出一个圆形的球茎,闻了一闻,似乎有点香味。咬了一口,果然十分甘脆好吃。它心里非常高兴。正吃得起劲,远处忽然走来一只毛象,身材足有古猿的几十倍大,浑身灰色长毛,四条腿好像四棵大树,两只扁平的大耳,前面拖着一条长鼻,象蟒蛇一般左右卷舞,两边露出又尖又锐的两个长牙。古猿一看这般怪状,慌得回身就跑,蹿到旁边的一棵树上,这只毛像却很斯文,慢慢地走到草丛,伸出长鼻,卷了草送到嘴边,不多时便把一片草地统统吃光;站在那里,甩着长蛇般鼻子,好像还不满足的样子,慢慢地走到树下,仲起鼻子往上一卷。古猿吓得几乎摔下树来,赶快朝着高枝蹿上。却见那兽卷下一枝树叶,送到口中咀嚼。卷了几次,就吃去半棵树的叶子。卷到后来,把古猿所伏的那个树枝卷折了。树杈反振一下,古猿站不住脚,摔了下来,跌得头破血流。幸亏那毛象只顾自吃树叶,但是古猿早已吓得半死。爬起身来,拼命逃走;跑了很远的路,忽然看见前面又是一片草丛,和刚才的很像;便站住了脚,仔细向草根挖掘,挖了一会儿,果然又挖出几块球茎,用前肢细心捧抱着,用后肢支住整个身体,半走半爬地回到树上来喂它的幼儿。自己也坐在树杈上,慢慢地享受这半天担惊受吓得到的果实。刚刚吃得两口,那边树上早跑来另一个古猿,伸出前肢一扑,抢走了一块,迅速地跳到高枝上去吃。古猿眼看自己口里的东西给人家抢去,哪肯甘休?便跟着跳上高枝打架,一面口里吐吱地叫着。那个古猿忙不迭把球茎衔在口里,腾出前肢抵抗;一不留心,那球茎由口中滑出,滚了下去,另外一个古猿迅速地跳下树去,拾来吃了。那两个古猿打了一会,因为食物已失,也就罢手。可是掘得球茎的古猿因为吃得不够,只得又溜下树去掘,那尝到滋味的也就跟踪而来,见它在地下挖出球茎,便也化敌为友,大家共同来掘,一面掘,一面吃。附近树上古猿望见它们有东西吃,都纷纷赶来,争相挖掘,闹成一片。忽然一阵狂风卷起,十几个花鹿拼命地狂奔乱窜,后面一只白额吊睛的斑斓大虎,咆哮着跳跃追来。古猿在树上看见过老虎的凶狠,急忙抛弃掘得的球茎,纷纷逃走。不想那老虎一时追不上小鹿,却碰着这一大群倒霉的古猿,便大吼了一声,放弃了小鹿,张牙舞爪,直向古猿扑来,吓得许多古猿都没命地狂奔,老虎也紧紧不舍地在后面追着。一时旋风大作,满空飞沙走石。正在危急的时候,忽然一声狂吼,山鸣谷应,迎面又跳出一只黄毛大虎,也望古猿这边扑来。这时古猿进退无路,忙都掉转身来,向左边斜刺里逃去。这两只猛虎看见古猿害怕的样子,更加不舍,一前一后地摇头摆尾咆哮跳跃着奋勇追来,看看就要赶上。许多古猿吓得心寒胆裂,不知如何是好。其中一个古猿,跑得慌些,绊着一块石头,摔在地下,连忙爬起来,已经落后一步,眼见老虎就要扑来,一时心慌意乱,连忙抓起那块绊脚石头,望着老虎掷去,虽然没有打中,老虎却闪了一闪,慢了一步。古猿趁这机会,急急逃走。前面古猿看见这种情形,忙都抓起身边大大小小石块,纷纷打去。老虎左躲右闪,究竟身躯笨拙,不免着了几下。古猿更加鼓起勇气,石块像雨点般打来,老虎无法再赶,便大吼几声,垂着尾巴回头走去。古猿这才定一定神,歇息一会,重新再去采集球茎,搬回去吃。经过这次事情,它们便不敢单独下地,常常合群同走;遇到猛兽,便大家合力奋勇用石块来抛掷。但是抛掷石块,必须用两只前肢捧抱,这样就得将全身重最都交给后肢去负担了。并且因为时刻要提防撞着猛兽,费尽心思,脑力便也渐渐发达了。

它们每天从这里到那里,流浪着,彷徨着,到处找寻食物。有一天,有个古猿偶然找到了一个满布荆棘的危崖,上面稀稀落落地挂着许多深红色的干果。它连忙爬上崖去采取来吃,一个不留心,有一个肥美的红果由它爪中滑脱,滴溜溜地滚到崖下去了。它心里觉得可惜,便爬了下去在草缝里找寻。找了一会儿,还没有找到,忽然后肢蹬空了,打个踉踵,原来草下是空的;它连忙稳住身子,拨开乱草一看,草下露出一个洞穴,穴里还零零落落地散布着许多干果,都是一向由崖上掉下来的。它发现这个地方,满心欢喜,便捡起干果来吃,一面吃,一面捡,渐渐捡到洞里去。这洞又深又大,而且洞里有许多枯草败叶,又软又暖,不比住在稀琉的树上要受寒风的侵袭。它高兴极了,连忙跑了出去,呼群引类地搬到这个洞里来住。住不下的古猿,便也学它方法,找寻别的洞穴来住。这样,久住树上的古猿,渐渐都搬到地下来了。

古猿每年要生小猿。生了儿子,母猿更加忙碌了,又要哺乳,又要寻觅食物,又要防御外来猛兽,两只前肢简直没有一点空。这时候,它们住在洞穴,虽然比树上温暖一些,可是时刻都要防备猛兽前来侵袭。一不留心,小猿就会被虎狼衔去。所以它们总在洞穴口旁,堆积许多石块,夜里还用石块和树枝堵塞洞口。不多时,小猿长大了,也学会母猿用后肢支持身体的方法,因为它的身材细小,模仿得十分巧妙。渐渐也会帮助母猿寻觅食物,也会练习前肢,来做搜采食物、抛掷石块等等工作。越做越熟,成了自然。不多几年,小猿也生了儿子,它也把自己所知道的教导儿子,儿子也做得比母亲更自然、更巧妙。这样经过了几十万年,古猿的后肢锻炼成了一双人类的脚,前肢也发达成一双人类的手了。到了最后,它们便会直起身子,站在地上,成为直立猿人。

这时候的猿人,身上依然有许多毛,容貌也和猴子差不多。虽然已经直立,还不过弯着腰俯着身子站着。又经过许多年,才慢慢站得直了,一个脑袋端端正正地安在身体上而，脑子也渐渐变大，使他的智慧更加增添。

虽然身体进化了，可是天然的食物却越来越少，因为动物不断孳生，需要的食物却因气候变冷，并不曾增加，当然越吃越不够了。一年容易，又是秋风，各种动物都急急采摘果实，找寻食物，预备过冬。这时候，猿人也是到处搜寻食物。转眼冬天，再也找不到什么东西了。但是猿人因为饥饿，仍然在崖巅谷底拼命地找寻着。一天，他们在崖石上面，无意中望见了海潮汹涌的奇景，碧波滉漾，白浪翻飞。不多时，一轮红日浴波而出，放射着灿烂的金光，照眼生缬，那一派伟大雄奇的壮观，诱惑了崖石上面的天真猿人。他们联臂地跳跃着，奔跑着，由崖上走下，跑到海滨，张开双手，欢迎这初日的光芒。当他们天真地跑到海滩的时候，忽然看见许多海鸟正往海边飞来，纷纷落在沙滩上面，伸颈就啄。仔细一看，沙上散布着许多小鱼、小虾，还有螺蛳贝蛤，有的还会跳蹦。猿人以前虽也看见过这些东西，从来不曾想到吃它，今天肚子实在饥饿，看见海鸟吃得那么津津有味，不由涎垂三尺，便伸出爪米，拾起一条小鱼，拿到鼻子旁边闻了一闻，觉得腥臊得很，摇一摇头，重复放下。旁边一个猿人看见同伴这般举动，便也拾取一个小虾，也放在鼻子旁边闻闻，似乎还不太腥，便大着胆子，把它放在口内，尝了一尝，虽然不像果子香甜，却也不太难吃，为了饥火中烧，便不管好歹，吃了再说。别个猿人看见他舐舌咂嘴的样子，连忙也拾起鱼虾，放入嘴里，大家吃了起来。吃了一会，渐渐止了饥饿，玩了多时，也就散去。从此他们每次觉得饥饿，便来海边找寻鱼虾充饥，渐渐各种水族也都拾来尝尝，只有螺蛳贝蛤一类介壳东西，外面十分坚硬，便当它做小石子，不去动它。吃了多时，也就渐渐吃惯。这种鱼虾，每天海潮来时，总要冲来许多，可以说是取之不尽的；不比果子那样，必须一定季节，才能成熟。因为如此，猿人便成群结队前来，数目越来越多。一天，有一个猿人偶然看见有一个蛤蜊给太阳晒得开了口，干死在地上，他觉得奇怪极了，怎么一个石子也会开裂，便慢慢地用爪抠出蛤蜊的肉，尝了一尝，原来也是可吃的。这个新发现，使他高兴极了，便捡了一个，放在口中，使劲一咬，蛤壳原封不动，反把牙齿震得疼痛，只得吐了出来。别个猿人看见他这样，也就模仿着，拾个蛤蜊来咬，咬来咬去，总是咬不开。想尽各种办法，弄了半天。忽然一个猿人，把蛤蜊往地上摔去，落了下来，依然紧紧合住，分毫不动。又有一个猿人捡了一块大石，向蛤蜊壳上狠命砸去，这一下，可把蛤蜊砸得稀烂，里面的肉也成了酱了。猿人挑起肉酱尝了一尝，乐得咧开了嘴，连忙拾了许多蛤蜊，个个敲得稀烂，抠出里面的肉来吃。从此他们又多了一种美味，砸了许多次，也学到了许多经验。各种螺蛳贝蛤，都成了猿人食物。这样，住在海滨的猿人，哲时可以解决饥饿问题，安稳地度过冬令。年月一久，他们所吃的贝壳越堆越多，简直和一座小山相似。现在人们常常在海滨附近发现这种"贝冢"，就是上古的遗迹。

住在离海很远的猿人，就没有这种口福了。他们除了果子之外很难得到食物；到了冬天，常常忍着饥饿。有时饿得没有办法，就只得碰着什么就吃什么。他们也渐渐吃起各种昆虫来。有时为了采集野果，爬到树上，东掏西摸，偶然掏到了鸟窠里的小鸟蛋，又圆又滑，很像果子模样，他忍不住就放在嘴里咬破了来吃。味道倒是很好，只是不容易找到，因为常常有母鸟护着，掏蛋的时候往往要和母鸟打架；甚至公鸟和许多鸟都来飞扑他,乱啄乱抓他。这种合群的力量是很大的。虽然猿人比鸟强得多,可是一个猿人和许多鸟比起来,也就未必得胜。

这时候中国北方驼鸟很多。驼鸟是很大的鸟,它的蛋也非常大,是猿人最喜欢吃的。吃到后来,渐渐也吃孵得已经成形的小鸟,又吃比较小的小鸟。这些东西都渐渐地成为猿人口中食物。那时森林虽然已经渐渐减少,但是和现在比起来,还是很多,尤其各种动物多得遍地都是。猿人保护自己的工具,只是木棒或石块,遇着厉害一点的猛兽,就无法对抗,而且为了觅食,常常被野兽撞着,便有生命危险。尤其剑齿虎、鬣狗、狼、熊、毛象等等凶恶庞大的兽,更是猿人的大敌。他们每日总是小心翼翼,东张西望,风头一不对,就飞快逃回洞穴。

在一个天气晴朗的深冬,偶然有一群猿人出来觅食,当他们正在毫无所获的时候,忽然看见远远有几个白点向他们这边慢慢移动。这种白点,他们在山上是常常看见的,那是一种驯良活泼的小羊,为着寻觅食草,踯躅着迤逦前来。猿人抬起头来,漫不经心地看着它们渐渐走近。突然一阵狂风,离小羊不远的地方,草莽丛中跳出一只斑斓威猛的剑齿虎,只一扑,早已把一只可怜的小羊扑倒在地:吓得那几个小羊,没命地飞跑逃去。猿人也吓得迅速爬上树去,紧紧抱着树枝,往下窥看。只见这只小羊,被剑齿虎利爪按着,狼吞虎咽地早已连皮带骨吃得不亦乐乎。猿人虽然也常常看到这种惨剧,依然不免觉得胆寒。他们看到剑齿虎吃得那样起劲,忽然起了一种微妙的感觉,他们自己也不明白,究竟是嫉妒还是羡慕,只感到另有一种说不出的滋味。不多一会儿,剑齿虎大约吃够了,满意地舐着舌头慢慢地走了。猿人看到剑齿虎那种满足的样子,更加觉得自己的肚子饥火难熬,等到剑齿虎去后,他们便由树上溜了下来,不由自主地往那小羊的地方走去。这时那小羊已经给剑齿虎吃得只剩了零星碎块,地下还流着一摊血。猿人走到那里,站着,犹豫了一会,一个猿人慢慢蹲了下来,捡起一只吃残的后腿,腿上带着丰满的嫩肉。他拿在手里细细地看着,饥饿的压迫使他不得不尝试地咬了一口,想不到竟是那么柔软肥美,不知不觉把整个羊腿上的肉都吃光了。别个猿人也向地上找了几块碎皮零肉,都啃得干干净净。这次的经验,不但解决了他们的饥饿,而且使得他们知道,除了果子之外,还有许多东西可以吃;只要努力去找,总不会饿死的。他们学了这个方法以后,出去觅食时候,便格外留心寻觅,碰着猛兽吃残的东西,不管是羊是鹿,总叨光吃了个饱。不久他们大家都学会了吃这新鲜东西。不过这种东西,也是很不容易碰到。碰不到的时候,依然还要挨饿。

一天,他们正在觅食时候,忽然草里窸窣窸窣好像有什么东西在那里探头探脑。他们停了步,屏息地观察着。倏地由草里蹿出了一只小小的白兔子,活泼地拨弄着丛草,似乎寻觅什么东西。他们被这兔子的雪白肥胖身体所吸引,联想到那天雪白肥胖的小山羊,不是和它一般吗?这该是多么腴美的食物。虽然他们没有吃过兔子,可是现在饥饿征服了他们,他们不得不做一次尝试。他们准备好了,运用他们敏捷的两手,出其不意,迅速地扑了过去。小兔子吃了一惊,挣扎着要想逃走,可是已经来不及了。猿人按着兔子,模仿着剑齿虎的动作,猛力咬了一口,兔子的毛血塞满了他们的嘴。他们尝到兔血的鲜味,也和羊肉仿佛。在饥饿压迫下,没有工夫考虑,便尽量地啖食一饱。从此他们不但吃起兔子,便看见别的小动物,也都尽力去捕捉来吃。他们不但自己吃,还纠合了许多同伴,共同捕捉动物来吃。

一天,有一个猿人发现山上有一头转角羊正在吃草,连忙招呼同伴,大家迅速地跑上山去,正要前后包围上来,转角羊已经惊得窜上坡去。十几个猿人都拼命地向前追赶,有几个跑得快的,看看就要追上,忽然震天动地的一声巨响,登时满山木石狂飞乱舞,前面峭拔的危峰也摇摇欲倒,脚下石块纷纷滚下山去,猿人个个头昏目眩,站立不住,满地打滚,跌成一堆;那些满天乱飞的大小石块,还在像雨点般打来,打得他们鲜血迸流,伤痕遍体,痛得都昏了过去。不知过了多少时间,才陆续甦醒过来,只见满天一片通红,红里又透着黯淡阴森的昏黄颜色,一阵阵震天动地的轰轰隆隆声音,接连不断。满空飞沙走石,尘土蔽天,地上还是摇荡不定,鼻子里只嗅到一股特别焦臭味道。树林倒得纵横遍地,各处砂石灰土堆积如山,光景好不凄凉。大家挣扎起来,望见那边天上一阵熊熊烈焰,红光烛天,又是一阵滚滚黑烟,上冲霄汉。他们从来没有看见过这样可怕的景象,吓得战战兢兢,不知如何是好。并且有的头部打破,有的肢体打折,疼痛难禁。又记挂着穴里小猿人,急要回穴去看,便不顾危险,都一瘸一拐地觅路下山。这时山路已经给乱石堆满,地面不停地摇晃,这些石块也都不停地骨碌碌滚着。他们找不着道路,只好大家臂牵着臂,跌跌爬爬的,慢慢走去。一路上碰着许多大大小小的野兽,像土狼、犀牛、骆驼、黄羊、水牛、黄牛、花鹿、蹇驴和无数的猿人,都在纷纷奔窜,连爬带滚地各逃性命,混乱不堪。也有叫的,也有哭的,一大队挤过来,一大队涌过去,搅做一团。那种凌乱样子,更加使他们慌张无措。找了多时,还不知东西南北。这时又听得一阵惨厉怪吼的声音,那边山上冲下一群豺狼虎豹,也都狂嗥乱吼地拼命奔窜;明明一大群野兽,摆在它们面前,它们却都不想攫食。一会儿,山上骨碌碌滚下了几个毛象,也向山下逃走。猿人看见这般光景,越发心胆俱碎,瞎冲乱撞了许多时间,才冲出重围跑向自己洞穴地方,早已面目全非,再也无法分辨。找了多时,才找到已经崩塌的洞穴,上面重重叠叠压着许多乱石,也不知洞里幼儿是生是死,个个都惶急得目瞪口呆。连忙尽力搬运,把拿得动的石块都挪开了,好容易才露出一个窟窿,听见里面呻吟的声音,更加急得要命。加紧地又搬了一会儿,个个都弄到筋疲力尽,才找到被压在穴里的幼儿,有的受伤,有的压死,也有的平安无事。他们这才哭的哭,笑的笑,抱着各人的孩子,重新寻觅安身的所在。但是这时许多凶猛野兽的洞穴也都同时崩塌,它们也都拖儿带女地满山找寻安身的地方。那些土狼、黄羊、花鹿、水牛一类,早已潜形匿迹。只剩下虎啸、熊咆,一片凄厉的声音,四山响应。猿人认得这种尖锐声音都是饥饿猛兽觅食时候所发出的,吓得手足无措,一则因为身受重伤无力抵抗,二则搬运石块已经十分疲乏,三则又抱着受伤的儿女,需要保护。洞穴既已毁坏,急切找不到躲避的地方。正在万分危急时候,忽然看见那边还有几棵大可十围的古树,因为根基坚固还没有拔倒。一时情急智生,便纷纷跑到树下,努力攀缘上去。刚刚爬上大树,喘息未定,早见许多凶猛的兽类,已经由那边气息咻咻地且走且嗅,迤逦前来。猿人屏息坐在树上,等候它们陆续过尽。末后一只老虎走过树下时候,忽然往上咆哮几声,大约是看见猿人了。但是老虎的身体十分笨拙,爬不上树,所以叫了几声,望了几眼,也就无可奈何地走了。猿人们刚刚喘过一口气,那边又听得怪叫了几声,只觉得尖锐刺耳,也不知是什么动物。那时天色已经渐渐暗了下来,望过去一团漆黑,蹒跚爬动,猿人料是另外一种猛兽,也就不敢下来,只得偎抱着小猿人,胆战心惊勉强在树上过了一夜。只见那边天上还是一阵浓烟,一阵红焰,好不怕人,时时传来轰隆声音,树上也还摇动不息,头昏眼花,委实难以支持。好容易挨到天明,大家商量办法。原来猿人自从住在地上以后,吃了许多动物,更比专吃果子时候容易增加脑量,所以脑子越变越大,智力也渐渐增加。后来又常常合群抵抗野兽,斗争激烈时候,口中每每发出呼喊声音,彼此传达意思,互相救应。久而久之,这声音便有高低疾徐的分别,成为一种简单言语。现在他们便用这种言语,互相商量。商量结果,在没有找到洞穴之前,还是暂住树上。便把树上小枝采折下来,铺架在粗大杈枒上面,把孩子放在树上,留下几个母亲看守,其余猿人都冒险下树找寻食物。找了一会,只觉到处温暖如春,不知是什么缘故。抹过山边,忽见那边许多猿人,纷纷推拥,好像抢夺什么宝物。连忙跑去一看,原来那边山上有许多鹿、兔、羊、貛,散布各处,都已经死了,发散出一股香味,引人流涎。许多猿人正在争相抢夺,有的抱,有的抬,都拿回自己洞穴去享受。他们急急动手,也抢了一头半焦的貛,两只烤熟的羊。大家抬到树下,用嘴咬开毛皮,共同分吃。那种味道,香美无比,和以前吃的生肉大不相同。这时候猿人还不知道这貛和羊都是火山起火时逃避不及,给过高的热度烤死烧焦,只知道今天的肉特别好吃,越吃越馋,吃到羊头时候,无法打开头骨,本想抛弃。一个猿人不舍,抱着羊头狠啃,啃了一会,总啃不动,一时性起,便捡起一块石头来砸,砸了几下,居然给他砸破脑壳,挖出羊脑来吃。这个发明,惊动了别个猿人,连忙也捡石块,把羊骨反复敲击,吃了许多羊髓。又把羊肉割碎几块,带到树上,来喂他们的儿女。这样做了许多次数,才知道要切开一块肉,是要用锐利的石片,才容易成功。从此他们便学会了捡取尖锐的石片来用,渐渐懂得切开肉,又渐渐懂得切开皮了。可是石块里面不大容易找到又尖又薄的,偶然碰到合适的石片,他们便当做宝贝,藏了起来。

有一天,他们正在树上分吃着拾来的半只鹿的前蹄,忽然云雾杳冥,昏天黑地,登时倾盆大雨,打得满树淋漓,一阵阵电光和金蛇一般,左右盘绕。突然极响亮的霹雳一声,前面一棵大树熊熊火起,和那天火山相似。他们都是惊弓之鸟,不觉吓得发抖,忙忙带了儿女,不顾大雨,拼命离树逃走,跑了很远地方,方才住脚。回头一看,树上还在燃烧,幸亏面还没有摇动,大约没有什么危险,他们便蹲在雨地,提心吊胆地等着。忽然又是一声巨雷,眼见原住的儿棵树上也起了火,他们吓得两手掩耳,匍匐在地,挨了许多时候,渐渐雨止,到天明,火势也渐渐灭了,这才东张西望地慢慢走回。还没有走到,早看见许多猿人都围在那里,指指点点,都显得十分大惊小怪的样子。地下东倒西歪地横着几棵大树,都已枝断叶焦,发散出一股难闻的气味。在枝叶残灰里埋着他们刚才吃的半只鹿蹄,只露出一些儿蹄尖在外。猿人便跑过来,把它抓出,却把手烫得怪痛的,连忙甩在地上。别个猿人忙来拾取,也烫了一下。他们更加诧异,东也来摸,西也来摸,都闻到焦香好吃的滋味,只是不能到口。弄了好些时候,鹿蹄渐渐凉了一点,大家便抢夺起来,这个猿人咬了一口,便被那个猿人抢去。这样抢来抢去,把它吃得皮骨无存，大家都咂咂舌头，觉得还有余味。但是仍然不明白为什么这个鹿蹄会这样好吃。

一会儿，许多猿人都渐渐散去，自去觅食。这群住在树上的猿人，也只好仍去找寻洞穴来住，也搬了许多石块，堆积在洞口，预备和野兽斗争；又搬了许多枯叶，堆积在洞里，取些温暖。忙了许多天，才把家安下。刚刚弄得清楚，忽听外面许多猿人凄厉的叫声，连忙纷纷出洞来看，却见无数猿人都在崖上，有的蹲着，有的挂着，个个搬了石块往崖下抛去。一面忙碌地搬，一面发出呼救的声音，山上也陆续跑来各处猿人，都纷纷参加战斗。忙往崖下一看，不得了，一大群鬣狗，正在狺狺狂吠，连奔带跳地往崖上直窜。这些鬣狗专喜咬吃动物，凶猛得和狼虎一般，是猿人最怕的猛兽。这时大家都慌了手脚，忙忙搬运石块雨点也似的拼命掷打。果然人多好做事，鬣狗虽然凶狠，禁不起许多猿人居高临下，合力抵御，鬣狗被石块掷得头破血流，只得狺狺地怒吠，垂头丧气地退去。这边猿人看见敌人已经打退，便急急再去搬运石块，藏积洞旁。崖上大小合适的石块，都已抛掷一空，只好等到鬣狗去远，下崖去拾取刚才抛下的石块。忽然发现有几个黑色的石，已经掷碎，成了几片，尖锐无比，比起平日用来割肉的石片锐利得多。几个比较敏慧的猿人便发出惊诧的声音，彼此传观一会儿，然后个个分拿一块带回各人洞内，作为切割之用，果然锐利无比，非常方便。这种石刀，就成为猿人的宝物。经过许多时间，他们渐渐懂得这种黑石是可以摔碎的。在一天要切吃一只小羊的时候，一个猿人偶然嫌那黑石不合手，抓起一块石头，对黑石用力打了一下。不料那黑石是一种燧石，一经用力敲打，登时迸出万点火花，星星乱射，许多落在枯叶上面，立刻点着燃烧起来。猿人已经给火吓怕，一见闯了这般大祸，马上狂跳起来，拼命逃走，一面大声喊叫。邻近猿人都陆续赶来，只见枯叶上面火光熊熊，红舌乱卷，都以为妖怪出现，连忙纷纷逃去；等到火灭烟消，方才敢走回去。这时灰上烧熟的小羊，正在散布香味，他们又惊又喜，想起了以前几次所吃的东西，都是在这种奇怪事情发生以后，才发现的。他们相信这是一种可怕的事情，所以他们虽然喜爱烧熟的东西，却也不敢常常去试，只是拿着燧石，颠来播去，当作神物看待，有时也因为无心敲打，燧石就迸出了点点火星，往往把他们吓得大声喊叫。过了许多年后，每每因为无心弄出火来，但是除了烧去一些枯叶败草，或烫伤皮毛外，并没有很大伤害，渐渐他们也就不大害怕了。

这时候，他们移住地上已经几十万年，仗了合群的力量和脑力体力的发达，由猿类进化成了人类。后来生育繁多，便渐渐移徙各地，扩充居住地域，散布到许多辽远地方。那时欧洲、美洲和南洋一带都和亚洲大陆连着，未曾分隔，他们迁移起来很是便利。年复一年，猿人便布满各地。后来又经几次地震，爪哇南洋便和亚洲大陆脱离，隔了一个海，美洲也和亚洲分开了。

那留在黄河下游北京附近一带地方的猿人，到了这个时候，已经懂得居住洞穴，吃各种生物，用石块来抵御敌人；也懂得合群的道理，有什么困难，大家商量办法，互相帮助。在天气寒冷的时候，他们还是不能不出来觅食。这样过了许多年，有一天，在一阵狂风之后，树林里忽然发出火光，他们开始觉得害怕，远远地看着。看了多时，似乎并没有什么危险，便慢慢向前，看见树上还在烧着，却并不十分猛烈。一个胆大的便冒险在地上拾取一支半燃未灭的树枝，带着火焰拿回洞去，这是他们初次得到了光明的火。渐渐他们懂得树枝是可以燃烧的，便在火上陆续加入树枝，继续地燃着。渐渐他们知道火并不那样可怕，是可以想法控制的，也可以用它来取暖。

一天他们正在洞口生着火，忽然一阵大雨，把火全泼灭了。这又给他们上了一课新的知识，原来火是怕水的。要想灭火，泼一点水就行。可是要生火却不大容易。他们这时候又想起了碰石，就把燧石敲敲打打来取火。这个时候大约离现在一百万年。这个刚刚学会弄火的猿人，就是我们中国最早的祖先"北京人"。①

北京人完全是由斗争进化，经过了许多万年，才以人类的姿态出现在世界上。他们在这种原始生活中，经过了许多万年，学会了把石块互相敲击，可以把旁边不需要的地方打去，留下了石块的中心，成为一种合用的石器，这是一种极大的发明。为了要找坚固的石器材料，他们常是捞取水里的圆石，来打成他们自己所喜欢的石刀；同时他们也学会了控制火的方法，可以生火来取暖和烤熟兽肉了。

渐渐许多猿人觅食归来，就坐在火的旁边，拿了两个石块敲敲打打，成为平日一种工作。这工作虽然很简单，但是任何动物都不会，只有人类才会。人类的出现使哺乳时代的近生代起了一个重大变化，因此人类出现后的时期也叫作灵生代，大约离现在五十万年到一百万年的时候。

那时北京人已经会控制火，并且有了许多石器。为了生活的需要，他们不断地敲打着石器。有一次，偶然敲打得太近石块的中心，竟然把石器打成了碎片。一开始，他们很觉得惋惜，因为没有打得合于他们的理想。后来仔细一看，打碎的地方，都有尖锐的棱角，这几个碎片居然都成了最好的石刀。这时候他们欢喜得跳跃起来，互相谈论这个新奇的发现。于是他们就有意用石块去打另一个石块的中心，一下子就可以得到许多石器。这个创造，使石器时代的文化再进了一步。

他们渐渐地进步了，会知道用多大的石块来打，就可以得到他们所需要的石器，并且敲下的石片也可以随意再敲，改成大小合适的石器。但是制作石器都要用很大气力，十分艰苦。石块反震的力量，常常使他们的手震得非常疼痛。所以每一个石器，都需要很长的时期才能打成，可是北京人是不怕艰难辛苦的。几十万年的努力，使得他的双手进化得特别发达，因为他已经知道用双手做各种的工作。

这个时候，地上气候忽然变冷，冰雪遍地，渐渐大块的冰随着半溶解的冰水，像河水一般流过中国，这就是冰川。那时地上一片晶莹明彻，成了琉璃世界。只有冰川不到的地方，还留下几丛青翠树林，恰似大雪之后，白茫茫一片无垠，只露出几枝松针似的。这时生物大半都已冻死，只有灵敏的预先逃避，才能生存。北京人也历尽了千辛万苦，靠着他们几十万年劳动得来的经验，来度过这可怕的冰期。

他们发明了把所吃的兽类的皮，用石刀割了下来，包裹在幼儿身上。渐渐他们自己也都穿上了这种毛皮，来保持身体的温暖。他们之中，也有由洞穴里搬出，迁到树上居住的。这时候他们住在树上可没有以前方便，因为他们已经离了森林几十万年，不

① 经过不断发现，除"北京人"外，云南元谋，陇西蓝田，山西芮城以及贵州、湖北、河南等地区，都发现了远古人类的遗骸或遗物。

像以前猿类时代那样灵巧了。他们的手已经学会了种种工作,可是不再像以前的善攀会跳了。为了安全起见,只得砍折了许多树木,搭成鸟巢模样,严严密密地铺上树叶枯草,以避风雨。这时他们的脑力已经十分发达,所做的巢,自然比鸟类高明得多。这样,在树上居住了许多万年,渐渐越做越好,把巢做得有门有户,有的还会做个透光的窗。这个时期,就是传说中的有巢氏时代。那些仍然住在洞穴里面的人,自然也为数不少。

人类居住在树上,比较可以不怕野兽的侵袭,但是下树觅食的时候,还是非常危险,假使碰着会爬树的野兽,就更糟了。有一次,他们正猎得一只梅花鹿,坐在树下,用石刀来开剥鹿皮,忽然山上奔来一只大熊,好像正往这边树下跑来的模样。他们连忙抓了刚刚分做几块的鹿腿、鹿身,迅速地都爬上树去,隐在树叶里窥看。那只大熊跑到树下,找到他们刚刚切下的几块鹿头鹿骨,嗅了几嗅,张开大口就嚼,不消几口,已把鹿肉吃个精光。随后那大熊把后身一耸,将两只前脚按着地下,大声咆哮起来,一面举头四顾,两只碧绿眼睛射出可怕的凶光,好像寻觅什么东西的样子。一会眼光突然停在树上,灼灼直视,大约是看见了人,立刻大吼一声,直向树身冲来,举起两只前爪,就要扑到树上。吓得诸人手忙脚乱,只怕它真要爬上树来,树上许多幼儿给它抓去一个,可不是玩的;但是树上并没有可以抵抗的东西,只得把树枝扳下来,纷纷往下打去。熊的皮毛极厚,对于这些树枝毫不在意,仍然抓住树身,伸直后腿,用力一蹬,就势一曲,早已腾身上树。诸人见熊身体虽笨,动作姿势却极敏捷,知道是爬树惯家,先就着忙,急急把树枝往它身上拼命掷去。粗大的树枝,一时急切扳折不断,细小的打下去一点也不济事。倒把熊惹得性起,大吼一声,前肢往上一搭,紧紧抓住树身,再借着前肢搭紧的势,把早已离地的后肢往上一蹿,就足足窜上了二三尺,眼看再蹿几下就要上来了。这时大家益发慌忙,七手八脚地扳下许多树枝,拼命地抛掷下去。那熊毫不畏惧,仍然向上直爬,转眼已经爬上了半棵树,就要抓到树杈了。诸人只得纷纷把树枝向熊乱戳乱打,戳在熊的身上,若无其事,反被熊张开血盆般大口咬住树枝往外一甩,这人撒手不及,几乎跌下树去。这时另外一个人,把尖锐的树枝冷不防向那只熊的左眼尽力戳去,戳得鲜血迸流。那熊狂叫一声,四足一松,滑下树去,把左爪护着眼睛,坐在地上。大家这才松了一口气,连忙把树枝像雨点般往熊抛去。那熊给树枝打在头上,牵动受伤的眼睛,更加疼痛,只得勉弛站起,怒吼几声,拖着笨重身子,慢慢走开。诸人眼看大熊离去,想起刚才情景,还在胆寒。大家商议,树上也不是安全所在,必须好好防卫。便把树木折下,做成木棒,把石刀用皮条绑在棒端,做成一种石斧。但是石斧很笨重,他们又找比较尖小的碎石,绑在棒端,就成了石枪。他们有了石斧、石枪,就可以和猛兽斗争了。

渐渐他们又把石斧石枪都敲得平正,就更加锐利。特别是水里圆石做的枪尖,尤为合用。因为这些石卵都已经受河水日夜磨洗,又光又滑,石质又是十分坚固。只消敲去旁边,使它锐利,便是极好的刀枪。他们仗着这新式武器,防护身体,比从前赤手空拳的时候安全得多了。

冰期过去,天气转暖,兽类渐渐又在地上活跃。其中梅花鹿和扁角鹿两种最是肥美好吃，人类就仗着石斧和石枪来捕捉它们。捕捉的时候，大家都伏在树旁石后，侦伺鹿群出来觅食。等到它们走离窟穴，进入涧旁山路，有的嚼食涧旁青草，有的低头喝水时，人们就迅速分成两队，一队由后面截断它们回穴的归路，一队由前面阻住它们逃走，各持石斧，跳跃围上，猛砍一阵。这时鹿群进退无路，只有哀鸣乱窜。最后，除了许多被砍倒外，其余也都坠入涧底淹死，人们便大获全胜，抬了回去，把皮剥下当衣服，把肉切来大嚼。还有鹿角，也拿来略略切削，当器具用。这时候，他们已经留下兽骨兽角来使用了。

逐渐他们觉得骨角比石头还要合用，他们就把它切削，做了枪尖，安在木棒上面，抛掷过去，便成了一种标枪。这是他们猎取较远野兽的利器。

但是那些厉害凶恶的虎、豹、熊、狼，都还在森林山洞里住着，天天出来猎食，尤其是剑齿虎最残暴，人们一不小心，单独行走，遇着了它，就往往被吃掉，只有合群带了武器，拼力抵御，才能逃脱。这是人们最烦恼的事情。

终于有一天，一个奇迹发生了。有一个人正在涧边开剥一个猎得的扁角鹿，忽然一只剑齿虎由后面林里抢出，张牙舞爪地径向这人扑来。这个人慌得抓起鹿就跑，一直往自己洞穴逃去。剑齿虎更不肯舍，张开大口，咆哮追赶。他惶急无措，忙把手里石刀回头抛去，却没有抛着，剑齿虎仍然狂吼跳跃着奋力追赶。一时狂风大起，更加助长了剑齿虎的凶焰。看看将要赶上，这个人只得格外拼命地跑，正好跑到洞前，却碰着女人在洞口生火，预备烧鹿吃。一堆枯叶败薪，正在毕毕剥剥地烧起来，狂风一刮，火势大盛。败叶给风一卷，纷纷带着红焰满天飞舞，一霎时满地满空都弥漫着黑烟红火，吓得剑齿虎踉踉跄跄地连蹦带跳逃下山去。这个人跑到火边喘着气回头一看，剑齿虎不但没有追来，反蹿下山去了。这才定一定神，想起刚才事情，宛如做了一场噩梦，才知道火有这般的威力，连吃人的剑齿虎都怕得这样，从此他们又获得了一种新武器。

他们不但生火取暖，烧熟兽肉，他们也生火来防御野兽，用火来狩猎，火被普遍地应用起来。为了防御野兽来伤害他们，只消在男人出去的时候，让妇女或小孩在洞口燃起了一堆火，把一枝一枝的枯木慢慢地添上。这种省心省力的事情，却比任何刀枪都要厉害，没有任何凶猛的动物敢来窥伺。这个伟大的发明，使人类文明更进了一步，达到了燧人氏的时代。

他们渐渐对于火的知识更加丰富了。在一个大风的早上，许多树木都给风吹得东歪西倒地颤动不息。那些繁密的森林中无数树枝互相击撞摩擦着，阵阵风声像澎湃的海潮般呼啸着。到了近午时候，忽然林里发出黑烟来，起初不过一缕，转眼越来越浓，在罩满黑烟的树上透出了一伸一缩的红焰。霎时间风催火势，全林烧着，化成了一片火海。

这样伟大的壮观，他们已经看惯了，在黑烟初透的时候，就指指点点地谈论着，等火焰伸出时，仿佛看焰火一般，漠不经心地任它自生自灭，至多，等到火熄了去拾几枝火种。可是这次有一人偶然把拾得的两个半焦树枝，也模仿着树枝摩擦的样子，试验它是否因为摩擦的缘故而发生火焰；摩擦了一会儿，似乎越磨越热，渐渐也发出烟来。他觉得很有意思，便继续摩擦着；摩擦到最后，果然也生出火来。从此他们又学得了钻木取火的方法，不必专靠一些难得的燧石了。

可是每次火灭，必须钻木来生，还不算十分方便。他们经过许多年的经验，又发现了木屑是很不容易烧完的，如果在火的上面撒了厚厚的木屑或是烧过的炭灰，火焰就会给它们压弱，只在灰下慢慢地燃着，可以经过许多时间，不会熄灭。他们便用这个方法来保留火种；等到要用的时候，再把灰屑拨开，添上枯枝，又可以燃烧起来。

这个时代，他们的生活是蓬勃向上而快乐的。他们常常带了石斧和燃着火的树枝到深山里耀武扬威地寻觅野兽，有时一不小心烧着了枯草，立刻便满山燃烧起来，像火海一般，把所有树木都烧着了。这时他们便急急地突出火阵，跑到山下喘息地看着。一阵阵浓烟夹着野兽哀号的声音，在红焰里卷着。一向找不到的狐、貛、鹿、兔都纷纷由山里冒烟突火，四散奔逃。他们便趁这机会，截住路径，抡起石斧，把野兽都赶到崖旁，让他们纷纷跌下崖去。这样，往往得到意想不到的收获。大家都欢欢喜喜地，扛着、抬着回去，堆积得像小山一般，留着慢慢吃。再过一二日，等到山里火势熄灭以后，再纠集多人，上山查看，那时满山一片焦枯，横躺直卧着许多烧杀的飞禽走兽。尤其使他们欢喜得几乎发狂的是往往烧死了几个最凶猛的野兽，像剑齿虎、大熊、毛象、犀牛之类。他们欢天喜地地抬了回来，轰动了多多少少人来搬取，个个都满载而归。然后开剥兽皮，团聚围坐，大吃起来。那种快乐，说也说不尽。吃到后来，大家就围成圆阵大跳大舞，一面还表演他们追赶野兽时候的身段和架势，表示得意，口中也发出呼喊的声音；有时还拿了石块、鹿角来敲敲打打，尽量享乐。那些年龄还小的青年，便露出羡慕的眼光，围了上来，模仿着攻击的身段，跳舞着，欢呼着，由娱乐中间学到了猎兽的技术。

吃惯熟肉以后，再吃生肉，觉得十分不可口，于是人们就生起火来，围坐四周，把兽肉烤得香美无比。大家又大大欢乐一回。从此，每次得到野兽，便生起火来，烤熟了吃。吃够了，便围着火歌唱跳舞，成了一种习惯。这便是后来音乐歌舞的起源。

人类智慧发展到了这一阶段，那些野兽已经不是人类的敌手了。渐渐人类住的地方越扩越大，野兽住的地方便越缩越小。每个洞穴里，都铺着温暖的兽皮，堆着尖锐的石刀、石斧，还挂着兽角和兽的头骨，这些都是那时代必需的器具。因为他们吃了熟肉以后，嘴里干得很，必须找水来喝，大家常常成群结队地到溪水旁来喝一个够。一开始，他们是用双手捧水喝，后来渐渐懂得用兽角和兽的头骨来舀水，倒也十分合用，所以就当作日用器具，挂满了每个洞穴。冬天还生了一堆火，大家围坐着取暖。

尽管这样扩大地盘，天然可住的洞穴还是有限，赶不上年年增加的人口。他们有的跑上树去，搭个巢来住。有的便把树木搭在地上，倚崖靠石，架上许多杈丫，也还勉强住得；只是禁不起狂风暴雨，一吹就倒。他们又想了种种方法，把木头削得尖锐，连接起来；再敷上泥土，上面铺上兽皮，这便是原始的房屋。

生产发展了，他们现在只要狩猎一次，可以吃得许多天；生活一宽裕，就渐渐动起脑筋，把狩猎用具来改良。首先他们觉得石刀绑在木棒上，太容易掉下来，便想出方法，在石刀上刻了道，可以容易缚紧一些；渐渐把道刻得更深。最后便发明了在刀中心钻了个孔，安上木棒，便成功了一柄坚固的石斧。渐渐他们又知道把石斧磨得光滑，可以更加锐利。这种磨光和钻孔的发明,使他们的文明更进了一步,便由旧石器时代进到了新石器时代。

既然会磨制石器,渐渐也会磨制骨器了。除了磨制日用必需的石器骨器外,有空时候也磨制一些玩耍的东西,像石珠、贝壳之类。在猎到大批野兽时候,高兴起来,也把尖锐的石刀,在洞穴里刻出野兽的形状,有时还把射在它们身上的标枪也画了下来,用以娱乐自己和小孩子。这种最古的刻画,就是人类最初的艺术。

渐渐因为偶然发现了红色像丹砂般的红土,他们便拿来涂在图画上面,作为流血。这时候,他们的脑筋已经聪慧得令人惊异。不但如此,他们还发明了许许多多奇妙的用具和艺术品。

他们穿的衣服本来只是一整张兽皮,披在身上取暖;后来渐渐感到需要束缚在身上,并且要把几张兽皮拼凑起来,才能遮蔽全身。他们想了又想,改了又改,过了许多年,好容易才做到把兽皮穿丁许多洞,另用兽皮切成细条,由洞穿过,一一结了起来。这种工作非常繁难,因为穿洞时候需要尖锐的工具。他们起始是用鱼骨,或把兽骨磨尖了来用。这样用了许多年,有一位聪明人,忽然感到要是在骨端钻一个孔,就更容易带进皮条。他便用了尖锐的石片,在骨的另一端挖了一个小孔,这是非常艰难细致的工作,但是他居然做成了。这一枝骨针,是世界上第一根针,有了它,缝制兽皮就便利了许多,渐渐兽皮衣服便越制越好了。

自从有了火以后,猎取野兽可以不消许多人力了。渐渐就由男人出去打猎,女人因为哺乳幼儿的关系,常常留在家里,照顾小孩,缝制兽皮,或从事采集,预备燃料。等男人们欢呼歌唱地拖着野兽回来的时候,女人们就动手开剥兽皮,让男人们坐下休息。日子一久,无形中便造成了男女分工的习惯。

一天,他们采集了许多枯枝,预备带回来烧火,随手拔了一根长的草来捆着。到了家里,发现这根草坚韧非常,捆得十分结实。这就引起一个女人的注意,她把这根草拿来细看,草里露出白色的纤维,用手一撕,坚韧得和皮条差不多。她就把它另外放起,预备下次当作带子用。过了几天,当她缝制兽皮时候,偶然把皮条用完了,急切找不到,便把这白色纤维擘下一绺来用。想不到它比皮条更要合用,要粗要细,都可以随意分擘。从此她们便开始寻找这种植物,擘出它的纤维来缝纫兽皮。渐渐知道把它搓成绳子,就更光滑结实。从此麻类就成为人类日用不可缺少的东西。

他们每天除了打猎外,有的采掘野果球茎,有的收集枯枝落叶,有的缝制兽皮,有的砍伐木材,有的捕捉鱼、鸟、蟹、贝,有的磨雕石器、骨器,男男女女,整年整月,没有一下不是忙忙碌碌地为生存而奋斗。经过了许多万年,由努力劳动而克服了一切困难,由斗争而产生了无穷智慧。他们所做的工作,也日益精巧细致。石器和骨器都做得非常工整光滑,有时还在器物上雕刻了许多花纹,又把圆形石子挖了孔穿成一串,挂在身上;还有兽类的牙齿和海滨的贝壳,也都是光滑可爱的,也把它穿起孔来挂着。吃饱了起来跳舞的时候,就发出了铿锵悦耳的声音。有时也把美丽的鹿角戴在头上,来增加跳舞的姿势。这些东西,都是那时最美丽贵重的装饰品。

因为他们长期吃着烧熟的肉食,穿了温厚的兽皮,自己身上御寒的长毛便渐渐脱落。过了许多万年,便露出了人类的皮肤,再不是毛茸茸的猿猴模样了。

在几十万年的灵生代里,经过了三次冰川时期,无数的鸷鸟猛兽都死亡的死亡,灭种的灭种。只有人类,靠了劳动,靠了合群,靠了斗争,战胜了自然。在快乐的燧人氏时代,发明了火,扩展了石器时代的文化,还孳生了千千万万的子孙。正是:

进化端由劳动始,成功全赖斗争来。

第二回　耕牧溯羲农　千古文明开涿鹿
陶渔终禅让　九州贡赋会涂山

自从发明了火,各处人民渐渐采用了熟食方法。住在水边的人捉到了鱼虾蟹贝,也一样地放在火上烧了来吃。那时水里动物非常多,鱼鳖虾蟹,无所不有,而且个个肥大强壮,翻波逐浪,处处可见。水边人民完全把它们当作粮食,常常折了很长的竹竿,磨尖锐了,作为鱼叉,看准了一尾大鱼,便用力向它刺去。因为日日熟练的缘故,往往十有九中,立刻直透鳞里,血水涌出,人们随手迅速地举了起来,负伤的鱼便随叉而起:偶然蹍着巨大的鳌鳄,也必纠集多人一齐并力,和山居人民捉拿野兽一般。他们有时也跳下水去,摸捉贝蟹鱼虾来吃。贝类因为好捉,吃得更多,贝壳堆积如山。有时鱼类逃到深水地方,追捉不着。他们便想出一种办法,把溪水两头截断,鱼就逃不出去,然后把水慢慢泄去,泄到差不多时候,再用手把水泼干,水底的鱼,无法逃走,只在泥里拨刺,就可以全数捉来,等到鱼捉完了,再把截断地方打开;以后又另找地方,再行堵截,重新捉捕。这种方法一直应用了许多年。

鱼类用火烧了吃,比生吃适口。人们既然学会了火食方法,逐渐创造用火烤熟鱼类的经验,大约最初烤熟来吃的,只有贝壳之类,然后才推广到鱼虾。贝类放在火上,只要烧到贝壳开启就成了,而鱼虾的烧熟可就不容易,它们受到热,登时便乱蹦乱跳,大家常常满地追扑,弄得满手满身都是泥浆,非得把它们弄死,才能服服帖帖。后来惹得一个性起,抓了一把烂泥,包在鱼的身上,掷到火里去。那鱼挣了几下,因为裹在泥里,不能动弹,不久便烧熟了,打开泥片一吃,味道竟比没有包裹泥团的香美得多,并且一点也没有烧焦。由是大家懂得这个方法,每次捉到鱼,先把泥土厚厚包了起来,再放在火里烧。慢慢地这方法也应用到各种兽肉上面,解决了屡次烧焦的困难。烧了许多年,偶然有一次烧熟的兽肉外面的泥土竟然坚固得像一片石头,用手擘不开,只好使劲地往地上摔,豁啦一声,泥土碎成好几块,但还是很坚硬的,似石非石,不知是什么东西,大家诧异了一番,也就算了。不料以后常常发生这种现象,掷碎的泥片和水也化不开,再不能利用它来包裹兽肉;可是舀水盛东西却比较更合用。渐渐就有人把这种泥土捏成各种形状,放在火里烧,居然成了陶器。以前虽然有兽角、兽骨、贝壳可以盛血盛水,但是它们都是天然东西,用起来不甚方便。现在有了陶器,就可以由人喜爱,随意捏成各种的样子了。从此人们除了雕磨骨器和石器之外,又添了捏制陶器的工作。

这时人们不但用泥土来捏制陶器,也用泥土涅制弹丸,用来射击鸟兽。看见野兽远远走来,便把泥丸抛掷过去,把它赶走。抛了几时,觉得用木棒打击泥丸,可以更远一点,就渐渐悟出了弹弓的道理,便把木条揉得弯弯的,造成弹弓,用来发射弹丸,非常有力。后来大家就用这种技巧来狩猎野兽。

那时狩猎武器除了石斧外,追击比较远的野兽,都是用标枪投掷的。可是标枪一脱手，不一定能找得回来，必须多带几支。太长太大了，带起来就不方便，削得小了，又抛掷不远，这是很困难的事。现在有了弹弓，正好发射距离远的动物。不久，便有人把标枪和弹弓合起来，将标枪削小，成了箭矢，用弓来射，比弹丸更加厉害。但是木制的箭矢无论削得怎样尖，碰到像熊、虎、象之类坚厚的兽皮，就一定射不穿。他们又想出方法，用石或骨来做箭镞，就比木头锐利得多。为了爱惜石镞，怕它失去，又用了细绳系在箭的尾部，这样就容易找回。

一个风和日丽的晴天，有一群猎人带了弓箭，出去打猎。走到日常去的地方，那里有幽密的树林和丰缛的细草，正是兔子、雉鸡出没的场所。他们静悄悄地躲在树里，注视着周围的一切景物，希望能够捉到一些美味。等了一会，忽然窸窣几声，前面草里蹿出了一只小兔子，正找它所喜爱的嫩草，低着头嚼吃。他们看准了这是捕捉的好机会，就轻轻地走出树林，刚刚一晃影子，兔子已经飞也似的逃去。他们只得又躲在树林里等着，等了许多时间，好容易一只兔子来了，又照样地被吓走。一连好几个，都没有射着，看看日影已经近午，他们都等得不耐烦了。其中一个猎人无意中抬起头来，忽然看见那边树枝上有一个蜘蛛，正在慢慢地吐出蛛丝来，一根一根地交叉联络，结成一个精致细密的蛛网，在晴明的日影里微微荡漾着。他在树林里无事可做，就看着蜘蛛结网来消磨等待兔子的悠长时间。看了一会儿，蛛网已经结好，蜘蛛端端正正地站在网的中心，也等着等着，不多时一个小小蝴蝶飞来，不偏不倚，正罥在蛛丝上面，挣扎着，颠扑着，越挣越缠得紧，整个给蛛网裹住，飞不去了，这蜘蛛就迅速地跑来，抓着蝴蝶大嚼一顿。这个猎人看见蜘蛛捕蝶的方法，心里恍然大悟，暗想蜘蛛一个小小的虫，捉蝴蝶尚且这般容易。我捉个小兔子为何那样艰难？这完全因为它有一个网来帮助它的缘故。要是我也有一个网，不也就容易了吗？但是用什么来做网呢？他心中细细盘算着，又细细看蜘蛛修网的办法，怎样把蛛丝一经一纬地交结起来，看了一会，心里有了主意，便回到屋里，找了许多绳子，仿照蛛网模样，结成一个网子，便把它张了起来，捕捉兔子，觉得有什么不合用的地方，便随时改良。改了许多次，居然给他网住了一只兔子。大家高兴得很，便纷纷都学着结了许多网，安设在各处丰草茂林的地方，等待兔子自投网里。又把网张在树上，来捉取飞鸟。以前对于会飞的鸟类，十分不容易捉到，现在有了网，便利得多。后来又把网撒在水里，去捉取鱼鳖，只要鱼鳖进了网，就可以稳稳兜来，比起使用鱼叉和堵断溪流都方便不少。这样食物便渐渐丰富起来，不必整天追赶辛苦，自有动物投入网中；一时不需要吃的，也可以畜养着慢慢再吃。一到烧山时候，靠了弓箭枪斧，更加捕捉得多，总是一大群一大群，闹哄哄着抬了回来。大家跳的跳，唱的唱，一面忙着把已死的开剥兽皮，包裹泥上；一面就点数野兽，把重伤和轻伤的仔细分开，捆系起来，以免逃走；然后坐在火旁，喝着血，吃着肉，夸说这次勇敢出猎的成绩，计划着下次宰杀的目标。他们选择的标准，是先宰重伤的和凶恶的野兽。因为重伤的不容易活，凶猛的会伤害人兽，留着有危险，所以必须先宰了来吃。那些受伤很轻和比较柔懦的都留下慢慢再吃。分配完毕，按日杀去。往往还没有吃完，又出去打猎，再带回来一大批野兽。一次一次地积压下来，凶猛的都吃了，柔懦的常常会长期畜养下来，野性渐渐减退，越来越显得驯良。因为被关住，不能满山乱跑，它们便更加肥腯，肉味也特别腴美。有的还生了小兽。渐渐大家都觉得与其费神劳力出去打猎，还不如畜养几个驯良的野兽来得上算。好在那时地旷人稀，到处都是上好牧场，养起牲畜来，毫不费事。各人便把所爱吃的肥美驯良动物留养了几种。鸟类里面也挑选鸡鸭之类来养着。养了几时，这些动物因为有人喂给食物，不须自己努力寻觅，便越来越懒，从前倚恃以自卫的爪角羽翼，都一天一天地退化了。头脑也越来越简单，一切依靠主人，只生了一身肥肉，专供烹食。只有马、牛两种，因为常常替人搬运东西，还保存一些蛮力。其中还有狗类，本是吃肉的，模样又凶猛得很，人们原不想养它。不料把它留养了一时，便和主人熟了，常常摇着尾巴，依依不去。夜里每逢有一点异样声音，它一定狺狺狂吠，满屋找寻，好像报告主人消息似的。偶然跟了主人出去，遇见狐獾狸兔，它就拼命追去，把它们咬死，还衔到主人面前，表示功绩。有时遇着凶狠的狼，它也毫不畏惧，上前抵抗。人们发现了它的特性后，就感觉到必须养一种像它这样的兽，来帮助主人看守家畜。所以犬就成为最先被驯养的家畜之一，其余如绵羊、山羊、牡牛、马、骆驼、象、鸡、豕等，都被驯养了；特别是马、牛、羊、鸡、犬、豕就成了人人爱养的六畜，人类的文明也由以狩猎为主而进到以牧畜为主的伏羲氏时代。

渐渐人们的住所也跟着起了变化，因为一则栖居在巢穴中很不方便，二则许多驯养的动物，不能住在树上巢里，也不能住在山上洞里，只有用泥土木材盖了屋子才好住，慢慢地各地方就都盖起了大大小小的猪圈、牛栏、鸡埘、马厩。其中猪类特别繁殖得快，它的肉又特别好吃，成了家家不可缺少的食物。所以“家”字，就是表示在屋子里养猪，是家家的普遍现象。

家家都有了六畜，穿的兽皮自然不缺乏了。可是到了夏天，就没有办法，兽皮实在热得难受。人体已经脱掉猿毛，又不比兽类有毛蔽体，没奈何人们只得拾些树叶，用绳连缀起来，围在腰际。穿了几时，树叶就破碎了。于是缀了又缀，补了又补，渐渐弄得绳多叶少。最后干脆索性不用叶子，只把麻绳结成似布非布的东西，粗糙得很，围在身上。这就是人类最早的衣服。据说是一个名叫伯余的人发明的，他把麻缕一条一条缠桂在指头上，穿来穿去，织成像网子一般的稀疏麻布，再一点一点地拼缀起来，做成一件衣服。后来经过许多年的经验，才发明织布机，织出细致的麻布来。

这时候是原始共产社会。在广大地面上稀稀落落散布着许多氏族，每一群男女不分彼此共同工作，共同享受，大家拥戴一个首领，管理一切事情。天色一明，大家便驱着一队队家畜，寻觅水草丰盛的地段去放牧，有的跑到水边去捕鱼，有的拿着弓矢到山林中去打猎，有的编织麻布，有的烧煮食物，捏制陶器，磨琢石器、骨器，制造弓箭和各种武器以防卫敌人的袭击……男女老少都很自然地进行分工，还没有分化为不同的阶级。当一片水草吃完了，再换一片地段放牧。虽然由狩猎进到牧畜，却依然迁徙无定。选出的首领如果不合公意，也可以另外换人。那时男女还没有固定的配偶，常常一群女子和一群男子互相配合，这种制度，现在叫它做“群婚”。群婚所生的子女只知道母亲，不知道父亲，就都跟了母亲的姓，成为母系，同母子女，便算同族。同时也由于当时妇女在经济上占主要地位，她们掌握给养的储藏和分配，预备食品和制作衣服等等，所以最早的姓像姜、姬、姒、姞……都是女旁。

由于放牧家畜的需要，各族抢夺水草丰美的地方，互相争斗，那些一向担任狩猎工作的男子就奋勇向前，搬出对付野兽的武器，大战一场。被打败的自然只好逃走；得胜的不但占了牧地，还要把对方来不及逃走的男女老幼家畜器用一齐抢来，作为胜利品。捉到男的，因为怕他们反抗，所以大半杀死，甚至煮了来吃；捉到女的，却常常留下作为婢妾，这样战争不休，男子在战斗中显示出他们的重要作用，往往就被举为首领。女人却因为生产和抚育儿女的生理关系，早已和男子分工；一到战败，又往往拖儿带女无法逃走，被敌人俘虏去，地位一落千丈。这样不知争战了多少年，母系制度渐渐崩溃，父系制度也就开始发生。父系是以氏为单位的，勇敢的氏得了许多胜利品，战斗力也就越来越强，老弱残病的人因为没有工作能力，往往被大家抛弃。

后来，伏羲氏有位首领，看见各氏争战不息，便制止大家不要争夺。如果要得到别氏的女子，必须两氏商议同意，并由男氏赠送女氏鹿皮一双，作为聘礼，如果要别氏的东西，也得用自己东西去交换。这就是最早的婚礼和以物换物的买卖。

这时候中国野兽仍然很多，黄河里面的水族，尤其千奇百怪无所不有。其中有一种类似河马的动物，身上有黑白相间的花纹，也常常随波上下。伏羲氏有位聪明的首领，偶然在晴朗天气到河边观赏，看见这马身上的花纹陆离斑驳，黑白分明，心中忽然有感。他自从做了首领，常常为氏内氏外许多事务操心，又无法记忆计算。从前有一种结绳方法，把绳子结成各种形式以帮助记忆。上古生活简单，还可对付。到了这时候，生活比较复杂，结绳已经不够应用。他便模仿这兽身上的黑白长短条纹，创造了两种长短线条，互相配搭，成了八个不同样子的记号，用来代表一些事物，名为“八卦”。这就是中国文字的开始。这时候离现在大约有一万年。

后来黄河里这种兽绝迹不见，后人便以为马是不会生在河里，除非是龙马；马身上不会有花纹，除非背上驮了什么图。这样揣测传说，就传下了“龙马负图”的故事，说伏羲氏是根据河里龙马所负的图，才画成了八卦。

相传这时候中国已经有了蚕丝，伏羲氏又发明用桐木削成琴瑟，安上蚕丝作弦，弹起来声音十分铿锵悦耳，这是中国最古的乐器。

伏羲氏还教人民用两块木板相合，在当中刻了几道痕，记好数目，然后双方各执一块木板，作为凭据，这就是“契”，是最早的契约合同。“契”字就是“刻”的意思。大家有了契，就免得争多论少，省却许多麻烦。人民既然减少争论和冲突，便渐渐安乐富庶起来。对于这位伟大领袖更加崇拜，也就传说了许多奇奇怪怪的神话，甚至说他的身子是像蛇一般模样。

伏羲有个妹妹女娲，才能出众。伏羲死后，女娲继续做了首领。有一年，亚洲东边一带火山爆裂，猛烈非常。这样一个大变动，对于居住黄河下游山东地方的最早人民，当然是一个极可怕的景象。那时只见远远的天边一阵阵烈焰红彻云霄。黑烟蔽日，崖石纷飞。不绝的轰隆巨响，震撼不停。天摇地动，谷裂山崩。海水滔滔地向岸上扑来，奔腾澎湃。白浪堆得像雪山一般。无数奇形怪状的龙蛇鳌鳄也都翻翻滚滚地随波而来，舞爪张牙，兴风作浪。人民屋庐倒塌，家畜淹没，死伤满地，哭声震天。一时谣言大起，有的说是天崩，有的说是地塌，个个拼命逃走，纷纷不绝。这次地震一直过了许多时间，方才渐渐安定。天色清明，海水退落，空气里的灰尘也慢慢减少。女娲料想没有危险，便亲自到海边察看一周，除了满地灰土残石外，却看不见有什么奇怪现象。她回来便号召人民，仍旧搬回原住地方，修整屋子，照常工作。那时人民还不明白地震的缘故，觉得明明天崩地塌，为何女娲走了一周，便就无事，一定是女娲弄了什么神通。大家将信将疑地陆续溜回以前居住的地方。只见山上流着一种五颜六色的熔液，石块还都热得烫手。海边积着许多灰土。海水已经退去，只剩下无数败鳞残甲，腥臭不堪。大家一面查看，一面互相揣测。那天明明看见天摇地动，为什么今天恢复了原状，而山下却留下许多滚烫的石头？这一定是女娲用火烧炼五色石，提取它的精髓，才把天补好了。那天海水涨上岸来，混杂着无数鱼龙怪物，为什么今天都不见了？这一定也是女娲用芦灰塞住海水，又把黑龙巨鳌都杀死，才留下狼藉成堆的腥臭鳞甲和灰烬。那天的大地在簸动震荡着，为什么今天却这样宁静？这一定又是女娲把巨鳌的四足砍下，垫在大地的四角，才能这样平平稳稳……他们一件件推测下去，越想越有理，渐渐一传十，十传百，就流传下女娲炼石补天的美丽神话。这个美丽的神话与"盘古开天辟地"一样，都反映着人类对自然斗争和克服自然灾害的意义。人在伟大的自然——天的面前，不是无能为力的，"天崩"了可以由人来"补"，"地塌"了也可以由人来"垫"。

女娲既然会补天，自然不和凡人一般，于是又传说连人类也是女娲捏了黄泥造成的。女娲又由人变成了神了。

渔猎畜牧的时代经过了不知多少年，人类的文明越来越进步。

有一天，一群牛羊正在吃草时候，有一个牧人忽然发现它们所吃的是一种肥美的野谷，这时候因为人口增多，采集野谷很不容易，不知道为什么这地方野谷这样多。他记在心里，便采了许多回去。说起原由，有人记起去年曾在这地方无心地撒落了一把谷子，大约就是这谷子生出来的。大家便商议把野草拔净，再撒一把谷种，看明年如何。到了次年，果然生了青青的苗，秋天竟然收到不少的谷。这次经验鼓起大家勇气，便有许多人计划大量地栽种起来。种的时候，只用木棒石斧把土掘开，后来才知道磨制石锄石犁。每每一大群男人在前面锄土，一大群女人跟在后面，用手把泥土弄碎，撒上种子，完全用人工来做。种完了便什么都不管。一直到了秋天，才用蜃壳来收割。后来也发明了石制的镰刀。这样耕种，收成自然不会太好。一年又一年地渐渐改良，也懂得用木头来做农器和浇水拔草了。这样便渐渐进入了农业社会的神农氏时代。

那时有一个最会耕种的人，名柱。他懂得许多耕种方法。大家有什么困难就都来问他，他总会想出种种方法来解决，帮助大家造了许多农器；又在野生植物里，选出几种谷类，培植得非常茂盛。其中一种谷，最得大家喜爱，名叫做稷，便把管理农事的人也叫作稷。柱当然做了稷。后来柱死了，大家都纪念他的功劳，相信他一定成神去了。各氏首领都祭他，希望可以得到丰美的收成。

谷类已经栽种成功，大家又多打算栽种一些蔬菜果子，各人都访觅平常吃过的野菜、球茎、野谷、野豆来种。有时碰着新鲜植物，看去倒也硕大肥美，却不知味道如何。便一样一样地采来尝尝，也有甜的，也有苦的。有的叶子好吃，有的果子好吃，有的却是地下茎好吃。个个挑了喜爱的东西来种。有时碰着又苦又涩的，甚至碰到有毒的。

但是经验越多,知识越丰富,不但选出许多嘉谷名蔬,也分别了许多草木的性质,知道它的用处和治病的效果。这就是医药的起源。后来相传有一部《神农本草》,就是后人根据神农氏时代许多劳动人民尝吃百草的经验来写成的。

以前游牧时代,虽然大家也争夺牧地,但是水草是天然的,不曾加上人工,一到用完,便抛弃不顾,现在农田要费自己力量去耕种,自然不肯让别人白白占去,便都划好田亩界限,各认自己地方,播种收割,以免争执。那时人们还不知道灌溉施肥,种了几次,收成渐渐减少,只得另换新地。这样一来,需要土地更多,平原占满了,只好向山地推进。他们便利用狩猎时候烧过的森林山地,播上谷种。想不到这种烧过的地,收成更加丰盛。大家便都采用这种火耕方法,把山地一片一片地烧了起来,开拓荒山,越推越广,所以那时代的神农氏又叫作烈山氏。为了开荒辟地,争夺疆界,各氏中间也不断战斗。大家都分好界限,作为自己的势力范围。

农业社会使人民不得不住在一定地方,耕种一定的田地,渐渐地生活安定,物产充足,各人都有很多的米粮牲畜,有时也需要交换,便共同约定,以日影正中的午时为准,各人持了货物互相交易。这是最古的市。一时大家都把多余的东西带到指定的广场上面摆列:无非牛羊鸡犬,黍稷稻粱,也有骨制的鱼钩缝针,陶制的砖头瓦片,也有织好的麻布,搓好的草绳,也有土鬲,土甗,石锄,石犁,石纺轮,石镰刀和各地的特产,田地出的蔬菜。为了希望买方喜爱,可以多换一些东西,便都挑了上好的或是加工制造的。石器上雕上了花纹,陶器上涂上了颜色,争夺炫巧,美不胜取。各人按照自己需要的东西,互相交换,个个满意回去。这种交易,渐渐普遍推行到各处地方。大家都觉得十分方便。

可是这种交易也有一点儿美中不足,最初时候,是不会感觉到的,一直行了许多年,才渐渐感到了。譬如有几个缺少米粮的人赶了牛羊去卖,希望换些粮食。可是那些要牛羊的人却只带了石器来卖。好不容易找到卖米的人,他们所需要交换的又是麻布。

这样牛头不对马嘴的事情,差不多天天都有。买卖不成,再搬回去,又十分笨重麻烦。大家都没有办法解决这个困难。

一天,一个缺米的人带了自结的渔网到市上换米,找了半天,有米的人都不需要渔网。他无法交易,正在烦恼的时候,忽然有一个住在海滨的人,带了许多贝壳来买渔网。卖网的虽然需要换米,但是看见那贝壳璀璨鲜明非常可爱,他知道这是大家所喜爱的一种贝,大家都管它叫作宝贝。渔网既然无人需要,不如换给他去。便和卖贝的商讨价格,把渔网换了一些贝壳,再拿这贝壳去和卖米的换米。因为它委实美丽罕见,许多卖米的都抢着愿意多多拿米和他交换。他本来以为今天买卖是不成了,想不到通过了贝壳的媒介,不但卖了渔网,还多换了米,非常高兴地回去。贝壳既然是大家共同喜爱的物品,在买卖时候,常常这样地解决困难。大家便都把买的贝壳藏积起来,作为自己财产。等到需要货物的时候再拿来交换。就和现在用钞票一般。所以从古代流传至今的"买、卖、财、货、贵、践……"许多字,都带有一个贝字,就是表示贝壳是交易时候不可缺少的媒介。

神农氏时代的人民是这样安居乐业的,一直到了离现在大约五六千年时候,才发生了变动。那时神农氏一位有名的首领,姓姜,在曲阜(现在山东省曲阜市)地方建都,后人称他为炎帝。还有一位有熊氏(现在河南省新郑市)首领姓姬,后人称他为黄帝。这两位是那时杰出的强大首领,据说还是一祖传下的同族兄弟,他们是中华最早的祖先,所以现在汉族往往自称为炎黄的子孙。

这时候南方一带有许多苗族,非常强大。首领蚩尤勇猛非凡,常常带领部族,侵占炎帝地方,抢掠屠杀。各氏被他侵掠,无力抵抗,莫不叫苦连天。炎帝为了保卫土地,也起兵抵御。无奈蚩尤十分强悍,又有勇将夸父,力敌万夫,无人敢当。他们并发现了铜矿,知道炼铜方法,就造了铜的兵器,锐利无比。每次交战,蚩尤总是身披斑斓虎皮,头戴双角铜盔,手执铜刀,站在阵前,威风凛凛,宛如凶神恶煞一般。炎帝兵士用的不过石刀石斧,如何能和铜刀铜枪对敌,不消几合,便杀得大败而逃。炎帝弃了国都,一直逃到涿鹿(现在河北省涿鹿县)去了。各氏看见炎帝尚巨战败,哪敢迎敌?蚩尤率了如狼似虎的军队横冲直撞,畅所欲为。早惊动了有熊氏黄帝,连忙率领军队,北上救援。到了附近,召集各氏,探听虚实,以定进兵方向。哪知各氏早已被蚩尤吓破了胆,个个摇头,都说:从来没有看见这般凶猛的敌人,不但所用兵器锐利无比,便是形状也是铜头铁额,兽身人言。我们刀斧砍在他身上,毫不济事。他们杀我们却是一刀一个,把我们的人杀得尸横遍地。除非天神下降,别无办法。黄帝再三激励,劝大家团结一心,共同抵御敌人。大家只说:实在打蚩尤不过,并非不愿同心抵抗。一面又加油添酱,说得蚩尤举世无敌。黄帝看见大家如此胆小,知道勉强无益,便不再劝他们出兵,只叫回去各修武备,预备抵御。一面自己细细筹划破蚩尤的计策。

相传那时野兽还是不少,黄帝一向捕获许多熊罴貙虎貔貅各种凶猛兽类,把它们囚禁起来。现在兵士既然怯敌,就只好请猛兽打头阵了。黄帝便派了许多勇敢将士,把囚禁的猛兽训练起来,耐心教导了三个月。这些猛兽虽然凶猛,练了多时,居然进退如意。黄帝便调集兵队,带了猛兽,直到阪泉(在涿鹿东),将猛兽埋伏好了。黄帝亲带精兵,向蚩尤搦战。蚩尤连打胜仗,正在志满意得,哪把黄帝放在心上。便带了夸父,出来应战。黄帝一看蚩尤,果然相貌狰狞,装束诡异。手下兵士心里都带三分畏惧,才一交手,便纷纷退后。黄帝乘势诈败,率众飞奔。蚩尤指挥全军并力追赶,一直赶到猛兽地方。黄帝率兵纷纷躲入树林内面,一声暗号,勇将应龙当先驱了大队猛兽直扑过去,那些虎豹熊罴经过训练,前后整齐,进退有方,同时张牙舞爪,大肆咆哮,一齐扑上猛咬。蚩尤兵士也是血肉之躯,如何当得许多饿虎饥熊!当时出其不意,前队一排纷纷被扑倒地;登时发喊起来,往后倒退。那些猛兽经过训练,仍然追逐不舍,疯狂一般一味乱咬。蚩尤兵士吓得丧胆亡魂,自相践踏。蚩尤镇压不住,只得跟着部下一齐飞逃。这边黄帝军队看见蚩尤也一样害怕猛兽,胆子才壮了起来。黄帝便指挥全队跟着虎熊后面冲杀过去,果然大获全胜。正在追杀时候,忽然天色昏黑,云雾迷漫,狂风大起,急雨倾盆而下,衣服尽湿,对面看不见人。黄帝恐有暗算,忙收了兵,押齐猛兽回去。因为黄帝驱使猛兽打败蚩尤,后人便把猛兽来形容勇敢的军队,像"如熊如罴"咧!"貔貅虎豹"咧!甚至有人说,黄帝当年也是用猛兽的名,作为军队名,并不是真的猛兽。这事究竟怎样，就无法查考了。

这时各氏想不到蚩尤竟被黄帝打败，心中十分纳罕，便都来黄帝辕门庆贺。原来那时黄帝发明车战方法，打仗时候大将站在车上。停战休息时候，便将车连接起来，围成一圈，以保护中军。只留下一隙，算是出入的门。这门就是两辆车车辕的中间空隙，所以叫作辕门。这种车有轩（车围）、有辕，是黄帝所造，因此黄帝又称轩辕氏。各氏祝贺已毕，又劝告黄帝说："刚才天色晴朗，为何忽有这般雷雨？尤其奇怪的是雾黑得伸手不见五指，绝不是寻常的事，恐怕是蚩尤妖法，不可不防。"黄帝知道他们都是惊弓之鸟，胆小如鼠。便说："我已经发明了指南车，可以认明方向，不怕黑暗。现在休兵三日。三日之后，仍当率兵追击。请大家各带本氏兵队，前来助战，看我破敌。必须彻底消灭敌人，方能保得大家安乐无事。"众人听得黄帝口气坚决，不敢多言，退出之后，只得调兵遣将，前来听令。过了三日，雨势已止，只是天色仍然有点黑暗。黄帝驾了指南车，率领大军，依照方向追击，追到涿鹿地方，和蚩尤大战。这时蚩尤长胜面具已经揭破，兵士都知道他也是寻常人类，并不是什么无敌天神，自然勇气百倍，喊杀声音，震天动地。黄帝亲督全军，身先士卒，指挥手下勇将，将蚩尤紧紧围住。夸父自恃勇猛，抡起大刀，狂呼出战。应龙舞动双刀，迎着苦斗。斗到酣时，应龙手起刀落，砍死夸父。蚩尤一见夸父阵亡，军心涣散，只得舍死冲出重围，带了残兵，望南逃去。这时天色已霁，黄帝率兵紧紧后追。追到中冀地方，蚩尤料想无法逃走，只得回身抵抗。应龙当先赶到，奋勇前冲。蚩尤一心只想逃走，无心恋战，不及十合，也被应龙一刀砍倒。剩下残余兵卒，降的降，死的死。黄帝肃清残敌后，奏凯回来。

各氏虽然勉强助战，大半只跟在后面，眼见黄帝冒着雨雾大战蚩尤，无不胆战心惊。后来忽见雨止天晴，大家不胜诧异，都说这一定是黄帝得了什么天女仙书，或是请到了什么天神，才能够把蚩尤的妖雾打散。这样看来，黄帝也一定是天人降世。正在议论纷纷，忽然晴旭射出耀眼金光，映着五彩云霞，光辉不可逼视，正照耀着高高站在车上的黄帝，越发显得威容煊赫，仪表堂堂。各氏更加错愕，都说这五色云彩，仿佛金枝玉叶一般，独独照在黄帝头上，可见上天降福，必获胜利。果然蚩尤不久溃败，黄帝追去，得了全胜，率领大军浩浩荡荡地奏凯归来。各氏听说蚩尤已死，又惊又喜，把黄帝佩服到五体投地，大家同心拥戴他为天子。各氏都执臣礼，服从命令。黄帝为了氏族安全，又带了兵巡行各地，相传他曾东到沿海，南达长江，西到崆峒（在今甘肃），北征山戎。定了整个中国的规模，在琢鹿建都。推算天文，分出年月。又由一个臣下名叫大挠的制定干支甲子，用采计算年月。干是天干，共计十个，叫作甲、乙、丙、丁、戊、己、庚、辛、壬、癸。支是地支，共计十二个，叫作子、丑、寅、卯、辰、巳、午、未、申、酉、戌、亥。用天干的甲，配上地支的子，称为甲子，算是第一年。推算下去，乙丑、丙寅……一年一年的搭配，一直到了第六十年，才把干支配全。后人把这样配搭的干支称为六十花甲子，所以年到六十的人，称为花甲一周。黄帝用这甲子来计算年、月和日，从此中国才有年月可查，这个历叫作黄帝历，是中国最早的历。可惜这黄帝历久已失传，究竟那时候离现在有多少年，也无法查考，有的人说大约离现在五千五百多年，也有人说大约八千多年。

他又命元妃西陵氏，名叫嫘祖的，教人民养蚕。那时人民还不知道蚕的用处，养得不多。嫘祖教人民怎样饲桑、上箔、缫丝、织帛各种方法。织出的帛比麻布光滑细润，再染上颜色，作成衣裳，光华夺目，人人爱慕。但是太费工力，还不能普遍服用。那时又有仓颉，将以前所有许多年人民创造的各种文字总结起来，修改添造，用来记载事情。这些文字都是各地人民智慧的结晶，仿照日常看见的东西，描画成了象形文字，来表达内心所要说的话。一经仓颉整理，就更加完备，便成为世界上最古老美丽的文字。又有伶伦，精通音乐，把竹截成十二个长短不同的段，吹将起来，按照声音的高下清浊分为十二音阶，叫作律吕；再按律吕制成各种乐器，配成音乐。黄帝又和岐伯研究医法，所以后人用"岐黄"两字来代表中医的医术。相传《内经》就是记录黄帝和岐伯问答的一部古代医书，也有人说是后人伪托之书，这些都是世界上最古的发明。还有精通数学的隶首作了算数，制定各种度量衡，就是日用的尺斗秤，来量算各种东西。那时又得了铸铜的方法，不但铸了兵器，还铸了钱币，又铸了宝鼎，用来烹煮食物。但是那时采铜和铸铜都不是容易的事，所以铜非常宝贵。黄帝又祭天地百神，规划各处地方，计亩设井，划野分州，其他衣服冠冕，宫室舟车，日用器具，新旧发明，不计其数。据古史所传的说来，黄帝时代中国文化已经有相当程度了。

他又召集各国，大会于釜山（在涿鹿西南），据说到会的有"万国"之多。

黄帝的文治武功既然这般煊赫，无怪后人都以黄帝子孙自豪。上古许多发明，也都算在黄帝名下。并且流传下许多关于黄帝的神话。甚至说：黄帝活到一百岁的时候，到首阳山采铜铸宝鼎，宝鼎铸成，天上降下神龙来接黄帝，黄帝便乘龙上天去了。许多臣下连忙跟着骑上龙去，那些来不及的就拼命抓住龙的胡须，把龙须抓掉了许多。这都是因为敬爱黄帝的缘故，才编出这样的故事来。

黄帝有二十五个儿子，子孙很多。传到颛顼时候，据说那时用的颛顼历，是以三百六十五日零四分之一为一年，和现在通用的西历，极其相似。

以后又传了帝喾等几代，就到了唐尧。

尧是一个十分仁厚的人，件件事情都替人民打算。那时中国农业兴盛，虽然黄帝已经制定了年，可是春夏秋冬还没有分配详细。每年农民布种插秧，只靠各人自己经验，丝毫没有标准；往往不是太早，就是太迟，并且参差不齐，各自为政，自然收成也大受影响。尧觉得这是农民最大的问题，便派了羲和等四人，去东南西北四方测量日影，制定每年三百六十六日，分好春夏秋冬和十二个月，还定了闰月。从此中国有了靠得住的农历，农民种起田来，非常方便，再也没有太早或太迟的毛病了。

尧又怕一个人的见闻有限，政令有了错误，无法纠正；便设了一个鼓，名为"敢谏之鼓"。无论哪个人民，知道尧的政令不便，都可以随便击鼓上言。又设了一根木柱，名为"诽谤之木"，无论哪个人民，见到尧的错误，便可以站在木柱的旁边，攻击尧的错处。这样就可以随时矫正自己的过失。人民因为尧这样虚心，都十分爱戴他。一天，尧走到了华（地名）。那时管理地方的小官叫作封人。华的封人看见尧来了，便上前祝贺他，说："唯愿圣人多富、多寿、多男子。"尧听了连忙摇手说："不敢，不敢。多男子就要多替他们担心。多富就要多出许多麻烦的事情。多寿又要多碰着不如意的耻辱。还是免了罢。”华封人说：“天生了人，必要给他工作去做。每个男子都给他职务去工作，有什么担心呢？把富裕来分给大家，让全国人人都富足，有什么麻烦呢？天下安乐，便和人民同乐，天下不安，便努力修德，到了千岁，归天去了，还有什么耻辱呢？”因为他们俩这一席话，后世便留下了“华封三祝”的美谈。

又一天，尧走到各处看视。他是这样关心人民，所以不断和人民在一处生活着。当他走到一条大街路上，看见一群儿童正在拍手歌唱。他们唱的是：

立我烝民，（你让我们许多人民都有饭吃，）
莫匪尔极。（没有一个人不把你当作标准。）
不识不知，（我们什么也不用费心，）
顺帝之则。（只消跟着你走。）

那时候把大路叫作康衢，所以这个歌谣就叫《康衢谣》，是中国流传下来最古的一首歌。本来歌谣是劳动人民在工作时候口中自然发出的一种声音，此呼彼应，成了音韵和谐的歌。这种歌谣不知有多多少少，但是从前史学家没有认识到它们的价值，以致都失传了。

后来有一年尧出外游玩时候，又看见许多白叟黄童都是笑容满面，好像一点心事也没有。偶然走到一个地方，看见一个头发斑白的老农，拿着两个木制的板，名叫壤，他把一个壤放在地下，用另一个壤去抛击它，一面抛击，一面唱着农歌，他唱的是：

日出而作，
日入而息，
凿井而饮，
耕田而食，
帝力于我何有哉！

尧听见农人唱着这样的农歌，知道农人生活很是快乐，自然心里也很高兴。这首歌传下来，称为《击壤歌》。

这种传说，都可以表示那时候是前阶级社会，人民还没有受到剥削的苦痛。

这时南方极远的地方有个越裳氏，远来进贡一个大龟，因为言语不通，需要重复翻译好几次，才能懂得。当时尧派羲叔去南方测日影的时候，也曾到过南交。有人说南交就是交趾，在现在越南的北部。

又过了几年，忽然洪水为灾，整个黄河都泛滥起来，一片滔滔，极目无际，许多地方的人民都不能在平地安居，田园淹没，无法耕种。尧看见人民这样痛苦，心里十分着急，便和四岳商量，请什么能人来治水灾。那四岳是四方各氏的首领，一向帮助尧一同治理国政。大家商量一会儿，四岳便荐了一位崇伯鲧，说他很是能干，曾经筑过堤防，挡住水势，请他治水，一定可以成功。尧觉得鲧的为人，有一点自信过度，不听人言，恐怕不行;但他禁不起四岳再三推荐,一时又想不起什么会治水的人才,便听了四岳的话,用鲧治水。

鲧治水的方法,是建筑了高大的堤防,如同墙壁一般,把水势拦住。人民在这高高堤防后面居住,自然不受水淹。这种建筑,就是后世城郭的起源。当水势不十分浩大的时候,堤防是可以挡住一时的,所以大家都以为鲧对治水蛮有办法。鲧自己也十分得意,一接受尧的命令,便在各处筑起堤来。不料后来水势越来越大,这边水被堤堵住,便往那边冲去。堤越筑越多,水越挤得没有地方走。最后便猛涨起来,疯狂冲下,如同千军万马一般排山倒海而来,那种雷霆万钧的力量,岂是区区土墙所能抵抗?一经冲破决口,墙内人民尽成鱼鳖。这时人力难施,无法抢堵。水由缺口乱流,比没有堤防时候还要汹涌,人畜田庐淹没不计其数。鲧这时也急得手忙脚乱,堵了东边,西边又冲决了。一面堵,一面决,无论如何,总弄不好。这时尧年龄已老,自忖精力不济,儿子丹朱又不务正业、游手好闲,只爱争论是非,想他决不会好好地为人民做事,便造了围棋来教他,[①]希望他有所用心。一面想寻一个有才有德的人,把帝位让他,以便管理国事。便和四岳商量,四岳都说自己才能不够,不敢接受重任,谦让不受。尧说:“既然大家这样谦逊,请推举一位有才德的人,来帮助我。”四岳说:“有一个虞舜,是瞽瞍的儿子。他母亲早死。后母生了一弟,名象,他俩都憎嫌舜。但是舜竭力孝敬,一家人过得很和睦。这种人一定可以担当大任。”尧听了说:“有这样的人?我一定要试试看。”便把两个女儿娥皇、女英嫁舜为妻,又命九个儿子都和舜一同工作,以便观察舜的为人。

那虞舜因为母亲死了,父亲瞽瞍听信后母和象的话,不疼爱舜。舜到历山(在山西雷首山,也有人说是在山东历山)去耕田,开垦了一片荒地,那时山上大象很多,常常到田里来,用鼻子翻开泥土找寻地下球茎草根来吃,还有许多野鸟也都来寻找草籽啄食。这片荒地开垦不久,附近没有居人,只有鹿家鸟象和舜做伴。舜为人仁慈,不愿无故去伤害动物,所以他田里常有鸟迹象蹄。后来附近人民,看见舜勤耕的收入很不错,便也陆续来开垦田地,和舜一处工作。他们耕着和舜相近的田,舜总是和气谦让,大家自然也就不好争执,彼此互让田界,个个相安。种过了田,舜又去雷泽钓鱼。雷泽的人看见舜谦逊和气,也都不好意思争执。后来舜又去河滨做陶器,做的时候,十分认真,不合适的就重新再做,总要做好才算。那时河滨的人做的陶器都是十分马虎,十个之中,倒有九个歪的,又粗又劣,看见舜那样专心耐性地做,都觉得又惭愧又羡慕,也就渐渐做得精致了。舜做什么,大家都跟着他做。因为他那样和气,大家都喜欢他。他住的地方,只消一二年就变成十分热闹的地方。现在忽然听见尧赏识了他,要招他做女婿,大家便都纷纷传说,当作新闻。有的人说,怪不得他有这样幸运,他的田里早就有象来替他耕种,有鸟来替他耘草了。果然今天平地高升,不和别人一般。这样夸张羡慕的话,到处都可以听见,只有舜的弟弟像心里更加妒忌。看见尧替舜筑了仓廪,又分给他许多牛羊,恨不得统统占来才好,便和母亲商量,在瞽瞍面前说了舜许多坏话。劝瞽瞍叫舜去修补仓廪。瞽瞍果然对舜说:“这仓廪顶上漏了,要趁晴天把它修补好,到了下雨

① 尧造围棋教子丹朱的说法,见于张华《博物志》。实际上关于围棋的确凿记载始见于《春秋左传》(约公元前五六百年)较这个说法为迟。

就来不及了。你可爬上去修。”舜领了瞽瞍的命，便回宫告诉娥皇、女英。那时的房屋都叫作宫，不过是泥土筑墙，茅草盖顶，和现在北方的土房，南方的棚户是差不多的，绝没有后来的宫殿那样富丽。

当时舜和娥皇、女英说知修廪的事情。二女便各取一个大竹笠给舜遮日。舜取了梯子爬上廪顶，正在修补的时候，象在下面把梯子拿走，就在廪的四周放起火来，打算把舜烧死。一时火焰上腾，全廪整个烧着。舜在廪顶看见，连忙找寻梯子，已经不见，只有一阵阵黑烟卷上，一片迷漫。舜只得把带来的两个竹笠，挟在左右胁下，一边一个，好像鸟翼一般，冒险往下面跳去。火大风狂，竹笠被风张开，飘飘荡荡地落在离廪很远地方，才得脱了危险。舜心里知道一定是象用诡计，但是无法和他理论。象看见一计不成，又生一计，去和母亲商议，劝瞽瞍叫舜入井修浚。瞽瞍果然又对舜说：“这几天不下雨，井水很浅，你可下井把井浚深一点。”舜领了瞽瞍的命，又和娥皇、女英说知。二女便各取一柄短斧给舜。舜虽然想到恐怕又是象的诡计，但是家里一切劳动事情，向来都是舜担任，象是不大做的。天天有许多工作，哪能因为心里怀疑便不去做。当时舜下井，却不把井修深，只用两斧在井边凿了一个洞穴。刚刚凿好，便听见象在井上叫舜。舜答应了一声。象知道舜的确还在井里，连忙和瞽瞍一同动手，推下许多泥土石块，打算把舜堵塞在井里。塞了一会，相信一定是塞死了。象满心欢喜，跑到他母亲面前，手舞足蹈地说：“哥哥这次一定跑不掉了，我刚才还叫他一声。他的确在井里。这妙计都是我想出来的。现在我们可以把哥哥的东西分一分。牛羊仓廪都归父母受用。哥哥的干戈弓琴都应该归我。两个嫂嫂也应该归我，让她们替我拂枕铺床。”瞽瞍已经受了后妻蒙蔽，也以为舜是坏儿子，听了一点也不稀奇，后母自然更是欢喜。象得意扬扬地跑去接收舜的东西。一走进去，忽然看见舜正在床上弹琴，象不觉大惊失色，满脸通红，连忙回身就跑。原来舜早料象有意害他，当象叫他时候，便躲在洞里，眼看井上抛下许多石块泥团，不出一言。一直等到抛掷完了，泥石堆了半个井，却也把洞口堆满只剩一点空隙。象由井口下望，相信已经把舜压死。舜却等象去远了，由洞爬出，踏着泥石，一步就跨上井口，悄悄回宫，换去了泥污的衣服。这时候看见象跑，便下床叫他。象只得止步，更加羞惭得说不出话，勉强呐呐地说道：“我因为闷了，想来看看哥哥。”舜也就答道：“你来得正好，我这里有许多事情，你来帮着我料理罢。”说着便待象和平日一般。象心里惭愧，也就不好意思再去陷害舜了。舜的妹子敤首，为人甚是明白，又画得一手好图画，和舜很友爱，也和二女合得来，常常替舜解脱了许多麻烦。尧看见舜应付各方，都很有办法，便叫舜帮着掌管政事。那时高阳氏有八个才子，人称为八恺，高辛氏也有八个才子，人称为八元。都是多才多艺，贤明正直。舜举这十六个人出来帮助办理政事，把一切事情都做得井井有条。那时又有四个凶险贪婪的人，多行不义，给人起了外号，一个叫作浑沌，一个叫作穷奇，一个叫作梼杌，一个叫作饕餮，合起来叫做四凶，舜也把他们驱逐到远方去，使他们不能为恶，于是家家安乐。只是水患还未平息，尧仍然愁眉不展。

过了几时，忽然天上发现了极深的红色，好像鲜血一般，到处都热不可当。不知是什么缘故。民间沸沸扬扬，都说是天上有了十个太阳同时出现，把植物稻麦完全晒干，农民衣食无着,叫苦连天。尧既然做了首领,不得不想尽方法,来替人民解除痛苦。便派了一个极会射箭,百发百中的勇士名叫羿,命他前去访查,究竟是什么缘故。羿奉了尧命仔细查看,觉得西边天上,热得更甚,便向西走去。越走越热,那火赤般天色比太阳下山时候还要殷红,草木枯焦,河干水涸,连地皮都烫得不能立足。羿心中暗想,再走下去,连人也要烤熟了,这究竟是什么妖怪,这般厉害。且不管它,给它尝点苦头再说。便弯弓搭箭,尽了平生的力气,望着天上最红的地方,嗤、嗤、嗤地,一连射了九支利箭,方才住手,挂上了弓,回头便走,一直到了尧的宫中,据实报告。虽然没有找出原因,但是如果是什么妖怪出现,这九支箭也一定会射他九个大窟窿。尧听了,只得叫羿出去休息,明天再说。到了次日,天色居然淡了许多,那种熏灼的热度也稍稍减退。大家都知道羿昨天射了九支利箭,相信是箭的功效。又等了几天,热度一发退净,天色也转了白,只剩一轮朗日,仍然高照。羿自己也觉得十分得意,便要出外查看妖怪下落。早有许多人民纷纷往各处寻觅,却找不到什么东西。后来找到一个地方,有几个乌鸦掉在地上,毛羽都有点焦秃,大约是受不了热度熏烤,掉下来的。大家看了恍然大悟,都说这些乌鸦一定是九个太阳中心的东西,给羿射着了,带着太阳掉下来的,所以现在只剩了一个太阳。这真是一件莫大功劳,替人民除去这般大害。大家都欢天喜地回去。这样一传十,十传百,就把"羿射日"的故事,编成一个人对自然斗争和征服自然的美丽雄壮的神话,一直流传下来。后人常常用"金乌"两字来代表太阳,就是这个缘故。羿因为这个功劳,也就得了许多人民的信任,有了很大势力。

舜帮尧治理许多年国事,尧觉得他件件都好,便决心把帝位让他。这种让位,叫作禅让。

尧是非常勤俭的,他住的宫只不过用粗糙木料和泥土来建筑,顶上覆盖着茅草。为了爱惜人工,连草都不剪平,只让它参差着。吃的是糙米的饭,野菜的羹。冬天穿着最贱的鹿皮,夏天穿着麻布的衣服,整天为着公众的事情忙碌。虽然年纪已老,还十分谨慎地选择了爱劳动,能耐苦的舜来替他管理公众的事情。后人看见尧让位给舜,就传说尧也曾把位让给一位贤人,名叫许由,许由不肯,逃到箕山耕田。尧又叫他出来办理政事。许由不爱听这种话,就到颍水去洗耳朵。恰巧他有一个朋友,因为住在树巢,所以就叫作巢父,牵了一头小牛犊到颍水来喝水。看见许由洗耳朵,就问他什么原故?许由告诉他因为听见了尧的俗话,污了耳朵。巢父说:"你要是住在深山里面,谁能看见你?都是你自己到处招摇,要得名誉,才弄到这样,把我的小犊嘴也弄脏了。"连忙把小犊牵到上流去饮水。这种传说都是后人造出的故事。其实尧的时候,首领生活非常简单,和普通人民差不多,没有什么特殊享受,尧也决不会把帝位让给这样自私而又脱离群众像许由那样的人。

舜接了帝位,丝毫不记象的仇恨,因为象已经改变以前的行为,便封他在有庳地方。

那时鲧治水已经九年,水灾越来越大,堤防不断冲决,人民淹死无数。舜因为鲧治水无功,便把鲧囚在羽山,后来更把他杀了,另命鲧的儿子禹治水。禹得了父亲失败的教训,便不用堵截方法,却从疏导入手,照依山脉,疏通水源,舜的臣下益和弃都帮他工作，发动各氏百姓参加。禹自己左持准绳，右执规矩，步步测量，定好计划以后，便亲自拿着锸，带同大家一齐工作，栉风沐雨，废寝忘食，和许多人同甘共苦。娶妻涂山氏，刚刚四天，便出门治水。后来三次经过自己家门，都不进去。一次，恰巧妻子涂山氏生了儿子启，禹在门外听见儿子的哭声，也狠着心不肯进去看视。这样地努力工作了十三年，始终如一地劳苦着，弄得腿上少肉，胫上无毛，腰弯背驼，走路不灵。后来术士们学着他走路的模样，就叫作禹步。

禹因为父亲鲧治水不成被杀，决心要避免父亲的错误，努力为人民工作，跋涉山川，逾越险阻，走遍了整个中国，不论什么穷乡僻壤，有人无人的地方，只要为了工作，多么困难危险也要去克服。那时中国文化初开，这样广大的地方，散布着千千万万的氏族人民，殊风异俗怪怪奇奇的事情，不知有多多少少，各种可惊可愕的现象，再经口耳相传，加枝添叶，越说越奇。后来出了一部书，名叫《山海经》，把那时世界描写得好像神话一般。说是有什么九首蛇身的人，六足四翼的人，无肠的国，一目的国，穿胸的国，也有虎首鸟足的，也有人面鸟身的，千奇百怪，不可究诘。鸟兽方面也有比目之鱼，比翼之鸟，也有鸾鸟自歌，凤鸟自舞。总而言之，那时候的各地方是存在着各种不同生活不同习惯的人民。禹要取得这许多人的同意合作，来完成平治水土的工作，实在是意想不到的困难。

还有一件，那时疏导大水，必须开凿山崖，察看那些挡住水势的大大小小峰峦岩岭的向背形势，引水下行，凿开水道，使水势通畅无阻，才不会溢出旁边，比起修一条公路，还要麻烦。在那时完全倚恃人工和原始工具的时候，真不能不算是一件奇迹。传说黄河上游的龙门山（山西），就是那时所凿。它在梁山的北边，禹由积石山（甘肃）导黄河到了梁山，开凿龙门，口宽八十步，河水由此直泻而下，奔放倾泻，声如巨雷。相传岩际还有凿镌的痕迹，只要到过龙门的人都可以知道它是怎样一个伟大的工程。因为它是这样高，所以许多大鱼都集在龙门下面，向上跳跃，便传下"鲤鱼跳龙门"的故事，说是鲤鱼能跳得上龙门，便会变成了龙，这也无非因为它是十分险峻的缘故。像这样凿通的山，不知多少。工程的浩大，真不能以言语来形容。

但是这一切困难，毕竟在他艰苦卓绝的奋斗中克服了。他把中国九条大川都疏导清楚，完全畅达无阻地流入东海，无数支流也都修治完好，让人民能够安居乐业。益又教人民推广开井的方法，让住在高地人民在水退以后，依然可以汲到清洁的井水。弃又教人民发展农耕，垦殖播种，让人民在水退以后，马上就可以进行耕种。不消几时，便遍地桑麻，满田稻麦，人民个个丰衣足食。然后又根据山水地势，把中国分划几个区域。据说那时已经分为九个州，叫作冀州、兖州、青州、徐州、扬州、荆州、豫州、梁州、雍州。又定了各州应纳的田赋和贡品。贡品里面，有金铁珠玉，也有竹漆橘柚，也有盐𫄨丝枲，也有齿革羽毛。据说那时九州地方，南到长江，北到恒山（山西北部），东到海，西到昆仑，在禹以前，中国声威没有达到这么远的地方。现在禹亲身率领许多徒众到了各处，平定了许多年的水患。各地人民全都钦佩感激禹，他们不仅懂得了团结起来的必要，并且知道中国的山河湖海是多么幅员广大。

这样一件惊天动地伟大无比的事业，是恶衣恶食亲持耒锤的禹带领了千千万万的劳动人民,用了纯粹人力和坚毅不挠的意志来造成的。这是了不起的功绩,这是不能想象的伟大。后人歌颂他,赞美他,无法形容他,便用了“大禹”“神禹”来称呼他。并且把整个中国叫作“禹域”,意思说:是禹整治过的地方。

禹治水功成,舜赐禹玄珪,奖他的功劳,并命他作司空的官,管理平治水土的事。那玄珪是黑色的玉,经过磨琢,可以拿在手中,是最隆重的奖品。

这时候皋陶做了“士”的官,管理刑法。后夔做了乐正,制了韶乐。弃做了稷的官,教人民播种百谷。契做了司徒,教训人民。连禹一共五个,都是最有名的,后来五臣之中倒有四个的子孙做了天子。

洪水平定,人民安乐,据说那时天上有五彩的卿云出现,百工人民都欢呼歌唱,舜自己也做了一首《卿云歌》,那歌说:

卿云烂兮,
纠缦缦兮。
日月光华,
旦复旦兮。

后来舜又弹着五丝的琴,做了一首《南风歌》。歌里说:

南风之薰兮,
可以解吾民之愠兮。
南风之时兮,
可以阜吾民之财兮。

可见舜也是一心一意地为着人民,真不愧是尧的继承人了。这时各地方都来朝贡,连西方最远的西王母国(甘肃西)也来朝贡。那西王母是住在昆仑附近的人民,喜欢歌啸。服装也很特别,据说是豹尾虎齿,蓬松头发,还戴着花胜(一种彩结)。以前禹治水时候,曾经到过。他知道了中国是这样强盛,所以来朝。因为他是住在出玉的地方,就进贡白玉做的玉环、玉块、玉琅等,后来不知真相的人,就把西王母描写成了一个女神。

舜的妻娥皇无子,女英生了一子,名唤商均,喜欢歌舞,不像舜那样爱劳动。舜觉得他是一个懒惰无用的人,不配管理国事。便选择了最能劳动最得群众爱戴的禹,来做自己的继承人,也把帝位禅让给他。

那时南方的三苗(现在湖南地方)自恃所住的地方非常险要,左有彭蠡,右有洞庭,南凭汶山,北倚衡山,便不来朝贡,不服命令。舜派禹前往征讨。禹会合各国诸侯,亲统大兵,到了南方,和三苗打了几次仗。虽然也得了一些胜利,无奈那里地形险阻,环山带湖,不敢冒昧进兵。彼此相持了三十天。益劝禹班师回去,再作计较。禹听了益的劝谏,果然退兵。舜看见一时不能取胜,便大修文德,一面勤习武备,选了雄健的青年,在两阶中间,学习干羽之舞。那干是一种打仗时候遮蔽身体的盾,羽是在木棒插着五彩羽毛，以为装饰。舞的人一手持干一手执羽，练习各种攻击防御的身段姿势，步伐整齐，进退有法。由美丽有规律的动作，来训练战时冲锋陷阵的技术，这本是古时狩猎遗风，流传下来，成了一种武舞。苗人知道禹兵虽退，练武不止，再不奉命朝贡，将来必不甘休，只得前来认罪服输。

过了几时，苗人又复作乱。舜那时年纪已老，仍然勤劳民事，按照老规矩，到各处巡狩，顺便带领兵队到南方征讨。娥皇、女英也跟随同行。到了湘水，二妃留在那里，舜自己仍带了全军南进。据说舜到了一座壮丽的山上，爱那山的风景清幽，便在山上命乐人奏了舜自制的韶乐。那时南方还未开化，韶乐又是一种十分美备的歌舞，演奏起来，可算是破天荒的盛举。后人便把这山称为韶山。毛泽东同志的故乡就在这韶山山下的韶山村。

后来舜又继续向南前进，到了苍梧，不料他得病，就此死了，葬在九嶷地方，后来把这地方叫作零陵。象闻得舜崩，特地赶来送葬。娥皇、女英接到凶信，恸哭不止，一直哭到眼睛流出血来，泪痕洒在竹子上面，染得点点斑斑。最后悲不自胜，双双投水而死。后人在湘水旁边立庙祭祀，名为黄陵庙。又相传她俩都做了湘水女神，娥皇是湘君，女英是湘夫人。墓在衡山上面。二妃死后，湘水洞庭君山出产一种斑竹，又名湘妃竹，上面有点点紫晕的斑痕，相传是二妃血泪所化，至今仍是有名的特产。

虞舜既崩，禹接位为王，国号夏，建都安邑（今山西闻喜县地方），那时大约离现在四千一百多年。洪水之后，一切都要节约。禹对自己的享用，俭朴非常，但是公众的事情却尽力去做，尤其对于农田有关的沟洫，更是务求完美，不惜工力。一天，他正在巡视沟洫的工程，忽然看见前面有一个人，被许多人推拥着走。禹查问何事。众人报称，这个人偷拿别人的稻，给人捉住，要送到官里去办罪。禹听了便叫暂停，自己走下车来，详细查问偷儿，为何做这样事情？偷儿给禹一问，满心惭愧，只得说出原因。一面说，一面流下泪来，只怕禹要严厉惩办，不敢抬头。不想禹并不动怒，反用良言劝诫，一面教训，一面自己也涕泣起来。左右看见禹也涕泣，大大诧异，说："这人做了这样不端行为，应该受严重惩罚，为什么要对他涕泣？岂不是太过仁慈了吗？"禹说："以前尧和舜做首领的时候，人民个个都和尧舜同心，绝不自私自利。现在我做了首领，人民却另存自利的心，才做出了损人利己的事。这是我所以伤心的缘故。"偷儿听了，又感动，又惭愧，竟大哭了起来。人民本来感激禹治水的功劳，再看见他这般仁爱，对他更加爱戴。这个故事也说明到了禹的时候，财产私有制已经渐渐地形成了。由于财产的私有，人们也就有了自私自利的心，做出了损人利己的事情。

那时有一个名叫仪狄的臣子，偶然用米和水造酒。不想造成了竟然特别香醇甘美，和普通的淡酒大不相同。他心中十分得意，便捧了一壶献给他所最敬爱的大禹。禹喝了也觉得十分香美，越喝越爱喝，不知不觉把一大壶都喝完了，身上觉得软绵绵的，微醺薄醉，便躺在床上，舒服地睡去。仪狄看见禹全喝完了，心里暗暗高兴，想这种新造的东西居然得到了首领的赏识，面上好不光辉。像大禹这样整天为国为民地辛苦，也应该享受一点可口的饮料，休息休息。他想着，满心欢喜地回去，料定明天禹必定要叫他去问这种酒的造法，他便在家安心地等着。果然次日一早，禹便派人叫仪狄来见，仪狄连忙进宫朝见。禹第一句话便说："你从今天起，再不许制造这种饮料。"仪狄大出意外，吓了一跳。禹又继续说道："你只知酒味醇美好吃，哪里知道越是好吃，越会引诱人多吃。喝醉之后，昏天黑地，什么也不知道。如果喝惯了它，必定要沉迷忘返，把正经工作都荒疏了。这是多么害人的东西。我要不赶快禁止它，将来一定有人为了喝酒弄到亡国的。"仪狄一团高兴，哪知道反吃了一顿教训，只得垂头丧气地退去。禹从此不但断绝喝酒，并且连仪狄都疏远起来。

禹即位不久，便定了日期，在涂山（今安徽省怀远县）召集各国大会。那时各国久已钦服禹的威名，都如期到来参加大会。禹平时衣食十分俭朴，对于大会却不肯一点含糊。会场排设，尽善尽美。单说衣服一项，黄帝时候本已有了丝织衣裳。到了舜的时候，首领礼服已经十分考究，把衣裳染成彩色，又画上了日月星辰、山龙、华虫、各种五彩花样，头上也戴了垂珠曳玉的冕。禹更加把它做得十分精美，穿在身上，又堂皇，又煊赫，显出了天子的威严。许多臣子都按照训练过的礼节，引导各国诸侯，进入会场，每位诸侯手里都捧着朝见的礼物。大国的侯捧了玉，小国的君捧了帛，按班就位地恭敬行礼。朝见礼毕，奏起乐来。那时乐器有：金（铜）制的钟，石制的磬，丝制的琴瑟，竹制的箫管，匏制的笙，革制的鼓，土制的埙，木制的柷敔，合起来称为八音。许多乐工吹的吹，弹的弹，音调铿锵，非常悦耳，再加一班娴熟舞技的舞人，穿着特制的五彩衣裳，有的扮凤凰麒麟，有的扮虎豹犀象，有的翩跹婉转，有的奔突驰骋。进退回旋，整齐划一。一会儿，另一班赳赳桓桓的勇士，持干执羽，演出击刺争斗的各种技巧，迅如掣电，婉若游龙。和着曼妙的乐声，壮丽无比。真是：

此曲只应天上有，人间能得几回闻。

据传自从伏羲造了琴瑟以来，女娲造了笙簧，伶伦造了律吕，中国的音乐已经十分美备。黄帝又造了咸池之乐，颛顼造了六茎之乐，帝喾造了五英之乐，尧造了大章之乐，舜又造了韶乐。这些乐都是累积许多年的经验才造成的，哪有不好的道理，其中尤以舜所造的韶，更是尽美尽善，传到了禹，又造了大夏。自然是声容并茂，伟丽矞皇。各地诸侯，大半是远方僻壤，地小人单，虽也有些文化，哪有这般伟大场面，都看得目眩心迷，神摇气慑，对中央文化的高超，佩服到五体投地，也把禹看得像天神一般，相信他是上天的儿子，应该统治中国。禹便制定了各国每年应贡的货物，和应纳的田赋，颁示大众，各宜遵守，年年进献。各国已经钦服禹治水的大功，又眼见了中央的文物，哪能不心悦诚服，唯唯奉命？

禹又把九州各国所贡来的铜，铸了九个大鼎，每个鼎上面都雕铸了各州所出的奇兽异禽，精致无比，成为镇国之宝。过了几年，禹又在苗山（今浙江省绍兴市）召集大会，各国诸侯，都济济跄跄，如期赴会。

相传禹乘了船，过江赴会，刚到中流，忽然波浪大起，有两条黄色大龙翻波负浪地在船旁出现。满船的人都大惊失色，因为知道龙的性格凶猛无比，只要打一个滚，就可以弄翻了船。禹神色不变，从容笑着说："我只知尽我的力量去做应该做的事，生死都不算什么，还怕什么龙？"大家给禹的镇定态度压服住了，才没有慌张。不多时，两条龙也曳着长长尾巴游泳去了。这个传说不但说明了禹为国为民的勇敢态度，也说明了在那时候交通困难的情形。

到了苗山，照样举行一个大会，说不尽的肃穆威严，繁华富贵，真个是八方献贡，万国来朝。禹便把各国所纳贡赋会计详细。因此后人把这苗山改名为会稽。

这时候各方诸国钦服禹的威名，差不多全数到会。以前他们都是各长一方，无人管束，论自由是自由极了。只是一碰到比较强大的国，被他侵略屠杀，一点也没有保障。现在有了夏禹做了他们天子，申明约束，彼此各自保守地方，不得互相攻伐。大家虽然出了一些贡赋，却也保得平安，免得担惊受吓，都心甘意愿地受禹号令。那时南方有个诸侯防风氏（浙江省德清县）生得身高无比，力大如牛，一向自恃强悍，欺侮邻国，偏偏到会最晚。禹久知他蛮横残暴，正要除他，便借后到的罪名，将他拿下，数说他不尊天子，侵略邻国，杀了示众。因为他的尸身非常高大，后人甚至传说他躺在地上还占了九亩的地方。诸侯看见禹令出必行，纪律严明，恩威并用，才知道天子的尊严，无不畏惧，奉行中央命令，不敢违抗。这是中央统治第一次诛杀诸侯，也是君权的开始。从此散沙一般的“万国”，组织成一个比较有领导的国家。“夏”这个字就成为代表中华民族的名词。正是：

能将礼乐开三代，为有勤劳定九州。

第三回　奋成旅少康恢祖业
失车牛上甲复亲仇

大禹在会稽大会诸侯，大会既毕，各诸侯陆续散去。禹因为辛劳过度，便得了病。他生平忠于职务。一切都刻苦俭约，尽心尽意地埋头苦干，日夜不休。虽然抱病，还是不停地工作。这种“尚忠”的精神，后来就成了夏代的特性。

尧早已制定以十二个月为一年，正好每月各配一个地支，现在禹又定了以寅月为每年的第一个月，就是现在农历的正月。这种夏代的历法传了几千年，就成了现在的农历。这年夏历的秋八月，禹崩于会稽。群臣遵从禹一向节俭的意志，只用衣襟三领，薄棺三寸，将他葬在会稽。

禹生前曾经依照尧、舜的传统，想把王位让给皋陶，但是不久皋陶便因病死了。禹又选择了益，准备把王位让给他。现在禹死了，禹的儿子启得到人民的爱戴，便即位为王。各国久已敬爱大禹，对他儿子继承为王，并无异言。只有一个有扈氏心中不服。那有扈氏本是启的庶兄，受封有扈（在今陕西鄠县）为诸侯。他看见唐尧、虞舜、夏禹三代相传，都是禅让，禹并且已经选择了益，作为继承人，为何启独独不遵父命，不肯让贤，自己即位？他认为这事不合常理，不肯服从。启见各国都无异词，只有有扈氏一个不服，为了维持自己的尊严，不能置之不理，便率领六军，亲来讨伐。到了甘的地方（鄠县地方），启召集六军的主将六卿，举行了誓师仪式，由启把有扈氏罪状宣布一番，说他得罪于天，所以要灭绝他的性命，大家必须协力同心，奉行命令。有功的将士必受大赏，不遵命的必受诛戮，绝不通融。六军将士听了启这番严厉的诰诫，心中无不凛然，果然人人奋勇，个个争先，把有扈氏打得落花流水，大败而逃。启率了六军，一直踏进了有扈的根据地方，灭了全国，奏凯回来。诸侯看见有扈的榜样，谁不胆寒，再也没有一个敢出异言。从此夏代诸王便父子相传，结束了氏族社会的禅让，把整个中国成为一家私产。这种制度，被历代统治阶级一直沿用了几千年，一直到一九一一年辛亥革命方才结束。

启灭了有扈，王位已固。便仿照禹的老法子，在钧台地方（河南禹县）召集诸侯大会。各国诸侯，哪敢不到？会里一切铺张，比禹时候还要华丽讲究许多。除了沿用禹时候的礼节仪式外，又添了一种享礼，来联络各国感情。那时饮食简单，又在洪水之后，生活俭朴，一国之君也没有多大享受。启住在中央文化最高的地域，又拥有禹留下来的鼎彝器用，物产也相当丰富。这次钧台大享，真是说不尽的富贵奢华，山珍海味，每位诸侯席前几上，都摆列着很多盛着丰美食物的器具。如：用竹编的笾，圆圆的形式，共有四个至六个。笾的里面盛着干的东西，桃、枣、榛、芡、栗各种果子，黑色和白色的盐，米制的粉餈糗饵各色点心，都做成一块一块像老虎的模样。还有用木制的豆，是四方的形式，舜时候已经发明用漆漆成黑色，也是四个至六个。豆里面盛着韭菹、鹿臡、昌本、兔醢之类各式酱菜。还有铜制的大鼎三个或五个，鼎里盛着煮好的牛羊猪鱼之类，连汤带汁，热腾腾端上。另外还有铜铸的酒尊，上面雕着山和雷云的模样，叫作山罍。所盛的酒却是很淡的。也有玉雕的戋，或角制的觞，琢有龙文的勺。另外还有一个非常庞大的俎，俎上摆列着半头牛的身体，整块连俎抬来，并不切碎。像这样的丰盛酒席，摆起来，黑压压地挤满了钧台。吃的时候，还要奏起乐来。启自己是最喜欢音乐歌舞的，又造了《九辩》、《九歌》，更加繁复富丽，用来款待宾客。一时笙箫迭奏，歌舞纷呈。大会既毕，启乘了前面有曲栏的鉤车，驾着白色黑鬣的骆马，建着大麾的旗，回到国都。各国诸侯也跟着启到了都城。启又在璇台大享各诸侯一次。经过这两次大会以后，启的地位更加稳固，便创立夏代一家的四百年的天下。

这时候的天子，和尧、舜时候大不相同，做了天子的人，地位固然最高，便是生活用度，也比别人舒服讲究。四方各国，朝贡不绝。不但尧舜的朴质，望尘莫及，便是大禹的勤劳节俭，也已效法不来。到了第十年，启依照旧例，到各方巡狩。以前舜、禹都有巡狩，到了一处，就看看人民风俗。有什么困难，就替人民解决。春天，人民缺乏种子，没有粮食，就设法补助。秋天，人民收成不好，没有足够的储粮，就设法减少贡赋。因为舜、禹自己十分勤俭，并不多取赋税，所以人民还不觉得怎样。现在启虽然也巡狩各处，可是意义就大大不同了。一路上车马喧阗，服装富丽，排场十分讲究，还带了乐队同走。吹吹弹弹，好不热闹，显然表示出他是最高统治者。后来巡狩到了大穆之野，天高野阔，一望无际，一丛丛的树林，围绕连绵，好像碧玉屏风，翠绿可爱，中间一片广阔空地，芊芊芳草，如地毯一般，又软又厚，真是一个天然舞场。一行服色鲜华的乐队走在上面，宛如五色缤纷的彩蝶，十分好看。启不觉舞兴大发，便叫车马暂且停住，命乐队就在这野外奏起历代有名的乐，这个乐曲名叫《九韶》，是一种场面广大的乐舞。百音齐奏，响彻云霄，再加舞袖翩跹，歌喉婉转，在这大自然环境里，真可算得空前盛举。农民有没有储粮和种子的问题，早就丢到脑后了。

这样壮大的巡行归来，启自然是十分志得意满、却不道各国诸侯虽然已经服禹的恩德，畏启的威力，不敢有什么违言，家庭之中，却从此发生了许多问题。启的幼弟武观看见启做了天子，这般铺张扬厉，心中不免羡慕，觉得自己和启同是一父所生，为何启一人独享这般幸福？暗暗有点不平；又想父亲大禹一生辛苦，并没有一点享受。启接受父亲现成基业，也和自己一般，有何功业，要这样的奢华？看过去好生不顺眼，便处处显出和启违拗的行动。启觉得武观毫不驯服，便把他贬到西河去住。武观心中更加愤恨，索性在西河聚兵自守，不服启的命令。启便派了一个彭国诸侯，彭伯名寿，统兵征讨。谅武观一个年轻小子，如何是彭伯寿老将的敌手？打到后来，武观无可奈何，只得认罪服输。由彭伯寿把他带到启的面前，听凭启责罚。启前灭强国有扈，后平家乱武观，做了许多年的天子，把王位留给儿子太康。

太康却是一个糊涂的人，经过十几年舒服生活，懒惰惯了，不知道祖父大禹的创业艰难，只看见父亲启的享受奢靡。一旦做了夏王，便终日只管田猎游戏，不理国政，自己既没有父亲启的才能，又没有良好的辅佐，弄得百事废弛，民怨沸腾。那时太康搬到斟鄩（河南省巩县），作为国都，自己却到各处打猎。诸侯看见太康这样，也都离心。恰好有一个有穷的国君，武勇过人，猿臂善射，据说是尧时候羿的后人，世传射技，也是百发百中，所以也称为羿。因为先世有功于国，蒙舜赐给彤弓素矢，许他可以征伐有罪的国，并封他在鉏的地方（河南省濮阳县西南）。羿倚恃自己才勇，自从启时参加了钧台、璇台两次大享之后，久已垂涎夏王富贵，只是大禹功绩在民，各国同心拥戴，无机可乘。现在看见太康这般昏愦，正好称心，便暗暗侦伺机会，布置一切。太康还不知死活，仍然恣意田猎，后来越玩越起劲，益发没有顾忌，竟然在河洛之外田猎，越猎越远，不觉去了一百天，还不回来。人民个个啧有烦言。有穷后羿抓着这个机会，连忙点起军队，亲自率领，截住河岸。待得太康猎兴已阑，带着捉获的一大批野兽，兴高采烈地率众回来，走到河边，只叫得一声苦，隔岸后羿已经密层层摆开军队，旌旗遍野，戈戟如林。太康原是田猎出游，并不曾带什么军队，如何能和后羿交战？只惊得目瞪口呆，束手无策，没奈何派人过岸，和后羿商量。后羿说："太康一向不理国事，已经失掉天子资格，理合让贤逊位，另举替人，虽有国复，无须回去。"太康听了这般答复，气得七窍生烟，无奈兵力不敌，只得暂在河外住下，一面派人四出，请求各国诸侯前来援助。谁知各国诸侯早因太康奢逸过度，心中不服，只为禹、启余威尚在，不便如何反对。现在后羿勇略过人，势力既大，军队又强，诸侯犯不着去帮一个无能的太康，来得罪强大的后羿。大家都是两面敷衍，袖手旁观。只苦了太康，弄得有家难奔，有国难投，漂泊在河外地方，天子威风完全扫地，只得在阳夏地方，筑城居住（今河南省太康县）。后羿也索性由鉏搬到穷石（河南省巩县），公然擅权管事，好像又是一个天子。太康五个弟弟看见太康一去不返，便和母亲一起去寻觅太康，在洛水旁边苦等，终不见太康过洛回来。五个弟弟想起当初父亲启在的时候，何等安乐风光？今天竟弄得覆宗失国，众叛亲离，都是太康没有遵守祖父大禹遗训，不肯勤俭爱民的缘故，便作了一篇五子之歌，追思大禹，并诉说自己的悲哀。这样过了许多年，太康终于无法回来，病死阳夏。

太康死后，弟弟仲康继立为王，仍回斟鄩居住。那后羿所住的穷石，就是斟鄩附近地方。仲康为了要想收回王权，不得不回，可是和后羿住在一处，实在危险得很。那时后羿握权已久，诸侯惧怕他的势力，都服从他的命令。只有几个正直的人，看见后羿骄横恃力，心里不服。仲康知道太康失国，是因为威权旁落，便极力想法恢复势力。那时有一个胤国的国君胤侯，很是强干练达，不附后羿。仲康有心抬举，便派胤侯执掌六师，管领军政大权，以免受后羿挟制，一面自己留心国内外政事。恰巧管理天文历数的羲和，自从尧时起，就父子相传，世掌历数，每夜观测天文，制定日月四时，颁布天下，和羿的父子世传射官一样，因此羲和与后羿久已联成一气。他又好酒贪杯，常常酩酊大醉，夜里从不观测，如何能知天文？渐渐废弛职务，常常错报，或是遗漏。仲康便命胤侯兴兵征讨，以剪除后羿的党羽。胤侯奉命起兵，历数羲和罪状，把羲和擒获正法。后羿因为羲和天文推算错误，是天下共闻共见的事实，无法袒庇，但也想攻击仲康的党羽，来报复私仇。偏偏又有了一个很好的机会，使后羿更加决心用兵。

那时有一个有仍氏（山东金乡县东北）的国君生了一个女儿，名唤玄妻，容貌十分美丽，光彩照人。单说一头秀润的鬒发，就生得又黑又亮，长可拂地，比鸦翎还要丰软纤柔，真说得上发光可鉴。一时艳名远播，有仍氏珍惜不肯轻易许人。后来给乐正后夔娶去，生了一个儿子，名唤伯封，后夔死后，伯封继续父亲地位，做了一国之君，可是他生就一种贪婪好货的性格，喜欢到处揩别人的便宜，被人家起了一个外号，叫作封豕。他自负是后夔的儿子，哪里看得起后羿？所以在后羿眼冲看去，他既然不附后羿，自然就算是仲康的党羽了。后羿一向羡慕玄妻美貌，现在伯封既然不得人心，正好借题发挥，把他灭了，便打点起兵去攻伐伯封。后羿手下有一个寒浞，本是寒国的子弟，诡计多端，极会巴结，寒国（山东省潍县东北）的国君伯明知道他的劣迹，把他驱逐出去。他就跑到有穷，大肆谄媚，把后羿骗得倾心宠爱，待他如同左右手一般，一切计谋都和他商量，反把身边贤人疏远起来，专信他一个的话。这次出兵，自然也和寒浞计议好了，预备次日就动身。后羿回入自己宫内，和妻子嫦娥说知出兵的事情。嫦娥久知后羿羡慕玄妻容貌，这次出兵，一定不怀好意，因为那时战胜的国，往往把战败国的人民随意掳来，男的作为奴隶，女的作为妾婢。但是嫦娥深知后羿暴虐成性，劝谏无益，只好唯唯称是。后羿忽然想起一件事情，便从身边拿出一包药来，交给嫦娥，对她说道："这是西王母的灵药，据说吃了可以不死。便是西王母国里，也很不容易采到。那年我好容易才问她求到这一点儿，本要吃下，因为吃的时候，还有种种麻烦，我一时没有工夫，所以搁在这里，现在就要出兵，更加腾不出时间，你可替我收起，等我奏凯回来，慢慢再吃。"嫦娥遵命接过，代他收起。便备办酒席，与后羿送行。酒席中间，嫦娥两次三番想要劝谏后羿，但是想了一想，又把话咽了下去。后羿一心只想出兵，哪有余闲来观察嫦娥颜色？到了次日，后羿带了军队，浩浩荡荡，便即长征。他自恃赐有彤弓素矢，得专征伐，竟连仲康都不告知，一直来到伯封的封地。伯封听得后羿率兵来侵，心知不妙，只得连忙点起军队，出来迎敌。双方摆开阵势，各显英雄。伯封虽也勇猛，究竟不是后羿敌手，战了多时，气力不加，便虚掩阵刀，回身败走。后羿并不追赶，却卸下弓来，搭上一箭，觑准伯封后心，一箭射去，不偏不倚，正好射到伯封背后。伯封听得弓弦声音，连忙望右一躲，恰恰箭到，被它射中左肩。伯封哎呀一声，立脚不住。还未扑倒，后羿第二箭早又射到，正好由伯封后心穿了进去，直透前心，登时扑倒在地，死于非命。兵士一见主帅阵亡，发起喊来，纷纷乱窜，各逃性命。后羿指挥将士，掩杀过去，一直冲进伯封封地，大肆抢掠。后羿自己带了心腹兵士，直到伯封宫里，正逢一大群妇女慌慌张张由宫里逃出，躲避不及，撞个正着。后羿忙喝军士将妇女尽数拿下，一眼瞥见其中一个妇人鬒发如云，容光可鉴，心知必定就是玄妻，不胜狂喜，忙命将这一群妇女好好看守。一面便进入宫内，把所有珍宝财货抢掠一空，又把仓库畜牲，粮食子女都搜刮干净，然后率领全军士卒，高唱凯歌，带了玄妻和一群俘虏满载而归；又将伯封尸身脔割下来，蒸成一鼎肉膏，派人送与仲康，托辞献捷，故意气仲康一气，以报灭杀羲和之仇。后羿一路得意扬扬，趾高气扬地回到穷石，早有寒浞率同臣下前来迎接，众口同声，称贺大功告成。羿呵呵大笑，略和寒浞说了几句，便即进入宫内。不想妻子嫦娥并未出来迎接，只有一千宫蝉俯伏恭迎。羿诧异起来，便问嫦娥何往。宫脾彼此面面相觑，都答不知。羿勃然大怒，喝退宫婢，自入宫内，四处寻找，并无踪迹，不觉大发雷霆，一面派人寻觅嫦娥下落，一面严刑拷打宫中奴婢，要她们招出嫦娥踪迹。其中一个女奴，素性慧黠，甚得嫦娥宠爱，看见后羿要动刑拷打，便战战兢兢地哭诉说："夫人一向在宫，寸步不曾出外。那天晚上，夫人手里拿着一包东西，对婢子说：这是主公临行交给夫人的药，说是西王母给的，吃了可以永保青春；夫人自己现在容颜渐老，不如把它吃了，或许可以返老还童。说完就把药放在口里。婢子正想劝谏夫人，不要吃这种药，还不曾说出，夫人早已咽了下去。不多时，夫人的身子突然飘飘地飞了起来，好像鸟儿一般，一直往窗外飞去。婢子吓得要死，连忙伸手去抓，已经来不及了。急急开门追出，只见夫人越飞越高，一道光华，一直飞进月亮里面去了。婢子无法追上，又不敢告诉别人，只希望夫人或许再飞回来。此事只有婢子一人在侧，别人一概不知，今日主公拷问，只得从实说出。"说罢哭泣不止。羿听了半信半疑，又喝问其他宫婢。这些宫婢怎敢多言惹祸，都矢口不认，齐说委实没有看见嫦娥，一定是上天去了。有的还说那天夜里看见月亮特别光明，添头加尾，绘影绘声，不由后羿不信，本来羿得了玄妻，早已不把嫦娥生死放在心上，既然众婢都这样说，也就算了。

那仲康闻得后羿擅自出兵攻伐伯封，正要派人去阻止，忽然接到蒸肉一鼎，说是后羿战胜伯封，特地派人前来献捷，并将伯封蒸肉献上。仲康不觉勃然大怒，命将蒸肉掩埋，一面派人责问后羿来使，说伯封即使有罪，也应奏明天子，再行讨伐，岂可擅自出兵，又把伯封蒸了来吃，未免过于残忍。后羿被仲康斥责一顿，恼羞成怒。偏逢仲康病崩，子相嗣位，年幼体弱，后羿便公然带兵进逼，夏后相只得弃了国都，迁移到商邱（今河南省商邱市）地方，去依靠同姓的两个诸侯，一个是斟灌氏（今山东省寿光县），一个便是斟鄩氏（今山东省潍县）。那斟鄩因为旧的国土被太康、仲康、后羿相继占住，所以改在新的地方建国。

后羿见夏后相已经逃走，心满意足，便公然自立为王，号令天下，把玄妻尊宠起来，俨然王后。玄妻国破家亡，饮恨在心，哪有闲情欢笑。后羿虽然百般讨好，她却存了报仇的念头，只等机会到来。

后羿大权在手，更加骄满，自恃神射无敌，百发百中，看出天下诸侯都是国小兵弱，绝没有敢和自己做对的，足可高枕无忧，因此便日日出外打猎，射兽追禽，尽情作乐，全不以国事为意，所有政务完全委任寒浞管理。寒浞乘了机会，一面用小恩小惠收买人心，一面尽力献媚玄妻，件件先承意志，殷勤周到，希望玄妻在后羿面前多进美言，替他方便。玄妻满腔心事，一见寒浞这等情形，正好将计就计，自然一拍即合，随时随地都替寒浞留心。后羿本来深信寒浞，对于玄妻尤其千依百顺，言听计从。每次田猎归来，玄妻总是间接直接表示寒浞如何忠于服务，如何谨慎小心；又劝后羿休息精神，不必为了无关轻重的些微细事操劳。后羿年事已高，本来就沉溺酒色，厌亲琐务，益发把一切事情都付寒浞去办，自己只管寻欢取乐，常常出猎多日，也不回来。寒浞又买通后羿左右，每逢后羿射中鸟兽，大家便齐声欢呼，赞美他神射无敌，箭不虚发，如此英雄，何愁天下不服？把后羿哄得心花大开，更加耽于田猎，把国事完全抛到脑后。寒浞渐渐收揽大权，准备篡位，将不附自己的人一一设法除去，和玄妻一内一外，打成一片。过了数年，一切已安排得清清楚楚，里里外外，全都和玄妻、寒浞齐心，只等后羿这次田猎归来，便即动手。但是后羿力大无穷，又多疑忌，寻常人近他不得，除非他的亲信才能走近身旁。算来只有勇士逢蒙曾跟羿学过射箭，也能百发百中，羿因他是自己得意学生，十分亲信，每日手持桃棓，随从护卫，不离左右。要是逢蒙肯相帮下手，便有把握。寒浞只恐逢蒙顾念羿待他的恩情，不肯同谋，便派人把金珠贝玉暗暗送与逢蒙，探他口气。谁知逢蒙自从由羿学得一手绝技以后，十分得意。羿因为爱他聪明好学，要用为自己护卫，不惜把生平所有神妙射法，不传之秘，都尽数倾囊传授，教得他万般灵巧，除了羿外，更无别人可敌。逢蒙学成之后，觉得羿的神射声名早已天下皆知，自己虽然已经不比羿差多少，只要羿在一天，自己就不能以天下无敌自负，总觉得有点美中不足，因此恨不得羿早早死去，方好显得自己神射声名。寒浞计策正合他心意，岂有不允之理？当下计议停当，大家分头布置。逢蒙仍跟了羿出去田猎，寒浞和玄妻在国内设下天罗地网。后羿还蒙在鼓里，仍然兴高采烈地追禽逐兽，在山野大猎一场。后羿亲挽角弓，射倒了几个野兽。左右齐声喝彩。后羿更加高兴，一直猎到太阳沉西，方才欢欢喜喜地带了随从勇士，前呼后拥地回到宫里，把猎得的虎豹狐兔摆列满庭。玄妻出来迎接。羿一面卸去装束，抛下弓箭，一面笑指几个狼鹿说："这几个都是我亲手射获的，特地带回来与夫人下酒。"玄妻含笑称谢，一面忙命进酒庆功。一霎时珍馐罗列，玄妻捧觞称贺，极口夸赞羿的神射，真乃盖世英雄，天下无敌，说着便殷勤进酒。羿耳听甘言，目观美色，酒落欢肠，不觉酩酊大醉。玄妻看看时机已到，便托辞离席，躲了出去。逢蒙走了进来，羿醉眼模糊，还问逢蒙有何要事来禀。逢蒙更不答话，趱到羿的身旁，举起手中桃棓，猛力当头一击。羿措手不及，登时闷绝在地，逢蒙又连连痛击了几棓，早已气绝身死。逢蒙看见事情已了，便出去通报寒浞。玄妻回入房中，看见后羿血流满地，回想当年国亡子死，都由后羿一人，虽然已死，余恨未消，吩咐侍者，把后羿剁碎煮熟来吃，以报伯封之仇。外面早已由寒浞布置一切。次日天明，羿的儿子听得人说，昨夜羿宫内有点响动，心内惊疑不定，忙到羿宫探问，进宫一看，只见寒浞也在宫内，玄妻满脸杀气，正和寒浞说话，却不见羿的踪迹。羿子忙问玄妻："父王现在何处？"玄妻并不答话，回顾侍女，端出一个大鼎，揭开鼎盖，里面热腾腾一鼎煮熟的肉。玄妻剔起双眉，指着鼎肉，咬牙切齿地对羿子说："汝父灭我国家，杀我儿子，又将我强抢到此。我和他仇深似海，没有一天忘却报复。现在我已经把他杀了，也依照他杀害我儿子伯封的方法，煮熟了来吃。你是他的儿子，按理饶你不得。如今你把这肉吃了，我还可以恕你一死。"羿子听罢，惊得几乎跌倒，连忙挣扎着跑出宫去。寒浞知道他是逃不掉的，也不追赶。羿子逃到穷石城门，正要出城，看门卫士早已奉到寒浞密令，一见羿子到来，便一齐动手，刀斧乱砍，登时杀死。

寒浞篡了羿位，仍袭用有穷国号，把羿的财产地位，全盘接收过来。本来有穷一切政事，早就由寒浞一手办理，所以毫不费事。他的妻子纯狐氏早已身死，寒浞便以玄妻为夫人，搬入羿宫居住。过了几年，生了两个儿子，大的名浇，小的名豷。玄妻不久便得病身死。浇、豷长成后都勇猛有力，多谋善战。寒浞倚恃自己诡诈多端，从来不把人民痛苦放在心上，只一味扩张势力滥用刑罚、欺压百姓。那时夏后相搬到商邱，住了几时，虽然势力微小，究竟因为大禹功德在民，诸侯依然有一部分遵奉夏后相的命令。后来夏后相感到势衰力弱，难以抵御寒浞，便又搬到斟灌暂住。

夏后相刚刚搬离商邱，便来了一个商国，看上了商邱地点适中，交通方便，搬进去住。这商国乃是舜五臣之一，名契的后代。契辅佐舜教训人民，很得人民拥护，封在商（陕西省商县）地，后来渐渐东移，传到孙子相土，英明才干，发明了用马驾车的方法，运输货物，往来买卖，在那交通不便的时候，的确节省不少人力，因此商业大大发达，后人便把做这种职业的唤作商人，因为商国的人民做这种职业最早而又最多的缘故。

相土既然日益富强，便自然渐渐往热闹的东方移徙。那时夏后相势力已弱，有穷后羿和寒浞势力虽然强大，却因骄傲诡诈，不得人心。相土既是商契后人，又复才德出众，搬住商邱之后，生产进步，国内富足。各国诸侯渐渐归心，这是商代兴盛的开端。

寒浞看见两个儿子浇、豷渐已长成，便想把他俩分封在外，以便扩展势力。于是把浇封在过国（山东省掖县北过乡），把豷封在戈国（河南省杞县、太康县、淮阳县之间）。父子三人各主一国，倒也心满意足。只是想到夏后相还在斟灌，总觉得留着祸根，恐怕将来强大起来，自己不能安枕，便派浇带兵去打斟灌。浇领了命令，带了军队，来到斟灌。斟灌国君知道消息，连忙整备军队，前来迎敌。浇兵都是经过训练，十分勇猛。斟灌军队论起装备，相差得多，只是为了保卫自己国家，不得不舍死奋斗。大战一场，浇兵丝毫不得便宜，只得暂且退兵，在附近扎下。次日设下计策，再来挑战。斟灌兵士依然迎敌，因为昨天尝过敌人厉害，不敢大意，都尽力苦斗。不料浇却分了一半军队，由后面绕过，直攻斟灌都城。那时都城不过泥上围筑，十分简陋，如同土堡一般。城里只有少许壮丁和老弱妇女，如何抵挡得过？便一面尽力抵抗，一面飞报前方。斟灌军队一闻后方有警，连忙退兵。浇早已料着，急急挥兵猛烈冲杀。斟灌军心大乱，被浇杀得一败涂地。斟灌国君带了残兵狼狈逃回，浇紧追在后，好容易逃入城内，早已三停去了一停。浇围住斟灌，并力攻城，不多几日，便被攻破，除了一部分难民逃出外，尽数都被掳掠屠杀，斟灌国君也全家被杀。一时尸积血流，惨不可言。只有夏后相在浇兵未到之前，已经得到消息，早已率同宫眷群臣，搬去帝丘（河南省濮阳县），去依傍一个强国昆吾。

浇灭了斟灌，乘胜直取斟鄩。斟鄩和斟灌相去不远，曾经接到斟灌求救的急足，正在点兵调将，又见斟灌败兵难民陆续不绝来奔，个个哭哭啼啼，诉说浇的兵士如何残暴。接着得知斟灌已经灭亡，国君全家被难。斟鄩本是由南方移来不久，城还未筑，料想难以抵抗，便弃了田庐，点齐老弱妇女，一同逃匿在潍水上面的木舟里面，另由壮勇男丁驾舟应战。

本来上古时候，人民都是涉水而行，稍深的水便无法越过。后来有一人看见树叶浮在水面，随风漂泛，有时一二蜻蜓栖止叶上，一任东西，悠然自得，不觉起了羡慕之心，便想也乘坐什么东西，可以在水上游行才好。他看见木材在水面也是浮着，便采伐大段木材，浮在水上，坐在上面，果然不沉，只是不能随意转动，也容易摔下水去。后来经过许多人的经验，渐渐把树木的中心刳凹，制成了独木舟。又把木棒削得扁平模样，成了木桨。这都是很早时代的事情。独木舟又笨又重，划起来非常不便，所以许多地方仍是把它好几个连接起来，上铺木板，当作桥用。到了夏时，木舟已经相当进步，可以随意划行了。

那斟鄩那因为倚着潍水立国，往来交通，必需船只，所以造了很多的舟。现在事急，只得上舟避祸。满拟浇兵没有船只，不能过水，自然会退去的。刚刚上舟，浇兵已经涌到。斟鄩各舟连忙摇起桨来，纷纷离开潍岸，划向中流。男丁在舟中张起弓来，向岸上射箭。浇兵到了岸边，无法下水，便回到斟鄩人民住所，把各家没有带走的东西，完全抢掠一空，然后再到岸边守候。斟鄩船只早已远远躲去。浇看得清楚，心生一计，便收兵回到斟灌，不再留在斟鄩附近，一直过了三天，方才派探子到潍水去打探消息。那时斟鄩船只泊在潍水，看见浇兵并无动静，大家计议，不知是否已经退去。舟中粮食无多，妇孺拥挤，大家都想回到家中，便都划近岸来，派了勇士，先到家中一看，果然浇兵已退，便欢欢喜喜地扶老携幼，上陆回家。搬搬运运，不觉天黑。大家都辛苦多日，倒头便睡。睡到半夜，忽然喊声大起，浇带了军队漫山遍野打进来了。慌得斟鄩家家手忙脚乱，拼命逃走。只听得哭声震天，火光大起。斟鄩壮丁且战且走，跑到水边，纷纷跳上木舟。浇兵也已追到，便在岸上大战起来。有的跳上船去，和斟鄩壮丁在舟中大战。这时天色已明，岸上水上鏖战不休。此时斟鄩全国都已陷入绝地，无路可走，只有拼死苦斗。浇看见一只木舟离岸约有丈余，便在岸旁奋身一跃，跳到舟上，抡刀便砍，把舟上人一一砍下水去，夺了舟来，再和其他舟上兵卒交战。一面指挥部下，跳下水去，将斟鄩的舟扳翻。这时候斟鄩舟上大半都是夹有妇女老弱，临时逃上舟的，不比上次是有计划的撤退。一舟上面，能战壮男不过二三，如何抵抗得过？不消几时早已被扳翻几艘，妇女老弱纷纷随波流去。斟鄩军心大乱，无暇恋战，偏又被缠住不放。岸上来不及上船的早已被杀光，水里船只又陆续沉没，只得拼命摇船向对岸逃去，又被浇的兵士驾着抢来的船，追上痛杀一阵方才收兵。斟鄩船只沉覆过半，国土沦亡。浇点齐抢掠财物，押了俘虏，回到过国，差人到寒浞处报捷，寒浞见斟灌、斟鄩相继灭亡，心中大喜。便命浇休兵一时，再去把夏灭掉。

次年，浇点起军队，向帝丘进发，悄悄来袭击夏后相。那时夏后相已娶了有仍氏之女为后，名缗，新怀身孕，尚未生产。他知道过浇灭了斟灌、斟鄩，这两国本是夏的同姓，一向相依为命，唇亡齿寒，不免伤心；也明白寒浞、过浇的意思，不会让夏存在的。无奈兵力单弱，无法防御，只是提心吊胆。不想这天天还未亮，忽然喊杀声音四起，过浇带兵半夜袭入城来，人民纷纷逃窜，女哭男啼，宛如山崩海沸。夏后相和后缗吓得面如土色，急急起身查问左右情形，正在慌张无措，浇已经带了兵士亲身扑到门前，呐喊一声，守住前后门，抢了进去，合宫妇女臣仆都纷纷乱逃。夏后相心知不免，索性拔出刀来，自刎而死。后缗顾不得扶救，急急随了宫女跑到后而，只见后面墙高过肩，无法爬过。正在张皇无计，忽然看见一个宫女正低头由墙下一个狗洞爬了出去。后缗顾不得王后尊严，也只得连忙弯下腰来，由洞爬出，钻到墙外。宫女扶了她跟着一伙难民一同逃走，还算侥幸没有碰到军队，逃得性命，一路上饥餐渴饮，冒着千辛万苦，方才逃到娘家有仍氏。有仍国君看见后缗如此狼狈逃来，大吃一惊，查知夏王被弑，国王尽失，也不禁老泪纵横。后缗一路风霜跋涉，又悲又苦，不免又大病一场；尚幸十月期满，生下一男，取名少康，日夜尽心抚养，希望他长大成人，好报仇恨。光阴迅速，不觉过了二十年。少康长得相貌英挺，举止深沉。有仍国君十分器重，便任他做个牧正，管理牛羊畜牧的事情。少康做得头头是道，六畜蕃殖。有仍国君深爱他的才干，正要帮他建一番事业，谁知事情不密，几乎弄出杀身之祸。

那寒浞自从派浇灭了斟灌、斟鄩，弑了夏后相以后，算计夏已灭亡，他的王位可以稳固。东方的商，虽然势力渐大，不过营商牧畜，倒也没有什么野心。北方的昆吾，本来接近夏后相，算是一个比较强大国家。现在夏已灭亡，他也无能为力。其余各国，都是国小民少，又有斟灌、斟鄩榜样在前，谅来不敢轻捋虎须。因此便高枕无忧，享了二十年统治生活。一天，寒浞偶然听见有人说起，夏后相有子少康，现在仍国做了牧正，心中不觉大惊，暗想斩草不除根，春来必复发，便责问过浇，为何放走了后缗，以致留下祸患？浇连忙派了一个臣下，名唤椒，急急到了有仍，向有仍国索取少康。有仍国君知道要把少康交给过浇，他就绝无生理；但是抗拒不交，浇一定要用武力，兴兵讨伐。上次斟灌、斟鄩两国人民给浇残杀得尸积如山，全国几乎化成一片焦土，至今二十年，还没有恢复原状。有仍区区小国，如何抵抗得过？左右寻思无计，只得把这事和后缗、少康商量，叫少康赶快逃往别国。这边婉言回复过浇，只说有仍并没有少康其人，所说的牧正早已不知去向，无法交出。椒自然不信，仔细调查，果然不在仍国，只得回去复命。

少康只身逃出有仍，想来想去，不知投奔何处才妥。各国虽然当初尊奉夏王，但是自从太康失德以后，就很少朝贡。自己因为隐姓埋名，更不曾和各国有过交情。除却浞、浇党羽几国外，大半都很弱小，畏惧浞浇势力，谁肯收留？万一不巧，还许把自己捆缚献出。只有虞国是虞舜之后，夏代一向尊他为上宾，不当臣子看待，谅寒浞对他也该客气三分。想定主意，便一直投奔虞国（河南省虞城县）。虞国国君虞思，看见少康到来，知是夏后相的儿子。他向来对于寒浞父子阴险残暴看不上眼，只因自己力量有限，隐忍多年，现在看见少康英俊过人，心里十分欢喜，便热心款待，派他任了庖正之职，掌管庖厨饮食；又把自己两个女儿嫁给少康，将纶的地方（虞城县东）给少康居住。纶地虽然很小，可以耕种的田亩，不过十里，（那时唤作一成）人民也不过五百壮丁，（那时唤作一旅）但是少康饱经忧患，得到能安身的地方，已经十分满意，便尽心开发地利，招纳资才。二位夫人也都贤德多才，便一天一天地强盛起来。

夏后相在时，有一个臣下，名靡，很有才干。自从夏后相出走商邱，靡还留在后羿那里，相机行事。不料寒浞又杀了羿，暴虐更甚，靡就逃到有鬲氏（山东省德县东），日夜筹划兴复大计。后来斟灌、斟鄩被灭，靡就到了两国地方，招抚流亡，收拾残烬，勉励他们埋头苦干，矢志报仇。这两国人民劫后归来，田庐尽毁，父母兄弟，死的死，伤的伤，有的妻女被掳，有的财产被掠，无不切齿痛心；再给靡鼓励一番，人人都激昂奋发，决心雪耻。靡把他们组织起来，训练成军。自己也在有鬲简择精锐，待时而动；后来知道少康尚在，更加欢喜，便往来联络，共谋大举。那时寒浞年事已高，纵情声色，虐待人民，怨声载道。靡趁着人心思念大禹的时候，便起了有鬲全国的兵，又会合斟灌、斟鄩两国，同来攻讨寒浞。大家听说为了报仇雪恨，替人民除害，没有一个不踊跃齐心，登时聚合起来，拥戴少康为王，靡任主将，一直打到寒浞城下。

那寒浞骄恣多年，民心涣散，手下将士也都愤恨离心，一听说夏王少康到来，个个不战而退。城门大开，人民争先出城迎接。靡兵不血刃，在夹道人民欢呼声中，直抵宫中，捉住寒浞和他手下许多害民的爪牙。按规诛戮，其余一概不究，人民大悦。少康回到故都，安抚人民，重整社稷，救死扶伤，敬老慈幼，宛然大禹之风。他本来生在忧患，和人民一同劳动工作，自然没有奢侈习惯，也懂得人民的需要和痛苦。人民在羿、浞虐政之后，得到这般贤明首领，喜极而悲，都恨少康回来不早，愈加倾心爱戴。少康休养生息了一时，便议出师讨伐过浇。那斟灌、斟鄩恨过浇入骨，无不踊跃愿为前驱。少康见得士气可用，便派女艾先到过国探听虚实。

女艾奉命起身，一路上打听情形，都说过浇自从灭了斟灌、斟鄩后，掳来无数妇女财帛，每日恣意娱乐，全不料理国政，除了饮酒作乐，便出外田猎；他又自负武勇过人，十分骄傲，人民无不怨恨，女艾听清内情，便设计混进过国，果然秩序紊乱，道路污秽，人民个个愁眉苦脸。女艾进了城门，也没有人前来查问，他便找到浇宫旁边暗暗侦看。到了天晚，只见浇带了猎得的禽兽，和几个随从，腰弓插箭，走到一个宫里去了。女艾不认识浇，只看他的衣着华丽，却没有看清面目；等了一会儿，看见随从陆续散出，天色已黑，料想浇一定在这个宫里住宿，便轻轻踅到宫外；又等了许多时间，约莫半夜时候，人声已经静寂，他便拔出刀来，撬开门户，里面却没有灯火。女艾听了一会，知道都已睡熟，便偷偷摸进房里，只望鼾声地方摸去，摸到床上，有个人睡着。女艾只恐惊醒，连忙将左手轻轻抓着头发，右手迅速握刀砍下头来，急急依了旧路逃出宫去；走到城边，天还未亮，恐怕有人追来，便寻个缺口爬出城去，一口气跑了许多里，料想追赶不及，这才拿出昨夜所杀的头颅来看，好像一个女人模样，不知究竟是不是浇，便一直带回夏邑，来见少康，报告侦探情形。少康看了，也怀疑这头颅未必是浇，只是查不出名字，也就算了，便派女艾带了军队去攻过国。女艾奉命，重新起行，到了过国，一打听，浇依然还在，并未被杀，还是日日田猎作乐。

原来寒浞前妻纯狐氏曾生一子，少年早死，留下一个寡妇，名唤女歧，生得颇为美丽，算起来是浇的嫂嫂。浇看上了她，有一天田猎归来，便到女歧宫外，假说自己衣裳被树枝罣裂一道，请女歧替他缝纫几针。女歧请他进来，替他缝补衣裳。浇便留宿女歧宫中，以后常常来往，不想那天夜里，被女艾偷进房来，将女歧的头割去。浇正在大醉的时候，没有听到声音，天明一看，满床是血，吓得魂不附体，查访凶手，并无下落。浇大发雷霆，把宫中侍卫尽数拿下痛责，声言如不能拿到凶手，便把侍卫尽数杀死。那些侍卫本已恨他起居无节，喜怒无常，再遭责打，更加怨愤。浇却又出去田猎，依然日日满山追逐野兽，毫不戒惧。这日天气晴朗，浇带了随从，到野外狩猎。忽然山旁窜出一群花鹿，向前面飞逃。浇连忙弯起弓来，一箭射去，正中一鹿背上。那鹿带箭狂奔。浇忙叫速追，却嫌车慢，便跳下车，健步如飞地上前追赶。原来浇天生多力，尤其两只脚跑起来赛过奔马。他自负奇能，往往笑骂车马无用，一到猎得兴起，便下车徒步，左右尽力追赶，都赶不上。当时他奋勇追鹿，追了一段，看看赶上鹿群，忽然前面山下林里，转出一群猎人，放过了鹿，却在浇的前面兜围，好像也要擒捉这群花鹿模样。浇只恐鹿被他们捉去，连忙大叫："这鹿是我射的，你们不得来抢。"那群猎人并不答话，却把猎犬放出。登时几十头猎犬四面八方望浇扑来。浇出于不意，回顾左右随从，一个也没有赶到。待要用箭时，那些犬已经扑到面前，无法逃走，只得用手搏斗，抓起一只猎犬，作为武器，向周围扫去。无奈猎犬太多，左右齐上，腿上给它咬了一口，鲜血迸流，登时扑倒在地。猎狗纷纷齐上,一阵乱咬。那群猎人上前,割了浇的首级,呼哨一声,带了猎狗去了。等到浇左右到来,已经不及。只得抬了浇的尸身,回到城下。还未进城,早见女艾军队整整齐齐,摇旗擂鼓而来。前面一枝长竿,高高挑着浇的首级。几名兵卒在前面扬声大叫:"过浇逆贼,已伏天诛,你们胁从的人,还不趁早投降,更待何时!"这班人众看了这样情形,发一声喊,抛下浇的尸身,纷纷逃散。城内人民也就开门迎降,全国大定。

女艾平定过国,捷报到来。这边少康已经派了儿子季抒带兵去打戈国。季抒派几名士卒先到戈国,诈言过国被女艾围困紧急,叫豷赶快出兵来救。豷信以为真,便带兵出国。行至半路,伏兵四起,把豷包围起来。季抒指挥勇士一齐涌上,一阵乱刀,把豷砍死,便率兵攻伐戈国。豷在戈国,本无善政,一味暴虐人民,何况现在已死,谁肯为他死守?就都开门迎接季杼进城。季杼抚循人民,赏善罚恶,人心大悦。寒浞父子三人因为多行不义,终至国亡身死。

少康复国之后,因为自小经过艰难,一切政事还能想到人民的艰苦,对各国诸侯,也都讲信修德。诸侯怀念禹、启遗烈,也都愿意拥戴少康,从此夏代复兴,不失旧物。他在位二十一年,天下安定,文化大盛,宫室车服器用一切都有长足的进步。少康死后,子杼嗣位,也是一个比较贤明的君主。

那时东方的商国,因为畜牧兴盛,渐渐向北发展,接近黄河。那黄河因为这几十年来羿、浞专政,不加修治,渐成灾祸,往往把河旁土地冲毁。商侯冥便接受了夏王命令修治黄河,尽心服务,事事都带头工作,黄河方始没有出事。可是冥自己在治河辛苦二十余年之后,竟然因为操劳过度死了。甚至有人说,他是被河水淹死了。后人感念他的功德,祭他做水神。

冥的儿子亥继位,又发明了以牛驾车的方法。原来商在相土的时候,已经发明以马驾车,那时还在西北,马很多。自从相土搬到商邱,中原地方,马就少了。用来驾车、运货、作战,实在太不够用。并且马是最难养的,洗刷、饮料、休息、行走、件件都要讲究。现在用牛来拉,虽然没有马跑得快,却比马省事多了。因此,这个发明,大大改进了交通的便利。亥自己也常常乘了牛车,到河边一带游历,有时也带了畜牧的牛羊和各国交易。

一天,商侯亥乘了牛车,带了弟弟恒到有易国(河北省易县)游玩,跟随着许多仆人和牛羊,打算做点生意。那有易虽是一国,却不像商富足,看见亥、恒车服鲜华,畜牧成群,十分艳羡。有易国君绵臣便大开筵席,殷勤招待,请亥、恒开怀畅饮。国内人民也都纷纷来看牛车,大家指指点点,都说这般戆猛的牛,亏他如何教导,能够服服帖帖驾车,真是奇事。原来那时的牛本由野牛捉来畜养,年代不多,野性还未消除,很难驾驭,不像现在家畜的驯良。

酒席中间,绵臣也极口称赞亥的牛车,并且问亥用什么方法能够把它驯服得这样,是不是牛种不同?亥说:"这也不过是由普通家畜里面选出,并不是什么异种。但是驯服它是很费一番心力的。没有驯服好,驾起车来往往狂奔乱跳,不但不肯好好地走,还会连人带车都被摔坏。"绵臣听了非常羡慕,便说:"这种驯牛方法,你能不能教授我们,让我们也可以驯服几只牛来驾车？”亥一口应允。绵臣大喜，便唤出本国乐舞，殷勤演奏娱宾。那乐舞的舞人都是妙龄少女，丰容盛鬋，活泼伶俐。亥、恒都是好色之徒，不觉喝得酩酊大醉，送入宾馆安歇。

次日，绵臣便带同妻女和几个随从来看亥的牛车，啧啧称羡。亥、恒也就出来接待。绵臣以为亥的牛一定比他国内的牛优良，便要在亥的牛群里面挑选健硕的，买了下来，教导驾车。亥、恒便陪着他巡视牛群，指点优劣。选好了，绵臣又留亥、恒一同饮酒。那时饮酒已经成为风气，稍为优裕的人，都是每餐必酒，当作佐膳，如同汤水一般。接待宾客，酒当然更不可少。

绵臣一连留住亥、恒，天天饮酒作乐；一面选出健壮牧竖数人，把买来的牛带去放牧.并由亥的驾驶牛车御者教他们怎样驯服牛的方法；要等学好驾好，也有牛车可乘，才放他们弟兄走。却不料亥看见绵臣女儿容貌秀丽，生了羡慕之心。绵臣女儿又认为亥是一位英雄智慧的国君，也十分钦佩。在这主宾欢宴中间，两人便暗中有了来往。绵臣还蒙在鼓里，毫不知情。却瞒不过亥的弟弟恒。恒本来也非常倾慕绵臣女儿美貌，满想和亥说知，替他聘来，只是一时不好开口，后来觉到亥的行动遮遮掩掩，大有疑窦，便留心侦察，竟然看出一些首尾，不觉妒心大发，越想越恨，故意在绵臣面前漏出口风，去打破亥的好事。绵臣一闻此事，又羞又气，深恨亥行为不端，自己如此优待，尊他做上等宾客，他却如此胡来，便唤进一个心腹臣子，授他计策，如此如此。

亥酒罢回馆，忽然有一个牧竖前来求见。亥唤他进来询问何事。牧竖叩头说：“小人是有易国君派来学习服牛的。现在已经多日，还不能驾驭上车，深恐主公见责。特来叩求在主公面前多多解说服牛的艰难，以免主公斥责。”亥听了，点头允许。牧竖千恩万谢，径自去了。原来这牧竖乃是受了绵臣命令，前来探看情形的。当时把房里摆设和亥起居地方看在眼里，等到夜里，便悄悄掩了进来。亥的随从人等都受了绵臣犒赏的酒食，个个既饱且醉，酣睡不醒。牧竖进入亥房，认清面貌，举起刀来，在床上猛击一下，亥早已鲜血四溅，气绝身死，牧竖仍然悄悄出去。

到了天明，亥的随从人众方才睡足起来，突闻喊声大起，绵臣率领军队，把他们住的地方团团围住。随从慌忙报入亥房，却见亥早已身死。大家慌得走投无路。恒只得率领从人全体投降。绵臣把车辆和牛羊一概收纳，将亥的随从人等编入奴隶队伍。恒也做了奴隶之长，替绵臣看管牛羊。那时奴隶是完全操作贱役，因为怕他们逃走，所以在奴隶脸上都刺了黥文，用牛皮带子缚住他们的脚或颈部，有时用木制的梏械，械着他们的手足，有时还用链子锁住，这样他们才无法逃走。绵臣对恒还算优待，没有当他做奴隶，仍给他一个小小职位。但是恒因为自己目的没有达到，反害了哥哥性命，暗暗懊悔，不久也就郁郁而死。

商国自亥、恒出游之后，久久不见他们回来，便派出许多臣下到处打听，才知亥已被杀，车牛也给有易占去。商国内部登时沸乱起来，一班老成臣下便拥戴太子上甲微继位称侯。上甲微痛心国耻，努力修整武备，因为势力不足，不敢轻举。那时铜器已经十分普遍，又发明了一种铜锡合金的青铜，比铜还要锐利坚硬。上甲微铸造了许多青铜戈戟武器，日日训练士卒。那时士卒并不是专门当兵，都是农人牧竖，各有职业，战事终了,仍然回到家乡工作。商国虽然也曾攻伐小国,掳来俘虏,作为奴隶来参加战争,究竟人数不多,还不能远征有易。上甲微苦心焦思,想出一个办法。他采集青铜,命巧匠打铸精美铜器,要有美丽花纹,越多越好。那时青铜已是最硬金属,怎样才能在青铜上面刻花?究竟劳动人民的智慧很高,脑筋一动,办法便来。他们把黏土做成一种铜笵,刻好极细花纹,烧成陶质,再把青铜熔好倒进笵去。这种方法,在铸造铜器时候已经使用。所以禹铸九鼎,能有许多奇禽异兽的花纹。现在造起青铜器来,更加精美。铸出来的器具仔细磨光,露出深深的青色,光亮四射,有的龙纹,有的雷纹,有的鸟纹,有的蝉纹,细入毫芒,神采奕奕。铸成的东西,有的是长方形的鼎,有的是圆腹大口的斝,有的是三个长脚的尊,有的是瘦腰阔口的觚,精致绝伦,美丽无比。上甲微看了十分满意。便派了一个能言会语的臣子带了这批隆重的礼物送到河伯国里,诉说有易无道,杀害商侯,现在上甲微想起兵报仇,只是兵力不足,请求河伯借给一支劲兵,一俟战胜有易,必当重谢。河伯接到这般厚礼,不觉目光缭乱,越看越爱。他在黄河旁边立国,物产倒也丰富,只是没有这般精美的餐具。上甲微送的礼物,恰投所好;便一口答应,允许借给三千兵卒,还替他备办过河船只。

上甲微接到回报,便点起本国兵队,浩浩荡荡,直到河伯国和河伯军队会合,进攻有易。绵臣得讯,慌忙准备迎敌,双方摆好阵势,大杀一阵。上甲微渡河远来,无路可退,为了国恨亲仇,抱着必死决心,自然士气十分旺盛。绵臣看看不支,正在张皇时候,河伯又率了三千士卒,由旁边横撞过来,把绵臣军队冲得站脚不住,纷纷败走。上甲微乘胜追赶,一直踏进有易,杀了绵臣,救回被俘的亥的从人,也把有易人民俘做奴隶,重谢河伯,振旅回国。从此上甲微威名大振,商国成了东方一个强国,国土也陆续伸展,越来越大。

这时候夏已经又传了几代,到了夏王不降在位。不降有个儿子孔甲,性情乖僻。不降心中忧虑,生怕儿子将来接位,人民必定受苦。辗转寻思,便打算改变传子定例,把王位传给弟扃;又怕自己一旦身死,孔甲一定不肯甘心让位,臣下也未必遵守遗命,以致自己虽有传扃之心,扃还是得不到王位;便决定仿效尧、舜故事,实行禅让,当自己活着时候,先叫扃做起夏王;便和扃说知,择日禅位。这种一家自己禅让,叫作内禅。群臣因为不降主张,不敢违背。扃做了夏王十一年,不降方才崩逝。这时扃的王位已固,当然无人争夺。扃崩后传子廑,孔甲心中就老大不服,百计图谋。等到廑死了,孔甲果然得立为王,以为得了天的助力,十分迷信,一心只知祭祀鬼神,不理国事,又好狩猎,每天除了打猎便是祭祀。打猎可以捉到许多野兽来吃,祭祀要供许多牛羊酒醴,又是一个饱吃痛喝的机会,因此,孔甲的生活可以说全在娱乐吃喝之中。诸侯见他如此,都不信服,渐渐不来朝贡。孔甲仍然毫不在意,只顾一味娱乐。

一天,孔甲又到河滨田猎,带了许多勇士,追赶鸟兽。正在兴高采烈的时候,忽然腥风大起,河边突然跃出两个极大动物。那物的眼睛好像四盏明灯,凸得可怕,胡须长得和铜戟一般,满空飞喷着腥雨。吓得左右随从都跌跌爬爬地拼命逃走。那物张起血盆大口,向前猛扑,身后涌起滔滔巨浪,直往岸上滚来。孔甲看见这般声势,也自心惊,忙约退车马,商议擒捉这动物的方法。有个小臣奏说:"这两个动物名叫龙,一个是雄的，一个是雌的。世上已经很少看见，算得罕有的东西。”孔甲听了大喜，说：“既然是难得的东西，那一定是上天赐给我的。你们可设法把它擒来，只要活的，不要弄死。”便派了勇士守在河边，专等双龙上岸。不多几时，果然腥风又起，两龙又扑上岸来。大家只得拼命向前，围住两龙，拣那不致命的地方，尽力攻击。那龙凶猛非常，掉起尾来，一下就把人扫下水去。无奈人越来越多，刀箭齐上，相持了许多时候，伤了许多人，才把双龙打伤捉住。孔甲看见龙已擒住，心中大喜，便说：“我听得从前传说，黄帝曾经乘过龙驾的车，舜也有豢养龙的故事。我正在羡慕从前天子都有龙车乘坐，不想天帝也把这两条龙赐给我，我应该把这龙好好养着，替我驾车，你们访查有谁善能养龙，我一定重重赏赐，派他驯养这两条难得的神龙。”臣下听见孔甲言语，口口声声说是天赐，对于为了擒龙而死伤的臣下，并无半言提到。大家心里不免怨恨，只得唯唯连声，退了下去。偏偏有个谄媚小臣，听见孔甲这般喜爱双龙，便献媚说：“近来听说汉水也出现了一双神龙，大约也是上帝赐的。”孔甲果然大喜，忙吩咐快派勇士去汉水附近，把双龙擒来，凑成两对，才好驾车。吩咐才毕，忽然有个名唤刘累的小臣，前来朝见，奏说：“臣从前曾在豢龙氏那里，学得饲养龙的方法。这豢龙氏的祖先，曾在舜时候，替舜养龙，世传养龙秘法，知道龙的性情嗜好。臣情愿担任养龙职务。”孔甲正苦无人会养这龙，难得刘累自荐，自然十分高兴，便马上封他做御龙氏，赏赐优厚，叫他把龙领去喂养。不想两龙在被擒的时候，已经受了重伤。刘累无法医治。过了几天，雄的渐渐平复，雌的却越加沉重，饮食不进。刘累万分焦虑。挨过一个多月，雌的竟然死了。刘累恐怕孔甲问他要龙，无法交代，想来想去，忽然想出一条计策，忙把龙解剖去皮，取出肉来，剁成肉醢，加入香料，煮成一鼎香喷喷的肉羹，献上孔甲。孔甲不知是龙肉，便饱吃一顿，觉得滋味非常香美，和寻常牛羊不同，唤来刘累，问他这是什么肉？刘累连忙跪下，口称“死罪”，备说因为雌龙受伤身死，所以煮熟献上。孔甲听了，果然并不动怒，反夸刘累忠心，说：“龙肉既然这样好吃，驾车的龙又少了一条，必须刘累想法再去捉两条龙来，凑足数目。”刘累听了，大吃一惊，不敢说无处捉获，只得诺诺退下。回到家里，越想越怕，懊悔当初不该贪图富贵，替这般暴君服务，如今别无办法，只有一走。于是次日假说去寻觅龙，向孔甲告了假，全家都逃走去了。

在这个故事里，不但可以知道孔甲是怎样暴厉自恣的统治者，也可以知道那时中国还有少数龙类生存着。人们对它只认是稀罕的动物，还没有夹杂迷信的成分。

一天，孔甲又去萯山（山东省费县）田猎，忽然狂风大起，天昏地黑，日月无光。左右随从个个掩起面孔，睁目不开。孔甲迷迷惑惑，只得找个民家暂避。找来找去，只有一家矮小茅屋，左右请孔甲下车入内。屋主听见夏王驾到，连忙出来迎接。孔甲住的宫室，虽还没有崇阁危楼，却也宏敞广阔，峻宇雕墙，进入这般茅屋，实在不惯。刚刚坐定，却见屋里围着许多妇女。主人奏称：“臣妻正在坐蓐，家无多屋，请求宽赦不敬的罪。”孔甲既已进来，倒也无可奈何。不多时，只听得呱呱之声，主妇生下一个男孩。众妇女纷纷向主人道贺。有一个说：“今天王来，一定是一个极好的日子，这孩子福气一定极大。”又一个说：“王是最尊贵的人，今天到来这里，这么小的孩子哪能当得起，一定有祸。”孔甲听见她们这样纷纷议论，便说：“你们不必害怕，这孩子既然碰着我，总是有福的。现在我把他认作儿子,还有什么祸能够害他?”一面就吩咐左右把这孩子带回宫去。主人无可奈何,只得忍泪叩谢。这小孩到了孔甲宫中,抚养长大。一日,孔甲门旁靠了一柄利斧,这小孩走过,刚巧倒了下来,把小孩劈死了。孔甲看见,并不悲伤,只点头叹气道:“这真是命该如此!”便作了一篇破斧的歌,让大家唱着。可怜这个孩子,就在天命和王权底下牺牲了。

孔甲的行为是这样,自然大失民心。那时商已经日益强大,北方的昆吾、豕韦(今河南滑县),也都渐渐兴盛起来。到了孔甲死后,夏已经岌岌可危。不过因为以前各代夏王都很尽力地征伐东夷,所以东夷仍然前来朝贡,还将诸夷乐舞在夏献奏。这是外族音乐进入中国的起源。

到了桀的时代,昆吾、豕韦都已称霸。桀智力过人,能用手扳直铁钩,自负勇武,便兴兵攻伐有施氏(今山东省滕县)。有施氏抵御不过,请求投降,进贡美女妹喜。桀因为妹喜美貌,便即罢兵回去,宠爱无比,觉得以前所有宫室都不配妹喜居住,就另外召集民夫,修建高大宫室。高到好像要倒下来的样子,所以名为倾宫。宫里有琼室瑶台,像牙嵌的走廊,白玉雕的床榻,一切奢华无比,只恐不合妹喜心意。那妹喜原是有施氏兵败求降的贡品,记得桀的仇恨,一味撺掇他浪费财力,结怨人民,时时想出新鲜花样。桀却千依百顺,立刻照办。一天,饮酒中间,妹喜说:“这些舞人的容貌服装都太丑陋了,要挑年轻貌美的少女,穿了五彩绣花的衣服,舞起来方才好看,并且要有三千人同时一齐歌舞才好。”桀听了,大喜说:“这真是好主意”。立刻传命派曹触龙按户去挑拣年轻美貌的少女,来充舞女。那曹触龙本是贪污谄谀的人,得了搜括机会,就趁势作恶,人民叫苦连天,家家怨恨。桀又叫于辛勒派人民刺绣舞衣,预备给舞女穿着,限期要交纳。于辛是残暴的人,凡交不出绣衣的人民,就要严刑拷掠,弄得哭声遍地。好容易才把三千少女挑选齐全,派了乐工教练歌舞,又练了一个月。桀不断催促。一个月后,曹触龙奏报三千舞女已经教练齐整。桀忙命送进倾宫。桀和妹喜笑嘻嘻地倚着栏杆,望下看去,只见一队队舞女分别穿着五彩绣衣,鱼贯地走进宫门。先行的一百名少女一色大红绣衣,妃色绣裳,翠蓝的飘带,头上梳着双鬟,插着凤凰玉钗,高矮相等,步伐整齐,环珮铿锵地冉冉进来。这一百名过后,后面跟进的是娇黄绣衣,浅碧绣裳,系着硃红飘带的一百名少女,再后面又是翠绿舞衣赭黄绣裳的一百名少女,络绎不绝地涌进,后面水红色的、缃桃色的、杏黄色的,雪白的、天蓝的、浅紫的、浓绿的、嫩碧的、藕色的、荷色的,重重叠叠,五彩缤纷,每件衣裳上面又都绣着五颜六色的花朵,更加显得朱碧斑斓,金翠满目。一霎时分花拂柳,挤满了整个花园。个个都是脸似芙蓉,腰如杨柳,按着衣裳颜色,齐齐整整地排列着,就好像织成的五色锦毯一般,纹丝不乱。把桀喜得眉开眼笑,正不知说什么好。忽然舞女班头把手里的鼓打了一下,登时各舞女都把手里拿的乐器吹奏起来。同时慢启朱唇,唱着曼妙的歌,呖呖清脆,犹如一群娇鸟弄舌啼春。唱到激越的时候,又好像鸾鸣天际,凤哕云边。高的声音,像裂帛一般,震荡耳鼓;低的声音,像游丝一样,缠绵不断。唱了一段,便个个回转纤腰,随着音乐的节拍,舞了起来。一时红飞绿舞,翠动珠摇,各种颜色的舞队错综变化,互相穿插纠缠,犹如千万只五彩蝴蝶翩翩竞舞,忽东忽西,忽红忽白;忽然又混成一片,镂金错彩一般把许多颜色搅得成了一团,无法辨认;忽然又豁地分开,各自归到自己队里,依然一和一种颜色,像刀切一般,一个也不混杂。千变万化地舞出了各式花样,华丽到了极点,灵巧也到了极点。桀看得目迷五色,不觉拊掌大喜,说:"这般妙舞,可惜不早一点知道。如今舞罢,可赐舞女每人一杯美酒,聊润歌喉。"左右宫奴奉命,连忙执瓶捧杯,赐给各舞女美酒。妹喜看见宫奴巡行斟酒,便说:"现在舞女三千人,要是一个一个赐饮赐食,太费时间,不能继续观看歌舞。最好筑一个酒池,池的旁边设立了肉的山,肉脯的树林。舞女舞罢,可以自己饮食,不比这般耽搁时刻强得多吗?"桀听了大喜说:"你真是聪明盖世,会想出这般花样。"便重赏曹触龙和于辛两人,命在倾宫的园内建筑一个池,大到可以泛舟;池里要贮上等美酒,池旁设肉山脯林。曹、于两人一得这个好差使,便想出许多方法,来讨桀欢喜。他们先挖掘了一个又长又大的池,将泥土堆在池的旁边,成了一座小山,山上种了树木。池底全用鹅卵石子铺满,清洁无比,曲折萦回,好像一条小溪。然后把美酒倒在池里,作为池水。山上先用绿色的帛铺好,作为草地,把煮熟的肉脔挂在山上,好像石块一般,重叠无数。又把肉片做成肉脯,挂在树枝上面,好像累累果实;另用红色和绿色的帛,包了肉脯,也挂在树上,远远望去,红红绿绿,犹如真的花叶。又造一只轻巧的小舟,浮在池里,以备桀和妹喜乘坐。工程完毕,便奏上给桀知道。桀同了妹喜亲来观看,一见酒池肉山做得这般精致,满心欢喜,便和妹喜上了小舟,在酒池上荡桨。三千美女便围住池的四面,歌舞不休。舞够多时,击鼓一声,诸美女纷纷走向池边,低头像牛喝水一般地喝酒,个个向树林摘取肉脯来吃,嘻嘻哈哈的声音不绝。桀在船上左顾右盼,好像进入众香国中,万花竞秀,目不暇接。不觉流连忘返,歌了又歌,舞了又舞。白天还嫌太短,彻夜地娱乐不止,一直饮到天亮,唤作长夜之饮。玩了几时,美女的舞衣沾受酒痕肉渍,不免污旧,便令再做新的。人民辛辛苦苦、千针万线做起来,却这样地糟蹋。那妹喜存心要耗败夏家基业,故意在桀面前夸说:"裂帛的声音,清脆无比,十分悦耳。"桀立刻便命令每天要人民进贡一百匹帛,叫力大的宫女日日撕裂给妹喜听。

太史令终古看见桀这般荒淫奢侈,便进宫来,涕泣苦谏说:"自古帝王,都是勤俭爱惜人民的力量,才能够得到人民爱戴。不能把人民的血汗来供给一人的娱乐。这样奢侈,只有亡国。"桀听了笑一笑说:"我有天下,好比天上有太阳,太阳会没有吗?"终古苦谏,桀只是不听。终古无奈,心里明白夏是一定要灭亡的,便带了全家,逃往商国。

桀这般奢侈的结果,用度自然不足,便想出妙法,要把这种开销叫各地方的百姓去负担。他定了一个日期,召集诸侯在有仍地方开会。那时诸侯看见桀这般行动,心里暗暗气愤,但是因为惧怕架的武力,都勉强前来。桀看见许多诸侯如期来到,心里十分得意,言谈举止,非常骄傲,处处摆出天子架子,诸侯个个敢怒而不敢言。到了开会时候,桀当然按照旧日礼节,歌舞宴享,一切交代完毕,便提出增加各地贡品,分配停当,要各国每年按照分配的数目,进贡许多珍宝货物。本来夏禹时代,禹自己非常俭约,所用财货自然不多,会稽大会所分配的诸侯贡赋,不过些微土产,都是各国就地所出,轻而易举。桀现在奢侈无度,用财如流水一般,毫不爱惜,并不曾把这一笔贡赋用在人民身上,只是自己一个人乱花,却要把这笔庞大的消耗让各国诸侯负担,诸侯如何肯服?

但是已经到会,惧怕桀翻脸无情,不敢公然反对。且先随口答应下来,等到脱身回国,再作打算。大家便勉强假意承认。只有有缗氏的国君不肯答应,不等会完,悄悄逃归本国去了(山东省金乡县东北)。桀发现有缗不肯承诺贡品数量,私自逃走,登时勃然大怒,一到会毕,立刻亲率诸侯讨伐有缗。各诸侯惧怕桀的暴虐,不敢不从。桀带了各国军队,浩浩荡荡,直抵有缗,把有缗灭了,俘获了许多妇女奴隶,财宝珍货,带回享用。

这时候倾宫已经共计造了七年,费了千千万万人民的血汗,造得金碧交辉,雕绘满眼,画栋珠帘,绮窗绣户,广大深邃,曲折宛转,房间不计其数。桀看了心中大悦,只是地方一大,行走不便,又命造了一个小辇,用人推挽着,在宫中往来任意游玩。玩了几时,觉得所有的美女珍宝还不能充满这么大的宫室,必须多多增加。无奈这时候商和昆吾、豕韦都很强大,各国贡赋来的东西,已经大半给他们分去。只有一部分诸侯还来进贡,也是或多或少,总不能填满桀的欲壑。他便想寻个贡品最少的国家,给他一点厉害。一则可以多多俘虏妇女珍宝,二则威吓各国一下,使他们识趣一点。无奈这几年自己已经享福惯了,懒得临阵,只得派了一名勇将,名唤扁,带兵去打贡品最少的岷山。扁奉了桀命,率领军队直抵岷山。岷山的国君看见过有缗镑样,明知无力抵抗,连忙派人向桀求和,一面在国内大搜宝货美女,尽数献上,当然这些美女宝货都是向百姓搜括来的。明珠白璧,黄金宝贝,应有尽有。单说其中有美女二名,一个名琬,一个名琰,都生得貌比花妍,肤如玉洁,体态轻盈,声音婉媚。桀一见之下,觉得宫中空有三千舞女,并无一个能及琬、琰的半分,此次出兵,真是值得。便把贡品尽数留下,立刻命扁撤兵回来,许岷山之和。自此宠爱琬、琰,寸步不离,把从前言听计从的妹喜弃如粪土。琬、琰也和妹喜一般,只撺掇桀一味享受。桀觉得她们俩比妹喜更加可爱,便另外再建一座瑶台,用白玉来装饰,务极华美,来给琬、琰居住。又把琬、琰二人名字,雕琢在传国宝玉名叫"苕华之玉"的上面,表示二人的高贵。一切奢靡的器用,百姓来不及做的,便由俘虏来的奴隶去做。奴隶每日琢磨玉石,铸刻金铜,刺绣衣裳,织造锦绣,夜里白天全不得休息。稍有不合,或割鼻,或刖足,受尽非刑。实在不足的东西,也去各国购买,或责令诸侯进贡。

大夫关龙逄[①]看见桀如此无道,捧了黄图进宫朝见,谏道:"古时人君,都是爱民节用,所以享国长久。请看这黄图所画的历代帝王,哪一个不是克勤克俭,尽心工作,不敢告劳?我夏始祖大禹跋山涉水,沐雨栉风,十三年中胼手胝足地受尽辛苦;到了身为天子,也还是菲衣恶食,爱借民力,方才得到四海爱戴。现在我王继位,应该思念祖考的艰难,继续前王的事业。如何用财好像用不完地一味浪花;杀人好像来不及地一味乱杀。若不改过,国亡无日。"说罢,展开黄图,指着上面画的古代帝王勤俭工作情形,一一解说,泪流满面。正是:

从未残暴能亡国,未有荒奢不失民。

① 逄音彭。

第四回　放桐宫伊尹训新王　行旷野武丁屈贤子

桀听见关龙逄这般说话，心里十分厌恶。再看他把以前帝王画像拿来将他们的事迹一一评说，好像句句都是在骂自己，不由勃然大怒，说："从前是从前的事，现在是现在的事。我自有我的道理，为什么要学从前的榜样？这些古老的东西，留着没有用处。"便喝令左右把黄图拿去，一把火烧了，一面挥关龙逄退出。左右奉命，便由龙逄手中抢过黄图。那黄图本是黄色丝帛，一经抛进火里，登时化为灰烬。

关龙逄看见桀这般拒谏，更加执意不肯退出。他本是戆直的人，不懂得看风转舵，仍然立定廷中，涕泣苦谏，说："从前做帝王的人，都是勤劳节约，不妄取人民寸丝粒米，早起晚睡，才能尽心国事，得到人民爱戴。现在我王不学以前贤明榜样，不爱百姓，一定要弄到国家灭亡，连人民也受灾难。那时悔之无及！"桀更加动怒说："你造作妖言，诅咒国家。我已经说过，我应该享有国家，就好比天上应该有个太阳一般。天上的太阳万古千秋永远不会消灭，我享有国家也永远无穷无尽。直等到太阳不见，那时我才灭亡哩。你这般妖言，诅我亡国，若不儆戒一二，将来个个臣下都像你这般常常聒噪，我的耳根何时能够清净？"便喝左右把关龙逄押出斩首。左右不由分说，将关龙逄拥出，一刀砍了。

桀这般不听忠言，当然没有人再来劝谏，只有谄媚的臣下一味阿谀，帮他搜刮人民。人民受到严奄的压迫，敢怒不敢言，只借着太阳来骂说："你这个太阳为什么不快点灭亡？我们情愿同你一道灭亡！"

这时候，东边的商国国君名履，后人称为成汤，是一个十分英明的人，和桀成了一个反比。商国自从上甲微伸张势力，占有黄河下游地方以后，国势日强，成了东方最大国家，所占地方，北到现在的辽宁，东达规在的朝鲜，南及现在的河南。传到汤已经七代了。这几代中间，因为兵威远振，屡次打败各国，捕获无数俘虏。商既然是游牧和商业的国家，生产力比较发达，觉得让俘虏去做生产劳动的工作，是比杀了他来得上算。由是便利用这些俘虏来牧畜割草，打铸铜器，建筑屋宇，渐渐也派他们去开垦土地，种植黍稷稻麦，成了农业奴隶。商人倚靠了他们的血汗，把国家一天一天建设起来，越来越强。到了汤的时候，商国势力已经非常强大，偏生夏桀又是一味无餍地搜括人民，暴虐残忍，商国的发展更顺利了。

那时西边的夏，北边的昆吾，东边的顾（山东省范县），南边的豕韦，都是强国。除了这几个地方之外，当然还有许多小国。汤的邻国葛（河南省睢县）是一个很小的国家，葛伯不勤政事，也不祭祀天地祖先。那时候人民迷信极深，认为天地山川都是有神的，都应该祭。祖先死后，也是有知识的，成了鬼神，也应该祭。所以祭天地祖先是极要紧的事。祭的时候，常常用各种食物，如稻稷牛羊之类，并且非常的多。有的煮熟了来祭，有的放在火上面烧，烧得半生半熟来祭。但是用什么来代表祖先呢？说起来，倒也非常有趣，就是用受祭的人的孙子，穿着受祭的人的衣服，代表他。大家把他当作祖先，毕恭毕敬地迎接进来，受大家的磕头礼拜，甚至他的父亲也对他礼拜。因他的父亲就是受祭祖先的儿子，自然也要磕头的。然后这位代表，就受了许多祭品，大吃大喝，既醉且饱，吃得够了，礼节完毕，又由大家把他送走。这种代表，就叫作“尸”。“尸”出去了，主祭的人也便大家享用起来；剩下的祭肉，还分给有关系的人，叫作“胙”肉。在祭的时候，当然还有音乐和许多礼节。这算是一种极大的典礼，比什么事情都要紧。葛伯既然不祭，在那个环境里，算是犯了弥天大罪。汤便派人去问他，为什么不祭祖先？葛伯说：“我的国很小很穷，没有力量举行祭祀典礼，光是牛羊，我就拿不出。”汤便把牛羊送给他，葛伯收下，宰了来吃，又不拿来祭祀。汤又派人去问他，为什么还不祭祖先？葛伯说：“我连稻黍麦稷都没有，怎么能祭？”汤又派人到葛国替他开垦耕种。当然开垦的人也要吃饭的，便由商的边境派了童子每日提篮送饭给耕农吃。不想葛伯大约穷得慌，竟然动起脑筋，带了一队随从的人，去把这童子送的饭抢来吃。童子自然不肯给，便连童子也杀了。汤由是起兵去伐葛，扬言替送饭的童子报仇。葛国这般贫穷，自然不能抵抗，便灭亡了。

汤是很聪明的人，在打进葛国的时候，对人民秋毫无犯，使人民相信他是一个比较好的君王；然后命他们依照常例，纳了十分之一的谷子。这种聪明政策，使商国仓库充实，并且在他以后攻伐各国的时候，容易获得胜利。

汤又听说有一个贤人名叫伊尹，在有莘地方（山东省曹县）耕田，便派人去聘请他。使者到了有莘，访知伊尹，送上聘礼，说明汤的意思，要请他出来帮助治理政事。伊尹正因夏桀无道，人民痛苦，觉得政治这般污浊，不如自耕自食，不闻不见，还省点烦恼。看见汤的使者，便辞谢不去。使者回去，汤又叫他再来. 伊尹依然坚辞不去。但是汤还不肯停止，第三次又来聘请，礼貌言辞更加殷勤。伊尹恍然明白，这位商侯，却不像夏桀一般。暗想我在田亩里，自耕自食，倒也逍遥自在，独乐其乐；但是现在有许多人民还在水火之中，受尽痛苦。为什么我不把这个商侯造成一个爱人民的国君呢？为什么我不能使许多人民都十分快乐呢？为什么我不以亲手把天下弄得太平，亲眼看到人民快乐呢？天的生人，是要先有知识的人去唤醒后有知识的人，先觉悟的人去唤醒后觉悟的人。我是先觉悟的，我不去唤醒他们，还有谁去唤醒他们？我应该负担起这个责任。天下有一个人不得到快乐，就是我的罪过。他想定了，决心接受了汤的聘礼，来到商都，劝汤起兵除灭夏桀，拯救人民。

那时虽然夏桀无道，但是夏朝已经有了四百多年天下，大家都认为他是天子，一向朝贡称臣；现在要起兵去打桀，简直是一件很违背习惯和传统观念的事。可是伊尹认定为了拯救人民，应该起兵伐桀。汤觉得像伊尹这样贤人，要是桀能够用他，不是就会把暴虐无道的作风改变过来吗？这样，去劝桀改过将比去攻伐桀更加妥善，人民也更快地可以得到安乐。于是汤便把伊尹荐给桀。伊尹本来认为桀是必须除去的，但是想到要是能够改造，倒也不妨试试。就真的到桀那里，打算规谏。桀早已沉迷酒色，又自负武勇，骄傲无比，哪里肯听伊尹的话？伊尹看桀陷溺已深，无可挽救，便仍辞回到汤那里去了。据古时传说，汤后来又把伊尹荐给桀，一直去了五次，都没有得到桀的信用，伊尹也就回到汤那里，决心把桀除去，知道桀是没有改过的可能了。

商国一天比一天强，桀心中也有一点害怕。便有一个佞臣赵梁献计，去召汤来朝，把汤幽囚在夏台地方，那夏台便是钧台，当年夏后启曾在此地大享诸侯。汤既然被囚，商国无君，自然着急。伊尹便搜索国内珍宝，文绣百件，美女百人，青铜精镂的器皿，白玉雕刻的玩好，派了能言会语的人，送到桀那里。预先又把金玉货贝贿赂赵梁，请赵梁替汤说点好话。那赵梁劝桀囚了汤，也不过献媚讨好，并不是真的替桀打算；现在一见金玉，自然眉开眼笑，满口应允，替他引见了桀。桀看见许多美女货物，心也软了，把汤放回国去。

各国看见桀无故把汤幽囚起来，又收了人家许多东西，才肯放回，都替汤不平，反更归服了汤。汤的势力更加大了。他便把不服的小国，渐渐吞并，然后起兵去打南边的豕韦。豕韦本是强大的伯国，一向也欺压人民，只知自己享受，恃着兵强国大，无恶不作。商兵一到，豕韦国君便打点起人马迎敌，谁知人民受他虐待，早已怨恨不堪，哪肯替他打仗？反而都把汤认作来解除苦难的救星，都说："我们只等我们的贤君到来。贤君一来我们就有好日子过了。"豕韦国君空点了许多人马，一个也没有肯出力的。商兵一到，如入无人之境，登时便平定了全国，把虐待人民的豕韦国君杀了。汤的计划原是一贯的，只抽取农民的收成十分之一，却并不要掳掠屠杀，得了豕韦地方，便把各种暴虐刑法除去。人民都安宁得和没有打仗一般，照样种田的种田，买卖的买卖。大家欢欢喜喜拿了竹箪盛的饭、陶壶盛的浆，来迎接汤的军队。都说："这好比把我们从水火里救了出来。"

第二年，汤又整顿军队去打东边的顾国。顾国人民已经知道汤对待豕韦的宽大，也照样地接了汤兵进来。这时商兵已经天下无敌，只剩了北方的昆吾，还在和桀一鼻孔出气。按理说，桀到了这个时候，应该知道好歹了。准知桀不但不知道悔过迁善，反要兴起浩大的工程，把山凿穿一个洞，来引通河水。人民在这般虐政底下，如何还能容忍？大家便相率怠工，不肯出力工作，来反抗他。

汤看见时机已熟，便和伊尹计议起兵伐桀。伊尹说："我们先不去朝贡，看他如何？"原来那时桀奢华糜费，都是向人民和各国搜括来的。如有一国不贡，桀的收入便少了许多。商本是个大国，贡物十分丰富，一旦不到，桀自然动怒，便召集九夷的军队，来讨伐商汤。那九夷是许多夷族的国，一向服属夏朝，接到桀的命令，便即起兵。伊尹说："桀还能号召九夷的兵，可见还有势力，不能攻他。这是我们的错，应该向他谢罪。"便赶快备好贡品，进献谢罪。桀见汤贡物已到，自然罢兵。

到了次年，汤又不进贡。桀又动怒，再召九夷起兵。九夷觉得桀忽然起兵忽然罢兵，喜怒无常，便不听他命令，不再发兵。伊尹见九夷的兵召唤不来，说："现在行了，桀已经没有号召的能力了。"便辅佐商汤起兵伐桀。

这时商国的军队据说已经是用车战，当中一个御者，专管书控制马的进退奔驰；车上左边站着一个将军，右边立着一个勇士，叫作车右。车右要勇力出众的，平时帮助将军交战，要是车遇着泥淖险阻地方，不能前进，车右便须跳下车来，推动车轮。车前的马开始是用两匹,后来加到四匹。车后跟随许多步兵。这次汤出兵攻桀,据说是用了七十辆战车,和五千名步兵。所用的兵器,都是青铜精铸,长戈、短剑、利箭、锐刀,无一不备。为了节省马力,战车都用牛革来做,又轻便又坚固,钉上铜钉,灿烂夺目。马身上的皮带,也都钉上铜泡,挂上铜铃。车上的人,也穿着铜的甲胄,左手拿着牛皮做的盾,遮蔽身体,右手拿着矛,进攻敌人。这样的装备,在当时的确威武无比。

商汤点齐兵马,便打算去打夏桀。伊尹献计说:"我们要是去打桀,那北方的昆吾一定要来救援,岂不是腹背受敌么?不如先去打昆吾,等得把昆吾灭了,剩了一个光杆的夏,就容易收拾了。"汤说:"依你去打昆吾,夏要是来救,岂不也是腹背受敌?"伊尹说:"这不用怕。夏桀自己以为是个天子,轻易不肯动兵,哪里肯为了昆吾跋涉千里来救他?昆吾自己以为是个霸国,向来瞧不起我们,决不会向夏请救。所以昆吾会救夏,夏不会救昆吾的。"汤听了伊尹的话,果然移兵先去打昆吾。

原来昆吾是夏时北方强国,称为霸主,许多小国都听他命令,军队也很强盛,一听得商兵来犯,急忙点起兵马迎敌。昆吾军队的数量很多,附近小国也都被召前来参加战斗。汤一见昆吾兵到,忙扎下兵营,和伊尹商议迎敌方法。伊尹说:"昆吾做了多年霸主,欺压小国惯了。他的兵马服装器械虽然精美,却久不临阵,没有见过大敌,只消一个小挫,马上就会奔散。兵马虽然很多,丝毫不足惧怕。"这时候,汤的另外一个臣下,名叫仲虺,也是足智多谋的,便献计说:"昆吾的兵,在中军迎敌,却把小国的兵,分派在左右两军,这是一个很好的机会。那些小国都是受他压迫的国家,哪里肯替他们出死力。勉强来到这里,不过因为惧怕昆吾,不敢不尔。我们可先把左右两军打败,昆吾的中军自然就不能不走了。这些小国都是乌合之众,不堪一击的,要打败他们,太容易了。"汤听了大喜,便依他们俩的计策,汤自己率领中军,让伊尹率了右军,仲虺率了左军,先行攻打昆吾的左右两翼。

本来服牛乘马都是商祖先发明的。商人在车战中驾起马来十分精娴。青铜又是商人专门手艺;并且一向经营商业,经济充裕,军装自然格外精良。那昆吾军队虽然很多,但军装却都老旧笨拙。那些跟从的小国,更因为受了多年欺压,贫弱得可怜,勉强凑集人民,前来应战,根本谈不到军装武器。伊尹、仲虺猛力进攻,他们便都一哄而散,不管怎样弹压,总不中用。昆吾国君一见小国逃走,忙命三军一齐奋勇向前迎敌,自己亲率中军与汤大战。不料左右两军受了小国们临阵脱逃的影响,兵心摇动,个个都不肯出力战斗,只想学小国一般,相机逃走。被仲虺、伊尹痛击一番,都溜之大吉,一霎时逃得精光。伊尹、仲虺且不追赶,却回军一齐包抄昆吾中军,三面夹攻,昆吾自然大败。汤得了全胜,方才回兵乘胜来攻夏桀。夏桀正在花天酒地尽量享乐的时候,忽然听说商汤已经打败了昆吾,就要进兵来犯,不由又惊又怒,连忙吩咐点齐全部精锐兵马,带了勇猛将士,迎上去堵截商兵。

桀现在享福多年,和从前年轻时候大不相同。本来也不想亲自出马,却因商兵声势浩大,恐怕手下将士抵抗不过,又因在宫里玩得腻了,也想出外游览一番。有了这两种原因,便亲自率领精兵,尅日出发。一路上旗帜迎风,刀枪耀目,军容十分壮盛。桀在中军,前后左右有无数的勇将护卫,还有宫女侍婢一大群,婉、琰两个爱姬,都随在左右，寸步不离。桀一路上有美人做伴，说说笑笑，如同旅行游历一般，赏玩着青山绿水，野草闲花，随意取乐，好不开怀，一点也不把商兵当作一回事。不觉走到鸣条地方（山西省运城县），恰好和商兵相遇。左右报知前面不远已是商汤兵马。桀方才下道令，暂时扎下队伍，预备明天大战。一面笑对婉、琰说："我向来用兵，所向无敌。叵耐这商汤小子一定要来讨死，想是他活得不耐烦了。明天打起仗来，比打猎还要好看，我可以带上你们在高的地方观看一番。"便吩咐左右，在附近山上预先布置。桀自带了婉、琰和宫女侍婢山上观战，又选了一支精兵，保护左右，以免商兵冲杀上山。分拨已定，命令全军，明日和商军决战。

商汤得知桀亲自前来，自然格外小心，在距离五里的地方，将兵扎下，召集将士商议。伊尹说："夏兵虽多，久已不经征战，没有什么可怕。只是我军士气还不旺盛，須要加意鼓励一番，方才可以应战。"汤诧异地说："我军自从出发以来，战无不胜，攻无不取，为何还说士气不旺？"伊尹说："我军虽然百战百胜，但是和我们交战的国家，都是和我们平等的国。他们的国君暴虐人民，所以我兵一到，犹如摧枯拉朽一般，不禁一击。现在桀虽然十分暴虐，却是各国共同拥戴的天子。自从大禹以来，已经统治了四百多年，一姓相传，并无改变。我们和他交战，要扭转军民的观念，不是一回很简单的事。"汤听了，觉得这话也很有道理，便和伊尹商议了一番，召集了全军将士，由汤亲自把伐桀的道理，向全军宣布。说明桀的暴虐人民的罪状，人民受他残杀，都恨不得他快快灭亡，汤不得不起兵替人民除去这般害民的贼。如果汤不出兵顺从天的意思把桀除去，那么连汤也是有罪的。如果将士兵卒不努力去打桀，汤也要重重地刑罚他。要是奋勇向前，便可以获得重赏。这样的半劝半吓，说了一大篇，方才把全军将士说服。这篇言论，便是有名的"汤誓"。誓师完毕，分派了一番，等到天亮，伊尹催动三军，直望夏桀军队扑来。

夏桀早已带了婉、琰和美女歌姬上山观战，由夏军将士率领全军，和商军迎头大战。双方实力相当，战斗起来都不示弱，汤和伊尹久经大敌，军装新颖，将士猛锐，自然不比寻常。夏军也是精锐部队，又有桀亲自在山上督战，哪敢退后？只杀得天昏地暗，日月无光，人人奋勇，个个争先，把一个坐在山上的夏桀，看得眼花缭乱，只顾和婉、琰指指点点，犹如看戏一般，十分有趣。

想不到战到半酣时候，忽然狂风大起，飞沙走石，接着雷声隆隆，大雨倾盆而下。商军究竟久经战阵、不管军装怎么淋漓，仍然苦战不休。夏军却有点张皇，勉强招架，很是吃力。不料那山上的夏桀向来养尊处优，不曾吃苦，碰着这般狂风暴雨，山越高，风越大，眼见左右美人给风雨打得花憔柳悴，遍体淋漓，虽然左右纷纷张起伞盖来，无奈风势猛烈，伞盖都被打歪吹裂，左右护卫双手拿着，还被风吹掣得呼呼乱响，再也无法挡雨。桀只得连忙吩咐退下山去，觅地暂避一会。这边桀一由山上退下，山下夏军发觉后，也就无心恋战，登时混乱起来。汤乘势麾军大进，夏军站脚不住，纷纷败退，商军赶到山边，夏军连忙保了夏桀，退走到国都去了。

汤大获全胜，得了许多军装武器，便一直进兵追赶。桀知道大势已去，只得同了妹喜和婉、琰，把一向搜括得来的宝玉美人统统带了逃走，抛弃国都不要。汤进入夏的都城,看见城里已经搬空,便派兵跟踪追赶,赶到半路,桀只得把美女宝玉沿途抛弃,最后逃到南巢地方(安徽省巢县),被汤追上。这时候,桀已经兵马散尽,只剩得赤手空拳,无法抵抗。汤便把他安置在南巢,看管起来。这种办法,古时候叫作“放”。汤顺势把昆吾也灭了。桀到了这般地位,还不明白自己的错误,反叹气说:“我真懊悔,回想当初为何不把汤杀死,以致今天反被他囚了起来。”可见一个暴君,是至死不会觉悟的。

桀被放三年,就病死了。夏代共计传了十七个国王,经过四百七十一年,除去中间寒浞篡位三十九年,实得四百三十二年。

这次革命虽然是因为桀暴虐的缘故,但是商汤自己也属贵族统治阶级,这种革命,不过把夏的统治权移到商的手里,只能算作贵族革命,却不是人民革命。所以汤自己也觉得很有一点惭愧,恐怕人家想他是为了争权夺利的缘故。仲虺再三劝他不要这样想,许多诸侯也都请汤代替桀做天子。汤再三谦逊辞让,说:“天下不是一家的东西,有道德的人,才可以治理天下。现在夏桀既然不能再做天子,还是请大家公举一位有才有德的人,来做天子。”这样让了又让,诸侯都不敢当,汤才即了天子的位。那时候据说各国诸侯共有三千左右,是由夏初万国的诸侯,经过了四百多年的吞并剩下来的。

汤既然做了天子,国都建在亳(商邱)的地方。把年改做祀,一年就叫作一祀。每祀的岁首,是用建丑的月,就是现在农历的十二月。许多旧的习惯风俗都改了。夏朝“尚黑”,衣服器具都用黑的颜色,现在商汤觉得黑色未免太暗,便改为“尚白”,一切东西都用白的颜色,祭祀祖先用的牛羊,也要白毛的,天子车上驾的马,也要用白马,衣服旗帜当然更是全白的。

夏朝本来有祭土地的地方,叫作社,社里种着松树,社上面是露天的,没有屋顶。汤觉得既然换了朝代,社也该换过,便把夏的社盖了屋顶,不再祭祀,另外自己再立了一个商朝的社,又毁去夏朝祭田神的地方叫作稷的,另外立了一所商朝的稷,来祭农神。所以后来把国家灭亡,叫作失去社稷,因为这两个祭神的地方,在古代时候,每一个国家建立,一定要先建造起来,一到国家灭亡,也一定要被毁灭的。这可以看出古人是怎样看重土地和农业。这时候,大约离现在三千七百年。

汤既然以武功建国,诸侯对他自然十分敬畏,汤便以仁厚来收揽人心。一天,汤出外游玩,看见一个农人在树上挂了一个鸟网,挂好了,在网的下面祝告说:“不论东西南北哪一方面来的鸟,都飞入我的网里。”汤说:“你不太过分了吧!哪里可以这样网尽杀绝?”便叫他把网放开三面,只留下一面,替他祝告说:“要飞去左边的鸟儿,便往左去。要飞去右边的鸟儿,也便往右去。只有不听我的话的鸟儿,才进入我的网。”各国听见汤这样说,都说汤实在太仁爱了,对于飞鸟都这样的仁爱,还能虐待人民吗?大家就都愿意听他的命令。后来把宽大的政策叫作“网开三面”。汤用伊尹为右相,仲虺为左相,治理国政。不久天旱,汤用了许多方法,来帮助人民。又把庄山(四川省雅安县铜山)的铜发掘出来,铸成铜的币,以赈济人民,据古书相传,禹的时候,已经有了用铜铸币的方法。那时禹采了历山(山西省雷首山)的铜,铸成铜币。也有用玉做的玉币,都是仿着贝壳模样。那时中国地方是这般广大,国家这样多,交通又很不便,即使有铜币,也不过流通在少数地方,大多数依然是用贝的,所以那时有铜、玉、贝三种币。

汤建国不久,就遇到一场大旱,这次天旱一直旱了七年,真晒得河干井涸,草木枯焦。人民叫苦连天。汤用尽方法,总不能得到霖雨。伊尹又教人民在田头地方开了井,来灌溉农田,补救亢旱。那时本来是很迷信的时代,因为人类智识还不能明了自然的现象,便以为都是有神的,特别认为上帝是万物的主宰,和地上的天子一般,既然没有雨,便只有祈求上帝的一个法子。但是上帝是不能说话的,要请问上帝的意思,只有请教一种专门会传达鬼神意思的人。这种人就是巫。在母系时代,女子最有势力,女巫往往是最尊的妇女。到了母系崩溃,男子得势,便把巫的职务也转移过来。商代的巫大多数都是男性,只有一些部分还用女巫。

这时候,汤发动许多男女巫到处祈求祷告,都没有功效。又举行许多次祭祀,费了许多牺牲,也没有灵验。那时祭起天地和鬼神,所用的牺牲,都是牛羊,有时也有用猪或马的。少的两头三头,多的二三百头,大半是杀了来祭,也有烧了来祭,埋在地下,或沉在水里来祭的。除了祭天祭地外,还祭风、雷、云、雨、山、川和许多神。因为风雷云雨都是下雨必备的条件。水给旱得干了,就得祭川。山是伟大的镇国大神,要是触犯了也可以发怒,罚人民受到旱灾的痛苦。此外祖先是保佑子孙的,也得求告。因此这七年大旱中间,不知耗费了多多少少的祭品。

祭的时候,先由巫举行卜的方法,来求问神的意界。用的是一片骨,大半是牛的胛骨。后来不用牛骨,只用龟的腹甲。把甲用牛血涂过,用刀刮光,外面的胶质鳞片都磨刮干净,又把龟坼的裂纹都刮平,太高太厚的地方也都用鑢鑢去,磨得光滑如玉。卜的时候,在龟甲里面用钻钻了一个凹穴,再用凿凿了一道形如“卜”字,然后用火在凹的地方烧灼,因为受热,龟甲的正面便裂成纹,爆裂声卜卜作响,所以称这种占术为卜,巫详细看裂纹的样子,来断定所卜之事是吉是凶。如果神允许祭祀,就依照所卜的日期,由许多巫穿起五彩花绣的衣服,手执牛尾.歌舞盘旋,来娱乐鬼神;一面杀了许多牺牲,滴血在器皿里面,把牲体摆列在俎上面来祭。这样还不下雨,就由王亲自歌舞娱神。这些事都举行过了,还是不下雨。就由巫提议说:“这次旱得这般厉害,一定是一种旱的鬼叫作旱魃的作祟。我们可以打扮成旱魃的样子,晒在太阳底下,或是用火来烧他。这样,旱魃就害怕了,就会下雨。”汤依从他的话,巫便装扮得像鬼一般,举行曝巫的仪式。结果,还是没有下雨。

待到什么法子都用完了,汤只得亲自到桑林(商邱)的野外来祈求下雨,沐浴清洁,剪去指甲,把自己当作牺牲,祈祷说:“上天降灾,一定是我不好的缘故,我愿意自己领罪。不要因为我一个人的不好,害了人民的性命。是不是因为我的政事没有节制法度呢?是不是因为人民没有饭吃呢?是不是因为宫室造得太高太美呢?是不是因为女人扰乱政事呢?是不是因为官吏贪污呢?是不是因为小人谗言盛行呢?”汤把这六件事情自己责备自己,当然得到人民的同情。据说后来不久就下了雨。在那时因为像汤这样自己当作牺牲的事情还没有过,就认为必定是汤感动了天了。人民既然这样信天,对于大旱的痛苦,都归于天命,看见汤这般尽心祈祷祭告,只有感激,并不怨恨。后来汤作了乐,就名叫《桑林》,也叫《大濩》,来纪念这次桑林得雨的事情。

过了几年,汤把夏禹所铸的九鼎搬到商来,作为商的国宝。同时商自己铸造青铜的工业也日益发达，铸了无数美丽的铜器。其他手工业也都非常精巧。四方朝贡的东西，源源不绝。汤便叫伊尹规定各国所献东西，依照各地所出的土产，按年进贡：如东方的各国，因为近海，多出鱼产，贡的是鱼皮做的器具，乌鲗鱼的酱，锐利的剑之类。南方各国多海产和犀象大兽，贡的是象牙、犀角、珠玑、玳瑁之类。西方各国近山，贡的是赤色和青色的颜料、龙角、神龟、牛旄之类。北方各国多马，贡的是良马、橐驼、白玉、良弓。这样，商可以得到各方特殊土产，进贡国也容易办到。

汤在位二十九年，病崩。长子太丁，早已病死，便由伊尹、仲虺扶立汤次子外丙为王。刚刚二年，外丙又死了，又立外丙的弟弟仲壬。只过了四年，仲壬也死了。这时候，太丁的儿子太甲已经长大，伊尹便扶立太甲为王。

那时伊尹已经历佐商朝三代，官拜阿衡之职。他的地位非常高，权柄也非常大。他便把一个帝王应该怎样爱护人民，怎样刻苦耐劳，来教训太甲，叫他要学祖父成汤的模样，不要学夏桀的模样；并且把夏桀亡国的事情说了又说，好教太甲知道警惕。但是太甲是一个年轻的君主，享受着舒服的生活，吃喝歌舞，好不快乐；听得伊尹劝诫唠叨，十分厌烦。因为他是开国功臣，不好发作，只把他的规谏当作东风过耳。伊尹看见太甲越来越不成话，一味嬉游，觉得光是劝诫，并不中用。现在年轻时候，已经如此放纵，将来岂不是夏桀第二。便决定把太甲送到汤墓附近的桐宫地方（河南偃师县西南）去住，让他回心细想自己的行为，一切国政仍由伊尹办理。这种办法，好像汤放桀一般，所以后人说："伊尹放太甲。"

太甲住在桐宫，享用游乐当然都没有了。不再是威福自恣的商朝帝王，而是一个行动不自由的人。他回想做王时候，何等快乐，何等荣华，现在弄到这般境况，不觉悲从中来，又愧又悔。暗想当初若能听从伊尹的话，好好地勤劳节俭，守法爱民，多少是好。如今懊悔无及，只有自怨自艾。扪心自问，实在也太过胡闹，罪有应得。这样悔悟以后，行动自然规矩得多。光阴迅速，不觉三年。这三年里面，伊尹虽然一面治理国政，一面却在默察太甲行动，觉得太甲实在改变了一个人，和三年前大不相同，便亲自携带了商王的冠冕衣服，到了桐宫，迎接太甲复返商都，再登王位。太甲见了伊尹，又感激、又惭愧，说了许多自愧自责的话，跟了伊尹回都，重新做起商王。果然从此成了一个贤明的君主，早朝晏罢，勤政爱民，一改以前的行为。伊尹细察太甲果然能悔前非，便把国政交还太甲自理。据古时相传，伊尹后来寿登百岁，病终。那时太甲已经病殁，传到儿子沃丁为王，沃丁用了天子的礼，把伊尹葬在亳地。后人因伊尹能以人民为重，除去暴君夏桀，又教导太甲，自己也不乘机图篡王位。这样不盲从传统的观念，不愚忠无道的君主，完全以爱护人民为自己的责任，可以算是一个圣人，所以一直被后世称道不衰。

沃丁崩后，传位给弟弟太庚，这和外丙传给仲壬一样，都是兄终弟及。这是商代传位的特殊现象，和夏代父子相传不同。商人的习惯，往往兄弟相传，传到最后一个弟弟，没有弟弟了，才传给儿子。

又传了三代，到了帝太戊，拜伊尹的儿子伊陟为相。那时诸侯多不来朝贡商，伊陟满想替太戊整顿一番。正好商王宫廷有一棵桑树和一棵谷生在庭中，到了太戊看见的时候，已经生得很大。太戊觉得十分奇怪，因为他并没有在庭中种上这两棵桑谷，为何忽然生出来，认为一定是什么妖异，会发生什么大祸。原来那时迷信程度极深，做一个梦，也要卜一卜是凶是吉。头痛、受凉，也要卜一卜是什么鬼来作祟。现在有两棵植物出现，自然也要疑心是什么妖怪了。

当时太戊把心中恐惧的思想告诉伊陟，问伊陟是什么缘故。伊陟趁这机会告诉太戊说："臣闻邪不敌正，妖不胜德。我王的政事恐怕有什么阙失吧？要是修德勤政，自然可以反祸为福。"太戊听了他的话，果然小心翼翼的，尽力国政，国家渐渐复兴。那桑谷因为无人培养灌溉，自然也就枯死了。太戊既然勤政，诸侯渐渐又来朝贡。原来那时商朝政权已经树立了许多年，把各地诸侯纳贡的事情，认为当然，便常常向诸侯需索货物，或是奴隶、牲畜、食物，随时随地，都可派人去要，奢侈无度的帝王，更加需索得厉害。诸侯受不了这般骚扰，只好不朝不贡。商王便得出兵去攻讨他们，压迫他们纳贡。这种暴虐行为，不能使诸侯心服。这边刚刚打得胜仗，那边的诸侯又不朝不贡起来。只有勤政爱民，不多需索的商王，才能使诸侯愿意来往。所以太戊一修政事，国势便兴盛起来了。

那时商王拥有中央的地位，役使着大量的奴隶，来替他建设一切，宫室器具都十分讲究。王权已经达到很强的程度，宫中虽然只有一个王后，却有无数妃妾，衣饰饮食，繁富充裕。文化已经非常完美。国都所在的地方，又是黄河下游平原，富饶肥沃，物产丰富。只是地势平衍，不免常常受河水的冲激，崩圮下去。因此不得不抛弃美丽雄壮的宫殿，搬到别的地方，重新建设国都。自从商始祖契到汤已经搬了八次国都，汤以后又搬了许多次。第三次河亶甲搬到相（河南省安阳市），做了国都。后来安阳有个河亶甲城，据说就是河亶甲住的地方，常常有铜制彝器出土。距今几十年前，曾有人掘得巨大的古墓，工程壮丽，殉葬宝器甚多，一时众口宣传是商王河亶甲的陵。究竟是不是，因为没有确据，不敢断定。

河亶甲崩，子祖乙立，又搬到邢（河北省邢台县）做国都。用巫贤为相，商又中兴。但是因为商代传位方法，是传弟不传子，没有弟，才传子，所以往往造成争夺帝位的事情。一家兄弟叔侄，彼此敌视起来，互相钩心斗角，运用手腕，弄到九世大乱。这时候各代商王，抢到了帝位，便大造宫室，尽量享用，并且常常出兵去征伐弱小的国家，以便俘虏奴隶美女，掠夺珍宝财物。这样掳来的奴隶，数目非常的多，随意杀戮，或当作牺牲来用，或强迫他们做各种劳动，所给他们的衣食，又是十分低劣。这样待遇，奴隶当然大量死亡。又怕他们逃走，都绑了绳索，上了桎梏，脸上刺了字。平时对奴隶都鞭挞着强迫工作，稍为一点反抗，便随意地割鼻、刖足、杀戮，和对待牲口一样。那时的政权可以说完全是建立在奴隶血汗上面，一到统治阶级自己抢夺帝位的时候，没有工夫向外发展，国势便又开始衰弱。商代一直就由一兴一衰的局面延长下去。

后来传到商王盘庚，看见以前宫室奢侈无度，社会腐败不堪，想要从头改革一下，便借日河水为灾，把国都搬到殷（河南省安阳市）去，这是第五次迁都。所迁的地方，就是河亶甲所迁的相，现在又迁了回来。可是那些贵族都贪图舒服，不肯迁徙。盘庚便召集了许多主张反对的人民，来到王庭之内，亲自给他们尽心地讲出一番话。这一篇

话名为《盘庚》,是上古最有名的古奥文字,史学家顾颉刚把它翻译成白话文,他说道:

“你们留心听我的话,不要轻忽了!我们的先王没有一个不是顾全人民的;人民对于君上也都能体贴他的心;因为君臣这等和好,所以很能顺着天时生活,不犯什么凶灾。

“现在上天降下大灾来了,我们的先王碰到这种事情,为了人民利益,也不肯恋了他们手造的宗庙宫室而不迁徙的。你们为什么不去想想先王的故事呢?我现在效法先王,要使你们的生活安固;并不是因为你们有罪,要罚你们这般。你们要知道,我所以唤你们到这个新邑中去,正为了你们自己的利益,这利益原是你们大家一样地要求的。

“现在我要把你们迁徙过去,希望安定我们的国家,但是你们不仅不能体会我心的苦处,反而大大地糊涂起来,发生无谓的惊慌,想来变动我的主意;这真是你们自取困穷,自寻苦恼!譬如乘船,你们上去,只是不解缆,岂不是坐待其朽败呢。若是这般,不但你们自己要沉溺,连我们也都要随着沉溺了。你们没有审察情形,一味愤怒,试问这能有什么益处!

“你们不做长久的计划,不想不迁的灾害,那是你们对于自己大大地过不去了。你们只想苟且地过得今天就算,不管后来怎样,可怜上天还哪里能够容许你们活着!

“现在我嘱咐你们:人家来蛊惑你们的时候,你们应当把他们的话看作秽恶的东西一样,不要去接触它。我所以这般劝告你们,正是要把你们的生命从上天迎接下来,使得你们可以继续地生存,我哪里是用威势来压迫你们呢!我原为地要养育你们许多人民。

“我想起我们先王的任用你们的先人,就记挂你们,要养育得你们好好的。现在此地已经不能住了,若是我还勉强住着,先王一定要重重地责罚我,说道:‘你为什么要这样地虐待我的人民呢!’若是你们无数人民不肯去求安乐的生活,和我同心迁去,先王便要重重地责罚你们,说道:‘你们为什么不与我的幼小孙儿和好呢!’所以你们做了不好的事情,上天决不饶恕你们;你们也绝没有法子可以避免这责罚。

“我们的先王既经任用了你们的先祖先父,你们当然都是我所蓄养的臣民。倘使你们心中存了毒害的念头,我们的先王一定会知道,他便要撤除你们的先祖先父在上天侍奉先王的职役。你们的先祖先父受了你们的牵累,就要弃绝你们,不救你们的死罪了!如果你们在位的官吏之中有了乱政的人,贪着财货,不顾大局,你们的先祖先父就要竭力去请求我们的先王,说道:‘快些定了严厉的刑罚给予我们的子孙罢!’于是先王便大大地降下不祥来了!

“唉!现在我的计划决定了!你们对于我所忧虑的事情应当体会,不可漠视了,你们应当个个把自己的心放得中正,跟了我一同打算!倘有不道德的人乱作胡为,不肯恭奉上命,以及作歹为非,劫夺行路的,我就要把他们杀戮了,绝灭了,不使得他们恶劣的种子遗留一个在这个新邑之内。

“去罢,去寻安乐的生活罢!现在我要把你们迁过去了;在那边,希望永久安定你们的家!”

由这篇《盘庚》里，可以看出那时的思想，是怎样地敬畏祖先，迷信鬼神，并且认为人死以后是和活的一般，有王有臣，也有职务，也能降福降祸。这种思想一直流传了几千年，成为牢不可破的迷信。

当时经了盘庚这般劝告，这些贵族和人民才没有办法，勉强跟了盘庚搬到新都。盘庚建了俭朴的宫室，一切用度，都极力节省。那些贵族觉得没有以前舒服，不免又口出怨言，盘庚又做了两篇《盘庚》来劝告他们，要刻苦勤俭，渡过困难。大家才渐渐安定下来，商又治理得很兴旺。

又传了三代，到了武丁。武丁做世子的时候，他父王小乙希望他多和人民接近，可以知道人民的疾苦，便叫他到河边去居住。武丁住在民间，到一个贤人甘盘那里学习。一面留心访求贤才，每日和农夫野老谈论往来。那时商已经享有四百多年天下，贵族享受十分奢华，奴隶农工却十分痛苦，自由农很少，农业奴隶很多，一切劳动操作，都是奴隶担任。凡是贫穷的人也可以把儿女卖给人做奴隶，犯了罪的人，也要和奴隶一般工作着。武丁访问了许多时间，倒了解很多民间实际生活，觉得商的政治，实在需要大大改革，才能振兴。现在的统治贵族，都是骄奢淫逸，不顾老百姓的疾苦，反是下层社会里面，倒有不少头脑清楚的人，比贵族好得多了。他抱了这个观念，更加虚心察访。一日，走到虞山地方，山景十分清幽，涧水淙淙，松风谡谡，一路野花吐艳，娇鸟啼春，武丁不觉心旷神怡，且行且赏。过了几折山径，忽听水声喧豗，抬头一看，上面一条瀑布飞舞而下，好像玉龙一般，跳珠溅玉，顺着涧泻了下去。武丁暗想这个景致太美了，便也沿崖走去。这条涧水，却把山路截断，无路可通，只得顺着涧边走。走了一会儿，忽见前面一簇工人正在崖边用木板修筑山边的道路，武丁仔细一看，这些人都穿着罪人衣服，用一条绳子联结捆着，成了一串，简直和一串螃蟹一般。武丁已在民间多日，知道这种人名叫胥靡，是罚做苦工的有罪犯刑的人，但不知为何在这里修筑，便走近前来，向其中的一人动问姓名，那人答说姓傅名说，因为这里山路经常给涧水冲坏，所以年年都要修筑。武丁便和他攀谈起来，由胥靡生活说起，渐渐谈到朝廷政治，应兴应革的计划。傅说一一剖陈原委，了如指掌，全国利弊，无不通晓。武丁听了，心中大惊，暗想此人有如此才能识见，却埋没在胥靡中间，多么可惜！有心请他帮助治国，又怕贵族大臣不服，只好将来慢慢设计，谈够多时，便分别回去。

过了几时，小乙崩逝，武丁接了帝位。按照商代习惯，应该为小乙服丧三年，这三年期间的政事，都由最大的臣子叫作冢宰的管理，天子是不做事的，这种服丧期间叫作“谅阴”。武丁在谅阴三年内什么话也不说，大家以为他是因为已经有冢宰管事，所以不必说话。不料三年已满，武丁还是不说话。群臣觉得奇异，就请求武丁说话。他们说：“天子是给万国做主的，要做百官的模范，说出话来就是命令。要是不说话，群臣没有办法可以接受命令。所以天子是必须说话的。”武丁说：“我感觉到自己太不配做四方的君主，担不起这么大的责任，所以不敢说话，静默地考虑。昨夜我做了一个梦，梦见了天帝。天帝叫我不必担心，赐我一个贤相，他可以替我说话，替我发号施令。”群臣连忙叩问贤相姓名状貌。武丁说：“姓名倒不知道，只记得梦中的模样。”便画了一张图，叫臣下拿去访问，有没有这样面貌的人。臣下果然拿出，挨门挨户查问，那些贵族、富家、大臣、小吏，哪一个不希望面貌和画里相合。无奈那张画的人像，状貌偏偏很特别，查遍了商都，竟没有一个人和他相似。只得在野外边邑各处查寻，查了许多时间，查到虞山脚下，傅说正和一班伙伴在岩上流着汗筑着山路。拿画的小臣看见岩上有人，便上来查对，想不到竟然和傅说容貌一般无二。一时又惊又喜，喜的是，果然找到这般模样的人，可见上天示梦，真有能人来辅佐商朝；惊的是，这个应梦贤相却是一个胥靡。便立刻回报武丁，武丁毫不犹豫地说："既然是上帝赐的贤相，便应当备了厚礼，聘请前来，立刻任他为相。"群臣因为这是武丁第一个命令，又是天帝赐的贤相，怎敢不遵。登时车马喧腾，把傅说由虞山接来做了相。后来那个岩，就名为傅岩，岩畔有个窟室，据说傅说曾在里面住过，名为圣人窟。

武丁得了傅说，一切政事都和傅说商议办理。傅说出身胥靡，自然懂得被压迫人民的痛苦。在那时社会中还谈不到什么重大改革，不过总比从前贵族只知有己不知有人的好得多了。所以傅说为相时候，商国号称大治。武丁又请甘盘襄助治理，把从前腐败政治，一一刷新，然后预备向外发展。

商朝是信鬼的，祭起祖先来，典礼也十分隆重，祭的种类也极多。武丁既在王位，自然按照老例祭祀祖先，上世许多有功的帝王，如：发明牛车的王亥，曾经振兴商国；攻灭有易的上甲微，曾经大廓土宇，都特别加祭许多牛羊。其他各祖先，也都一概尊称为王。尤其成汤灭夏称尊，祭起来更加繁重。这日武丁依照古礼，卜日祭祀成汤，由武丁长子祖已先期斋戒沐浴，充作尸。那时认为凡尸和参加祭礼的人都应该单独住在安静房子里，不见杂宾，不食辛辣的蒜薤，或三日，或七日，保持清洁，才可以和神接触。这种礼节叫作斋戒。斋戒到期，方才举行祭礼。在成汤庙里，摆起精美的簠簋豆笾，尊彝鼎俎，陶制的鬲、甗、盂、罍，都涂上光滑细致的釉，画上美丽的彩纹。角制的觵、觚、觯、斝，也都刻上精巧玲珑的花纹，磨得莹亮可鉴。还有青铜铸的器具，那更是商代特具的专门技术。像长几一般的蝉纹俎，刻上饕餮花样，龟甲鱼鳞花纹的盘，双风对舞的卣，蕉叶赞餐纹的觚，雷纹乳状的瓿，光泽神采，巧丽绝伦，这些礼器里都盛满了各种美酒佳肴，香气扑鼻。阶下歌舞音乐，整整齐齐地按班肃立，只等商王到庙，便开始奏乐行礼。这种祭祖的音乐，都有一定的。现在《诗经》里面，还保存着一篇《那》就是商祭成汤时候所唱的乐歌，由这首诗中，我们还可以看见商代祭祖的美富礼容，它说：

猗与那与！（好伟大呵，又钜丽呵！）
置我鞉鼓。（摆起我们的小鼓和大鼓。）
奏鼓简简，（鼓的声音和美又宏亮，）
衎我烈祖。（娱乐我们壮烈的先祖。）
汤孙奏假，（汤的子孙奏起升堂的音乐，）
绥我思成。（全心全意的思想我祖的笑语。）
鞉鼓渊渊，（渊渊和美的鼓声，）
嘒嘒管声。（嘒嘒清脆的管声。）
既和且平，（既和乐又安平，）

依我磬声。（配合着泠泠的磬声。）
于赫汤孙，（伟大煊赫的成汤子孙，）
穆穆厥声。（庄严美丽的音乐声音。）
庸鼓有斁，（钟鼓铿锵地隆盛地奏着，）
万舞有奕。（执着干的万舞娴熟地舞着。）
我有嘉客，（许多助祭诸侯是我们的贵客，）
亦不夷怿。（也都十分的欢乐喜悦。）
自古在昔，（自古以来，）
先民有作。（就有了助祭。）
温恭朝夕，（早上晚上都温和恭敬的，）
执事有恪。（执行着祭祀的礼节。）
顾予烝尝，（记念着我们年年按时举行的祭典，）
汤孙之将。（都来帮助成汤的子孙。）

这里不但有铿锵的音乐，还有美妙的万舞，万是一种舞的专名。此外还有“嘉客”，就是唐尧、虞舜和夏禹的后代子孙以及诸侯们，前来助祭的。可以想到这种典礼是怎样隆重了。并且祭的第二天，按例还有举行一次祭的，叫作“肜”祭。

在这样庄严的典礼里，武丁恭敬地穿戴冕服，端肃行礼。忽然有一只不知由哪里飞来的雉，竟然飞进庙来，扑扑翅膀，飞上鼎的上面，站在鼎的耳上，引颈长鸣。这一下把全庙执事人员，吓得面无人色。武丁也大惊起来，只得勉强镇定，行完祭礼。心中忐忑不宁，相信这一定是成汤在天之灵，有什么事情发怒，前来给予的警告。有个臣下，名唤祖己（这是另一个祖己，不是武丁的儿子），便劝告武丁要修德敬民，不可在祭祖时候，有厚有薄，以免灾祸。原来武丁祭祀自己父王小乙常常多加些祭品，所以祖己劝谏。这也可见那时的迷信程度。

武丁接受祖己的劝谏，每事小心谨慎，政治更加清明，一面整顿军备。那时商的军器十分完备，并且把铸造军器的冶炼青铜的厂，就设在商都，日夜打造各式戈、矛、刀、箭，越铸越精，一切工作，都是具有熟练技巧的工匠，分工合作地仔细打磨。他们先选取含铜矿砂，精炼出铜，再加入适宜分量的锡，铸出铜范，细细再加修饰。这许多过程的冶炼方法，十分精熟。所用的熔铜家具，最大的一次可以炼出二三千斤铜。这么大的一个厂，每日所出的军器自然用之不尽。同时商人又禁止各方诸侯，不许有兵器。这些青铜戈矛自然不会流传给他们，只是商独自包办。那些侯国除了自己原有石枪石斧外，只能零零碎碎地弄些铜器，略略点缀，哪能和军装充足的商相比。

武丁既然定了向外发展的计划，便动员了许多军队，配合各方面，由武丁亲自率领，先向羌进攻。羌（大约甘肃、青海地方）人本是西方勇猛的国，只是军器武备不如商，战了几阵，只得认输。武丁便俘虏了很多羌人来做奴隶，并限羌国纳贡许多美女、奴隶、谷物、土田。羌既然打败，只得一一遵命，武丁便奏凯回来。

这次出征，得了许多奴隶财宝，更充实了商都，许多从征贵族，也个个得了好处，大家都欢欣鼓舞,大开宴贺酒席。商人本来嗜酒,兴盛多年,经过许多贪杯的君主贵族提倡,更加以酒为命。人人痛饮,如同喝水一般的平常。这时酒器食具,也都十分精美。有的铜铸,有的陶烧,都在上面刻着美丽精致的龙风雷云各种花纹,铸着鸟身兽足的美妙图样。盛着醇美的酒,和各种烹调的牛羊鱼鳖。奏着各种音乐,尽量欢乐享用。家家都蓄有供服役的奴隶,川流不息地在伺候。女奴便穿了丝绣衣服,粉白黛绿,歌舞侑酒。住的房子当然也是高楼大厦,朱户纱窗。雕镂的柱础,髹漆的梁栋。真是家家弦管,户户笙歌。只苦了被俘来的奴隶,沉沦黑暗,和泪吞声。除了终身服役,随时有被杀可能外,还得准备着被主人当作货物买卖。从此他们便和商原有的奴隶,一同过着悲惨的命运。

休息了几时,依然准备着再来一次战争。在这休息期间,为了恐怕战士武技荒疏的缘故,便常常举行狩猎。在狩猎之先,由卜人卜得吉兆。武丁亲自率领大队勇敢的武士,善射的射手,驾起猎车,金戈玉剑,宝马雕鞍,到山野去打猎。勇敢的武士预先设下陷阱,张起网罟,来捕捉野兽,或是沿用焚林方法,举起火来,把野兽烧得满山乱窜。许多射手各逞才能,万箭齐发,纷纷攒射。羌奴便徒步飞奔去捕捉已经受伤的猛兽。这时候箭镞都是铜制,尖利非常,射技又是人人必习,从小就训练起的。所以每次打猎,所得鸟兽极多,尤其是鹿,狼和鸟类这些禽兽,都是滋味很可口的食物,鹿皮狼皮还可以做裘来穿,角和骨又可雕琢器具。因此狩猎一次,无异打一个小胜仗,也同样得到战利品,所以商朝帝王没有一个不喜欢狩猎的。武丁天生勇力,性情刚烈,又抱定要以武力振兴中衰的国运,自然更加勤于狩猎,用以锻炼将士体力和武技。时时还要下令去属国征求勇敢的射手和御人,一半补充自己的军队,一半也削弱属国的力量。

过了几时,武丁又下令去伐土方(大约在今包头一带)。那时商的国上很大,自从汤灭夏以后,就把土地分派自己臣仆,命他管理,每年纳进贡物,好像后世的地方官吏一般。武丁时候,因为姬妾很多,儿子也很多,常常派儿子去镇守边地。现在出兵,就下令派儿子去打。打了几时,有胜有败。西方的鬼方(大约现在陕西地方)趁这个机会,又来骚扰,也把商地人民俘虏去,武丁只得自己亲自出马去伐鬼方。鬼方是十分强盛的国,兵器也相当厉害,因为他在西边,自己也开采铜矿,打造兵器,不服商的统治。所以武丁攻打鬼方,相当艰难。又加山地崎岖,车战也不十分便当。接连交战了许多次数,调动了无数军队,军队不足的时候,还征发了许多小国的兵,来参加战争。这样费了九牛二虎之力,才把鬼方打得大败,逃往西方去了。这次武丁和鬼方的战争,一直绵延了三年,方才打胜,算得一件极大的战事,武丁的威名更加显赫。不久,武丁又把邻近的蜀方(现在四川)打败。蜀方进贡了许多货物,又和羌一同来朝。武丁也征发蜀方许多射手、奴隶,来充实军队。

这时武丁国威大振。各国诸侯,无不年年进贡,岁岁来朝,商都殷更加丰富起来。因为国都在殷地,所以后人也称商为殷。

武丁统治下的殷商国势,光辉灿烂,如日初升,可算十分满足了。但是这种兴盛,乃是建筑在奴隶制度上的。虽然开着富丽鲜艳的花,却是无数奴隶和属国人民的血泪汗珠所浇灌来的。因此,黑暗中间,不知有多少哀号惨哭的人们。便是统治阶级本身,也免不了要自食其果。

却说武丁正后，性情贤淑，生有一子，名唤祖己，自小生性纯孝，服伺父母，不离左右。不幸正后得病，祖己日夜服侍汤药，一夜总要起来四五次，十分尽心，因此人称他做孝己。后来正后病亡，武丁又续娶一后，生了祖庚，过了几年，继后也得病而亡。这时武丁在位多年，收纳各方进贡的美女歌姬不计其数，身边姬妾不下数十人，姬妾所生的儿子也有几十个之多。内政无人管理，十分不便，只得又续娶了第三个王后。这位王后姿容美丽，性格聪明，极得武丁的宠爱。不久，她也生了一个儿子，取名祖甲。王后既然得宠，便设法在武丁派姬妾所生的儿子去镇守边地的时候，撺掇他们带了生母同去。这样，武丁身边的宠姬便减少了许多，无人和她争宠。但是武丁春秋已高，将来传位，按照商家惯例，必须传与王后最大的儿子。姬妾儿子虽多，并无承继王位的权利。在武丁三个王后的儿子中，以祖己为最长，得继王位的自然是他。除非祖己身死，才能传到祖庚、祖甲。虽然商家制度，兄终弟及，将来祖己、祖庚死后，祖甲也能得到王位，究竟不能有十分把握。她心中为了这件事，好生烦恼。武丁又是一个英明君主，不能求他破除旧例，改变传位次序。她只有暗中设法陷害祖己，便想尽各种方法，在武丁面前，日夜谗谮。一日，武丁偶然患病，王后带了祖甲在武丁左右奔走服伺，极意殷勤。一面却瞒着祖己，不给他知道。祖己前来请安，王后命侍女拦住不让进去，说是："王今天不要见你。"祖己知道武丁一向听信后母谮言，不大怜爱自己，不敢违命进入，便问了安好，回宫去了。武丁躺在床上，吩咐侍女去叫巫占卜，看是触犯了什么鬼神。侍女奉命出去。武丁叹了一口气说："我得了病，祖己怎么也不来请安？可命侍女去叫他来。"王后嗫嚅了一会说："刚才世子倒是来了，妾不敢让他进来。"武丁诧异说："为什么？"王后说："妾不敢说。"武丁更加奇怪说："这就奇了！你尽管说来，我不会告诉他的。"王后说："世子来的时候，侍女告诉他说：'王今天身上不快。'还没有说完，世子便面露笑容，好像十分高兴的样子。妾刚好迎了出去，看见世子这般神气，恐怕我王病中看见，增添烦恼，只得托辞我王已睡，叫世子不必进来。"话还未说完，武丁已经勃然大怒，说："这种不孝儿子，巴不得我死了，好做帝王。你叫人喊他来，我要问他！"王后连忙阻住说："我王切不可把这话去对世子说。现在有王做主，世子自然不敢怎样。一旦世子为王，那时妾和祖甲死无葬身之地了。我王若怜妾母子无罪，千万不可责问世子。"说着便娇啼起来。武丁虽是英主，到底老夫少妻有点溺爱不明，一向受她的谗谮，觉得祖己是个不孝儿子，病中性格暴躁，更不能多加考虑。便说："你不必多言，我自有办法。"便催侍女出去传唤祖己。祖己闻召，连忙前来，刚到门外，王后已经站在那里，唤住祖己说："王今天病里的性格特别急躁，世子必须留心。刚才我因为忧愁流泪，王大发雷霆，说我不懂忌讳，在王病的时候，做出这样愁眉苦脸，分明诅咒王病不吉。王现在春秋老迈，诸事多所忌讳。世子务必留心，不可触怒。"祖己连忙答应，跟了王后进来。武丁一看祖己，行动自然，并无忧愁模样，不觉大怒，便说："我知道我这病不会好了，你这样地希望我死。"祖己以为武丁看出自己脸上愁容，所以动怒。急急强赔笑脸说："儿臣怎敢？"武丁看见祖己公然露出笑容，更加相信王后的话，气得拍着床沿，正要发话大骂，猛然一想起王后和祖甲将来的安危，和刚才王后的话，便强按怒气，一言不发。正好侍女进来启奏:“卜人已经卜出,我王今天欠安,乃是第一位王后为祟。”武丁听了,更加火上添油,冷笑一声说:“好!……”说到这里,又咽住不说,回顾祖己说:“你可去准备祭礼,去祭王后。”祖己诺诺答应,看见武丁面色不善,不敢多言,便退了出来。

武丁这时受惑已深,认为祖己对王位垂涎,巴不得自己早死,更相信祖己将来为王,必定会杀害祖甲母子,因此觉得必须把祖己逐去。但是父子天性,未免不忍,又想不出两全的办法。

过了两天,武丁病还未痊,祖己捧了胙肉进来,奏说已经奉命祭了王妣,现在将胙肉呈上。武丁不愿和他多言,便点点头,命王后将胙肉收起,热了来吃。祖己看见武丁今天尚没有动气模样,心中暗喜,便在旁边侍立。不多时,侍女捧了胙肉进来。王后亲奉匕筯,先夹了一块给侍女尝食。原来那时统治阶级因为压迫人民,常常恐怕人下毒,所以每次饮食,必须先叫奴隶自己先吃一点,叫作尝食,尝食之后,没有出毛病,才敢饮食。这时侍女照例吃了一块胙肉,登时颜色惨变,腹痛如绞,两手捧着肚子,满地打滚。王后大惊失色,祖己也手足无措。不消一刻,侍女便即七窍流血,一命呜呼。王后便伏在床侧大哭起来。祖己吓得浑身哆嗦,不知如何是好。武丁已经踢开锦被,翻身坐起,指着祖己说:“我已经立你为世子,你还有什么不足意,要这样地算计我。你自己去打算。我和你父子之情,今天完结。”说着喘得气都接不上来。王后连忙上前扶住,一面哭着说:“我王不要这样说。妾母子将来还能活吗?”武丁一面喘,一面说:“我不能再要这样的儿子。我不忍杀你,你去好了。”说着喘吁吁地躺下。王后便替他盖上锦被,回身一看,祖己已经走了,便柔声下气地假意劝了武丁几句。武丁说:“这样儿子,我决定不要。你不必说了。”王后心中暗喜,唯恐武丁事过境迁,又对祖己怜爱起来,便在旁随时留意。一面吩咐把毒死的侍女拖出埋葬,又派人暗暗去侦察祖己行动。

祖己由武丁宫里走了出来,脑筋昏乱,恍惚像做梦一般,再不相信世上有这样奇怪的事情。信步走到街上,给风一吹,似乎稍稍清醒一些。想起今天的事情,一定是继母的毒计,但是父王如此大怒,我实在无法分辩。假使我说是继母下毒,父王更加不会相信。只有逃走野外,静待父王将来或有醒悟之日。想定了,大哭一场,离了商都,到野外去了。

祖己本是一个世子,一向享受得很舒服,现在孤身只影流落旷野,衣食渐渐不周,再加心中冤抑,时时呼天号泣,慢慢就形容憔悴,面目枯槁。人民见他这样,没有一个不哀怜他,但是谁也无法把他的冤屈奏上武丁,只是背地不平。这时候甘盘、傅说都早已去世,也没有臣下替他进言。过了几时,祖己终于经不起心中的悲愁冤苦和外面的风霜雾露,一病不起,死在旷野,后人因为他实在是很孝顺的,依然称他孝己。

武丁病愈之后,因为孝己已去,要想另立世子。按他内心,自然子以母爱,想立祖甲,无奈祖庚是兄,于理不能越过,便无形中把世子一事搁下。过了几年,孝己已死,这时武丁年岁更老了,便又想起这事。祖庚深知孝己完全因为做了世子,送了性命,极力谦让不受,因此王后心中不十分忌他。武丁因为祖庚谦让,很想就此立祖甲为世子,不过在习惯方面,仍然不大说得过去,不免心中犹豫。不料祖甲得知父母都想立他为世子,心中大大不以为然。他知道孝己抱屈含冤,都为了王后要替他图谋王位的缘故,现在他若越过哥哥祖庚，心中当然不安。若不肯越过祖庚，王后不免又要设计谋害祖庚性命，想来想去，只有逃走一法；便进宫朝见王后，把自己不愿做世子的意思说出，苦劝母后要慈爱祖庚，并说自己不久即要远行，也许不再回来，请王后把祖庚当作亲生，将来承继王位。王后听说祖甲要离她远去，心中大惊，忙极口挽留，啼泣不止，并且发誓决不谋害祖庚，希望用母子之爱来感动祖甲。祖甲知道自己倘若在旁，王位决不能落到祖庚头上，便含糊答应，出了宫后，收拾行装，逃走去了。

祖甲逃后，武丁的嫡子只剩祖庚一人，自然也就不用争夺了。这时商又继续用兵，灭了邻近最强的大彭（今山东徐州）、豕韦，保持了极盛的武功。过了几年，武丁崩逝。在位五十九年，算是商代最盛的时代。群臣按照丧礼，隆重安葬，拥立祖庚为王。因为武丁功德极盛，便上了庙号，称为高宗。现在还有《玄鸟》一篇诗歌，是商代祭高宗的乐，可以看见那时对于武丁是怎样的敬畏了。它说：

天命玄鸟，（上天命令燕子，）
降而生商。（降下地来生了商的祖先——契。）
宅殷土芒芒。（住在广大的殷地。）
古帝命武汤，（上天命令成汤，）
正域彼四方。（命他做四方各国的君长。）
方命厥后，（又普遍告诉各国，）
奄有九有。（命他们都归向成汤。）
商之先后，（商的祖先许多王，）
受命不殆。（服从了天的命令，没有一点危险。）
在武丁孙子。（传到了武丁。）
武丁孙子，（武丁遵行了先祖的神武威烈，）
武王靡不胜。（没有一件负担不起的事情。）
龙旂十乘，（有许多诸侯们建着龙旂的十辆车，）
大糦是承。（都来奉献巨大的黍稷。）
邦畿千里，（因为武丁使国内千里的地方，）
维民所止。（人民都栖止得十分安乐。）
肇域彼四海。（又开始推广到四方。）
四海来假。（四方的诸侯都来朝贺。）
来假祁祁，（来朝的诸侯们多得数不清，）
景员维河。（都说商王的德政和何水一般的普遍均匀。）
殷受命咸宜，（殷商受了天命是这样的一切举动都合宜，）
百禄是何。（所以应当享受成百成千的福禄。）

原来那时有一种传说：说商的祖先契的母亲名叫简狄是有娀氏的女儿，看见燕鸟飞过，觉得很可爱，便把它扑了下来，放在筐里，把它盖了起来。过了一会，开起来看，燕子趁这机会飞去，筐里只留下一个燕卵。简狄爱它圆润，把它含在口中，无意中咽了下去，后来就生了契。所以这诗说："天命玄鸟，降而生商。"这种传说，古时候很流行，并且还说，商因为是燕子所生的子孙所以姓"子"。但是按现代眼光来看，这不过是母系时代，儿女还不知父亲是谁，所以传下了这样的神话。

祖庚接位时代，因为承高宗武丁极盛之后，四方献贡，远近平安，不过危机已经暗伏，还未发作罢了。到了祖庚崩逝，祖甲回来接了王位。他自小本是王后爱子，享用十分舒服，溺爱已惯，不能勤俭，虽然后来让位逃走，却和孝己不同，并不曾缺少受用。现在又回来做了商王，自然不免骄奢豪侈，恣意享乐。各属国受武丁压迫多年，渐渐又不来朝贡，祖甲却没有武丁英武，无法控制他们，商便渐渐衰弱了下来。国内臣下贵族，也都奢侈贪污，纪纲废弛。祖甲只得将成汤所定刑法，修整一下，作了《汤刑》，希望振刷耳目。刑法越严，人心越离，商便一蹶不振。后来到了武乙，他感到国内巫卜势力太大，动不动就假借天意，挟制商王行动，十分不自由，便故意想出种种方法，来打破神权的迷信。他命工匠雕了一个木偶，状貌威严，冠服齐整，称为天神。武乙设下博局，和天神赌博。天神是木雕的，自然不会博，便由武乙派一个臣下替他博。博了一局，臣下只怕武乙动怒，步步退让，结果当然是输。武乙便推局大笑，说："你既然是天神，为何输给我？这样无灵，还配称尊？"便喝左右把天神衣冠剥下，痛打一顿。又命缝了一个皮革的口袋，盛了一袋的兽血，挂在高高树上，拿起弓箭来射。皮袋射破一洞，血水像下雨一般狂喷。武乙便掷弓大笑说："我今日把天射了一个窟窿！"左右齐呼万岁。

武乙这种表示，是存心要打破巫权，不再受巫卜的控制。从此巫权渐渐斗不过王权，没落了下去。这些巫力量不敌，内心总是怀恨的。后来武乙到黄河渭水中间打猎，不幸崩逝。巫们便说他是因为不敬天神，被暴雷震死的。

这边，神权王权正在明争暗斗的时候，国内奴隶和贵族的敌对情绪也更加强烈。奴隶受不了虐待，死亡了许多。平民也因为官吏贪污渐渐沦为奴隶。贵族又因为各国贡献日减，奴隶数目短少，而感到困穷。商的国运便日趋于没落。

那边西方的周却如日之升，一天一天地兴盛起来。周本是舜时周弃的后代，姬姓。据古时传说，弃的母亲姜嫄是有邰氏的女儿(陕西省武功县)，有一天，姜嫄偶然到野外游玩，看见地上有一个奇怪的大足印，她好奇地把脚踏在上面，看它究竟比自己的脚大多少，回来以后，便觉得身上有点不自在，过了几个月，就生下一个孩子。她觉得这孩子来历不明，便把他抛弃在小巷口边，却有牛羊喂他奶吃。姜嫄更加奇异，再把他抛在丛林里面。恰好有人去丛林砍柴，看见这个孩子，反把他捡了回来。姜嫄索性把他抛在寒冷的冰上面，以为这下子必定冻死无疑了。过了一天，姜嫄去看，却见一只大鸟把翅膀垫在小孩下面，偎着他。那鸟看见有人来，呼的一声飞去了。小孩也呱呱地哭了起来。姜嫄看见这情形，心里不忍，便把他抱了回来。因为这本是打算抛弃的孩子，所以取名为弃。弃小的时候便喜欢种植麻和荳，长成便喜欢耕种农田，所种的因为犁锄得宜，收成特别丰盛，许多人都学他的方法。尧听见了，便命他做农师，舜命他为稷，帮助禹治水，教民耕种，有功。传到公刘，能修稷的耕种方法，在渭水附近，复兴祖业，许多人民都来归他。又传了十代到了古公亶父，渐渐兴盛，正值商武乙时代。古公勤农爱民,所种田地,收成丰美。邻近的薰育族垂涎他的田土,便来攻伐,古公自忖目前自己的力量,还抵敌不过,便搜索财物皮币,向他求和。薰育收了又来攻伐,古公又搜索珠玉美女,献与薰育。薰育也收了,却又来攻伐。古公明知薰育的真正目的,是要古他这块地方。原来那时地大人稀,没有开辟过的地方很多,但总得费人力去开辟;古公这块田地却是已经垦了多年的熟地,所以薰育必要占去。

古公估量自己实力,万万不是薰育对手,要是立即和他开战,只有白白牺牲。还不如搬去别地,重新开垦,把熟地暂时让给他。等到将来力量充足,再打算收复。便对人民说:"薰育这样的侵略,无非是要我的土地,我不能因为土地的缘故,和他战争,杀害人民。我还是离开这里,你们属薰育和属我是一样的。"便带了自己一家,离开了邠(今陕西省邠县)。人民看见古公不肯为了自己的利益牺牲人民,大家都说:"这才是仁厚的人,我们应当跟他。"登时全邠男男女女扶老携幼,都跟着古公搬到了岐山(今陕西省岐山县),重新开垦荒地,营建宫室城郭,成了一个国家。附近人民闻得古公仁厚,都来归附。比在邠的时候,更加强大。

古公娶妻姜氏,生有三子,长名太伯,次名仲雍,最小的名季历。季历生子名昌,聪明过人,古公心中十分钟爱,常常说:"我的后世应当由昌兴旺。"太伯、仲雍听见古公这般言语,知道古公爱昌,要想传位季历,将来由季历传给昌。二人便在古公抱病时候,托词出外采药,兄弟相偕,逃往吴地(今江苏省无锡县)。那时吴地人民还未开化,入水捕捉鱼鳖为食,恐怕蛟龙为害,都在身上刺了许多花纹,叫作"文身",又把头发剪断,以便游泳。太伯、仲雍逃到吴,吴人尊他为君。太伯、仲雍便也依照吴的风俗,断发文身,以绝回国之意。古公病殁,国人寻到吴地,要请太伯、仲雍回去,他兄弟指着身上刺纹头上短发说:"我们这般模样,怎能回国为君?"国人无奈,只得回去拥立季历为君。后来太伯病殁,仲雍继位,称为虞仲,子孙世世为君于吴,此是后话。

且说季历即位,正值商政衰微时候,季历招抚流亡人民,开垦荒地,土地越辟越大。沿用古公政策,凡来开辟荒地的人民,只需每年收成时候,交纳十分之一的稻麦,其余一概归农人自己享用,不再干涉他的一切。这种办法,比起商的终年役使人民工作,自然宽大得多。由是各地游民无业的,都归季历,国势蒸蒸日上。

季历整顿国政,修制军器,那时商虽禁止各国藏蓄铜铸兵器,却因国势已衰,政令不行。周自公刘迁岐,传说已经学到采铁锻铁的方法,造了不少农器,因而农业大兴。现在也铸造兵器,练习战法,渐渐吞并邻国。为了不妨碍农业起见,每次用兵,总是选择冬天农隙时候。攻灭了程国(今陕西省咸阳市),得了许多战利品。又率兵去打义渠(宁夏固原县),把义渠的君捉来,俘回周去。这时候武乙还在,季历便朝见商王,武乙赐他地三十里,美玉十双,良马十匹。季历回国,更加修整武备,攻讨西方邻近戎狄,国土益加扩张,成了一个强大的国。

武乙崩后,文丁继立为王,看见商政日衰,有心整顿,无奈积弊难除。一面周越来越强,一连战胜许多戎狄,文丁心中暗暗疑忌,却不便说出。最后一次,季历打败了西方最强的翳徒之戎,俘获了三个勇将。季历亲来献捷,将所获军器,俘虏,贡上文丁。文丁只得装作大悦的模样,赐予季历圭瓒秬鬯。那圭瓒乃是用玉雕成的祭时盛酒之器，秬鬯乃是香草和黑黍酿成的美酒，可以祭神用的。这是当时最贵重的赏赐。又以九命命季历为伯。当时官制，一命好比一级，由一命一直加到最尊的九命为止。伯是诸侯之长，也是最尊的爵，所以算是九命。这个地位，比起商王，只差一点，可算是一人之下，万人之上。

季历受了封赏，拜舞谢恩。文丁又留他宴享，恩礼优渥，一连过了数日。季历便要辞回国去，文丁也不强留，点头允许。季历回到住所，正要起行，忽然住所被一彪兵马围住，为首一人，手捧文丁旨意，宣言："周侯季历应羁留塞库，不得回国，其余人等，一概免究。"登时将季历拥出住所，把随来人众，尽数驱逐出境。

从人逃回周国，报上世子昌，世子昌一闻季历被执，忙召齐群臣商议营救之策。大家都是出于不意，束手无计，只得暂推世子昌摄政，一面搜求宝货美女，派人到商谢罪，请求放季历回国。周国本来不穷，又在屡战屡胜之后，珍宝美女俘来甚多，打点礼品十分丰富，火速赶到商都，献上文丁。满拟季历有功无罪，文丁见了许多礼物，必定怒解。谁知文丁并非贪财好色的昏主，他的幽囚季历乃是怕季历势力太强，并不是因为季历有罪；现在既已囚了，擒虎容易，纵虎艰难，岂肯放他回去，留下祸根？一任周使者怎样莲花妙舌，都无丝毫用处。季历囚在塞库，又气又愤，经过许多时间，知道文丁没有释放他的意思，起居饮食当然也不像在国内的舒服，渐渐地抱病不起，困顿而亡。

周接到季历凶讯，世子昌继位称侯。昌因为父亲季历被商囚死，更加尽心国政，励精求治，每日办理政事，接见贤士，忙到日中，还不暇进食，因此各处贤才多来周国。国势比季历在时，更加强盛。这时文丁已崩，帝乙继位，看见周日益强大，生怕因为季历的事情记恨，便极力拉拢，许将帝乙胞妹嫁昌为妻。周国虽然很强，究竟僻在西方，文物简单，没有商代雄据中原几百年的繁华。这次婚礼极尽铺张，在渭水搭了浮梁，迎娶帝乙的妹子。后来周得天下，追尊昌为文王，作乐歌诗赞美这次婚事，它说：

天监在下，（上天监视地下的人，）
有命既集。（选定了文王做天的儿子。）
文王初载，（文王刚刚明白事体，）
天作之合。（天就给他配合个好妻子。）
在洽之阳，（在洽水的南方，）
在渭之涘。（在渭水的旁边。）
文王嘉止，（文王知道有位贤明的女子，）
大邦有子。（是大国的女儿。）
大邦有子，（是大国的女儿，）
伣天之妹。（是天的妹子。）
文定厥祥，（聘定了吉祥的喜事，）
亲迎于渭。（文王就亲身去渭水相迎，）
造舟为梁，（把船连接起来做了浮桥，）
不显其光。（这难道还不显耀还不光荣？）

这首诗一直被后人沿用着,作为婚礼的赞美词句。像“天作之合”四字,就常常被用作贺人结婚的口语,新郎迎接新娘,叫作“亲迎”,订婚叫作“文定”,也都是引用这首诗里面的话。后来帝乙妹子到了周国,因病而亡。昌又把莘国的女儿作为继室,称为太姒。据说她十分贤德,并且美貌多才。周人又作诗来赞美她。这首诗也普遍地流传着,成了《诗经》的第一篇,名为“关雎”,它说:

关关雎鸠,(雎鸠和乐的声谱,)
在河之洲。(在河的洲上响着。)
窈窕淑女,(幽娴贞静的好女子,)
君子好逑。(是君子的好配偶。)
参差荇菜,(参差不齐的荇菜,)
左右流之。(左边右边地去寻求它。)(用来祭祖先)
窈窕淑女,(幽娴贞静的好女子,)
寤寐求之;(醒着睡着都在追求她;)
求之不得,(追求她,追求不到,)
寤寐思服。(醒着睡着都在想她。)
悠哉!悠哉!(想呵想呵!)
辗转反侧。(翻来覆去地睡也睡不着。)
参差荇菜,(参差不齐的荇菜,)
左右采之。(左边右边地去采摘它。)
窈窕淑女,(幽娴贞静的好女子,)
琴瑟友之。(弹起琴瑟来和她做朋友。)
参差荇菜,(参差不齐的荇菜,)
左右芼之。(左边右边地去拣择它。)
窈窕淑女,(幽娴贞静的好女子,)
钟鼓乐之。(打起钟鼓来让她快乐。)

由这几首诗,可以看出周人对这段婚姻的重视了。本来古时两国中间,通婚是文化交流的一种途径,周和商通婚以后,文化更加进步,骎骎和商并驾齐驱了。帝乙为了进一步联络感情起见,便任命昌为西伯,意思就是西方诸侯之长,地位在普通诸侯之上,双方往来得很是亲密。正是:

干戈玉帛寻常事,婚媾仇雠顷刻间。

第五回　商纣蒐黎　东夷始叛
召公听讼　南国兴歌

商帝乙和周通婚以后，西方稍为安定，便有一二不贡不服的国，也常常命周去替商讨伐。周既然做了西伯，自然职所当为；只是西伯昌知道商对各地诸侯欺压过度，他自己却不愿用武力压迫，总是宽大对待。这样，西方各国对周都发生了好感，同时对商也更加心里不服。

帝乙在位数年，王后还没有生育。姬妾虽然生有几个儿子，在那时习惯，都算是庶子，不能立做世子的。其中年龄最长的儿子名启，贤明孝友，帝乙心中甚是喜爱，屡次要想立他做世子，只为他不是王后所生，和定例不合，以此耽搁下来。过了几年，王后病亡，帝乙便把启的生母扶立为后。不多几时，这位新王后又生一子，取名为受，帝乙更加欢喜。他便召集群臣和太史，商量立长子启为世子。那太史是执掌朝廷大事记录的官，所有政事都记了保存下来，现在听见帝乙要立启为世子，便极力谏止，说："启和受虽然同是王后所生，但是启生的时候生母还是个姬妾，所以启只能算作庶子，受生的时候，生母已立为王后，所以受是名正言顺的嫡子。王后已经有嫡子，不能立姬妾的儿子。"帝乙说："启也是王后所生，又是长子，有何不可？"太史说："启已为庶子多年，名分已定。有嫡子不能立庶子。有妻的子，不能立妾的子。定例如此，不可紊乱。我们商朝历代帝王都没有传给庶子的，岂可由我王开此夺嫡的例？臣职掌记事，无法下笔！"他再三力争；帝乙无奈，只得把立启的意思打消，立受为世子，封启为微的地方（山西潞城县东北），子爵，世称微子。

帝乙死后，受继立为王，称为帝辛，后人称他为纣，纣聪明过人，灵敏多才，勇力出众，能以空手和猛兽搏斗。并且能说善辩，无论怎样无理的事，都可以说得头头是道，使臣下无法进谏。那时各国朝贡很少，可是商廷用度已经十分散漫，没有节制。贵族富家更是奢靡成风，浪费无度；每日酣饮狂歌，一味享受。政治腐败到了这种程度，自然用度不足，就把这种浪费加在人民和属国头上，强要他们供给。弄得人民家家叫苦，有的卖儿鬻女，去充奴隶；有的背井离乡，投向他国。纣看见收入越来越少，便想索性再大大增加各国贡品，以便挥霍，就下个命令，叫各国诸侯都来黎地开会。

黎（山西省黎城县）地紧靠朝歌，纣为了自己方便，所以选了这地。可是纣心里也明白，加了许多贡赋，诸侯未必会乖乖地接受，必须用一点武力来威吓他们。他便点齐了兵马，将历代武装兵器都拿出来。那时商都打铸铜制兵器的厂，日夜不停地开工打造，铜戈、铜刀、铜斧、铜箭镞，堆积如山，精光锐利，纣都分配给士卒，定期在诸侯大会的时候在黎地举行阅兵典礼，大大检阅一下，向各国炫耀武力，这种阅兵典礼叫作"大蒐"。

各国诸侯接到开会命令，畏惧纣的势力，不敢不来。一到黎地，只见漫山遍野，戈戟如林，无数兵卒齐齐整整地排列着，雄骏的战马，配着鲜明的装饰，金铃玉勒，绣辔珠衔，意气昂昂的，一字儿站住。车上勇士一个个头顶金盔，手提利斧，铜戈宝带，锦甲雕弓，军容十分壮盛。各国诸侯见了这般声势，暗暗胆怯。纣便在大会之后，举行射猎，同时校阅兵马。各将士弓箭精通，武艺娴熟，人人都要在纣的面前争先逞能，真是马不停蹄，箭无虚发。吓得虎豹熊罴，满山乱窜。猎了一天，野兽堆积如山，毛血满天，尸骸遍地。生擒活捉的，带箭着枪的，不计其数。纣看见各将士都十分勇敢，非常满意，便传令大犒一番，炙炮了兽肉，赏劳他们，一大车一大车的美酒，巡行分赐，真是肉似山堆，酒如瀑泻，千万个勇士，都欢呼畅饮，尽量作乐。

次日，纣便把各国应贡的数目货色，一一开列，宣示各国。各国一听，原来要增加许多贡赋，暗暗叫苦。但是已经到来，又看见过纣的兵威，怎敢不依，只好唯唯遵命。唯有东方海滨夷族各国，本来体格强健，散居各地，当夏朝时候，曾经用了很多力量，方才使他们服从；后来因为夏桀无道，又脱离了夏的支配。现在看见纣把这般繁重的贡赋加在他们身上，如何肯依从？夷人性直，不免显露些不满的言动，一到会终，便都不辞而去。纣一见东夷胆敢不遵，不由大怒，急急命令将士，加紧准备。大会一散，便派了勇将去攻讨东夷。自己却回到朝歌，收集各国财赋，作为军费。

这时候中原象还是很多，纣狩猎时候曾经捉了许多象，命将士把它们豢养起来，训练成一队象阵，预备作攻讨东夷之用。特别训练了一批奴隶，专门服侍象的。正在布置，接到前方将士战报，胜了几阵，无奈东夷族大人多，东奔西窜，不能彻底消灭，只得驻屯在东方地带，相机剿击。纣无可奈何，便命令他们留在东方驻守。

这时用了一批军费，当然消耗更大，便尽力催促各国进贡，一面在国内尽量压榨人民。各国诸侯无力抵抗，只得陆续进贡，珠玉宝器，牛羊黍稷，不断地收入。只有一个有苏氏（河南省济源市西北）因为连年饥荒，久不进贡，封便整顿军队，亲自率领，尅日攻讨。商的军队虽然久已不上战场，但是纣天生勇力，又好射猎，常常带领军队，野外田猎，练习武技，器械又十分精良，装备起来，倒也威武猛烈，如虎如貔，一路浩浩荡荡，直抵有苏氏国都。苏侯一闻消息，情知难以抵敌，连忙派人迎上求和，一面搜罗国内奇珍异宝，美女歌姬，押齐送上。纣刚刚到达有苏，苏使者已经赶到。纣召见使者，辕门开启，两排将士雁翅般排列，苏使膝行而进，顿首谢罪。奏言："有苏国小民贫，连年饥馑，五谷不登，人民衣食不周，贡品无法收集，以致久不进贡。今年正在搜索珍宝，不料天王震怒，兴师来讨。现在谨将应纳贡品送呈，以后年年进贡，绝不敢有误。伏望天王赦罪。"奏罢顿首阶下，双手高举贡品清册。左右接过呈上，纣且不分发，先看册上所载宝器美女，相当丰富。暗想这次出征，即使踏平有苏，也不过得到一批俘虏财宝，还不如留下苏国，限他年年进贡为妙。便把清册搁下，先摆出天子威风，放下面色，责问苏使一番，然后许他求和，限他每年要贡多少物品。苏使怎敢不应，只得诺诺连声，谢恩退出。

纣收了有苏贡品，便即班师回商，将美女宝物都收入宫内，自己享用。其中一个美女，乃是有苏氏国内有名的美人，名唤妲己，生得姿容十分秀丽，并且言语巧慧，举止温柔。入宫不久，便得到纣的宠爱，宫里无数美人，纣都视同粪土，只把妲己看得和天上神仙一般。一切衣服器用，都要特别珍贵讲究。恰巧有一头象病死，纣便命巧匠将象牙琢成箸，预备给妲己使用。匠人奉命，用心琢镂精巧花纹，造成象牙筷子进呈，捧到宫前，迎面正逢一群退朝的诸侯大臣，衣冠济济，由宫内散出，匠人不敢冲撞，闪在一旁等待。其中一个诸侯是箕国国君箕子，一眼看见，便唤过匠人，问他手上捧的是什么东西？匠人据实禀知。各大臣都拥上观看，有的赞羡象牙皎洁可爱，有的夸奖匠人雕镂精巧，彼此传观，个个称羡。只有箕子默无一言，点头叹息。诸人不解是什么原因，便动问箕子为何叹息？箕子说："诸位有所不知。大凡由奢入俭难，由俭变奢易。今天造了一双象箸，似乎事情很小。但是象牙的箸一定不会配上土铏瓦器，一定要用犀角雕的碗，或是白玉刻的杯，才能相配。有了象箸玉杯，里面一定不会盛了野菜的羹，菽豆的饭，一定要配上象鼻、豹胎、龙肝、凤髓。有了象鼻豹胎，一定不会穿着粗葛的衣服，住着茅草的蓬门来吃它，一定要穿了锦绣的衣服，坐着九重的彩茵，住着高楼广厦。我怕他将来会有这样的结果，所以看了这奢侈开端的象箸，就不免预先担心了。"大家听了箕子的议论，有的佩服他的眼光远大，有的暗笑他的忧虑过多。只有王子比干和老臣商容听了这话，连连点头称是。大家议论一番，也就纷纷散去。

匠人捧了象箸进内，呈献上去，纣正和妲己饮酒作乐，看见象箸雕得十分玲珑精巧，心里非常高兴。便吩咐重赏匠人，一面把象箸递给妲己，说："这筷子细致洁白，正好和你的玉手相配。"妲己含笑谢恩，捧了雕镂的角尊，满满斟了一尊美酒奉上。纣一面接尊，一面说："宫里宝玉甚多，应该再雕一些玉杯宝碗，才可以和象箸相称。"果然应了箕子的话，不多几时，玉杯琼碗，瑶斝翠觚，雕得鬼斧神工，出神入妙的器皿，一件一件陆续出现。那宝玉都是历代远方进贡的极品，端的是赤若硃砂，白如截肪，黄欺蒸栗，绿赛清波，五色斑斓，光辉炫目。再加上巧匠的妙手，一个个玲珑剔透，神采飞扬，摆在筵席上面，如入宝山一般，目不暇接。同时歌姬舞女们的服饰铺陈，也都渐渐奢侈起来。这时候原有的宫室自然不够华美，便重新另行建造，在地上厚筑地基，用水里鹅卵石铺底，上面再用巨大圆石雕了猛兽作为柱础，或是用青铜铸成细花密镂的铜像，蹲在地上，背上驮着金髹丹漆的文梓木柱，柱上架着龙翔凤舞的雕梁。四壁都嵌着明珠白璧，地上铺着锦茵软席，真个是金碧交辉，琳琅满目。这座新屋名为琼室。琼室外面有一个门，用白玉叠成，名为玉门。此外还有许多宫室，共计造了七年的时间，造得极其高大，占了三里地方。可怜那时人民不知费了多少血汗，日夜赶筑，严冬盛暑，都不能休息。商容看见人民愁苦，和王子比干一同进谏，纣一概不听。商容深深佩服箕子的远见，便告老回家去了。

纣用了费仲监督工役，费仲专工谄媚，又贪贿赂。人民受不了鞭挞，疲乏死亡不计其数。费仲只管自己富贵，哪顾人民死活。造成之后，纣亲来观看，十分喜悦，命名鹿台，仍命费仲在台旁陆续添造苑囿，又命大搜狗马珍宝奇禽怪兽，都畜养在鹿台囿里。一面派人向各方诸侯征求美女宝物，来充满鹿台。在台旁建设酒池肉林，长夜在琼室饮酒取乐。

各方诸侯接到催贡的命令，知道纣新建鹿台，征求财宝，心中自然不服。路近国小的，惧怕纣的威力，只得勉强搜索国中，献上与纣。那些路远力强的国，就不愿来贡。

纣又任命西伯昌、九侯、鄂侯为三公，命他们管领诸侯，不来进贡的便兴兵攻讨。

周自从西伯昌即位为君，国势日益强盛。他为了父亲季历的事，更加存心延揽人才，要使周从一个西方小国，强盛到能够和许多大国竞争。凡是有才有德的人，来到周国，都殷勤礼接，量才任用，和商纣正好相反。那时许多贤才都看不惯纣的奢暴，愿意来周，像太颠、闳夭、散宜生、南宫适等，西伯都尊敬他们，称为四友。

当时有两个兄弟，名唤伯夷、叔齐，乃是孤竹国（河北省卢龙县）国君的长三两子。叔齐年幼聪明，极得父亲孤竹君的宠爱，要想立他做太子。长子伯夷知道父亲的意思，便想把太子让给弟弟。过了几年，孤竹君得病，伯夷便托辞去替父亲寻觅药草，逃走出国。那时得病服药，都要临时去采药，并不像现在有药店可以配购。所以采取药草，是病家常事。周的太伯、仲雍和孤竹的伯夷都是借口采药逃去的。

叔齐服侍父亲，等到孤竹君病死，伯夷还不曾回来。大家找寻不见，才知道伯夷有意让位，便要拥戴叔齐为君。叔齐觉得这位不是自己的，不应占立，便也伺隙逃走去了。孤竹国遍觅他们兄弟，总找不到，没有办法，只得把孤竹君的第二个儿子拥立为君。

叔齐逃到国外，找见伯夷，苦劝伯夷回国。伯夷无论如何不肯回去，反劝叔齐回国去做国君。叔齐当然也不肯。后来兄弟两人一同在东海海滨隐居。那时各国都给商剥削得一点也没有安闲日子，他兄弟俩渐渐听说周国这般礼待贤才，百姓都能安居乐业，伯夷便和叔齐商量说："我们去周国，好不好呢？我听人说，周的西伯顶会尊敬老人，他的国家一定很安定。"叔齐同意了，他们便一同来到周，西伯自然是十分敬礼他们。这时，周的国势，一天比一天兴旺起来。

商纣这边却正在极力搜刮金玉珠宝。造了一所极大的仓，名唤巨桥（在河北省曲周县），向各国诸侯和自己国内的人民搜刮了许多的稻粟，都贮蓄在那里。各地农民自己还没有米吃，却不能不忍痛把粟纳给纣。纣又在沙邱（今河北省巨鹿县）地方盖了许多亭台楼阁，由商都朝歌，一直接到邯郸（今河北省邯郸市），一路离宫别馆，不计其数，金碧辉煌，花木掩映。中间还有几个苑囿，养了许多狗马鹿兔，有的供纣玩赏，有的供纣射猎。这些花木鸟兽都是向各处人民需索来的，也有向各国诸侯去要来的。纣有一个臣子名叫蜚廉，走路如飞，赛过奔马。蜚廉生了一个儿子，名叫恶来，力大无比，徒手能和猛兽格斗。纣每次射猎总带了他父子俩，宠爱非常，这两个人得了纣的宠爱，专门造作谎话，谗谮诸侯，各国诸侯无不怨恨。

这时商都本来奢侈成风，贵族们终日歌舞不休，所以唤作朝歌。纣还嫌以前歌舞不够奢侈，特命师延作了北鄙之音，北里之舞，靡靡之乐。这种音乐，声音窈眇流荡，使人听了心摇魂醉，忘其所以。纣听了大喜，便命师延在鹿台随时弹奏，又命费仲挑选民女来充舞女，日夜作乐。

一日，纣饮酒中间，忽然停杯不语。妲己问："我王为何不乐？"纣闷闷地说："有几个诸侯，还不曾进贡，现在鹿台的美女还不够多。我意欲兴兵去讨伐，无奈许多臣下，屡屡前来谏阻。日前命费仲选取民女，还没有选来几个，他们又絮聒了许多话，真是讨厌得很。"妲己说："我王何必烦恼。各方诸侯胆敢不来进贡，自然是要严厉征伐的。这些臣下屡屡絮聒,也是因为我王刑法太宽,仁慈过度的缘故。只消设立一种严刑,凡有诽谤君上,不纳贡赋的,都严刑一办,他们自然都不敢了。”纣说:“你的话何尝不是?我也想用些严厉刑法,只是一时想不出。”妲己说:“昨天妾偶然观看宫女裁制衣服。有一个铜铸的熨斗,斗里盛着红炭,一只蚂蚁爬上熨斗旁边,顿时烫得脚焦,不能站立,跌倒地下,宛转多时,方才毙命。妾想仿照熨斗的方法,铸一个熨斗,烧得通红,命人双手举起,一定也十分痛苦。”纣听了满心欢喜,连声夸奖说:“这个刑罚,新奇得很,现在就可试试。”便命侍女取熨斗来,烧了一斗红炭,命侍女伸出双手抱起熨斗,侍女吓得退缩一旁,不敢动手。纣看了呵呵大笑,便叫左右捉住侍女,硬将她双手紧贴熨斗旁边。只听得侍女狂叫一声,顿时昏厥在地,两手烧得皮焦肉烂,焦臭逼人。纣和妲己都拍掌大笑,连声叫好,吩咐左右,拖出侍女。另外命工匠打造长柄的熨斗,限明日造成进献。

次日早晨,匠人呈上熨斗,柄长三尺,纯铜铸就。纣便命左右烧了一熨斗红炭。左右眼见昨日侍女惨死,都抱了兔死狐悲的反感,只是不敢违抗命令。不多时,盛满红炭的熨斗,已经烧好。封和妲己并坐,笑嘻嘻地看着。纣指左右里面的一个人说:“昨天我叫你把那个侍女的手放在熨斗旁边的时候,你畏缩不前,今天轮到你了。”便喝令左右:“把这个人叉过去,命他双手举起熨斗,要举得起来,才可以饶他。”左右听说这个人因为昨天畏缩,所以今天也受这刑,谁敢再慢一步?便一拥而上,捉住这个人,如法炮制。这人双手一碰熨斗铜柄,便疼得狂呼昏倒。妲己说:“这方法虽好,只是罪人都不肯自己去拿,并且一碰就倒,没有什么好看。妾有一法,比熨斗更为有趣。其法是用铜铸了极大铜格,架在火上,命罪人在上行走,慢慢烤死,岂不更妙?”纣点头称妙,说:“你真是聪明绝顶,会想出这种奇刑。让罪人在铜格上面跳踯,一定十分好看。”便命左右吩咐工匠打造铜格,并传旨臣下明日进宫观看新刑。

这时正有几位诸侯来朝,还没有回国,一闻纣的宣召,都衣冠齐整地端正趋朝,和商朝臣下会齐,一同进宫。晨风拂拂,杨柳依依,群臣肃静无声地由玉砌缓缓进入,按班鱼贯而行。行到宫前,忽见侍从多人正在庭中燃起熊熊烈焰,木炭堆得像一座小山似的,旁边地上放着一个黄铜铸成的铜格,宽约三尺,长有半丈,不知何用。诸臣由火旁经过,到得阶前,罗拜已毕,纣满脸喜色,对群臣说:“现在刑罚过轻,以致诸侯多不来朝贡。人民稍有不合心意,也便肆意怨谤君上;这都是我一向仁慈,弄得他们无所忌惮。如今我做了一种炮格,名唤炮烙之刑。倘有不朝不贡的诸侯,肆意诽谤的臣民,都让他尝尝这种刑法的滋味,看他们还敢不敢!”说毕,便命左右预备利用。左右同声答应,早把铜格抬了起来,放在炭火上面烧着。这时候群臣才知道宣召他们,乃是参观这种可怕的刑法,都面面相觑,脸上泛出苍白颜色。纣看见大家畏惧神色,心里更加高兴。这时候,左右早已将铜格烧得通红,由门外拖进两个衣衫褴褛的贫民来。纣指着贫民,对群臣说:“这两个小民胆敢在路上怨谤朝政,讪毁君上,给我的侍臣听见,今天特用他们来试试新刑,以戒后来。”话犹未毕,左右早已把这两个贫民推上铜格,只听得惨叫几声,两个人在格上疯狂地颠扑跳踯,衣服上熊熊燃着火焰,顷刻皮焦肉化,惨不忍睹。群臣个个低头噤口,有的以袖掩面,有的蹙额攒眉。只有纣呵呵大笑,说:“看他们还敢骂我不!”笑还未止,早见群臣丛里闪出一位诸侯,顿首奏言:“我王今天召臣观看炮烙,原来是这般惨酷的刑,自古未有。臣闻先王成汤仁及禽兽,网开三面,所以四方诸侯,莫不朝贡,历代相传,都是以德服人。现在各方诸侯不服,或许是我王仁政未周,惠泽不到。正应该节俭爱民,省刑薄赋。百姓安宁,远人自来。岂可再行这般惨刑,虐杀人民。臣恐各国闻知,更加不服。愿我王三思!"奏犹未毕,纣早已面红过耳,勃然大怒,认出这个进谏的乃是屡次直言劝谏的梅伯。记起他以前多次絮聒,更加火上添油,便怫然斥道:"你屡次诽谤我,我都含忍未曾加刑,今天你看见这两个人因为诽谤受了炮烙,就为他们说话,可见你是和他们一般,存心讪上。若不重刑惩戒,怎能令百姓心服!"梅伯并无惧色,仍然奏道:"臣的进谏,原为我王起见。不忍商六百余年的社稷,一旦毁灭。我王若以忠言为诽谤,臣愿受炮烙之刑,使天下后世,知道我王的暴虐。"纣怒不可遏,拍案喝道:"好的!你既然愿受炮烙,就让你尝尝滋味。"便喝左右,把梅伯擒付炮烙。早惊动了群臣,一齐跪下,极口代梅伯哀求。纣怒气不息,说:"暂看诸人面上,免他炮烙,一刀罢了。"吩咐左右押出梅伯斩首。又对诸臣说:"以后再有像梅伯这般目无君上、肆口诽谤的,一定付之炮烙,决不宽恕。"

群臣无法挽救,只得闭口。只有王子比干是纣的叔父,仍然再三苦谏。纣置若不闻,挥左右速速行刑。不一时,梅伯首级已经呈上阶下。纣吩咐把梅伯尸身切成肉酱,分赐各地诸侯,有敢不纳贡赋,诽谤朝廷的,以梅伯为榜样。左右奉命照办。群臣彼此相觑,不敢多言,默默散出。

梅伯的肉醢传到了九侯国内(河北省临漳县)。九侯接到,送出使者,回入宫内,闷闷不乐。恰好九侯的女儿前来问安,看见九侯愁眉不展,便问:"父亲为何这般不乐?"九侯长叹一声说:"现在主上无道,宠信妖妇妲己,造了炮烙酷刑,虐杀人民。梅伯进谏,反被醢俎了分赐各国。刚才使者来到,传主上旨意,要我催遴各国进贡,不贡的诸侯,也依照梅伯榜样砍成肉醢。你想,各小国历年进贡,已经筋疲力尽。自从鹿台造成,又命选进美女珍宝,各国如何担负得起?要是不贡,主上又要加罪。因此我心里十分为难。"女儿听说,便婉转劝慰父亲,暂且抛开烦恼,主上或有醒悟时候,也未可知。九侯说:"你不明白。主上现在听信妲己,只知压榨百姓,哪里还会醒悟。我不久正要入朝,索性拼此一条性命,直言谏净,万一主上能听我的话,天下之福。要是不听,我愿意和梅伯同受醢割,也强于违背良心压迫人民。"女儿听了大惊,连忙谏止父亲,切不可这样,恐怕祸生不测。但是九侯执意不从。便召集国内大臣,商议立长子为太子。自己定期入朝,命群臣拥太子监国,说:"我此次入朝,大约不再回来,你等好好辅佐太子,勤政爱民。"群臣受命,俱各涕泣阻止,都说:"商王暴虐无道,主公若要进谏,一定要取祸的,梅伯就是榜样,还是缄口为妙。"九侯只是惨笑地摇头。回到宫里,女儿也涕泣苦谏,九侯说:"我已经意决,你无论怎样劝阻,也是无用。"女儿心知苦劝无益,想了一会,忽然想起一个办法,便跪在九侯面前,说:"既然父亲决意进谏,女儿倒有一个计较在此,不知父亲可容女儿直言?"九侯说:"你有什么妙计,尽管说来。"女儿说:"现在商王责令各国进贡美女,求父亲将女儿进上商王,女儿当舍弃性命,向商王进谏。如能托父亲的洪福,商王肯听良言,自然万幸。如其触怒商王,女儿一身也无足轻重。这样岂不是两全的计策?"九侯听见女儿的话,心里十分感动,双眼盯定女儿,说不出话来。

原来九侯夫人早已去世，只有一男一女。男的已经立为太子，女的就是这个女儿，自小和父亲相依，性格温柔，容貌美丽，九侯爱如珍宝。现在听她自愿舍身代父进谏，如何舍得？当时想了一会，委决不下。女儿看见父亲犹豫不决，又劝说："父亲身系一国安危，不能轻身去触怒暴虐的主上。女儿不过宫中一个女子，或生或死，对国家没有影响。并且父亲说过，商王专听妇人之言。也许女儿的话，反比父亲的容易入耳。愿父亲顾全大局，不要爱惜女儿。"说罢，伏在地下，呜咽不止。九侯也不觉泪如雨下，扶着女儿说："你既然有这般志气，我应当成全你的志愿；如果你的劝谏主上还不听从，我一定继续进谏，死也和你在一处。"当下计议停当，九侯带了女儿，一同起身。到了朝歌，恰好西伯昌、鄂侯都来朝见，三人遇见，各道寒温。大家诉说纣催迫进贡的话，都是长吁短叹，一筹莫展。鄂侯说："我这次入朝，打算把各地人民痛苦，报告一遍。自从鹿台开筑以来，主上征发各国宝玉金珠，不计其数，各国诸侯因为惧怕商的兵威，只得向人民压榨来献，已经弄得众叛亲离，怨言不绝。现在又要贡献美女，还要攻讨不贡的国，这如何能行？我们既为三公，理应劝谏才是。"九侯也说："理合如此。"西伯昌却劝阻说："看主上的行为，直言逆耳，未必会听从，还是相机劝告，不可冲犯。"商量一会，各自打点入朝事情。九侯因为受了女儿劝告，暂把谏阻纣的事搁下，只说是送女入贡。纣听见九侯贡女，心里十分高兴，但不知容貌如何，便把九侯放在一边，且不宣召，先召九侯女儿入见。

九侯听说纣宣召女儿，心知入宫之后凶多吉少。父女之情，不免涕泪纵横。便由身上解下一个玉环，交付女儿说："这环乃是历代相传的宝物，现在给你，作为纪念。你看见此环，如同见我一般。"说毕，哽咽不止。女儿接了玉环，系在身上，哭着拜辞九侯，只说："父亲珍重，早些回国，切不可逗留朝歌，以免是非。"说到这里，不能再说下去，便掩着面，跟了纣的使者，乘车进宫。

纣正和妲己饮酒，左右奏知九侯女儿已经取到，纣传命宣上来见。不多时，九侯女儿跟了侍女，走到筵前，深深下拜。纣唤她近前细看，果然脸似芙蓉，眼如秋水，十分端正美丽，心里高兴得只是嘻嘻地笑。妲己看见纣这般情形，好生妒恨，纣且不说话，便一手拉了九侯女儿，命她坐在身旁，陪同饮酒。九侯女儿自小端庄，见纣笑谑任意，举动轻挑，全不像一位君主模样，心里十分厌恶。只因要乘机进谏，隐忍不言。纣饮过几杯，便向九侯女儿说道："你父亲九侯屡次贡品短少，我本要加罪。还算他这次识趣，把你贡来。现在看你面上，暂且免议。以后要用心催各国迅速进贡，不得延误。"九侯女儿听毕谢恩，说："我王洪恩，臣妾感激不尽。妾父也不是有意缺少贡品，实在因为人民工作劳苦，无力纳贡。邻近各国都是或荒或旱，农民衣食不周，如何还有余力？望我王大发慈悲，减少靡费，万方人民，就可以安居乐业了。"纣听了怫然不悦道："你怎么说出这般不中听的言语？姑念你今天新来，不知进退。以后再不许说这般废话。你看我这里一切享用，都是由各国贡来。各国要是可以减少不贡，我的用度怎么办？"九侯女儿听了默然无语，低下头去，只用手弄所系的玉环。纣饮了几杯，命师延奏起靡靡之乐，一队舞女就在筵前歌舞侑觞。一直饮到大醉，方才安息。

九侯女儿一连试探几次，只消一涉劝谏，纣便变色斥骂，知道纣一点不受人言，无法可以劝谏。暗想牺牲一身，原为是挽救人民，这样和他们混下去，何时了局。不如直言进谏，拼却一死，倒也干净。想着又拈起玉环，忆念父亲。纣看见她常常去拈弄玉环，便问："这环有什么宝贵，你这般拈弄它？"九侯女儿答道："这环是妾父赐给妾的，见环如见妾父，因此常常拈弄。"纣说："你父入朝，我还没有接见。今天且饮酒作乐，我还要炮烙几个人给你观看。"便吩咐左右，在园里架起炮烙，和妲己、九侯女儿一同观看。

那时炮烙又经妲己想法改造，是一根黄澄澄的铜柱，矗立地上。九侯女儿还不知是什么东西，只见宫奴从园外押进一个人来，剥去衣服，放在铜柱旁边，许多宫奴个个抡起皮鞭围住痛打。那人没有地方躲避，只得抱住铜柱爬缘上去。这时候，宫奴便在铜柱周围生起火来，渐渐逼近，越烧越热。这人只得拼命往上爬。铜柱上原抹有油脂，滑不容手，一不小心，就掉了下来。那人急忙抓着柱身再爬。这样爬来爬去，铜柱渐渐烫热，火势逼近，那人便哀声惨叫，走投无路。一直烤到皮焦肉枯，方才跌在火里，烧成焦炭一团。真是使人惨不忍睹。

纣和妲己看这个人挣扎哀呼的惨状，都呵呵大笑，指指点点，十分快乐。九侯女儿却用袖子掩着脸，不忍观看。纣勃然变色，便问："你为何不看，难道还可怜这般诽谤君上的奸民么？"九侯女儿只得把袖子放下，满面泪痕，涕泣说道："这种刑法实在太惨了，不是我王爱民的意思，妾不忍看。"纣更加动怒，喝道："你对我的刑法，胆敢批评，难道不怕死么？"九侯女儿拭了眼泪，慨然说道："妾若果怕死，也不进宫来了。从前妾以为我王只知眼前娱乐，不知人民痛苦。所以愿意入宫，指望将人民痛苦奏上我王，或者能够稍稍减轻严刑和浪费。今天看见了炮烙，才知道我王是以人民的痛苦为快乐的。那么，妾纵然把人民痛苦一一倾诉，也不能使我王觉悟的了。人民痛苦到不能忍受的程度，国家就非灭亡不可！……"纣不让她再说，急喝左右："快把她拖下去，我不听这一套讨厌的话。"宫女一拥而上，把九侯女儿横拖竖曳地拉了下去。妲己便掩面嘤嘤啜泣起来，说："这倒好，请她看炮烙，倒给她指责了一顿，反是我造炮烙的人不是。只有她是好人。"纣愤愤地说道："她一进来就令人讨厌，总是讥刺我。一点风趣也没有，像个木头人一般。模样儿再生得好一点，我也不稀罕。"妲己说："不知道她的父亲是怎样地宠她，把她娇惯得这般模样。"纣恍然大悟说："是了，是了！她的父亲九侯屡次延搁贡品，却教他女儿来叨絮冲撞，诽谤君上。当面这样没有礼貌，背后还不知怎样地骂我。我必须严厉惩办，以免别人学样。"妲己听了心中暗喜，索性再极力挑拨几句，纣越听越生气，吩咐左右立刻把九侯女儿绞死，把她身上系的玉环取来。

次日早晨，纣召见九侯、鄂侯和西伯昌。恰巧西伯昌因为感冒得病，不能入朝，只有九侯、鄂侯两人进见。朝见礼毕，纣召上九侯，把玉环掷给他看。九侯一见玉环，心知女儿凶多吉少，立刻颜色惨变，把玉环拾起，怔怔地不能说一句话，纣冷笑一声说："你教训得这般好的女儿，一进宫来，就顶撞我许多言语。现在问你，这是你教她的，还是她自己无礼？"九侯听了，心如刀割，知道女儿必定因为直谏触怒，便也慷慨地答道："臣女向来柔婉，这次入宫，是臣因为老百姓实在痛苦得很，叫她得便奏上我王知道。想先王一向爱惜人民，从来没有……"纣不让他说完，便拍案大怒说："我早已想到一定是你背后诽谤我，你女儿才敢这般放肆。你是三公大臣，反附和不忠的诸侯，替他们说话，岂非反了！"便喝令左右快把九侯叉出，乱刀砍死。鄂侯一看情形不对，连忙上前谏阻。纣正在怒火头上，便喝骂鄂侯说："你对这般诽谤君上的不忠臣子，一点也不劝我严办，反来谏阻，是何道理？"鄂侯坦然说道："主上有过，臣下是应当谏阻的。我主要是把直言认作诽谤，堵塞人民的嘴，这是亡国的办法。九侯是三公大臣，并没有大罪，岂可任意屠杀？他看见人民痛苦，忠告我王，正是忠臣所应该做的事，有何错处？……"纣不等他说完，勃然大怒起来，厉声喝道："我知道你和他是一党的，自恃身为三公，便这般放肆，蛊惑人心。怪不得各地诸侯不来进贡，原来都是你们从中弄鬼。这等不忠之臣，留下何用？"喝命左右给我一起拖出砍了。殿前力士一拥而上，不容鄂侯分说，拖出门外，和九侯一齐杀死，将首级献上。纣怒气未息，吩咐把九侯砍成肉酱，把鄂侯做成肉脯，分赐诸侯，让他们懂得利害。

这时西伯正在馆中抱病，许多诸侯都来探病，西伯勉强支持着起来应酬。寒暄未毕，外面传报商王颁赐九侯肉醢和鄂侯肉脯前来。西伯忽听这话，不由大吃一惊，目瞪口呆，浑身冰冷。想起三人一路同来，何等亲密。今天他们两人一早趋朝，顷刻之间，这般惨死。不觉眼眶潮湿，默然无语。在座各诸侯也都彼此相觑，一言不发，面色惨变。静默了一会，西伯方才长叹一声，勉强同各诸侯谢恩领赐。各位诸侯谁也不敢再坐下去，个个托辞告别。只有崇侯虎乃是纣的心腹，把刚才情形看在眼中，他的崇国（现在陕西省鄠县）和周很近，巴不得把西伯的地位抢来才好，便急急进宫朝见纣，报告今天看见西伯接到肉醢肉脯的情形。并且说："西伯和九侯、鄂侯一起同来，难保没有一同诽谤的事情。他看见两人被杀，自然害怕，若放他回国，一定会反。他一向假仁假义，骗得许多诸侯都倾心向他，这是一个大祸根，不可不除。"纣听了，连连点头说："你的话大有道理。个个臣下都像你这般忠心，我省了多少精神。现在暂且把他扣押起来再说。"便吩咐把西伯囚禁在羑里地方（河南省汤阴县）。

这时西伯元配帝乙妹子早已身故，续娶太姒生有十个儿子，长子伯邑考，闻得纣把父亲幽囚起来，便聚集群臣商议救父方法。伯邑考主张由自己带了珍宝，到商作押，换回父亲。周臣闳夭、散宜生都说："这事太险。商王原是忌周兴盛，才把西伯幽囚起来。现在我周如若严兵自守，商也许不敢杀害西伯。如世子也入商去，商把世子也扣留下，那不是更糟了吗？"伯邑考说："商王因为忌周，怕周反叛，才把我父亲扣留。现在我去做押，押在商王那里，商王就可以很安心地把我父亲放回来。如果商王把我也扣留起来，那也没有什么大不了的事，我还有弟弟呢！你们现在可以先帮我的二弟发，监理国政，我决定自己去走一趟。"群臣劝阻一番，伯邑考执意不肯，便进宫禀明母亲太姒。太姒虽然也觉得伯邑考此行未免危险，但为了拯救西伯，也不能十分阻止。便依从伯邑考的主意，命次子发暂时摄理政事。一面由散宜生、闳夭去分头寻觅宝货，一面由伯邑考先行到商谢罪。

那伯邑考天性纯孝，只恐父亲受不了腌臜恶气，火速摒挡起行。星夜趱程，赶到朝歌，叩阙求见。纣召入查问来意，伯邑考叩首谢罪，奏言："臣父有罪，理合严刑。但是臣父年已老迈，父子之情，不忍见父受刑。伏望我王加恩，许臣代父受刑，赦臣父回国。臣不胜感激。"奏毕叩首不起。纣听他的言语十分逊顺，倒也不想杀他，便说："你父有罪,是你父自己的事,你岂能代替?现在你既已到来,且先住下几时,我御车的人正缺少一个,你可暂充此职。等我察看你父有无悔罪诚意,那时再说。”伯邑考叩头谢恩,便在纣身旁充当御者,希望相机替父亲设法。

那时西伯姬昌被拘在羑里地方。他性情却不像季历,很能忍耐,并不显出怨愤。在羑里拘的日子久了,便把伏羲氏画的八卦,拿来研究,演成六十四卦。这就是现在的《周易》,为中国第一部经书。又把伏羲所弹的五弦琴加了两弦,成为七弦做了一个琴曲,名为“拘幽操”,后人又称文王哀羑里。后来唐诗人韩愈作了一篇“拘幽操”,描写姬昌当日生活,它说:

> 目掩掩兮其凝其盲。
> 耳肃肃兮听不闻声。
> 朝不日出兮夜不见月与星,
> 有知无知兮为死为生。
> 呜呼!
> 臣罪当诛兮天王圣明。

它所描写的自然太过愚忠,但是那时西伯在暴力底下是不能表现出一点怨恨,却是事实。尽管他做出怎样安分,纣还是放不过他。因为许多人都说西伯是圣人,不可加害,纣的两个庶兄微子和箕子也都劝纣不要杀西伯,恐怕失去诸侯的心,所以纣不便就杀。西伯又是一味逊顺,只说自己不好。后来纣出外游玩,伯邑考为御,也是小心翼翼。纣一时找不出杀西伯的理由。但是听见许多人都称西伯是圣人,心里不免妒忌,便想出一个方法来处治他。吩咐左右把伯邑考杀了,煮了一鼎羹,送去给西伯吃,看他知不知道是自己儿子的肉?左右奉命,真个把伯邑考杀了来煮。派人把肉送到羑里,宣称商王赐西伯肉羹。

西伯接入使者,拜受了肉羹,心知这肉必有缘故,但不知是什么人的肉,因为他囚在羑里,对外消息断绝,自然想不到伯邑考来到朝歌,使者捧过肉来,西伯只得遵依那时规矩,对着使者把肉吃了一块,然后谢恩。使者回报纣,纣听罢拊掌大笑,说:“谁说姬昌是圣人,他连自己儿子的肉都吃了,还不知道呢!”便欢笑地把这事告诉臣下,表明西伯不是圣人。从此纣忌西伯的心渐渐淡了下来。散宜生带了黄金千镒(那时以二十四两为一镒),各处寻求宝物,知道商纣收到各国进贡珍宝极多,不是十分高贵稀罕的东西,不会看得上眼。便访求西方的犬戎氏,觅得奇马,全身纯白,不杂一根杂毛,劲上长鬣却是赭红色的;披在身上朱白分明,十分美丽。散宜生不惜重金,买了三十六匹。四匹为一驷,可驾一辆车,三十六匹正合九驷之数,又在西海买了两双雪白的狐。原来天然全身雪白的狐最为稀罕,根据民间传说,要千年以上的老狐,才能变白。普通白色狐裘只是用狐腋下的毛拼凑而成。散宜生又到东方采买一种怪兽,形略似虎,但尾巴比身子长了一倍,那地方的人把它叫作驺虞。又到南方采买五色宝光的贝,又大又美。端整了这四种礼物,另外到有莘地方聘来最美的美女十人,穿了锦绣衣裳,戴了玉簪珠佩，打扮得十分漂亮。散宜生亲自送到朝歌，另外还预备了四名美女，百两黄金，先来求见纣的嬖爱臣子费仲。费仲一见散宜生送他黄金美女，心里大喜，满口答应替他设法，教他把许多礼物都送到纣的外庭来，摆满庭下。费仲自去设法，哄纣出来。纣一看庭下有这许多奇珍怪兽美女宝贝，不由笑逐颜开，忙问："这许多宝物哪里来的？"一面问，一面巡行细看，用手抚摸，前前后后，越看越爱。散宜生知道时机已到，便急急上前拜见。纣错愕地问："你是哪里来的？"散宜生说："臣是西方周国派来的使者，为姬昌赎罪，进贡美女珍兽。"纣听了大喜，说："姬昌果然不错，这都是崇侯虎多心。光是这美女一群，就可以赎他的罪了，何况还有许多珍宝？"立刻叫左右传旨，赦出姬昌，放他回国，仍旧任西伯之职。

西伯回国，得知伯邑考已死，不免痛哭一场，也就明白那鼎肉羹的来源。后人便传说西伯把所吃的肉吐出，变成了白兔的神话。

西伯趁了纣喜欢的时候，派了闳夫把洛水西边的地献给纣，供纣打猎娱乐，请求把炮烙的刑法废去，来讨好人民。纣已经炮烙许多人，也看得平常，便许了他的请求。并且又赏给西伯彤弓、彤矢、黄钺、黄斧，许他征讨各国。

这时各国诸侯都怨商纣的贪暴剥削，大家不约而同地归向了周。有什么事情，都请周替他们解决，西伯总是秉公处理，做到双方满意。有个虞国（山西省平陆县）和芮国（山西省芮城县）邻近，农民在两国交界的地方种了田。两国都说应当属他的，都来向当地的农民收取稻米。年年因为这件事，双方争执起来，谁也不肯让谁。最后两国决定把这件事告诉周西伯，请西伯评判是非。于是两国国君约定了同去朝周。

到了周的国境，只见周地的田亩中间，都留下很宽的田塍，两边农人互相谦让，谁也不占去耕种。走路的人也都彼此相让，没有一个争先抢后的。再往前走，到了周的城邑，男男女女都规规矩矩地行走，男左女右，一点也不混杂。上了年纪头发白的老人，手上总是空的，因为年轻的都抢着替他们拿东西。虞、芮两个国君看了不禁啧啧称羡，都说："周真是礼让的国家，能够使全国人民这般有礼，这般相让。"到了周的朝廷，那时国内的官分为三等，最尊的官叫作卿，卿以下的官叫作大夫，大夫以下的官叫作士。周国的卿大夫士都是十分谦让，彬彬有礼。虞、芮两个国君看了非常感动，便自己商量说："他们这样互相谦让，都是有礼的君子。我们怎么好意思把争田的话说出来呢！我们为了一块田争执，这真是小人的行为，实在不配站在他们君子的朝廷上面。我们宁可算了，这个口是不好开的。"商量了一会儿，大家都不要这块地了，彼此也互相让了一番，把这块地方认作中间闲田，双方都不来收取稻米。这样，各地诸侯更加佩服，差不多三分之二的国家都来向周讨教。周的地位渐渐地超过了商，可是西伯在表面上对商依然十分恭顺。

一日，西伯打算出外打猎，便命卜人卜一个卦，占看今天出猎可能顺利。卜人遵命卜毕，拜贺说："占得大吉的兆，今天一定大大获利。"西伯又问说："获得什么东西呢？"卜人知道西伯只喜欢贤人，不怎么喜欢禽兽，每次出外打猎，常常和田夫野老闲谈，碰着有见识的，便带了回来，任他职务，比带回野兽还要高兴十倍。便迎合他的心理，答应说："今天所获的，非龙非彨，非熊非罴，非虎非貔，乃是霸王的辅佐，大贤的人才。"西伯听了卜人的话，果然大为欣喜，便带了一群勇士，和次子发、三子鲜、七子旦，一同出猎。那时渭水附近，土地肥沃，树木蒙翳，野兽极多，正是良好的猎场。当时选好了地点，各勇士分散开来，四面兜围，弓开满月，箭闪流星，吓得豺狼、虎豹四散奔逃。猎了不多工夫，已经得到许多狐兔麞鹿。西伯看见天色不早，便传命罢猎，带了俘获的野兽回去，顺路在渭水一带赏玩风景。行不多时，忽见前面一曲情溪，几株杨柳，景致十分幽雅，不由便随着溪水走去。走了一段，只见前面峭壁深高，一大片竹林，枝叶繁密，青翠可爱，好像没有人迹一般。西伯指着问道："这里是什么地方？景致这般幽静？"左右答道："这是凡谷，向来很少有人走到这里。"西伯正要寻路再走，忽听水声淙淙，由竹里流出，清越得像琴声一般，不由就站住了。听了一会，寻着水声，向右转出，原来是一脉幽泉，由凡谷竹丛溶溶流下，蜿蜒曲折，一路碰着山石，就发出琤琤琮琮的音乐声音，十分悦耳。大众沿着这泉，且行且听。西伯说："这水叫什么名字？"左右说："这水就名兹泉，流到前面汇成水潭，曲折流入渭水。"说着，远远看见前面一泓清水隐隐由树隙露出。左右指道："那就是潭了，潭边有磻石可以坐得，所以名叫磻溪。"一面说，一面走，穿林过树，不觉到了潭边，瞥见前面树下石上，坐着一个老人，长须飘拂，态静神闲，手里拿着一支钓竿，正在钓鱼。西伯看见这人目不旁观，凝神敛气地一本正经钓鱼。暗想我们一行人众，车马喧哗，这人竟然视若无睹，只在这般清静所在自己钓鱼，恐怕是一位有道之士，也许卜人所说的霸王辅佐，就是这人。便止住左右，自己走上前来，向那人招呼。那人一见西伯，忙起身行礼。西伯和他谈了几句，不觉大惊，原来竟是一位意想不到的人才。问知他姓姜名尚，原是尧时候四岳的后代。西伯十分高兴地说："当初我的先祖太公，曾经说过：'将来一定有一位圣人来到周国，周因为有了他就迅速地兴旺起来。'你恐怕就是所说的圣人吧！我的太公盼望你盼望得久了。"便把他号做太公望，和他一同回到周都，请他为师，称作师尚父。师是先生的意思，尚是他的名字，父是长辈的意思。合起来，就是尚老先生的意思。

姜太公受到西伯的尊敬，当然是由于他的才德出众，但是周不是有许多贤才吗？为什么一见姜尚，就把他尊敬到这般地步？是迷信卜人的卜兆吗？还是迷信太公的预言呢？说穿了，原来都不是这么一回事。西伯昌一向施仁行义，并不是没有目的。他父亲季历被商迫死，他自己被纣幽囚，儿子伯邑考被纣杀死，还压迫他吃自己儿子的肉。他和商有了这般深仇大恨，真个愚忠到底，丝毫不反抗，天下有这样的人吗？当然没有的。他一向敬贤爱士，谦恭逊让，为的是什么？他是一位极会打算的人，他深知一个小小的周，绝对不能和六百多年天下共戴的商王争长较短。只要露出丝毫怨望的口风，九侯、鄂侯就是他的榜样。所以他小心翼翼，毕恭毕敬，做出十二分忠诚模样。一面却尽力收揽人心，招贤用能，使得自己国家一天一天兴旺，各国诸侯也都归向自己。可是周是僻在西方的小国，一向招揽人才，虽然得到不少才德双全的贤士，却还没有韬略出众的人才。难得碰到这位姜尚，足智多谋，精通兵法，战阵拓略，无一不精。这好比老虎添了翅膀，大旱得到甘霖。将来出兵时候，有了英明主将，这就怪不得他这样高兴了。

后人不明细底，认为姜尚一个钓客，几句话说得投机，便做了国师，就一传十，十传百，编造了许多故事。说他从前曾经做过许多行业，都不得意。到了五十岁，在孟律地方卖饭为生，到了七十岁，又在朝歌做屠牛的生意，也都弄得不好，甚至他的妻子也嫌他太贫穷了，抛弃了他。一直到了八十岁，须发都雪白了，才在磻溪钓鱼。他钓鱼的钩子是直的，没有弯曲，所以钓了三天三夜，没有钓着一条鱼。他却说："愿意来的，我才钓他。我不用弯曲的钩子来哄骗鱼儿的。"因此，现在民间还流行着一句俗语说："姜太公钓鱼，愿者上钩。"他钓鱼钓不到，气得把衣服帽子都脱了下来，抛在石上。有一个农人看见，劝他不要灰心，教他钓鱼的方法，他才钓到了鱼。后来他在鱼的肚子里得到了一块帛，帛的上面写着许多预言，说周将来要得天下，他应该辅佐周。后来果然遇见了西伯，做了西伯的军师，那时他已经九十岁了。富贵之后，他妻子又想求他重新和好，他便拿了一盆水泼在马前的地上，说："要是地上的水可以再收上来，我也可以重新同你和好。"结果，他的妻子羞愧得自己上吊死了。到了现在，民间还流传着"太公八十遇文王"和"马前泼水"的故事。唐人诗里也有"雨落不上天，覆水难重收"的话。最后说：太公一直活到了一百四十岁才死。

这些故事当然可靠的成分是很少的。当时一个人活到一百四十岁也是不大容易的事。所以算起来，他遇见西伯时候，似乎不应该像传说里那般年老。但是民间故事的力量是很大的，所以图画磻溪钓鱼的姜太公，总是老态龙钟，白须飘拂。还有一部民间流行的小说，名叫《封神演义》，里面更把姜尚描写得千变万化好像什么神仙什么教主一般，那更是捕风捉影丝毫没有根据的话。

可是在渭水旁边依然有一个地方，名叫磻溪，溪边有个磻石。据当地的人说，这就是姜太公钓鱼的地方。那时候的人，是用两膝跪着坐的，叫作危坐。这块石头上面还有双膝跪的痕迹，只要到陕西西安访古，都可以看到。究竟是不是后人假造的，就无可查考了。

姜尚本姓是姜，祖先曾封在吕的地方，所以又称吕尚，字子牙，又称太公望。他的名字很多，像姜尚、吕尚、姜子牙、姜太公、太公望、吕望、师尚父等等，都是他一个人的名字。

那时却真有一个年龄十分老迈的贤人，来到西周。那人名唤鬻熊，因为年龄道德都非常的高，人家都尊称他为鬻子。他本在商的地方居住，因为听说西伯求贤若渴，各国贤人都陆续来到，特别是在商势力底下的地方，许多人都受不起商的烦扰，看不惯商的暴虐，好像流水一般不断地搬来，鬻熊也就到了周。西伯见他须发皓白，十分尊敬，便问："老先生今年春秋多少？"鬻子答说："臣今年已经九十岁了。"西伯听了惊讶地说："老先生这样老了。精神倒满好的。"鬻子说："要是叫我去捕捉虎豹，追赶麋鹿，那不错，我是太老了。要是使我坐着讨论国家大事，那我的年龄还很轻呢！"西伯觉得十分有理，便常常请教他，尊他为先生。他也替西伯计划了许多事情。

这时候南方长江一带各国，也都归服了周，周的教化一直推广到南方，使得南方的男男女女，都能识字知书。本来劳动人民是最淳朴忠厚的，一经周的文化教育，便发挥了他们的创作天才，随意歌唱，都能信口成文。在中国文学史上面，留下灿烂光辉的一页。

周派了周公旦和召公奭两个人，管理南方各国，常常在南方各地巡行，解决人民的各种问题。他们俩都是博学多才、聪明和蔼，人民对他们的感情非常的好。

有时召公巡到半路，碰着人民有事争执，召公便在树下歇息，替他们调解，使得双方都满意而去。他的左右人劝他应当设一个办公地方，让人民自己前来，不必这样地跑来跑去。但他执意不肯，仍然常常巡行各地，大暑天也不肯休息。

一日，召公巡到一个地方，看见一棵极大的甘棠，浓荫广阔，足可荫蔽半亩地方。他正要在树下休息一会儿，忽然看见一个青年女子和几个人众，远远跑来，一见召公，便极口呼冤。召公看见这女子在烈日底下跑得满头是汗，知道一定有什么紧急事情，便唤齐他们同到树下来，查问是什么缘故。

众人中一个男子，抢先开口，诉说："这个女子是我的妻子。我现在要迎娶她，她却推三阻四，不肯嫁我。请求判断她跟我回家结婚。"

接着那女子便诉说："这个男子，不错，是曾向我求婚过的。可是他并没有按着办理正式婚姻的礼节就想来迎娶，所以我不能答应他。我不嫁他。他就想用诉讼的方法，强迫我，我也不能答应。"

据传那时因为防止男女随便结婚，生出纠纷，便规定了凡是正式婚娶必须具备六种手续，才算得正式夫妇。那六种手续，叫作六礼。第一是纳采，男家得到女家同意后，派人拿了雁，去女家正式表示求婚。第二是问名，女家接受纳采后，男家再派人去请问女子的姓名。第三是纳吉，男家派人通知女家说，卜得吉兆，可以结婚。第四是纳征，男家派人送了聘礼俪皮和十端的帛，表示正式聘定。经过了这四种手续，才算是聘定了。第五是请期，男家派人告诉女家结婚的日期。第六是亲迎，由男子亲自去迎接女子来家结婚。这样才算六礼完备的正式夫妇。

南方各国在这个时候，人民都知道按礼结婚是光荣的，不按礼结婚的，就要受到社会的轻视，不当她是正式妻子。所以这女子不肯马虎结婚。

召公听了双方言辞，又问了同来的几个人，他们都是男女双方的亲属，对于他们婚事纠纷，知道很清楚。召公问了一遍，便劝告男子说："婚姻是要以礼好合的，你既然六礼不足，便不能算是以礼。既然涉到诉讼，便不能算是好合。我劝你还是放弃了吧！"男子听了，心里老大不愿意，说："我是求过婚的，她家当日并没有不愿意的表示呀！为什么到了要娶的时候，却要反悔起来呢？这岂不是和我开玩笑吗？"

召公说："那么你是聘定了她吗？"男子犹豫了一会说："说是说定了，我已经卜了吉兆，只是因为家贫，没有送过聘礼。"召公说："那么你是纳过吉了。可是还没有纳征，还不能算是聘定。既然不是你聘定的妻子，你怎么可以迎娶她呢？这是你自己不按礼，并不是她反悔。如果每个人都可以随便迎娶一个不曾聘定的女子，那么社会要变成怎样混乱的情形？你要想借着诉讼的力量，来判断她嫁给你，这是不可能的。我不能帮助一个不依礼的男子，去压迫一个守礼的弱女子。所以依我说，你还是取消了迎娶的念头，先回去托了亲友，依礼纳征。如果她家接受你的纳征，那时你才可以履行请期亲迎的手续，把她正式娶来。如果她家不接受你的纳征，你只可另外再议婚姻，不能强迫她的。"

女子和她家的亲属听见召公这般言语，都同声称颂说："这真是公平的判断。"那个男子无可奈何，只得跟了众人一同退去。召公这种作风，得到了当时许多人民的颂扬。南方人民歌唱了许多民间诗歌，赞美召公。甚至连召公所坐过的甘棠树下的地方，人民也都认作一个可纪念的所在。他们唱了一个民歌，叫大家要爱惜这棵甘棠，不要砍伐它，因为是召公曾经休息过的。它说：

蔽芾甘棠，
勿翦勿败，
召伯所憩。

可见召公是怎样地得到人民的爱戴了。

这边周正在极力扩展文化的时候，那边商纣却正在想扩展武力和摧灭廉耻。他在鹿台琼室酒池肉林中间，尽量地酗酒狂饮，白天黑夜都没有分别，一醉就是一整天。还弄了许多美男美女，无日无夜地在酒池肉林里面，追逐相扑，以为戏笑。浪费到这般程度，自然用度不足。纣便想起东夷至今不曾进贡，派去东方驻防的兵马屡次受他袭击，非得大加挞伐不可。便下令派蜚廉、恶来带领象队，去攻讨东夷。蜚廉受命，便带了象队，同恶来尅日出兵，浩浩荡荡到了东边，进攻夷族地方。那时东夷并没有城郭，生活简单，随时迁徙，蜚廉打到一处，东夷早已搬走一空，却又觑便在蜚廉后边攻击。等到蜚廉回来抢救，东夷又早逃去。这样追来逐去，和捉迷藏一般，把蜚廉恨得牙痒痒地，无计可施。虽有勇猛的象阵，也没有用武之地。打了许多时候，竟没有丝毫功绩可言，反被东夷闯得各地人民流离失所，把商东边许多禾黍践踏一空，扰乱得无可收拾。东边各地便纷纷向纣诉苦，都说给东夷骚扰得损失太大，无力进贡。纣虽然每日享福，现在弄到不能不管，只得自己亲征。便传令倾国出征，把兵马尽数点出，配备得十分威武。旌旗蔽日，金鼓如雷，大军四万人，雄赳赳气昂昂地全装披挂，金戈铁马，簇拥着商王御驾，往东出发。一路上百姓家家闭户，鸟兽个个奔逃。车驾直抵东方国境，蜚廉、恶来忙来迎驾，奏说东夷猖獗情形，免不得虚报一些功绩。纣听了报告，便分派兵马，先派恶来由南方进攻，堵住东夷南逃的路线，一面派蜚廉巡视国境各处，由西向东慢慢进逼，采取包围方法，使东夷无法逃窜。又命令各边境守臣，紧守封疆，不许让东夷突入，如有失守城池的，立刻诛杀，决不宽恕。恶来奉命由南方率了象队，猛力进攻，东夷仍用旧的方法，向北逃走。各地守臣，惧怕纣的军法，都死守城池，东夷冲突不入。纣再随时策应，把东夷挤到海边，无路可走。然后各军拼命攻击，杀得东夷尸横遍地，血流成河，还俘虏了十几万夷人，只剩了少数，奔逃四散。纣大奏全胜，命蜚廉仍然留镇东方，率领象队，压制余剩的东夷，纣自己带了恶来奏凯回来。这次亲征，足足费了一年多的时间，一来一往，兵马死亡，不计其数。虽然东方得了全胜，西方的敌人却更养大了。

那西伯姬昌趁着商东征时候，没有力量顾到西边，便聚集臣下计议说："现在我们兵强马壮，应该先伐哪国？"吕尚说："密须（甘肃省灵台县）和我最近，可以先去伐他。"

三子鲜说:“我听得密须的国君很是精明能干,恐怕不可以吧!”吕尚说:“臣闻古先王的用兵,伐逆命的不伐顺命的,伐艰难的不伐容易的。”西伯点头称是,便点起兵来,打算去攻讨密须。密须听见消息,急急准备好了,反由阮(甘肃省泾川县)先来攻周。西伯便统率大兵奋勇迎战,由吕尚指挥,杀得密须大败退走。西伯乘胜攻入密须国内。密须人民见不是路,大家联合起来,把密须国君擒获,缚了来投降西伯。

西伯得了全胜,军威史加煊赫。休息了一年,又起兵去打黎国(山西省黎城县)。这黎国是一个很小的国,不过它的地方和商都朝歌非常接近,在形势上,是很要紧的。黎当然抵敌不过,便低头求和,西伯取得黎从此顺从的保证,奏凯回去。黎国和朝歌既然这般近,黎国降伏,朝歌自然震动。商臣祖伊看见纣还是昏天黑地,一点不以为意,便进宫求见。纣正在看如己调弄胭脂。那胭脂是纣发明的,用红蓝花汁调制,因为出在燕地,所以名叫燕支。妲己把胭脂涂在脸上,抹在唇上,更显得鲜艳润泽,妖媚无比。纣看了十分得意,正吩咐左右进酒的时候,忽听说祖伊来见,心里虽然讨厌,也只得叫他进来。祖伊一见纣,便说:“天子,现在天已经要灭亡商了。不是天不祐我们,是我王享受得太过分了。现在人民都希望早些亡国,这便如何是好?”纣听了怫然不乐,说:“你这是什么话?我的命难道不是有天管着的吗?他们有什么用?”说完便忙忙进里面去喝酒了,祖伊无可奈何,只得退出。

纣这一次喝酒,一直喝了七天七夜,醉得糊里糊涂,只听得歌舞不停,笙箫迭奏,醒了再喝,喝了又醉。到得醒来想起,不知已经醉了凡天,连日子都忘记了。那时计算日子还是用干支,不是用数目的。纣想了好久,便问左右:“今天是什么日子?”左右因为整天整夜赔着服侍,也是困乏了就睡,睡够了就起来,根本不管它是白天还是黑夜,实在不记得过了几日。大家屈指算了一会,有的说是甲子,有的说是乙丑,大家说了半天,还是弄不清楚。纣焦躁起来,叫他们去问箕子,今天究竟是什么干支?箕子听得纣连日子都忘了,心里诧异,便问来人说:“你们为何不奏明白?难道你们都忘了吗?”来人说:“我们也都记不清楚,大家说的都不一样,所以弄不清。”箕子听了心里暗想,纣向来最忌人家比他强,谁要比他好,他就一定想法杀害,现在大家都忘了日子,只有我一个人记得,纣一定会忌我。为了这一点事,送了性命,太不值得了。想了一会便对来人说:“对不起得很,我也记不清楚究竟是什么千支,你最好还是去问别人吧!”

这时商的太史辛甲看见纣这般昏愦,便再三进谏,一次不听,二次又谏,自从建造鹿台以来,辛甲一共谏过了七十五次,可是没有一次采纳,辛甲无可奈何,暗想纣这般拒绝忠言,将来一定灭亡,便带了妻子,全家逃往周国。一日,无意遇着召公爽,问他为何搬来?辛甲备说一切原因。召公听了,便去告诉西伯,西伯亲自去迎接辛甲,和他谈论得非常投机,就拜他为卿,十分敬礼,仍任他做太史的官。辛甲因为纣一味娱乐,不恤人民,所以在周做太史的时候,也极力要防止国君过度娱乐,特叫各官都要箴戒周君,用他自己的职务来说明娱乐的弊害。譬如虞人一官,是专管山林禽兽的,国君要打猎必须通知虞人,叫他预备,所以虞人所献的箴,就是劝止国君不要过分耽于田猎,它说:

芒芒禹迹,(大禹走过的广阔的地方,)
画为九州。(划分为九个州。)
经启九道。(开启了许多大路。)
民有寝宙,(人民有了房屋和宗庙,)
兽有茂草。(野兽有茂盛的草。)
各有攸处,(个个有自己所应住的地方,)
德用不扰。(谁也不扰乱谁,才可以保持安宁。)
在帝夷羿,(以前有穷后羿,)
冒于原兽。(贪图射猎野兽。)
忘其国恤,(忘了应该管的国家大事,)
而思其麀牡。(只想获得雌雄的兽。)
武不可重,(武力是不可靠的,)
用不恢于夏家。(所以他在夏朝就不能保持强盛了。)
兽臣司原,(我是管领野兽草原的小臣,)
敢告仆夫。(大胆地把这故事告诉国君的仆夫听听。)

其他各官也都有箴,无非劝诫君主的话。辛甲在纣那里谏了七十五次,没有一次听从。现在到了这边周国,却件件都行得通。只怕他找不出西伯的错,要是找得出,没有不立刻就改正的。

纣自从战胜了东夷,自己以为英雄无敌,丝毫不以周为意,所以祖伊的话,一点也不在意,依然日日只顾沉湎酒色。那些兵马除一部分留驻东方之外,好些勇健的都已战死的战死,病伤的病伤,军装武器也都短少许多,需要补充。纣又是最怕把钱花在装备上面,只管奢侈酒食的人,所以也不愿再出兵争战,以免把酒肉美女的钱款,弄到不够。在表面上周又是最会恭顺的,虽然一面用兵,一面却对商表示得十分服从,因此纣便不管周的行动。

周休息了一年,又进兵去打崇。那崇侯虎一向倚恃纣的宠爱,欺压百姓,建造坚固的城郭,美丽的宫室,以为可以长久享受,不料西伯来攻,只得闭城自守。西伯兵到城下,围着攻打,打了一天并未得手。西伯召集将士商议道:“我军远来,利在速战。且下个战书,看是如何。”次晨果然写了战书绑在箭上射进城去,等了一天,崇侯虎不敢开城应战。一连几天,都不瞅不睬。西伯只得会齐将士商议。吕尚说:“看他情形,分明只想死守,不会出城应战的。我们已经来了几日,还没有把城攻下,这城很坚固,必须想个破城的方法。”毕公高说:“我看这城外树木很多,不如砍下建造高车,把整根的粗大的木头放在车上,等到半夜时候,悄悄地把车推到城边,每车用二十名壮士,推动木头,去撞击城墙,不管它多么坚固,也一定撞倒。”周公旦说:“这计虽妙,究竟不能抵抗城上矢石,他们在城上把矢石抛下,我车上壮士不是要受伤么?我有一个办法,索性把车造得极高,高到超过他的城墙,可以临城俯视他们。车上壮士,各执戈矛弓箭,到了城边,并力和城上守兵交战。他们保卫自己还来不及,怎么有工夫去抛矢石?”吕尚说:“车上还可以再设两个搭钩,等到车到城边,便用搭钩钩住城堞,车上壮士就可以跳上城去。"计议停当,立刻传令军士分头砍伐大树,建造楼车,这种楼车因为可以临城冲击,就名叫临冲。一面仍然加紧攻打,以免崇侯虎生疑。

崇侯虎一连巡城了好几天,白天黑夜,不停地防守各处.弄得心疲力瘁。他是平日只懂得享受的人,哪里吃得消这般辛苦?也知道向来搜括惯了,人民对他是没有好感的,所以放心不下,勉强拖着疲乏的身子,上城下城,忙个不停。忙了许多天,觉得周兵也不过如此,并没有什么厉害,便松懈了下来。刚刚回到宫里睡了一觉,忽然听得喊声大起,慌忙起来,赶出城头一看,周军已经由临冲纷纷跳上城来,抡刀砍杀。城上守兵被砍翻几个,大家发喊起来逃走一空。顿时城门大启,周军一拥进城。崇侯虎逃走不及,死在乱军之中。西伯进城安民已毕,因为崇国地势壮阔,城郭宫室都建筑得十分坚固完美,便把周的国都搬来,改地名为丰,成为周的国都。

西伯得了这样壮大的地方,摧灭了邻近的强敌,从此周的根基巩固,再不怕什么内顾之忧,可以放手往外发展了。周在古公时候,还是没有屋宇的,现在才有个像样的国都,自然就件件建设起来。第一件是建设宗庙社稷,那时最重的是祭祀,称为吉礼,算是礼里面第一件要紧的,所以宗庙社稷必须建筑得最早最好。宗庙的制度,是按着阶级定的,天子是七个庙。诸侯是五个庙,当中一个祭的是始祖,旁边一左一右,一代一代地排列下来。左边的叫作昭,右边的叫作穆。七个庙的,昭穆各有三个。五个庙的,昭穆各有两个。西伯建好了宗庙,为了观溯天文的方便,打算再建立一座灵台。原来周自从后稷、公刘以来,一向注重农业,所居西北地方,本是地旷人稀,经过许多年招徕流亡人民耕种田土,逐渐开辟山林,地方便越占越大,成了大国。那时商还是奴隶制的国家,许多生产劳动都是由奴隶去做。奴隶本来就是受着极残酷的压迫虐待的,再碰着纣那般暴虐无道,自然更加痛苦万分。可是周的政策,和商大不相同。周对于任何人民,本地土人也好,远方投奔来的也好,只要他年富力强,就给他田去耕,将一块大约九百亩大小的地,分做九块,好像一个井字。旁边的八块让八家农民来种,梅家各有一百亩。中间的一百亩中,分出来二十亩,建筑房屋、开井、种桑,给八家农民居住。余下的八十亩,由八家合力耕种,称为公田。等到秋天收成时候,这八十亩的收成归给公家,其余各人自己可以收到一百亩的农产品,女人也可以养蚕做衣。这种劳役,对于当时社会生产力的向上发展,比起商纣时的残酷奴役要好得多。商的制度,当时已经成为对生产力发展的障碍。各地受不了纣的横征暴敛的人民和奴隶,都纷纷逃奔周国。但是农业最怕的就是水旱天灾,还要观测时令节气,所以灵台是十分需要的建筑。

灵台建成不久,西伯得病。他虽然年已九十七岁,但是十分谦逊,称吕尚为师,称太颠、闳夭、南宫适、散宜生四人为四友,对其余臣下,也都礼敬不衰。病重的时候,对世子发说:"我有三句要紧话告诉你,你要记着。看见好的事情,不要懒惰不做。看见时候到了,不要怀疑不决。看见坏的事情,赶快离开不要碰一下。这就是做人的道理。"世子发再拜受命。过了几天,西伯便病死了。

世子发即位,一切遵依父亲的教训,因胞弟周公旦多才多艺,德智超群,内外政事都和他商议。夫人邑姜乃是吕尚的女儿,贤德端庄,一举一动,都合礼节。站的时候从来没有倚东靠西的,坐的时候从来没有盘着腿的,笑的时候从来没有露出牙齿地大笑,生气的时候从来没有变过脸色。具有这种温柔稳重的德性的,是那时标准的女子。

这时候世子发不但承袭了周侯的国君地位,也承袭了西伯职位。所以也称为西伯,后来又称为周武王。这时周的势力一天一天扩大,商的政治却一天一天更加混乱黑暗。过了两年,武王起兵到盟津(河南省孟州市)观察商的形势,各地方诸侯看见周兵到来,都踊跃赴会,希望周把商纣打倒,他们就可以不必再受严重剥削。据说参加的诸侯有八百之多,个个都说:"商可以打倒了。"但是周武王还是十分持重地说:"你们还不懂得,现在还不是时候。"

原来武王深知商的实力浩大,军队极多,不可小看。这些诸侯虽然因为受不了商的虐政,可是打起仗来,是和商实力相差太远,完全要靠周的兵力。周兵数目也比商少,没有一定得胜的把握。所以不敢动手,要等到商纣恶贯满盈,被人民群众个个痛恨,没有人替他出力的时候,才可以一战而胜。因此,只和诸侯会见了,便仍然回到周都。

到了这个时候,纣还是照样地糊涂过日。王子比干和箕子、微子苦谏多次,纣一点也不采纳。三个人整天地忧愁着。辛甲去后,换了向挚做太史,也不断地进谏。纣依然只管尽力享乐,诸侯进贡一减少,不够挥霍,便多多加添征敛,由老百姓身上压榨,弄得人民叫苦连天,有的逃走,有的饿死,有的做了不法的盗贼,东偷西窃。商是最迷信的国家,但是人民饿得没有办法的时候,连祭祀用的牛羊也都偷去吃。官吏一概不管,只管自己整天喝酒,有罪的人都捉不到。到了冬天,纣更需要许多奢侈的锦绣衣服,美酒珍馐,催逼人民交纳。贫民无衣无食的也就更加增多,到处都听见卖儿鬻女的哀啼惨哭声音。微子一早起来,走到路上看见许多凄惨情形,心里着实难受,便进宫去劝谏纣。他是纣的亲兄,纣只得接见。微子把人民痛苦说了一遍,恳切地劝纣要勤俭爱民,不可严刑催索重赋。纣听了如同秋风过耳一般,微微冷笑,理也不理。微子明知说是无用,但又不能不说。苦谏了一番,看见纣这般态度,不觉心灰意冷,辞了出去,便去拜访箕子,恰好比干也在座。三人互相诉说人民痛苦情形,不知用什么方法可以挽救。正在商议,忽听侍人进来报告:"太史向挚已经全家出走,听说是投周去了。"三人听了面面相觑。比干道:"近来出走的越来越多,不想向挚也走了。"微子叹了一口气说:"我看商是不会再有治理四方的时候了。我先祖成汤怎样的英明仁爱,现在子孙却这般昏妄,整天酗酒淫乐,弄到政治腐朽污浊,官吏贪财枉法,有罪的人没一个不得意的,没有罪的人倒受尽冤枉。我真看不惯这般颠倒的事情,再弄下去,我一定要疯了。请你们告诉我,我现在应该怎样办?"比干、箕子听了都默然无话可答。想了一会,箕子才抬起头来对微子说:"现在这样重征暴敛,分明是把百姓当作仇敌一般。又不听忠言,又不信长老旧人。如何能不灭亡?我只有拼着和商一处受罪,再不能做别人臣仆。你是商王王子,应该为了商的宗庙祭祀打算,避到别的地方,不要一同灭亡。"比干也劝微子还是早一点出走,保存商的宗祀。微子起初不肯,后来想想,也没有什么办法。暗想,我是纣的亲哥哥,连我都走了,也许纣会觉悟,便当真离开朝歌去了。

纣听说微子出走,一点不以为意,反觉得耳根清净了许多,依然和妲己饮酒作乐。

一天，瑞雪飘飘，点缀得鹿台各处如同琼楼玉宇一般，纣携了妲己一同上楼观看。满园树木，堆玉撒粉，好像开了无数白花，别有风致。远处山顶也都戴上一片雪帽。几湾绿水，漂浮着还没有融化的雪花，慢慢流动，倒也十分淡雅。妲己忽然指着说："这般清早，怎么有人担薪？"纣随着她指的地方看去，果然有一个壮年农人，担着一挑枯薪，走到水边，慢慢地伸足下水，好像十分怕冷的样子，勉强在水里涉过，不住地发抖，走了一会，涉过这条水，登上了对岸，便瘫在岸上颤栗不止，颤抖了许多时候，才站起来挑起薪再走。不久后面又走来一个须发雪白的老人，肩上也挑了一担枯薪。到了水边，毫不犹豫地一脚踏下水去，很勇敢地稀里哗啦涉到对岸，一上了岸便自然地走去，一点也没有寒冷的样子。纣看了不觉连叫怪事。妲己动问是什么事情？纣说："你看那个壮年的人那样怕冷，这个老人反而不怕冷，这是什么道理？"妲己道："这有什么奇怪！那个壮年人身体不好，腿骨虚空缺少血髓，所以怕冷。这个老人身体壮硕，腿骨里面血髓充满，所以不怕冷。"纣说："你说的倒也有理，但是不知道靠得住靠不住，必须实验一番。"便吩咐左右："赶快把那两个人捉来，把他们的脚胫骨砍下来，看看里面的血髓是哪个的满？"左右奉命立刻赶到外面，如飞地追赶那两个人，不由分说，擒捉了来。吓得那两个人极口求饶，都说："我们是安分良民，家里专靠这一挑柴薪过日，没有犯罪。……"这些人哪肯理他们这一套话，只管把他们揪到宫前，一人一刀砍下脚胫来，呈给纣看，果然老人的脚胫骨髓充满，壮年人的脚胫骨髓空虚。纣哈哈大笑，夸赞妲己聪明盖世，能知骨髓的多少。正在欢笑时候，忽报王子比干来见。纣只得唤入。比干一见便奏说："刻间在宫外看见两个人民被砍脚胫，不知有何罪状？"纣默然不应。比干见纣不应，知道这两个人是没有罪的，就恳切地劝谏说："天是为了人民，才需要一个君王来替大众做主，并不是做了君王便可以虐待人民。现在费仲和雷开两个人尽量地横征暴敛，压迫人民.人民已经受不住了。天子住在宫里面，哪里知道人民的痛苦。国家现在已经到了十分危险时候，怎么还可以随便地杀人，人心失尽了，国家也就跟着灭亡。成汤当初是怎样的艰难，才造成商今日的地位。现在轻轻地把国家葬送了，岂不是对不起祖先么？"纣听见他絮絮叨叨，不由恼羞成怒，便变了脸，斥比于退出。比干不肯，说："王要是不肯改过，商必然灭亡。我不能坐看商亡。所以非得王决心改过，不能退出。"便立在廷中，一任宫奴催促，总不肯走。纣看见比干这般倔强，更加动气，便喝骂说："你这般说来，我是一个昏君，只有你是圣人。我听说圣人的心是七窍玲珑的。我且把你的心剖出来看看，有没有七个窍？是不是圣人？"说过，便吩咐宫奴速速把比干的心剖出来看。宫奴便动手把比干拉到宫外去了。

箕子正在家里，忽听有人报告，商工要杀王子比干，不由大吃一惊，连忙赶到朝内，要想谏阻。刚刚走到宫门，只见比干横尸在地，朝衣还在身上，血流满地，惨不忍睹。箕子不觉放声大哭，想起那天三人聚议的时候，才有几天，现在微子不知何处去了，比干又已直谏身死，只剩下自己一人，国家这般光景，如何支持得这副重担？越想越伤心。正在悲痛时候，忽然看见几个宫奴拽出一个妇人尸首，衣裳鲜华，很像一个贵妇模样，也是肚开肠出，鲜血淋漓。箕子忙把袖子掩着眼睛，不忍细看。便问宫奴道："这个女人是谁？"宫奴停了一停，低声回答说："这个女人乃是王子比干的妻子。她听见主上要杀王子，赶来宫内，痛哭请求主上赦免。不想主上看见她的腹部隆起，知道她怀有身孕，便和王后打赌，猜看胎里是男是女，把她杀了刳出胎来，以分胜负。”箕子听了，顿时头目眩晕，几乎昏倒，颤声说道：“这不是人类做的事。主上这般暴虐，商朝灭亡的日子不远了。我拼了这条命不要，你可进去通报，我要直言谏诤。”宫奴听了面面相觑，都劝说：“直谏是没有用的。主上今天已经杀得手滑了，进去只有惹祸。”箕子说：“死就死，总比看着国家亡好一点。你进去通报吧！”宫奴拦阻不住，只得进去报知。纣正在和妲己饮酒，知道箕子要见，一定没有好听的话，不愿多一个麻烦，便吩咐宫奴：“不必放他进来，可把他囚禁起来，当一名奴隶。”

宫奴奉命便把箕子带到奴隶所住的地方，囚禁起来。箕子一见情形，知道纣不肯见他，无法再谏，满心悲愤。再看那些奴隶们，一个个脚拖铜炼，头刺鲸文，骨瘦如柴，皮干似纸，真是三分像人，一七分像鬼。他们手里却都拿着精美的玉器，正在雕琢细致的花纹，箕子认得这些玉器都是纣筵席上面摆设的杯斝。暗想纣自己这样奢侈，全没有想到奴隶们的痛苦，还要砍人民的胫骨，剖孕妇的胎儿，这般无道，岂有不亡之理，可怜我祖成汤六百年天下，断送在他的手里。想了又想，心痛如割，索性把头发披散下来，忽歌忽哭，言语颠倒，和疯癫了一般。纣听说箕子疯了，便就不再理他，也不想杀他了。箕子在幽囚时候，悲伤无可发泄，弹了一个琴曲，名为《箕子操》。正是：

刳胎斮胫民难忍，杀谏囚仁国必亡。

第六回　奴隶倒戈　牧野战争覆殷祚
农工浮海　中华文化播东邻

当朝歌满地血腥的时候,也就是周准备出兵的期间。周武王自从孟津回来,时刻派人打听商封的情形,这一天,探子回来报告说:“现在朝歌混乱不堪,执政当权的全是坏人,所有事情都是颠三倒四,没有是非。人民个个怨恨。政治黑暗得乌烟瘴气,真是糟到极点。官吏没有一个不要钱的。人民没有一个不痛骂的。”大家听了都说:“这样的腐败,还了得!我们赶快出兵去替人民除害吧!”武上却从容不迫地说:“这还没有到灭亡的时候呢。且再等一等吧!”

又过了几时,又一个探子回来了。他报告说:“商现在比以前更糟了。所有好的制度全给破坏了。以前敢说话会办事的忠直廉洁的人,不是被杀了,就是被囚了,剩下的好人也都逃走。现在留在朝歌的简直都是些狐群狗党,没有一个是好人。”大家听了都跳起来说:“这是时候了,这样一个国家还能存在吗?我们快快出兵罢,不要再耽延了。”武王仍然镇定地说:“且慢,现在还没有到时候,再等一等看看。”

又过了几时,又一个探子回来了。大家问他现在朝歌怎样了?探子回答说:“现在吗?倒安静了一些。自从比干那些人死了以后,现在老百姓都不说话了,也没有人骂一句。所以看过去,好像倒安静了一些。”武王听了,连忙说:“这是时候了,老百姓到了不敢说话的程度,这就是灭亡的时候。”立刻点起兵马,纠集许多小国,一起出发征商。

这时各国受不了商的搜括,都愿跟周一起去征商。在周附近的各小国,更是踊跃。周便调动人民,按照老规矩,由农民每家出一个人来参加战争。五家出五个人,叫作一伍。二十个伍就是一百人,叫作一卒。五个卒就是一个旅,五个旅就是一师,五个师就是一个军。每军共计一万二千五百人。这些农民都是义务地服务,并不发饷。此外还要按照井田来计算,征收居民的兵车、马匹、兵器等等,据传说:大约六十四个井田就得出兵车一乘和它所附属的马匹、兵器、兵士等等。这种赋役虽然也是对百姓的一种剥削,但是比起商的虐待奴隶,还算好些。因此在那时人民眼中,认为这种制度比较宽大,他们不像奴隶那样丝毫没有自由。一旦到了要打仗要征兵时候,也就不能不照出人马了。

武工便请太公望做了元帅,这太公望精通军事。他训练士卒各种阵法,端的是变化莫测,神妙无比。后来有一部书,叫作《六韬》,内分天韬、地韬、龙语、虎韬、豹韬、犬陌,专论用兵方法。有的人说,就是太公著的。也有的人说,是后人假托太公望的名字。

因为兵士就是农民,所以周每次战争,总是等候秋天收成完毕,到了冬天才征召他们去打仗。这样,既不会影响收入,又可以博得农民好感。当然这次大规模的出兵,也是不能例外。当时周武王唤来卜人,卜定出师吉日,选了冬一月癸巳上吉,正式出兵。

原来周是以子月做每年的第一个月,所谓子月就是现在农历的十一月,因此属于冬天。

吉日到了,武王穿了戎服,左有周公旦,右有毕公高,亲率全体大军,兵车三百乘,甲士四万五千人。还有最勇敢的虎贲壮上三千人,保卫中军。太公望总统一切,指挥号令。各国诸侯都来麾下听令。周国内政事,都交给太颠、辛甲一班老臣掌管。当时兵车辚辚,戎马萧萧,四五万大军都整整齐齐地向东出发。旌旗金鼓,连绵不断。一路上各地小国都陆续前来参加战斗队伍,太公望都命编入军中,随时听调。

这时正是仲冬时候,沿途树木都只剩得枯秃的枝干,一阵阵寒风吹得肌肤起栗。铁甲上面都薄薄地凝结了一层白霜。一路上只听得呼呼的风声和嘚嘚的马蹄声,彼此相和着迤逦向东而去。忽然远远来了两个衣冠楚楚、须发苍苍的人,一直向着中军行来,不多时到了面前,便向军士说要见周侯。军士不敢怠慢,连忙报与武王知道。有认得这两个人的,说:"他们俩就是以前孤竹国君的两个儿子伯夷、叔齐。"武王知道这两位是年高德劭的人,从前文王很是尊敬他们,因为他兄弟俩都是耿介高洁的人,不喜欢随便和人来往,所以不能拉他们来帮助管理国政,今天不请自来,一定有什么话说。忙叫请他进来。军士传下命令。伯夷、叔齐一同走进军中,来见武王。这时武王尚在车上,欠身招呼,说:"因为军队正在行走,不便耽搁。两位有什么见教,请指示好吗?"伯夷、叔齐正一正颜色说:"我们没有别的事情,请问这支军马为什么向东出发?要打哪一个国家?"武王说:"原来两位不知。现在商纣无道,暴虐人民。朝歌的老百姓,如同在水火里面一般,痛苦得难以形容。因此我聚会各国,起兵攻打商封,为人民除害。"伯夷、叔齐一听这般言语,脸上立刻现出十分严肃的神气,说:"这样说来,你完全错了。你是商的臣下,商是你的君主。你站在臣下的地位,去打君主,这可以算是忠么?你的父亲还没有埋葬,你便起兵去和人打仗,把自己的事情倒搁了下来,这可以算是孝么?这样不忠不孝的行为,你还不赶快改过来!"说的时候神色凛然,大有教训武王的态度。

这时候武王左右将士听见伯夷、叔齐说出这般的话,都愤愤不平地说:"你们这是什么话?我主为了替人民除害,才千里起兵,去打这个人人痛恨的纣。他已经不是天子。他这样暴虐百姓,算不得我们的君。你怎么说这般的话,替这种独夫民贼来动摇军心?这如何容得!"说着,人人摩拳擦掌,都要把伯夷、叔齐痛打一顿。太公望知道伯夷、叔齐是孤竹国君的儿子,并且年纪很大,假如大家真的动起手来,可能马上打死。现在刚刚出兵,必须表示宽大,来号召商纣方面被压迫的人民,使军事容易顺利解决。便连忙阻止大家,不要动手,说:"每个人都有自己的看法。他的看法虽然不和我们一般,可是对商来说,也不失为义士。我们不听他的就是了,用不着和他过不去,"就叫两名兵士,把伯夷、叔齐扶着出去。大军继续进行。

走了几天,忽然狂风大起,天色昏暗,尘土飞扬,一霎时黄埃滚滚,对面看不见人。突然哗啦一声,中军大纛吹折了半截。左右将士,都变了脸色。散宜生吃惊地问道:"这不是什么妖异吧?"武王从容地说:"不是的,这不过是风把它吹落下来。"

这一阵大风足足刮了一整天。好容易,刚刚风停了,却又下起滂沱大雨来,把军装都淋湿了。太公望只得下令驻扎军队,等雨停再走。谁知一下就下了三天,平地全是大水。散宜生又吃惊地问道:"这恐怕是什么妖异不祥吧?"武王依然从容地说:"不是的,这不过是雨把我们兵器洗一洗罢了。”

雨止了,大军依然继续进行。武王吩咐把所有走过地方的桥梁都拆了,表示决心不得到胜利绝不回来。

十二月,到了盟津,各地方的诸侯赶来参加的纷纷不绝。大家不约而同,都愿意拥戴周武王做天子。

这时候,天气更加寒冷,朔风凛冽,瑞雪飘飘。周的军队由西到东,一路走的都是陆地,现在要由盟津渡过黄河,北上到朝歌去。这时黄河上游早已凝冻成了一片坚冰,白皑皑得宛如明镜一般。太公望下令,派了一队勇敢的精兵先行渡过黄河,在对岸摆好阵势,掩护后方渡河的队伍,然后各军按照队伍,依次陆续过河。本来周是尚赤的,旗帜、衣服、盔甲、马匹,都用的是赤色,和一团火炭相似。这样鲜明红色的队伍,在雪白皎洁的冰河上面走过,红白交映,色彩越发鲜艳,显出壮盛无比的军容。再加军令森严,纪律齐整。只见白茫茫河冰上面,千万个马蹄蹴踏,旗帜飘飘,一排排队伍低头疾走,没有一点喧哗声音,远远看去,就像一片红霞,冉冉而过。

渡过了黄河,已是天黑。次日戊午,武工巡视全军,对大众宣布商纣残害人民的罪状,说:“诸位友邦的国君和各将士听我的话:天地是万物的父母,人是万物里面最灵的。必须聪明才干特别比人强,才能做天子。做了天子就应该和天地一般地做人民的父母,来爱护人民才是。但是现在商王受不遵天的意思,不爱护人民,酗酒暴虐,奢侈无度,还要乱杀忠良,剖刳孕妇的胎儿,幽囚正直的人士,耗竭民力做各种奇巧玩物来供给妇女消遣。像这样无道行为一定是要灭亡的。古人说得好:爱护我人民的就算是天子,暴虐我人民的就算是敌人。商受这般暴虐,是我们大家的公敌,大家务必同心来翦灭他。誓师已毕,全军依然拔队起行。这一次誓师的演讲,叫作“泰誓”现在还保存在《尚书》里面,因为纣是这般暴虐,所以周师一路前进,真可说是势如破竹,一直闯进商的国境,一步一步向朝歌迈进。

纣自从杀了比干、囚了箕子以后,果然耳根清净,再也没有半个臣子敢来聒噪。他好不快乐,尽管每日醉得天昏地黑。商人本是最怕鬼的,不断地祭祀祖先。纣既然常在醉里,连祭祀都荒废了,其他政事更不必说,一概不管。以致周师过了黄河,左右方才不得不报上给纣知道。

这天纣恰巧还在大醉,左右恐怕惊动,不敢多言。等了一天,纣方才翻身睁眼,呼唤左右扶起,揉了几下眼睛,正要再叫进酒。这时一名宫奴只得冒死报告说:“刚才外面传来消息:周的兵已经渡过了黄河,有进犯朝歌的模样。请天子旨意示下,应当怎样办?”纣忽听这话,出于不意,愣了一愣说:“周什么时候起兵?打什么地方过河?你们为何都不报知?”宫奴停了一停,只得说道:“奴婢也是不知道的,天子要问详细情形,还是召费仲、雷开来问吧!”纣便叫去召费仲、雷开来问。

费仲正在家里打叠细软,打算带了民脂民膏逃往别处享福,听得纣来召,没奈何只得进宫,纣问他周兵情形,费仲只得据实说:“已经进入商境,只消二三日便可以打到朝歌。”刚刚说到这里,纣大大吃惊地说:“那可糟了,朝歌附近一带都是平原,没有一点险可守。这如何能行!快,快,快传我的命令,点出全国兵队,打开武库,搬出兵器,配备起来。我得自己上阵督战。”费仲讷讷地说:“现在朝歌兵士不多……”纣顿足说:“兵士不够,你可叫所有奴隶都编成队伍去打仗。我上次打败东夷,俘虏了十几万夷人,充当奴隶,现在把他们全数点来,也就够了。快点,你就传我的命令。”费仲只得连声答应,退了出来。恰巧雷开也来了,纣便叫他从速去召集军队。二人分头派人传知各地,东拼西凑,凑了一批军队。又传令把朝歌做工的人和奴隶都召集来,特别是东夷俘虏,全数都加入队伍,果然数目相当浩大,据说一共合成军队七十五万人。商都所有兵器也都完全拿来装备在这些军队身上,一经打扮,倒也鲜明煊赫。纣亲身巡视了一番,看见甲胄森严,戈矛耀眼,也觉得相当满意,便吩咐犒赏兵士一顿酒食,明天一早出发,派恶来率领精兵,充当先锋。

这天是癸亥,正是周军过河后的第五天。周军一路前进,已经到了距离朝歌不远的牧野(河南省汲县北)地方。探子报说:前面商王亲自带了几十万军队驻扎着。太公望便叫扎下兵马,预备明日交战。

次日甲子,天色微明的时候,各军将士已经预备齐全,武王全身戎装,左手仗着黄钺,右手执着白旄,亲自誓师,依照常例,把纣的罪状说了一番,鼓励大家同心协力。太公望亲奏金鼓,排列阵势,奏了两声金、两声鼓,排成了圆形的天阵,等待商兵。等了一会,不见动静。太公望便选了麾下一百名壮士,亲自带了向前挑战。望见前面商军重重叠叠,漫山遍野,兵马一望无际,也不知有多少。一片白茫茫的,白甲、白盔、白旗、白马,好像下了一天大雪。映着闪闪发光的兵器,声势十分浩大。中军一簇银缨宝盖,密密层层,知是纣王亲自临阵,不敢轻敌,他便带领了一百名勇士,一直向中军奔驰前来,在离开一箭的地方,倏地一字分开,整整齐齐排列着,个个拈弓搭箭,直往中军射来。纣看见一小队敌人竟敢公然挑战,不觉勃然大怒,便问左右:“这些是周军的什么人?敢在我面前这般无礼!”左右中有认得吕望的,便答应说:“这一队敌人的首领,便是周的元帅,名叫吕尚。”封听了更加动气说:“这个无知匹夫,胆敢在我面前耀武扬威,想是他的命该绝了。快快去把他活捉来!”话还未了,吕尚这边早已百箭齐射,到了中军,纣的护卫将士急急举起大盾,挡住箭矢。前面恶来便放辔出去,追赶吕尚。吕尚放了箭,更不耽延,霍地掉转马头,呼啦啦地都放开辔头,像流星一般,跑回本阵去了。纣看见追吕尚不上,喝令左右快快奏起战鼓来,全军立刻向前追击,务要把周军打败,方许回兵。左右奉命,果然大奏战鼓催动全队军马,排山倒海一般向前推进。旌旗飞舞,矛戟森森,喊杀声音,真是天摇地动,七十万大兵像堆起雪白浪山般重重叠叠地卷了过去。这时吕尚早已跑入阵内,立刻奏动大将金鼓,把阵势一变,变成方形的地阵,中央拥出了一簇精兵,摆成了飞龙阵,张出飞龙的两翼来,恰便像一条火龙,红旗、红甲、红盔、红缨,一片烈焰也似的炽红,正迎着雪浪一般的商纣兵马,霎时间卷成一片,大奋威风,红的红、白的白、错综变化,不可捉摸。好像阳春三月,千万朵红红白白的鲜花竟妍争媚。当双方杀得天翻地覆,弃甲丢盔的时候,又好像狂风过后,落英缤纷,一瓣瓣白白红红,飘零满地。

这一场大战,直杀得烟尘滚滚,杀气腾腾,两军搅做一团,难分难解。商的兵数比周多了好几倍。周连所有各国诸侯的兵,也不过只有四千辆兵车。眼见汪洋浩瀚的雪白海浪压在一盆烈火上面,看看多寡不敌,有熄灭的危险。不料战到酣时,周军里忽然金鼓齐鸣,阵势大变,前军翻翻滚滚,火咂咂的红旗像烈焰火舌一般,卷出了两支奇兵,反把白旗军队冲断,包围了进去。这是太公望八阵里面的翔鸟阵。翔鸟的两翼最为厉害,专用突击的方法,取得胜利。纣看见恶来前军被围,忙麾军上前援救,正在舍死冲突的时候,只听得周军里又是一阵金鼓,金鼓才息,红旗军队倏地左右分开,阵后却又卷上两支火蛇赤尾,向商军左右包抄前来。原来这顷刻之间,翔鸟阵的后方已经又变了蟠蛇阵。这蟠蛇阵也是由黄帝时候流传下来的阵法,是后来常山长蛇阵的祖宗,首尾呼应,非常厉害,好比两条赤练蛇一般,紧紧地向商军左右卷了上来。商军不觉慌了手脚,生怕给它们包卷进去,只好往后退走。纣弹压不住,前面一排已经倒退下来。这一退不打紧,把全盘战局全牵动了。后面军队正在往前进攻,前面军队却已倒退,登时队伍大乱,自相践踏起来。周军趁这机会,奋勇进攻。商军站脚不住,纷纷退下,像潮水一般地崩溃下来,有的因为逃命要紧,竟然倒戈向后,打开一条血路逃走。商兵本是拉杂凑成,夹着许多奴隶在内,尤其是大部分东夷俘虏,完全迫于纣的压力,并不是愿意打仗,一见前面如此,立刻都纷纷倒戈,好像鸟兽一般,一哄而散。纣被夹在中间,进退不得,眼见自己军队,逃走的逃走,投降的投降,好像红日东升,白雪融化得无踪无影,只气得揪下自己头盔,摔在地上,顿足大骂,几乎昏倒在车上。左右亲军拥护着纣,在重围里左冲右突,不能脱身,幸亏恶来由前方败下,撞见纣被围在周军中间,急急奋勇冲开一条血路,救得纣逃出重围,走入朝歌。恶来收拾残军,暂且把守。这一场大战,就在半天的工夫完结了,只剩下满地尸骸,汪洋血水,据说所流的血可以漂得起木杵的。后人歌颂这次战争说:

殷商之旅,(殷商的军队,)
其会如林。(会合起来多得像丛林。)
矢于牧野,(陈列在牧野地方,)
维予侯兴。(正给我们以机会,就是得胜。)
上帝临女,(上帝是保佑我们的,)
无贰尔心。(千万不要两意三心。)
牧野洋洋,(牧野广阔得浩浩洋洋,)
檀车煌煌。(檀木的兵车熠熠煌煌。)
驷骠彭彭,(赤骝的驷马又壮健又精强。)
维师尚父,(勇敢的师尚父,)
时维鹰扬。(像山鹰般迅疾飞扬。)
凉彼武王,(辅佐了武王,)
肆伐大商,(很快就打败了殷商,)
会朝清明。(和许多诸侯会盟一堂。)

纣进了鹿台,头昏目眩,神志昏乱,做梦也想不到自己会有这样一个结局。七十万大兵一朝溃败,六百年宗庙顷刻危亡。所有一向享受的瑶台琼室,美女歌姬,海味山珍,锦衣绣服,都要归别人所有。这简直是一个噩梦,一件不可思议的事情。他昏昏沉沉地伏在床上,糊里糊涂,不知身在何处。

过了一会,纣略略定一定神,抬起头来,只见妲己坐在旁边哭泣。纣叹了一口气说:"这真是想不到的事,我会失败到这样。现在我也没有别的办法,只有自杀,我不能坐着受周发的屠戮。你去把所有的宝玉都搬来。"说着便坐了起来。他自己知道一向的行为是如何残忍,万一落在人民手里,可能把他对待人民的惨酷刑法,也让他自己尝尝,倒不如趁早自杀的好。

怎样自杀呢? 留下了尸骸,可能人民也把他来砍作肉醢,煮成肉羹。最好是连尸骸都消灭才好。一个人民的敌人到了最后,是连尸骸都没有法子安放的。没有别的办法,只有自己烧毁了。他咬了一咬牙,想:"好的,我也不能把东西留下给敌人享福,还是统统烧了吧!"便吩咐左右,把所有宝玉都搬在鹿台上面,那历代相传最美丽的天智玉也拿来,在鹿台下面,堆了许多柴薪。纣穿戴齐整,把许多玉围在自己四周,叫左右在台下举起火来,把鹿台烧了。

左右看着纣的末路这般凄惨,也觉得悲伤,但是周兵已经到了城下,恶来已经带了兵逃去东方,城外所有军队都已投降周,眼看周兵顷刻就要进城,替纣想起来,除了自杀之外,实在也没有其他办法。

这时候纣的左右,一部分都趁了乱,偷窃了东西自己逃走去了。一部分老实一点的,便依照纣的话,替他前前后后点上了火,才自己逃走。最后,只剩下纣一个人,高坐台上。台下黑烟滚滚,一霎时冒出几股红焰,毕毕剥剥地向台上卷去。这时候,朝歌的贪官污吏都忙于自己搜刮逃走,还有谁来管闲事。不多时,热极生风,风催火势,一座金装玉裹、翠绕珠围、费尽千万人民血汗所筑成的鹿台,陷在火海中间。只听得梁栋崩倒的声音,砰訇不绝。一代暴君和他搜刮人民得来的东西,一同化为灰烬。自从商汤建国到了这个时候,一共六百四十四年便灭亡了。

本来商朝留在后世的文物很少。因此,后人对于商的事情很模糊。甚至还有人以为商不过是一个神话时代。一直到了前清末年,才在河南省安阳县附近的小屯发掘出许多龟甲兽骨,上面往往刻着密密麻麻的古代文字,当人们在无意中发现了它,感到十分珍奇,就开始收集贩卖。后来有一位刘鹗,就是写过一部《老残游记》的刘铁云,研究了上面的刻字,知道是商朝卜卦用的甲骨,就把它编印出来,成了一部《铁云藏龟》。渐渐研究的人越来越多,去安阳发掘龟甲的人也不少。也有许多考古专家到安阳大规模地发掘,才把殷商遗址发掘了许多出来。共计前前后后掘出了甲骨十几万片,上面记载着商代帝王祭祀、狩猎、征伐等等的卜辞,可以看出那时的生活和社会情形。又掘出了无数青铜器皿,上面都有极精致的花纹,种类极多,大要可以分为爵、卣、尊、彝、鼎、敦、觚、盉、角、斝、甗、匜、壶、扁、罍、盦、盘、觯等。还有戈、瞿、矛、镞、针、锥、锛、斧、刀、铃、锤、扣,各式各样的青铜器。可见那时候社会生活是如何丰富,劳动人民的创造力是如何伟大! 许多器具,不但十分精致,也有非常巨大的。有一个名叫司母戊鼎,有四尺来高,重达一千七百五十斤。还有一个商代虎镈,满盛清水,用手触击表面,便会发出宏大的声音,和雷霆一般。这种物理学上的原理,商代已经懂得应用到器物上面去,不能不算是世界上奇迹。此外还掘出铸造青铜的工场和铜范、铜锅,知道商代手工艺术尤其是铸铜技术已经十分高明。又掘出宫殿遗址,在厚厚黄土的殿基上面,铺着精致的铜础,垫着鹅卵石,础上留着木柱的残灰,显出它是曾经被烧毁过的。还掘出了战马、兵车、军器等等,证明那时已经有了极精美的车马。在附近还掘出了商王的陵墓,墓中墓外,殉葬的奴隶,达到几百几千的庞大数目。

由于地下的丰富遗产,一个伟大而古老的国家被证实了,再也不能说它仅仅是一个神话时代了。这些残毁的殿基上面,曾经建筑起镂凤雕龙的琼楼绮阁,曾经摆设着锦簇花团的玉帐象床,簇聚了妖媚的歌姬舞女,陈列了丰富的美酒佳肴。不但专制帝王过着这般豪华生活,连一般人的生活水准也都比较高。还有巧慧的工匠造出许多精美的艺术品,机灵的商贾往来各地贸易。文化上也有很高的成就,礼仪、音乐、图画、雕刻等的造诣都达到高度精美的水平。当时不但国土非常广大,统治有今天河南、山东、河北、辽宁、山西、陕西、安徽、湖北以及江南一部分的辽阔地域。还有各国不断地进贡珍贵物品。另一方面却也有被压迫的奴隶,受着酷虐的待遇和残暴的屠杀。

这时候大约公元前一千多年,离现在三千多年。那时世界上比较有文化的国家,只有非洲的埃及和亚洲的巴比伦、印度。而我们中国在当时已有那样高的文化,所以我们中国是世界上历史最长,文化发达最早的文明古国之一。

且说那时周武王正在朝歌城外接受商军的投降,一面接到报告,恶来已带了残兵出城逃走。太公望忙派兵堵截恶来,同时催军进攻朝歌,忽见朝歌城内火光冲天,城门大启,知道朝歌内面有变,忙下令派了军队把守四门,按队进城。果然军令如山,各军列成队伍,滔滔涌入,秋毫无犯。人民受了纣多年残虐,看见周军纪律严明,都夹道观看,指指点点。那个告老的商容也夹在人民中间。大家想起纣那般残暴,人民随时都有生命危险,今天除去暴君,都欢欢喜喜的,希望看见未来新君的容貌。

只见一队队红旗迎风招飐,兵车战马,肃静无哗地按列进行。中间拥着一位主将,容貌庄严,好像沉思的模样。百姓都窃窃私语说:"这个一定是我们的新君了。"商容听见便说:"这不是的。"大家说:"你怎么知道?"商容说:"我由他的神气看出来的,他的样子很威严,又很急促,心里很有戒惧的模样。这是一位可敬的人,但不是新君。"百姓不信他的话,就去问知道的人,果然不是武王,是毕公高。

毕公过后,源源不绝地走过了许多军队,中军拥出了一位相貌英奇的人,庞眉鹤发,两眼含威。大家看了,心中都凛然起敬。说:"这位一定是我们的新君了,多么威严啊!"商容仍然说:"不是的,不是的。这位将军,鹰瞵虎视,威风可以笼盖全军。他可以做一位元帅,但是不像新君。"百姓们便偷偷去问知道的人,才知道是太公望。

太公望过后,又来了一支军队,簇拥着一位主将,雍容安雅,满面春风。人民都欢喜得跳起来说:"这个可真是我们的新君了。他一定是一位宽大仁慈的人,不像纣那般暴虐的。"商容沉吟了一会说:"或许是的,这个人很宽和又欢乐的样子,他的心是只想为人民除害的。假使不是我们新君,也一定是我们的相。"人民又窃窃地查问,才知道这位是周公旦。

一会儿,又一大队人马来了。中军簇拥的一位是安静恬默的人,脸上神气一点也看不出是喜是怒。商容说:“是了,这位一定是新君了,他看见好的,也不显出快乐,看见坏的,也不显出生气。他真有天子的度量。”人民因为看得多了,不相信,问了一问,果然是武王。大家都觉得有这样一个新君,比起纣来,一定好得多了。可见在一个暴虐政治底下的人民,对于新政权是怎样地寄予热烈的希望。

这位周武王也的确懂得商民心理,一进城,先命人把鹿台的火救灭了。可怜一个积玉堆金的高台,已经化成了一片瓦砾,焦臭冲天。在瓦砾中间寻到了纣的尸体。因为有许多宝玉环绕,阻住了火势,只把周围四千多块的玉烧成灰烬,靠纣身边的天智玉五重都还没有烧坏。这个暴君因为恐怕尸体受人屠戮,犯下了最后的罪恶,把人民的血汗脂膏付之一炬。可是他逃不过最后的判决,他的尸体仍然没有化成灰烬,被周武王射了三箭,还用了黄铜的钺把纣的脑袋割下来,挂在大白旗上面,给人民看。

武王又到纣宫里去看,纣的两个美人已经吊死在宫院内,这两个里面是不是有一个是妲己呢?武王却不大认得,便把这两个美人的脑袋,也用玄色的铁斧割了下来,挂在小白的旗上。因为所挂的是两个脑袋,便引起人民的怀疑说:“这究竟是不是妲己呢?还是有一个是妲己呢?”于是就有人传说,妲己并没有吊死,是给周的军队活活捉到,献上太公望。太公望因为她罪恶深重,命军士推出她去斩首。不料她妖媚得很,军士都给她迷惑得不忍下手,挨了许多工夫,还没有杀掉。太公望没有办法,只得叫人把妲己的脸蒙了起来,方才把她一刀杀死。

还有那个恶来,逃到半路,给周兵追上包围,恶来左冲右突,究竟寡不敌众,许多兵士都纷纷投降,恶来战到力竭,也就被周兵杀死了。

武王把鹿台里面所有纣搜括百姓得来的金钱财宝,都散给老百姓。又将巨桥仓里藏的粟完全开放,让贫穷的人民和奴隶们尽量搬取,一时欢声雷动,人民个个提筐携篮,都来分取。南宫适监视着,将老弱男女分成左右两排,按次序配给,人人都能领到应得的分量。这两个地方的财富都是纣对百姓进行了许多年的压榨才积下的。现在不消三天,就散完了。

还有许多人民,被纣囚禁起来,作为奴隶,强迫他们做苦工。武王也派了毕公高去把这些无罪的人民都放了出来。让他们去做自由的人民。纣宫里还有许多由各国各地贡来的美女,都发还各地,让她们的父母领回去。宫里由诸侯勒索来的宝玉,也都还给各国。各国都欢喜地说:“周连已经有的宝玉美女都发还了我们,难道将来还会再向我们要?这个新君,可比纣强多了。”

武王又知道商民对比干、箕子们是十分同情的,便派了闳夭去隆重地祭祀比干的墓,并且把墓修理封筑得高高的,以表示敬意。又查问商容的住址,想请他出来,帮助收拾商纣留下的腐败政治。商容早已藏匿起来,找他不着。武王只得旌表了商容的门,来表扬他的道德。又派了召公奭去把箕子由奴隶里面放了出来,武王自己亲自去访问他,请教关于治国的大道理。箕子看见商已经灭亡,心中十分悲痛,因为武王再三请问,便把夏禹传下的洪範九畴详详细细地告诉给武王听,这洪範九畴是一种上古很深奥的哲学。武王听了箕子的话,十分佩服。想留他帮助治理国事。可是箕子是不愿意在周做事的，既然脱了幽囚，得到自由，便离开朝歌，往东而去。许多不愿臣属于周的人，也都跟了箕子走。那时东方一带还保留着商的残余势力。箕子便一直率领殷民走到了东海旁边。

商在相土时候，势力达到东方很远的地方，一直统治到海外去，所以商人歌颂他，说："相土烈烈，海外有截。"意思就是说："伟大的相土，统辖到海外的地方。"这个海就是现在的黄海、渤海。所以那时东北一带沿海地方，都和商有了密切关系。尤其在商纣亲身去征讨东夷的时候，商的势力更加深入普遍。那时海滨居民坐了木筏沿着海岸去捕鱼虾的本来不少，看得浮家泛宅的生活，很是平淡无奇。箕子到了海边，登上木筏，在海上漂漂泛泛，和渔翁做伴，鸥鹭为邻，倒也逍遥自在，比起幽囚时候，自然要好得多了。但是一念到故国灭亡，心便像刀割一般，十分痛苦，决心不愿在周统治的地方居住，便沿着海岸，一直向东漂去，打算在海外找一块可以站脚的地方，自谋生活。

恰好那几天海上风平浪静，碧波如镜，一望茫茫。时时有几点雪白海鸥，飘浮水面。在远远水天相接的边沿，冉冉地荡漾着几团轻絮般的白云。木筏在海面自在地划着。那些和箕子同行的人民里面，倒也农工各业，样样齐备，大都携妻带子，在筏上并不寂寞。

走了几天，忽然望见水天一色的中间，渐渐露出了一痕黑色，知道前面不远就是一片陆地，大家欢呼起来，更加努力地划着。划了一天，渐渐白日西倾，天色已馨，只得暂时泊下，造饭饱吃了一顿，个个休息。次日，天色微明，便纷纷解缆再走。现在到了目标，工作起来，格外有劲。不觉又走了一天。到了第二日，木筏进入了一个浩大的江口，箕子便约同大众，在江的北面登陆。（登岸的江口，就是现在朝鲜的汉江。）

上了岸，只见山明水秀，树木茂盛，气候温和，和中国不差多少。并且土地肥沃，芳草芊绵，真是一个好所在。遇见了几个当地人，衣服还是兽皮做的，问起话来，咭呱钩磔，一字不懂，可是态度却很温和，原来这个地方，虽然一向和中国有了来往，却因距离太远，居住的人民，大半仍是属于东夷种族。还没有高度文化。

箕子见当地居民性情和蔼，土地又十分肥沃，就决定在这里住下。原来这里是极东靠海的地方，每晨太阳东升，由海上放射出万丈光芒，灿烂鲜明，闪烁得眼睛都睁不开，所以就把这地方叫作朝鲜。箕子和带来的五千人选定居住的地方，相传就是今天的平壤。他们建筑房屋，划定农田，栽起桑树，男耕女织，把带来的生活用具拿来使用。当地居民看见新来的客人这般文明，十分佩服，便向他们学习各种知识：种田、养蚕、织布、裁衣、烧陶、编竹、造屋、开井等等；还应用了八种简单的法律，来防止不必要的争执。他们和睦融洽地共同生活。从此，朝鲜人民的生活和中国十分相仿。这是中朝文化最早的关系，在周朝初建时期开始的。也就是约公元前一一二二年的时候。

周武王知道箕子远避东方，便派人到朝鲜封箕子做朝鲜的国君，并邀请箕子回来探望家乡，箕子接受了周的封爵。两年以后，他回到了周的国都朝见周天子，从此中国和朝鲜更加紧密地成了一家。

当箕子走到周都时候，路上必须经过朝歌，那种景象和从前大不相同，以前纣用了人民血汗建造的龙楼凤阁，现在都已经夷为平地，一些儿也没有留下踪影，并且都已划成一块一块田亩,种上了许多麦子和稻谷。和风微微地吹着,浅绿轻黄,荡漾起伏,像碧浪一般,十分美丽。农人戴着草笠正在田里工作着。

一阵的悲哀刺痛了箕子的心。他是商的子孙,纣的庶兄,以前在这块地皮上,曾经受过重大的刺激,使得他几乎真个发狂。现在商灭亡了,以前和他同甘共苦的朋友、人民,都不知道哪里去了,以前那般煊赫的商代帝王,也都烟消火灭了。他回想一切,怎么能压抑得住心中的悲痛呢！在这种情绪下,他悲吟了一首《麦秀》的歌:

麦秀渐渐兮,禾黍油油。
彼狡童兮,不与我好兮!"

狡童是指商纣,箕子在无可如何的情绪里,把亡国的罪状归怨到纣的身上,因为纣不听忠言,以致弄到故宫地方都种了禾麦。他蕴蓄了一包泪水,到了周都,把礼节交代完毕,回到朝鲜,后来《易经》里面有一个卦,名为明夷,卦里称赞箕子能够在国家危难的时候,保持着光明正大的心志,又能发扬中国文明。现在朝鲜平壤城外牡丹峰上面还有一座箕子墓,是朝鲜有名的古迹。

除了箕子之外,这时候还有两个人,也不愿意做周的臣下。这两个人便是伯夷、叔齐。他兄弟俩那天劝谏武王,没有得到结果。后来周灭了商,伯夷、叔齐更加认为不对。他并不是说封不该灭,而是认为周的灭商不过是权位的争夺,一般都和人民没有好处。商是暴虐,周难道就不暴虐?想起以前神农时代那般公平快乐的耕种生活,不能再有了。这样兴兵动众去争夺权位的行为,比起唐尧、虞舜揖让帝位的,实在差得太远。他兄弟俩既然这样看不起周的行为,就不愿意再吃周的粟米。两个一起跑到首阳山(现在山西省永济县南)上采取薇蕨来当饭吃,但是薇蕨是很不耐饱的,他们俩天天半饥半饱地采着。在朝旭初升的时候,山里的樵夫牧子常常可以看见这两位须发苍苍的兄弟,一前一后地翻岭越崖,在荒榛乱草中间寻觅薇蕨,有时还一唱一和地唱着采薇的歌:

"登彼西山兮,采其薇矣!
以暴易暴兮,不知其非矣。
神农虞夏忽然殁兮,我安适归矣。
吁嗟徂兮,命之衰夹。

这样的兄唱弟和,往往到了深夜,还听见曼声摇曳的歌唱。首阳一带人民也渐渐知道他俩的事情,大家觉得不吃饭只吃薇是不会饱的,但是因为他兄弟性情古怪,也不愿多管闲事,眼见这一对兄弟一天一天瘦了下去。秋风一起,薇蕨更不容易采到。这天兄弟俩正在采薇时候,那边山下彳亍地走上一个妇人,手里拿着一把小刀,背上背着一个竹筐,低头拾取野菜,连根剜了起来,放在筐里,看见伯夷、叔齐枯瘠的手,不停地东采西撷,便劝他们说:"秋天到了,这种野生的草已经不会生长了。还是吃饭省事,别吃这种吃不饱的薇蕨。”伯夷说：“我不吃周的米，宁愿采薇来吃。”妇人不觉笑了，说：“米是田里生的，你就说它是周的米，不吃了。那么这薇蕨也是山上生的，也算是周的薇蕨了，你为何又吃呢？既然薇蕨可以吃得，吃点米也不要紧吧！”伯夷听了说：“那么，我连薇蕨也不吃了。”就携了叔齐的手，一同下山去了。

果然从此伯夷、叔齐什么也不吃，竟然活活地饿死在首阳山山下。

从箕子和伯夷、叔齐这两件事情看起来，周武王要统治整个商朝统治过的地域，是一件很不容易的工作，这就不得不大费一番心思了。武王灭商之后，就将商的土地分做几个国。封纣的儿子武庚为殷侯，仍在商地，奉祀商的祖先宗庙，派了胞弟管叔鲜、蔡叔度、霍叔虔三个监视武庚的行动，叫作三监。这管（河南省郑州市）、蔡（河南省上蔡县）、霍（山西省霍县）三个国，正好包围在殷的旁边。然后把有功的臣下，按照公、侯、伯、子、男五等封爵，封在各地。一方面可以镇压各地方不服的人民，一方面也可以散播中央的文化。从此封建社会就渐渐代替了奴隶社会。

在许多功臣里，太公望自然是第一名，他是武王的丈人，又是灭商的元帅，武王便封他在齐国地方（山东省临淄）为侯。第二个是周公旦，封在鲁国（山东省曲阜市）地方为侯。第三个是召公奭，封在燕国（现在的北京）为伯。其余还封了许多。一时冠裳济济，分别领受了所封地方，择吉赴本国就封。各人都想要把自己的国家治理得十全十美。那太公望心目里所认为最佩服的人，要算周公旦了，当时便请教周公旦说：“请问你用什么方法去治理鲁国？”周公谦逊了一番说：“我也没有别的方法，只是五个字，叫作‘亲亲而尊贤’，亲爱自己的亲人，尊重有才有德的贤人。这五个字，就是我治理鲁国的标准。”太公听了，点头赞叹，说：“真好啊！好一个‘亲亲而尊贤’。但只是可惜了。”周公说：“怎么可惜？”太公说：“按你这样做去，只怕将来子孙一定会衰弱的。”周公沉吟了一会说：“请问你用什么方法来治理齐国呢？”太公说：“我吗？也是五个字，叫作‘尊贤而尚功’。尊重有才有德的贤人，看重有功劳的臣下。这就是我治理齐国的方略。”周公也点头说：“好是好的，只是也可惜了。”太公错愕地说：“怎么？也有流弊么？”周公说：“照你这样的做去，将来一定有篡位弑君的臣下。”太公听了，默然不出一言，便拱手作别，各自起身。

武王封了诸侯，自己仍回到丰。这时周已经做了天子，自然不希望再有战争，便把马匹都放到华山（在陕西省华县）的山阳去，把驾车的牛只都遣散到桃林（在陕西省华阴市）的野外去。又把所有干戈兵器都用虎皮包起来，兵车和甲胄都洗刷干净，涂上了兽血，藏在府库里面，表示不再进行战争的决心。

周既然做了天子，以前的丰又似乎不够做国都了，便搬到镐（陕西省西安市）的地方，建设了宗庙，追尊古公为太王，季历为王季，西伯昌为文王。据说灭商时候，武王得到了商累代所藏的宝玉亿万块，其他东西当然也是不少，镐京建设得很是宏伟。

且说太公望受封齐国为侯，便率了一行人众，到齐国去。一路晓行夜宿，渴饮饥食。这时候正是夏初时节，气候清和，绿荫像伞子一般遮着太阳，田里麦子渐渐露出黄色，大家因为是跟了新君走马上任，自然都是喜笑颜开，一路上赏玩风景，谁也没有把道路的远近放在心上。这天，走到下午时候，看看邻近一带，并没有什么人家可以寄宿，只是青山隐隐，绿水迢迢，风景十分清幽，大家都走得乏了，就在一带槐树底下坐着休息了一会，喝了一点水，重新再走。转过了树林，忽然看见那边远远有几个人家依山傍水地错落排列，成了一个小小的村落，太公在车上指着道："那边不是人家吗？我们正好赶到那里，借宿一宵，省得错过了投宿地方。"大众同声答应，忙寻路向人家走去，走到太阳下山的时候，正好走到人家门口，便由随从人等向各家接洽寄宿的手续，顿时分开几个地方，各自解鞍喂马，造饭烧汤，忙乱了一场，方才吃了晚餐，上床安息。

太公望睡到半夜，一觉醒来。年纪高的人，半夜醒了是再也睡不着的，心里就想起以前种种坎坷不遇，想不到今日居然能够南面为君，不知齐地情形如何，决心要施展一生抱负，把齐国建设起来，成一个伟大国家。正在左思右想的时候，忽然听见隔壁有人窃窃私语的声音，侧耳一听，原来是这家主人父子两个正在谈话。只听得那儿子说："爸爸！你知道吗？今夜到我们家里投宿的一伙客人，原来是要去齐国的。刚才那个马夫和我谈了半天，睡在我们隔壁的那位老头子就是新封的齐国国君，怪不得带了这许多人马。"又听得一个沙哑的声音回答说："不见得吧！我想这个客人不像是要去齐国做国君的。"那儿子说："他马夫和我说的，还会错吗？你打哪里看出他不像国君呢？"太公听到这里，连忙聚起精神，仔细听着，只听得那老头沙哑的声音接着答应说："傻儿子，这还看不出吗？你想一想，机会这个东西，是多么难得的，又是多么容易失掉的？他要是一个新国的国君，还能这样安心地睡觉吗？你看他一进来就睡，睡到现在，连翻一个身都没有，这还像个要去做国君的人吗？"

太公听到这里，不觉毛骨悚然，出了一身冷汗，连忙推开被窝，下了床，披上衣，就唤醒左右，即刻预备登程。左右不知道什么缘故，只得连忙预备，天还未亮，便出了人家，重新上路，太公吩咐大家，不要怕辛苦，日夜趱程，要提前赶到。大众奉命，果然披星戴月，兼程赶路，不多几日，便到了齐国。刚刚进入国都，正撞着许多百姓携儿抱女，哭哭啼啼地逃来，都说："东边莱夷（山东省莱阳县）已经来了一大队，要占齐国地方，把许多人民都赶得没处投奔。"太公连忙聚集本地壮丁，由带来的勇将临时教练，率同抵敌。莱夷一见太公已经有了预备，自知来迟了一步，打了几阵，也就退去。太公忙把国事布置清楚，立儿子吕极做太子，等到国事初定，便又到镐京朝见。

且说武王自从灭商以后，日夜操劳，从前得力的辅佐多半分封各国。政事加多，助手减少，更加忙碌，只得把周公旦、召公奭两人留在左右，帮助料理，暂时不去就国。这天，武王为了审视镐京形势，登上很高的山阜，周围视察。只见澧水从左边奔流而下，浩浩荡荡，蜿蜒千里，一直接连到前面横亘着一条阔大的渭水，碧浪滔滔，十分壮丽。隔着渭水那边就是一带高原，上面有埋葬着自己父亲文王的陵墓。镐京后面，终南山峰峦起伏，盘旋不断，宛如一座连绵无际的围屏，苍苍郁郁，气象万千，真个是龙蟠虎踞，凤舞鸾翔，好一派伟大雄奇的景象。看了一遍，又抬头向东一望，极目茫茫，天低野阔，山川杳霭，云雾迷蒙，心知这就是中原大地，以前商曾经雄踞着这一带地方，统治天下，有着六百多年的煊赫声威，成为天下的共主。但是现在呢？除了武庚在受人监视管制之下，保留了一点很小的地方以外，整个中国的诸侯氏族，谁也不再承认商做他的主宰了。兴亡是这般容易，和做了一场梦一般，何等可怕。现在周不过刚刚得到天下，脚跟还没有站稳。这样广阔的中国,如何能够管理得好？许多地方,许多人民,是不是都真个心服,不生叛乱？他挑得起这副重担吗？想到这里,心里引起了无穷情绪,眼看着山环水抱的锦绣河山,有着一般说不出的怅惘滋味。渐渐红日倾斜,暮烟四起,一阵阵寒鸦飞过,纷纷投入树林。武王也就带着无可奈何的心理,回到自己的宫里。

这一夜他翻来覆去,心绪像滚汤翻腾一般,一波才去,一波又来,无论怎样也睡不着。想起自己身体一日一日衰弱,年龄也已经老迈,儿子诵虽然还算聪明,只是年纪还小,不会管理国政。将来这一肩重担,托付何人？想到了箕子、伯夷、叔齐、武庚,甚至和太公争国的莱夷,越想越多,觉得这样一个新创的局面,危机四伏,实在可虑得很。左思右想,不觉一夜无眠,一直辗转到天色发白的时候,头昏脑涨,连连咳嗽。左右看见武王今天没有起来,知道又是病了,连忙去报知周公旦。

周公听说武王病了,吃了一惊,连忙入宫看视。只见武王面容憔悴,倚枕喘息。周公上前问候,动问为何一夜都睡不着。武王叹了一口气说:"你想,我怎么能睡得着？象殷商那样坚强长久的伟大国家,一失了民心,便弄到这等下场。现在我周一个僻远在西边的新兴小国,前途是怎样的艰难,我怎么能睡得着？"说到这里,又叹了一口气说:"你也替我想一想,我身体是这样不好,怎样能够负担起这般重任？"说着眼眶儿一红,显出十分伤心的样子,周公也不觉一阵心酸,泪珠扑簌簌地掉下。武王继续说道:"我只怕祖宗艰难创造的基业,一旦也和商一般没有下梢。我看许多兄弟里面,只有你最有才能,将来我打算把国家交托给你,你替我管理好了。"周公听见武王要把国家委托他,心里更加难受,拱着两只手连连逊谢,眼泪流了满面,说:"父亲文王活了九十多岁,现在你的年纪还不算太老,且不要这样地想。"武王说:"我的儿子诵实在太小,我想他是不会管理偌大中国的,还是你来担任好一点。"周公一定不肯,说:"要是因为商的地方太大,周的镐京僻在西方,不好管理,我们可以想个办法,在东方选择一个适中的地方,建设起来,将来也许可以作为一个国都,就比较容易管理中国。"商量了一会,武王便决定在黄河附近,洛水旁边,建立一个都邑,便派周公去相看地势,打算把殷商的朝歌地方人民搬到洛水旁边来,以免他们将来叛变。

过了几时,武王身体总不见康健,便立长子诵为世子。恰巧太公望前来朝见,报告东边一带,粗粗平定,武王便把太公也留下,和周公、召公一同料理国事。

这时候,周的声教也已远播各处,就有许多很远的小国都来朝贡。东边的肃慎氏(大约现在吉林省地方)来贡一种楛木做的箭,用砮石做了箭镞,有一尺八寸长。西边的旅国(大约现在新疆地方)来贡一种高有四尺的大犬,名叫獒。其他各地进贡的土产,不计其数。这在各地向来受商纣压迫惯了的国家,认为进贡是应该的,只要不过分需索,就算满意。可是在周方面收到这许多贡品,一半自然是高兴,一半却平添了不少忧虑。

很高兴的是什么呢？象肃慎氏的石砮楛矢贡到的时候,武王觉得能够有这么远的地方来进贡,是不可以不留个纪念的,就在箭上刻了"肃慎氏贡矢"五个字,藏在府库里,留给子孙看。

忧虑的是什么呢？像旅国大獒贡到的时候,召公奭就害怕将来周王会因为这异种名犬引起了好奇贪多的野心，或是向各国需索什么特别土产，珍禽奇兽，以致弄到给远方的人民添了许多麻烦，还许把好好的属地搞翻了。便作了一篇《旅獒》来教训武王，劝他千万不要宝贵这种无用的奇异物品。

且说周公看了洛邑的形势，回到镐京和武王商议。还没有商量好建筑的地点，武王却又病了。这次病，和以前几次不同，病势越来越重，饮食不进，王后邑姜和世子诵日夜侍奉，派了许多巫祝到处求告山川，祷祀鬼神，总不见轻减。周人虽不像商那般迷信得厉害，也是有事情就求神告天的。大家思想既然都差不多，有知识的人自然也不能例外。太公、召公两个人便商量着要叫卜人卜一个卦，看看武王的病，是不是还可以痊愈。周公却阻止说："且让我先卜一卜再说。"

原来周公心中另存着一种打算，他认为商刚刚灭亡两年，周的国里一切都没有布置安排清楚，武王是万万不能死的。但是有什么办法可以不死呢？那只有恳求祖先保佑。如果武王的命该绝，也求祖先把武王留下替周办事，周公自己情愿代替武王去死。这种思想在现在看来是很迷信可笑的，但是那时候的思想的确认为一个人的生死都是由天管着，只要天允许他不死，便可以不至于死。

周公有了这种心，便叫工匠筑起坛来。周公沐浴斋戒，穿了礼服，手秉玉珪，恭敬祷祝太王、王季、文王，恳求将自己性命去换武王的性命。只求武王早日痊愈。祷告完毕，便叫卜人卜了三个卦，完全都是上上吉卦。周公看了，心里稍为宽松一点，说："看这个情形，大约王的病还不要紧，这太好了。"便把祷祝的竹策放在一个金縢的匾里，收藏起来。

那时候还没有纸，所有文字最普通的是用漆汁写在竹片上面，叫作竹策。要是文字很长，一片竹策写不了，便写在许多竹策上面，在竹策上端穿了一个孔，用皮条穿过，系了起来，就叫作一册。"册"字的模样，就是表示一根带子穿着许多竹片。祷祝时候，要把祷辞写在竹策上，预备给祖先观看。祭完了，就放在一个匮里面，用金属的东西把它缄封起来，就像现在的铜铰或是铁锁，以免被人开启来看。这种匮子就叫作金縢。

第二天，刚巧武王的病，稍为好了一点，大家都十分高兴，过了几天。武王渐渐可以起坐，便又勉强地料理国政，不料身体太亏，一经操心，又复病倒。这样的病了几次，终于无法医治，撒手而去。

封建社会的统治者，生活是十分豪华的，尤其在死亡时候，要明显地表示出他是属于另一个阶级，和人民不同。这种奢华铺张，在周时候就已经隆重地执行着。一个王的丧礼非常繁重，繁重到不是现在的人所能想象得到。

当时左右侍臣一见武王病危，忙替武王换上衣服，一面拿了一片薄薄蚕丝，放在武王口和鼻的上面，察看还有呼吸没有，这种手续叫作"属纩"。等了一会，知道已经气绝，世子诵便和群臣大声举哀号哭，一面由十二个小臣个个拿了武王常穿的冕服，分头爬上各处屋顶上面，面向北方大声地叫唤："天子回来啊！天子回来啊！"一连叫了三声，又连忙下了屋顶，拿了冕服跑回来，把冕服盖在武王身上，希望武王的魂魄可以跟了衣服一同回来。这种手续叫作"复"。除了表示慎重外，还夹杂着迷信的成分。

复了一会儿，并不见武王醒转来，大家知道是没有希望了，便急急张罗丧事，先抬上一张几，将日常吃的酒醴肴撰排设上面，扶上世子主祭，祭奠完毕，挂上帷幕，然后敲起大鼓，一层一层地传报出去，登时鼓声动地，各处臣工纷纷奔走，三公六卿和留在镐京的诸侯们都飞速穿戴齐整，入宫奔丧，参加举哀。掌管衣服的司服预备送死用的襚襚服，掌管玉器的典瑞预备死人含在口中的含玉，掌冰的凌人预备寒冰，掌酒的鬯人预备香鬯。虎贲卫士执戈提刀保卫王宫，防备有什么意外发生。其他一切官司，个个都上紧地忙碌着自己的职务。

宫里执事小臣急急抬进一个极大的盘来，盘里满满放着寒冷的冰块，这个盘约有八尺宽，丈二长，三尺深。满屋子登时寒气扑人，好像冰窖一般。原来周的制度，天子要七天才能大殓，所以必须用许多冰。大家便将武王尸体连同所睡的床放在冰盘中间。以后就开始预备浴尸。

浴尸时候，大家都暂时退出，只留下贴身服侍的十几个小臣，把被衾举起来，用清水替武王浴身，又用煮过的洗米水来洗头发。沐浴干净了，拭干。鬯人捧上香鬯，把全身涂抹过，剪去指甲，修好须发，换上干净的新衣，共计十二套，上面盖了新的被单，然后请世子进来，跪在尸体前面。祝人捧米和珠的饭珠，世子将饭珠放在尸的嘴里。祝人又捧上含玉，世子也把含玉放在尸的嘴里，填得满满的。祝人覆上了面巾。这时候全宫的人都男东女西地分列左右，大声地举哀恸哭。大家都用麻缕结了头发，脱下半边袖子，袒着臂膊，用手搥着胸口，连连跳脚地大声哭着，这边执事的臣下，便把小敛用的衣服陈列出来。等到许多人都到齐了，许多物品都预备好了，就开始小敛。

小敛前，又举行了一次祭奠，然后替尸体穿上十九套的冕服和常服。礼节完毕，世子又在尸前面哭踊了许多次，才由小臣把尸体移到正堂。每夜都点着烛，照到天亮。司服陈列了一百二十套的衣服，预备大殓。各处诸侯都纷纷送来赠死的衣服，宫廷里满满地排列着许多东西。世子们三天内是不喝水不吃饭只管哭的。三天之外，才可以喝一点稀稀的粥。到了七天，又举行了庄重典礼，把一百二十套衣服一套一套地替尸体穿上。这些衣服都是绘绣五彩的衮衣之类，十分华丽。又戴上冕旒，把玉圭插在带上，一切都装备得尽善尽美，然后入棺。天子的棺木共计五重，最里面的是用水牛皮三寸，兕牛皮三寸合作一个厚六寸的棺。第二重是椸木做的棺，厚四寸。第三重是梓木做的棺，厚六寸。第四重是大棺，也是梓木做的，厚八寸。最后一重是用柏木做的椁，厚一尺。每重棺木都不用钉子钉，只用皮条捆扎结实，漆好了，再放入第二重棺内。五重漆好，需要许多日子，所以天子必须七个月才能埋葬。

在这隆重的丧礼里面，世子王子们只能睡在草苫上面，用土块做枕头，穿着麻衣，下襟是撕裂没有缝纫的，身上也没有纽扣，这种衣服叫作斩衰。住在茅草搭的庐舍里面，吃着稀粥和蔬菜，早晚不停地哭泣，便是夏天也不能沐浴。三个月以后，才许吃饭吃菜果，一年以后才可以吃肉，三年期满，才可以喝酒，才可以穿丝织品。

这样繁重的丧礼，在那时却认为是非常重要的事。宁可把别的重要事情搁下，来全心全意办理丧事，充分说明了那时的君权至上和父权至上。有的儿子吃不消这般折磨，弄得病倒，甚至病死的都有。所以新天子谅阴三年，把政事交给宰相去管理，也一半因为丧礼太吃力的缘故。

当时世子诵才十三岁,这样隆重的丧礼已经够他忙了。许多国家大事,当然只好由周公代理。那时周公任冢宰的职位,和后来的宰相差不多,一切政事都是他一人该管。谅阴时代,又是老例应该摄政的,自然而然,就经管了整个天下政务。

周公是生在统治阶级的家庭里,自小受到的教育,都是忠君爱国的一套,养成了他十分坚强的家族观念。他亲眼看见父亲文王怎样地刻苦创成了周家天下,使他觉得应该辅佐武王,巩固这既得的果实。想不到武王突然死了,许多兄弟又都分封在外,只有他一个人留在镐京。这时商灭亡刚刚两年,一切事情都没有布置稳妥。世子诵又仅十三岁,什么也不懂,还得好好教育他。这一肩担子实在不轻。但是有着强烈家族观念的周公,决心运用他的才智来巩固这一姓的统治权,完成他父亲文王的事业。

首先,他摄行了天子的职务,扶立世子诵成为名义上的周王,是为周成王。又把他自己儿子伯禽叫来陪伴成王,施行教育。遇着成王有了过失,周公使把伯禽痛打一顿。这样,成王虽然没有受到责打,却比责打还难受,就不得不勉力学习,成了一个恭谨勤俭的天子。

政事方面,周公更加积极布置,不因为武王死去而停滞。他极力利用原有的里社制度,组织民众,把人民五家五家地组织起来。每五个家叫作一比,五个比叫作一闾,四个闾叫作一族,共计一百家。五个族叫作一党,五个党叫作一州,五个州叫作一乡。每乡有一个乡大夫,其他,如州、党……都有一个长。由居民中推举出来。他们的资格是年高有德,得到群众拥护的。他们的责任是要懂得各家实在情形,帮助解决困难,办理公共的事业,如教育、争讼等等事件。还要随时传达政府法令,督促办理,响应政府一切号召,选拔各家优秀的子弟,荐给上一层的机关去学习,国家需要什么,只消命令乡大夫一声,马上一层一层地传达下去,就立刻办得清清楚楚。这种制度看起来似乎是民主,但是它是站在统治阶级的立场,一切是为统治阶级服务,无形中就成为帮助统治阶级剥削人民的组织了。

这种严密的自治组织,也推行到了农村各地,使得农民生活有了秩序。春天到了,农人开始耕种田地。这时大多数都是两个人合用一个犁,叫作耦耕,在杨柳依依的明媚春光里,辛苦地工作着。到了中午,家家都由女人或是小孩子送来香喷喷的饭,给农人充饥。年轻的女子便成群结队地采取桑叶,放在筐里,去饲养春蚕。夏天到了,各种蔬菜瓜果陆续成熟,农家的喜乐也就开始。妇女便绩麻、织丝,染成各种彩色布帛。男人便割麦、摘豆。秋风一起,黄金色的波浪布满了田亩上面,农人们都兴冲冲地把种菜的地筑得结实了,割下稻来,就放在这个场地上来晒。晒干了,收进仓库里去。妇女们就用新米来酿造春酒。秋收完了,全家都搬到邑里去住。邑是大家冬天居住的地方,每九个井的人民合住一个邑,大约有八十家的光景。一排一排地盖起房子,两头各有一个邑门,叫作闾。每家一到冬天,都急急忙忙地把自己房子修理好了,用泥土把门户涂得严严密密,不让寒风吹进,在这温暖的家庭里度过严酷的寒冬。

每个邑的人民推举了两个老人管理邑里公共的事情,早上天色微微发亮的时候,这两个老人便起来开了邑门,坐在门旁的房子里,监督着陆续出去工作的人。他们有的出去打猎,有的出去采伐木薪。三三两两结伴同走,在一路上,彼此互相照应着,走上附近山野地方，丁丁的斧头声，和山歌酬答着。一部分打猎的人便蛇行鹭伏地到处钉下兔网雉罗，预备捕捉野兽。还带了弓箭，伏在崖旁树上各种隐僻地方，侦察鹿豕的踪迹。一经发现，便众箭齐发，欢呼追逐，赶到兽窝里，把大大小小的一起捉来。到了天晚，依然陆续回去邑里，带了一天的收获，高高兴兴地进了邑门。手上没有带回东西的，和早上出去太晚的，都要受到老人的盘问，恐怕他是偷懒不肯劳动。那些带得很少的人应该帮助别个带得多的人分拿一点。上了年纪头发花白的人，手里有东西，大家都抢着替他拿着，让他安逸一点。

男人出去的时候，妇女们就在家纺绩，机声轧轧，前后相和，一位老人随时巡行各家，催促她们上紧工作。那些天真活泼的小孩子，便都走到邑的中心一间很大的校室里，由另一位老人教给他们礼节、音乐、射箭、御车、写字、算数六种常识。到了夜里，女人们为了节省灯烛起见，经常合并在一间房子里纺织，往往织到半夜方才停止。

严冬时候，男人们还常常去敲取冰块，藏了起来，预备夏天时候用。女人们便缝制皮裘来御寒。这样忙忙碌碌地整年劳动着。一到过年，大家宰羊杀猪，喝着自己酿制的春酒，弹琴击鼓，祭神作乐，来安慰自己一年的辛苦。他们也和都市里一般地有民众组织，只是名称不同。五家称为一邻，五邻称为一里。四里称为一酂，共计一百家。五酂称为一鄙，五鄙称为一县，五县称为一遂。遂大夫的职务和乡大夫一样。

周是以农立国的，这种生活由公刘时候就已开始。西方地旷人稀，人民有了足够的田地，每年交纳收成的果实，大约十分之一。后来渐渐地需索得多了，农民所得的劳动果实，都得把大的好的献给政府，自己只能留下小的。织的布帛也都得献上去。猎得狐狸也要剥了皮，做好皮裘，奉献上去。原有的社会组织，现在渐渐变了压迫百姓的机构，帮助统治阶级随时征求各种东西，派人民去筑城起屋，偶然有对外的战争，还得供献兵器马匹粮食刍秣。多打几次仗，农田就荒芜了，影响到全年的收成。万一不幸打仗阵亡了，也只是白白送死，并不能得到政府什么照顾。所以农民最怕的就是打仗。不过和以前商统治下的暴虐政治来比较，周还算是宽大的。

可是在东方一带地方，还残留着商代统治下各种势力。周为了巩固统治权起见，便不得不加紧地把周的势力推广到每一个角落去。推广势力的唯一方法，就是封建了。所以周一得到天下，便开始封建同姓的兄弟们和异姓的功臣们做小国诸侯，让他们带了一部分人民去开发新地方，把周的文化散布出去，吸引附近的落后民族，使得附近的人民都受到周的文化影响，渐渐同化了，成为周的势力范围。这好比在围棋盘上，下了许多错落的棋子，又像在一块土地上，撒下几把的种子，自然会慢慢生长起来。在我们现代眼光看去，封建是落伍的。但是依据社会发展的观点来看，封建制度在提高生产、推广文化、加强政权组织、巩固阶级统治等种种方面，都比奴隶制度进步，据说那时候周所封的诸侯七十多国，姬姓的就占了五十多国。诸侯受封时候，周赐给他人民土地，以后每年就应该向周进贡物品。这些物品都是向人民一层一层剥削来的。周要打仗，诸侯就得征派人民，服从周的指挥，去打莫名其妙的仗。

这些诸侯的封建，是随便封的吗？不，周公也是有计划有组织的。他看见商人传位多是兄终弟及，好的兄弟固然不要紧，不好的就要闹出事来。所以商在祖甲以后，大乱七世。无非因为君主的位没有固定传授方法,以致彼此争夺。好在商末后几个君主已经定了传子不传弟的先例。周公认为这是免除争夺的好法子,大可采用。他便规定了王位应该传给最长的嫡子,次子和庶子都不能争夺,但是可以受封为诸侯。诸侯死了,也是要传位给最长的嫡子;次子和庶子只可以在国内做大夫。这样就不致有争夺情事。

天子既然是嫡长子,算是大宗。诸侯是庶子,对天子说来,算是小宗;可是对大夫说来,又是大宗了。所以大夫是由诸侯分出来的;诸侯是由天子分出来的。好比一棵树,由树干分出树枝,由树枝分出叶子。这样骨肉相连,就不怕诸侯反叛天子了。这种封建和大宗、小宗的宗法制度,是由上而下的严密组织,乡遂制度是由下而上的严密组织,这两种组织交互着像藤蔓一般,盘绕了周的统治根基。这样,使周代成为中国历史上最长的朝代。

周的统治权安稳了,可是周公自己却不安稳起来。原来召公奭本是武王庶弟,一向帮助武王,治理国政,现在看见周公公然摄行天子的职务,南面称尊起来。他想人心难测,周的季历,武王都是以弟弟身份代替哥哥接受父亲的君位,现在成王这般幼小,周公也许要学商人办法,接受武王的王位。看周公那般积极办理政事,召公心里更加犯疑,觉得周公这样抢了成王位置,有点对武王不住,未免露出不高兴神气。周公何等聪明,当然会感觉到的。正要想法解释,忽然召公来访周公,说要回去燕国,不愿在镐京耽搁。周公听了十分诧异,便极力挽留。召公只是不允。周公再三盘问,究竟是为了什么缘故?在这般吃紧的时候,合力齐心,还怕保不住周的天下,怎么可以抛开不管?召公才淡淡地说:“因为外面流言太多,不愿意插在里面,所以想离开这里。”周公诧异说:“外面有什么流言?我怎么不听见?”召公说:“你怎么不听见?现在外面已经沸沸扬扬,都说你不久便要真个做起天子,把新王一脚踢开。这些话差不多人人皆知,你怎么还没有听见?”周公听了,只觉得头顶上轰的一声,顿时目瞪口呆,半晌说:“哪有这样的事!哪有这样的事!”正是:

已苦邦家犹未固,谁知骨肉又生疑。

第七回　咏鸱鸮周公诛管叔　戏桐叶史佚戒成王

且说周公当日听了召公一番言语，恰似疾雷轰顶一般，不觉目瞪口呆。暗想当日武王在世时候，原曾要把天下传给我去管理。按着商朝习惯，和以前太伯、王季的故事，我如果真要做起天子，也并不是无可借口。只因自己和武王兄弟感情十分融洽，不愿为了王位引起许多争执麻烦，所以情愿以身作则，立下了大宗嫡长继位的规矩，扶佐侄儿世子诵继立为王。因为他年龄太小，所以不得不替他管理一切。想不到外面竟然有这般谣言，不察我的内心。今天连召公都怀疑起来，别人更不必说，恐怕连小小的新天子也以为我将对他不利。这便如何是好？他想了一会，决定无论如何，必须先把召公留住。自己既已身处嫌疑，迟早必须想法离开这里，召公再要回燕国，朝廷岂不是空虚了？便倾心吐胆地对召公诉说自己绝没有野心，请召公要顾到时局的艰难，千万不要抛弃不管，说得十分恳切，几乎声泪俱下。召公给他这篇诚恳言辞感动了，也不觉拉了周公的手，紧紧地握住，相对无言地沉默了一会。

经过这次谈话，召公对周公的误会是冰释了。只是外面的流言却越来越多，周公弄得实在站立不住，只得和太公、召公商议说："现在外面议论纷纷，好像我要对王有什么不利的行为。这实在太离奇了。大家既然这样不了解我，我实在不应该仍然住在镐京。但是天下新定不久，我也不能抛开一切不管。现在东方一带商的势力还很大，随时有反叛的可能。武王在的时候，原和我说过，最好在洛邑地方建设一个新的都邑，作为东边的国都，以便镇压各处反叛势力。洛邑是全中国的中心，足可控制四面八方。不幸刚刚开始筹划，就碰着武王崩逝的事情，以致我走不开镐京，又把洛邑搁下。现在不如我去洛邑居住，由你们两位管理朝廷政事。好在现在三年谅阴已经完毕，一切政事，由你们两位帮王执行。我在洛邑，一则可以规划洛邑的建设，二则可以镇压各方，三则可以避开嫌疑。这样比较稳当一点。"

二公听了周公一番话，都劝周公不必离开镐京。但是周公为了避嫌，执意不肯，只得由他。这时候成王已经十五岁，周公便替他行了冠礼。

古时男子长到二十岁必须行冠礼，女子到十五岁必须行笄礼，行了冠礼和笄礼以后，才算成人，才可以嫁娶。没有冠笄的，只算没有成人的童子，许多权利都不能享受。天子和诸侯因为要管理国事，也可以提早行了冠礼，最早的大约十二岁就可以行冠礼了。

冠礼是一种庄重的典礼。由童子的父兄做主，请一位贵宾，替童子戴上一顶成人戴的帽子，共计三次，戴过三种不同的帽——第一次是缁布冠，第二次是皮弁，第三次是爵弁。要是天子的话，最后一次就是戴天子应戴的衮冕。戴过三次，然后行了许多礼节，就算冠礼完毕。行过冠礼的人，就可担任一切成人的工作。因为普通男子都是二十岁才行冠礼，所以把二十岁称为弱冠。

周公替成王行了冠礼，命一个祝史名雍的做一篇颂，来祝贺成王成人。周公说："你只要说得明白，不要啰啰唆唆的。"祝雍说："愿王和老百姓亲近，和谗佞的人疏远，对于时间要吝惜，对于钱财要宽惠，亲近贤德的人，任用才能的人。"这样的祝辞，可算十分明白简单了。

成王既然行过冠礼，伯禽便也代替周公去鲁国就封，称为鲁公。周公对于伯禽平素管教得十分严紧，伯禽除了常常替成王挨打之外，自己也是常常挨打。周公的最小弟弟名封，称为康叔封，有一次和伯禽一同去见周公，见了一次，伯禽就受到一次责打。一直责打了三次，封实在看不过了，便和伯禽商议说："我们去见了王，也去见了周公，都是十分小心的，一点也不敢乱说乱动。为什么每次还要挨打？要怎样才可以不打？这真把我闹糊涂了。"伯禽苦笑着说："我已经被打得惯了。是我的错也打，不是我的错也打，我真不知怎么办才好。又是自己的父亲，躲也躲不开。"封说："我听说，这里有一位贤人，名唤商子，很有道德学问。我们不如去请教请教他，也许他会指教我们。"伯禽恍然大悟，说："你所说的商子是不是就是那位商高，我父亲常常和他讲论算学的一位算学大家？他能用勾股开方的方法算出天有多高和日月怎样运行，叫作'周髀'算法。"封摇摇头说："这倒不晓得。我只知道商子住的地方，离这里不远。既然他的学问这样好，我们去问问他，大约不会有错。"当下两人商议定了，便一同备了贽见的礼物，去拜访商子。原来那时的习惯，要去见一个人必须带了礼物去，称为贽。这礼物并不太重，夏天是一束肉脯，冬天是一头雉鸡，大夫是一头雁鸟，卿是一只羔羊，完全看本人等级而定。主人受了贽礼，等到客人走的时候，仍然把贽礼还他。只有臣下献给国君的贽礼，卑幼献给尊长的贽礼，是不还的。当时康叔封和伯禽一同乘车去见商子。那时候乘车是站在车上的。为了防止倾跌，车的前面安了一根横的木板，作为扶手，名为轼路上设使遇到应该致敬的人或物，便用两手扶在轼上，低一低头，表示敬礼，称为式。

他们到了商家，叩一叩门，有个童子出来，问知来意，便请他们回自己家里，说："商子不敢当两位来见。请两位回到家中，商子应当上门拜访。"这种客气话，是当时的一种礼节，对于初次见面的人必须来这一套的，叫作礼辞。

康叔封和伯禽当然熟悉这种礼节，便也依礼回答说："我们不敢劳商子枉顾的，请许我们进去拜见。"童子依然回答说："商子不敢当这般重礼，一定请两位回到家里，商子就登门拜见。"这种第二次辞让，叫作固辞，也是一种礼节，并不是真的不肯见。

康叔封和伯禽也依礼回答了一次，童子进去回报又出来说："既然固辞了，不蒙两位允许，敬当出来相见。听说两位带了贽来，这是不敢当的，请辞。"康叔封和伯禽说："我们没有贽是不敢来见的。"童子又固辞了一次，康叔封和伯禽也依礼固请了一次。到了第三次，童子出来说："既然固辞了，不蒙两位允许，敬当出来相见。"说毕，一位须发斑白的老者就来到门外相迎。宾主对拜了两拜，主人就请康叔封和伯禽进门，也逊让了三次，方才进门。那时堂下是有东西两个阶的；主人是走东边的阶，叫作阼阶，客人是走西边的阶。商子到了阶下，就请康叔、伯禽上堂。康叔和伯禽逊让了一会。商子登了一层阶级，康叔、伯禽也登了一层阶级。到了堂上，已经布了两张席在地上，东西相向地铺着。商子让他们俩坐在西边的客位，自己坐在东边席上。那时坐的方法，是把两腿向后弯着，好像跪的样子，端正地坐在自己的两脚脚跟上，叫作危坐。

坐定了，康叔便说了一些敬仰的话，然后把自己求教的意思说出，请问有什么方法可以使伯禽免受责打。商子听了，沉吟了一会，看了伯禽一眼。只见他头戴玄冠，上服缁衣，下服素裳，容貌端肃，态度庄重，坐在席上，如同玉山一般，十分正直。商子暗暗点头，明白内中道理，回想了片晌，觉得不便明说，便向他两人说："量我一个老朽，有何才能，两位这般虚心请问，我实在不知道应当怎么说才好。我是退闲田野的人，别无所知，只是常在山间林下，领略天然美景，见过不少嘉木名花。在这边南山上面靠近山阳的地方，有一棵大树，名叫做乔。我想先请两位前去观赏一番如何？"康叔、伯禽见商子对他们请问的事并不回答，却说出这般没要紧的话，不知是何意思。欲待推辞不去，又怕他藏有什么玄机，只得诺诺连声。商子说："两位观看过了，仍请来到这里谈谈。"两人听了，更加摸不着头脑，只得答应说："我们应当来请教的。"说完又请问商子关于伯禽的事，商子只是不说，却再三请他们去看乔树。两个人没有办法，只得辞了出来。商子早已命童子把他们的贽还了他们，两人也依礼辞了三次，然后收回贽礼。上了车，伯禽唯恐被打，就向康叔商量，天色还早，率性就到南山去看乔树，看看究竟这里面有什么道理。康叔也给这哑谜闷在心里，巴不得早点打破才好，便立刻叫御车的人，望南山出发。一路都是农田，稻子像黄金一般，迎风荡漾。树木参差，沟渠交错。许多农人都在田里一面工作，一面唱着农歌。两人到了山下，便下了车，步行上山，由小路向着山南走去。起先倒不觉得难走，后来越走路越不平。怪石嵯峨，树木茂盛，却不知哪一棵是所说的乔。转过山径，一道小溪，流出清澈的水。水里有许多小小游鱼，十分活泼。溪上一棵大树，树身大得两只手抱不过来。树皮又粗又老。枝柯都十分粗大，向上伸出，好像一个巨人向天伸出手臂一般。上面长满了青翠的叶子，还结了许多种子。伯禽不觉失声夸赞道："好一棵魁梧的大树！"康叔说："这不知道是不是乔，能找一个人来问才好"伯禽指道："那不是人来了？"康叔顺着方向一瞧，果然一个童子，挑着两捆枯柴，正由那边走来，连忙唤住了他，借问这棵树是什么名字？童子说："这棵有名的大树，就是乔树。这一带许多树，就算它最大。"说毕，仍然挑着柴走了。

康叔、伯禽一听童子说这就是商子所说的乔，便睁大了眼睛仔细地前前后后观察一番。这树很像柏树，雄伟地矗立着。庞大又臃肿的树身，向上伸展着坚强的枝干，好像骄傲地仰面冷笑。他们俩看了一会，想不出什么道理。康叔说："我看这树十分雄伟魁梧，别的却看不出什么？你有什么意见么？"伯禽摇摇头说："我也看不出什么，还是去问商子吧！"他们便寻路下山，仍然到了商子家里求见。商子迎接他们进来，动问见过乔树没有。两人同声应说："见是见了，但是不知看了这树，有什么道理，请解释明白。"商子听了，微微一笑，说："两位既然已经看过乔了，请你们明天再到南山山阴去看有一种名叫梓的树木。看了之后，我们再慢慢讨论。"

两人听了，真不知商子的葫芦里卖的是什么药，只得告辞出来。回到家里，天色已晚，胡乱地过了一夜。刚刚天亮，伯禽就来找康叔，一同乘车去南山寻觅梓树。

走了许多路，才到山下。御车的人指道："前面那棵树就是梓了。"原来古时认为梓木是百木之王,所有建筑,大半都是用梓。种梓特别多。因此山阴有许多梓树。当时康叔、伯禽一听前面就是梓树,连忙展开眼睛细细观看。只见梓树叶子像桐叶一般,树身半俯着,枝条很软,有点下垂的模样。看了一会,也想不出什么道理。便回车去拜访商子。不多一会,到了商家,仍然进内求见。商子接了进来,便问两位既已见了梓树,有何高见?两人回答说:“我们资质愚钝,虽然已经看了两种树木,还不明白其中道理,仍请指教明白。”商子说:“这两棵树是可以代表两种人。乔木枝干上扬,仰面望天,可以代表一个为父的态度。梓木树身俯着,枝条垂下,非常谦抑的样子,可以代表一个为子的态度。你若是能把这两种树木的样子,仔细地比较一番,就可以懂得为子的道理了。”两人听了,恍然大悟。连忙再拜,谢商子的教训。那时的坐,既然是危坐,所说的再拜,也不过把身子向前连俯两俯,和现在的鞠躬差不多。

次日一早,伯禽照例朝见父亲周公,一进门来,就低下头来,不敢仰视,很快走上堂来,恭恭敬敬地朝着周公跪下。那种谦退降抑的样子,好像自己渺小得很。周公看见他和平日那种平坦的态度,大不相同,知道一定受了什么人的指教,便摸摸他的头说:“你见过了哪一位君子吧?”伯禽恭敬地回答说:“见过了商子。”周公点点头说:“商子真是一个君子。”

这个故事流传下来,后人就用“乔梓”两字来称人家的父子。这种乔仰梓俯,父尊子卑的观念,就是封建时代最标准的家族道德思想。

伯禽既然受过这般教育,现在就封鲁国,自然一切遵依周公命令。周公恐怕他一旦为君,骄傲起来,便在他要走的时候告诉他说:“我是文王的儿子,武王的弟弟,现在王的叔父,算起来不贱了吧!但是我洗一次头,总得三次停洗,把头发匆匆地握在手中,先去办要办的事。我吃一顿饭,也常常三次把含在口里还没有咽下的饭吐了出来,先去接见要见我的人。我这样地尽心接待天下的贤才,还怕贤才不肯到我这里来。你这次到了鲁国,千万不要自高自大地以为自己是贵人了,就骄傲起来。”伯禽顿首受教,就起身到鲁国去了。

周公把一切事情办好,便辞别了成王和太公、召公,起身赴东边的洛邑居住。仍然忙碌地料理许多政事。又把《周易》拿来研究。根据汉代人传说,《周易》自从文王作了六十四卦的卦辞以后,已经很完备了。只是每卦都有六个爻,各爻的意义不同。周公便在每爻下面个个加上几句解释,叫作爻辞,使得《易》的义理更加明白。因为卦辞是文王作,爻辞是周公作,他父子俩都是周的人,所以这部书称为《周易》。

这时候,周公不利于成王的谣言非但没有止息,而且日益加炽。这谣言究竟从哪里来的呢?原来不是别人编造,却是周公自己嫡亲哥哥管叔造的。周公的长兄伯邑考,因为去救父亲文王,给纣杀了;次兄就是武王;第三就是管叔鲜了。管叔才干很好,常常帮同父兄做事。在文王时候,就已经参加政务。因为他能干,所以武王派他去监视武庚,把东边重任完全付给他。镐京偏在西边,许多地方管理不到。武王自己又多病,只得把最相信的弟弟周公旦留在身边,帮助料理。在武王心中,认为许多弟弟都是一家人,各人担任些工作,共同把天下搞好,就是正理。但是因为周公多才多艺,仁厚宽和,武王觉得将来能够把整个天下弄得太平安乐的,只有周公一人,可以担负这种重任,所以把辅佐成王的事情交给他。周公也为了成王太小,不得不接受这个重担。可是管叔心中就不这样想了。他觉得伯邑考死了,王位落到武王身上。现在武王死了,王位也应该轮到自己。要是武王传给成王,也就罢了,偏偏又由周公摄政。管叔是个哥哥,反得听弟弟的命令。而且周公究竟是不是真心辅佐成王呢?也许弄假成真,就这样地公然做起王来,那岂不是太不公平吗?他心里存了这样思想,就觉得周公处处都是借了成王为名,来压制自己。心里越想越不服气。偏偏蔡叔度是周公的第四哥哥,对于周公摄政,也和管叔心理一般,认为周公有意撺掇武王把他们两个预先派出外边,以便周公自己留在镐京,好篡王位。心里好生气闷。不过他胆小一点,还不敢有什么表示。这时候武庚受封殷地(河南省汤阴县)为侯,虽然仍然祭奉商王的宗庙,却受三监的监视,一点不能自由。想起当年全盛时代,何等赫奕威风。现在落得这般下场。巴不得周有了什么内乱,才好恢复商家基业。好容易盼到武王死了,又碰着成王年小,正是一个绝好机会。一班商家老臣,便到处想法,勾结邻近各国,图谋兴复。无奈周公摄政,一切都办理得井井有条,太公、召公同心辅佐,并无一隙可乘。忽然打听得管、蔡二叔怏怏不平的消息,连忙设法极力挑拨。管叔、蔡叔更加愤怒,相信周公内心实在是要篡位的,完全为了抵制管、蔡,才抬出成王来做一个幌子。越想越不甘愿,便决心把周公的秘密揭破,让大家都知道周公存心不良。这样一来,镐京就沸沸扬扬地传说了许多流言,渐渐也传到了成王的耳朵里。成王心里也不免有点动疑,不敢相信周公真的没有贪图王位的心,却又不好说出口来。现在周公自动地离开镐京,正合成王的心怀。

却说周公抱着满心委屈到了洛邑,渐渐查出这种流言乃是由管、蔡两国传布出来。这时候周公心里十分难过,想自己一胞兄弟,反受了外人利用,造作流言,天下如何还能太平?便派了使者去见管叔、蔡叔,请他们到洛邑相会,以便剖明心迹。不想管、蔡二人一见周公到了洛邑,便暗暗怀疑他是存心要和管、蔡两国过不去的。一听周公来请,更加大吃一惊,知道周公一定已经晓得他们造作流言,要是到了洛邑,恐怕凶多吉少。这时候两人势成骑虎,进退两难。恰好武庚派了使者来见管叔。管叔只得召见。使者叩头说道:“殷侯派小臣前来报告秘密消息。闻得周公离了镐京,来到洛邑,是要惩办造作流言不服命令的诸侯。殷侯自从受封以来,日夜小心,不敢有分毫过错。一切行动,都在各位眼中。不幸现在有许多小人造作谣言,使得周公动怒,要加殷侯重罪。因此前来叩求做主。若得无事,必当重谢。”

管叔听了,更加一重心事,便问使者说:“你怎么知道周公要加你主重罪?”使者说:“这次周公来到洛邑,就是要严刑大诛不服的人。昨天有个消息,要叫殷侯去洛邑朝见。殷侯不敢不去,又不敢就去。生怕到了洛邑要被杀害,所以来求左右做主。”

管叔听了这一篇话,证实了周公对他有不利的计划,忽然报说蔡叔来了。管叔连忙接他进来,一同商议。那蔡叔也是心中忐忑,又听了武庚挑拨,特来找管叔商量。两人商议结果,还是不要轻入虎穴,只各守国内,叫武庚也不去洛邑,谅周公奈何不了我们。一面派人通知霍叔,不要去见周公,免得受罪。霍叔接到通知,莫名其妙,不知他们兄弟是何缘故不和。既然双方都是哥哥,也不便多管闲事,便真的不去洛邑朝见周公。武庚一见管、蔡中计,心中暗暗欢喜,便联络了徐戎(安徽省泗县)、淮夷(淮水一带)、奄(山东省曲阜市)等,预备同时举事。

周公见管、蔡不来洛邑,知道他们已经别有心肠。又探得东方许多国家,都蠢蠢欲动,到处危机四伏,随时可以爆发战争。只得尽力布置一切,训练兵马,预备削平叛乱。管、蔡探得周公厉兵秣马的情形,准知是要对自己示威,也只得准备军马,收拾弓刀。双方剑拔弩张,都在积极预备。武庚方面自然也结合了许多商的残余势力,来帮助管、蔡,希望乘机得一点便宜。

这时候周公的地位困难极了,内面成王对自己不了解,外面管、蔡是自己胞兄,也对自己不了解。假使打起仗来,天下人也不一定懂得自己的心。要撒手不管,周的天下一定要崩溃的。可是周公一整顿军队,成王心里更加疑忌起来,觉得周公这般尽力扩充势力,岂不是存心要篡夺天下?这样越弄越糟,周公更加无法辩白。他苦心焦思,总得把成王搞明白了才能安心对外;否则也许当他竭力和外人相持的时候,成王却在里面弄了什么花样,那不糟了!便做了一篇《鸱鸮》的诗,差人送与成王,希望成王明白自己的心。它说:

鸱鸮鸱鸮,(鸱鸮啊!鸱鸮啊!)
既取我子,(你已经把我的小鸟儿取去了,)
无毁我室,(不要再毁坏我的巢吧!)
恩斯勤斯,(我满心恩爱是为了它,我勤劳地工作也为了它。)
鬻子之闵斯!(因为这巢里还有必须抚养和怜爱的幼鸟儿啊!)

迨天之未阴雨,(趁天气还没有阴晦下雨的时候,)
彻彼桑土,(赶快去制取桑根的皮,)
绸缪牖户,(来包裹缠绕我巢上的隙洞。)
今女下民,(现在树下的人,)
或敢侮予。(还有敢欺侮我的吗?)

予手拮据,(我的手不停地工作,)
予所捋荼,(我尽力去获得野草,)
予所蓄租。(我把它储蓄起来。)
予口卒瘏,(我的嘴都啄破了,)
曰予未有室家。(因为我还没有弄好我的巢。)

予羽谯谯,(我的羽毛都落了,)
予尾翛翛。(我的尾巴毛都稀了。)
予室翘翘,(我的巢还是没有弄好,)
风雨所飘摇,(风风雨雨吹打得飘摇不定。)

予维音哓哓。(我只有迫切地悲哀地叫着。)

这是借了一个鸟的嘴来说,把武庚比做鸱鸮,把管、蔡比做亲爱的小鸟,给鸱鸮捉去了。把周的国家比做鸟巢。

成王接到这篇诗,读了以后,知道周公是说明他不能不理这番的祸变,希望成王了解。他心里很受感动,但是对于周公究竟有没有篡位的意思,还是不敢十分相信。

秋天到了,镐京一带,农田遍野,稻子一穗穗像黄金一般丰满地垂着,农夫农妇个个都是兴高采烈的,专等收成。周是最看重农业的,现在《诗经》里面还保存着许多为了收成丰富而祭祀祖先的诗歌。有一篇名叫《良耜》的,近人郭沫若把它译成白话文,它说:

畟畟良耜,(坚利的好犁头啊!)
俶载南亩;(今天开始耕上向阳的田,)
播厥百谷,(准备播种百谷。)
实函斯活。(耕得真是深而且阔啊!)
或来瞻女,(有人来看望你们,)
载筐及筥。(背起篼子,提起篮子,)
其饟伊黍,(送来的是小米饭,)
其笠伊纠;(戴的笠子多别致啊!)
其镈斯赵,(男子们的锄头加劲赵起来,)
以薅荼蓼。(加劲地在薅杂草了。)
荼蓼朽止,(杂草肥了田,)
黍稷茂止。(庄稼茂盛了。)
穫之挃挃,(割起来喊喊喳喳地响,)
积之栗栗;(堆起来密密栗栗地高。)
其崇如墉,(高得像城墙,)
其比如栉,(排起来像梳子的齿,)
以开百室。(成百间的仓库都打开了。)

百室盈止,(成百间的仓库都堆满了,)
妇子宁止。(大大小小的眷属都没有担心的了。)
杀时犉牡,(把这黑嘴唇的大牯牛杀掉吧,)
有捄其角。(它的角是那么弯弯的。)
以似以续,(好拿来祭祖先,)
续古之人。(祈求福泽绵延。)

还有一篇叫作《载芟》的,它说:

载芟载柞，（除草根，拔树根，）
其耕泽泽；（耕地的声音泽泽地响。）
千耦其耘，（有一千对人在薅草呵！）
徂隰徂畛，（薅向平地，薅向坡坎，）
侯主侯伯，（国王也在，公卿也在，）
侯亚侯旅，（大夫也在，强的弱的，）
侯强侯以。（老的少的，一切都在。）

有嗿其馌，（送饭的娘子真是多呵！）
思媚其妇；（打扮得多漂亮呵！）
有依其士，（男子们好高兴呵！）
有略其耜，（犁头是风快的呵！）
俶载南亩，（今天开首耕上向阳的田！）
播厥百谷，（准备播种百谷，）
实函斯活。（耕得真是深而且阔呵！）

驿驿其达，（呵！陆续地射出禾苗来了，）
有厌其杰，（先出土的冲得多么高呵！）
厌厌其苗，（苗条真是聪骏可爱呵！）
绵绵其麃。（不断地还在往上标呵！）
载穫济济，（收获开始了，好多的呵！）
有实其积；（好丰盛的收成呵！）
万亿及秭。（囤积成整千整万整十万石的粮。）
为酒为醴，（拿来煮烧酒，拿来煮甜酒，）
烝畀祖妣，（奉祀先祖代代，）
以洽百礼。（使春夏秋冬的祭典没有尽头。）

有飶其香，（饭是那样的香，）
邦家之光。（酒是那样的香，）
有椒其馨，（真是国家的祥瑞呵！）
胡考之宁。（人人的寿命都要延长。）
匪且有且，（不但是现在才这样，）
匪今斯今，（不但是今天才这样，）
振古如兹。（从古以来一直都是这样呵！）

由这些诗篇里面，可以看出农人对于收成丰盛是多么地热烈希望。今年稻子这样的好，是多少年来所没有的，当然更加高兴了。这些农人眼看着不多几天就可以割到满仓满屋的稻，个个都是笑嘻嘻的，连成王和公卿大夫也都十分欢喜。

忽然天上起了一片淡淡的阴云，把太阳盖没了。大家还都不以为意。不多工夫，一大片黑云露出了。它变幻着很快地由西边蔓延到东边，好像大队黑色的船在天上驶着，冉冉地穿过了许多地方。同时旁边的灰色白色的云，也都变幻着各种式样。这时候惊动了几个老年的农人，根据着他们已往的经验，大声嚷了出来："糟糕，天要变了，要刮风了！"一霎时，黑云布满了天，狂风大起，呼呼地刮着。接着就是一声震天撼地的雷霆，雨点像瀑布般倾泻了下来。一阵阵狂风，把雨吹得扑进屋子窗户里去。树木都东颠西倒地颤抖着。吓得许多农民叫苦连天，眼看满田满路积雨像河水一般，田里的稻谷都给风打得倒在田里，淹在水中。一年的心血登时化为乌有，白白地空欢喜了一场。许多妇女们都忍不住哭了起来。但是那狂风暴雨毫不留情，仍然大逞威风，猛挥迅扫地不停刮着。只听得不断的哗啦哗啦的声音，一棵一棵的大树都连根地拔了起来雨水像喷泉一般，一阵阵狂飞乱泼。那些不坚固的房子，也都墙倒瓦飞，满屋漏水。农民除了抱头哭泣，唉声叹气之外，还有什么办法呢！

这时候周成王和太公、召公以及许多大夫，都吓得手足无措，不知道用什么方法来挽救这人力难施的天灾。大家都聚在一处商议，相信这一定是上天震怒的缘故，但是不知什么事情做错了，会使天这般动气。只有叫卜人来卜一个卦，看看是什么缘故。大家商议定了，便由成王带头，全体公卿穿戴礼服，衣冠济济，到了存放卜辞的最神圣屋子里，开启以前的匮子，查看从前所卜所做的事情，有没有违反上天的意思，以致天怒。开了金縢一看，里面各种卜辞，并没有什么特别，只有周公请求替武王死的竹策，是大家都不曾知道的东西。

成王拿起竹策，读了一遍，诧异得很，便交给太公、召公去看。二公看了一会，也觉得十分奇异。因为周公以前只说替武王卜卦，并没有说到替死，这件事大家全没有听过。彼此面面相觑，不知这事情从何而来。待了一会，便召唤掌管卜卦的卜人，掌管金縢竹策的祝史，和一切有关的执事人员。成王正色地问他们，这竹策从何而来？里面所说的话，是真是假？诸人同声回答说："这是那年武王病重时候的事情，完全是真的。"便将那年周公如何如何祈求替死的事情，从头到尾述说一遍。说完，大家又都不约而同地叹气着说："这件事，我们本不该说出的，因为当时周公是千叮万嘱地叫我们不要说。今天王亲自来问，我们才不得已说出来。"

成王听到这里，不觉眼泪簌簌地掉下，拿着竹策哭泣了起来，说："不用再卜了！不用再卜了！这就是今天老天爷动怒的原因了。当初周公为了国家，受尽千辛万苦，勤劳王事。我年龄幼小，不能明白清楚。现在老天大动威怒，来表扬周公的道德。我只有立刻去迎接周公回来，以赎我以前糊涂之过。"说着哽咽不止，便把竹策收起，即刻备车，冒了大雨，亲自去迎接周公。据说那时成王出了镐京，风势便转了方向，把已经吹倒的稻扶起了。雨也渐渐停止。太公、召公忙命国人把倒下的大木扶起，筑得结实。一霎时云收雨止，天色放晴。禾稼仍然毫无损坏，大获丰收。农民个个都破涕为笑。

本来狂风暴雨都不过一两天的。风势一顺一逆地吹，也是常见的事。这都不是什么稀奇的事情。不过事情碰得凑巧，那时又是迷信神权的时代，就认为真是老天的意思了。古时君臣之间,很是难以相处。周公借了金縢的事情,得到成王觉悟,就成为一段后人羡慕的佳话。后来魏曹植有一首《怨歌行》专咏这件故事。它说:

“为君既不易,为臣良独难。忠信事不显,乃有见疑患。周公佐成王,金縢功不刊。推心辅王室,二叔反流言。待罪居东国,泣涕常留连。皇灵大动变,震雷风且寒。拔树偃秋稼,天威不可干。素服开金縢,感悟求其端。公旦事既显,成王乃哀叹。吾欲竟此曲,此曲悲且长。今日乐相乐,别后莫相忘。”

成王觉悟来接周公的消息,早有人飞报周公知道。周公听了,又悲又喜,连忙乘了车赶快回到镐京。一路上车驰马奔,如飞地望西直走。走到半路,恰好迎着成王来接的车驾。两人一见面,都激动得说不出话来,只是互相紧紧地抱着流眼泪。从此两个人的内心,再也没有一点隔膜。成王和周公一同回到镐京,仍然请周公管理国政。

这种消息传到管叔耳朵里,不免大大恐慌起来。他这个时候已经和周公立在敌对地位,无法和解。周公一回到镐京,便可以用天子的旨意来支配他,岂不是十分危险?他到了这时候,无路可走,只有和武庚联合着抵抗周公的势力了。这在武庚方面,自然正称心怀。蔡叔、霍叔也因为没有去见周公,心里惴惴不安,都和武庚接近起来。

周公一到镐京,便把管、蔡和武庚行为报告给成王知道。管、蔡要是没有和武庚结合的话,那不过是他们和周公兄弟之间,闹出意见,这还容易解决,大家也不一定就帮着周公。无奈他们棋差一着,无故地投入了武庚方面,以致变成商、周的存亡生死问题,成王和太公、召公以及周的臣下人民都不得不站在周公方面。大家都主张要立刻迅速地去讨伐,别让他们养成势力。便由周公用了周王名义,向各国诸侯和公卿大夫、百官人民发布了一篇讨伐殷的告示,说明必须东征的理由。这篇演讲名为《大诰》,诰里只说殷的残余势力图谋蠢动,却不提到管、蔡。因为管、蔡究竟是自己一家兄弟,总希望他们可以改过。发表《大诰》以后,周公便带了一支军马,仍到洛邑,相机进剿。

这时候,武庚的党羽徐戎、淮夷、奄都纷纷响应武庚,还有熊盈族(长江一带)十七小国也和武庚联合,声势很是浩大。管叔、蔡叔虽和武庚联络,不过是惧怕周公加害他们,并没有叛周的思想。武庚也知道他们本是兄弟,要他们弃亲投疏,背周向殷,是很不容易的。便想了一法,派遣了一个能言会语的使者,来见管叔。管叔召入。使者叩见礼毕,便对管叔说:“听得周公已经回到镐京,重新执政。君侯的祸一定不远了。”管叔假装不明白的样子说:“为什么我会有祸?我们是兄弟,没有什么关系。”使者说:“上次周公来到洛邑,曾经召见君侯。如果要按兄弟来说,周公是弟,君侯是兄,周公为何不来见哥哥,反要君侯前去见弟弟?其中必有道理,只瞒了君侯一人,没有知道罢了。周公要篡王位的话传遍了镐京,许多人都说是由君侯这里传去的,难道周公听不见?他听见了就不怀恨君侯么?既然怀恨,召见君侯,又召不来,他就算了吗?他如果没有篡位的心,新王也不算小,公卿很多,为什么还要他摄位?就算需要人摄位,也是君侯最长,理合由君侯摄位才是,为什么会轮到他?以他现在的势力,尽可干脆自立为王。所以不敢自立的,就是怕君侯在外,主持正义的缘故。因此不得不假意拥立新王,借了幼小天子的幌子,来除不和他有碍的人物。等到他的所忌的人完全除灭以后,连新王也要受他的除灭了。现在君侯就是他第一个畏忌的人,他一定要想法来对付君侯的。

殷侯因为不忍看见君侯一位仁厚友爱的人，上了周公的当，所以特地派下臣来，请君侯留心。”

管叔听了这使者的花言巧语，句句都说到自己心坎上，觉得很是有理，便问他说：“殷侯究竟是什么意思，你何妨明说？”使者说：“殷侯自问无罪，蒙武王大仁大德，赐封殷地，一向并无过失。现在周公因为君侯是监视殷侯的人，要想借了殷侯不忠为名，来加害殷侯，好连带把君侯和蔡侯、霍侯一网打尽，以便他安稳篡位。殷侯不能坐受诛戮，也不忍看见武王的儿子新王受周公的迫害，决定联合各国，自卫国土。也许周公看见风头不对，不敢图谋篡位。即使他有何举动，我们也可以互相救援，不致受他屠割。不知君侯意下如何？”

管叔听了，觉得所说十分有理，自己若能拥有一部分势力，足可和周公抗拒，也许周公害怕，不敢篡位，总比束手任凭宰割强得多了。想了一会，便答应和武庚合作。使者回复武庚。武庚大喜，连忙亲自来见管叔，并且约了蔡叔同来。武庚对他们再四解说，必须整顿兵马，力图自卫。自己安全，周王也可以安全，不致受害。这样才是报答武王恩德之道。万一周公出兵来攻，大家必须合力抵御。并且向镐京宣布周公谋篡的罪状，把周公打下台来。那时再由管叔、蔡叔双方夹辅周王，各国才有平安日子。

管叔、蔡叔听得武庚所说的话，句句有理。蔡叔胆小，只图自保没事，还没有说什么。管叔本来就自负才干，不肯屈居周公之下，登时拍着胸脯，一口担承，将来若是在周执政，决不加害各国，必须使人人都享安宁，各无祸患，才是父亲文王哥哥武王的本意，绝不像周公这般包藏祸心。大家订约已毕，管叔便派人去通知霍叔，叫他预备兵马，一同起兵。霍叔的胆子比蔡叔更小，他又闹不清管叔为何和周公过不去，觉得两边都是哥哥，帮谁也不好，还是不要得罪吧，便含糊答应，却不动兵。

武庚是一个十分聪明的人，所封的殷，又是商的本土，人民受商统治了几百年，脑筋里都种下了愚忠的思想，又见武庚本是王子，现在只落得小国为侯，还得受周监视，不能自由，大家都动了同情的心。每逢武庚出游，大家都围着观看，指指点点说：“这就是商王王子。要不是因为他父亲做错了事，也是一个天子，何至弄到这般！”个个叹息地谈论着。武庚抓住这一点人心，益发做出十分小心谨慎的样子。一面散布谣言，说周公存心要灭亡殷商，正在寻找武庚的事。这样，就把战争的责任，完全推在周公身上，使得人民对他更加怜悯。看看时机成熟，武庚便卜了吉日，举行禘祭。那禘祭是一种天子祭天的典礼，祭天时候同时也将最尊的祖先配了来祭，是许多祭礼里面最伟大庄严的。商的臣子个个按照原来职位，前来助祭。笾豆一排排陈列着。牺牲玉帛，一切齐备。威仪济济，钟鼓喤喤，仍然按照当年全盛时代的礼节隆重举行。许多老臣官吏一到了这种威严庄重的地方，个个心里都发生一种难以形容的感触。一时祭礼开始，乐队唱起颂诗来，颂扬商先祖功德巍巍，怎样地开疆辟土，造成了伟大国家，怎样地爱护人民，怎样地受到各国的爱戴。这在先前不过一种歌功颂德的赞美诗歌。现在听起来，却感到事过境迁，不堪回首。这时商的子孙臣下参加祭祀的人，没有一个不觉得刺心一般地难过。一个个都黯然垂下头来，眼睛里一阵辣辣的，勉强支持着行完祭礼，大家都凄然不乐。武庚便趁这机会，留住大众，且慢散去。一同来到聚会地方，由武庚涕泣诉说："周公已经出兵，要想进攻殷商，把商彻底灭绝。想商代建国几百年间，从来没有什么大罪大恶。我父王虽然有许多不好，以前由契到成汤、武丁许多君主，也曾尽心替人民做事，难道丝毫都没有好处？你们祖先父兄都是商的臣下，怎忍袖手旁观，坐看商家宗庙毁坏，子孙灭绝？便说我个人，就有过失，也还不到灭族亡国的重罪。今天还能祭祀祖先，将来怎样，就很难说了。"说着就放声大哭起来。商的臣子人民，一听这般言语，大家都动了悲愤，众口同声地大叫起来，说："我们都是商的子民，如果周要灭亡殷商，除非把我们完全杀死才行。周公敢派兵来，我们情愿誓死抵抗。肝脑涂地，在所不辞。"登时一倡百和，大家纷纷议定，拥戴武庚起兵，恢复商家天下。一面分头去各国运动联络，一齐动手。那时东方本来残留很多商的势力，尤其蜚廉所带的象队，一向镇守东夷，并未撤退，更是猛悍。为了要报儿子恶来的仇恨，当然首先响应武庚。

且说周公统领了周的军队，由镐京出发东征，到了洛邑和各处军队会合。探子报知殷、管、蔡、奄各国，已经公然起事。就中奄国最是强悍，和从前纣的猛将蜚廉结合，攻击鲁国。周公听了，还没有答话。又一个探子来报，徐戎、淮夷和南方的熊盈也都蠢蠢欲动，恐怕要加入战事。原来周公儿子伯禽所封的鲁，正夹在奄和徐戎中间，现在奄、徐戎同时叛乱，鲁可能受到攻击。周公便连忙派人飞报伯禽，迅速准备。又怕伯禽不是徐、奄敌手，便又飞报召公速催太公回国，纠集了齐国兵马，和伯禽互相呼应。并且由召公做主，发出特许的命令，许太公可以攻伐不服的五侯九伯各国诸侯。东方布置好了，周公自己便专心来对付武庚、管、蔡。

果然不出周公所料，奄国和徐戎同时并举，全力猛扑鲁国。鲁国城门紧闭，危急十分。鲁公伯禽督促人民，共同守御，极力支持。那时伯禽所封的鲁，因为是周公的封国，所以有统辖附近七百里各小国的权力。各小国也都出兵前来帮助伯禽抵抗徐、奄。伯禽便在费地约束军队，合力反攻，成了相持的局面。

这边周公迅速进兵，先来进攻武庚。武庚手下军队虽然不多，却都是死心塌地不顾性命的。战了几次，丝毫不得便宜。管叔和蔡叔又都接济了许多军器粮食，更加难以取胜。看看相持了几个月，双方死伤不计其数。战事还是一进一退，一胜一败，没有决定的局面。周公心里十分着急。不觉秋尽冬来，天气渐渐寒冷。周公一面派人回到镐都，催促输送寒衣，以免军士受冷。一面传令整顿兵马，进攻殷都。

原来商人有饮酒的习惯，家家都爱把酒当作汤水来喝。那时还不知道饮茶，日常只是喝水。既然以酒当水，自然常常喝醉。到了天气一冷，更喜欢饮酒取暖。这种风俗，已经流传多年，周公深知情形，所以就冒冷进攻。果然武庚军队，战了一场，不论胜败，总是大喝特喝，直至大醉方止。这时候周公继续进军，商兵士都在醉乡，不能抵抗，就大败了一阵，只得逃进城去。周公督率军队，奋勇攻城，商兵也尽力守御。无奈他们好酒成癖，一有空暇，便端起酒来狂喝。夜里守城，更要喝酒御寒。一经入口，便喝个不休，把军机大事，统统放在脑后。还要狂呼大喊，或哭或笑地撒起酒风来。这种习惯，不但军士，连领导的人也都免不了。不多几日，就给周公找到机会，攻破了城。武庚带了亲信臣下，逃出城去，望北方远走高飞，走到半路，被周兵追上杀死。

周公破了武庚，安民已毕，立刻移兵去打管、蔡，一面派人去叫管叔、蔡叔前来。这时管叔、蔡叔正巧接到武庚败逃的消息,两人大吃一惊,忽又听说周公派人来叫,管叔恨恨地说:“他这时候叫我,绝没有好意,我不能对他认罪服输。我国里还有一些兵马,我情愿和他再打一仗,见个输赢。”蔡叔说:“我们精锐的兵马已经都派去帮助武庚,国内剩下不多,恐怕打不过了。还是认个晦气吧!谅周公旦总是我们兄弟,也不好把我们真个怎样。”管叔听见蔡叔已经软了下来,心里更加动气,忽又报霍叔差人下书,忙唤入细问。使者叩头说道:“寡君霍侯派小臣前来告知,以前因为受了殷侯的欺骗,不听天子命令,不到洛邑朝见,也不出兵跟随周王军队征讨各国,以致得罪天子。现在寡君自己知道罪重,已经亲到周公军前领罪。蒙周公念兄弟之亲,不加诛戮,现在已经回国待罪。请两位君侯,趁早回头,不要执迷不悟,周公宽宏大量,必定不计从前的事。君侯务必三思。”说毕又复再拜。蔡叔听了,看着管叔不发一言。管叔听说霍叔已经前往认罪,直气得怒发冲冠,又看见蔡叔这般情形,知道他已经心动,不觉长叹一声,半晌默然。等了一会,对蔡叔说:“你既然愿意投降,这是各人的事,我不便勉强,你也不必管我好了。”说毕,拂袖而入。

蔡叔看见管叔这般情形,知道他心高气傲,不肯认输,自己又不敢跟他一般行动,真是左右为难。只得先把霍叔使者打发走了,自己想了一会,委决不下。忽报前方军队已经大败回来,蔡国已被周公军队围困,就要打入国都,蔡叔更加惊慌无措,忙进去和管叔辞别,打算回国投降。谁知管叔早已悬梁自尽,宫内哭成了一片,惨不忍闻。蔡叔也不觉号啕大哭,哭了一会,勉强劝止众人,预备棺殓。忽然又报周公军队已经到了城下,蔡叔弄得手忙脚乱,不知如何是好,只得连忙率了臣下和管叔的儿子一同到周公军中投降,泣诉管叔已死,把事情都推在武庚身上。周公听说管叔身死,兄弟之情,不免也流下眼泪。便把蔡叔留在军中,叫管叔儿子回去,棺殓管叔,好好埋葬。人既然死了,一切都不必说。一面进城安民已毕,另派人员暂时看守地方,把管叔的妻儿送回镐京,做个平民。蔡叔也流放到郭邻地方,管制他的行动,只许他有七辆的车,其余一概没收。霍叔革去国君的职位,做个平民;三年之后,没有过失,才许他回国仍做霍侯。管、蔡两个国,由周另派人管理。一切处分完毕,休兵三天,重行往东攻伐淮夷、熊盈。

且说成王在镐京,有召公佐理国政,倒也安闲无事。一日,成王的同母弟弟名虞,进宫朝见。虞是邑姜最小的儿子,也是成王最小的弟弟,成王十分怜爱,常常一块儿游戏。朝见完毕,就在院子里散步谈心。这时候正是天高气爽的时节,院子里乘凉说话,很是适意。小弟弟年纪固然很小,成王却也不过十几岁。平素做着天子十分拘束,难得有天真自在的游玩时候。当时谈了一会,忽然一阵微风,簌簌地掉下许多梧桐叶子。成王微微点点头说:“秋风到了。我记得以前伯禽在这里的时候,也常常和我捡桐叶玩。现在,他是在前方打仗了,不知道这几天打得怎样。”

小弟弟听见说到伯禽就笑了,说:“他现在不玩梧桐叶子了。他现在玩刀玩枪了。不,即使他不打仗,他手里也是拿着玉珪,也不拿梧桐叶子了。”

成王也笑了,说:“乖弟弟,你羡慕玩刀玩枪吗?你羡慕玉珪吗?好的!”说着就低头捡起一片梧桐叶子说:‘这就是玉珪。你看,它多么翠绿得可爱啊!碧油油的,还没有变黄,最温润的翠玉也不过这样。这是天然的绿玉珪。我现在赐给你,你也拿在手上,算是我封给你的。”说罢,笑着把梧桐叶子塞在小弟弟手上。

小弟弟果然学着秉珪的样子,用双手把梧桐叶子当胸拿着,和成王嘻嘻哈哈地笑了一阵,便拿了叶子笑着走了。

成王看见弟弟走了,一个人坐着无聊,想要回到宫内休息。刚刚走进宫内,宫侍报说史佚来请朝见,成王忙命召进。史佚端整衣冠,趋到阶下,再拜称贺说:“臣闻今天我王封王弟虞为诸侯,臣的职务是专管记事的,请求宣示今天封的是哪一个国名,臣好记上竹策。”成王听了不觉脸上发红,连忙说:“今天我和小弟弟玩,偶然捡个梧桐叶子,说句笑话。并没有封他做诸侯的事情,你弄错了。”史佚说:“我王身为天子,出言就是圣旨,史官就把它记在竹策上面。一切礼节都要按着王的话来定,一切乐歌都要依着王的话来唱,所以天子是没有一句戏言的。我王既然说过封小弟弟的话,就应该真封他。”成王听了,只得弄假成真地封弟弟虞做唐侯,后人称他为唐叔虞。

唐叔虞受封之后,真个做起国君来。却巧唐(山西省翼城县)地那年五谷丰登,田禾大熟,其中有一棵奇异的禾,两个禾本,合成一个禾穗,好像连理一般。农人大家都觉得十分奇怪,便把它掘来,献给国君唐叔虞。叔虞收了这棵嘉禾,也觉得非常奇异,便又把它献给成王。成王收到嘉禾,想起那年风雷的事情,一个大熟的年,几乎弄到颗粒无存,现在唐地又复大熟,这种嘉禾出现,可算一种祥瑞,但是想到一向受屈的周公,现在还在辛苦地征战,心里很不过意,便叫唐叔把这禾送到前线,赠给周公,算是上天赐给周公的祥瑞,一半也算问候周公安好。唐叔奉命,果然把嘉禾老远地送去。周公一见成王派了最亲爱的小弟弟千里迢迢地送来一棵嘉禾,这真是礼轻意重,不知表示出多少的爱心。而且这棵嘉禾里面,包含着无限意思。他真感到便是再辛苦一点,也是值得。

这时候,太公正帮着伯禽和蜚廉大战。蜚廉原是以跑得快出名的,可是打仗的时候,一个人跑得快,并没有多大用处。蜚廉所靠的不过他的象队,在刚练好的时候,曾经帮他打平东夷。但是现在隔了好几年了,那些象死的死了,老的老了,已经没有以前厉害了。太公又是老将,韬略非凡。打了多时,蜚廉竟然没有得到一点便宜。还亏奄国实力很强,还可勉强招架。不想周公攻灭武庚,军威大振,全师移到东方,和齐、鲁两国夹攻。奄慌了手脚,只得分头迎敌。伯禽趁势从后面掩杀过来,把奄国地盘占了,蜚廉也给周公的伏兵杀败,群象陷入伏兵中间,不是打死打伤,便是被捉。蜚廉只得往北逃走,不料逃到半路,伏兵四起,把蜚廉包围在东海旁边,连带领的一些兵士都完全被杀。

蜚廉既然死了,残余的象队也就消灭。奄国失了这支强兵,无力再战,国土又被伯禽占去,只得率众投降。周公回师讨伐徐戎、淮夷和熊盈等十七小国。这些国家的兵力都远不如武庚、奄国,一见武庚、奄都已失败,怎敢抵抗,都纷纷纳款投降。周公便分别他们罪状的大小,个个给他适当的处分。那些平日虐待人民的国君,都依法办罪,另将国土改封有功的人为君。这次东征,共计费了三年光阴,灭了许多国,也封建了许多国,使封建的制度向前推进了一步。只是商国遗民很多,难保将来不再起事。周公再三筹划,便将殷地的人民悉数搬到洛邑去住,剩下不能搬移的农民,派了最可靠、最亲信的胞弟康叔封去管理，改国名为卫，封康叔为卫侯。又访知商的后代子孙间，微子启算是最贤的。他本是帝乙长子，纣的胞兄。当初帝乙曾经要想立他为太子，只因他是庶出，太史苦谏，才立了纣，以致弄到亡国。微子和比干、箕子都因苦谏的缘故，或死或囚。微子逃回本国，不问国外事情，商民至今还在纪念他的贤德。周公为了遵依商人民的愿望，便把商邱地方封给微子，国名为宋，爵为上公。许他仍用商代天子的礼乐，来祭商的先祖；来朝周的时候，周当他作贵客看待，不算臣子。这样可以使商人的心有所寄托。一面又再三嘱咐康叔务必将商地酗酒的习惯，彻底改革，再有犯的，严厉办罪。

这样煞费苦心地一一筹划好了，周公方才奏凯回到镐京，成王、召公们欢迎和高兴自不消说。周公觉得这次出征所以能够成功，完全是士卒大众的艰苦奋斗得来，他们这样劳苦功高，应该特别表扬才是，便做了《东山》的诗，来慰劳他们。它说：

我徂东山，（我去东方打仗，）
慆慆不归。（许多日子都没有回来。）
我来自东，（我由东方回家，）
零雨其濛。（一路上又冲着蒙蒙的细雨。）
我东曰归，（当我在东方时候，一提到回家，）
我心西悲。（我的心就悲伤极了。）
制彼裳衣，（我虽然穿了军队的服装，）
勿士行枚。（但是我从此不再做打仗的准备了。）
蜎蜎者蠋，（蠕蠕的野蚕，）
烝在桑野。（在野外的桑树上面爬着，）
敦彼独宿，（好像孤孤单单的我，）
亦在车下。（在车的下面睡着。）

我徂东山，（我去东方打仗，）
慆慆不归。（许多日子都没有回来。）
我来自东，（我由东方回家，）
零雨其濛。（一路上又冲着蒙蒙的细雨。）
果臝之实，（栝楼结的瓜实，）
亦施于宇。（盘旋在我的房子上面。）
伊威在室，（小蠹虫爬满了我的屋子，）
蟏蛸在户。（小蜘蛛网满了我的窗户。）
町畽鹿场，（我屋子旁边的空地，踏满了野鹿的足印。）
熠耀宵行。（萤火虫也闪烁地飞着。）
亦可畏也，（这样荒凉的景象太可怕了，）
伊可怀也。（可也是很可思念的地方呵！）

我徂东山,(我去东方打仗,)
慆慆不归。(许多日子都没有回来。)
我来自东,(我由东方回家,)
零雨其濛。(一路上又冲着蒙蒙的细雨。)
鹳鸣于垤,(水鸟在蚁穴上面叫着〔因为它知道要下雨了有蚂蚁可吃了。〕)
妇叹于室。(我妻子在房里叹气着〔她想到天阴雨了,路上更要辛苦了。〕)
洒扫穹窒,(她就把屋子打扫清净,把鼠穴塞得严密。)
我征聿至。(预备着等我回来。)
有敦瓜苦,(累累的苦瓜,)
烝在栗薪。(蟠结在栗树枝上。)
自我不见,(我没有看见它,)
于今三年。(已经足足三年了。)

我徂东山,(我去东方打仗,)
慆慆不归。(许多日子都没有回来。)
我来自东,(我由东方回家,)
零雨其濛。(一路上又冲着蒙蒙的细雨。)
仓庚于飞,(仓庚迅飞地飞着,)
熠燿其羽。(它的羽毛是何等的光耀呵!)
之子于归,(爱人嫁来了,)
皇驳其马。(驾着花驳的马呵!)
亲结其缡,(她妈妈替她结上美丽的手巾,)
九十其仪。(经过了许多隆重的仪式。)
其新孔嘉,(新婚是这样地美满,)
其旧如之何?(那已经结婚的,久别重逢应该怎样地高兴呢!)

这诗慰劳得胜凯旋的军士,可算很能体贴人情,描写出出征军士热烈渴望回家的心理,所以算是名作。

周公回到镐京,把朝廷大事规划清楚,又选择了日期,在岐山山阳地方,由成王会集各国诸侯,隆重地举行了大蒐的典礼,把所有甲兵车马仔细地检阅过,然后耀武扬威地操练一番。这是周初一个极盛的大会,也是成王亲自行使天子职权的第一次大会。

但是岐山究竟偏在西方,对于东方各地还嫌过远。周公为了巩固政权的长久打算,又计划在洛邑营建东都,先派召公去查看上次周公所看的地方是不是合宜。看好了,再由周公问卜决定了两个地方,还画了图给成王观看,这个图恐怕是最古的地图了。

计划决定以后，才建设起来。一个是在涧水的东边，瀍水的西边，名叫王城，作为朝会用的。一个是在涧水和瀍水的东边，名为下都，是给殷的遗民住的。两个地方相离不过四十里，合起来名叫成周。

周公一向苦心焦思，就是要想使周家基业巩固。商代的根基很坚，人民受商统治许多年，一旦叫他们服从周的统治，很不容易。周又是僻在西方的一个小国，管理中原偌大地方，交通十分不便。因此，周公先极力封建同姓兄弟和有功的臣子做诸侯，把他们分布在东西南北各处，把周的文化思想慢慢浸渍到各个地方，吸收和同化许多落后民族，成为一体。一面又把商的原有势力分散，陆续把各族殷民分配到各国居住，也搬了大部分到洛邑来，住在下都地方，集中管理。所剩的贫寒农民，又派康叔严密地管理。这样，商的势力便根本铲除，周的王业也渐趋巩固。再把成周建设起来，成为东都，这是全国的中心，各地方前来朝贡，道里平均，没有路程太远的弊病。周控制天下的力量，也容易达到各方。这就是武王和周公要建设洛邑的本意。

洛邑既然是周控制天下的中心，当然要建设一个完美的各国朝会的会场。于是便建设了一个宏大宽敞的明堂，专供朝见各国诸侯之用。这明堂中间有五个大室，四面有四个宽大的堂，可以容得许多人众。建设下都、王城、明堂等等，都是叫殷民去工作的。这些被搬来的殷民，有许多本来不是奴隶，甚至他们一向是不肯服从周的，现在却要他替周建设，心里都十分不愿意。周人虽然百般督促，他们却总是有气无力地劳动着。急得连周公们都将他们叫作“顽民”，并且还屡次地诰诫他们，再三说明是殷自取灭亡，并不是周敢占夺殷的天下。这些言论有许多都还保留在《尚书》里面，像“洛诰”“多士”“多方”，等等都是。

成周建设完毕，周公的心方才放下，便将政事交还成王自理，并且定期在成周大会各国诸侯。成王再三辞让，要周公再代理下去，但是周公认为成王年龄已经长大，理应自己掌管国事，一定不肯。最后决定，由成王在成周大会诸侯。会毕，留周公在成周管理东方各国的事，成王回到镐京，由召公帮助成王管理西方的事。从此周公、召公一东一西的分治，就成为周代的习惯。

这时候，蔡叔看见周公真个把国政交还成王，并没有篡位的心；想到自己当初和管叔无故多心，惹出许多祸来，不觉又愧又悔，渐渐得病。他的儿子蔡仲，很是明白事理，周公因为蔡叔有罪，不便宽赦，心中当然也很难过，便把蔡仲叫去，在周公自己的采邑里做个卿士。

原来周的制度，天子自己所管辖的地，叫作王畿。王畿以外的地方，封给诸侯，个个建立国家，有大有小。王畿以内的地，由王封给王的公卿大夫，每人一块小地方，叫作采邑。采邑以内的农民纳租，就算是这个大夫的薪水。采邑以外的农租才直接归给天子，作为全国用度。这种制度，是因为那时钱币流通不多，还没有用做官吏的俸给，只能每人给他农田，让他自己去管。周公自己在文王时候已经在周受封采邑。这个采邑的地名也叫作周，所以称为周公。现在虽然长子伯禽已经封在鲁国，但是周公本人还在周做三公，仍然享有采邑的收入，所以周公命蔡仲在周邑里面做自己的卿士。做了一时，周公观察他的行动，十分谨慎小心，忠心职务。想他本可继袭蔡侯地位，因为父亲蔡叔一念之差，弄到这般地步。兄弟之情，不免觉得怜悯。不觉过了几年，蔡叔病殁。周公便把蔡仲性情行动，告诉成王知道，带他来见了成王，仍封他做蔡侯，命他回国去把国事料理清楚，也来参加成周大会。

大会的日期还没有到，远处南方的地方却有个越裳氏前来朝贡。据他自说是经过了许多翻译，才能达到中国。他的言语和中国大不相同，风俗习惯也不一样。有的人说，在以前尧的时候，越裳氏也曾来过中国。他来献的东西，是白的雉鸡。周公听说这么远的地方前来进贡，便说："我们恩德没有加到的地方，不应当享受人家的贡品；我们没有力量去帮人家的忙，就不应该拿人家的东西。"叫有司们把白雉还给越裳氏使者。越裳氏使者看见远远地送来，却不肯收受，不免大失所望。便由翻译转达说："我国离中国极远，还隔了一个海。在这三年内，海水平静无波，风调雨顺，五谷丰登。我们国里年纪高有见识的人都说：这般的光景是许多年没有过的，恐怕是中国出了什么圣人吧！所以才派了我们，不远千里地迢迢来到这里，并不是有什么希望，只不过观看中国的伟大壮丽，好回报国王就是。"周公听了他这般说话，只好把白雉收下，烹煮了来祭祖先。那时把东西来祭祖，就是贵重它的意思，并且表示这是祖先的功劳，才得到远人归服。同时厚赐使者。但是使者因为路太远了，已经认不清怎么走回去。周公便造了指南车，派人送他回去。据古书里面说：他们一直走到扶南林邑（今越南占城）地方，靠海边又走了差不多一年，才到他自己的国。送的人回到中国，所坐的车，原用铁来做轮，一来一去，铁完全磨完了。这种传说究竟靠得住靠不住，没有人能够知道。越裳氏的真正地点，也没有人晓得。有的人说：就是现在越南地方。史学家张星烺说：它是古时亚述国，那时亚述人所穿衣服都长得出奇，下垂到地，所以中国人称他为越裳。要打越南，走到亚述大约也得一年的光阴。总而言之，越裳是一个极远的国家。

越裳氏之外，也还有无数很远的国家前来朝贡的。不多时，成周大会的日期已经到了，各国诸侯都纷纷由各地启程，来参加盛会。周天子也驾了玉路，鸾铃锵锵，护卫如云地由镐京启驾，到了成周。各官司预先布置，指定各国在明堂排列的地点。这时候中国文物已经十分优美，礼乐文物，更不是一千年前大禹涂山大会可比。所以这次大会，更加盛大得多。据说开会时候，坛上张着赤色的帟幕，羽旄护拥，周成王站在南面正中，冕服端正，左边有唐叔、周公等，右边有太公等，都站在成王旁边。堂下的左边，站着商的后代宋公，就是微子启，和夏的后代夏公；堂下右边站着唐尧的后代唐公；和虞舜的后代虞公。阼阶南边，预备了诸侯临时患病中暑须要医药治疗的地方。以外就环列着各国诸侯，按照爵位的高低，地方的远近，一一排列。台外张了许多赤色帐幕，作为诸侯休息地方。当时各近地诸侯都按着周的制度，穿戴冕服；那僻远的地方，服装就色彩各异，所贡的东西也都是十分特别。如：义渠的贡品是一种动物，名叫兹白，形状很像白马，可是会吃虎豹，厉害得很。央林是贡另外一种动物，名叫酋耳，形状很像虎豹，尾长三尺，也会吃虎豹。还有西申是贡凤鸟，犬戎是贡文马，青邱是贡九尾狐，仓吾是贡翡翠。还有许多奇怪的国名和奇怪的贡品，说也说不完。究竟是真有许多国家呢，还是越传越多呢，现在我们也无法查考了。就是所贡之物，有些过于神奇也难叫人相信。我们只能说一句，那时成周大会的确显出了周朝的极盛国威，是非常伟大的盛会。正是：

化行封建三千国，运启文明八百年。

第八回　莽莽周原狐鼪寻故寝
滔滔汉水鱼鳖葬雄师

周成王在成周大会诸侯,是周初一件极大的典礼。在这个会里,把各国诸侯按着公、侯、伯、子、男五等的封爵,依照次序排列。爵位越高的诸侯,天子封给他的地方也越大,进贡的东西也越多,自然这国的国君所穿的和所吃的一切东西也都更加奢华。以下的卿、大夫、士、平民,也都分成无数不同的等级。任何等级对于在他上面的等级都该服从,天子就踞着最高的地位,统治着整个天下。这就是封建制度下等级社会的情形。

周公总结了许多年流传的繁碎礼节,来维持统治阶级的尊严。一切衣服器具,交际往来,都有极细极密的礼仪制度,所以那时有一句话说:"礼仪三百,威仪三千。"可见礼制仪节的多了。统治阶级脱离了劳动,把精力和时间用在这般繁碎的礼节上;那从事生产的农、工们却又没有工夫去研究礼节,而且还在实际生活上受了礼节的限制和损害。因此,封建社会的礼,是完全脱离了群众的为统治阶级所利用的工具和装饰品。

当时成周大会已毕,成王把夏禹所铸的九鼎搬到洛邑来,自己仍回到镐京去,留下周公在洛邑管理一切。周公恐怕成王年少不免偷懒爱舒服,便作了一篇《无逸》,教训成王,叫他要知道农民的艰难辛苦,要学习以前商代几个贤王和周的文王那般克勤克俭不贪安逸,懂得怎样爱护人民,才可以长久享受王位;不劳动爱享受的王,永远不会有好结果的。又做了一篇《七月》的诗,述说从前公刘住在豳地方,怎样的耕种农田,怎样的辛苦缔造国家,让成王知道这样伟大的事业是由农民劳动得来的,要十分勤劳,才配保守祖先的基业。这《无逸》和《七月》都是周公作品里面最精彩的,它表示出周公对民间疾苦的了解和纯朴真实的文风。

周公又帮了成王制定周的官制。最大的官是太师、太傅、太保,叫作三公,是专门辅佐天子讲论国家政策的。以下是少师、少傅、少保,叫作三孤。再下来就是六卿:冢宰管人事,可以进退百官;司徒管地方行政;宗伯管礼乐;司马管兵马;司寇管刑法;司空管工程建设。这六卿各有许多属下的官吏。现在有一部书叫作《周礼》,记载周的各官十分详细。有人说这部书就是周公写的,有的人说不是。

这时候通货的需用也多了,太公望便制定了九府圜法。九府是管理钱财的九个机关,圜是圆形方孔的钱。自从九府圜法施行以后,贝壳便渐渐废止,只用布帛金钱来做交易的媒介了。那时因为布类是人民喜爱的日用品,常常做交易的媒介,所以把钱的名字也叫作布。有的铸成刀子的模样,也叫作刀。现在还有许多周时候用的布和刀遗留下来。

周到了这个时候,真是如日初升,十分兴旺。充满了家族观念的周公,可算十分圆满地达到了他的愿望。他尽了平生的能力推行封建制度,一步一步地巩固了周的统治权。到了晚年，回到丰的地方，得了病，渐渐沉重，将要死的时候，告诉他的几个儿子说："我要是死了，你们一定要把我埋葬在成周地方，表示我不敢离开王的旁边。"说完这最后的嘱咐，便咽了气。

成王接到周公去世的报告，回想起周公以前种种功劳，十分悲伤。的确，在武王去世的时候，商刚刚灭亡不久，三监、武庚、徐、奄各国都在蠢蠢欲动，成王又不过十几岁的小孩子，懂得什么？亏得周公仗着他的政治才能和谋国忠勤，扑灭了许多敌人；用了封建制度，把姬姓诸侯散布天下，作为骨干；用了宗法制度，把各国和它的子孙紧紧地联系在一块，像骨干上傅着筋肉；再用乡遂制度，把民众组织起来，像细胞一般，包着筋骨；最后，还有礼法像血液般流遍全身，使各方面都受它的支配。周天子就像脑神经一般地在镐京指挥一切；洛邑更好比心脏，踞在身体的中央，来统辖各地的贡献和朝见。这样严密的封建制度，使姬姓一家享有八百年天下，成为我国历史上最长久的朝代，保存和发扬了人民所创造的灿烂辉煌光芒万丈的文化。这在姬姓家族方面来说，周公的确是一位忠臣孝子，何况他还把这样完美的天下双手送还成王呢！当然成王在周公去世时候，要竭力想法来报答他了。

当时成王含悲对群臣说："周公功劳这般大，又是我的亲叔父，我怎么敢当周公做我的臣下，应该把他埋葬在我祖父文王的墓边才对。他是文王的儿子呀！他完成了文王、武王的伟大事业，应该葬在文王、武王旁边。"说着回想到当初自己轻信流言，以为周公要想篡夺王位，感到无限内疚。其实周公那时就真个做了周王，也不算什么，现在早证实了他当初并没有这心，自己反而觉得十二分惭愧，十二分地对不起周公。想起他居东的时候，想起他给自己《鸱鸮》诗的时候，心里真是又酸楚、又悔恨，决心要用最隆重、甚至天子的礼来报答他，便把周公也谥做"文"，称为周文公，并用了最隆重的典礼把他埋葬在毕原地方周文王的墓旁。

原来周代有一种礼，叫作谥。在上古时候，无论帝王都只有名字，生前死后，都用同一名字。到了后来，便觉得称呼已死的王，不大方便。祭的时候直叫他名字，似乎不太客气了。所以商的时候，就用每个王的死日的天干来称呼他，不再叫他的名，表示恭敬。自从上甲微以后，一直这样地称呼着。如果都是甲日死，就改变甲上的一个字，来分别，像上甲、孔甲、祖甲等等。到了周时候，更加严重地分出了等级，件件事情都要增加礼貌和文彩，觉得天子的名字，也得加上好听的饰词才好。所以周公就做了谥法，在每个天子死后，就给他一个代名，这代名是根据他生前为人的好坏来定的。譬如武王，因为他有灭商的武功，在他死后，谥他为武，后人就不叫他为周王发，而叫他做周武王了。文王因为发扬文化，谥他为文，后人就不叫他周姬昌，而叫他作周文王了。现在成王因为周公对于文化也有莫大的贡献，所以也谥他为文。后来谥法渐渐推广，各国诸侯也都有了谥，甚至大夫也有谥。这种谥法一直流传应用了几千年，成了特殊阶级的记号，到了辛亥革命才跟着清朝一同消灭。

至于周公所埋葬的地方，就是现在陕西西安西北的咸阳原，这地方就是周时候的毕原，是一个宽阔平坦而又高燥的高原，东西长二百多里，南北宽十几里。过去这上面是一片茫茫黄土，满目荒凉。无数狐狸鼯鼪，跳踉出没在长得和人一般高的蓬蒿乱草中间。一个人影也没有，只有黯然无光的日色照在累累荒冢上面。其中有一座不大规则的长方形土堆，大约三丈高，前面一个巨大石碑，刻着“周文王陵”四个大字。陵后是周武王陵，再后一点往东北就是周公的墓，大小也差不多，墓前也有一个石碑，刻着“元圣周公之墓”六个大字，是后人立的。邻近还有周成王和他子孙许多王的陵墓。

且说成王隆重地埋葬了周公以后，忆念他替周家创造基业的功劳，便在每年夏天六月的时候，用了祭天子的礼在太庙祭祀文王的同时，也祭祀周公，称为配享。并且准许鲁国用祭天子的礼节和音乐，来祭周公的庙。周公长子伯禽世世子孙袭位做了鲁侯。周公的第二个儿子君陈也做了周的卿士，管理东都成周的事情。以后君陈子孙世世留在周，永远做周的卿士，享受周公的采邑，也称为周公。又封周公其余六个儿子，做六个小国的国君，以报答周公的功劳。封建时代的统治者，就是以这种世世受封、永远袭职的方法，来奖励有功的臣下。

太公望不久也死了。只有召公帮着成王，在兴盛安定的时代里做了三十多年的天子，一切依照周公定好的规则去做。召公也竭力劝诫成王要勤政重农，倒也太平无事。一天，正值盛夏时候，天气晴明，成王久居宫中，也觉烦热，偶然动了游兴，便和召公一同到野外游玩。一行车马出了热闹都城，心目便清爽了许多，渐渐绿树四合，蝉声断续地高唱着。前面一个很高的陵阿，芳草纷披，野花乱发，成王便下了车驾，步登陵上，居高临下，眼界十分宽敞。只见四围都是连绵不断的青翠树林，桑麻遍野，一望青青，不觉烦热全消，遍身凉爽。陵阿旁边生了许多不知名字的香草，也有正在开花，也有已经结实，绿叶参差，翠条婀娜，一颗颗紫的红的草实，像珍珠一般，错落掩映。清风徐来，五色交颤。有趣得很，赏玩了一会，信步徐行，走到一处拐弯地方，正是这陵的屈曲所在，恰巧对面吹到一阵南风，凉飕飕地由曲折的地方回旋宛转着吹来，拂过了陵阿一带的蘅芷香草，杂着一丝丝芳馨的气味，似兰似麝，别有一股说不出的清香，吹得个个肌凉神爽。成王不觉赞道：“好风！好风！这样好所在，真该做一首诗才好。”这位召公奭诗才敏捷，思想清灵，登时便作了一首《卷阿》的诗，朗诵了出来，音调和谐，美到不能形容，词句又十分壮丽，并且在歌颂里面含着规诫的意思；成王和许多从游的公卿屏息凝听了一番，个个都赞不绝口，倾心佩服。召公是这般一位有才有德的人，所以他能够在周公死后帮助成王，把周王的地位弄得安如泰山。

过了几年，成王抱病，垂危的时候，自己知道不起，便勉强扶病召见了召公、毕公们，嘱咐他们要好好地辅佐世子钊，遵依文王、武王遗留下的教训，勤俭爱民。这篇言语由史官记载下来，名为“顾命”。后世把帝王临终嘱咐的话称为顾命，就是这个缘故。

成王嘱咐了顾命以后，第二天就死了。召公因为周公摄政时候受到管、蔡的猜疑，自己便不愿依例摄政，马上迎接世子钊即位，是为周康王，公卿大臣都按礼朝见，从此天子谅阴三年由冢宰摄政的制度就废止了。

召公又辅佐了康王许多年，方才病死。他的寿年很高，所以古代彝器铭文里每有“召公寿”一类的祝词。康王也赐他谥为召康公，也由长子世世袭封为燕国的国君。次子留在周，世世做周的卿士，也称为召公。和周公后代一般，永远地辅佐周天子，管理周的政事。

康王时代也是周十分兴旺的时候,据说那时刑法差不多都不必用,因为没有犯罪的人。这样的太平时代由成王到康王,大约有四十年光景,后人称它为“成康之治”。它是封建社会所最崇拜最歌颂的“黄金时代”。

康王死后,儿子昭王瑕即位。他是一位聪明秀美的少年,又当周全盛时代,八方献贡,万国来朝,正是封建极盛时候。他便整顿武力,发扬文化,把周的势力一步一步地往外发展。特别是南方一带,还有不少蛮族,不曾服从周的命令。昭王命将出征,先后讨平许多小国,自己也常常御驾亲征。那时南方小国,都是地小人寡,怎当得周的兵力?自然所到成功,兵威大振。一连讨平了大大小小共计二十六国之多,武功煊赫,彪炳一时。四方各国无不震恐,可算得十分志得意满。

周到了这时候,真是兴旺到了极点,也就是说封建的制度达到成功的时候。但是这种制度是由剥削人民来达到巩固上层统治的目的。当它初起代替奴隶社会的时候,因为它是比较进步的,所以受到人民欢迎。等到它自己剥削面目暴露以后,也就要走上没落的道路。

且说鲁国自从伯禽受封以来,因为是周公后代,周天子恩礼极隆,比起其他国家,都显得风光体面。又蒙赐用天子礼乐来祭周公,而且周天子身边第一位亲信的卿士,就是周公次子的后代,骨肉相连,亲密无比,历代鲁侯都十分安富尊荣。周昭王时代,鲁国正是幽公在位。幽公有个弟弟名叫公子溃,在鲁国做了一个大夫。

封建社会里等级区分是十分严密的,大夫享用穿戴,和诸侯大不相同,一点也不能通融,就和诸侯对于天子一般,丝毫不能含混。公子溃和幽公虽是同胞兄弟,自小同坐同行,一到幽公做了太子,一切衣服礼节,就比公子溃高贵许多。这位公子溃赋性刚强,心中常常不平,但是上有父母,只好敢怒不敢言。后来幽公做了鲁君,更加相差得远。每次朝见,和群臣一起行礼,他心中怏怏不乐,便生了篡位的念头。

幽公即位不久,便到镐京朝见周王。公子溃要求跟同前往,幽公允许了他。一路上各国听见鲁侯来到,个个礼敬有加。到了镐京,周天子接见赐享,礼节十分隆重。公子溃看见幽公这般体面,自己如同跟班仆人一般,又羡慕,又气恨,决计要把哥哥地位抢来。从此以后,公子溃不惜重金,结交勇上,只等机会到来。

过了许多年,果然被公子溃找到一个机会,暗暗派了勇士把幽公刺死,自己立为鲁侯,假说幽公是得了暴病身死,来瞒哄众人。周昭王虽然也听到一点闲话,却因为公子溃已经立做鲁侯,不愿戳穿他的内幕,也就含糊过去。从此周朝封建的面具被揭破,礼教再也不能阻止人们的争权夺利。先前以为分清等级,可以阻止野心,现在却变成诱惑人去实行抢夺的美饵。

昭王在位多年,各国进贡的珍奇宝物,自然不少。单说有个很远的国,进贡了两名美人,一名延娟,一名延娱,都生得窈窕纤柔,能歌善舞。昭王十分宠爱,常常使她俩在身旁轮流挥扇,左右服侍。那时周天子春秋已经很高,国事都是周公、召公帮同料理。各国倒也循规蹈矩,依例朝贡,只有南方楚国都在丹阳(湖北省秭归县)倚恃路远,常常不到。昭王便下令尅期出兵,讨伐楚国。

那楚国原是鬻熊的子孙,在南方也算强国,邻近各小国都很怕他。自从昭王灭了南方许多小国,陆续把地方封给姬姓,做了诸侯,楚的党羽越来越少,心中本就不十分高兴。那时诸侯中间,习惯是以姬姓为贵,一切礼节,都得先让姬姓。楚是姓芈的,算来和周异姓。许多姬姓国家,按照习惯,自然都看不起楚。楚更加怀恨,因此便不愿来周朝贡。

昭王刚刚决定出兵,周公和召公便来谏阻说:“楚国路远民贫,所贡不过一点土产,无甚用处,不值得轻动大兵,远涉汉水去攻伐它。望王收回用兵的命令,先派使者前去晓谕楚国。若能使楚国知道它的罪,不是省许多事吗?”

原来周封建的制度,越近的诸侯,地位越高,贡献的东西也越多。越远的诸侯,地位越低,贡献也越少。楚既然是南方很远地方,所以只封他做子爵,是五等爵里面的第四等。他进贡的东西不过是一种三角形的茅草,名唤菁茅,出产在长江淮水一带,算是楚国土产。不过表示一点进贡的意思,并没有什么价值。周收到了菁茅,既不能吃,又不能穿,毫无用处。但是封建时代,对于祖宗祭礼,十分重视。各国进来贡品,都得献上祖庙,表示敬意。凡是祭祀用得着的东西,就算是有价值。菁茅既是远方贡品,好歹要派它一个用场。因此,便规定祭祀用的酒醴,必须用菁茅滤清酒渣,使它清澈。这样,菁茅一经派上用途,便成了祭礼上的物品,身价登时十倍。但是说穿了实在是可有可无的东西,所以周、召二公不愿为了它兴兵动众。

昭王听了二公的话,想了一番,便说:“我的出兵,原不为菁茅小物。想我周自从文、武开基,成、康继位以来,万国来朝,八方进贡,封建子弟,遍及远近各地。历代用兵,都是去征服不顺我周命令的国家,并不为图谋它的进贡物品。现在楚虽然是一个很小很小的国,所贡的菁茅也并没有什么了不起的价值。可是楚的祖先鬻熊,是文王时候的贤者,传到鬻熊的后代熊绎,受了成王封爵,和我周关系不浅,要是楚还敢违扰我周的命令,周就不用想叫南方其他国家服从了。况且我屡次征讨南方,灭了许多小国,建了许多姬姓的国。地方初定,也应该常常巡狩,大振兵威,使得南方各国畏威怀德,各姬姓国家也好放手做事。”

周、召二公听见昭王的话,觉得也有道理,不敢再谏。昭王便命二公管理国事,另派祭公、辛伯和一干文武跟了御驾一同出征楚国。那祭公乃是周公的后代子孙,辛伯名唤余靡,武勇多力,身材魁梧,长臂善射,甚得昭王的宠信。延娟、延娱两个美人和几名侍女,也随从左右服侍。

到了吉期,昭王乘了戎辂,虎贲勇士,前后簇拥。六军将士都顶盔挂甲,队伍分明。金鼓喧天,旌旗蔽日,浩浩荡荡地离了镐京。周、召二公率领百官送得昭王出发,便回京代理政务,不在话下。

且说昭王离了镐京,往南进发,登山渡水,晓行夜宿,不觉到了汉水附近,早有各小国前来迎接,个个进上服用饮食的贡品。昭王召见各国诸侯,查问南方情形,各诸侯对答的话,大都差不多,都是说南方种族复杂,各族的风俗习惯,多不相同,那个楚国自恃强盛,国虽不大,却要自尊自大,看不起邻近各国,也不甘和各国来往。近来听说居然在国内私自称起王来,各国不明情形,怕他蛮横,不敢明白责问。昭王听毕,便命人去召楚子来朝,一面整备军容,涉过汉水,往楚国进行。

那时汉水一带，树木茂盛，人迹很少。一路上乱石崎岖，蛇虺出没，蓬蓬的茅蒿，高到膝盖以上，军队前进，十分困难。因为那里地方都是未经开辟的荒废山地，所以很难耕种，也没有人居住。军队寻觅路径，找了半天，毫无道路，只得砍倒丛木，刈去蓬蒿，一步一步地开辟进去。幸亏人多手众，还勉强地开出一条路来。走了一天，不过十几里路，看看天色将黑，祭公便指挥军士，砍木扎营，就在荒地上搭起篷幕，暂过一宵。

昭王在帐里闷闷不乐，延娱点起烛来，左右侍婢个个执起一枝，照得帐中明如白日，延娟抱琴弹了一会。昭王勉强启颜，吃过晚膳，便即安寝。这一夜昭王翻来覆去，不能入睡，刚刚合眼，忽然听得前面好像有什么骚扰喧哗的声音，又复惊醒。只见延娟、延娱都在旁边陪侍，听了一会，声音又似乎渐渐平息，便又蒙眬睡去。

次日天明，昭王查问昨夜为何喧扰。左右奏说："昨夜三更时候，不知什么野兽，在黑暗中间冲突进来，把军士咬死几个，以致全军惊起，追逐了一会，野兽逃入树林里面去了。"昭王听了，心里更加不乐，只得吩咐再行前进。前军兵士轮流在前面开路，一步一步地走。今天一路上树木更加繁密，枝柯交错，虬结不解，好像一望无际的青翠帐幕，仰面看不见天，有时由树叶缝隙漏下一二丝的日影，照见模糊的路，简直和走在山洞里一般。

走了一会，前面军士忽然发起喊来，昭王急急查问是何原因。原来前面树上蟠结着一条大蛇，斑斓五色，鳞甲闪闪发光，吐着红焰般的舌头，阻着前进的路，军士们从来没有见过这般大蛇，不敢前进。昭工只得命将戎辂停下，暂缓前进，命辛伯上前观看，究竟是怎么一回事。

辛余靡奉命走到前面，抬头一看，果然前面远远有一条大蛇，头如笆斗，身似铜柱，伸出一丈左右的前身，晃头播脑地向空中伸缩振荡，好像正在找寻食物。后半身蟠在树上，不知有多少丈长。那种凶恶模样，果然十分可怕。辛余靡沉吟一会，便吩咐军士暂缓进前，便到昭王驾前详细启奏，并且说："以臣看来，这一带地方，低湿阴郁，蛇虫太多，实在不便进军。这般毒虫所住，瘴疠一定厉害，我王不宜轻履险地，还是另外觅路前行为宜。臣已经命令前军暂时停止前进，等候旨意定夺。"昭王摇摇头说："你的话固然也有道理。但是我们既然已经发现了这个大蛇，自应把它除去，你可命军士奋勇向前，为民除害。杀死大蛇的，重重有赏。"

辛余靡领了旨意，调齐弓弩手，万箭齐发，如飞蝗一般，望前面射去。可怪那蛇并不逃避，箭到时候方才把蛇头一缩，又猛力向前一蹿，只听得一片稀里哗啦的声音，树枝树叶纷纷乱坠，一眨眼间，早已不知那蛇蹿到哪里去了。

辛余靡看见大蛇已走，只得回去复旨。昭王觉得没有多大意思，便命多派军士哨探前面，有没有平坦的路，一面仍然前进。

走过了一片密密的树林，前面稍稍开阔一点，却又崎岖不平，十分难走，昭王戎辂很不容易通过。辛余靡跳下车来，双手推着车轮，慢慢地前进。正在用力的时候，忽然前面军队又发起喊来。辛余靡恐怕遇见埋伏，忙把昭王戎辂推到一个比较平坦地方，左右虎贲簇拥着保护，一面查问前面碰着什么事故。

原来前面军队正在进行时候，突然由山石后边蹿出一群野兕来。那群野兕头上的角锐利无比，身上皮革比铜铁还要坚固，并且力大如虎，毫不畏人，一冲出来，就向军队乱冲乱撞，那支锐角和利刃一般，把军士撞得肚破肠流，死伤无数。许多军士忙忙绰枪抡斧和野兕打成一片，所以喧噪起来。

昭王闻得前面又碰着野兽，好不烦恼。辛余靡便自告奋勇，再到前面观看，果然看见那群野兕正在狼奔豕突地狂冲乱撞，军士们的箭矢射在它们身上，立刻便落在地下，分毫不能伤损它们，冷不防给它们撞了过来，却撞翻了许多人，都给兕角撞得血肉纷飞，脑浆迸出，好不悲惨。并且，后面又源源不绝地奔来无数野兕，漫山遍野，滔滔不断。辛余靡一看这般情形，知道事情重大，忙约退军士，站齐脚步，吩咐大家准备利斧，一起向前乱砍，只消把为首的野兕砍倒，就有办法。自己也抡起利斧，直望为首的野兕砍去。原来这种野兕，是群居的，一向出外都是最大的野兕带头，同行同止，绝不反顾。这天那带头的老兕和军队冲突起来，后面野兕不能前进，都昂头怒吼，声音十分凄厉，陵谷回声，隆隆不绝。那老兕益发拼命往前撞去，恰好辛余靡一利斧砍了下来，正中老兕头上。兕皮本是坚强如铁，急切砍不进去，饶是辛余靡天生神力，也只把头皮砍裂。可是斧头下来时候，有千钧之重，震得老兕头昏脑痛，踉跄倒退，两只前脚按在地下，口中发出极凄厉的呻吟声音。辛余靡更不耽搁，连忙举起利斧尽生平力量再向老兕砍去，登时应手打倒，头骨粉碎，死在地下。后面野兕立刻涌了上来，军士纷纷举起利斧乱砍一阵，又打死了许多。无奈后面野兕丝毫不怕，仍然拼命向前撞来，死了一个，又来一个。还亏它们是按着次序上前，山路又窄，无法同时冲来，否则军士更要吃亏。这样奋勇地争斗了许多时间，野兕砍死了不少，军士受伤的也有许多。那野兕身躯庞大，倒在地上，隆起像一个小山，把双方争斗的地方隔了起来。那些野兕只在那边狂叫乱吼，却不再往前面冲进。这边军士也只在喘着气看望，把守住不让野兕前进。这样相持了一会，看看天色已晚。辛余靡看这样情形，要想前进，大约无望，便回去启奏昭王，暂且在附近寻个平坦地方，驻驾一宵，明天再说。

昭王沿途遇到许多不如意的事，心中满怀不乐，偏偏所驻地方，正是乱山中间，丛林密莽，蔽日参天。一到夜间，猿啼虎啸，四处都是怪声，觉得周围阴森森的，冷清得可怕。虽然带有许多军马，警备得十分森严，还是提心吊胆。不由暗暗懊悔，不该贪取近路，一意孤行，由这条僻静没有走过的路前进。现在进退不得，如何是好。到了天明，军士来报昨夜那群野兕已经不知走到哪里去了，只剩下已死和重伤的野兕，堆在前面路上。昭王便命将野兕开膛剥皮，预备作甲，兕肉煮熟来犒赏将士。正在开剥时候，探路军士回来，报告说："楚子已经派有使者前来，说是楚子本人因为抱病，不能前来接驾，贡品菁茅即日便送上，请周王赦罪。"祭公趁这机会劝昭王班师回去，昭王也就允许，仍由汉水渡过，巡狩了几个国家，便回到镐京。周、召二公接着，进入王宫，休息了几天，依然重理国政。因为辛余靡武力过人，授他车右之职。

昭王这次出兵，并未成功，心中闷闷不乐，只是不好明说，满想楚子来朝也就罢了。不料楚子不但不曾入朝，连区区菁茅也不贡来。昭王更加动怒，要想再去征伐，又因上次得到教训，只得忍住。过了两年，楚的朝贡依然如同石沉大海，杳无消息，昭王实在不能再忍，便又召集公卿，商议起兵伐楚。

周、召二公，极口劝谏。昭王只说上次因为贪抄近路，以致崎岖难行，这次进兵，应该仍由历年巡狩大路，便不至像上次那样。群臣谏了一番，昭王只是不听。仍命周、召辅佐太子满留守国都，管理政事。祭公、辛伯照旧从行。到了出征的日期，昭王又率了亲征军队，带了延娟、延娱起行。走到汉水，昭王命前军拘集船只过渡。全军渡毕，昭王便命将船只尽数凿沉，说："此次南征，不得全胜，决不回来，你等看这船只，可以知道我的决心。"左右众军一齐高呼万岁！簇拥了昭王，依然浩浩荡荡地向南进发，直向楚国而来。

楚子一听昭王又兴了六军来到，知道这番可不好惹，连忙派人送上许多翠羽、明珠、象牙、鹿角，卑辞厚礼，请求赦罪。昭王便移军向南进行，一面命楚子亲来朝见。楚子只得到了昭王军中，叩头认罪，愿意替昭王做向导，到南方巡狩，以赎罪愆。昭王准他请求，便带了楚子、随侯（随国在湖北省随县），和南方诸侯，一同到云梦泽中，大猎一番。

那云梦乃是长江中段一个极大的泽薮，包括地方甚多。当周时候，全泽大约有千里大小。后来渐渐淤浅，被人民在湖泽的周围种起田来，越缩越小。现在洞庭湖就是当年云梦泽的一部分，可想当初云梦的大了。那时地旷人稀，云梦泽里，奇禽异兽，无所不有，树木连绵不断，怪石乱草，野卉仙葩，都是不知名字的，实在是一个绝好的猎场。当时昭王亲率六军，在云梦追禽逐兽，大蒐一场，一半是搜采野味，犒赏六军，一半是宣示兵威，夸强耀武。楚子和各诸侯都陪奉昭王，观看盛会。猎完了，捉获的野味堆积如山，昭王便分赏将士和各诸侯。休兵三日，重新沿着云梦望南巡狩。南方本来只知楚是强国，现在看见楚子尚且毕恭毕敬地执戈前导，又且军容壮盛，盔甲鲜华，不由又惊又羡，都纷纷前来进贡朝贺，一路陆续不绝，好不风光。这样威武煊赫，巡行了许多地方，说不尽胜水名山，蛮花犵鸟，景物新奇，岩泉幽怪。昭工这才心胸开畅，踌躇满志，觉得这番巡狩真是不虚。

看看巡到云梦南端，湘水的流域，晴波潋滟，一碧无际，丛丛葭苇，瑟瑟随风。湘水旁边有一座高山，风景十分幽秀，岩谷灵奇，壁立万仞，峭险无比。山上绿苔如绣，斑驳成文，滑不容手。山旁一条瀑布，像银河倒挂一般泻了下去，喷玉飞珠，声如雷吼，泻到山下，分成了数十道细瀑，琤琤琮琮，清脆可听，真如八音交奏，十分悦耳。一直流到山旁不远地方，汇成一个方圆百亩的清潭，碧沉沉的，一望无底。有时微风一吹，水面漾起一阵阵微微皱纹，好像鱼鳞闪闪，金光灿烂，耀眼生缬。昭王率同各诸侯上山赏玩了一番，查问土人，知道这潭乃是湘水最深地方，自古相传是没有底的。昭王十分称赏，说："这地方景致这般的好，我真是不虚此行。够了，就再有美景，也未必比它更好了，我就由此地回驾吧！"群臣奉旨，在山上歇了一宵，便回师返驾。

后人因为这山是周昭王到过的，便取名昭山，这潭便也取名昭潭。它既然是湘水最深的所在，后人便把这地方叫作湘潭，就是现在湖南省的湘潭县。

且说昭王由昭山返驾回北，各诸侯送了一程，便分头辞别回国。昭王依然取路由汉水回都。到了汉水一看，静荡荡的，一只船也没有，这才记起上次已经把船只尽数凿沉。但是现在是不能不渡，便派了军士去上下游搜捉船只。军士去了一会儿，空手回来，报说汉水附近并无船只，只有一些贫民在水边居住。

祭公便命召来贫民，问他们船只停泊的地方。贫民们回答说："我们不晓得，只知道船只已经都凿沉了。你们要船只，你们自己去造罢！"祭公听了，不觉大怒，说："这是王的命令，你们都是王的臣民，怎敢如此无礼！这样说来，可见你们不是没有船，都是存心把船藏匿起来了。现在限你们三天，速速招集沿江船只，渡王过江，重重有赏。要是胆敢违命，哼！你们看。"

那些贫民彼此互相看了一看，什么话也不说。祭公一见他们神气，更加相信他们是有船不借，便命军士押下他们，叫他们带路去搜船只，搜不到船，便着落他们身上，非搜到不可。贫民听见，狠狠地对祭公瞪了一眼，依然一言不发，跟着军士走了。

过了三天，军士报上祭公，船只已经寻到。祭公便奏上昭王，全军上船渡江。昭王这次回来，心中畅快，对着清波如镜的汉水，觉得胸次开廓，便和延娟、延娱倚窗赏玩。一会儿进上晚膳，两个美人轮流敬酒。望着水天一色的远远地方，微微露出一轮皓月，渐渐上升。回看南岸，也已杳茫不见，只有无数大小船只，首尾相衔，在中流容与缓行，旌旗闪闪，如同蛟龙戏水一般。正在欣赏军容的时候，忽然听见一声惊呼，接着喧哗骚扰的声音，从前前后后各船里纷乱地发出，那整整齐齐的船只也立刻晃荡不定，快慢参差起来。昭王不知是什么缘故，正要传旨查问。突然一阵狂呼乱嚷，全船鼎沸，只听得一片嘈杂，夹着"船漏了，船漏了！"的声音。宫奴侍婢，个个仓皇失色。延娟、延娱也都抖颤着上前启奏："船漏水了，请我王换一条船避水。"昭王还未站起，早听得砰訇一声，舱里突然涌进大量的水来，大家都站不住脚。转眼间船底裂开，船便望水底沉下。正在这个时候，辛余靡由后面船上一跃而过，连忙向船中奔进，口中大叫："我王在哪里？"昭王刚说一声"在这里……"一语未终，船板早已欹下，只听扑咚咚的声音，连续不绝，全船人众和昭王、辛余靡都跌下水去。

这时候各船不约而同，都先先后后，船板散开，水涌进去，祭公和许多兵马，也都完全落到江中。原来汉水旁边的人民愤恨昭王屡次拘用他们船只，又被凿坏沉江，所以这次故意用了胶水黏合船板，不用钉子。船只走到半路，胶水受了江水泡浸，渐渐溶解，船便自然散开。以致六军将士完全被水淹死，只有一部分抱住船板，漂流遇救，或是懂得水性的，逃得性命。

却说延娟、延娱两个美人，一见情形不妙，便急急上前扶住昭王，一面竭力呼喊。无奈船已下沉，她两个纤柔弱质，能有多大力气，只能拼命拉着昭王。延娟伸手抓住船舷，张开樱口狂呼："王在这里，快来……"一言未毕，一浪涌来，登时打昏过去。延娱被水波一扫，也拉不住手，载沉载浮地漂去了。只有辛余靡究竟力大，虽然翻落江中，仍然挣扎着向昭王泅来。这时候各船纷纷沉下，落水的将士不计其数，满江沉的沉浮的浮，都是半死不活挣扎求生的人。波浪冲击，重重叠叠，还夹着旌旗、军器、马匹、器具，盖满了水面。辛余靡拨开一个，又是一个，眼看昭王就在前面落水，却只是泅不过去，等到泅到昭王落水地方，早已不见昭王踪迹。辛余靡知道一定是给波浪冲去，便拼命游泳寻找。幸得昭王衣服是天子服装，容易辨认。泅了一会，毕竟给他发现。便急急一把捞住，一面拼命游到一块船板旁边，一手抓住船板。喘了喘气，把昭王放在船板上面。这时昭王早已一瞑不视，气绝身死。辛余靡看着茫茫江水，死尸蔽江而下，自己虽然力气不小。但是要想带着昭王游到岸上，实在也没有把握。只得再鼓起气力，一手扶住昭王，竭力往前游去。这时明月当空，夜景十分凄凉。当日如虎如貔英雄盖世的军队，顷刻之间只落得无声无息地充了鱼鳖的食物。汉水滔滔，也好像替他们呜咽啜泣着似的。

辛余靡游了一会，觉得气力不加，夜气渐渐寒冷，肚子也饿了，勉强拼命挣扎着向前游去，一只手推着上面躺着昭王的船板，抗拒着一阵阵浪头。好容易才游到一块沙滩上面，又经许多时间，才慢慢挨到了岸边。天色已经渐渐发白，岸边陆续爬上了几个幸逃生命的人，有的给波浪冲上岸，有的靠着抓住浮木，零零落落爬上岸来。大家都是遍体淋漓，缺衣少履。辛余靡上了岸，忙招集诸人，草草把昭王盛殓起来，运送回镐，一面派人先行飞报周、召二公知道。

周、召接到昭王沉江的消息，宛如晴天霹雳，惊得手足无措。两人商议，这件事太重大了，要是张扬出去，未免震动人心，并且对于周天子的颜面，也太过不去。只得嘱咐报信的人，切不可走漏消息。一面由召公辅佐太子满镇守镐京，周公带了一群人众去迎接昭王灵柩，一路只说是昭王得病身死，把沉江的事只字不提，也不向各国报告。一直等到回了镐京，方才由太子满举哀嗣位为王，是为周穆王。对外把昭王淹死的事瞒得铁桶一般，不让诸侯知道，自然也无法查究胶船的人。但是随行将士泅水得脱的，总不免会把这件事露了出来，因此也渐渐被人知道。至于祭公早已和大多数军士一同淹死，连尸首也没有找着。

穆王嗣位时候，已经五十岁了。因为辛余靡有功，重重赏赐以报他的劳苦，祭公的职位也由他儿子谋父承袭。这时候，昭王虽然沉江身死，但是周的表面架子还是不曾坍台，诸侯也依然尊奉穆王命令，所以穆王仍是很有声势的天子。虽然昭王的事情使穆王得到一点教训，无奈他自小所见所闻都是兴隆旺盛的气象，看惯父亲那般气盖天下的雄豪威武举动，以为做了天子都是应该这样，自己将来登位，一定要继续父亲的事业，把整个天下都运在自己掌中，才不负心中志愿。这种思想，已经根深蒂固。现在五十岁了，如何能轻易改得过来？不但不能改，并且还觉得自己这般老大年龄，刚刚得到王位，人生几何，要不趁早轰轰烈烈地建立一番事业，岂不白白做了一个天子？因此他打定主意，要巡行所有地方，一则扩展势力，二则玩水游山，必须普天下都走遍，才趁了心。

这时候，他先把内政整顿一番，任命君牙做大司徒，又任命伯冏做太仆正。各种政事，都很用心地管理，到了内政已经很安定的时候，他就开始打算巡狩天下。刚巧那时有个北唐地方（山西省太原市）进贡了一匹名马，日行千里，穆王大为高兴，夸羡不止。自然就有许多会献媚讨好的臣下，纷纷搜寻名马来献。不多时，便得了八匹最好的骏马，都是追风逐电，天下无比的名驹，一名赤骥，一名飞黄，一名白㹀，一名华骝，一名騄耳，一名騧騟，一名渠黄，一名盗骊，穆王用这八匹骏马驾车，渡水登山，如履平地。那时有个造父，是蜚廉的六世子孙，生来勇力过人，极会驾驭马匹，无论怎样顽劣的马，到他手中，都会驾驭得十分服帖，因此大受穆王的宠爱，命他御车，驾了八骏，游历各处。周都镐京本来偏在西边，由镐京到东边各地，路程相当的远，穆王巡狩时候，自然还算称心。只是由镐京到西边地方就不过一些戎族，向来也不知道有多少远近，穆王便想要向西发展，也要巡狩几千里，把镐京造成全国的中心，周围扩大，才满足心意。

那时有一个戎族，居住在周的西边。因为过去常常骚扰周的边地，周人对他十分厌恶，便给他加上一个难听的名字，叫作犬戎。穆王既然有心西征，便想借着犬戎不来朝贡的名义，去征讨他。主意已定，次日登朝，便和公卿说道："叵耐犬戎胆敢久不进贡，目无天子，非得大大征讨不可，我的意思欲亲率六军，出征西方，宣示周的兵力，让西方各地畏惧服从，诸卿以为如何？"

穆王说毕，早有一位卿士出班启奏道："不可，不可，我王要征讨犬戎，实在不合从前的习惯。以臣所见，不可出兵。"穆王一看，原来是祭公谋父。他父亲祭公跟随了昭王南征，沉在汉水，谋父袭封了祭公之爵，现在朝廷任职。穆王因为他父亲为了国事丧命，对于谋父很是优待。当时穆王听见谋父出言劝止，便问道："犬戎氏不来朝贡，罪有应得，为何不合征伐？"祭公谋父叩头奏道："先王封建各国，各有应守的本职。接近我周的周围诸侯，便应该按月来贡。远一点的，只应该按年来贡。犬戎氏是最远的国，只需一代一次朝贡。上次犬戎国君接位时候，已经按礼前来朝贡过了，现在忽然要他再来朝贡，岂不是我们无理了吗？先王的制度，远人不至，不过用文字告语，让他们自己明白有罪，自然会来。要是告语他以后，他还是不来，就得我们自己检点检点，有什么不对的地方，增修自己的道德，不要让人民去很远的地方打仗。现在我王要征讨犬戎，臣以为不合先王的法度。"

穆王听了，心中十分不悦，但是祭公的话光明正大，无言可驳，便默然不应，散朝回宫。次日依然命令整备军马，卜定吉日，亲征犬戎。不多时，到了出征的日期，穆王亲御戎装，率领六师，向西出发。犬戎闻得穆王御驾亲征，慌忙聚集戎众，商量迎敌方法。那时戎人的首长都称作王，大大小小有许多戎王，都是勇力出众，性情强悍。只是军装武器没有周的精美，也没有考究射箭舞刀的技术和行军布阵的韬略，完全倚恃蛮力。当时大家分散，各备刀枪，等到周军一到，便跳跃向前，奋力砍戳一阵。不想周的军队，乃是用车居前。车上的人，比犬戎徒步的兵，高了许多。远远一见犬戎，便射出一阵利箭，射倒许多戎兵，然后放马追赶。马快车轻，一会儿便追上了，把戎人包围起来，奋勇厮杀。周人虽然力气不如犬戎，舞刀抡枪的解数却十分灵巧。戎人措手不及，杀得大败亏输，被周军捉去了五个戎王和无数戎人。这时候犬戎君无奈，只得派人求和，献上四头白鹿、四头白狼，请求罢战。原来狼鹿白色的很少，所以白鹿白狼都算是贵重的东西。

穆王准他求和，便把犬戎全族搬到太原（山西省太原市）地方，以免他盘踞旧地，骚扰不宁，然后奏凯回京。一路鞭敲金镫，人唱凯歌，正在十分得意时候，忽然流星探马，报到紧急消息：东方的徐国（安徽省泗县）率领了东方的九夷前来攻周，已经兵到河上。

原来徐国本来姓嬴，在泗水旁边立国，地方五百里，是个很大的国家。穆王西征的时候，徐子趁了这机会自称为偃王，率领了九夷前来攻周。穆王接到消息，深恐敌人深入内地，忙命造父驾了八骏急急回京。造父奉命，施展驾驭妙技，御了穆王长驱回国，果然八骏脚不沾尘,风驰电掣一般,只见两旁树木纷纷倒退,耳旁呼呼风响,宛如腾云驾雾,迅速无比,次日便已到达镐京,立刻点起兵马,往东和徐交战。一面派人去南方楚国,命楚子即刻出兵,去袭徐国后路。

楚子接到穆王旨意,正合心怀。他本来就羡慕东方饶富,只恐出兵争夺,有犯周的规矩,现在周王命他出兵,好不快乐,立刻倾全国兵马,亲自率了往东进发,直捣徐国国都。徐子正和九夷出征,国内空虚,怎当得如狼似虎的楚兵,登时纷纷溃退,往北逃走。徐子在前方闻得消息,无心恋战,也就慌忙撤兵回来。周兵在后追逐不舍,楚兵也奋勇夹攻。结果,这位梦想统治天下的徐偃王,只落得国亡身死。他以为是因为他的武力不够,所以失败。在他将要被杀的时候,还叹了口气说:"我只倚赖文德,而不讲究武力,所以弄到今天的地步。"

穆王讨平徐国的结果,东方得到了一时安宁,却把楚造成一个更强的国家。因为造父有功,便把赵城(山西省洪洞县)封给他,从此造父的子孙就姓了赵。

穆王休息一时,雄心未已,仍想再往西方巡狩。那时有个盛国献来一个美人盛姬,容貌十分美丽,穆王非常宠爱,为她筑了一座华美的台,名唤重璧之台。穆王巡幸各处,也都带了盛姬同去游玩。这时候各国进贡的奇珍异宝,不可胜数,奇巧的工匠,也有许多。单说其中有一个工人名唤偃师,是一个远方献来的。穆王召见他,问他有什么奇能。偃师说:"臣所会的千变万化,完全由王的意思,要做什么,就做什么。现在臣已经造了一点东西,请王先看一看。"穆王说:"那么,你明天带来我看。"偃师领旨退下。到了第二天,偃师果然又来朝见,穆王召他进来。只见偃师带了一个年轻的人一同进来,朝见穆王。叩见礼毕,穆王问偃师道:"这个是谁?你带他来干吗?"偃师叩头奏道:"这个就是臣造的能歌善舞的人。"穆王听了大为诧异,仔细一看,这人走进来的时候,一同行走,一同跪拜,一同行礼,竟是个活生生的人,哪里是假?左右宫女也都睁着眼睛,直瞪瞪地看着,莫名其妙。只见偃师又奏道:"这人歌舞很有可观,臣请命他献呈一番。"说毕,走到这人旁边,伸手在他脸下嘴边摸了两下,这人便应声唱起歌来,婉转清脆,如同黄莺弄舌一般,呖呖嘤嘤,十分悦耳,抑扬柔曼,缭绕不断,比起平日歌姬所唱还要好听。穆王不觉拊掌称善,便唤盛姬和几个美人一同前来听他歌唱。唱了一会,偃师又把他的手拉了一下。这人便举起袖子,舞了起来,翻身转步,回面折腰,非常灵巧活泼,如同杨柳迎风,落花回雪,那身段和姿势变化万方,美妙无比。穆王和美人们都看得呆了。正看得高兴的时候,那人忽然向着盛姬送了一个媚眼,又偷偷用手招了一下。穆王见了这般模样,不禁大发雷霆,立刻叱令左右,把偃师拿下,问他为何胆敢带领这般无礼的人到来宫里,碎尸万段,也不足抵偿欺君之罪。左右同声领旨,便向前来捉偃师。偃师吓得魂不附体,连忙一手揪住这人,来不及开口分辩,便用另一只手把那人衣服扯下,身体分散,登时狼藉满地,并不见分毫鲜血,却原来都是木头,皮革,白粉,胶漆造成的。

这时候,大家更加呆了,诧怪得好像做梦一般。穆王迷惑着叫偃师把这些东西拿过来仔细观看,又叫他一一拼接起来,再细细地看。这些东西都是一件不能少的,少了一件,不是脚不能走,就是嘴不能动。必须统统拼合起来,才能和活的人一般无二。穆王这才笑了起来，说：“真是太巧了，你竟然会造出这般巧的东西。”就留下偃师来，重用了他。

这个故事似乎很不可靠，在那么早的时候不可能就有这样完备的机器人。这不过是一种寓言，表示统治阶级是怎样的多疑善妒，替他服务，是毫无保障的。

且说盛姬窈窕多姿，得到穆王眷爱，不料美人薄命，有一天穆上带她到一个大泽里射猎游玩，遇见了许多野兽，各将士奋勇追逐，不觉天晚，穆王便留在泽中过夜，到了夜深，气候寒冷，盛姬体质娇弱，便感冒风寒，得了疾病。穆王十分怜惜，但是已在半路，只得载她回去，刚刚到了重璧之台，盛姬已经香消玉殒。穆王因为宠爱她的缘故，把她的丧礼办得十分丰备，和王后一般。想到她的时候，还常常伤心流泪。

过了几时，穆王毕竟实行了他的志愿，做了一次中国历史传说中有名的西征。这个有名的故事，说穆王由造父为御，驾了八骏，带了七萃之士，向西启行。那七萃之士是穆王选拔的七队勇士，个个都是英勇出众武艺过人的。还带了许多金宝，预备沿途赏赐之用。走了不多几日，到了漳水（河南省安阳县）。渡过了漳水，再向北一直到了钘山（现在太行山）。这钘山自南至北，蜿蜒不断，奇峰插天，险怪万状。穆王和七萃勇士到了山下，仰望山势这般嵯峨，商量怎样走过。正在疑难时候，忽然彤云密布，雨雪纷纷，山岭布满了皓皓的雪花，好像白玉琢成，冷峭凄清，行人断绝。穆王对大众说：“这般雪景，实在可算奇绝。既然到了这里，不可不欣赏一番。你们都是武力超群的人，山这样险峭，野兽一定很多。趁这雪景，行猎一回，岂不一举两得。”七萃勇士齐声欢呼：“愿从天子行猎。”穆王便驱车在山陂寻觅野兽，七萃勇士前后奔走，兜捕一番，果然赶出不少野狐山麈之类，捉获了许多美味。这还不算，最可喜的在追赶野兽时候，无意地闯进了一条山谷，虽然崎岖不平，却能走过了钘山，不须由山顶去爬。大家都欢喜得高呼万岁，便由这条路横越了钘山。这条路是什么？就是现在的井陉。

穆王过了井陉，往北依了滹沱河一直向西北走去。这时候气候寒冷，草木凋萎，滹沱河上已经结了一层薄薄的冰，蜿蜒一线，如同玉带一般。穆王率了七萃勇士，犯着凛冽的朔风，长征千里。旌旗在北风里面猎猎地吹着，和嘚嘚的马蹄声音互相应和，成了自然的进行曲。

走了几天，便到了太原地方，犬戎前来迎接，预备了美酒为穆王洗尘。休息了一天，这地方野兽更多，便由犬戎引导，让七萃勇士在当地大猎了一番。北方的兽，都是毛长的，丰厚和暖，做起皮裘来，十分温软。猎了一天，天色又阴暗下来，犬戎知道又要下雪了，便罢猎回去。果然一夜北风大起，平明，雪花成片地纷飞满天，把世界装成烂银一片，分不出高低山水。穆王虽然穿得很是温厚，也觉寒气逼人，不便起行，便吩咐随从人众，更番休息，烤火取暖。这一歇便歇了有一个月光景，渐渐地雪霁天青，眼见天气好转，这地方也玩腻了，方才再向西北行进。一直到了西隃（山西省雁门关），只见两面山峰对立，峭拔万仞，真是雁飞不到，只有当中一条路，盘旋曲折，崎岖难走。造父控着八骏，缓辔前进，七萃勇士前后簇拥，徐徐地出了西隃。这边的风景和太原又不相同，茫茫一片，都是黄沙白草，好像无边无际，分不出南北东西。但是穆王长征的雄心并不为它阻止，仍然纵辔向西，走了几天便到了河套地方。一路上虽然人烟稀少，却也有几处不怕寒冷的勇敢人民，住在这里，用他们的百折不挠的意志，和大自然斗争。现在忽然看见穆王这一队探险人马，千乘万骑来到这般冷僻地方，他们自然十分欢迎，都把他们的最好财产，如豹皮良马之类，拿出来送礼。穆王当然笑纳，看见他们有这般美好的皮，便知道这里的野兽一定丰美。一路上食物正在缺少，趁这机会，又率同七萃勇士大猎一场，果然得到许多贵重野兽，还有白狐玄貉，都是中原地方难得的东西。穆王十分高兴，吩咐把许多野兽的皮剥下，做了皮衣御寒。肉都拿来腊干了，作为一路粮食。那玄貉白狐的肉煮熟来祭河神，表示感谢的意思。穆王便在河边大犒众人，大家都吃得十分醉饱。歇了两天，又开始西征，到了阳纡山（大约是大青山）。这是河套附近一座大山，蜿蜒不断。山高河阔，气势十分伟大。穆王看到这般庄严伟丽的锦绣河山，感到中国委实太大了，便在阳纡山附近的燕然山上，召集附近各国，举行了朝会的典礼，以后又亲自举行了祭河的礼，把白璧和牛马猪羊都沉在河里，作为祭礼。

祭过了河，穆王便又西行，越过了河套，一直向西进发。一路上经过了许多的崇山峻岭，跟着河流到了西北的积石山（青海），再过去便是昆仑山了。这积石山乃是黄河的河源附近地方，高峻无比，半山以上都是极大石块叠积成的，所以名为积石。山顶终年积着白皑皑的冰雪，永古不化。气候寒冷，便穿着很厚衣裘，也挡不住冷气。穆王到了这个地方，看见层层岩岭，越走越高，好像置身半天，高寒清旷，隔绝尘埃，不觉内心感动，叹口气说："这般峻拔的地方，实在不容易走到的，我对于人民，并没有什么功德，却这般游玩取乐。为了自己的一时高兴，到这样远的地方来，后世的人，一定要数说我的过失吧！"七萃勇士里面有个会说话的便答应说："天子何必这样谦逊呢？只要天下人人都有饭吃，都有衣穿，百官执事，个个都能尽了本分，不求快乐，自然快乐。这是和老百姓一同快乐，有什么要紧呢！"穆王听了，觉得这人说的话十分中听，不禁大喜，便由身上解下左边佩的玉一块来赐给这个勇士。

积石山是这样的高，又没有泥土树木，只是磊磊大石，好像要滚下来，险得可怕，穆王便不想登上山顶，只在山边黄河源头附近地方玩了一回。居民看见穆王来到，便献上一百壶的美酒，御御寒气。穆王和勇士们都饮了酒，仍然向昆仑山进发。

昆仑山乃是一座极高的山。据古人相传，以前黄帝曾经到过这山，山上还有黄帝住过的宫室。大禹治水，也曾由昆仑山积石山疏导过黄河河源。这时候穆王当然不肯放过这有名的古迹，所以宁可不上积石山，却不能不登昆仑山。好在八骏神健无比，窜岭越崖，不怕蹉跌。便卜了吉日，专诚上山，游览黄帝的宫室，还备齐牺牲来祭昆仑山的山神。

昆仑山和积石山一般，十分险峻，山顶全是极大的石块累积着，没有什么树林草木，只有清澈莹明的冰雪和冰川留下的遗迹，好像堆琼琢玉一般，一望晶莹洁白。可是离了昆仑不远地方，却有一个珠泽，大约三十里方圆，碧洌清澄，周围长满了许多蒲苇蒹葭，随风披拂，参差可爱。水里还有无数大大小小游鱼，唼喋往来。穆王祭罢昆仑山，下到珠泽附近，赏玩风景，看见游鱼这般的多，一时兴发，命取钓具来，就在珠泽上面钓鱼作乐。泽边原有土人居住，一见穆王带领许多人马，服饰鲜华，声势煊赫，询知是周天子御驾出游，忙由首领前来朝见，献上白玉十方，美酒十坛，牛羊三千头，马三百匹。

穆王问他这里地方情形。土人奏说:“这个泽向来出有明珠,圆莹鲜洁,所以名为珠泽。这座昆仑山一带附近地方,都出极好美玉。一直到达春山,所出的宝玉,天下无比。白的赛过羊脂,红的胜如鲜血,黄的像蒸熟的栗子,绿的如鲜润的树叶,小的不过几寸大小,大的有千斤重量,真个是人间宝库,世上仙都。春山的气候,温和润泽,草木十分茂盛,珍禽奇兽,不计其数。不但是物产丰富的地方,也是天下有名的最高的山。”穆王听了,高兴起来,说:“我久闻昆仑出玉,只因路远,未曾来玩,想不到物产还这般丰富。我必须再往西走,到极西的地方看看。”便把昆仑山下大约一百里地方封给这个土人的首领做一个小国君,命他看守黄帝的宫室,并且看守春山的宝物,赐他金环朱带和黄牛许多头,然后又向春山前进。

春山就是现在的葱岭地方,是中国各山脉的发源地,山上郁郁葱葱,生了许多的葱,所以名为葱岭,上古时候唤作春山,上面奇花异草,馥郁芬香,都是中国少见的珍贵植物。气候果然温和无风,无数五彩珍禽,翩翩飞舞,或啄花籽,或衔果实,都逍遥自得地在山上遨游。还有毛片斑斓的奇兽,不知名字,也栖息山上,自饮自食。因为这山很少人到,所以鸟兽都想不到有人来捕捉它们。它们看见人来,也不懂得逃走,仍然很随便地游玩。穆王看见这些鸟兽如此驯良,心里十分爱惜,便嘱咐随从人众,不要加害它们。只一路赏玩山景,和注意细看各种鸟兽行动,只见形形色色的怪兽奇禽,都自然鸣叫着各种声音,随便饮啄着清泉佳果。满山上再长着瑶草琼花,婀娜随风,芬芳沁肺。红紫争妍,黄白斗艳,五彩纷披,和锦绣一般,铺满了任何角落。穆王命造父按辔徐徐行走,恣意赏鉴这美妙的仙景。走了许多时间,才登到春山的顶上,冰雪凝积得和白玉一般,山石却又洁白得和冰雪一样。穆王到了这种境界,真不知道自己是在天上,还是人间;是个神仙,还是凡人!举目四望,只见群峰堆玉,万岭罨云,白茫茫一片似蒸气氤氲,辨不出东西南北。在这搓绵堆絮的当中,迷迷糊糊地隐约看出几个雪团也似的山尖围绕在前后左右。这才相信春山真是个万山之王,高峻出众。赏玩了一会,因为地势太高了,不宜久留,便仍回下山去。一路上收取了许多奇花宝树的种子,打算带回去种。只是许多珍禽异兽,无法带走。有跟来的土人知道的说:“这地方名叫县圃,是百鸟百兽居住的地方。许多鸟兽,有的固然驯良,有的却也厉害,不可小看了它们。”穆王便命勇士留心防护,注意看去,果然熊罴豺狼,白虎赤豹,野马山羊,野牛野豕,样样俱全。还有许多不知名字的动物,也都十分活泼。正在看的时候,忽然觉得一阵风声,来得十分紧急。抬头一看,半空飞来一只极大的黑鸟,两翅张开来,好像要把天遮去半边似的,眨眨眼之间早已呼的一声伸下一只大爪,就地上抓起一头鹿来,腾空去了。穆王和许多勇士都措手不及,目瞪口呆。直到这鸟飞出一段路程,才看清原来是一头极大的青雕,要想用箭去射,已经来不及了。土人说:“是吗?这是很平常的事。像这样青雕,这里很多。还有白色的叫作白鸟,也是嘴尖得像铁钩一般,爪锐得像白刃一样。野兽碰着它,就不用想活,不管猪羊都要吃的。野兽里面也有会吃虎豹的,模样却一点也不凶狠。”穆王说:“这样地方太奇妙了,我应当留下一点纪念。”便命巧匠刻了一块石铭,记载着这次来游的事迹,留在“县圃”上面,作为纪念。

铭刻好了,穆王便又继续西征,还要去看许多奇奇怪怪的东西,决心要走到极西为止。正是:

欲将车辙周天下,先逞雄心到海西。

第九回　宴瑶池王母小留骖
围金阙农民大起义

周穆王离了舂山，向西前进，走了三天，到了一个地方，名叫赤乌。那里人烟稠密，树木茂盛，宛然是一个乐土。赤乌的人看见穆王到来，都夹道欢呼，由首领前来迎接。这时候祭公谋父也跟了穆王西征，穆王便派他接见赤乌的首领。祭公看见赤乌首领彬彬有礼，举动文明，和沿途土人大不相同，不由暗暗敬重，便问起赤乌地方风俗物产的情形。赤乌首领恭敬回答说："我赤乌氏原是周的后裔。当初古公亶父时候，有个臣子名唤季绰，执事勤劳，极得古公的信任，后来把古公的最长女儿嫁给他，封他在舂山旁边。因为这一带地方出了许多美玉，季绰便管理周的璧玉。这就是赤乌氏的祖先。这一带地方十分腴美，穄麦极多，草木丰硕茂盛，马牛羊遍野都是，还有一座玉山，出产宝玉，温润无比。地方既然这般好，人民自然也都健康美丽，特别是妙龄的女子，个个都生得如花似玉，妩媚温柔。所以赤乌氏的地方，远近驰名，来寻求美人和宝玉的人，络绎不绝。现在得知天子来游，预备了美酒千斛，吃用的马九百匹，牛羊三千头，穄麦一百车，献上天子，供给随从人等食用，伏乞转奏天子。"祭公听了，便奏上穆王，穆王闻说赤乌氏本是周的女婿，高兴得很，说："我一路经过许多地方，只有这里出产禾麦。这里地方太好了，我要在这里休息几天再走。"便命祭公把赤乌氏所献东西，统统收下，另外赐给赤乌氏黄金四十镒，大夫用的黑色的车四辆，嵌着贝壳的腰带五十条，明珠三百包。赤乌氏拜受了，便说："这里名胜最好的所在，就是玉山，请去游览一番。"祭公随了穆王，由赤乌氏带路，一直到了玉山下面，果然绿树成林，清泉似带，和一路上所看见的光秃山石不同，山上生的禾麦都十分肥美，比在中原所见的，还要长大许多。穆王看了，心中大喜，说："这种禾麦为什么这般巨大？大约是特别好的种，难得在此处遇见。这比名花异草还要实用得多，必须把它们的种子带回中国去播种，让中原地方也能享受这样的大禾大麦。"便命祭公将每样种子拣选肥好的，带了一车，留做种子用。一面在山下游览，只见风景和中原相似，一样也有丘有壑，岩谷争奇，松柏交翠，山花似绣，野草如茵。穆王想不到极西地方也有这般美丽境界，心里十分畅快，便命带来的乐人，在山下奏起乐来。乐人奉命，便把带来的衣装乐器完全拿出，大家打扮好了，就在玉山山下，歌舞起来。登时轰动许多赤乌人民，都来观看，密密围着山下，就像围屏一般。大家都伸着脖子，赏鉴这向来未曾听过见过的清歌妙舞。穆王因为这地方物产这般丰富，比起中原毫无逊色，便想把文化来夸示他们。特地命乐人将场面最伟大的广乐演奏一番，吹笙鼓瑟，秉籥舞羽，十分热闹繁华。这些乐器服装，都是当地人不曾见过的，大家惊奇得很，样样都显得新鲜有趣。穆王看见土人这般情形，也觉得十分得意。赤乌氏又凑趣地送来美女两名，献给穆王。穆王自从盛姬亡故，就不曾有过称心的妃嫔，听说赤乌地多美人，因为过路，不便向赤乌索要。现在赤乌氏自己送来，岂有不收之理。这两个美女自然是经过千挑百选才来的，登时就得到穆王的爱宠。穆王在这种心满意足的好地方，逗留了五日，听了许多关于西方的情形。据说再往西不远，就是群玉之山，那山整个是玉堆成的，各色各种的玉，样样都有，莹洁透明，又且温润光泽，要方要圆，随意削取，都是宝光灿烂的上好美玉，只要拿得动，千百斤整块的都有。穆王听了十分羡慕，间明群玉山的方向，便就重新向西进发。现在有了赤乌所献的牛羊穄麦，一路上粮食也不愁了。

这个出宝玉又出美人的赤乌氏地方，有人说就是现在的新疆和阗。那个地方产玉是有名的。不但产玉，并且还产最美丽的蚕丝和丰硕肥大的五谷。现在那里有三座山，统名做礤子玉山。山上出产礤子玉，满山都是。玉的颜色有青有白，可是最美的玉却产在河里，不在山上。蚕丝的绣织品十分富丽精致，据那地方的传说，这蚕种是中国一位嫁到和阗的公主传去的。和阗本来没有蚕丝，可是当时中国不肯把蚕种传给和阗。他们千方百计，都无法得到。后来和阗国君派人请求娶中国的公主为妻，中国答应了，和阗国君又叫使者偷偷告诉公主说："我们这里是没有蚕丝的，你要自己带蚕种来，才好做衣服穿。"公主果然把蚕种藏在帽中，戴在头上，带出中国。到了和阗，便大量养起蚕来，教得人民家家都会。这就是和阗蚕丝的起源。后来和阗人感念这位公主，画她的像，祀为蚕神。这个传说里面的公主，是不是就是嫁给季绰的古公女儿呢？谁也说不清了。可是中国历史上并没有第二个出嫁给和阗国君的公主，或许就是那时候传去的也说不定。不过中国文化是向来任人流布的，这传说里所说的中国不肯传给蚕种，以致要藏在公主帽子里的话，大约是和阗人爱好蚕丝，要显得传来的艰难，编造出来的，不见得是真实的事。

且说穆王离了赤乌，又走了几天，经过了许多地方，一路上受了很多的贡献和招待，不觉走到了黑水。因为这条水的颜色看去黝黑，所以名它为黑水，有人说，就是现在的新疆叶尔羌河。沿着黑水，又走了许多天，远远望见了一座高山，光彩斑斓，晶莹闪烁地矗立在那里，好像一架玉屏风，只是高大得很，这就是有名的群玉山。

当时望着这座山走去，越走越近、越看得清楚。原来这山一点也不像别的山那样有高有低，崄巇难走，却是平坦坦的，正直端方，好像十分有规则的模样，绝不东凸一峰，西凹一谷，简直像一个极大的玉墩。山上很少泥土，自然也就没有几棵树，全山差不多完全裸露着，这种环境，是不适合于动物居住的，所以山上一个飞禽走兽都没有。雪白莹洁的山肤，呈现出夺目的光彩，在那温润无瑕的峭壁上面诱出了白得像羊脂又像雪片的皎洁颜色。可是在另一个地方又渐渐晕开了一些浅浅的嫩绿，越来越深，深到绿得和浓绿的翠鸟毛羽一般，绿沉沉的，一点杂色也没有，成了极大的翠玉岩。透明得好像吹弹得破，翠润得好像快要滴了下来。在这般绿得可爱的地方，大约几丈远近，又渐渐由浓绿变成了嫩绿，由嫩绿转成嫩碧，再由嫩碧转到娇黄，由娇黄成了浓黄，浓得和蒸熟的栗子一般，又黄又熟。黄到极黄的时候，渐渐转成赭色，接着是一大片深深殷赤的血色，浓得和鸡冠一般，红晶晶的，像初上的太阳，光耀刺眼。有的地方又杂了一些羊脂嫩白，犹如雪地上面衬托着鲜血，更加分明鲜艳。像这样满山上五色辉映，陆禽光怪，照耀得眼睛都花了。还有许多闪闪金光夹在深翠玉里，更加叫不出名字。有的地方，各色相杂，凌乱无序，更显得错综变化，像彩绘，又像锦绣。穆王这才相信赤乌氏的话不假，世上果然有这般奇丽绝美的地方。这样天生的五彩玉山，山上整块的是玉，山下零碎的也是玉，根本没有一块石头。穆王停在山上四天，指点挑选，丁丁斧凿的声音，日夜不绝，共计凿下了大大小小最美丽的宝玉一万块，用了三辆大车来装载，都装得满满的。

这群玉山有人说就是现在新疆莎车附近的密尔岱山，这山出产的玉，最为丰富美丽，五色都有，因为都是玉，亦名玉山。前清时代，每年要纳贡美玉一万斤。可想而知，这山的玉是如何的多了。现在这地方仍是世界著名的出产宝玉地方，各地商人麕集搜买。所说的白如羊脂、红如鸡血、绿如翠羽、黄如蒸栗、黑如纯漆的各色美玉，依然常有。只是纯白砆斑的，和翠绿闪金的，稍为罕见，价格特别的贵罢了。

且说穆王采得了许多美玉，心中十分快乐。但是他的贪心还没有满足，因为他曾经听见许多传说，都说极西地方有这个，有那个，有五色的玉山，有西王母国，有不死的药，有珍奇的鸟兽，有千里的流沙。这许多奇奇怪怪的传说，说得好像真的有这么一回事，引动了他的好奇心。他本来是有雄心的统治者，在中原地方享惯了百样繁华，什么宝贝没有见过？想不到极西地方竟然有他没有见过的好东西，他如何舍得放弃。现在得到了这般多的美玉，更加证明了一路上的传说十分可靠。那么，还有许多好地方，也一定得游历一番，方才不白白做个天子。

穆王抱了这种观念，于是又往西再走，走了足足一个月，路上经过了许多奇妙美丽的山水，有出铁的铁山，也有出麦的腴地，还有广大的玄池，池里清澄着西方少见的绿水。穆王在幽美的玄池旁边休息了三天，并且在玄池上面奏了三天乐，把它改名乐池，又在池边种了许多竹林，作为纪念，然后才又起身向西长征。一直走了三千多里，才到了他一向最企慕的地方，就是西王母国。

西王母在高山上面居住，山上有个池，叫作瑶池。西王母是西王母国的君长，这国很早就和中国有了交通，舜时候来献过玉环，禹也到过西王母国，羿还和四王母要过不死的药。因为地方是在极西，很少有人到过，又出了许多宝玉，还说有什么药吃了可以不死，就使人怀疑它是什么神仙地方。夏以后大约有一千年，没有和西王母交流过，人们早已忘了它的本相，只把传说传了下来。穆王这次到了西王母国，看见地方富庶，建筑华丽，也觉得真是一个文明古国，不可轻视。便不以天子统治的身份自居，只作为一个远方的贵客，前来拜访，用了主客的礼，拿着羊脂美玉的白璧，作为贽礼，又送上锦绣三百匹。西王母看见这位贵宾这般阔绰，也十分欢迎，便又在瑶池上面请穆王饮酒。西王母将国内出产的奇葩异果，罗列满桌，大半都是中原地方没有看见过的西方特产。穆王虽然享受过万方玉食，却没有见过这般土产，不由啧啧称羡。其中有几种异样的果子，一种叫作昆流素莲，乃是昆仑山下流水里面所产，冬天开花，一个莲房里有一百粒莲子，嫩脆无比。一种叫作阴岐黑枣，生在阴岐山下，树高百丈，过了一百年，才能结出这种黑枣，每枚枣子足有二尺长，内心的核又细小又柔软。还有一种名叫万岁冰桃，据说这桃树生在磅礴山，桃树的树身足有百围大小，开的花是青黑的颜色，一万年才能成熟。还有一种名为千常碧藕，生在磅礴山东边的郁水里面，颜色嫩碧，长得奇怪，所以称为千常，一常就是七尺长。还有一种叫青花白橘，花是青翠颜色，结出橘子却是白色，大如一个瓜，香气扑鼻，数里内都能闻到。其他美酒佳肴，更是数说不尽，真是脍凤屠龙，珍馐百味。还有美女一群，吹笙鼓瑟，歌舞俏觞，穆王不觉开怀畅饮。饮到中间，西王母作歌，歌里说：

白云在天，（天上的白云，）
山陵自出。（是由高高矮矮的山内出来。）
道里悠远，（您来这里是经过遥远的道路，）
山川间之。（还有高山大水隔着。）
将子无死，（但愿您健康长寿，）
尚能复来。（或许还能再度光临。）

穆王接受了西王母歌词，也便回答一首歌，他说：

予归东土，（我回到东方去，）
和治诸夏。（和平地治理了夏族地方。）
万民平均，（使万民都能平均安乐，）
否顾见汝。（我就回来看您。）
比及三年，（过了三年，）
将复而野。（将要再到这里。）

欢饮尽乐，穆王便命工匠刻了一块石作为纪念，石上刻的是“西王母之山”五个大字。穆王在这个地方盘桓了几天，便仍然往西出发。这时候所走的地方，离开中原更远，所看见的东西，自然更是新奇。越走越远，不觉又走了一个多月，大约离西王母地方有两千里远近，走过了一个很大的湖泽，前面有一片浩浩无垠的大旷原，无边无际，广阔无比，上面五色缤纷，鲜艳夺目，但觉光彩闪闪，不知是什么东西。穆王远远望见，心想一定是各色杂花，开在地上，这般繁盛，宛如绣花地毯一般，倒也好看。只是为何这样发光，难道又是什么异种奇花？我一定得搜采一些种子，可以带了回去，种在宫里地上。正在想着，不觉越走越近。仔细一看，原来并不是什么花草，却是无数的五彩鸟毛，斑斓闪烁，各色齐全，映着阳光，发出红的、黄的、赭的、绿的、白的、赤的、紫的、翠的、浅的、深的，千万种颜色，比起孔雀开屏，山鸡舞镜，还要鲜艳许多。踏在上面，软绵绵的，如同走在棉絮团上面一般，十分舒服。这种五彩鸟毛，一直铺了不知多少里，极目无际，望不见任何东西，只是践踏着这锦绣的地毯行走。许多人众都为这奇景惊愕，不明白为什么这地方有这样多的鸟毛。

不多时，夕阳西下，发出灿烂的金光，射在这五彩毛羽上面，更加变幻出万万千千的美妙颜色，金碧交辉，倏忽万变，闪得大家眼睛都花了。脚下再是这样软绵绵的，真要陶醉得没有气力再走，穆王只好传命就在这旷原住下。

到了明月初升，幽幽的月光照在五彩毛羽上面，又另外构成一幅清艳图案。六军将士躺在地上，随意捧起一堆鸟毛盖在身上，就成了暖和柔软的被褥，盖得全身好像喝过酒一般，说不出的融和舒畅。在这许多长征的日子里面，再也没有这样睡得舒服。

天明了，在初日瞳昽的光线里，把一行人众完全包裹在错彩镂金的锦绣堆中，艳丽得无法形容。看着天空上翱翔着许多五彩大鸟，常常在这旷原上解脱下美丽的羽毛，像五色碎锦一般，花雨缤纷地满天飘洒，使人们眼花缭乱。穆王对于这样的锦天绣地，实在不舍离开，便在旷原上慢慢游行。谁知这旷原十分辽阔，计算起来，何止千里地方，他们且走且歇，不觉在这旷原上勾留了三个多月，也捉到了很多美丽的鸟。因为走了许多天，还看不见旷原的尽头，穆王也就不想再往西走了。便只在旷原游玩，打算把这美丽鸟毛运回中原去。于是先在这地方大奖将士一番，把牛、羊、穄麦、美酒都拿来痛吃一顿，又奏起广乐来，尽量欢乐。欢乐够了，命六师七萃就在旷原上施展技能，将奇禽异兽完全捕捉得一干二净。共计大猎了九天，射获的美丽鸟兽不计其数。把毛皮都剥了下来，正好把吃光了的运穄麦的车来装载鸟毛兽皮，挑选最美丽的满满装了一百车，方才心满意足，传命回东方去，不再西进。这个旷原，有人说就是现在里海、咸海附近的吉尔吉斯草原。究竟是不是，当然很难断定的了。

且说穆王回驾返东，依然晓行夜宿，马不停蹄地走。这番回来的心情，和出发的时候大不相同，因为他是带着丰富无比的各地产物，满载而归。可是他又不想再走以前老路，还要换个路线走，一则可以多看些没有见过的东西，二则可以早一点到家，因此，他便一直向东进发。

走了几日，路上植物渐渐少了，只有野生的白杨和红柳，还有路旁一些芦苇萧萧地在风里摇曳着，地下也渐渐干燥起来，都是些黄色沙子，一望无际。慢慢地白杨和红柳都减少到没有了，只剩下一色枯黄的茫茫沙漠，前后左右都显得十分干燥，马蹄踏在沙上，扬起了一些沙来，便依然归到沙漠里，寂寞得一点声息也没有。这样走了一天，除了几处高高低低的沙丘外，什么东西也没有。天色渐渐黑了，穆王只好在沙漠里住下。

七萃勇士们便在沙漠里开凿了一口井，井水很苦，不大好吃，幸而车上还带着美酒，便取来呈献穆王。过了一夜，第二天又走，依然是黄色连天，望不见沙漠的边。八骏虽然骏逸无比，但是在流沙上面，马蹄都没入沙里，不能不慢慢地走。走了一天，又是一天。带的美酒渐渐也喝完了，可是这沙漠还是无边无际。一路上还得掘井取水，才能造饭，更加行走得慢了。走了几天，穆王烦躁起来，想不到沙漠这般讨厌，但是已经走了一半，又不能重新折回，只得催趱着走。走到中午，穆王给周围干热的阳光一晒，口渴得很，忙叫左右拿水来喝。叵耐沙漠中间，哪来的水。左右只得去找，找了一会，还没有找到。这时候七萃勇士里面有个名叫高奔戎的，急中生智，连忙拔出佩刀，向左骖的脖子上面刺了一刀，登时鲜血如注，奔戎早已用碗接住，接了满满一碗鲜血，献上穆王。穆王正渴得难受，接过血来，一饮而尽，觉得比美酒还要好吃，问知奔戎乃是刺了马血来献，称赞他会想出这般聪明办法，赐他一只佩玉。奔戎接过佩玉，叩头谢恩。

他们又走了两天，方才出了沙漠，一直往东再走，经过了许多地方，才回到周都洛邑。总计起来,由周到大旷原约有一万四千里,来回和各地游历所走的地方,共计三万五千多里,真可以算得上是历史传说里面一次伟大的长征了。

穆王西征经过了二年多的时候,这其间国事都由周、召二公管理,倒也无甚变动、穆王又在南郑(陕西省渭南县)地方建了一个都城,盖造一个宫殿,名叫祇宫。现在搬回许多宝玉鸟羽,越发把祇宫装饰得十分华美。这时候穆王年纪已经很老,按理说,大可在祇宫安享暮年。无奈他是好动不好静的人,行装刚卸不久,便又起身去东方巡狩,这里也走,那里也走。有时打猎,有时钓鱼。有时起座离宫,有时盖个高台,又把都城附近地方围了起来,作为畜养野兽的苑囿。

不久,穆王召集诸侯,在涂山举行大会。这时候,周还是全盛时代,诸侯到会的非常多,算是成周大会以后一个有名的大会。穆王经过这次大会以后,十分满足,觉得中国已经完全服从他的指挥了,可以没有任何顾虑,又想再去西方或是北方大大远征一下,使中国的声威远播各处,才不愧为一个英雄的君主。

自从穆王这般大量挥霍,府库已经一天一天空虚下来,人民也一天一天增加了困苦。但是穆王还是照样娱乐,并不知道节俭。不觉到了严冬,气候寒冷,朔风一起,大雪飘飘。穆王穿了白狐大裘,登台赏雪。左右娇姬美婢,捧酒进杯。看着白茫茫一片琼瑶世界,松竹青翠,梅蕋芬芳,景致十分美丽。想起西征时候,所经历的美景,更使他雄心勃勃,便指点远处一团蠕动的东西,问左右说:“这是什么东西?”左右回奏说:“这是人民冒雪出行。”穆王说:“你可去看看,他们这般寒冷,为何出行?”左右便奉命去了,去了好久,回来奏道:“这些人民是冒雪出外拾取落叶的。其中有一个人,昨天冻死在雪地里。今天他的亲友冒雪把他运走,所以这般嘈杂。”穆王听了,心中很觉得不安,说:“我一个人穿了狐裘,喝着美酒,这样舒服,人民却这般的苦。”便作了三篇黄竹的歌,来悲悼这冻死的人。在表面上他虽然这样地表示爱惜人民,却没有任何为民谋利的措施,所以人民生活依然一天一天困难,甚至被逼得无法生活,犯罪的人便也一天一天增加,越来越多,再也不是成、康刑措时代了。穆王却不曾想到人民为何困苦,还只是打算如何再到西方游玩,如何再到别的地方走走,立意要走遍整个天下才算。周、召二公看见穆王这般荒唐放逸,也常常随机进谏,穆王总是置之不理。一天,周公报告犯罪的人逐日加多,牢狱都要满了。周公的意思,是说穆王游玩无度,浪费过多,弄得人民因为生活困难,屡次犯法,希望穆王减少浪费。不想穆王听见犯人太多,却反想出生财妙计,便传命任吕侯为司寇之职,专管各种刑罚犯罪。若是罪状可疑的人,许他纳入金钱,便可减免刑罚,并且规定各种刑罚的定价。这样公开地卖起刑法来,只要有钱,便可赎罪,自然政治更加紊乱起来,可是穆王的用度却不再愁不够了。

穆王既然定了搜刮的妙计,便再打算远游,这时候穆王已经八十多岁了。祭公谋父上次跟过穆王西征,知道一路上的耗费和辛苦,要想劝止,明知穆王决不会听,便作了一篇诗,名叫《祈招》,表面上是赞美司马祈招的话,特地命乐工歌唱,希望穆王听见。那诗说:

祈招之愔愔,(祈招的性情这样的安和,)
式昭德音。(所以能够显扬关好的声望。)
思我王度,(你要想到我王的风度,)
式如玉,(和玉一般的粹美坚固,)
式如金。(和金一般的厚重端方。)
形民之力,(用了老百姓的劳力,)
而无醉饱之心。(从来不想用到又醉又饱的分量。)

乐工果然按照祭公的话歌唱,在穆王酒酣的时候唱了出来。穆王听见是一篇新的诗歌,便拿着酒杯仔细听去。听到末了一句,不觉良心发现,十分惭愧。暗想做个人总得知足一点,我已经游历了许多地方,耗费了老百姓许多劳力和金钱。现在若再一味游玩,实在也不大说得过去。想了又想,把再去长征的雄心渐渐冷了。从这次起,就不再提到出游的事情。

又过了许多年,穆王年登百岁,病殁于祗宫。可是穆王只知个人享乐,不恤人民。虽然传说他曾到过西王母之邦,也不曾得到不死的药,只不过把国家弄得民穷财尽,江河日下。所以唐朝诗人李商隐有诗说:

瑶池阿母绮筵开,
黄竹歌声动地哀。
八骏日行三万里,
穆王何事不重来?

周的财力给穆王这样一花,弄得十分亏空,从此周便衰了下来。穆王的儿子共王,虽然没有什么很大过失,可是经济方面,千疮百孔,渐渐难以支持。有许多场面,又不能不维持着天子的架子。畿内土地陆续封了许多诸侯和大小卿士,天子自己的地方越来越小,剥削收入也就越来越不够。幸亏各国诸侯,贡献不断,还可以勉强支撑。自然像昭王南巡、穆王西征的大规模举动,是不能再有了;他只能在附近地方,走动走动。

有一天,共王到泾水旁边游玩,泾水就在镐京附近,风景清丽。几位公卿扈从王驾,一同赏玩。那时正是阳春三月,柳绿桃红,一片农田,秧针乍出。许多农人看见王驾来游,都停了工作,站着观看。也有许多妇女儿童,都在树下田边睁着好奇的眼睛,把许多来游的王公卿士从头到脚细细观看。因为周时封建制度,王公卿士所穿服装都和人民不同,所以人民觉得十分新奇。

这许多王公卿士都穿戴冕服,佩着玉佩,服饰十分讲究。在乡野人民看来,的确是属于另外一种人,这种人生活得多么舒适!再看看自己的衣服,不过短短的粗麻布褐衣,手脚都沾着烂泥,有的连褐衣还缝补了许多地方,委实差得太远了。也有些意志薄弱的人,就生了羡慕的心,觉得假如自己也能过这般舒服的生活,那有多好。其中有一个容貌出众爱好虚荣的妙龄少女,看了共王一行人众,这样雍容华贵,想到自己将来,如果能在这种环境生活,那真是神仙了。正想得出神的时候,忽然旁边一个邻女推她一把,轻轻地说:“姊姊,你看,这位大夫多么年轻!”她的幻想被她打断了,不由“呸!”的一声,说:“年轻,你管他年轻不年轻。他年轻和你也不相干呀!”邻女被她抢白得满脸通红,搭讪地说:“我不过说说罢了,谁说和我相干呢?只怕你自己的心不正,才这样地编派别人。”她也不好意思地说:“我怎样不正?你说!”又一个邻女听见她们吵,就劝解说:“不要吵了,回头给人家听见,不大方便。当然的,这些公卿们都是有福气的,哪个不羡慕。说说几句也不要紧。他们再年轻,也和我们不相干。”这两个少女听见了,都默然不说话了,但是她们眼眶里都觉得十分不受用。渐渐她们抬起满含幽怨的眼睛彼此对看了一下,三个人唧唧哝哝地密谈了起来。不多时,天色渐渐晚了。共王和许多公卿,也都游兴阑珊,回车去了。共王因为天色已晚,便吩咐公卿不必送到王宫,各自散去。公卿奉旨,个个驱车回家。其中那个年轻的大夫,正是密康公,刚刚走到家门,下了车,忽然车后跑过来三个少女,跟在密康公后面,好像也要进门的样子。密康公大大惊异,忙问:“你们是什么人?”这三个少女却又不说话,只是你推着我,我推着你,大家都不肯说。密康公看出她们神气,便说:“想是这里不便说话,且请进去再说,也不要紧。”便带了三个少女进门。这位密康公家中人口简单,只有一位老母亲。她看见密康公带了三个少女进来,大为诧异,便唤过少女来,仔细问她们的姓名,三个少女都含羞地说了。老太太问她们来这里做什么?三个少女又都涨红了脸,不肯说。这个老太太想了一想,便对密康公说:“我很明白这三个女子的来意。但是你不过一个小小大夫,怎么可以消受这般美丽的三个少女?大凡过分的福气,不是可以随便接受的。随便接受一个过分的福,也一定要随便碰到过分的祸。数目到了三个,算是很多了。三个兽,就可以称为群,三个人就可称为众。三个女子就可以称为粲。粲是非常美好的东西,没有极大的福分,哪能消得起这般艳福?王还未必消受得起,何况你区区一个小子,你要是把她们留下,一定要惹出祸来。据我看来,今天既然你是跟了王出去,撞着她们,你还是把她们呈献上去,凭王分发。这三个女子好容易跟到这里,进得门来,又看见密康公家无别人,只有一位慈眉善眼的老太太,正在心中暗暗欢喜,却不料老太太竟然说出这般的话,要把她们撵走,不由都花容失色,几乎哭了。那密康公正在青年,又碰着这样三个如花似玉的美人,满想母亲一定体谅人情,把她们三个留下。忽然听见母亲这般言论,也急得待在那里,不出一言。老太太两边看看,看出双方都不愿意,叹了一口气说:“这是很要紧的事,你们要三思,不要惹出祸来。”密康公无可奈何,只得说:“这件事儿子再仔细想想,等明天再说吧。”老太太点点头,又拉着三个女子问长问短,也觉得十分爱惜,便收拾了地方,让她们住下。到了次日,密康公照例上朝,却并不把这事奏上共王。这样一天挨过一天,这三个美人便都成了密康公的爱妾。老太太虽然觉察,也已无可奈何,只得算了。密康公平白地得了三个美人,好不快乐。不料乐极生悲,刚刚一年光景,便有人报上共王,说密康公私藏民女,不献上来。共王调查清楚,果然是实,登时大怒,把密康公全家抄没。果然应了他母亲的话,得到过分的祸。

共王崩后,传位儿子懿王,懦弱无能,政治日益腐败,周更加衰弱。共王有个弟弟王子辟方,才干很好。到了懿王病死,太子燮柔弱。辟方趁这机会便占了王位,是为周孝王。孝王要想把周复兴起来,认为第一件事先得振兴兵马,便在汧水、渭水(都在现在陕西省)中间选取了一大片草原,作为牧地,大大养起马匹来。一面招募会养马的人,不惜厚禄,命他们专干畜养马匹的事。就有许多人应募前来,孝王都分配他们工作去做。每年孝王亲身去省阅一番,察看马匹肥瘦多少,分别赏罚豢养马匹的人员。

那汧水源出汧山的南麓,风景秀异,冈峦绵延不断,汧水由山麓向南流注,浩浩荡荡一直流入由西往东的渭水去。在汧水、渭水会合的地方,土地肥沃,草木茂盛,是一片天然牧场。这一块地方往西,地势越来越高,迎着险峻的陇山蜿蜒千里,正好和汧、渭二水合成一个三角形。马匹在这种地方放牧,不但繁息得十分快,也训练得非常健骏。孝王既然看得畜马是强国的一件大事,自然就十分认真去做,果然不久马匹增加了许多。到了秋天,孝王又来检阅,查知马数大量增加,心里高兴得很。又查得有一个养马的,他的马尤其生育得多,便指名召见。这个养马的小臣,奉了命令,把他所养马匹带到孝王面前。孝王仔细一看,不但马数增加一倍有余,比任何人都增加得多,而且每匹都膘肥腿健,十分神骏,不由心中大悦。查问这个小臣,用了什么方法,能够把马养得这般肥健?小臣叩头奏道:“小臣是犬丘人氏。犬丘有一个名唤非子的,乃是造父同族,极会养马,马经了他手,都是又健又骏。小臣曾向他学习了一点看马技能,所以养得比别人好一点。”孝王大喜,说:“既是非子这般会养马匹,你可传我命令,召他前来。”小臣奉命,不多时果然带了非子来见。孝王查问养马方法,非子对答如流,对于马匹的调养、训练、生育、疾病,都有各种方法,使得马匹健康壮硕。孝王十分高兴,就任命他主管这一带牧场的马匹。非子叩头谢恩,果然十分用心去养,不多时,马匹数目大大增加,并且雄骏无比。孝王每年来看,都十分满意,便想特别赏赐非子,来表扬他养马的功劳。那时封建诸侯有公、侯、伯、子、男五等,五等之下,还有只封几十里小地方的,不能算作男爵,只能附属于邻近的大诸侯,称作附庸。孝王既然欢喜非子,便把秦的地方(现在甘肃省天水市)几十里封他做个附庸的国君,这就是秦的起始。后来统一中国的秦始皇,赫赫不可一世,恐怕再也不会记起他的祖先是由养马劳动出身的吧!

孝王虽然极力想要振兴周室,但是他的王位,是由懿王传下。懿王自己原有太子,按着当时的定例,孝王得位是不正当的。许多诸侯看见孝王厉害,嘴里不说,心中总不免有点不服。等到孝王病死,大家便约齐了公同扶立懿王太子燮为王,是为周夷王。

周夷王本来就因为柔弱无才,以致被孝王平白地抢去王位,现在各诸侯又因为惧怕孝王厉害,情愿拥立无用的夷王。夷王得到了失去已久的王位,自然十二分感激诸侯。对于诸侯,客气非常。以前天子见诸侯时候,天子是站在堂上的,诸侯在堂下行礼朝见。现在夷王觉得站在堂上,受诸侯敬礼,好像太不客气了,便走下堂来,和诸侯相见,自此周天子的尊严又丧失了一部分,周的封建统治的崩溃也更加速了。

夷王是这般柔懦无用,幸亏几个大臣,维持着苟安的局面。自然戎狄方面,不免趁周衰弱,时时骚扰。尤其被穆王搬到太原的戎,本来就不是愿意搬去的,更不免兴风作浪,时刻寻事,附近人民无法安居。夷王只得派了虢公出兵前去征讨。

虢公奉了王命,率领六师出征太原。太原一带戎人,看见六师来到,便都四散逃走。原来戎人生活,是流动的,没有屋宇田地,完全靠着游牧,夜里便住在帐幕里面,所以逃走非常方便。虢公追逐了一阵，俘获了一些落后戎人，和来不及带走的马匹。看看追了很远，虢公生怕中了戎人诱敌之计，万一有什么埋伏，难以退回，便不敢穷追，点算俘获马匹已有一千，传命奏凯班师，将一千匹马献上夷王。夷王慰劳虢公一番，休兵息将，以为总可以安静一时。谁知戎人狡猾，等到王师回去，便又重新骚扰，依然无停无休。

这时候，夷王已经抱病，便立儿子胡为太子。夷王病死，由太子胡接位为王，是为周厉王。厉王赋性十分暴烈，和他父亲夷王大不相同。他一向认为父亲太过老实柔懦，以致弄到各方都不尊敬，政治废弛，中间王位还被孝王抢去了许多年，这都是父亲夷王太过无用的缘故。现在他做了王，必须大大改变父亲的办法，立起威望，才可以让天下畏惧。他抱定这般主意，便存心用严厉刑法来树立威严。恰巧那时东方各国诸侯里，有一个纪国（现在山东省寿光市南），本是姜姓，和齐国接近。地域既然相近，就不免会有一些小事争执。齐国是太公之后，得到周的宠信，权力很大，当然不肯退让。纪国比较弱小，屡次吃亏，便怀恨在心。偏偏周天子聘后，按照周制度是同姓不婚的，所以往往聘娶齐国或是纪国的女子为后，因为这两国都是姜姓，和周的姬姓不同。纪和齐国为了争抢和周联婚的缘故，常常暗中钩心斗角，用了许多心计。现在厉王即位，按照老例，又得聘娶王后。纪侯为了这件事，心里十分不安，生怕齐国万一选上，一定更要挟势欺压纪国。他知道周历朝的王后多是齐女，齐国要想和厉王联婚，十分容易，总得想个妙计，才能加以阻止。于是纪侯在厉王刚刚即位时候，先行来周朝见。朝见礼毕，便奏上厉王说："齐侯不辰身为王舅，理应忠心为国。想不到他惧怕我王英明，却同一干小人计议，要想重新拥立孝王的儿子为王。臣侦得他的密谋，不敢不奏。"厉王听了，果然大怒，便问纪侯怎样知道的。纪侯便捏造了许多话，使得厉王十分相信。厉王本来深恨诸侯不敬夷王，又怕王位被孝王的王子抢去，因此决心将齐侯严厉惩办，以儆戒其他诸侯。

过了几天，各地诸侯都已到齐，定了日期朝见新王。厉王受了诸侯朝礼，传命于次日大享诸侯。次日，各诸侯依礼到会，酒醴簠簋，一切齐备，礼仪穆穆，钟鼓喤喤。厉王上坐，各诸侯依次排列，单单不见齐侯。因为诸侯众多，大家也不曾注意。等到酒过三巡，外面抬进一个大鼎，热腾腾煮熟一锅人肉，由侍人分送各地诸侯，每人一脔，宣言齐侯不辰为臣不忠，现在烹熟了赐各诸侯分享。各诸侯忽听这般言语，个个心惊肉跳，才知道这位新天子竟然这般棘手，和他祖父懿王、父亲夷王大不相同。人人都怀着兔死狐悲的心情，但是在厉王的严威之下，谁也不敢多言。一席酒终，各诸侯纷纷散回本国。只有齐国臣下凄凄惨惨地带了齐侯凶信回去，在齐国遵礼谥不辰为哀公。那哀公没有儿子，依照封建制度，应该立他的同母弟公子山为君。厉王既然烹了哀公，便也不要他的同母弟为君，特地降旨，立哀公另外一个弟弟公子静为齐侯，是为胡公。齐国臣民都知道哀公是无罪的，替他可怜。但是惧怕厉王，不敢不遵命立公子静为君。过了几时，渐渐打听出来，乃是纪侯向厉王进的谮言。齐国既然不敢露出怨恨，便也依然和纪国按礼来往，暗中却从此结下不共戴天之仇。公子山记念哥哥仇恨，不甘白白把位让给胡公，更因他是厉王所立，益发怀恨，齐国臣民也有许多和公子山一般心理的，对于胡公都没有好感。过了许多年,公子山毕竟结合了国内有势力的臣下,把胡公弑了,自立为侯。臣民因为哀怜哀公,倒都对于公子山表示拥戴。公子山即位后,把齐的国都搬到了临菑地方(山东省临菑县)。

且说厉王自从烹了齐哀公之后,各国诸侯无不畏惧。厉王以为得计,更加暴虐。周自从穆王西征,一味浪费以后,国库久已空虚。历代各王一则财力不足,二则经济困难,都只安分守己,节俭撑持。厉王既然严刑峻法,便也想整顿财政,凡是贡献太少的国家,便严厉地催索。那时有个大夫荣夷公,对于财政,很有办法。厉王认为他的才干很好,十分宠信。大夫芮良夫进谏道:"荣公对于理财,很有特长。但是财利这个东西,是人人需要的,不能由一个人一手把持,完全专揽了去。所以做天子的,应该把财利普遍分配,使得人人有饭吃,人人有财享。这样才可以使老百姓安乐。可是还应该小心谨慎,只怕老百姓怨恨。这样的战战兢兢,方才可以长久。现在要想用了荣公去把所有的财利搜罗得干干净净,这怎么能行?假使有一个人民,将所有的财都把持了去,人家还管他叫作强盗。现在做了一个天子,反而去把持人民的财利,这成个什么?天子要是重用荣公,将来一定会把周弄得不可收拾。"厉王不听芮良夫的话,仍然命荣夷公做卿士。荣夷公果然想尽各种方法,去搜刮各方的钱财。当然,各国诸侯更是荣夷公搜刮的对象。各国所出产的东西,每年有多少,可以贡上多少,荣夷公都算得清清楚楚,休想少贡分文。并且在进贡的时候,荣夷公自己还得捞摸一些油水。因此,弄得各国诸侯个个怨恨。先前害怕厉王暴虐,勉强进贡,渐渐就一挨二搁,都不来朝贡了。

至于周天子直接管辖的王畿千里,所收的赋税更是不能短少。厉王又十分暴虐,不如期交纳的,就得受极重的刑罚。老百姓怨恨得牙痒痒的,就大家纷纷咒骂起来。这时候周、召二公依然辅佐厉王管理国政,常常进谏,厉王只是不听。召公便作了一篇《民劳》的诗,来讽劝厉王。这篇诗说:

民亦劳止,(人民已经很劳苦了,)
汔可小康。(应该稍为让他们安息一下吧!)
惠此中国,(我们要惠爱中原的国土,)
以绥四方。(才能够安定天下四方。)
无纵诡随,(不要放纵那假装善良随人作恶的小人,)
以谨无良。(要留心那伤天害理的大奸。)
式遏寇虐,(除灭那残忍暴虐,)
憯不畏明。(一点也不怕严明刑法的坏人,)
柔远能迩,(慈爱远的地方,要先能慈爱近的,)
以定我王。(才能使王室真个安定。)

厉王对于这篇诗一点也不采纳,仍然任用许多贪婪小人搜括百姓。只要会谄媚、会盘剥的,就可以得到厉王的信任。老百妙暗暗叫苦,无处控诉。芮良夫屡次进谏,也不中用,便作了一篇诗,名唤《桑柔》,把那时候黑暗的情形,统统描写出来,但是厉王依然和没有听见一样。

这位召公是召康公的后代召穆公,名虎,才德具备,做了“民劳”以后,因为没有得到厉王采纳,心中悒悒不乐。一日,到农村看视农民收割稻谷。农民遮住道路,围着召公哭诉贪官污吏,如何如何的逼迫田租,小百姓弄得家家少食无衣,卖儿鬻女。一面说,一面哭。召公也十分愤怒,便安慰老百姓说:“这都是小人欺骗天子,等我回去奏上,一定会减少租役。你们先不要这般伤心。”这些老百姓七口八舌地纷纷说道:“我们也想,这或许是一些不好的官吏做的事,所以才向我公哭诉,希望把这些小人早早办罪,别让老百姓受苦。可是这些官吏都说是奉王的命令,要这样办。我周天子都是惠爱小民的,哪有这般行为。这成什么天子!并且交不出稻谷的,就要杀要剐,这简直是老百姓的仇敌了。我们不信,这样的人也配做我们的天子!”召公听见人民这般愤怒,这般怨恨毁骂,只得安慰一番,说:“我回去奏上天子,一定要把这般不好的情形改正。你们且请安心忍耐。”劝了又劝,老百姓们方才陆续散去。召穆公心里十分难过,回到家里,立刻整肃衣冠,进宫朝见厉王。厉王见召公临时来见,便问有何要事。召穆公把路上所看见老百姓痛苦情形,述说一遍。然后奏道:“我周向来把人民的生活算是第一要紧的事。公刘、太王都是十分看重农业,爱护农民,和农民一同生活,一同工作。一切政事,都是为了农民打算。所以能够建立国家,统一天下,成为各国共尊的天子。现在农民痛苦到这般地步,租役又十分沉重。农民要不是受不了,何至这般怨骂?若不趁早改变政策,必致弄到全盘败坏,那时后悔无及。”厉王听了,勃然大怒,说:“这些小百姓胆敢怨恨骂我,目无君上,罪该万死。你不必多虑,我自有办法。必须狠狠管束一番,且看他们还敢骂我不敢!”召穆公大惊,说:“天子差了!老百姓因为痛苦,方才怨谤。只要替他们除去痛苦,他们自然不骂。现在反要再加刑罚,岂不是越弄越糟!”厉王摇头说:“这个你不懂得,他们是不可以好好对待的。你且去休息,我自有方法。”召公再三劝谏,厉王只是不听。召公无可奈何,只得退出。厉王一见召公退出,便命左右召来一个最信任的巫来。那巫是卫地的人,大家称他做卫巫。他是极会花言巧语的,一向谄媚谗谮,无所不为,赚得厉王十分相信。当时卫巫进宫,朝见礼毕。厉王问他道:“你既然善能知道鬼神的事情,也自然会知道一些别人所不知道的事情了。现在我派你替我监视一切臣民。有谁敢在背后骂我的,你便马上奏给我知道。这件事情,你可敢担任?”卫巫听了,晓得这是一个作奸舞弊的好机会,连忙叩头应道:“天子有旨,小臣敢不尽心去办理。那些大胆妄言的人,实在罪该万死。容小臣侦得,立刻奏上。”厉王道:“现在这等大胆的百姓很多很多,你给我尽数奏来,不许隐瞒。卫巫诺诺连声,退出宫外,连忙把他一向所不喜欢的人,开列姓名。次日进宫,报告说:“臣已经查得许多胆大妄为的人,背地骂詈天子,现在将他们的姓名呈上。”厉王略略看了一看,便吩咐左右,把卫巫单上开列的人尽数捉来杀了。

可怜这些老百姓,莫名其妙地被捉去屠杀,家里父母妻子哭哭啼啼地查问:“究竟犯了什么罪?也得说个明白。”那些刽子手都是凶神恶煞一般,个个圆睁着眼睛说:“谁叫你们这般放肆,毁谤天子?现在天子知道了,还不该杀头么?”这时候他们才知道是冤枉他们毁骂周天子,连忙分辩说:“我没有骂,我没有骂,谁说我骂的?”可是刽子手不容分说，只管开刀，一个个都在极口呼冤的声音里，砍下血淋淋的头来。

就在这般昏天黑地里，一批一批的人民给捉去杀了。罪状都是“诽谤天子”。这样下去，本来不骂的人也忍不住要骂了。可是一给听见，就不得了。卫巫为了讨好厉王，特地分布了许多心腹，四散出去，只要一点儿风吹草动，都报给卫巫知道。自然，冤枉的事多得很。结果，没有一个人敢说话了，走到路上，也是寂寂无声。碰着熟人，大家只用眼睛对瞧一下，谁也不敢开口说话。整个热闹的都城，变成肃静无哗。

厉王看见卫巫头几天报告了许多人，后来渐渐少了，最后竟然连一两个也没有了。便问卫巫为什么不报告，宁卫巫叩头奏道：“现在人民已经没有说话的了。他们再也不敢诽谤天子，所以没有可报的。”厉王听了大喜，重赏卫巫。次日上朝，厉王特地宣召召穆公进前，笑嘻嘻地对他说道：“你前次所说的人民怨骂的事情，果然不差，真有许多人民背地骂我。但是我已经用了极好方法，把这类事根除了。现在他们再也不敢骂我了。”召穆公早已听得厉王命卫巫监视人民诽谤的事情，正要进谏，一听厉王这般言语，看出他不但不知自己暴虐，反以为用严厉手段迫害人民是极好方法，便谏道：“这不是使人民不骂，这是堵住了人民的嘴。堵人民的嘴，比起堵一条河的口，还要糟糕。一条河的出口堵死了，便要由堤岸溃决一个口，淹死许多人畜。人民的嘴堵死了，结果也是这样。所以会治水的人，一定疏导它，让它有一个畅行无阻的水口，才可以安静地滔滔流去。会管理国政的人，也一定让人民尽量说话。正因为这样，一位明白的天子，当他料理国家大事的时候，一定让公卿大夫士都贡献所知道的，甚至百工也可以将他所知道地说出来，庶人也可以叫人传达他所要说的话。亲戚近臣，尊卑贵贱，都可以畅所欲言。天子斟酌了可行的行去，这样，行的事就没有不对的了。人民心里有什么，嘴里才说什么。要是把他们的口堵了，他们怎么受得了？”厉王摇摇头说：“我并不是不许他们说话，只不过不许他们这般骂我。他们有什么知识，怎么可以随便议论我？这不是反了么？他们只应该老老实实地听我的命令，我是不会有错的。他们不服从我，却在胡言毁谤，怎么可以不杀？现在他们已经不敢说话，这是严厉管束的结果。你怎么反说不对，难道应该让他们瞎说八道么？”召公又谏了一番，厉王只是摇头，反说召公无用。召公无奈，只得退出。走到路上，只见一路鸦雀无声，没有一个说话的人。个个垂头不响，放步疾走，谁也不和人打招呼。召公不胜叹息，眼见人民受到极深的剥削迫害，却不能说一句不平的话，这样下去，周室只有灭亡。回到家中，辗转一夜，不能成寐。次日上朝，遇见许多公卿，大家都是缄默不出一言。只有一位凡伯，乃是周公后裔，袖出一篇新诗，送与大家观看。诗名为《板》，内容是责备一个朋友的口气，全篇都是劝诫他迁善改过的话。大家彼此传观，点头会意。召公不觉诗兴大发，便也做了一篇《荡》，借着文王口吻，斥责商纣无道，理合亡国，若再不改，夏桀就是榜样。大家看了《荡》的内容，也都点头称善，不多说一句话。

原来那时的制度，乐工所唱的歌，都是向各处采集民间歌谣，以及卿大夫所做的诗歌，随时唱给天子听。这个制度，是因为恐怕天子深居宫内，不知人民疾苦，特地把外面生活唱给天子听听，就可以知道所作所为的事情，是不是合于老百姓的心。这种诗歌常常是人民真心的话，所以能够反映出社会的真实面貌。有些官吏们，碰着不便直言的事,也往往借了诗来表示意见。就像祭公谋父的《祈招》,竟然把雄心勃勃的穆王感动了。现在凡伯和召穆公都因为无法谏净厉工,所以只好作诗来让乐工歌唱,希望在厉王听歌的时候,觉悟过来。

他们这种希望,终于无法实现,厉王的暴虐,一天一天增加。他认为人民不说话了,更可以畅意地剥削压榨,把一切浪费统统压在老百姓身上。负担不起的,就狠狠屠杀。召公们也时时涕泣劝谏,总没有效果,仍然一意压迫人民,尽量增加各种税收,分派百姓去做苦工。宫殿里所藏所积的东西宝货,也都搜刮出来享用,把穆王带归的玉都拿出来雕琢器具,各方进贡的东西也都翻搜出来。

一天,忽报荣公来朝,厉王便召入问他有什么事情。荣夷公叩头奏说:"臣闻近郊农民,有一点不稳消息,恐怕万一有什么意外事情,我王不可不预先打好主意。"厉王大惊,说道:"你这话哪里来的?"荣夷公道:"臣昨天派了人到郊外收取田租,不想农民聚集了许多人,都不肯交,反把派去的人杀了。臣派人再去,据说农民越聚越多,光景十分不妙,请我王派兵弹压才好。"厉王听了,还没有答话,早有左右来奏周、召二公前来朝见,厉王忙命召入。二公启奏:"近郊农民聚集了数千人,都要进城来,恐怕闹出事情,请旨定夺。"厉王说:"这般农民聚众滋事,绝不是好东西,可急急派兵堵截,不听命令的,尽管诛杀。"周公道:"我周制度,寓兵于农。农民就是兵,兵就是农民。现在农民起来反抗,我们还想去召集什么兵来弹压他们?"厉王听了不觉慌张起来,说:"这,这,这怎么好? 这不是反了吗?"召公说:"臣现在已派有凡伯、芮伯先去劝解农民,叫他们不要急切,静等我王命令。不知我王旨意如何?"厉王踌躇了一会儿说:"两卿意见怎样?"周、召二公说:"农民无非因为租税过重,无法交纳,刑罚太严,担受不起。我王如能降旨减免今年租税,把无罪的人都释放回家,也许可以把这次事情平息下去。"厉王听了,心中十分愤怒,怫然说道:"我是天子,农民应该交纳租税。有罪的,我应该办。要是照你们所说,租税不交,有罪不办,还成什么天子?"刚刚说到这里,凡伯已经踉跄地不等通报,跑了进来,慌慌张张地说:"不得了,天子。农民已经涌进城来,臣允许他们减租减刑,他们全不相信。这便如何是好?"厉王看见凡伯慌张样子,也觉着忙,忙问:"把守城门的人员如何不加阻止?"凡伯一面拭汗,一面说:"那些人员如何拦阻得住? 并且他们早已通同一气了。"一句话还未说完,早听得远远一片嘈杂呼喊的声音,好像有几万人在叫着:"我们不要这样的天子,出来! 出来! 我们找你算账!"那声音好像天崩地塌,震得满宫人众个个失色。饶你厉王怎样暴戾恣睢,在雷霆万钧的群众威力之下,也不能不发起抖来。正在这个时候,芮伯也飞奔前来,大喊:"糟了,农民已经打进城来,就要来围王宫。我王还是赶快回避回避,切不可疏忽!"厉王这时候没了主意,直愣得说不出话来。周公、召公忙说:"现在事不宜迟,我王还是暂时离开王宫,容臣等向农民商量劝解。事情平定以后,再请天子回宫不晚。"厉王现在也知道众怒难犯,不敢再硬下去,只得点头依允。当下商定,由周、召二人留守国都,和人民谈判交涉。凡伯、芮伯、荣公等一干人众随同厉王,马上离开王宫。匆匆议定,厉王记起太子靖还在外面居住,忙派人通知他速速出宫逃走,不要耽搁时候,以免给人民撞见,不能脱身。吩咐完毕,看看宫内情形,不觉心里一酸。许多美女娇妃,玉楼凤阁,一霎间都不是自己所有,白白剥削了许多年,到头还是空的。这时候耳听四起的喊声越来越近,探怕王宫被围,逃不出去,只得急急忙忙,带了宫眷,步行出宫。周公、召公一面分派各处侍卫,把守宫门,莫容农民撞入,一面便迎了出去,早见农民一路一路结队前来,城里人民都纷纷响应,加入行伍,越聚越多,都向王宫拥来。个个口中大声呼喊:"无道的昏君,今天是你的末日到了,看你还能杀我们不能?你出来!出来!我们和你算账!"一唱百和,此起彼落,陆续不停地喊着,人数越多,声音越大。每人手中都拿着锄头、镰刀等等农具,登时四面八方,聚集拢来,声势十分浩大,看去何止数万?周、召二公生怕厉王不能脱身,连忙招呼农民谈话。农民不知是谁,便围了上来,周、召二公分开两处,个个向农民大声劝导,说尽无数好话,又把周朝文、武、成、康各王的好处,说了又说,希望农民的激昂情绪缓和下来。无奈农民受厉王的暴虐已久,再也不信二公的话,仍然大声呼喊,要找厉王算账,蜂拥地向王宫包围。那时厉王已经由宫中逃出,知道农民是由南边进来,连忙向北逃走,一路上听得人民呐喊声音,不由心崩胆裂。回望龙楼凤阙,好不凄惶。这时候性命要紧,顾不得贪恋富贵,急急马不停蹄地,犹如漏网之鱼一般,沿着渭水直向东北走去。好容易听得喊声渐远,方才停了下来,商量投奔何处。查点宫眷,倒还不少。只是太子靖不知何在,大约不曾跟来。便问凡伯道:"现在离镐京已有不少道路。我这次仓促出奔,没有带得很多东西。必须找个安身所在,你看什么地方好?"凡伯奏道:"这里离镐京还不算远,附近农民一见近郊农民起事,一定也要仿效。我王还是休辞劳苦,再走一段路程,方保万安。"厉王听了,想到自己身为天子,一旦竟弄到为百姓所不容,无处栖身,不由两泪交流,说道:"我悔不听众卿的话,得罪百姓。今天抛弃国都,失守社稷,这都是我一向专恣的罪,累了诸卿陪我奔波,我心实在不安。"说着凄惶不止。芮伯们听了厉王言语,也觉伤心,便让大家劝慰厉王一番,无非是事已如此,懊悔无益的话。劝了一回,仍旧商量投奔何处,商量结果,还是往东北过了黄河,才可以放心,不至给人民赶上。于是一行人众依然披星戴月,日夜不停地奔走。走过了黄河,沿着汾水,一直到了彘(山西省霍县)的地方,方才安居下来。一面派了凡伯,回到镐京打听消息。

凡伯奉命回京,一路上早听见人民纷纷传说,镐京四郊的农民,因为受不了苛虐,全体起义,赶走了无道的周天子,搜出太子,也杀死了。现在各种苛捐杂税,都已豁免,人民从此不需要天子,免得受他统治。这般消息,沸沸扬扬,传说不绝。越到近镐京地方,人民言论也越激烈,都说:这般天子,应该杀死才能平百姓们的气愤。杀死太子还不够,还得把天子捉回来杀,才好。说的时候,人人切齿,个个咬牙。凡伯听得这般消息,吓得惊疑不止,暗想准怪路上不见太子,原来已被人民捉着杀死。想着太子年轻,并无大罪,只为父亲暴虐,弄到这般惨死,未免可怜。看这般情形,厉王一时还不能回来,只好等事情冷了再说。想着便进了镐京,幸喜他向来是劝谏厉王的人,人民对他并无恶感,所以很平安地回到自己家里,再设法打听各方面情形。

且说那天周、召二公用了缓兵之计,邀住农民再三劝说。农民当然不听他们的话,依然纷纷呐喊,奔向王宫,恰似怒潮汹涌,谁也不能制止。农民对周、召二人倒也并没有恶感。只不过他们俩要替厉王说话,却也不行。二公无可奈何,只得各回自己家里,一任农民做主。这时候整个镐京，家家闭户，满街上全是四郊涌来的农民队伍，越聚越多，都涌到王宫外面，发一声喊，把个王宫围得水泄不通。那时周已经统治了三百年的天下，宫室已经造得绵延数里，殿阙巍峨，楼阁无数，画栋雕墙，千门万户，农民包围起来，很费一些时间，因此被厉王由北方逃去。农民把守了王宫门户，便大伙望门内冲了进去。守门的卫士不肯让他们进去，双方冲突了一会，究竟农民人多，争持了一番，便被他们打破宫门，纷纷撞了进去。一到里面，只见金阙玉楼，奢华美丽，满宫里珠摇翠晃，眩得眼睛生花，并且重楼叠阁，曲曲弯弯，走也走不完。许多农民纷纷七口八舌地喊道："昏君把我们的血汗抽了来，原来这般享受。这都是我们辛苦盖起来的。他还不知足，还要拼命搜括，今天非得把他捉来问个明白不可。"大家一边喊，一边找。前前后后，找了半天，却找不到厉王形影。只剩了几个宫娥彩女，战战兢兢地缩做一团。连王后太子也已踪迹全无。急得农民们暴跳如雷，大家都嚷着不能便宜了昏君，非捉住不可。便查问宫女，厉王究竟藏在哪里？那些宫女都颤抖着说："不知道哪里去，有的看见出宫去了。"农民又搜了一番，委实不在宫里，只得散出宫去，满城搜查。有的人说："看见有一行人马往北逃走。"有的人说："看见一个穿着太子衣冠的人，在路上奔逃。"农民们便分头去追赶厉王，一面在城里捕捉太子。那些追赶厉王的农民队伍，因为在宫里搜寻，耽搁了已经很久，所以落在厉王后面。赶了一程，赶到三岔路口，不知厉王是往哪条路去，只得分开追赶。又赶一程，还是分了几条歧路。没有办法，只得回来，在城里分头寻觅。把荣夷公一家财产都清算了，还有许多帮凶作恶的贪官污吏，也都一一给他们应得的惩罚。搜来搜去，还搜不出太子踪迹。后来有个人看见那天有个穿太子衣冠的人往西边去，大家便分头向西寻找。找了许多地方，又有人说，那天看见穿太子衣冠的人往南拐弯，大家便又依他所说，向南拐弯找去。这样找来找去，到底是群众人多眼快，给他们找到了一所大宅。大家相信平民的住宅，浅狭卑促，无法藏匿太子，一定是这所大宅的主人，才会把太子藏匿起来。他们便发一声呐喊，把这家宅子团团围住，像擂鼓一般敲着大门，索取太子。这家不是别人，原来就是召穆公的家。太子靖由宫里逃出，找不到路，满街上全是农民。他只怕被农民撞见，送了性命，想找个平民家里暂避，又怕平民把他献出给农民去杀。想来想去，无处投奔。只有召穆公平日深得民心，也许藏在他的家里，可以不至有危险。农民不会搜召公的家，召公也不会把他献给农民。想定了，便一直向召公家跑来。恰好召公由外边回来，一眼瞧见，忙带他进入家中，把太子藏在密室里面，想等到农民回郊外去，那时再说。不想刚刚过了一会儿，忽然大门如擂鼓一般，震得耳朵都快聋了。接着千万人怒喊的声音，口口声声只嚷："快把那昏君的儿子送出来，我们要讨还我们的血债。"吓得召公和太子面面相觑。同时看门的侍人也飞奔进来，报告说："不得了！不得了！外面许多人民要打进门来了。他们说：太子是逃到我们家里的，外面有人亲眼看见。叫我们快快把太子献出去。否则，他们就要不客气地打进来了。这便如何是好？"召公惊得面色都白了，忙说："你为何不说没有？"侍人说："小人老早说了。他们一点也不信。还说：因为知道这家是召公的家，他们才客气地和我们要；要是什么贪官污吏，他们早就把门踏破了进来。他们连王宫都打破，还打不破我们这扇大门吗？现在他们等着要我们速速回话，再不把太子交出，就要打进来了。”召公听了，连忙先叫卫士防守门户，别让人民打了进来，一面叫全家人口和太子先行躲进内宅密室。自己便上了高台，举目一看，在他住宅的四面八方，前前后后，重重叠叠，包围着许多农民，个个都是雄赳赳气昂昂的，像海潮汹涌一般，呐喊的声音，天摇地动。召公只得提起喉咙，大声叫喊，请人民暂停敲门，上前打话。许多人民里面有认得召公的，见他站在台上，便都停止吆喝。召公看见人民已经安静下来，便向农民大声地说道：“一向是天子误信小人，弄到这般。现在天子已经走了，你们为何还不散去？太子年幼，诸般事情，和他无干。你们有多少话，只能向天子说，也不能向太子说呀！”

人民里面有几个为首的，便也大声答应说：“我们也知道这些事和太子无干。可是昏君杀了我们许多人民，难道一走了事？他杀了我们儿子，我们也得杀他的儿子来抵偿才是。我们知道你一向是正直的，所以不来伤害你一家。只要你把昏君儿子送出来，我们便立刻散去。”这些话刚刚说完，四面八方几万人的声音都叫了起来，说：“我们只要昏君的儿子，你要是不交出来，我们就要进来搜了。”一面喊，一面像潮水一般往大门上挤，那召家大门早已给千万群众的压力挤得吱吱地响，这时候只听得哗啦一声，连门带墙全挤破了。潮水般的人民拥了进来，许多卫士拼命地抵抗着，但是人民是这样的多，几十个卫士哪里抵挡得住？眼见马上就要冲进内宅来了。召公在台上喊破喉咙也没有人理，没有办法，只得急急下了高台，走进内宅。只见合家老幼抖做一团，那年幼的太子更是战战兢兢，泪流满面。召公夫人和几个儿子，也都吓得面无人色。召公这时候势处两难。他明知献出太子，便可保得全家无事，但是封建时代忠义的思想已经深入他的脑筋，使得他宁可全家被人民杀死，也不能把太子献出。便对一家人众说：“我一向苦口劝谏王，王一句都不肯听我的话，以致弄到这般光景。现在我若是把太子献给人民，那么，王一定以为我是怨恨上不听我的话，而不保护太子了。臣下对于君上哪有怨恨的道理，这岂不是不忠么？太子危急来投我，我反把他献出去，这岂不是不义么？不忠不义，我怎么可以做得人？我宁可全家陪太子一同死，也不能把太子献出。”说到这里，忽然一个卫士慌慌张张跑进来说：“不得了，人民已经打进来了，现在我们死力守住内宅的门，主公快快打算。”召公还没有答应，召公夫人两泪交流地说：“我们全家陪太子死，没有什么，可是你还有母亲呀！他老人家难道也陪着一同死么？”这句话可把召公愣住了。正是：

民心王事难兼顾，公义私情不两全。

第十回　辅政共和　淮汉武功铭石鼓
倾城一笑　骊山烽火灭宗周

召公听了夫人的话，不觉呆了一呆。原来召公还有母亲幽姜，召公因为恐怕她受了惊恐，所以没有让她知道今天的事情，依然安坐内室。当时召公被夫人一言提醒，心里十分为难起来，暗想我若把太子献出，便不忠不义；若不把太子献出，人民一定进来搜索，那时不但太子还是不能保全，而且要累母亲受到惊恐，岂不是不忠之外，还要加上不孝？进退两难，如何是好？心里这般打算，眼睛便不住前后左右张望。一眼瞧见自己的儿子，年龄身材和太子不差多少，蓦地计上心来，挫一挫牙齿，眼里滚出两行热泪，便挥手告诉卫士说："你且出去和农民们说，叫他们不要这般嚷闹，容我从长计议，把太子交给他们好了。"卫士答应一声，连忙出去。召公便叫太子快把外面衣服脱下，头上的冠巾也除了下来，同时叫儿子把身上衣冠脱下给太子穿戴，然后指着太子衣冠，含泪对儿子说道："现在事在两难，不是我为父不慈，实在别无其他办法，只得把你来代替太子，交给人民。你可快快把这衣冠穿上。"一面说着，一面泪珠簌簌掉下。召公夫人一听这话，真是晴天霹雳，几乎晕了过去，拉住儿子失声大哭起来。召公连忙摇手，说："你不要这般大哭，风声走漏，祸事不小。"夫人哽咽着吞声饮泣，勉强止住悲哀，颤抖着两只手帮着儿子把太子衣冠穿上。封建时代本来提倡三纲主义，那三纲是：君为臣纲，父为子纲，夫为妻纲。为臣、为子、为妻的对于为君、为父、为夫的都只有盲目地服从，不许反抗。召公只知有君，宁愿牺牲自己的爱子；他的夫人和儿子也只知有夫、有父，不知有自己，竟不敢有丝毫反抗的表示。那时太子觉得让别人替自己去死，似乎有一点说不过去，但是被召公连连催促，也就只得照办。刚刚把衣冠换好，卫士又喘吁吁地跑进来了，说："他们不肯再等了，说我们欺骗他们，白等了许多时间，一定要冲进来。……"话还没有说完，早听得喧哗的声音，杂着各种乒乒乓乓敲打的声音，混成一片。许多卫士都被挤得一直退到门内。人民纷纷挤进门来，一面挤、一面喊，说："这可怪不了我们，我们只好来搜了。我们也知道你们有你们的难处。你们自然不敢把昏君的儿子交给我们，怕昏君和你们算账。那么，等我们自己来动手好了。"大家七口八舌地纷纷叫喊着。一面叫、一面挤，顷刻之间由门外挤到门内，又由堂下陆续挤上堂来。召公看见情形已经十分迫促，忙叫夫人和太子急急避开，自己走出堂来，挥手叫卫士不要抵抗。无奈人多声杂，谁也听不见召公的说话。这时，几个挤上堂的人民已经瞥见房内有一个穿着太子衣冠的人。大家发一声喊，抢进房去。召公的儿子早已吓得呆若木鸡，被几个农民横拖直拽，捉出房来。召公慌忙上前拦住，大声说道："你们听我一句话，太子是无罪的，你们不可杀害他……"一面说，一面舍命来阻挡。怎挡得人民都纷纷涌上堂来，许多卫士也夹在中间，抢上堂来卫护太子。就在双方拼命抢夺之下，撞撞跌跌，那些人民已经抓到了人，如何肯放松了手？大家一面打，一面抢，一阵乱戳乱砍，登时把个假太子打得鲜血满地，自然就一命呜呼。许多人民方才一哄而散，只剩了狼藉满地的血迹和假太子直挺挺的尸体。

召公看见儿子已经身死，不免痛哭一场，只怕机关走泄，勉强遏制着悲哀，吩咐买棺盛殓，依礼安葬。从此太子便住在召公家里，冒充召公的儿子。

这次农民起义，虽然一时愤激把厉王赶走，但是并没有完密的计划，以致被厉王逃去，又在混乱场合里，错杀了假太子。大家散出召公家，还自以为怨气已经发泄，三三五五地陆续散去，回到田野，依然耕田种地，照旧工作。他们缺乏领导和组织，完全把胜利果实抛掉不管，让它落到贵族手中。

且说农民散去之后，城里各位公卿大夫方才敢开了大门，渐渐聚集朝堂，讨论善后事宜。太子年龄本来幼小，不能管理国政。召公也不敢说出太子真正踪迹。又因厉王还活着，也不便另立新王。商量一番，国事总得有人负责。大家决定，仍由周、召二人暂时管理。重要政事，由六卿合议。先维持一时，再看情形。这种政体，称为共和。实际上也不过是几个贵族执政，并不是什么民主。

周、召二公共同商酌，把厉王许多暴虐的刑法都改掉了，还有许多加重的租税，也都减少，恢复以前的标准。现在没有天子，减少许多耗费。周、召两人虽然行政，有事也是和公卿大家商量，比较开明一点，不会像厉王那般专制。一切事情，也比较顾到人民利益。所以这次农民起义，虽然不曾把周朝推翻，但在当时情形之下，也算是很大的胜利了。

不久，凡伯回到镐京，听得许多消息，便去访问周、召二人，商量厉王回京的事情。两人都认为现在民怨未平，不是回来的时候；若是匆促回来，可能引起人民第二次的大起义，那时后悔无及。还不如先在彘暂时住下，等着机会。凡伯已经听见许多人民咒骂的话，也知道无法接厉王回来，只得回去报告。从此厉王长期住在彘地。那地方本是汾水旁边小邑，因此，周人便称厉王为汾王。汾王到了这般地步，所有天子的享受一概失去，每年只是由周、召送来一些衣服器用，维持生活，回想过去富贵尊荣，宛如一场春梦。郁郁地过了十四年光阴，一病而亡。

这时候，共和已经十四年，周、召二人商量，太子靖年龄已长，可以继位为王，只是还有许多窒碍，恐怕民心不服。两人商量结果，便利用那时社会上的迷信，想出了一条妙计来。那时正值大旱，人民叫苦连天。周、召便故意命卜人卜问一卦，究竟为何上天动怒，要罚人民这般受苦。卜人奉命，薰沐占卦，占毕，便说："按这卦的卦象，现在大旱，乃是汾王为祟。"周公假意失惊地说："汾王得罪人民，自取其祸，为何还要为祟?"卜人说："汾王虽然暴虐，已经居彘十四年，永远失去天子地位，也足以抵消他一人的过失了。周家历代先王，并无罪恶，何至因为汾王一人，便弄到少祭缺祀？因此，汾王心有不甘，要求立他儿子为王，使周的祖先仍能享受祭祀。"周、召两人听了，便说："这事情十分重大，我们得商量商量。"卜人收了龟甲退出。周、召便对许多公卿商议说："卜兆既然这般，我们不能不遵从天意，访寻汾王太子，以免旱到无可收拾的地步。"公卿向来服从周、召，并无异说。周、召便一面吩咐各官吏预备天子登基的一切礼节。这消息不消半天便传遍了各处。人民虽然愤恨厉王，但是事情已经隔了十几年，厉王也已身死；

现在给可怕的大旱压迫得喘不过气,只求快快下雨,自然没有必要反对。周、召等了几天,看看人民方面并没有什么反响,方才敢由召公家里接来太子靖,正式登位,做了天子,是为周宣王。

宣王经过了许多艰难,知道人民的力量是不可轻视的,一切政务依照周、召两人在十四年共和时代的办法,兢兢业业,小心管理。又有周定公、召穆公左右辅佐,倒也平安无事。许多周时公卿贵族,一向看惯厉王专制行为,现在见宣王这般端谨,就纷纷赞美他,说他是中兴贤主,歌颂了许多好话。其实宣王也不过是一个中等材料,可以做好的事,也可以做坏的事。幸亏那时君臣上下都由这次农民起义中得到教训,大家不敢小觑了群众力量,有了许多贤臣辅佐,使宣王博得一个好声名。

周自从厉王失德,各地诸侯多不来朝贡,现在看见宣王认真管理国事,大家都又尊敬周室,依旧朝贡,只有距离周比较远一点的地方,仍是不服。宣王和周、召二公商量,分别遣兵征伐各地。那时西方的西戎十分强悍,勇力出众,又逼近镐京,必得才武过人的勇将方能抵敌。宣王商量一番,大家举荐秦国的秦仲,他是非子的曾孙,生长西方,和西戎累代互相争战,勇敢可用。宣王便封秦仲为大夫,命他出征西戎。秦仲一向虽然袭封秦君,因为地方偏僻,文化落后。现在做了周的大夫,有车有马,也有音乐,也有奴仆,享用居住登时煊赫许多,风光十倍。人民纷纷奔走相告,都觉得面上有了光彩,便作了诗歌来歌唱。秦仲自己当然更为得意,立刻点齐兵马,和西戎大战一场。无奈西戎剽悍成风,虽然秦仲十分出力,也只拼个旗鼓相当。彼此有胜有败,一进一退地成了相持的局面。

西方既然付托秦仲,北方的玁狁也是强悍好战,直逼镐京。宣王没奈何又和周、召二公商议,派了尹吉甫前往征伐玁狁。这时候正是六月大暑的天气,本来也想等到秋凉,禾黍收成清楚,再议出兵,只为玁狁进兵十分神速,已经到了泾水旁边,不能耽搁。尹吉甫受了王命,带领兵马,冒暑出征,便把家中一切,嘱咐妻子小心在意,特别是前妻的儿子伯奇年龄已长,有什么事情,加意照应。他妻子听见吉甫出征,心里十分高兴,面上却装作忧愁模样,再三叮嘱吉甫一路小心。至于伯奇,她自然会和亲生一般看待,不必吉甫挂心。谈话未毕,伯奇走进房来,一听吉甫要去征伐玁狁,便请求带他同去。吉甫摇头说:“你年龄还轻,不知战场上的事情,只在家中好好服侍母亲,教导幼弟伯邦,便是孝顺,不必跟了我去。”伯奇再三请求,吉甫只是不肯。吉甫妻子也说:“战阵太危险了,伯奇跟去,我也不放心,还是在家好。”伯奇无奈,只得流泪送了父亲出征。

尹吉甫统率三军,直抵泾阳和玁狁交战。玁狁一路掳掠禾黍妇女已经不少,遇着周军,无心恋战,打了一场,便即退走。尹吉甫麾军追逐,把玁狁抢去的妇女货物截获许多,一直赶到太原地方,玁狁才远远逃去。吉甫计算追赶不上,方才奏凯回镐。宣王见吉甫全胜回来,十分喜悦,便设宴犒劳,许多公卿都纷纷道贺。吉甫领宴,开怀畅饮,谢恩回家。到了家中,却见妻子愁眉泪睫,好像有无限委屈模样,心中不解。当时问知家中一切平安,伯奇和伯邦都照常日一般见了父亲,问安道乏,便也不曾问及。到了晚上,一家人众都已安歇,吉甫这才问妻子道:“你今天什么缘故,像受了谁的委屈?”妻子叹了一口气说:“为人不要做继妻,做了继妻什么话都不能说。你叫我怎么说呢?就算没有事罢。”吉甫听得话中有话，一定逼着要她说。她依然不肯说。吉甫道：“我明白了，一定是伯奇忤逆不孝，是吗？”妻子说：“不，他倒没有。”吉甫更加不明白，一定要问个清楚，他妻子这才说：“你一定这样追问，我也说不出来。说出来，你也不会相信。明天你自己到台上看看，就知道了。”吉甫再问，她一句话也不说了。吉甫满腹狐疑，虽然知道一定是伯奇有什么不孝的地方，但想起来伯奇一向尊重父亲和继母，便对幼弟也十分友爱，又不像会有怎样不孝的事情，使得后母这般生气。这一夜，尹吉甫闷在心中，不能安睡。次日，妻子果然和吉甫走上后园台上，观赏园中花木。吉甫记起昨夜言语，便问妻子：“这台上有什么可观的，你昨天叫我来看？”妻子说：“你只站在台上，我去园里游玩。你就可以知道我为什么愤怒了。”吉甫点头答应，他妻子便下台去了。

尹吉甫这个妻子是一个极有心计的女人。她一下了台，便叫人去叫伯奇，一面由房内取出预先藏下的黄蜂两头，把蜂针剪去，藏在袖里。然后分花拂柳地姗姗到后园来，故意走到吉甫可以望见的地方，徘徊细步。过了一会，伯奇果然来了，一见后母，便向前叫声：“母亲。”后母点头答应，忽然失惊地“啊呀！”一声，举起袖来，袖口里两头黄蜂摆扑不止。伯奇一见也慌了说：“母亲，快抖抖袖子，袖里有黄蜂。”后母说：“你快，快，快帮我捉去，它会刺人的。”说着花容失色，好像惊得手足无措的样子。伯奇这时候来不及考虑，连忙伸手到后母袖里去捉黄蜂。后母却又装作惊唬得颤抖的模样，连忙反把袖子举起，黄蜂便倒掉进去。伯奇捉不到黄蜂，只得一手拉住后母袖子，一手伸进袖里去捉，好容易才把黄蜂捉住，摔在地上，一脚踏死。正当他捉蜂的时候，尹吉甫在台上远远观望，只见伯奇竟然拉住后母，并且伸手到后母的袖里，不觉勃然大怒，气得根根胡子都直竖起来，立刻奔到自己房里，抓了一把宝刀，凶狠狠地赶了出来望着伯奇便砍。伯奇不知父亲为何这般动怒，急急躲了开去。正要启问原因，吉甫已经又举起刀，一面大声喝骂，一面挥刀猛砍。伯奇只怕自己万一被父亲砍死，只得飞跑逃走。吉甫追了一段，究竟年老，不如伯奇跑得快，眼见他跑得远了，只得恨恨地回到家里，挂上宝刀。只见妻子哭得满脸泪痕，好像带雨梨花，十分娇媚。尹吉甫叹了一口气说：“真想不到这个孽子竟敢这般大胆，要不是我亲眼看见，谁也不会相信。现在他也不用想再见我的面了，要是回来，我一定把他一刀两断。”一面说，一面抚慰妻子不必气恼。他妻子哭够多时，方才收泪，带领了幼子伯邽在吉甫身边献殷勤。

伯奇跑到野外，回头一看，父亲并没有追来，方才敢站定了脚。细想父亲昨天刚刚到家，今天为何便这般大怒，一定是听了谁的言语。现在既然父亲不容，无家可归，走到别处，也是无法栖止，不如干脆投水自杀，免得父亲动手。想定了，便向水边走来。封建时代，孝亲是最重要的道德。不孝的人，连社会上都没有人看得起他，当他一个禽兽。所以伯奇一经触恼父亲，便觉得生不如死。走了不远，只见前面一片江水，伯奇满怀冤苦，无心细看，只站在岸边，流下两行眼泪来，怔怔地望着水，望了一会，迷迷惘惘地双脚一跳，跳下水去。却不料水边苔藻很多，纠缠连接，和一个大网相似。伯奇跳入水中，恰巧给苔藻兜住，半沉半浮。附近还有渔人，瞥眼望见伯奇跳水自尽，大家喊叫起来，纷纷赶来相救。不多时，大家七手八脚把他拉抬上了渔舟，只见伯奇两眼泛白，就先让他吐出清水。这些渔人都过惯了水上生活，对于拯救落水的方法，自然十分娴熟。伯奇落水时间不久,被他们尽力施救一番,便呕出许多水来,渐渐脸色转了,两眼微开。大家都说:“好了,好了,已经不要紧了。”一个老年渔人便说:“你这人年纪轻轻,为何这般没出息寻短见?看你衣衫楚楚,不像饥寒所迫。到底是什么缘故,可说出来,大家替你想法。”伯奇见问,泪如雨下。想起这事情是不能说的,说出来,对父亲面上不大好看。想了一会,只得道谢渔人拯救的大恩,却不肯把寻死原因说出。渔人再三动问,伯奇总不肯说。大家见他一定不说,只得罢了。伯奇浑身湿水,怯弱无力。渔人们便留他暂住舟上,借些干衣给他换了,弄些热水给他喝下。大家方才陆续散去。伯奇本来无家可归,难得渔人们这般仁爱,心中十分感激。只是一想到父亲刚才情形,便觉心如刀割。歇了一会,天色已晚,渔舟上炊烟四起.渔妇抱了婴儿,大家笑言哑哑,十分快乐。伯奇触景伤心,觉得人家都有天伦乐趣,只有他身负奇冤,有家难返。渐渐月轮东上,照得波光澄澈,如同琉璃世界,悄寂无声。伯奇当这般幽凄境界,不觉悲从中来,情不自禁,便纵声唱了一首歌,把心里的悲哀抑郁完全发泄出来。真个唱得幽幽咽咽,如怨如慕,如泣如诉,十分凄楚可怜。渔人大家都屏息听了一会,个个都觉得非常感动。不由自主,许多人都三三五五地唱了起来。伯奇恐怕被他们看出行藏,睡了一夜,便托辞身子已经恢复,再三道谢,别了渔人,依然上岸,自己另觅生活去了。转眼暮春三月,桃红柳绿,一派喧妍气象。一天,周宣王朝罢无事,便对公卿说道:“一向因为猃狁、西戎侵扰,日夜不安,未曾和诸卿欢叙。现在幸赖诸卿出力,西戎、猃狁,相继平定。正好趁着明媚春光,出外游玩一番,君臣同乐,岂不是好?”群臣同声领旨。宣王便吩咐轻车简从,和诸公卿一同到了郊外观赏春景。正是芳草如茵、柳绵似絮的时节,近郊一带农田,秧针插水,风景十分清幽。宣王和公卿们且行且赏,不觉到了一条清溪旁边,几个渔人正在溪边打鱼,一面撒网,一面歌唱。歌声清越抑扬,宣王不觉驻足细听,听出歌里全是思慕父亲的话,悲凄慕恋,如同失母孤雏一般啾啾唧唧,又好像有什么说不出的痛苦,希望父亲明白自己的冤抑。听了一会,歹心里十分感动,便问公卿道:“诸卿听见这歌吗?这歌完全是一个孝子的口吻,才得这样入情入理。想不到这里有这般好歌。”群臣回答道:“君王说的是,这歌太好了。不知什么人编的。”宣王便命小臣去叫渔人来,查问这歌是谁做的。渔人叩头奏道:“几个月以前,有一个年轻的人掉下水去,大家把他救起。他醒了以后,做了这歌。大家爱好这歌的声音,便互相传了下来。”宣王点头道:“这做歌的人一定是一个受丁冤抑的儿子。据他歌里口气,这人一定是孝顺的儿子。你们知道他在哪里吗?”渔人答道;“小民不知。小民也是转学来的。”宣王听了,命渔人退去。又游玩了一回,也就回宫,公卿个个散出。只有尹吉甫听得渔人唱歌的声调,极像伯奇口气,本就觉得心里十分难过;又听得歌里句句思念父亲,表明自己冤抑,更加一阵酸楚。后来听得宣王再三说是孝顺儿子受了冤抑,又听渔人说是一个投水青年做的,他断定这歌一定就是伯奇所做,伯奇一定是受了冤抑。但是在大众中间不好说出,呆呆地跟定宣王,一直到了宣王回宫,方才一人踽踽凉凉地回到家里。越想越伤心,只怕伯奇真个自杀。但是伯奇若是冤抑,那么妻子的话就靠不住了。究竟是谁的错呢?尹吉甫想来想去,委决不下,便暗暗探查究竟。俗语说:“若要人不知,除非己莫为。”吉甫的后妻陷害伯奇,也算十分机密的了,但也仍有走漏之时。吉甫趁妻子不在的时候,唤过侍妾,细细盘问。问来问去,便有那看不过眼的人,把实在情形说出。尹吉甫这一气非同小可,才知道自己上了后妻的当,几乎把儿子杀死。这种恶妇,岂可留她活在世上?要是留她活着,伯奇即使回来,也要再受她的毒害。当时打定主意,便唤妻子到后园看花,一面拿了弓箭,到了后园,遣散侍女,方才放下脸来,责问她为何用了毒计,陷害伯奇。后妻一听机关已泄,无法掩饰。尹吉甫便弯弓绰箭,把她一箭射死。看清真的不活了,才故意大声狂喊,侍女纷纷跑来。吉甫说是刚才要射一只飞鸟,不想误射了夫人。侍女们明知有些蹊跷,谁敢多话,便草草地殡殓了埋葬。尹吉甫这才专心专意访寻伯奇,不多几日,访寻着了。吉甫亲去野外,把他接回,父子重逢,说不尽又悲又喜。伯奇看待伯邽依然和从前一般,十分友爱。后来吉甫死后,大夫爵位自然仍由伯奇承袭。

且说宣王看见西北两方都已安定,只有南方的荆蛮和东方的夷还未全服,便派了大夫方叔去南方征讨荆蛮。那荆蛮乃是南方荆州一带的蛮族,自恃地方险阻,不肯来贡,经过方叔讨伐以后,才算屈服。东方的夷散布淮水流域,种类众多,宣王命召穆公率师出征淮南的夷,大获全胜,奏凯归来。后来宣王又亲自出征淮北的徐夷,也获得了胜利。这时候东南西北都得到捷报,宣王自然十分高兴,趁这机会在东都大会诸侯,诸侯见周的政治清明,势力强大,也都恭顺服从。宣王便在东都大大蒐猎一番,一半是检阅车马,一半是宣示武力。大蒐已毕,宣王命凿取山石,雕琢石鼓十个,上面各刻诗句,记载蒐猎的盛典。这十个石鼓一直流传到今日,还保存在北京,成为罕有的国宝。

东都大会以后,周的势力可算圆满无缺。但是好景不长,偏偏警报传来,那一向倚为西方长城的勇将秦仲,竟被西戎杀得大败,连秦仲本人也被西戎杀死。西方各戎族趁这机会,纷纷向内侵占,西北一带,处处告急。宣王因秦仲为国亡身,降旨召见他的五个儿子,赐给他们士兵七千人,命他们去征讨西戎,为父报仇。这五个儿子中间最长的便承袭了秦仲的职位,仍做了周的大夫,称为秦庄公。他带领了四个兄弟,和西戎舍死忘生地争战了几阵,竟然被他夺回许多土地。后来庄公年老,要立长子世父为太子,世父说:“西戎杀了我的祖父,我非报了祖父的仇,不敢自己登位。”便把太子位置让给弟弟秦襄公,自己带了兵出生入死去和西戎拼命大战。战到后来,被西戎生擒了去。但是西戎却不敢杀他,大家商量说:“他是这样不怕死。杀了他,秦一定更和我们作对。还不如把他送还秦,和秦讲和。”商量定了,派人和襄公商议。这时襄公已经登位为君,想念哥哥世父,只得允许西戎讲和,把世父接了回来。像这般朴质无华、文化落后的秦国,倒是一家忠义孝友,和表面雍容揖让,暗里篡弑窃夺的所谓礼乐文明的东方各国诸侯比较起来,真不可同日而语。

不多几年,召穆公、周定公一班老臣相继谢世,宣王又认为天下已经太平,渐渐不似从前那般谨慎,政事便弛缓下来。

却说一日宣王早朝,大宗伯出班启奏:“现在春初时候,应该举行藉田大典,请旨在哪一天举行,臣好命有司预备。”宣王听了,心中犹豫。原来周家极重农田,天子也有一千亩的地,种上稻谷,用来祭祀祖先。每年春初,由天子亲自下田推动犁耙三下,表示这田是天子亲自种的,然后再由农人耕种。这虽然只是形式,也可以表明重视农事的意思。同时,每个诸侯也都有百亩的地,举行这种藉田的典礼。现在宣王因为年纪渐老,觉得下田推犁,很是厌烦,不愿举行,便向宗伯支吾道:"寡人这几天身体疲乏,今年的藉田典礼暂行停止。"一言才出,便有一班臣下进谏,无奈宣王只是不听。忽然报说鲁侯来朝,宣王就命宗伯去办理鲁侯朝见的事。

这个鲁侯,是鲁武公敖,即位多年,夫人生有一子名括,不幸夫人病死,继室又生一子名戏。按理说,武公应该立括为太子才是。无奈括自小性质鲁钝,言语笨拙,又兼生得容貌不扬,武公心中不甚喜爱。偏偏次子戏又生得一表人才,自小聪明伶俐,和哥哥括相比,真是天差地远。可惜生为次子,无法立为继嗣。武公因此心中闷闷不乐,把立太子这件事延搁下来。过了几年,后宫也生了几个公子,继室夫人又生了一个公子名称。但是算来算去,都占不去长子括的地位,他既是嫡出,又是最长,立起太子来,绝对不能立别人。一日,武公朝罢无事。括、戏同来见父,武公便和他两人谈论政事。括唯唯诺诺,好像全无主意。回头问戏,戏却对答如流,头头是道。武公因此加倍爱戏,暗想鲁国将来如立括为君,恐怕不会管理国政,岂不危险?但是越次立戏,不但国人不服,也怕天子责问。偏偏戏又是继室所生,外人不知括无才,一定以为是我为父偏心。这个问题,把鲁武公弄得一筹莫展。看看又过几时,武公年纪渐老,自料不能长久在世,这急切的问题还没有解决,不免长吁短叹。身边一个臣下窥出武公心意,便献计说:"主公只消带两个公子,一同朝见周天子,把这内中苦情奏上天子。天子一见两个公子言动举止,自然明白。若得天子旨意,封了二公子为鲁太子,哪怕国人不服!"武公听了大喜,果然便命有司卜日,带了两子来朝周王。当下周天子依照礼节,接见鲁侯。朝礼已毕,次日便是燕见。这燕见是一种联络感情的宴会,和庄严的朝礼不同。宴中可以随意谈话,不像朝礼那般拘束。当时宣王看见武公须发苍苍,便问:"叔父高年跋涉,一路辛苦。现在公子几人?已立太子没有?"武公乘机启奏:"臣有子括、戏二人,现在已经带来,愿我王召见。倘蒙王恩,在二人中间择一立为太子,使臣将来死后,有人继位服务国家,实是万分荣幸。"宣王听毕,心中微微知意,暗想鲁侯未立太子,自然应立长子,何必带来请旨,更何必带了两个叫我选择,明是其中有为难的事情,鲁侯自己无法解决,才想请天子的命令来压服国人。如此说来,鲁侯意在次子,一定无疑。想毕,便说:"叔父既已带来,可即命他们来见。"武公谢恩,立刻吩咐身边侍臣,出外唤进括、戏,一前一后,进入王宫,依礼叩见。宣王展眼一看,只见一个形容粗俗,身材矮锉;一个神采奕奕,眉目清朗。虽然穿着一色衣裳,美丑大不相同。便启口唤他们进前,细问年龄名字。公子括初见天子,内心惧怯,讷讷不能回答。公子戏举止从容,应对明白。比较之下,果然胜过乃兄十倍。宣王看了,心中彻底明白。暗想我本意一父之子,未必相差过远,还想或许是鲁侯偏爱,现在看这般情形,括的才干的确远不如戏。这般愚笨,如何能做国君?若立他为太子,一定把鲁国弄得一塌糊涂。看来鲁侯也是无法可想,才来请我决断,说不得,我只好替他解决困难。想了一会,便故意提出几个问题,分别问两个兄弟。可怜公子括是个老实人,如何回答得出?只急得满头是汗,战战兢兢。公子戏却不慌不忙,款款回答,句句清楚,语语中听。这时候别说宣王,连旁边左右也都觉得这两个兄弟相差过远。当时宣王看了一会,便笑对武公道:"这两个公子都很不差，只是聪明才干，似乎戏还胜一筹。叔父意下如何？”武公奏道：“臣因为立嗣是国家根本，深恐儿子不才，有负天子分封的寄托，所以不能决断。”宣王道：“立嗣本例，应该立长。但是鲁国是东方诸侯的首长，做国君的必须才德兼优，方能上奉社稷，下抚人民。寡人意思，不妨立贤，便立戏为太子。未知叔父的意思如何？”武公听了，正合心意，登时跪下谢恩。不想旁边转上一位大夫，叩头谏道：“不可，不可。先王封建诸侯，君位承袭，定有常例。嫡妻无子，方许立庶出儿子中年龄最长的。年龄相同，方许立贤能的。现在鲁侯不但有嫡，而且年长。公子戏虽然贤能，不合立贤的例。君王以天子的旨意，来变更封建的常例。万一鲁国不服，不听王命，要遵先王常法，难道说鲁不对？岂不是我王的旨意不行么？即使鲁国服了，将来各国都纷纷立起少子来，我王又怎么去责备他们？这样，必至造成大乱。”宣王一看，原来是仲山甫。听他所说十分有理，无奈已经允许立戏，又不忍鲁武公失望，便道：“先王常法，自然应该遵守。这次立戏，是出于寡人的特旨，和他人不同，各国不得为例。”仲山甫叩头力谏，宣王只是不听。鲁武公带了两子回国，宣布天子旨意，立戏为太子，国人自然不敢说话。回国不久，武公便即病死。戏嗣位为侯，是为鲁懿公。公子括向来老实，倒也罢了。不想他的儿子伯御，年龄虽小，却有心眼，见父亲的侯位平白给叔叔抢去，心里不甘。过了几年，公子括病死。伯御承袭父亲大夫之职，更加怏怏，便勾结了国内几个贵族，趁懿公出游时候，买了勇士，刺死懿公，由伯御继位为君。报上周王，周王查知懿公乃是被弑，勃然大怒，便亲率六师，征伐鲁国。鲁人不能抵御，只得将伯御献出，把弑君的罪完全推在伯御身上。宣王杀了伯御，查问鲁国还有何人可立。仲山甫推荐懿公的弟弟公子称，贤明有才。宣王本爱懿公，一听是懿公胞弟，便允许立他为鲁侯，是为鲁孝公。鲁国这场大乱，才算完结。从此封建制度，君位必须传给嫡长子的定例打破了，各国更加兄争弟夺，暴露出无可补救的弱点。

这时候宣王在位多年，天下无事，渐渐不免贪懒怕劳。一天，恰值大雪，气候寒冷，宣王在宫里和美人饮酒取乐，不觉酩酊大醉，一直睡到天明，还不曾醒。左右看见上朝时候已到，只得唤醒宣王，草草梳洗，出外接见臣下，商量朝政。原来那时天子上朝，照例是五更三点，天色初动的时候，到了天明，就太晏了。宣王一上朝堂，看见许多公卿，等候多时，不免心里惭愧。朝罢回宫，忽然姜后的傅姆前来朝见。那时定例，凡是王后夫人都有傅姆，由年高有德的妇女，在王后夫人左右，辅佐一切，传达言语，好像女管家一般。宣王一见姜后傅姆，心中便有些觉得，暗想姜后素来端庄贤淑，不苟言笑，今天派来傅姆，一定因为我晏朝的缘故，又来规谏。当时查问傅姆，有什么事情？傅姆叩头奏道：“王后姜氏差遣妾来传达言语。王后因为无才无德，不能整肃宫廷，以致君王贪恋女色，失礼晏朝。这都是王后没有管束宫人的缘故。现在君王假使爱好女色，将来一定会喜欢奢侈。一喜欢奢侈，便一定会穷极方法去寻求快乐。这就是各种祸乱的发生原因。归根到底，祸乱是由于王后不会管理宫廷的缘故，岂不是一件大罪么？现在王后已经脱卸了王后的簪珥衣裳，在永巷等待君王的旨意定罪。”

原来古代王宫内有一道专门幽禁犯罪后妃宫人的长巷叫作永巷，姜后为了感动宣王，便像犯罪宫女一般打扮，在永巷特罪。

宣王一听傅姆言语，惭愧得满脸通红，连忙说："这是寡人的失德，自己不小心，造成这般过失，并不是王后的错，怎么可以这般的自己贬抑？你快去请王后出来，依然穿上王后的服饰，还住在王后的宫里。寡人以后再也不敢这般疏忽，玩视国政。"再三安慰，傅姆方才退去，前往永巷请出姜后，经过这样一来，不但宣王不敢晏起，连满宫美女都不敢任意趋奉，以免自讨没趣。宣王有了这般贤内助，早朝晏罢，不敢偷懒，倒得了勤政爱民的美名。

这时候，西方的各戎族渐渐强大，屡次侵扰周的边地。宣王只得下令出兵讨伐条戎，旨命晋国出兵助战。这晋国是唐叔虞的后代，改唐国为晋国，算是周的同姓至亲。因为住在西北地方，接近戎狄，地僻人稀，勤俭耐苦。这时晋穆侯在位，便带了兵马，随了周军和条戎大战。不料条戎非常厉害，周、晋两军都杀得大败。穆侯回到本国，恰巧夫人姜氏生了一位太子。穆侯因为战事失利，满怀不乐，便把太子取名为仇，意思是要报复敌人。一面厉兵秣马，打算再去和戎拼命。过了一年，果然又接到周天子命令，起兵讨伐姜戎。穆侯连忙点起兵马，重复出师。此时穆侯夫人又已怀孕，穆侯也不在意，催趱人马，急急启行。到了千亩地方（在现在山西省介休市），远远望见前面烟尘大起，喊杀连天，知是周军和戎人对敌，连忙催兵上前夹攻。这时候周军已被戎人杀得大败，抛戈丢甲，望后飞逃。戎人掳获甚多，正在得意，不料斜刺里杀出晋国的生力军来，一个个如熊似虎，勇气百倍。戎人抵敌不住，只得败走。穆侯追杀一阵，方才收兵。周军虽然大败，却幸得晋兵来援，救回了许多俘虏军器，宣王着实慰劳穆侯一番。因为周军已经不能成军，只得各自回国。穆侯这次奏凯归来，心中十分高兴。进入宫里，夫人欢笑相迎，诉说又生一个儿子。穆侯喜上加喜，忙抱来一看，只见小孩额广鼻高，天庭饱满，不由心花怒放。问知还等穆侯回来取名，穆侯不假思索，脱口说道："这次我全师大胜，成功归来，可把这孩子名为成师，作为这次战功的纪念。"自此这孩子便名为成师。晋大夫师服听见了孩子的名字，十分诧异，说："太子名仇，太子的弟弟名成师，一好一坏，相差千里。这虽然是一件小事，但是不免使小人生心，将来太子一定地位不稳。"师服这般议论，自然有许多人笑他多心。后来穆侯病死，穆侯的弟弟殇叔果然把太子逐去，自己篡了侯位。太子仇逃到国外，过了三年，又纠集旧臣，回到晋国把殇叔杀了，接位为君，是为晋文侯。文侯才干很好，和弟弟成师也很友爱，国内暂时无事，按下不表。

且说周宣王自千亩败回，士卒死亡不少，一路心灰意懒，走到镐京附近，天色薄暮，忽见前面有一群小儿拍手歌唱。宣王听得所唱的歌，隐隐约约是两句话：

> "檿弧萁服，
> 实亡周国。"

檿是一种山桑，用山桑木造成的弓，就叫作檿弧。萁是一种草，用萁草编成箭袋，就叫萁服。周的时候，男子注重射箭的技能。凡男子生下三日，门上便悬挂一张弓弧，作为生男的记号。男孩稍长，便教他射箭。所以周时男子人人会射，所需用的弓箭自然极多。这山桑萁草价廉工省，童子学射，十分经济，所以造的人很多。当时宣王听了，心中老大不自在，便命左右捉拿小儿来问这歌的来源。左右奉命上前捕捉，众小儿一时惊散，只捉得一个跑得慢的前来。宣王问道："此歌是何人教的？"幼儿答道："这歌是一个女童所唱，不知名字。"宣王想了一会，便命幼儿退去，以后不许再唱。回到宫中，闷闷不乐。次日上朝，命禁止制造檿弓萁服，犯者重办。一时人民不知的，所买檿弓萁服都被没收。许多乡间做好弓服，抱来城里贩卖的人，走到城门，便被门卒查获，弓服没收之外，还得受一顿鞭打。

宣王退朝，到姜后宫中闲坐。忽见一个宫女进来报告，说：后宫有一个年老宫女，生了一个女婴。姜后十分诧异，忙召老宫女前来，问她何时怀孕？老宫女奏道："妾自先王时候入宫。先王曾经开启一只木柜，其中据说藏有夏代的龙漦，一不小心，把龙漦失手打翻，流在地上。妾那时年才十二，自不小心，误踏龙漦，滑了一跤。自此肚里便好像结有一块，至今已经四十多年，夜来忽然腹痛，今晨产下一个女婴，并无别情。"姜后听了，心中不信，说："这完全一派妖言，岂有此理。看你产后虚弱，姑且免究。女婴来历既然不明，可即抛弃，不得抚养。"说毕斥退宫女，吩咐宫人把女婴抛弃野外。宫人奉命，用了一件旧衣，包了女婴抛在野外树下，回宫复命。

恰巧有两个乡民夫妇造了檿弓萁服，拿到城里来卖。刚刚走到城门，门卒看见，便喝道："吼那乡民，胆敢违禁私卖檿弧萁服，快快拿下。"两人见不是头，慌忙撇下弓服，飞跑逃走，走了一会，回头看看，门卒没有追来。方才放慢脚步，找个树根坐下喘息。忽然一眼瞥见树下有一个包裹，留心一看，内中包着一个女婴，还是活的。夫妇商议，把这女婴拾去抚养，也是好事。便把呱呱女婴抱起，两人一同逃走。因为不知门卒究竟为何捉他，不敢回去，便逃去褒国(现在陕西省沔县地方)居住。暂且不表。

宣王到了镐京，计算这次出兵损失太多，一时无法再举，便想把太原人民数目查点一番，准备将来抽调壮丁，补充队伍。这种清查户口的办法，古时候叫作"料民"。大夫仲山甫谏道："人民原有乡遂制度，只消一查，便很清楚。何必这般地小题大做，从头清点。太原逼近戎族，人民惊扰，反给戎族入侵的机会。"宣王这时候年纪已老，对于臣下进谏，往往固执自己的见解，一点不听。对于仲山甫的话，自然也是置之不理。这种态度和刚刚即位时候的谦虚，已经大不相同。偏偏一班老成臣下都已身故，宣王就更加刚愎自用。那时有个大夫杜伯，为了一件很小的事情，触怒宣王，要将他斩首。大夫左儒是杜伯好友，连忙出来谏阻，宣王更加动怒，便斥责左儒说："你只知有友，不知有君，是何道理？"左儒回答说："君有理，臣应该顺君。友有理，臣应该从友。现在杜伯没有罪，不应该杀。臣宁死不能顺王杀杜伯。"宣王发怒道："我偏杀杜伯，你待如何？"左儒道："臣愿与杜伯同死。"宣王说："我偏不杀你，看你如何同死？"说毕便叱左右把杜伯杀了。左儒回家，又气又愤，便也自刎而亡。

宣王因为一时愤怒，杀了杜伯。过了一会，心内也觉得懊悔；又听得左儒自杀，更觉得暗暗疚心。渐渐精神恍惚，寝食不安，成了怔忡的病症。过了几时，稍稍平安，便想出外游猎，下令卜人卜日，预备车马，率领公卿武士，到郊外射猎一番。那天，天色晴朗，万里无云。各将士要博宣王喜悦，个个逞胜争强，刀枪并举，毛血纷飞。正在猎得热闹时候，忽然宣王在车上大叫一声，往后便倒。吓得随从左右，胆裂魂飞。慌忙扶住宣王，传令罢猎，急急回宫，送入姜后宫中休息。无奈宣王年纪已老，服药无效，不多几天，便即崩逝。群臣依礼举哀，奉太子宫涅即位，是为周幽王。姜后因为悲哀过甚，不久也便病亡。

幽王即位，立王后姜氏，是申侯之女，称为申后；又立长子宜臼为太子。一日，幽王视朝，虢公奏道："褒国久不进贡，请旨训饬。"幽王道："诸侯玩忽职责，便应出兵讨伐。可派遣勇将，尅日征讨褒国。"虢公退下。

幽王对于国家政事，全不在意，只觉得宫里缺少年轻美女，郁郁不乐，又和虢公商量。那虢公名石父，是个谄谀之徒。当下对幽王奏道："先王享国日久，春秋已高。所用侍女，都已年纪老大。君王登位，正应该另选美人，以供使唤。现在容臣下令各国访求美女，进贡前来。"幽王听了，心中大悦。虢石父便派人四出访求美人。此时仲山甫等都已告老不在朝廷，也无人出言劝止。

褒国一闻幽王派兵来讨，十分恐慌；忽然又听说有旨访寻美人，连忙派人向民间寻求美色。恰好那个卖檿弧萁服的夫妇所拾得的女子，已经长成，生得肤如凝脂，眼如秋水，一乡人民，无不交口称赞。褒国便用重金买得此女，另外再寻了九个美女，凑成十名，送上幽王，请求赦罪。幽王收到美女，也就罢兵，把十名美女，收入后宫，以供使唤。一日，幽王退朝，到后宫游玩，遍看各国贡来美人，并无合意的出色人才。看了一番，有一个宫女捧上一杯美酒。原来上古时代，还不知道用茶，全是以酒解渴。幽王接过酒杯，忽见那捧杯的手，又纤又嫩，如同春葱一般，洁白可爱，不觉抬头向宫女一望。哪知不望犹可，一望之下，顿然眼光缭乱，只觉得一种夺目的光艳把全身精神吸住，怔怔地待了一会儿，便问这宫女是哪国贡来的。宫女奏道："妾是褒国姒姓之女，去年进贡入宫。"幽王懊悔说："怎么去年入宫，我竟没有看见？"便立刻把褒姒带入宫中，宠幸无比，把满宫后妃，一概看得和敝屣一般。每日只和褒姒饮酒取乐，国政完全不理，任凭虢石父一班小人招权纳贿，谮害忠良，弄得人民叫苦连天。这褒姒原来便是当年抛弃了的女婴，一朝得宠，平地登天。幽王只要褒姒欢喜，一切享用，尽量奢侈，向各国征取宝货财用，日夜川流不息，各国莫不厌苦怨恨。那时有一首民间流行的诗歌，专咏幽王贪得无厌，名为《菀柳》。那诗借了上帝来比喻幽王。它说：

有菀者柳，（茂盛的杨柳，）
不尚息焉。（行路的人难道不想去休息一下呵！）
上帝甚蹈，（上帝是喜怒无常的，）
无自暱焉。（不要自己去亲近他呵！）
俾予靖之，（假使我来理他，）
后予极焉。（将来就要加罪到我的身上呵！）

有菀者柳，（茂盛的杨柳，）
不尚愒焉。（行路的人难道不想去歇脚呵！）
上帝甚蹈，（上帝是喜怒无常的，）

无自瘵焉。(不要自己去找苦吃呵!)
俾予靖之,(假使我来理他,)
后予迈焉。(将来就要把我流放到远的地方呵!)

有鸟高飞,(高飞的鸟儿,)
亦傅于天。(最高也不过飞到了天。)
彼人之心,(那个人的心,)
于何其臻。(不知道要高到哪里去?)
曷予靖之,(我怎么敢理他,)
居以凶矜。(怕他会赶我到凶险的地方去。)

其时东方有一个谭国(现在山东省历城县地方),是个很小的子爵国家,和各国一同受周的压迫,一年到头,贡献不绝,弄得民穷财尽,衣履不周。谭大夫把贡品送到周的镐京,一看,镐京一班贪官污吏,衣服鲜华,起居阔绰。对于谭国贡来物品,不是嫌少,就是嫌坏,百般挑剔。谭大夫忍气吞声,勉强赔着笑脸,再三央告,好容易才把贡品收下,却又限他下次进贡的日期分量,必须十全十美,如限赶到。谭大夫肚子几乎气破,暗想我谭国千辛万苦,向小民压榨血汗,送到这里,被你们这班小人看得不值半文。你们是一点不劳动、没有功绩的流氓小子,一朝得志,这样放肆,一路回去,真是越想越气。便做了一首《大东》的诗来自伤自叹,并且把东方人民的痛苦叙述出来。它说:

小东大东,(大大小小的东方国家,)
杼轴其空。(布匹全给拿光了,只剩下空空的机杼。)
纠纠葛屦,(夏天穿的粗粗葛布的鞋子,)
可以履霜。(到降霜时候还穿着走。)
佻佻公子,(孤孤单单的公子,)
行彼周行。(这般衣履不周地到周去进贡。)
既往既来,(把所有的都搜刮去了,也不见半点回礼,)
使我心疚。(使我心里伤痛得很。)
东人之子,(东方人的儿子,)
职劳不来。(辛苦得要死,没有得到半点慰问。)
西人之子,(西方人的儿子,)
粲粲衣服。(穿着漂漂亮亮的衣服。)
舟人之子,(划船人的儿子,)
熊罴是裘。(穿着厚厚的熊罴皮袍。)
私人之子,(私人的儿子,)
百僚是试。(享受着高官厚禄。)

或以其酒,(我们送上甜美的酒,)
不以其浆。(不当做水浆看待。)
鞙鞙佩璲,(我们送上长长的佩玉,)
不以其长。(还嫌它太短。)
维天有汉,(天上的银河,)
监亦有光。(也有一点儿光亮。)(可是看不见我们委屈。)
跂彼织女,(那织女的星,)
终日七襄。(一个白天也移过七个时辰)(自卯至酉)

虽则七襄,(虽然移了七个时辰,)
不成报章。(也没有织出布来。)
睆彼牵牛,(明煜煜的牵牛星,)
不以服箱。(也不会驾车。)
东有启明,(东方有启明星,)
西有长庚。(西方有长庚星。)
有捄天毕,(还有长长像网的毕星,)
载施之行。(都不过摆摆样子。)
维南有箕,(南方有箕星,)
不可以簸扬。(也不会簸扬米谷。)
维北有斗,(北方有斗星,)
不可以挹酒浆。(也不会挹舀酒和浆。)
维南有箕,(南方有箕里,)
载翕其舌。(只会贪馋地舐着舌头。)
维北有斗,(北方有斗星,)
西柄之揭。(只会伸出向西的柄)(好舀取东方人民的血汗)

它把天上的星比喻周的昏庸贪污官吏,只懂搜括人民,却不会做一点事。由这首诗里面,可以看见东方各国,已经被周剥削得无法生存的地步。政治腐败到这般样子,周的统治权已经岌岌不可终日了。幽王还不知死活,一味贪酒好色,渐渐每日都在醉乡,醉的时候,语言颠倒,喜怒无常,小人就趁这机会作起弊来,政治更加黑暗。一时风气所趋,人人都吃得烂醉如泥,抛弃了正经工作不做,上下紊乱,人民生活十分困苦,个个怨恨。这种酗酒的风气,简直和商纣末期的朝歌一般。

却说那时的卫国,自从康叔受封后,极力改革商代酗酒恶习,人民风气大变,传了八代,到了釐侯在位。釐侯的太子名余,不幸早死,谥为共伯。由弟弟武公和接了釐侯的位。武公谦恭好学,极得国人的爱戴,因为幽王贪酒,特地写了一篇《宾之初筵》的诗,描写酗酒的害处,希望幽王觉悟。但是幽王一点也不采纳。

不久褒姒生了一子,取名伯服,幽王爱如珍宝,凡是褒姒所喜欢的事情,无不千依百顺,只少不曾把天上月亮拿了下来。褒姒喜欢撕裂缯帛的声音,幽王特地命每天进贡一百匹缯帛,使有力气的宫女撕裂给褒姒听。但是褒姒虽然受到幽王百般宠待,却从不曾有过笑容。幽王觉得十分奇怪,再三问褒姒不笑的原因。褒姒只说生平不曾笑过。幽王说:“你如此容貌,若是笑了一笑,一定要增加无限娇媚。无论如何,我必要设法使你发笑。”于是用了无数方法,来博取褒姒的欢心,褒姒却依然不曾喜笑颜开。申后看见幽王这般颠倒迷惑,自然不免怨恨,褒姒便对幽王谮诉了申后许多言语。幽王正在宠爱褒姒的时候,便不分皂白地把申后废了,立褒姒为后;又把太子宜臼也废了,立伯服为太子。这时候满朝公卿都是阿顺谄谀的人,只有司徒郑桓公名友,是厉王的少子,宣王的幼弟,封在郑国(河南省郑州市)为伯,为人正直,苦谏再三,无奈幽王分毫不听。申后退居后宫,让褒姒正位为后。太子宜臼被废后,恐怕幽王还要杀他,便逃奔母舅申侯的国土(现在河南省南阳市)去了。幽王反认为宜臼不知认罪改过,应该重重惩戒一番,便派了人去申国索取宜臼,一面携带褒姒到骊山游玩。

那骊山在镐京的东边(现在陕西省临潼区),蜿蜒曲折,和蓝田山(陕西省蓝田县地方)相接,是镐京邻近的第一座名山。山上层峦叠嶂,松柏参天,风景十分幽静美丽。山边有温泉涌出,一脉溶溶,自然暖热。这带地方本是骊戎居住的所在,所以名为骊山;现在周已经把骊戎赶走,在骊山上盖了精致的离宫,倚岩建筑,碧瓦朱甍,雕栏绣柱,虽然不及镐京宫殿的宏伟,却也小巧玲珑,别饶韵致。前面盖有一座高台,登台四望,周围山景,全收眼底。朝霞夕照,春树秋花,真是观之不尽。当日幽王因为在宫中享尽荣华,生活过得腻了,要换个环境,游山玩水,娱目爽心,便带了褒姒到了骊山宫里,登台饮酒,对着泼蓝罨绿的岚色山光,果然比金丝鸟笼般的宫禁,赏心悦目得多。当下一面饮酒,一面谈笑,指点着野树山花,品红评绿。正说得高兴时候,褒姒忽然指着山上一座台墩模样的东西,问道:“这是什么?”幽王笑道:“爱卿如何不识,这是烽燧。”褒姒听了,还不明白。幽王便说:“这烽燧在外寇来侵的时候,一点着,近地诸侯一见烽烟,便即带兵来救。”褒姒这才懂得烽燧的用处。幽王一见褒姒不识烽燧,忽然想到宫里万般奇巧,褒姒都已见过,只有烽燧还没有看见,一则要讨好褒姒,二则要卖弄自己权力,便暗暗命人把烽燧点燃起来。

原来周都镐京,一向迫近戎狄,自从太王以来,一直和各族戎狄争战不休。为了安全起见,便选择了最近的骊山,在山上安设烽燧。那烽燧是用狼粪杂了燃料,在山顶上筑成高高的圆柱模样,遇有紧急军事,举火点着,狼粪被烧,发出一股浓烟,直冲霄汉,一任多大狂风,绝不吹散。附近各地诸侯一见狼烟冲天,便知有敌人来犯,急急催兵前来,合力抵拒。骊山有了这种设备,镐京就可以安如泰山。当时幽王只图褒姒欢喜,不顾利害。左右侍臣,也没有远见之人,不加谏阻,便即传令出去,把山上许多烽燧,尽数点起,一时狼烟四起,直冲天际。王畿附近各诸侯忽见半空烽烟乱窜,知道镐京告急,连忙点齐兵马,挂剑提刀,马不及鞍,人不及甲,急急排开队伍,如飞地奔驰前来。霎时旌旗乱飐,战鼓齐鸣,漫山遍野,涌到了无数的军队。到了骊山,却见一轮明月,万籁无声,只有一派笙歌,抑扬婉转,台上灯烛辉煌,幽王和褒姒浅斟低酌,对坐饮酒,哪有半个敌兵形影?各诸侯又惊又怪,忐忑不定。幽王已经派了小臣下来传旨说:“天子因为烽燧久设不用,恐怕大家怠忽,故特意试举一次。各诸侯跋涉远来,可即回去休息。"各诸侯听了,面面相觑,作声不得。只得偃旗息鼓,个个回去。

褒姒看见烽烟一起,果然来了许多军马,顷刻之间,招之便来,挥之即去,匆匆忙忙,并无一事,不觉掩口大笑。幽王在褒姒面前显了自己威权的强大,又博得褒姒的一笑,不由狂喜,说道:"爱卿一笑,果然百媚横生,添得十分颜色,这都是烽火的力量。今天骊山之游,真是不虚。"便欢欢喜喜在骊山游玩了几天,才回到镐京。郑桓公知道幽王举烽戏弄诸侯,大惊,连忙进谏道:"先王设置烽燧,原为预备不虞。现在无故举烽,失去信用。万一有事,如何是好?"幽王笑道:"天下太平,何用烽燧!叔父未免过虑。"竟然不听郑伯的话,从此不时去骊山游玩,高兴时候,便燃点烽燧作乐。不久,派去申国的使臣回来,报告说:"申侯不肯把废太子交出。"幽王大怒,便和虢石父商议,要起兵讨伐申国。忽然又听得探子报告,申侯派人聘问西戎。幽王道:"申侯不肯交出宜臼,又和西戎来往,必有逆谋。"虢石父道:"申侯谋逆,反形未露。今可召集诸侯大会,申侯一定前来赴会,等他到来,便擒下监禁,要他献出宜臼,不怕他不献出。"幽王大悦道:"此计大妙。"便下了命令,明年春间召集诸侯在太室大会。

太室就是嵩山(河南省登封市),地点适中,各地诸侯到会的道路都不太远。那时东方各国已经被周搜括得皮骨仅存,又不敢不来到会。因为周封建各国,每国都不过百里左右的地方,兵力自然有限;而周天子自己的王畿已经有千里方圆,还可派遣各国随同出兵。强弱不齐,各国自然畏惧。到了太室,幽王见申侯公然不来,又看出各诸侯表面从命,内心不服,便命令举行献血的盟誓典礼。由郑桓公为首,定期同盟。

这种盟的礼节,是杀了一头牛,把血盛在盘里。预先做好一张誓书,上面写好应当怎样同心服从天子。由在会的诸侯共同看过,读了一遍,放在牛的身上。然后每人按照次序大小,将手指蘸了盘里牛血,抹在自己唇上,称为歃血。意思是,谁要违背了这誓书上面的话,谁就要和这头牛一般。在上古迷信神权时代,这种盟誓的仪式,的确有着无上的束缚权力。天子和诸侯是不平等的,所以命郑桓公做个主盟,因为他既是王子,又是周的卿士,可以代表周天子的一方面。

当时诸侯畏惧周幽王的势力,勉强同盟了,陆续散去。只有戎狄们,本来周看他们不起,一向不曾叫他们参加盟会;这次幽王因为恐怕戎狄不服,特地允许他们参加。他们却又推辞说:不熟礼节,不愿歃血。幽王只得由他。等到大会完毕,幽王方才宣布说:"申侯不来到会,显有不臣之心,应该讨伐。"说毕,派虢石父率领军队出征申国。

申侯听见幽王召集太室大会,知道一经到会,一定被幽王扣留,因此不敢赴会,暗中却派人打听消息。探子探知幽王讨伐申国的命令,连忙飞报申侯得知。申侯大惊,慌忙聚集群臣,商量计策。大家都说天子这般无道,要想免祸,除非把太子献出。但是太子无罪,献出情有不忍。势难两全,无法可想。申侯道:"太子与我有甥舅之亲,我不能献出太子。王师若来,只有尽力抵抗。只是兵力薄弱,不能不借助外人。邻近各国,兵微将寡,只有西戎素来剽悍,可以为援。我意欲借兵西戎,大夫以为如何?"群臣听了,都说:"此计大妙。"又有一个臣下献计说:"主公既然有借兵西戎的意思,不如一直和西戎进攻镐京。如能得胜,可请求天子废黜褒姒、伯服,仍恢复王后太子位号。此乃不世之功，岂但免祸而已。”申侯一则畏惧幽王暴虐，二则牵于太子甥舅私情，只得听了这个臣下的建议，派人赍了重币到西方犬戎借兵。犬戎本来和周世仇，累代相攻，接到申侯礼币，自然欣诺，便率领戎兵，由申侯引导，一直进攻镐京。

幽王由太室回来，正要和褒姒再到骊山游玩，忽然闻报申侯和犬戎兴兵杀奔镐京，连忙传令速速点兵抵御，一面派遣使者到各国征兵。还未准备清楚，犬戎已经扑到镐京附近。原来幽王多年玩忽政事，只知饮酒娱乐，军队腐败不堪。虢石父等一班小人，又只知欺压百姓，全不管整军修器。到了要用的时候，不是刀锈，就是枪钝，旗旗破烂，车轮朽坏。真个去打申国，也不免要吃败仗，何况还要抵御凶悍的犬戎？当时郑桓公看了这般情形，只急得搓手顿足。一面派人飞速到自己郑国，催太子掘突速速发全国的兵前来擒王，一面忙令骊山举起烽火，召齐附近各国诸侯军队，一同抵御犬戎。谁知各诸侯因为幽王屡次举烽，并无外寇，这次看见烽烟，认为又是幽王要讨褒姒欢喜，和他们开的玩笑，都不去召兵备马，如同没有看见一般。郑桓公等了许多时间，救兵不到。虢石父一班奸佞，这时候性命要紧，只顾缩在家里发抖。一应守城事情，全推在郑桓公身上。郑桓公只得启奏幽王道：“犬戎顷刻便要到了，若是坐等他来，把镐京包围起来，那就太危险了。臣请带兵出外，迎头痛击一场。若能把犬戎打退，便可以转危为安。”幽王此时心里十分恐慌，只怕郑伯带兵出城，城里越加空虚，便阻止道：“现在城里全靠叔父守城，岂可离城外出。不如只在城内坚守，救兵自会来到。”郑伯无奈，只得在城内巡逻，一面又派人再去骊山举烽。任他烽烟冲破半空，各诸侯依然认作幽王是有意和他再开一次玩笑，都不理睬。

不多时，犬戎兵到，一声呐喊，把镐京团团围住。狠狠攻了一阵城，郑桓公在城内相机对付，一会上城，一会下城，赶得手忙脚乱，勉强支撑一天。怎禁得大戎来势凶猛，守城军士又因为幽王昏暗，粮饷一向被小人克扣，怨恨已久，都是懒洋洋的，无精打采，一点也不起劲。郑伯巡到东门时候，天色已经薄暮，西门军士便随意离开岗位。一眨眼间，城堞已经被犬戎爬上。霎时喊声大震，城楼火起。犬戎杀了把门兵卒，抢进城门，一路乱杀乱抢。登时满城鼎沸，人民哭声震天动地。郑伯在东门望见西边城楼火起，知道城破，连忙赶到宫中，正逢幽王和褒姒、伯服慌做一堆，走投无路。郑伯急急保护着三人出了宫门，只见满街都是逃难人民，男啼女哭，拥挤难行。望见北门没有火光，忙催趱车马向北逃走，好容易杀出北门，冲开一条血路，一直向骊山逃去。

犬戎杀入镐京，大烧大抢。杀到王宫，发一声喊，踏了进去，掳掠得无数珍宝美女。又把库藏打开，也搬取一空。犬戎主还不足意，查点不见幽王，连忙派兵追赶。这时候郑桓公正护卫着幽王前行，黑暗中兵士陆续逃散，只剩百余人左右。忽见后面火把无数，喊声大震。郑伯知是追兵来到，慌忙启奏幽王道：“请我王速速前行，臣当拼一死断后。”幽王此时惊慌无措，一句话也说不出，褒姒只有搂着伯服哭泣。郑桓公放过幽王，自己绰枪回马，迎住犬戎追兵大战。郑伯虽然英勇，无奈大戎兵马越来越多，将郑伯团团围住，乱枪攒刺，顷刻阵亡。一面犬戎分兵往前追赶幽王，幽王随从士卒一时惊散，只剩下幽王、褒姒、伯服三人，吓得瘫在车上。犬戎一见幽王衣服，知道是周天子，便不问皂白，一刀砍死。由褒姒手中抓过伯服，也给他一刀。只留下褒姒一人，掳去献上犬戎主。

这时候，三百年来繁华无比的镐京，只杀得尸横遍地，血流成河。到处是熊熊火光，照得满天通红，全城化成一片焦土，可怜历代人民血汗积累的精华，尽数付之一炬。自从周武王灭商到犬戎焚掠镐京，共计三百五十一年。正是：

百年建国谈何易，一笑亡邦事不难。

秦楚演义

第一回　分郡县一统定中华　会圯桥三番约孺子

公元前二二一年,是我们中国历史上极重要的一年,几百年列国大混战的局面结束了,接着出现的是一个空前庞大的统一的中央集权的帝国——秦朝。

秦的祖先非子,姓嬴,原是舜的臣子伯益的后代。非子曾替周看管马匹,驯养得很好。周为了报酬他的功劳,封他在秦的地方(现在甘肃省清水县),做一个小小国君。后来累代和西方戎族交战,地盘越扩充越大,到了周东迁时候,周又把岐(现在陕西省岐山县)丰(现在陕西省鄠县)一带地方都给了秦。秦从此变成了西方唯一大国。

这时候,周已经失去控制各国诸侯能力。各国诸侯争城夺地,互相吞并,打了几百年的仗,最后只剩下了最强的秦、楚、齐、燕、韩、赵、魏七个大国。

这七个强国,一直争战不息,每一次战争,杀死的兵士就有几万至几十万之多。人民也由于战祸的影响,生活困苦到了极点。没有一个人不热烈地渴望早日太平的。

正在全中国人民极端希望太平的时候,秦倚仗了它的政治、经济、兵力上的优势,先灭了衰弱的周,又陆续把韩、赵、魏、燕、楚、齐六国一齐灭掉,完成了统一整个中国的事业。

这时候,正是秦王政二十六年。他自十三岁起就做了秦王。他是周正月(周正月就是农历十一月)初一日诞生的,所以取名为政。他生得高高的鼻子,长长的眼睛。胸脯高挺,声音粗暴,相貌十分威严。当他一手统治整个中国的时候,年龄还不过三十九岁。

他因为完成了这巨大的事业而更加骄傲起来,觉得秦王两个字已经不配做他的称号了。因为他现在不止做了秦国的王,而且成了整个中国的王,必须另外再起一个最尊贵的名称,才能适合他的新身份,便兴高采烈地下了一个命令,叫大家来讨论。

许多臣下奉命,互相讨论了一番,才恭恭敬敬地奏称:“上古相传有三皇,是天皇、地皇、泰皇。据说泰皇时代,文明大开,所以泰皇最是尊贵。臣等冒死上奏,请尊称我皇为泰皇,自称为朕,下的命令称为诏。”秦王政听了,觉得泰皇虽然尊贵,究竟是上古已经有过的尊称,不算新鲜。现在自己一手开辟了从古没有的伟大局面,必须采用从古没有的高贵名号才好。便决定采取“三皇”“五帝”的称呼,合成“皇帝”两字,其余依议。从此以后,两千多年中,专制君主都以皇帝为至尊无上的称号。

尊称定了,这位精明细心的秦皇帝又担着一件心事,想起从前君主死后,臣下便讨论这位君主生前行为的好坏,大家公议了一个字,来代替他的名字,这就叫作“谥法”。现在自己做了皇帝,威福无比,没有人敢说一句话。可是管得了生前,管不了死后。要是将来给臣下评了几句不好的话,加上一字不美的谥,岂不倒霉?便决定把“谥法”废去,以免自己替死后担心。想定了,下个诏书,说:“谥的制度,臣下评论君上,儿子评论父亲,是极大的不敬,应该废去。从此只许按世代计算。朕是第一个皇帝,称为始皇帝,以后称二世、三世……永远传下去,一直到万万世无穷无尽。"

当时秦始皇一心一意认定整个中国是他一家的私产,想子子孙孙永远占据着皇帝的宝座,为了夸耀这盛大的统一全国的功业,必须大大改革一番。

那时有一派迷信命运的人,以齐人邹衍为首,造作谣言,说是:周是"尚赤"的,衣服旌旗一切都用红色。红是火的象征。灭火的是水。将来能够代替周做天子的那个国家,必定是合乎水的象征,用黑色做标志的。这种迷信的论调,本来不值一笑,却因人民在心理上都希望改革,便自然传布开来。到了始皇统一中国,齐国地方谄媚的人把这迷信奏上讨好,果然合了始皇心理,一发相信自己是上天预定来继承周代做中国皇帝的。便依据这一套迷信说法,把各种制度统统改过。据说:水的颜色是黑的,便规定一切衣服旌旗都用黑色;水的数目是六,便规定各种数目都用六,例如六尺算是一步,驾车用六匹马,车宽广六尺,各种器用不是宽六寸,就是长六尺,或是十二、三十六等等,总要合成六的数目;还说地支(子、丑、寅、卯、辰、巳、午、未、申、酉、戌、亥)里的亥是属水的,便规定以建亥的月(农历十月)做每年的第一个月,十月初一算是新年元旦。这还不算,最迎合始皇心理的是说:水的德行(性质)是阴冷深刻,所以合于水德的国家也应该严厉刻削,不要宽大仁慈。这种学说,在专制君主看来,实在再好也没有了。

正在秦始皇高兴的时候,那不识趣的丞相王绾冒冒失失地上了一个奏章,说:现在燕、齐、楚三个国家已被灭掉,地方太远,不好管理,请立王子做这三个国家的王。始皇看了,心里老大不舒服。他想好容易把整个中国抓在手里,又要分封什么诸侯。现成的肥肉割给别人,如何心里不疼?而且王绾虽然只说立王子,也许他的心里也希望像周一般,大封功臣。这如何能行!便把这奏章掷下,给臣下讨论,试试大家心意。

这时候,聪明能干的廷尉(管理司法的官)李斯早已看出了始皇心理,连忙奏说:"从前周封建了许多子弟,后来打得一塌糊涂,周天子丝毫没有办法。现在幸蒙皇帝陛下的神威,统一中国,全国地方都直接由中央管理。所有王子功臣只消赏给爵禄,就足够了。这是最容易管理的,百姓也不会三心二意,可以永保太平。以臣所见,不该再封诸侯。"

始皇听了正合心意,不由笑逐颜开,连称:"廷尉说得有理。一向天下争战不休,都是因为有诸侯的缘故。现在要是再封诸侯,岂不是自找麻烦!"王绾碰了一鼻子的灰。始皇却更加相信李斯是忠于自己的,不久,便把王绾罢免了,升李斯为丞相。

既然不再分封诸侯,这样庞大的中国怎样管理呢?秦始皇却自有他的巧妙方法。原来周末列国里面,本已有了郡和县的地方行政制度,只是参差不齐,没有统一的计划。秦始皇把中国全盘整理一下,重新划分区域。按照六六的数目,把全国分做三十六个郡,仿佛现在的省一般,只是小得多。每个郡各管若干个县。郡有郡守,县有县令,各管地方行政。另外还有管兵的尉,和专门监视郡守的监御史。这许多官都由朝廷任命,随时可以调动。这种方法,的确比封建诸侯好得多,所以后来历朝在大体上都采用这个制度,它对全国的统一有很大的帮助。

秦始皇不但运用他的权势,划定地方区域,把政权完全集中,政治上统一了中国;还再进一步在文化上也做好整理统一的工作,把从前各国纷乱的制度,像各地不同的文字,不同的度(长度)、量(容量)、衡(重量)标准,不同的交通制度,不同的法律等等,都采取“快刀斩乱麻”的手段,一概废止,完全遵用秦国办法,统一通行。各国中间互相防守的关塞堡垒,也都加以划除。整个中国彻底打成一片,结束了几百年长期混乱的局面。这是何等伟大的魄力啊!

为了巩固统治权,秦皇帝又下诏把天下兵器统统收来,不许人民私藏,一概运到秦的首都咸阳(现在陕西省咸阳市)销毁。那时各国兵器都是用精铜打造的,因为它黄澄澄像金一般,十分好看,所以称为“美金”。只有农人用的犁锄农具才用黑色的铁打造,称为“恶金”。这许多美丽的精铜销毁以后,没有什么用场,便把它打造了十二个宝光灿烂的金人,每个重二十四万斤,摆在宫廷内,左右分列,更显得雄伟壮丽。剩下的精铜,就铸了些钟镜等日用家具。

这时候的咸阳,真可以算得全中国最富丽的地方了。它雄伟地横跨在滔滔的渭水上面,背后的九嵕山蜿蜒环抱,高耸着九个翠玉般的尖峯,像九折屏风一样,拥抱着这个大城。它占着山南水北阳光最多的优美环境,使它获得这名贵的称号——咸阳。

自从咸阳成为秦的国都的时候(公元前三五〇)起,就一天比一天兴旺,到了秦始皇时候,更成了全中国的政治中心。秦始皇每次灭亡了一个国家,便派巧匠画工去察勘这一国的宫殿模样,画了图,照样在咸阳北边,九嵕山下,盖造起来。一切长廊密室,曲院飞楼,都要造得应有尽有,惟妙惟肖。把由各国俘虏来的美女骄姬,掠夺来的钟鼓帷帐,一一按照原来式样,安置在这座建筑里面,宛如整个宫殿连地皮搬来一般。这样,到了六国灭亡,咸阳的宫殿楼阁已经建筑得密密层层,简直像春夜的繁星一般,数也数不清了。

还有那六国的贵族豪家,本来散居各地,现在秦始皇也把他们尽数搬到咸阳来居住,好对他们加以监视。这样迁来咸阳的豪富,大约有十二万户。全国的财富,也都集中到咸阳来了。那些贵族和富人们,真个是朝朝弦管,夜夜笙歌,奢华热闹到难以形容的地步。至于秦宫里面,尤其锦天绣地,玉裹金装,集中了天下所有的珍宝。单说妙龄宫女,就有一万多名。

在这样穷极奢侈的环境里,秦始皇的雄心却没有镕化。他除了每天照例要看足一百二十斤的奏简(当时尚无纸张,都用竹简或绢帛写字)外,还计划着巡行天下来巩固他的统治权,便下诏限期全国修筑“驰道”,预备皇帝出巡。

诏书一下,全国登时忙碌起来,千千万万的劳动人民,都被派去修筑驰道。他们要筑造高出地面宽五十步的平坦大路,并且要用铁鎚敲打到十分结实。两旁种上青松。整个中国,不管是山边水畔,只要皇帝可能走到的地方,都要修筑完成。这样宽阔平整的驰道,却指定是专供皇帝巡行的,老百姓不许行走。

驰道修好,秦始皇便乘着黄金交龙的銮驾,建着天子的六丈三尺高的日月大旗,出发巡行。车前驾着六匹玉勒金衔的宝马,前前后后簇拥着无数的旌旗。后面跟着副车八十一辆,都用许多金玉翠羽装饰着,每车各驾了四匹骏马。还有许多妃嫔美人,歌童舞女,和跟随的丞相列侯,文武百官,奔走服侍的宦者(太监),护卫左右的将士,迤逦连绵,占了好几里地方。这样一支奢华热闹的队伍,就沿着千万人血汗造成的驰道上,向西前进。由胧西北地(现在甘肃省)一路游玩,登上鸡头山(现在甘肃省平凉市)赏玩风景。这鸡头山又名崆峒山,相传黄帝曾经到过,算是一个名胜古迹。秦始皇既然自命“德过三皇,功高五帝”,当然也要到鸡头山应个景儿。

但是西北地方究竟荒凉,没有什么好玩。秦始皇走了一周,很觉乏味,便决意第二年到东方游历。

转眼到了阳春三月,风光妍媚,秦始皇一行车驾向东进发,出了潼关(现在陕西省潼关县)和函谷关(现在河南省灵宝市),便看见一片平原,和关内风景大不相同。渐渐巡到东方,越发山青水秀,另有一番景象。这东方沿海一带,原是从前齐国的地方,内接泰山,外环东海,算得东方最繁华的所在。齐王又喜欢招集游士,给他们很优厚的待遇,四方游手好闲的文士,便纷纷投奔齐国,齐国便成了一时的文化中心。到了齐国被秦灭亡,这班人都像“树倒猢狲散”,闲着没有事可做。现在看见秦始皇到来,他们心里又生了新的希望,一个个兴高采烈争先恐后地前来朝见,个个卖弄他那一套拿手学说,真是五花八门,无奇不有。都说得天花乱坠,指望打动这位新皇帝的心弦。秦始皇恰也抱着采风问俗的思想,喜欢听一听他们的议论。

当时儒生一派都奏说:“自古功德巍巍的神圣帝王,都举行巡行典礼,巡到东方泰山,一定要上山‘封禅’。‘封’是祭天,‘禅’是祭地。这是最神圣庄严的礼节,没有极伟大功德的帝王是不配举行的。现在陛下功过三皇,德超五帝,到了泰山必须封禅一番,答谢天地,才可以表明是受了天的命令统治天下的真命天子。”

接着又一个儒生奏说:“封禅所以一定要在泰山举行的原因,因为天下最有名的山是五岳。那五岳是:中岳嵩山(在今河南省登封市);东岳泰山(在今山东省泰安县);西岳华山(在今陕西省华阴市);北岳恒山(在今山西省浑源县);南岳衡山(在今湖南省衡山县)。其中东岳泰山最为伟大,皇帝祭天必须到泰山山顶,用高三丈的石矗立在泰山顶上,表示为泰山增添高度。据说那地方是和上天最接近的。祭地就应该在泰山附近比较小的山,扫除一方平地来祭。凡是一个新朝天子,没有不举行这神圣的典礼的。”

秦始皇听了心里很高兴,他本来就要上泰山游览一番,乐得顺便举行这样盛大堂皇的礼节,便吩咐留下许多儒生,叫他们去商量封禅应该怎样举行。这班儒生得到新皇帝的青眼,好不得意,便都聚集一处,纷纷议论去了。

还有方士一派人看见儒生已经得到好处,又羡慕,又妒忌,连忙也来启奏说:“这东海外边有许多极远的仙山,山上有神仙居住。因为隔着大海,没有办法前往。从前燕王、齐王都派过使者去寻求仙山,因为他们功德微小,福分浅薄,都没有得到神仙的允许,怎样走也走不到,有一两个能够到得仙山的人说:那仙山真是贝阙瑶宫,美丽无比。还有四时不谢之花,八节长春之草。气候不热不冷,永远温暖如春。许多神仙在仙山游戏。山上有一种不死的药,只消吃了一点,便可以和天地同寿,日月齐庚。求的人多得很。现在皇帝陛下到了这里,只消到海边看看,便知道了。”

始皇听了,果然越加欢喜。他正苦将来一旦死了,偌大家产不能带进棺材,现在有了不死的药,便可以永远做名副其实的万岁皇帝。这比封禅当然好得多了。便也把方士留下，且等到东海巡看一番再说。方士们十分高兴地退下。

始皇一面摆开车驾，先到鄒峄山（现在山东省鄒县）游览。这鄒峄山虽然没有泰山那般雄伟，却也峯影排青，岚光滴翠。始皇一路跋涉，到了这般幽静地方，不觉心旷神怡，便命跟从的丞相、列侯作了一篇赞美自己功德的文字，刻在石碑上面，立在鄒峄山上。一面催促儒生速速议定封禅礼节，好上泰山游览。谁知那些儒生虽然用了封禅来巴结始皇，实在封禅是怎样的礼节，他们却做梦也不会见过。只知道相传下来有这一种典礼，但几百年来从未行过，大家七口八舌议论纷纷，谁也说不出详细情形。其中有一位须发斑白的老儒，自命见多识广，便理理胡子慢条斯理地说道："据我所听见的，古时天子封禅泰山，必须乘坐用蒲草包扎车轮的车，以免上山时候，碾伤了山上草木。到了山上，扫除一方土地，铺上稻草，就在稻草的席上设祭。祭品也不过淡薄的玄酒，和一俎鱼。这样的礼节是很简单的。"大家听了，虽然觉得这话太平常了，却另外寻不出更好的办法，只得依照他所说的奏上。

哪知道这位秦始皇是极端骄傲奢侈的皇帝。他正想趁着这千载难逢的封禅大礼，大大夸张铺排一番，以炫耀皇帝的富贵尊荣。现在这些不识相的儒生却教他举行这般俭薄寒酸的祭礼，他如何不大发雷露！立刻把这些儒生都斥退不要，自己定了日期，命臣下扫除山路，鏨开石磴。险绝的地方更系挂粗绳巨索，以便攀缘。

到了日期，始皇乘坐銮驾，排开仪仗，直上泰山。走了不到二十里，山路狭隘，车不能过，便换了预备好的小小金舆，由熟练爬山的舆夫抬着，继续前进。只见满山都是青松，郁郁苍苍，幽美无比。走了一段，越走越险，虽然已经鏨了石磴，还是崎岖得很。好容易走过了天关，只见两山对立，万松夹道，微微的清风一吹，瑽瑽琤琤的山泉声和谡谡的松涛声，互相应答，清脆悦耳，好像天乐齐鸣，使人心胸开朗。脚底下却是一条极窄的羊肠小路，逶迤直上，好像直线一般，十分险陡，这就是有名的"十八盘"，是泰山最险的地方。舆失手拉着绳索，一步一步地上进，累得满头大汗。走够多时，到了天门。又经了许多险峭地方，才到了泰山绝顶。许多护卫早已在山顶等着，伺候始皇举行了隆重庄严的祭礼，立了一方高三丈一尺，宽三尺的大石碑，方才下山。现在这块石碑还在泰山绝顶的玉皇顶上矗立着。

刚刚下山，忽然天色大变，一大片乌云挟了骤雨，倾盆而下，满山松树都被风刮得呼呼乱响。吓得左右群臣面无人色，连忙拥了始皇在半山一棵大松树底下暂行躲避。始皇传命："这棵松树护驾有功，可加封五大夫（秦官名）之职。"这正是：

为立丰碑上岱宗，但凭一喜便酬庸。系绳鏨磴人多少，松树何功独受封。

风雨过后，始皇下了泰山，又到泰山附近的梁父（在今山东省泰安县南，新泰市西）山上，举行禅礼。

那些被始皇斥退的儒生得知始皇遇雨，便大大讥笑一番——说他不遵用古礼，以致触怒泰山，受到惩罚——以泄他们被斥的怨气。

始皇巡罢泰山，便由渤海海边巡行到成山（在今山东省荣成县东）。这是一个小半岛,伸入海中,风景十分秀美。李斯写得一手好字,始皇便又命他刻了“天尽头”三字在山上。又走到之罘(在今山东省福山县),也命立石歌颂功德。然后又到琅琊山(在今山东省诸城市)观看。琅琊山上原有一座高台,乃是春秋时越王勾践所筑,在台上眺望,可以看见东海。波涛起伏,极目无边。始皇看了,心中大喜,忽然一眼望见天上云霞灿烂,光彩闪烁,映着奔腾澎湃的海水,放射出无数五光十色的奇景,好像许多亭台楼阁,又像有人在那里走动往来。倏忽变幻,忽明忽灭。看得始皇眼花缭乱,暗暗称奇,忽然记起从前方士所说神仙的话,忙叫人去召方士前来查问。

方士里有个名叫徐福的,最会说话,看见始皇已经着了迷,便进一步奏说:“这就是海上三个神山的幻象。这三个神山,名叫蓬莱、方丈、瀛洲。山里神仙住在黄金白银的宫阙里,离这里并不远。山里禽兽都是些雪鸾玉凤,粉蝶银鹭,一片洁白的颜色。这是一个不死的仙都,长生的乐国。只要把神仙的不死长生仙药求到,吃了下去,便可以永远不死。求的人必须虔诚斋戒,如果乘船向三神山驶去,远远可以望见好像云雾一般的仙山,若即若离,忽隐忽现,必须坚心再驶。如果能够走到,可以看出三神山并不在水上,却反在水的下面。从前许多帝王都想尽方法去寻找仙山,总没有福气能够找到。现在皇帝陛下到了海边,神山居然现出云端,这真是难得的机会。陛下统一了中国,拯救人民脱离水火,功德无量,洪福齐天,也许神仙有意要把长生的药赠送给陛下,所以出现神山美景给陛下看。臣请专诚斋戒,去寻访仙山,替陛下乞取长生不死的灵药。”

始皇听了,心里半信半疑。他不明白适才所见的景象不过是云层和海水反射太阳光线的作用,却以为这明明是仙境出现,并不是方士瞎说。而且长生不死又是那么富于诱惑性,便允许徐福前去寻求仙山,一面又下令重建琅琊台,要造得极其高大雄壮,以便远眺海景,并且立一座石碑,歌颂赞美自己。限期搬取三万户居民来台下居住,使琅琊台成为热闹的地方。

别个方士看见徐福得到这般美差,自然人人眼热,也都纷纷上书,请求入海去寻仙人,得到允许的当然不少。

当时始皇在琅琊台一住三个月,重新向南巡行,到了彭城(现在江苏省铜山区)。望见白茫茫的泗水(那时的泗水,从现在山东省境内发源,流过彭城,向南注入淮水)奔流而下,他心中忽然又记起一件事情,便召过身边几个博士,问他们这是不是周鼎沉没的地方。

博士是秦朝一种官职,大约有几十员,都是些博古通今的读书人,是预备皇帝查问古今事迹时候,随时应对。这时候博士一听始皇查问,便连忙回答说:“正是这条泗水。”始皇沉吟了一会儿,一个博士察言观色,知道始皂的意思,便连忙凑趣说:“这周鼎非比寻常,乃是夏代大禹所铸,只有帝王才能占有这鼎。夏亡,这鼎被商得去。商亡,这鼎被周得去。现在周亡,秦得天下,这鼎当然应该归陛下享有。只是当初灭周的时候,据说这鼎沉没在泗水中间,无法运入咸阳。如今陛下并吞六国,一统中原,这鼎理该出现。不如派人入水捞取,岂不是一件盛事?”始皇听了果然满面喜色,点头称是。立刻派人去祭告泗水,一面征集会泅水的壮丁一千名,入水寻觅周鼎。

一千名壮丁翻波负浪,寻了几天,哪有周鼎的影踪。始皇白白费了一番心机,好不扫兴,只得望南再走。过了淮水,直达长江,便上了龙舟,扬帆而进。一天,忽然刮起了一阵大风,白浪堆到半天高,龙舟在江里一起一落,摇簸不停,吓得全船人众魂不附体。秦始皇虽然权力盖世,对于恶作剧的风波却也毫无办法,只急得遍身冷汗,一句话也说不出。

这一阵狂风直刮得樯倾帆倒,地暗天昏。整个江中阴霾密布,虎吼般的风声,推叠着一层层的狂涛怒浪,挟了雷霆万钧的压力,向着龙舟当头扑下。好容易躲过一个浪头,第二个浪头接着又到。

在这样危险万状的暴风恶浪里面挣扎了半天光景,风暴才慢慢平息下来,天地清明,船只也渐渐稳定。大家方才定下心,喘出了一口气。舵工运用熟练的技巧,把船驶近了湘山(现在湖南省洞庭湖内君山)停泊。始皇望见湘山南面有一座庙宇,碧瓦红垣,隐在青翠的树丛中间,十分闲静。和刚才自己在江中所受的惊险一比,不由生了妒恨之心,便问博士:"这是什么神?"博士答道:"据古人相传:这是尧的女儿娥皇、女英,嫁给帝舜。后来舜南巡死了,娥皇、女英也投湘水自杀,成为湘水的神,称为湘君。她们的墓就在这山上。"始皇听了,勃然大怒,说:"朕巡行天下,凡百鬼神都应该敬谨保卫朕躬,雨师洒道,风伯清尘,才是道理。这湘君不过小小水神。如何胆敢戏慢皇帝,一任这一段湘水掀波作浪,惊吓朕躬。这非得惩戒一番不可。"便喝命左右,立刻下诏,派三千名有罪的囚徒前来,把湘山上的草木尽数砍拔净尽,毁去庙宇,还放了一把火,烧得全山光秃,才算出了始皇受惊的恶气。

巡行完毕,始皇回到咸阳,歇了几时,依然念念不忘神仙的事,便又带了护卫,再去东方巡行。

走到博浪沙(在今河南省原阳县)地方,正是天朗气清的时节。两旁夹道青松,浓荫相接,许多护卫仪仗密密层层排着,千乘万骑,肃静无哗,只听得马蹄蹴踏的声音。始皇在銮驾上左顾右盼,好不得意。正在满怀高兴的时候,猛不防前面松丛中间,突然抛掷出一个又黑又大的东西,像惊鸟一般,向始皇极迅速地飞射过来。急忙中大家都意识到这一定是一种行刺的暗器。登时全都慌了手脚,不知如何是好。御车的人吓得失声怪叫起来,慌慌张张地想把马赶快勒住,两只手却已经颤抖着不听支配。那马已经跑开了腿,那里控制得住。这时候,秦始皇和所有的护卫没有一个不吓得冷汗淋身。说时迟,那时快,只听得轰雷一般地响了一声,一行队伍更加大乱起来。原来这东西并非别物,却是一个沉重无比的大铁锥,平白地由半空落下,摔在紧跟着始皇銮驾后面的第一辆副车上,把那辆车连人带马搥成肉饼,做了秦始皇的替死鬼。

秦始皇这一惊真是非同小可,目瞪口呆,几乎有半个时辰动弹不得。但当他心神稍定之后,却又狂怒起来,眼睛里爆出了凶烈的火焰,粗暴地厉声吆喝着。许多臣下都战战兢兢地跪伏在他的车前。

"快! 快! 快去搜索这行刺的暴徒,限天下各处都要大搜十日,一定要捉到!"秦始皇挥着愤怒的手。他恐怕这地方还有隐藏的敌人,又催促赶快行走。

大队车马继续前进,一部分将士便去四面搜索凶手。行刺的人哪有坐着等死的,早已逃得无影无踪了。

搜捕刺客的诏书,送达全国各地,引起了无穷的扰乱,挨家挨户搜查,免不得拿错了许多毫不相干的人。一直闹了十天,弄得全国不安。

究竟这个刺客是什么人呢?原来秦始皇对于各地人民,一贯采取高压手段,残暴异常,人民当然不甘束手待毙。其中韩国(现在河南省一带)和秦最接近,国势也最弱,累代的韩王,都畏秦如虎,小心贡献,但到底依然被秦灭了。这位博浪沙的刺客姓张名良,字子房,他的祖父和父亲曾经先后做过五个韩王的相国,所以他自小亲见秦对韩的残暴,痛恨切齿。韩亡的时候,他还年青,没有做过韩的官,秦也没有注意到他。他却把所有家财去结交朋友,打算刺死始皇,替韩报仇。无奈秦法令极严,没有人肯拼出性命去干这事。张良只得云游四方,寻找机会。那年到了极东北方的濊貊地方,这是秦的统治力所不能到的所在,寻见了那地方的君长,重礼聘请一名力士,和他商议心事。铸了一个重一百二十斤的铁锥,由力士携带伏在驰道旁的松树中间,看准抛去。不料误中副车,没有达到目的。张良和力士都趁乱逃去。

张良本来生得文弱美秀,谁也不会相信他拿得动铁锥的。事后他就改名换姓,逃到下邳(现在江苏省邳州市)隐居,倒也没有人疑他。一天,他偶然出外游玩,走到一个圯桥上,看见桥边杨柳依依,风景十分美妙,不觉徘徊瞻眺,流连了一会。忽然那边路上走来一个须发皓白的老人,手扶着一根拐杖,穿着粗布短衣,慢慢地上了桥,一不小心,一只鞋子离开了脚,一直掉到桥下去了。那老人向桥下望了一望,看见那鞋正落在桥边沙上,便回过头来,看着张良说:"孺子(孩子),下去替我把鞋捡来。"张良吃了一惊,暗想这个人怎么这样没有礼貌,真想揍他一顿。可是看见他那么老态龙钟的模样,又觉得不应和这般老迈的人计较,想了一想,勉强沉住一口气,走到桥边,把鞋拾来。这老人满不在乎地扶着拐杖,伸出那只没有鞋子的脚,对张良说:"替我穿上。"张良心里实在看不惯这般大模大样。他又是世代韩相之裔,从来没作过这样的事,可是现在是埋名隐姓的时候,不愿多事,既然替老人拾来了鞋子,索性好人做到底,便低头替老人穿鞋。因为高矮不合适,只得跪在地下,才能穿上。那老人登上鞋子,微微一笑,什么话也不说,拿起拐杖,逍遥自在地走了。

张良给这老人的倨傲态度愣住了。他想:天下没有这样不讲情理的人,对于素不相识的路人随便使唤,临走时还一声不谢。这一定是一个奇异的人,倒要看看他究竟到哪里去。想罢,不由自主地就远远跟在老人后面,望着他的背影,不知不觉走了一里多的路。那老人虽然一直走去,好像知道张良跟着他,忽然停住脚步,掉转身子迎面走了回来,对着张良微微点头说:"你这孺子可以教导了。过五天,天刚亮的时候,来这里和我相会。"张良听了,心里越发奇怪,更相信这位老人不比寻常,一定有什么道理,索性再向他跪下,恭恭敬敬地答应了一声。

过了五天,张良起个绝早,急急赶到老人指定的地点。那时天刚亮,想不到老人已经站在那里等着。他看见张良到来,便放下面色,愤愤地责骂说:"你和老人家约会,为什么这个时候才来?去吧!再过五天,早一点来。"张良碰了一个钉子,好不懊丧。可是他更加相信这老人一定是个不平凡的人,约他来这里相会,也一定有什么要紧的话。所以他并不灰心,等了五天,更加提早起身,趁黑夜走去,走到那地方,鸡刚刚叫。张良暗暗庆幸,这番总不会太晚了,谁知走近一看,那老人又已站在黑暗里,不由把他吓了一大跳。这番老人更加不客气地把张良责骂了一顿,叫他过五天再来。

张良平白地受了许多气恼,一发引起他的好奇心,必要弄个明白。到了第四天夜里,干脆一夜不睡,刚刚人静,他便拔脚出门。这时还不过二更光景,走到约定地方还不到三更时候。黑暗里一棵树一块大石都使他吃惊,恐怕是那个老人在那里等他。好容易看清楚了老人的确还没有来,他才安心地等着。等了不多时,老人也就来了。他看见张良先到,面上露出高兴的神气,说:“年轻人和老人约会,是应该这样的。”说罢,慢慢由袖子里摸出一卷东西,交给张良,说:“你读了这书,就可以成为帝王的老师。过了十年,你可以出来做事了。十三年后,你在榖城山(在山东省东阿县)下看见一块黄石,那就是我。”说完,回头就走,黑暗里也不知道他上哪儿去了。

张良怔了一会,把书带回去,一看,原来是一本“太公兵法”,他知道太公就是姜子牙,曾经辅佐周文王武王灭了商纣。那时还没有纸张和印刷,书全是手抄在绢帛上的,很是难得,便把它全部熟读。据说十三年后。张良到了榖城山,果然看见有一块黄石。因此后人把这奇怪的老人称为黄石公。宋时苏东坡批评这件事说,这老人一定是秦时隐居的人,假托黄石,使人不去穷究他的根底。这是很有见识的话。唐代诗人李太白经过这座富有神话意味的圯桥,做了一篇古风,专咏这事,说:

> 子房未虎啸,破产不为家。沧海得壮士,椎秦博浪沙。报韩虽不成,天地皆振动。潜匿游下邳,岂曰非智勇?我来圯桥上,怀古钦英风。唯见碧流水,曾无黄石公。叹息此人去,萧条徐泗空。

且说秦始皇受了博浪沙一椎的惊下,匆匆到之罘和瑯琊转了一周,并不曾见到神仙影子,心灰意懒,回到咸阳,把巡行的事情暂且搁下。偏有一班谄媚的人,知道始皇心事,便编造言语,奏说:“本年九月庚子日,华山地方有一个茅初成,青天白日骑了龙腾云上天,成仙去了。当时民间有一个歌谣,说:‘神仙得者茅初成,驾龙上升入太清。时下玄洲戏赤城,继世而往在我盈。帝若学之腊嘉平。’按照这歌的意思,将来这位茅初成的子孙名盈的还要成仙。皇帝若要学仙,必须把腊月改名嘉平,才行。”始皇听了满心欢喜,果然传旨把腊月改名嘉平。一面在咸阳附近兰池地方,筑了一座兰池宫,把渭水引到兰池。池里筑了三座小山,名为方丈、蓬莱、瀛洲,用金银在山上建造宫室。池里模仿海中风景,件件齐全。单说有一头石刻鲸鱼。就长到二百丈,雕镂得和活的一般。他花了许多人民血汗,造成这幻想的仙岛,时常前往观览,聊以自慰。

有一天,夜里,始皇忽然游兴大发,带了四名武士,乘夜步行去访兰池宫的仙山。刚刚走到兰池附近,忽然树丛里跳出几个大汉,一个个亮出尖刀,围住始皇就刺。这真是危险极了。幸亏四名卫士拼命救护,交手多时,才砍倒了一个。余下的见不是头,便都纷纷退去。始皇受了这场惊吓,才明白到处都有反对自己的人,连咸阳这样防卫紧密的地方也还不免遇刺。这比博浪椎更可怕了。便下令在关中(函谷关以内)大搜二十天,又累无数平民,受到了骚扰。

不久,始皇又动了出巡的心,便向东北巡行,登碣石山(在今河北省东北海滨)远望。只见海水茫茫,极目无际,却看不见什么仙人。一班方士只恐始皇心灰,说尽许多花言巧语。始皇无可奈何,派了卢生们几个方士再去海外求仙。卢生领了一批财宝,过了一时,来见始皇,奏说已经去过,幸得战胜神风,达到一座仙山。山上琪花瑶草,金阙银楼,果然和所傅的一般模样。始皇听了,心花怒放,忙问:“可曾见到仙人,得到仙药?”卢生愣了一愣,唯恐鬼话戳穿,连忙奏道:“虽然到了仙山,却没有见着仙人,只有一卷仙书,内中截着未来的吉凶祸福,刚读到一半,便化成清风而去,所以不能带回。”始皇听了,一团高兴化为乌有,只得问道:“书里讲些什么?”卢生道:“它说秦皇帝一统天下,将来兴旺无比。”始皇说:“以后呢?”卢生无话可说了,忽然计上心来,连忙答道:“将来的事情臣不敢说。”始皇道:“这是仙书所载,但说何妨。”卢生道:“书上说,‘将来亡秦的是胡’。”说罢又赶快叩头说:“臣泄漏天机,罪该万死。”始皇听罢默然无语,便命卢生暂退。

这时候始皇心中,神仙要做,皇帝也要当。最好是长生不死永远做皇帝。既然胡是秦的敌人,必须把他打倒,才能保住万年宝座,铁桶江山。他本来是一个雄才大略的君主,一向战无不胜,攻无不取。自从统一中国,好几年没有用兵,正在闲得难受,那禁得卢生一挑拨,立刻便派了将军蒙恬带领三十万兵马北伐胡人。

那时所说的胡人就是匈奴,原是北方一个强大的民族,一向过着游牧生活。首领称为“单于”。他们屡次想向南发展,几百年来,不断和中国战争,时有进退。到了周末战国时代,靠近北方的赵、燕、齐各国都曾用了全力和匈奴搏战,在边地筑起坚固的长城,严密守卫,使匈奴无法南进。当秦统一中国时候,匈奴还是北方一个强盛的敌人。卢生算计中国已经统一,将来与秦为敌的,只有匈奴,所以造了这个谣言。

这时秦的徭役已经多到难以计算。像建造模仿六国的宫殿、建造兰池宫、铺设驰道之外,还继续建造许多宫苑,又在骊山(现在陕西省临潼区)建造始皇未来的坟墓,每一件工程都需要几十万人长期工作。现在又要抽取许多壮丁出征远地,自然更加深了人民的痛苦。

蒙恬是名将蒙骜的孙子。父亲蒙武曾经灭亡楚国。祖孙三代掌握兵权,立下不少战功。蒙恬足智多谋,兄弟蒙毅也忠直谨慎,官拜上卿之职,常在始皇左右。满朝公卿,就算他兄弟俩最得始皇的信任。这番蒙恬奉旨出兵,自有一番煊赫,不消细表。兵到河套地方,那匈奴单于头曼没有想到秦军声势这般浩大,连忙退走。好在他们住的是氈幕,容易搬移,走得慢的,被蒙恬追上大杀一阵,损失不少。头曼急急北退,满拟等秦兵去后,再行南下,不晚。

蒙恬大获全胜,把河套以南地方(现在内蒙古西南部一带的地方)完全占领。捷报到了咸阳宫,始皇大喜,命将这块地方分做四十四个县,移民前往居住开发。同时派遣使者重赏蒙恬,叫他继续北伐。蒙恬督率全军渡过了黄河,追赶匈奴,乘着战胜的余威,收取了许多地方。为了恐怕匈奴前来攻击,便把从前燕、赵、齐等国所筑的长城整理一下,合并成了一个长城。由现在的甘肃省岷县的西边起,向北经过黄河,到贺兰山、阴山,向东到热河,又经过辽水、鸭绿江,直到朝鲜为止。差不多有万里之遥,所以后人称它为万里长城。这座长城后来又经过历代的增修改筑,成为保护我国河山的屏障,现在还矗立在北方。

当时还没有机器可以使用,兴修这样浩大的工程,每一块石头都是用人工搬运来的。蒙恬除了利用由内地迁移来的壮丁之外,还由始皇下诏征用几十万壮丁去建筑长城。这许多人抛妻别子,背井离乡,去到荒寒的地方工作,残暴的专制皇帝,既不给他们好好的东西吃,也不给他们温暖的衣服穿,有了病,也没有医药,死亡的自然很多。后来民间传说了一件孟姜女寻夫故事,就是替千千万万的人民诉说了被压迫的惨痛。这正是:

一丸泥渍千失血。万里城堆百姓骸。

第二回　马谷种瓜杀机暗伏　仙山求药梦兆何凭

万里长城造成后，心高志大的秦始皇并不觉得满足，他认为北边既然扩展了许多地方，南边也应该照样扩展才是，便又派军队向南发展。

中国南方原是楚国的领土。秦灭了楚，占了楚的全境，分做十个郡，最南的是长沙郡（现在湖南省）、黔中郡（现在湖南省西部一带）、会稽郡（现在江苏省东南部和浙江省西部）。这些地方在那时还是地广人稀，其中长沙、黔中两郡，住的人民大多属于三苗后裔。北方人民到了这两郡，都感到言语不通，生活不惯，所以移来居住的人极少。秦始皇既然要向这些地方扩展，便不得不用许多的兵力。可是蒙恬带去北伐的兵已经有三十万；在骊山建筑宫室的人民有七十万；修造长城的人民又有几十万；一时再抽出许多壮丁，恐怕税收减少，便指定抽取一种非工非农的人，来充兵卒。像会经逃亡的无业游民，曾经被招赘、寄居在妻家的女婿，这些都是很穷苦的人，一向被那时社会所看不起的。还有做小生意的商贾，也在被抽之列。这三种壮丁一共被抽了五十万人，前往南方。这样一来，社会上突然减少了许多劳动力，又增加了许多军费，人民更觉负担不起，对于秦始皇的统治也更加失望了。

这支大军由会稽渡江南下，渐渐地深入南方。这时候南方居住的民族很复杂，风俗习惯言语也都和北方差别很大。相传他们本是夏朝大禹的子孙，封在越国为君。后来在周朝末年，越被楚灭了。越国人民分散各地，和原住南方的种族混杂居住，所以团结力十分薄弱。秦兵一到，把这许多部落逐个赶散，没费多大力量，便把广大的南方收归一统。秦始皇接到捷书，自然十分高兴，便下诏把南方分成四郡，名为闽中郡（现在福建省），南海郡（现在广东省），桂林郡（现在广西省），象郡（现在越南的东北部）。各派官吏前去管理。这五十万大兵便驻扎在五岭（在今广东省的北部一带）地方。

在南北两方先后传来的奏凯声中，咸阳掀起了如火如荼的庆祝高潮。秦始皇为了表示得意，连日在咸阳宫赐宴群臣。这咸阳宫经过累代添造，已经是闳大轩敞，伟丽无比。宫里陈设的全是黄金白玉、翠羽明珠，说不尽繁华奢侈。一排一排衣冠整肃的臣下挨次向秦始皇叩头称贺，以后便分列左右，陪侍始皇大宴。酒过三巡，始皇看着宫里许多臣下恭恭敬敬地整齐排列，肃静无声，显出皇帝的尊严，心里好不高兴。但是回想一下，忽然又觉得有点美中不足。他微微皱一皱眉头，望着上面挂的蟠螭九枝灯，默然无语。这蟠螭九枝灯是白玉琢成九条螭龙纠结交蟠的挂灯，层层鳞甲都是剔透玲珑，灵活得和真龙一般，乃是秦宫的一宝。始皇若有所思地注视着它，还没有说话，那一向陪侍在旁的博士七十人一个个端起酒杯走到始皇面前，恭敬上寿。始皇心不在焉地接过酒杯，却向丞相李斯说：“这咸阳宫是先王所建筑的，现在看起来，已经太小了，也不够华贵。今天侍宴的人不算多，要是举行盛大宴会，岂不太拥挤了吗？可派人察勘渭水南边地方，另外起造高大的宫殿，越快越好。”李斯恭敬地应了一声：“领旨。”旁边一个臣下连忙凑趣奏说："这座宫在当时已经算是很大很富丽了，当然，那时秦国地方不过千里大小，能够有这么大的宫，很够用了。现在倚靠了皇帝陛下的圣明英武，大奋神威，削平了六国，把北方的匈奴和南方的百越群蛮都平定了。中国的版图扩充了许多。只要是太阳和月亮能够照到的地方，都归陛下统治。这真是从古没有的伟大功业。并且陛下又划定了郡县，永远不再封建诸侯，根绝了战争的祸患，人民都安居乐业，傅到万世万万世，这样巍巍功德实在没有任何帝王可以此拟，自然应该另外构造宫殿，才能和功业相配。"秦始皇听他所说，正抓着自己痒处，不由点头微笑，心里很是得意。

不料那七十个博士因为刚才上寿时候，没有得到始皇好感，很觉得没趣，现在却给别人抢了面子，好生妒恨。认得这个说话的人是僕射（秦官名）周青臣，并不是什么尊贵官员，便有心和他抬杠。当下博士淳于越进前一步，微微冷笑，向始皇奏道："臣听说自古帝王享国最长久的要算从前商朝和周朝了。这两个朝代都有一千多年的历史，兴旺无比。他们为什么能够传得这般长久？因为他们把自己的儿子兄弟都封作诸侯，占着势力。有了什么意外的事，可以互相帮忙。现在陛下统治万方，但是没有封建列国，子弟不过赤手空拳，无权无势。将来万一有了不忠的臣下，岂不危险？办事不看古人的榜样，是不行的。周青臣一味恭维，只讨陛下欢喜，这实在是不忠的人。"说完又看了周青臣一眼。

始皇正在兴头上，给淳于越说了这么一篇赞颂前朝的大道理，好不扫兴，一时不便发作，便抬头扫了群臣一眼，冷冷地说："诸卿以为怎样？淳于越说的对不对？"

大家一时摸不着始皇脾气，都面面相觑，不敢发话。只有丞相李斯原是当初批驳王绾封建子弟的人，听见淳于越这般议论，完全和他从前所说相反，不由心里冒火，连忙出位启奏："这悖于越所说的话，完全不合时宜。当初三皇五帝都是贤明君主，可是他们所做的事个个不同，制度也都变换过，却都治理得很好。可见他们是随机应变，没有拘泥古法。现在陛下神功圣武超过三皇五帝万倍，这样伟大的功业，是要流芳万世的，淳于越一个腐儒那里能够明白？从前制度有什么价值，值得模仿？"

始皇听了不觉点一点头，李斯趁势又奏说："从前因为有了诸侯，各国纷纷招请游学的人，各说各的道理，以致是非颠倒。现在陛下统治中国，政权集中。百姓只消努力农事和工商，官吏只消学习国家法令，便是良善人民，用不到再学什么。这些儒生不学现在，要学古代，随意批评政令，故意造作谣言，大家结党寻朋，夸古骂今，这对于皇帝的尊严大有妨碍，应该查禁。请旨把天下所有史书，除了秦国史记之外，都完全收来烧毁。其他诗书也都运到官府烧毁。只许博士官那里存留，以供参考。百姓是不许有书的。谁敢谈论诗书，便处死罪。谁敢引用古书议论现在的，全家抄斩。隐瞒不报的人一律办罪。过三十日还不烧毁的，不但刺面，还要罚做苦工。只有医药、种植、卜筮等书还可以留下。这是臣李斯冒死建议，伏望陛下允准。"

李斯这篇言论，把淳于越说得满脸通红，无地藏身。周青臣暗暗得意，却不敢表现出来。秦始皇脸上露出高兴神气，含笑说道："朕既然为了万世打算，就应该决心行去。丞相的建议很好，可以采用。"李斯和群臣都高呼"万岁！万岁！"

一席酒罢，传达圣旨的使者立刻分赴天下各处，限期烧书。各郡的郡守、郡尉，各县的县令、县尉,都大大忙碌起来。他们指挥了管理十亭的乡长,和管理十里的亭长们,都到民间宣传旨意,叫老百姓趁早把书献出去烧,不要惹火烧身。

原来那时还没有印刷术,也没有纸,连毛笔也还没有普遍应用。据说发明毛笔的人就是大名鼎鼎修筑万里长城的蒙恬将军。在这样困难的条件下,每部书都得经过很辛苦的人工抄写的手续:先把粗大毛竹破开,削成大约一尺长二寸宽的竹简,磨光了,用火烘干,刮去上面青皮,在竹简上端钻了一个小孔,然后用竹签蘸了漆汁在简上写字。每枚竹简大约只写得二十多字,写好,用皮带穿过小孔,把许多竹简联结起来,称为一册。这样笨重的工具,细致的工作,一部书得费许多时间才能抄好!

因为竹简占的面积太大了,便有人用丝帛来代替竹简。那时候棉花还没有传到中国来,能够写字的只有贵重的帛。写好了便卷起来,称为一卷。虽然比竹简轻便得多,代价却也贵多了,普通人民是不容易得到的。

这样耗费血汗艰难抄写起来的书籍,人民都珍重地保存在家里,祖孙父子代代相传,当作知识的源泉,传家的珍宝,轻易都不肯借给人去读去抄。现在却要他们无代价地送去烧毁,这如何舍得?可是秦的法令是这样严厉,书又是笨重东西,无法藏匿,一向左邻右舍全都知道那家有书,更瞒不过亭长乡长。在各方面的压力下,无可奈何只得把心爱的书一车一车地送到郡县办公地方去堆积起来烧毁。

三十六郡燃起了三十六个大火山,无数小县也燃起了无数小火山。接连不断地整天整夜焚烧着,把无数人民的血汗,长期文化的结晶,都化成滚滚黑烟,冲天散去。

秦始皇因为怕人民引用古书古法来诽谤他,摇动他的统治权,所以干脆把书烧了。但是究竟有什么用呢?后人有诗说:

谤声易弭怨难除,秦法虽严亦甚疏。
夜半桥边呼孺子,人间犹有未烧书。

正在全中国雷厉风行严格执行烧书法令的时候,咸阳南边,七十多万刑徒却拿起了斧头铁铲,正在喘吁吁地搬泥运石,锯木凿山,起造钜丽雄伟的阿房宫。

这座阿房宫非比寻常,光说一座前殿,从东到西就宽有五百步(三百丈),从南到北长有五十丈,殿上可以坐得一万人。殿前站着十二个金光灿烂的铜人。殿里是文梓作栋,香柏为梁,紫檀雕的栏槛槛,白玉琢的柱础。为了恐怕刺客私藏暗器进殿,特地用磁石琢成殿门。这样,带有铁器的人就会受磁石的吸引,不能顺利进殿。殿后建筑了三百座美轮美奂的皇宫,各宫上面都架了阁道,像长桥一般,可以互相往来。这许多宫殿都是华丽无比,连绵不绝,占地几百里。所用的巨大木材和石料等,咸阳附近不够供给,都由蜀(现在四川省)楚(现在湖南省)一带高山深谷里砍伐运来。这些砍木采石的人,整天劳动着,过着奴隶一般的生活。

这几百座金碧交辉的宫殿四周,都栽种着芙蓉杨柳,异草奇花。无数亭台楼阁,高低错落,掩映在花木丛中,没有一座建筑物的结构是相同的。此外,又选了成万个美丽的妙龄宫女住在这些宫殿里。始皇随时来来去去,由阁道上穿宫过殿,任意游玩,过着荒淫糜烂的生活。

这种过度的享受，使得秦始皇更加希望长生，不断地催促方士们去寻觅不死的药。那些方士虽然会想尽方法骗取始皇的赏赐，可是没有一个真的能使什么神仙下降的。无论他们想出怎样的难题来，但始皇都一一办到了。这使他们感到十分伤脑筋。就中要算卢生最精灵不过了，他知道物质上的难题是难不倒始皇的，万一谎话拆穿，如何是好？便想出一种办不到的事情来作难始皇。当始皇查问为何求不到神仙的时候，他便花言巧语地说："神仙是喜欢清静的，所以要住在海外仙山。神仙不需要富贵，也不需要世间一切东西。可是我们凡人却需要长生，需要寻觅神仙。因此，要寻觅长生的人必须住在深山中没有人迹的地方。这样才能和爱静的神仙接近。现在陛下外有文武百官，内有妃嫔宫女，左右陪侍。如此闹哄哄的环境，神仙怎么肯来？"始皇听了，不由大失所望，急忙问道："那么据你所说，朕是永远看不见神仙了。"卢生摇头说："那也不一定。因为陛下掌管国家大事，完全住在深山是不可能的。假使能够住在清静地方，不让人知道陛下踪迹，再有坚诚的信仰，仙人就可以来了。"始皇这才松一口气，说："好的，"便回头吩咐左右："从此以后朕在什么地方，不许你们泄漏。谁敢说出，立刻处死。"卢生听了，睛暗捏一把汗。他要说神仙是求不到的，他的饭碗就砸了；要说可以求到，当不起始皇立刻要他兑现。没奈何只得赔着笑脸说："陛下这般真诚求仙，仙人一定会下降的。臣请沐浴斋戒，再去海上求仙。"始皇欣然允许。

卢生退出宫外，左思右想，这个谎话早晚总要拆穿的，还不如趁早"见机而作"，免得自取杀身之祸。正在打算怎样逃走的时候，恰好他的一个朋友侯生前来拜访。大家说起求仙的事。侯生说："皇帝法令严得很，有许多人因为献的仙方不灵，都砍了头。一句话不对，也要砍头。我看倒不如早些离开此地为妙。"卢生也把刚才的事情说了，和侯生互相商议了一会，便由卢生去领了一批求仙的盘费，两人一同逃走了。

一向卢生在始皇面前撒谎，得了许多好处，旁人早就对他很妒忌，现在一走，便有人出来告发，说他不肯替始皇求仙，反和侯生诽谤始皇。说得始皇大发雷霆，立刻命人搜捕卢生、侯生回来严办。搜了好几天，恰似石沉大海，渺无消息。官吏唯恐始皇责怪，只得把咸阳城里曾和卢生、侯生往来的儒生们一一传来查问下落。这些儒生虽然不知卢、侯两人去向，但是一向都曾私下批评过始皇，一经拷问，吓得浑身哆嗦，没奈何只好把所知道的事情一一说出。一个招出一个，越牵越多。问到后来，倒有几百个儒生牵连在内。问官便把诸生供词奏上，始皇看了勃然大怒，说："朕待儒生、方士这般优厚，是要他们访求奇药，辅佐太平。他们不但没有丝毫成绩，反妖言惑众，诽谤朝廷。这般没有天良的人，留他何用？赶快押出去，刨个深坑，活埋了事。"

这时候始皇最大的儿子名叫扶苏，正在始皇旁边，连忙上前启奏，说："陛下息怒。这些儒生固然不该妖言诽谤，但是他们都是读过经书的孔门子弟，未必个个都这般不忠不敬，也许其中有几个冤枉。现在一起都杀了，恐怕人心不安。请陛下暂息雷霆，再加拷问。"

始皇一听扶苏言语，更加动怒，大声喝道："你懂得什么，也来多话！快点去北方监督蒙恬军队，不必在我身边惹厌。"扶苏见始皇这般动气，不敢再说，只得遵命到北方监军去了。

这一场大屠杀，一共活埋了四百六十多个儒生。可是始皇心里还没有满足，他认为这些读书人不免总要在背后赞美古代，讥笑现今，只有把他们尽数除去，才是最妥当的办法，便唤过近身小臣，嘱咐他如此这般。小臣奉旨去了。

过了几时，又是寒冬时候，忽然骊山守吏奏报："骊山的马谷（现在陕西省临潼区西南）地方，有瓜结实。"始皇下诏查问儒生："冬令瓜熟，是什么原因？"咸阳许多儒生都觉得十分诧异，大家议论纷纷。有的说是祥瑞，有的说是灾异。始皇便命所有儒生都去马谷观看瓜实，再作决定。这许多书呆子哪里知道其中巧妙，果然都乖乖地到了马谷，察看瓜实。彼此辩论吉凶，引经据典，驳难不休。正在争执得面红耳赤各不相下的时候，忽然谷上一声梆响，无数大石头由谷上纷纷落下，打得七百多个儒生走投无路。一霎时血肉横飞，尸骸狼藉。不消片刻，全谷堆满土石，把七百儒生活埋谷底。后人因此，把马谷称为坑儒谷。

原来骊山本有温泉，流过马谷，谷里气候常常温暖如春。始皇特地嘱咐小臣在谷里种瓜，设下圈套。从此剩下幸保生命的博士们更加小心翼翼，谁也不敢多说一句话了。

一天，始皇正在梁山宫里的阁道上经过，偶然望见远远有一队车马。车前排列仪仗乐队，对对齐整，旌旗麾盖，密密层层。车后跟着随从的人，有的骑马，有的步行，蜿蜒连属，和一条长蛇一般。始皇不觉指着问道："这是谁？这样威风！"左右回答说："这是丞相李斯经过。"始皇把嘴角微微一撇，说："丞相出行，要这许多护卫吗？"左右听得口气不善，不敢回答。早有和李斯相熟的宦者暗中通知李斯。李斯听了吃惊不小，连忙把车马护卫减去大半。过了几时，始皇又在阁道上望见李撕经过，车马仆从寥寥无几，不觉动了疑心，便喝问左右："这一定是你们把我的言语泄漏山去。要不是这样，为何丞相的仆从减少了许多？"左右吓得面如土色，连忙跪下，叩头和捣蒜一般，都说："微巨们委实不敢。"始皇不信，问了两遍，没有人敢认，始皇便把那天随身的许多宦者宫女完全杀了，一个不留。

始皇的性格是这般严酷暴厉，一般官吏也跟着竭力压迫人民。秦的法令又是十分残酷的，被认为有罪的人，轻则斩首，重则活埋、腰斩、车裂（俗称五马分尸），还有杀尽全家男女老幼和三族的。三族就是父族、母族、妻族。只要一人有罪，三族连带被杀，这个罪及三族的人还要备受五刑。什么叫作五刑？先割舌，割鼻，砍去左右脚趾，鞭打到死，才割下头来，再把他骨肉砍成肉泥。

在这般暴虐统治下，人民当然忍受不了，可是在另一方面，秦始皇对于大的商人地主却又十分优待。

却说那时乌氏（现在甘肃省平凉市西北）地方有一个牧人，名倮，养了一群牛羊，在乌氏放牧。他看见内地商人往来买卖，得到厚利，心里十分艳羡。便想出一种赚钱方法，把自己所养的牛羊卖给人，得了货价，到内地采买丝织锦绣和美丽夺目的绸缎，带回乌氏，献给附近的戎王。

戎王生长西方，不曾见过中国的丝织品，突然看见这样灿烂贵重的东西，大为高兴,便赏给倮许多牛羊,比他原有牛羊的数目还多了十倍。倮赶了牛羊回来,再到内地,贱卖给人,又换了许多锦绣,再运去西方和戎族做生意。那时西方戎族部落极多,这里卖一批,那里卖一批,赚到牛羊不计其数。他便买了奴隶,替他看管牛羊。后来牛羊多到栏栅都容不下,只好把它们赶在山谷里。一谷又一谷,漫山遍野,数也数不清。只能按照谷的数目来计算,装满多少谷,便算没有遗失。

倮的脑筋既然这般灵活,自然也会交结官吏,讨好朝廷。秦始皇知道他是这样一个大商人,便尊宠他,许他和群臣一般可以朝见,俨然贵族了。

还有一位寡妇,名清,是巴(现在四川省巴县)地方的人。从她的祖上起,就开采硃砂矿,称为丹穴,用了许多奴隶,世世获利无算。到了她手里,越发精打细算,丹穴的产量更加多了。她有的是钱,便交结地方官吏,来维持自己的利益。自然她的大名就越传越远了,一直传到秦始皇的耳朵里。始皇对于这位钜富的妇人大加夸赞,特地命官吏在她居处附近筑了一座女怀清台,来褒美她。乌氏倮和巴寡妇清都得到了秦皇帝的青眼,也可看出秦代是怎样地优待大商人了。

至于一般善良人民的痛苦是难以形容的,他们除了生活极度贫困之外,还不断地要被抽取壮丁移居边地。一家骨肉生离死别,一辈子也没有回来的希望。本来盼望统一可以解除战争的痛苦,可是现在却更加一倍压迫。

恰巧这一年东郡(现在河南省濮阳县)地方,由天上掉下了一块流星陨石。地方官吏便前来察看,忽然看见石上隐隐约约刻有七个大字:“始皇帝死而地分”。这原是反抗秦皇暴政的人故意刻上去的,当时大家不知,看见了都吓得伸出舌头,半天缩不回去。要想隐瞒不报,又怕罪上加罪,只得硬着头皮,据实奏上。始皇生平最怕“死”字,一听石上字迹,登时大怒,派了御史到东郡捕捉居住在石头旁边的人民,逐家讯问是谁刻的。这样的罪名,谁敢承认。始皇就吩咐把住在石头附近的人民尽数杀死,又命架起柴堆,把那石块也烧成沙土。

始皇心里总觉得怏怏不乐,渐渐精神不振,身体衰弱,便叫卜人卜了一卦。卜人说:“据这卦兆,出游迁徙大大吉利。”始皇算起来已经好几年不曾出游,也想出外散闷,便定了明年出巡,一面将三万户人家搬往河北,作为禳解。恰巧镇守五岭的将军们派了赵佗上书,请抽孤身女子三万名,替士卒缝纫浆洗衣服。始皇批准了一万五千名。民间无故要被抽去许多青年妇女,自然更加怨恨。

转眼十月到了,就算新年,始皇重新出巡南方,带了左丞相李斯同行,巡视浙江、会稽各处。一路上人民夹道观看,拥拥挤挤,何止几十万人。始皇也觉得精神好像比在宫里爽快了许多,便由海边向北,直到琅琊,望见海涛汹涌,想起蓬莱仙人还没有见到,心里不觉焦躁起来。便唤进方士查问求仙情形。方士们受了许多赏赐,求了许多年仙,也怕始皇嗔怪他们没有成绩。仍由最会说话的徐福报告说:“海里仙山实在距离并不太远,好几次已经驶得快到了,可是海里常常有极大的鲛鱼,掀波作浪,把船只打得几乎沉没,只得回来。……”始皇不等他说完,便叱责说:“难道许多船走了许多年月,就没有一只船走到的?”徐福看见情形不妙,连忙回答说:“差不多都是走不到的。但是臣本人却因为托了陛下的洪福,冒了万死,居然被臣走到了。”始皇不觉精神一振,满脸喜色，说："难得，难得。你看见了什么？"徐福说："那时海上波涛万丈，船只打翻无数。臣的船也曾被海水灌了进去，卷掉好几个水手。臣虔心跪下祷告，求仙人保护。经历了无数的惊涛骇浪，才看见金宫银阙出现在不远地方。那时臣鼓起勇气，拼命向前驶去，不多时，居然靠拢山边，望见山上站立一位巨大的神，金冠玉佩，大声吆喝说：'你是西方皇帝的使者么？'臣连忙回答'正是。'大神说：'你西方皇帝统治中国，还有什么不足，派你前来？'臣恭敬地回答说：'皇帝尊敬仙人，思慕长生。特派小臣前来请求不死仙丹。伏乞仙人赏赐。'大神笑着说：'仙丹是有的。但是你皇帝派了你来，便就得到，未免太容易了。'臣连忙叩头恳求说：'皇帝实在十分虔诚，派了许多使者，因为海里风涛险恶，不能达到。臣也是经历无限危险才到达的。皇帝还命臣送上明珠万颗，黄金万镒，进献仙人。这也算是极其诚敬的了。如果得不到仙药，臣如何回复皇帝圣旨？'大神听了似乎有一点感动，说：'也罢！我原知道你也是不容易来到这里的，才让你的船拢近仙山。刚才不是我略施神力，你的船早就翻了。据你说来，秦皇帝倒还具有诚心，不过这般薄礼，神仙并不稀罕。要得仙丹，还得另备厚礼前来，才显得皇帝果然一片虔诚。'"徐幅一边说，一边偷眼瞧看始皇脸色，看见始皇有一点狐疑模样，连忙接下说："那时臣苦苦求告说：'皇帝尊为天子，神仙要什么礼物，只要吩咐一声，全可以办到。只是仙丹没有取到，臣回去如何回话？'大神说：'这也不难，我现在领你去看看仙山妙境。只许看，不许取。'说罢吹了一口仙风，臣的船便随风吹到东南蓬莱山下。山上异草奇花，香气四溢，明珠铺的道路，白玉砌成的阶级。最奇怪的是宫阙，完全是五色灵芝，层层生成，玲珑剔透。宫前有一条黄金色的神龙，光彩灿烂，照得满天通明。大神指着这龙说：'你知道吗？这不是龙，是神仙使者。有仙缘的，就可以引导他上天。这许多灵芝，得到一茎，吃了就永远不死。'臣又拜求道：'愿神指示，要怎样厚礼，才能得到仙药？'大神说：'你要带三千个青年健美的童男童女，和百种工艺的工具，五谷蔬果的种子，送到仙山，就可以得到仙丹了。'说罢，又吹了一口风，臣的船登时飘飘荡荡，又到了海的中间，再也看不见仙山了。臣回到琅琊，正想奏上皇帝，恰巧圣驾东巡。如果带了礼物，再预备上等的射手，看见鲛鱼就把它们射死，总可以取到仙药了。"

徐福诌了这一大篇鬼话，果然骗得秦始皇心花怒放，登时满面春风，连说："这个容易，只要你求得仙丹回来，决不吝惜小小礼物。"立刻唤左右传旨挑选美貌年轻的民间童男童女三千人，和百工技艺，农器工具，件件齐全，派徐福再去海上求仙。

许多方士看见徐福不再去骗取金珠，却要这许多男女，都莫名其妙。谁知徐福却是最最聪明的人，他知道秦始皇不是好骗的人。谎话戳穿，就不得了。还不如趁早打算，急急带了三千男女，百工农具，自然还有粮食衣服，上船逃生去了。

走了很多天，望见前面有一个大岛，徐福便命把船泊岸，自己上去观看，知道这岛土地肥沃、草木丰盛，忙把许多东西搬上岸去，构造屋子，种植米麦蔬果，并把三千男女都配做夫妇，自己便成了一个国王。从此再也不回中国了。有人说，这岛就是现在的日本；也有人说，这岛是现在的冲绳。但是日本历史上却载着这件事，到现在日本还有一座徐福墓，算是有名的古迹。

且说秦始皇派了徐福出海以后，把满心希望都寄托在他身上，因为始皇做了三十多年的帝王，被酒色淘虚了身子，加上年龄已高，便渐渐觉得精神不济，越发感到长生不死的必要，恨不得亲自入海求仙才好，左思右想。越想越迷。到了夜里，果然梦见自己坐了大船出海，一直望仙山驶去，恍惚看见前面隐隐约约，露出金宫银阙，光彩夺目。海里风平浪静。一碧连天，那光景美妙无比。正在满心欢喜的时候，忽然狂风大起，重重叠叠涌上许多白浪。呼的一声，一个相貌狰狞的凶恶海神由万叠浪花里跳出，一直向始皇扑来。始皇身边护卫急急抡刀绰剑和海神大战。这一场厮杀好不凶猛，吓得始皇一身冷汗，猛然惊醒，却是一场噩梦，心里兀自忐忑不止，便唤宫女去叫会占梦的博士来，问他这梦主什么吉凶。占梦博士明知这梦境是始皇念念求仙的心理所造成的，为了迎合起见，便谄媚地说："这是仙人指示陛下，仙山可以寻到。只是因为有凶恶海神，阻挠陛下求仙的道路。必须把这凶神除去，便可以顺利地到达仙山了。"始皇沉吟了一会，说："要用什么方法，才能除去凶神呢？"博士说："这种凶神常常化身做大鱼或是蛟龙之类，掀波作浪，阻止仙路，只需把他的化身射死，这凶神便被除去了。"

始皇很相信这个建议，因为它和方士所说的话互相符合，便立刻吩咐预备捕捉大鱼的强弓硬弩。每条出海的船都要带着。这时候已经有一种弩箭，可以一连发出几支箭的，称为连弩，是海上射鱼的最厉害的武器。始皇自己也带了连弩，由琅琊沿海向北，寻觅大鱼，一直走到了成山。谁知偏偏这几天波平浪静，一条大鱼也没有撞着，好不扫兴。

到了芝罘，忽然看见前面浪花乱溅，一条大鱼正在扬鬐鼓鬣，逍遥自得地游过来。随从人员一眼望见，犹如得了至宝一般，连忙架起连弩，箭似飞蝗一般向它射去。这条大鱼一连中了几箭，在海里挣扎了一番，半沉半浮地死了。群臣立刻欢声雷动，一齐向始皇拜贺，说是现在凶恶的梅神已经射死，从此求仙再也不受阻碍了。这番徐幅出海，仙药一定稳稳取到。始皇听了，心里略略有点高兴，便吩咐启驾回转咸阳。

走了几天，始皇越发心神恍惚，头昏身热。随驾的医生天天为他诊治，丝毫也不见效。这时候正是农历六月，天气十分炎热，带了病在路上跋涉，自然容易病上加病。左右妃嫔臣下，谁敢劝告一句？始皇一心只急着想早回咸阳，不肯停在半路休息。

又走了几天，刚交七月，正好走到沙丘（现在河北省平乡县东北）地方，始皇已经病得十分沉重。这沙丘原有一座赵国的沙丘宫，建筑得很高大，只得暂时停歇，预备过了暑天再说。

这时候始皇身边只带了一个最小的儿子，名叫胡亥。还有二十多个儿子都在咸阳，没有带来。最大的儿子扶苏却在蒙恬军中。始皇生性多疑，最怕人说到"死"字，虽然病得这般沉重，没有一个臣下敢提到将来的话。始皇自己以为这病一定是得罪了什么鬼神，便派了最亲信的大臣蒙恬的弟弟蒙毅去祷告山川，请求鬼神庇佑，早日恢复健康。

蒙毅刚刚去了几天，始皇的病势更加沉重，昏迷了好几次。自己知道不好，便唤进得宠的宦者赵高，叫他写了诏书给扶苏，叫扶苏速速回到咸阳接位。写好了，预备盖好皇帝印玺再派人送去。

就在这时候，这雄豪盖代的秦始皇终于在寻不见神仙的归途上，抛弃了他一手统治的锦绣河山,结束了他一生重大的事业。他一共活了不平凡的五十岁。

他替中国完成了统一的基础,也替秦朝种下了灭亡的祸根。他开创了许多伟大的事业,也屠杀了无数的人民,这正是:

功首罪魁非两人。遗臭流芳本一身。

后来唐诗人李太白有一首古风专咏秦始皇,说:

秦皇扫六合,虎视何雄哉!挥剑扶浮云,诸侯尽西来。明断自天启,大略驾群才。收兵铸金人,函谷正东开。铭功会稽岭,骋望琅琊台。刑徒七十万,起土骊山隈。尚采不死药,茫然使心哀。连弩射海鱼,长鲸正崔嵬。额鼻象五岳,扬波喷云雷。鬐鬣蔽青天,何由睹蓬莱?徐市(福)载秦女,楼船几时回?但见三泉下,金棺葬寒灰。

始皇已死,丞相李斯恐怕引起纷乱,便嘱咐宦者、宫女不许声扬出去。把始皇放在车上,冒着大暑,依旧起程。一路上奏报政事,呈进饮食,如同平日没事一般,只有胡亥、李斯、赵高和始皇身边的宦者、宫女五、六人知道。

这赵高是始皇管理符玺的宦者,一向很会献殷勤,讨得始皇欢喜。他又学会一点刑法律令,便去巴结胡亥,教他审判的知识。胡亥也把他当作心腹。这样,赵高便得意起来,胡作非为,却被始皇知道,交给蒙毅去讯问。蒙毅秉公审讯,定了赵高死罪。偏偏始皇认为赵高平日很勤谨,把他赦了。赵高自此怀恨蒙毅,要想害他,只是没有机会。这番始皇赐扶苏的玺书正好落在他的手里。他盘算一番,扶苏做了皇帝,蒙恬、蒙毅一定得势,这仇就报不成了。便把玺书藏起,来见胡亥商量。

胡亥看见赵高满面忧愁的模样,便叫身边的近侍都退去,查问赵高为什么。赵高悄悄说道:"现在皇帝已经崩逝,留下诏书,只叫公子扶苏继位做皇帝,并没有分封别个公子。你将来到了咸阳,就是光杆平民。这如何是好?"胡亥是个二十岁的没有经验的少年,哪里知道赵高心意,便回答说:"知子莫如父,既然父亲没有遗命封儿子,这也没有什么可说的。"赵高摇一摇头,鼻子里哼了一声,说:"你说得太轻巧了。他做了皇帝,就有杀你的权柄了。你想:他是最大的儿子,反在外边辛苦。你是最小的儿子,反在皇帝身边,得到皇帝宠爱。外人都说你是有意要抢太子的地位。他老早就很恨你,只是惧怕皇帝,不敢害你。现在他做了皇帝,非害你不可,我想你不如趁早打算。"胡亥给赵高说得目瞪口呆,半晌应道:"这真是冤枉,我何会要想抢做太子!"赵高冷笑说:"你是没有这心,可是现在井水也洗不清了。要是到了咸阳,迟早是死路一条。幸亏这封玺书还在这里,外人也不知道皇帝崩逝,只有丞相一人知道。只消我们三个人同心合意,什么事不好商量?你想:放着皇帝不做,傻也不傻?现在是千载难得的机会,一错过,再懊悔可就晚了。"胡亥听了,不由心头忐忑跳个不停。他何曾不羡慕皇帝的享受,无奈有二十几个哥哥,怎样也不会轮到自己做皇帝。现在被赵高提醒了,不觉心里又惊又喜,又怕事机不密,弄出祸来。他吞吞吐吐地说:"恐怕丞相未必肯答应吧!"

赵高何等狡猾,察言观色,已经知道胡亥有意,便接口道:"这个只消臣和丞相商量商量。"说罢便去见李斯。

李斯一见赵高,便命手下人退去,皱着眉头说:"不巧得很,这几天天气太热,车里透出一种气味。我只怕被人知道,刚才想了一个法子,传命他们载一车鲍鱼同走,暂时混一混。总得快一点赶路才好。"赵高答应一声:"好!"接着说:"今天正要来请示一件事。那天皇帝赐长公子的玺书,还没有发出,现在都放在公子胡亥那里。这事情没有一个人知道。要立谁做太子,只在君侯一句话。"李斯吃了一惊说:"啊!啊!这是什么话?这不是臣下应当说的。"赵高等他说完了,才慢慢地说:"君侯不必害怕,请君侯自己想想,有没有蒙恬能干?有没有蒙恬的功劳?有没有蒙恬的足智多谋?有没有蒙恬的不结人怨?有没有蒙恬的得到长公子信任?请自己摸一摸心。"李斯听了,无话可答,沉吟一会说:"这些我自然都比不上蒙恬。但是,你为什么要说这些话?"赵高说:"君侯既然自己知道件件不如蒙恬。那么长公子做了皇帝,自然要用蒙恬做丞相,难道君侯还能再做吗?不但这样,秦的丞相从来没有安然回乡的,结果总是被杀。长公子性情又是那么刚毅,那时君侯就要告老还乡,恐怕也来不及了。公子胡亥宽仁忠厚,可以做得太子,要是立了他,君侯的功劳就没有人可以比拟,世世封侯,岂不是安稳的事?"李斯听了,心里犹豫了一会。他虽然恐怕相位被蒙恬夺去,但是要假造始皇的遗诏,却也委实没有这样大胆。他摇摇头坚决地说:"这样的事我可不敢做。我李斯不过是上蔡地方一个百姓,蒙皇帝的恩,做到丞相,还封了侯。一家子孙都有了很尊贵的职位。皇帝这样待我,就为了要把事情付托我,相信我是靠得住的。我只该守着本分,遵奉诏书的吩咐。怎么可以负心去做这样的事?不能,不能!请你再不要说这样的话。"

赵高见李斯还是不依,便突然把脸一放,露出狰狞的面目,冷冷地奸笑一声,说:"我是好意来劝你,你得明白一些,不要自己惹出祸来。你想,现在诏书已经在胡亥手里,那么天下的命也就都在他的手里。他要怎样,谁敢不依?算我赵高手里还有玉玺,还可以和胡亥商量几句。你如果和大家合心,管保世世封侯,长享富贵。要是你一定不肯,哼!恐怕难保全家性命,那时懊悔也就太晚。是祸是福,就看你今天自己选择了。"说着把眼睛盯在李斯脸上,等他回答。

这几句话果然把李斯吓得面色都变了,浑身也发起抖来。他知道始皇遗诏已经落在胡亥手里,赵高又掌管着玉玺。如果不依,胡亥只消轻轻添上一句,就可以处死自己和全家的性命。他想到这里,怎么不害怕?便长叹几声,两眼流下泪来,凄惨地说道:"我为什么这样不幸,会碰到这样的事情?"说着呜咽起来,又叹了一口气,说:"罢了!我既然不舍得这条老命,那只好由着你们了!"

赵高立刻转了笑容,说:"这才算识得时务的俊杰。胡亥决不会忘了君侯功劳。"

赵高回报胡亥,两人满心欢喜,把始皇玺书完全改了,立胡亥做太子,并赐死扶苏和蒙恬,以绝祸根。

使者到了蒙恬军中。扶苏和蒙恬出来接诏,看见使者捧着一把宝剑,还以为是要处罚将校用的。想不到打开诏书,宣读起来,数说扶苏、蒙恬如何不孝不忠,不但出师多年,毫无功绩,并且常常上奏诽谤,应该立刻处斩,姑念父子之情,赐给宝剑,早早自尽。使者立等回奏。蒙恬也该即日自杀,兵权交给副将暂管。这样青天霹雳一般的诏书,惊呆了全军将士。扶苏浑身颤抖,眼泪扑簌簌掉下。使者捧过剑来,交给扶苏。扶苏颤巍巍地伸出双手,接过宝剑,像失去知觉一般,迷迷糊糊地退入内房去了。

蒙恬究竟是个武将。他对于这"突如其来"的打击,虽然也十分震惊,但他立刻便恢复了理智,跟着扶苏到了内房,看见扶苏痴痴地拿着宝剑,满面泪痕,正要自杀。

蒙恬上前向扶苏说:"这诏书实在太奇怪了。皇帝平常是很爱公子的,为什么这次忽然动这样大的气?公子是皇帝最大的儿子。臣所管的军队又是几十万的大军。公子来监臣的军队,是天下最重要的大事,哪有这样轻易赐死的道理。依我看,这诏书不见得是真的。"

扶苏拭一拭眼泪,呜咽地说:"谁敢假造皇帝的诏书?没有的事。"他说着,又想起四百多个儒生一起被活埋的事。他相信始皇的手段是辣的。他离开父亲许多年,可能有人在父亲面前说了他的坏话。他知道父亲是杀人不眨眼的,几十年来杀了不知多少无罪的人。下这样的诏书并不算什么稀奇的事。

蒙恬摇一摇头说:"这事情太重大了。一个使者来,便执行了这样重大的刑罚。假使这使者是假冒的,那怎么办?公子即使相信,臣也不能让公子自杀。请由臣上一个奏章,奏请皇帝。如果是真的,那时再自尽,也不算晚!"

扶苏叹一口气说:"算了吧,父亲要儿子的命,还奏个什么!"

正在这个时候,外面使者喊道:"公子!臣立等回奏。皇帝定有限期的,请早早自尽吧!"扶苏一听外面声音,立刻咬紧了牙,使劲把宝剑抽出。蒙恬抢前一步,按住宝剑,说:"使不得,这事情太可疑了。臣一定要去奏请,公子且不要……"扶苏满面泪痕,推开蒙恬的手。蒙恬抓住不放,正在难分难解的时候,突然听得一声吆喝:"蒙将军!你胆敢违抗圣旨么?"蒙恬吃了一惊,抬头一看,使者已经大踏步走进房来。蒙恬还来不及回答,扶苏早趁蒙恬手松的时候,举起宝剑,向喉间一抹,这正是:

一株玉树随风倒,万颗红珠满地喷。

第三回　咸阳市公子衔冤　大泽乡农民起义

扶苏死了，蒙恬不肯自杀。使者便唤过副将军王离，命他管理全军军务，另派了李斯心腹，监护军事，把蒙恬打入槛车，幽囚起来。一切安置清楚，便星夜回来报告。

胡亥和赵高听得扶苏已经死了，心中好不欢喜。胡亥说："我原怕蒙恬帮助扶苏造反，所以也要处死他。现在既然扶苏死了，谅蒙恬不敢怎样，倒不妨从轻释放。"赵高连忙阻止说："且慢。当初始皇帝要想立您做太子，已经选定了，都是蒙毅三番两次谏阻，说什么您太年轻，应该立年纪最大的，不应该立年纪最小的。他这样花言巧语，无非因为他兄弟俩早和扶苏通同一气。现在扶苏虽然身死，他们俩未必心服，放他出来，后患不小。如果他们要追问沙丘遗诏的真假，岂不危险？"胡亥心里有病，被赵高一吓，着急起来，说："依你说应该如何？"赵高说："斩草不除根，春来必复发。依臣愚见，蒙氏兄弟权柄太重，不如趁这机会把他们除去，才是万全之策。"胡亥一向深信赵高，自然答应。

过了几天，蒙毅祷告山川回来，到始皇车前复旨。赵高传下假旨："蒙毅怠慢圣旨，祷告不虔，到现在才回来，有意拖延时日，应先行幽禁，等待定罪。"蒙毅不知始皇已死，哪敢多辩，自然遵旨被囚起来。

到了咸阳，才宣布始皇崩逝，由太子胡亥举哀行礼，承接帝位，称为二世皇帝。一面大发骊山七十万刑徒，赶筑始皇的陵墓。那份儿奢侈，简直说也说不尽。这陵周围有五里余，高有五十余丈。先由骊山凿了一条隧道，一直深入地下，遇到有泉水的地层，把泉水堵住，往下再凿。凿过了三个泉水地层，然后镕好铜汁，浇灌地下，成为铜基铜壁，泉水再也不能渗进。在这铜基上面构造许多宫殿，华丽得和地上的宫殿一般，内宫后苑，一应齐全。前殿有皇帝的宝座，百官朝见的位次和一切仪仗。内宫有床帐钟鼓，百般器具，都用金玉装嵌。所有府库的奇珍异宝都搬空了。殿外还有山水江河，模仿各地方的美景，许多条江河都用水银灌满，并设有机关，可以使水银流动循环，如同真水一般。水上还浮着白玉的凫雁和黄金的鸳鸯。上面用极大的明珠挂在墓内，作为日月星辰。后园里栽着翠玉叶子的宝树，满缀着玛瑙做的花朵。到处都设着黄金烛台，插着人鱼油做成的烛。据说人鱼出在东海，很像人形，它的油可以在地下长期燃点，不易熄灭。这样巨大的工程，由始皇做秦王时候起，已经耗费无数人民血汗，造了二十六年；到了统一六国，再加派由六国俘虏来的七十万人，又造了十一年，才把墓的内部造好。因为墓内财宝过多，怕人发掘，又做了三重铜门，四围伏下许多暗机，谁要动了墓上的土地，墓内就会发射出无数箭矢来。

葬期到了，二世率领文武百官，合宫妃嫔，在极端隆重的典礼下，把始皇的金棺送进墓穴。二世忽然下令：凡是始皇的妃嫔美人，没有生过儿女的，都该殉葬，不必出穴。可怜许多妃嫔，就这样活生生被留在墓里，铜门一闭，一概窒死。

封到第二道铜门的时候，忽然有人对二世说："这许多机关，工匠都是知道的。恐怕他们会泄漏出去。”二世恍然大悟，即刻传令外面工役，赶快把最外的一层铜门关闭。许多巧匠正在封闭第二道铜门，想不到外面第三道铜门已经堵塞，也都完全被活埋在内。

葬事完毕，七十万工役依然在墓的外面建造壮丽巍峨的陵园宫殿，日夜不停。

二世回到宫中，觉得这样富丽的皇宫现在完全归他占有，心里非常舒服，便向赵高笑道：“朕既然做了皇帝，要什么便有什么。只是人生有限，一定得极力享受才好。”赵高谄媚地说：“这是当然的。凡是贤明的皇帝便懂得这些，只有糊涂的君主才不会享受，自己找苦。可是话又得说回来，臣是陛下的近臣，有事情不敢不奏。沙丘的事，许多公子和大臣都有一点疑心。他们是皇帝的阿哥，大臣也是先帝的旧臣。尤其蒙恬、蒙毅兄弟俩，为了扶苏的死，更加怨恨。陛下不趁早打算，他们一旦勾结成功，那就不堪设想了。”二世听了，觉得十分有理，立刻派人去赐死蒙恬兄弟。一面又商量说：“朕年纪还轻，恐怕天下人不服。先帝从前巡行天下。何等威风。朕要是住在宫内，不出去走走，要被人看轻的。”赵高自然满口随顺。

当下二世在皇宫玩了几个月，便排开銮驾，带了李斯，出巡东方各地，也刻了许多石碑，自赞功德。一路旌旗蔽日，护卫如云，和始皇当日一般热闹，二世心中好不得意，笑着对赵高说：“我这番出巡，很可以使群臣畏服了吧！”赵高微微一笑，说：“陛下不问，臣不敢说。这许多内内外外官吏，都是世代贵族，先帝的旧臣。他们对于陛下表面服从，心里那一个不怀着鬼胎。陛下又使臣担任重要职务，他们更加怨恨。陛下应该趁这次出巡，把有罪的郡县守尉从严惩办，一面振作威势，一面也可以除去讨厌的人，当他们还来不及造反的时候，先行下手。另外提拔一批贫贱的人，使他们都富贵起来。他们自然感激陛下的恩德，一意尽忠了，这样才可以保得永远太平。”

二世连连点头，说：“这是有理的。朕年纪还轻，不杀几个人，他们不会怕我，以为我是容易受欺侮的。只是许多守尉，谁好谁坏，谁有罪，谁没罪，倒得仔细调查调查。”赵高说：“这个容易，只消臣派人打探一下，就可以了。”

赵高得了二世的口头允许，便派了心腹向各郡县讹诈贿赂。会剥削人民的贪官污吏送上金珠宝物给赵高，便算是好官，平安无事，也许还要加官晋爵。那些平日比较安分的官，没有送够礼物，便罢职丢官，或是砍头抄家。弄得各郡县叫苦连天。

二世巡视辽东，把那里的风景都玩够了，方才回驾，到了咸阳，就把审问侦讯的工作都交给赵高一手办理。二世最怕的是他的二十几个哥哥。他们都是始皇的儿子，年龄都比二世大。二世只恐他们来争夺帝位，便把赵高当作唯一的心腹，赵高也就乘机恫吓二世。

不多几时，赵高便编造了几个公子诽谤的罪名，奏上二世，由二世发给赵高去审问。这些公子都是从小享受惯了，那里受得起刑罚，不消几棍，便什么都认了。自然是押到咸阳市上斩首示众。有几个大臣看不过，想替他们辩护，赵高便说他们要和公子们合谋造反，也把他们全家抄斩。抄到的许多金银财宝，一大半入了赵高的腰包，其余收进了二世的府库。许多大臣和公子们看了这般榜样，一个个胆战心惊，再也不敢多言。

赵高恐怕万一有人会向二世诉冤,便想出一条妙计来,等二世退朝的时候,先殷勤周到地服侍一番,故意惋惜地说:“陛下这几天太辛苦了,容貌清减了许多,应该多多休息才是。”二世说:“政事很多,要和大臣们商量商量。”赵高说:“当初先帝管理国事多年,精明得很,没有一个臣下敢欺骗。和大臣讨论政事,也没有人敢批评。现在陛下年纪还轻,许多国事和大臣当面商量,给他们提出意见来,岂不养成了他们轻看陛下的心理?”二世本来怕臣下奏说自己所不爱听的话,尤其最近屠杀诸公子和蒙恬、蒙毅,每每有人苦口劝谏,使他更加恼怒。现在赵高的话,正合他的心意,便懊丧地说:“可不是,讨厌得很。他们好像总说不完,老是絮絮叨叨的。”赵高睒一睒眼睛,装作十分诚恳的模样说:“陛下最好不要和他们多说话。这样,才可以使臣下惧怕敬服,不敢作恶为非。现在陛下每天和臣下见面,他们都是老奸巨猾,一看陛下神气,一听陛下口风,就想出方法来欺骗。陛下要做什么,他们便会滔滔不绝地引了许多旧例来和陛下辩论。这样不敬君主的作风,是不应该容许的。陛下不如只在宫里,不必坐朝。让他们有事向宫内奏报,陛下和臣下们商议好了,批示出去。他们看见陛下这般精明,便不敢轻看了。”

二世这时候刚刚二十一岁,是一个没有阅历的人,正怕给臣下看破他不会管理政事,乐得在宫里享福。听了赵高这番花言巧语,自然再好不过。从此,二世便不出外接见臣下,只在宫里寻乐,一切政事都由赵高代他批行。

这时候许多公子一个牵连一个,一直杀死了十二个公子。还有公子将闾兄弟三人,关在宫内。这三个公子是比较老实的人,自己细想实在没有犯罪,也不知为什么被囚起来。

过了几天,二世派了使者到来,对将闾说:“皇帝有旨,公子不敬皇上,应该死罪。”将闾说:“我们兄弟三人对皇上并无不敬。请问是那时犯了罪?指出了情愿受刑。”使者说:“我是奉旨来的,别的不知道。”将闾没有办法,抱着两个弟弟,三个人哭作一堆,说:“天啊!我们是没有罪的。”三个人咬着牙齿,都拔出剑来,自刎而死。

公子杀得差不多了,二世又想到始皇还有十个女儿。这些公主们始皇生前都很宠爱。她们大半和公子们同母,感情很好,不见得她们就没有诽谤的话。便也发给赵高去审问。

这十个公主自小骄养深宫,一被捉拿到官,早已吓得半死。再看见了恶狠狠的差役问官,和冷森森的刑具枷锁,哪敢辩说半字。不消多问,就被判定了共同谋反的罪名,一齐处死,家产全部没收。

不多几时,始皇几十个儿女都已被杀得一干二净,只剩下一个公子高,还不曾轮到。但是公子高心里明白,这不过是早晚问题,反正是要被杀的。最好的办法,是趁着没有罪名的时候,赶快逃走。可是他有妻有子,亲戚朋友一大堆,要是自己逃走,这一家老幼也是没有命的。想了又想,只有牺牲自己一条性命,或许还可以保存妻儿一家。便忍痛上奏,自请赐死,他说:“先帝在世时,臣受了莫大的恩宠。现在先帝崩了,臣应该跟着先帝去。请求把臣埋在骊山山下。”

二世正在盘算着怎样给公子高一个罪名,忽然接到他这般识趣的请求,不由心花大开,笑嘻嘻地递给赵高看,说:“你看,这可好了。”赵高看罢,说:“现在臣下只怕自己犯了死罪，哪有工夫去造反？”二世点头含笑，马上接受公子高的请求，另外赐了十万钱，作为埋葬费用。这算是许多兄弟姊妹里最受优待的人。

这样的大批屠杀，只杀得咸阳市上尸骸重叠，血水横流。谁也不敢相信自己不会被杀。一个个战战兢兢，好像和虎狼同住一般。

二世相信这是严刑峻法的成功，更加进一步来猛烈地处罚人民。他重新催促继续建筑始皇时代还没有完工的阿房宫，务求华美。又加添五万名护卫兵士，来保护咸阳。苑囿里加养许多珍禽异兽，件件都要比从前更好。可是咸阳人口一多，粮食就感到不足，又命令各地运送粮食薪木来到咸阳。运粮的人在咸阳周围三百里内，不许吃用当地的米谷，得自己带米带柴来造饭。

这边一队队骨瘦如柴的农民押着米粮刍草，由四面八方向咸阳集中输送，供给宫廷享用。那边也一队队衣衫褴褛的苦工搬着巨大的木头石块，由巴蜀一带运到关中，来供给建筑阿房宫。这两股阔大的洪流，滔滔不绝地像黄河和长江一般，日夜奔流不息。

二世却还要由人民里面，再抽取出一支更大更多的壮丁去镇守北方边疆。

火急的军符下来了，各郡各县都要尽量抽出所有的壮丁，限了日期，送到指定的地方去。要是过了限期，还没有到，这许多壮丁都要斩首。郡守和县令接到这般严厉命令，个个只怕因为奉行不力，犯了死罪，都不顾人民死活，强摊硬派。

那时居民分住在里闾的左边和右边。右边的房子坐北朝南，冬温夏凉，全是生活比较优裕的人住的。左边的房子坐南朝北，冬冷夏热，是比较贫苦的人住的。在官吏们的眼里，贫穷的人好像生来就应该吃苦的，便指定要征发住在闾左的壮丁去防守北方。

这几十万被强迫抽去的壮丁差不多都是有爷娘妻子的，说不尽那种生离死别的悲惨。尤其因为在暴虐统治下，去北方防守的人，穿不暖，吃不饱，永远没有回来的希望，去了简直就是送死。

连年的暴虐统治，使人民困苦万分。农民起义已有随时爆发的可能了。

这时候阳城（现在河南省登封市）和阳夏（现在河南省太康县）一带地方抽出了九百名壮丁，依照军符指示，该派去渔阳（现在河北省密云区）防守。他们由两个县尉押着，向北而行。一路上正是三伏大暑的天气，热得个个壮丁汗如雨下。这两个县尉只怕误了限期，一路吆吆喝喝，催促快走，哪怕是太阳晒焦了皮肤，也不许他们休息。

走到晌午时候，忽然天变了，几声霹雳，倾盆般倒下了一阵大雨，淋得人人遍身是水，没奈何只得找个躲雨的地方，暂且住下。这一住就是好几天，雨老是不停，两个县尉急得搓手顿足，唉声叹气，闷了只好拿酒来喝，喝醉了就打骂壮丁。这九百壮丁蜷缩在篷幕底下，对着不停的风雨，想起背井离乡的痛苦，一泡一泡泪水直往肚里咽。

过了几天，好容易天晴了，两个县尉急急催着起行。因为歇了几天，限期更急迫了，便更加着急地赶路。吩咐两个屯长一前一后地押着队，谁要走得慢点，便用老大的鞭子狠狠地抽打。

这两个屯长，一个名叫陈胜，又字涉，是阳城人；一个名叫吴广，又字叔，是阳夏人。

他们因为身材强壮，被派做屯长，眼看这许多戍卒，一个个走得面红耳赤，气喘吁吁，实在不忍再下手鞭打。

走了许多天，老是时晴时雨。晴的时候，太阳烫得石头也发热；下雨的时候，又像瀑布一般，没法赶路。赶到七月，才走到大泽乡地方（现在安徽省宿县附近）。这地方是个很低湿的沼泽，因为连日下雨，积了许多水无法行走。偏偏天又不作美，又下起大雨来，这一队戍卒只好又住了下来，等待天晴再走。一连又下许多天雨，满地泥泞足足没过了脚踝，眼看着要误期了。大家心头上都沉甸甸地压了一块大石头。

陈胜本是穷苦的人，常常被有钱的人雇去当长工，下地种田。有一天，正是暑热时候，他和许多长工一起在田里工作。工作了好久，一个个额上迸出了黄豆般大的汗珠。实在疲乏得很。他便使劲地把手里农具一甩，独自跑到田边一棵大树底下，坐着，一面休息，一面望着这大片碧绿的庄稼，心里想：这样辛辛苦苦地工作，只不过挣了一些工钱，实在太不值了。我年纪还轻，难道就这样一辈子替人当长工吗？他低头看看自己两条结实的胳膊，脑筋里渐渐幻想起来。他想：假使有一天，我能够干出一点事业，或是碰到一些想不到的事情，那就扬眉肚气，不再过这样奴才生活了。那时我一定帮助和我一起工作的同伴，让他们也都有好日子过。他越想越开心，不知不觉眉飞色舞地向着同伴郑重地说："我们将来要是富贵了，谁也不要忘记谁。"

他的同伴许多长工看见他独自在田边出神了半天，忽然冒冒失失地说了这样一句话，都忍不住哈哈大笑起来。大家都揶揄他，说："你疯了吗？你不过是一个长工，有什么富贵？有富贵也不会轮到我们身上了。"说着又都笑个不停。

陈胜看见他们那么忠厚老实，也不好把心里的话告诉他们，只点点头叹了一口气，说："小麻雀哪里知道鸿鹄（大鸟）的志向啊！"

他这一番被派充当屯长，当然不是他愿意干的。正好另一个屯长吴广，是个宽厚仁爱的人，大家对他感情很好。他和陈胜，很快便成了知己的朋友。

大泽乡的风风雨雨，冲断了九百人北上的道路，也冲开了陈胜心里的秘密。他觉得这该是一个"想不到的事情"了，这么多的强健勇猛的群众，忍受着这么重大的压迫，压迫他们向着死亡路上走。谁不爱性命？谁愿意辛辛苦苦走到渔阳去受误了限期的死刑？在潇潇的雨声里，他和吴广窃窃私语地商量着。吴广也皱紧了眉头说："这简直没有办法。看光景几天还晴不了。限期又是那么紧，飞也来不及。我们都逃走吧，反正是一个死。"陈胜鼻子里"哼"了一声，说："你说得好。既然反正是一个死，逃走也是死，造反也是死，为什么我们不大大地干他一番呢？这两个蠢驴，一天只会喝得烂醉，还鞭打人……"吴广接口说："对了，我们干掉他。可是我们有把握吗？"他踌躇了。

陈胜看见他的同伴还缺乏勇气，知道他是老实人，太安分了，没有坚强的自信力，需要壮一壮他的胆子，便鼓励他说："你的主意是对的，我们大家起来干掉他。我们有把握。"说到这里，他用了坚定的眼光看着吴广，紧紧握了吴广的手，说："你想一想，这几十年来，大家受了多少苦，比从前没有统一的时候还要苦得多。谁不希望推翻这个朝廷。"

吴广松了一口气，点着头说："是的，不过我们不能不仔细考虑一下，想一个万全的方法。凭我们两个人会做出多大的事?”

陈胜诚恳地说:“你不要太看轻自己了。皇帝不也是人做的。为什么我们就不能做王侯将相?当然你所说的也有相当道理,我们也应该慎重考虑。”说着又沉吟了一会,忽然脸上闪着光辉,说:“有了,有了。我们不妨借了别人的名义,来号召大家。我心里倒有两个人,你想好不好?”说到这里,把声音放得更低些,继续地说:“我听见人家说:‘现在这个二世皇帝是始皇的最小儿子,本来不该做皇帝的。应该做皇帝的是那个始皇最大的儿子,名叫公子扶苏。’听说他是一个很好的人,常常劝谏始皇不要杀人,后来给派到外边去管兵。现在有人说已经给二世杀了,究竟有没有死,大家都不大明白。可是老百姓们是满欢喜他的。假使我们打了他的旗号,一定有许多人愿意站到我们这边来。还有一个人,也是人民喜欢的人。你知道,这大泽乡原是从前楚国地方。楚国有个名将,叫作项燕,顶会打仗,又爱兵,又爱百姓。大家都信仰他。后来他打败了,楚国也灭亡了。他的下落至今不明,有的人说他死了,有的人说他是逃走了。我们……”吴广高兴地接着说:“我们也打起他的旗号来,这就成了!”这时候他满脸喜色,刚才的忧郁阴影已经消散得无影无踪了。

他们都是农民出身,觉得要想做大事,还嫌自己的知识不够,应该多听听别人的意见,可是又没有个可以商量的人。正在踌躇的时候,吴广忽然记起那边不远的地方,有一个摆着卜卦摊子的老头,好像是个落魄的读书人,也许可以请教到一些办法。两个人商量着,便一同找到那个摊上去。

秦始皇烧书的时候,禁止谈论一切诗书,可是卜卦医药是不禁的。所以民间认得几个字的人除了行医就只好卜卦了。这位卜卦的人听得陈胜、吴广动问的话,不明不白,只说:“要做一件大事,应该怎样做,才能成功?”由他们穿的衣服和态度,早已看出是这几天屯扎在这里的远来戍兵。戍兵还有什么大的事好做?这般藏头露尾,含含糊糊地口气,显然有着一件不可告人的大事,他肚里渐渐明白了。

自然,当时一般人对于秦的焚书坑儒,禁止诗书,是十分痛恨的,这个卜卦的人也不能例外。他巴不得这种残暴政权早早崩溃,便笑嘻嘻地说:“好的,我替你卜一个卦吧!”

他胡乱搬弄了一回,便郑重说道:“恭喜,恭喜,你们一定可以成功。但是你们卜的是什么事情呢?可以告诉我吗?”陈、吴两人互相交换了眼色,高兴而又秘密地嗫嚅着:“你只告诉我们要怎样做才好。我们暂时还不能告诉你是什么事情。”

由他们闪烁的眼光中,更加断定这是一件重大的事情,卜卦的老头子决定用巧妙的方法来帮助他们成功。他诚恳地说:“成功是一定成功的,只要你们勇敢地做去。假使这事情不是你们俩可以做成的话,那就要倚靠老百姓了。你们最要紧的是取得老百姓的信心。但是,老百姓!唉!他们是相信鬼神的,你们还是需要鬼神帮助。”说着把炯炯的目光注定了陈胜,又慢慢地移到吴广脸上,闪了一闪,好像有许多话含蓄在里面。

听了这个有力的启示,他们恍然明白了。的确,在当时的传统观念下,一般老百姓对于帝王是认为神圣不可侵犯的。统治阶级便利用这迷信的毒素,来达到压迫人民的目的。现在要想反抗这种压迫,必须把目标扭转过来,才行。他们领会了这种言外的意思,欢欢喜喜地谢了卜卦的老人,一同回去,按照了这暗示布置一切。

大泽乡原是紧靠大泽的荒僻地方,许多居民都靠打鱼为生。这几天大雨,泽里水涨,鱼虾更加成群结队,随波上下。这九百人便天天买鱼下饭。买来了,大家动手,刮鳞的刮鳞,挖鳃的挖鳃。吴广向来和气,也走来这边帮帮,那边看看。大家因为他向来不搭屯长的架子,和大家有说有笑,也都喜欢跟他在一起。吴广一面和大家说笑,一面瞅个空儿把一个指头大小的东西偷偷塞进大鱼嘴里,口里支吾了几句,便走开了。

兵士把许多鱼一尾一尾洗切,剖到这一尾大鱼的时候,忽然发现鱼肚子里多出了一件东西,奇怪得很。检出来一看,却原来是一卷白色的丝帛,上面鲜红的三个大字:"陈胜王"。兵士不由大叫:"怪事!怪事!这是什么东西?"大家听见了一拥而上,都抢着要看这件怪物,七口八舌的纷纷议论起来。自然大家都知道屯长里有一个是名叫陈胜的,难道这个陈胜就是"真命天子"吗?在朴实农民的心湖里荡漾起了一阵波纹,登时一傅十,十传百,到处都交头接耳地唧唧哝哝在谈论这件事。

俗语说得好,"疑心生暗鬼",大家既然都有了这种疑心,便觉得什么地方都很神秘似的。陈胜、吴广暗暗瞧出情形,高兴得很,便再安排下疑阵,来吸引大家注意。

等到夜深的时候,吴广悄悄走出帐幕,冒着风雨,一直走到附近一座破庙旁边。这庙坐落在泽边的树丛中,荒凉得很,向来少见人迹,只有狐狸野兔在庙里出没,乱蓬蓬的野草都长到膝盖那么高。吴广笼着一盏小小灯笼,遮遮掩掩,只怕给人撞到。昏暗里寻路走到,恰要蹲下,想不到草里扑扑扑,一连串出几个黑东西,吓得吴广几乎失声叫了起来。仔细一看,原来是几个小动物东奔西窜,大约是狐兔鼯鼪之类,看见人来,都跳走了。吴广这才松一口气,便拣个正对营帐的方向,把身子隐在树后,撮起嘴唇,做出尖锐的狐狸声音,叫了起来,叫了一会,依然悄悄地回到营里睡觉。

这一夜,有许多人半夜醒来的时候,听见潇潇风雨的声音里,夹着一阵尖锐的狐狸嗥叫声音。在夜静时候,听得很是清楚,再侧着耳朵细听,仿佛是"大楚兴,陈胜王"六个字,听来听去,越听越像。不知不觉大家都把这声音和白天的鱼肚子里的三个字联想起来,又惊又疑,脑子里都发生了种种幻想。个个唤醒他们的伙伴,一同细听。越听越睡不着,越睡不着就越听得清楚。有几个胆子大的索性披了衣,揭开营帐,冒着风雨走出来,东张西望,细听这声音是打哪儿来的。

在那边遥远的树丛里,正是那座破旧的古庙所在,突然透出了一团淡淡薄晕的黄光,闪烁得像夏天夜里的萤火虫一般,忽隐忽现,捉摸不定。在这样风雨的黑夜里,谁还会跑到庙里去,那一定是"神光"无疑了。大家正在指指点点瞎猜乱想的时候,那尖锐凄厉的狐叫声,又跟着一阵风直送了过来。这番听得明明白白,的的确确是"大楚兴,陈胜王"六个字,夹在秋风苦雨中,显得格外阴森森地,听得人毛发都直竖起来。大家不约而同地都打了几个寒噤,连忙回头就跑,钻进帐幕里面。只听得那狐狸声音还隐隐在叫着,断断续续地吹到耳边。这一夜大家都没有睡好。挨到天明,一个个又嘀嘀咕咕地谈论起来。这次不比前番,这是人人听见的,有凭有据,更加相信陈胜一定有做王的福分。只有两个县尉吃得烂醉,没有听见。

这时候,吴广早已回到营里。他暗暗留意各人的言语行动,听大家所说的话都把狐狸当作真的,说得活灵活现,好像是上天派来报告消息似的,没有一个人怀疑这是假的。忽然看见陈胜走来,大家便都不响了。等到陈胜走过,大家又都暗暗伸出指头,指着陈胜后影,彼此互相递个眼色。吴广看在眼里,知道事情已经有八分光景了,只是急切还找不出动手的机会,便再和陈胜暗暗商量。

在这样凄风苦雨的夜里,那两个糊涂的县尉还在昏天黑地的喝酒,一面耍着酒风,还斜着醉眼骂人。吴广、陈胜有意走到两县尉帐外,听他们骂些什么。只听得啪的一声,一个县尉拍着桌子骂着:“该死的混账东西,许多天总推托着不肯走,限期就要到了,你们还不知道死活。”陈胜听到这里,暗暗推了吴广一下,吴广会意,便抢前一步,做出愁眉苦脸的模样,对几个兵士说:“这样风雨,路也走不通,我实在挨不过。倒不如大家散伙,各人走各人的路。明天要是再不能出发,我对不起就要先走了。”

那个县尉正在发怒,忽然听见吴广说出这样话来,更加火上添油,额角的青筋一条条爆起来,圆睁着两只满布血丝的眼睛,厉声吆喝:“你说什么话?你,你,你想逃走。”

吴广退了一步,“唉”了一声说:“有什么办法呢?限期这样严紧,不逃走眼见就都要砍头,我自然只好逃走了。”

这几句话激得两个县尉都大大动了火,霍地跳了起来,恶狠狠的像疯了一般,挥舞着拳头大声吆喝道:“你是屯长,敢说这样混账话来摇惑军心。你要找死!”一面骂,一面喝叫兵士:“快捉下这厮给我狠狠地痛打一顿!”兵士向来都欢喜吴广,挨延着不肯动手,禁不起这两个县尉一迭声地吆喝,没奈何勉强走拢来,慢腾腾地把吴广放翻在地。两个县尉看见兵士这般情形,更加暴怒起来,四只眼睛都爆出了吃人般的火焰,一边跳,一边骂。一个县尉便直抢上前,踢开了兵士,一手夺过兵士手里的皮鞭,没头没脑地望吴广身上乱抽。大众看见吴广被他这般野蛮地狠打,心里都十分愤怒,一个个暗暗咬着牙齿。

那个县尉本来已经吃得半醉,再动手鞭打,酒更涌上来,摇摇晃晃,有些立脚不定。腰间挂的宝剑被他晃荡几下,脱出了剑鞘足有二寸光景。吴广眼快,就地上一个鹞子翻身,滚了起来,趁势一拔,把这剑抽离了鞘,顺手一挥,早把这个醉尉分成两段。说时迟,那时快,那边陈胜一个箭步,早跳到另一个县尉的面前,亮出早已准备好的腰刀,一刀砍去,登时了帐。大众出于不意,一时都吓得目瞪口呆,不知如何是好。

陈胜、吴广二人更不耽延,一手握着武器,大声说道:“诸位不必害怕,我们决不会带累你们。快请全队弟兄都来,我们有要紧话要说。”那种雄赳赳的气概和充满自信力的坚决眼光,吸住了大家的注意。渐渐九百人都围拢上来,带着惊惶的脸色,聚在一起。

陈胜迅速跳上县尉刚才摆酒的桌子,放开喉咙大声地喊叫:“诸位弟兄们听着:我们一路上碰着大雨,算起来已经过了限期,到了渔阳都要照依军法砍头的。我们再往前走,岂不是白白送死?我们弟兄一个个都是铜筋铁骨的好汉子,难道就这样等死不成?我们既然反正是死,为什么不轰轰烈烈地干一番大事业?让我们就来大干一番,来打出自己的天下吧!王侯将相,难道只许几个人做,就轮不到我们吗?”

这几句话一字字都打进了九百人的心坎。他们早就担心赶不上到渔阳的限期，只因为被这两个县尉押着，勉强向着死的路上走。那一个是愿意去的？现在这两人已被除去，这真是天大的喜事。又指出一条海阔天空的大路，还有不乐意的吗？又何况站在桌子上朗朗发话的，正是他们相信那个要做“王”的陈胜呢！

陈胜的话刚刚说完，人丛里葛婴、武臣们几个陈胜的朋友首先拍掌叫好。大众也就跟着拍起掌来，一时拍掌和叫好的声音，好像轰雷一般。每个人的脸上都洋溢着一团喜气，浑身轻快了许多，有说不尽的高兴。

陈胜、吴广看见大众全体赞成，并没有半句话，也堆起满脸笑容，眼睛里闪耀着胜利的光辉。吴广便扯开喉咙，大声宣布说：“诸位既然都同意了，我们必得有一位领导的人。我提议：请陈胜主持一切军事。我们今天就筑起一座将坛来，公举陈胜做我们自己的将军。”说罢把眼睛向四面一扫，征求大家的意见。

大家齐声叫“好”，像狂涛怒浪似的淹没了一切的声音。这是真正人民的呼声。它代表了朴素的人民的真正要求。第一次由他们选择了自己的农民领袖，打断了束缚他们的锁链，自己行动起来。它的光芒永远照耀着整个中国历史。

陈胜、吴广一点儿也不迟延，立刻草草设了一座将坛，斩了一枝竹竿，飘扬出堂堂正正的起义大旗。把两个县尉的脑袋来祭旗。

祭罢了旗，陈胜面向大众，炯炯的眼睛发射出强烈的光芒，郑重地向大众宣布：“从今天起，我受大家的委托，暂时当个将军。请吴广做个都尉，帮我料理军务。大家都要齐心合力打倒暴秦。这大泽乡本来是楚国的地方，我们既然和暴虐无道的秦断绝关系，便应该建起‘大楚’旗号来，和秦反抗。我们人数虽然不算多，但是各地方响应我们的人，一定不少。我们要号召全国人民，只要是反对暴秦的人，我们都欢迎他在我们的旗帜下集合起来。现在公子扶苏和楚国名将项燕都已经和我们合作，我们一定会得胜的。弟兄们，努力吧！现在我们就立刻进攻大泽乡，准备占领它。凡是我们队伍，都脱下右边袖子，露出胳膊做记号。这样，打起仗来，便不会打错了自己人。我们没有兵器，不要紧。锄头，镰刀，全行。砍下竹竿，削尖了，也可以当枪用。我们替人民除害，人民不会和我们打仗的。”

立刻一支破天荒的农民队伍成立了，掮着起义的大旗，高举竹竿、锄头的农民武装，浩浩荡荡向大泽乡进行。农民是不打农民的，几句话说明了，登时欢呼的声音充满了整个大泽乡。许多农民都纷纷掮了锄头加入了自己的队伍。农民军队又壮大了许多。

这样，陆续进攻附近地方，又派了葛婴带一部分农民军队向东推进。一路上欢呼的声浪代替了刀枪的交战，真是兵不血刃，占领了一城又一城。

到了陈（现在河南省淮阳县）的地方，这一支队伍已经拥有几万名勇敢的农民，还有一千多名骑兵和六七百辆车子，陈胜在车上左顾右盼，观看自己浩大的队伍，脸上时时流露着得意的微笑。

革命的火炬燃得更光亮了。武装的农民，四面八方起来响应。各式各样受暴秦压迫的人，纷纷投奔到起义军中来。

陈是一个此较大一点的城市，陈胜便住下休息军队，一面召集当地居民们来议事。大家都说："将军起义，功劳最大，应该做楚王。"你一言，我一语，把陈胜的心说得摇动起来。他记起从前做长工的时候，就藏了取得富贵的思想。起义时候，也相信王侯将相都是人人可以做的。自然，现在赤手空拳打下了许多地方，实在也很有做王的资格。因此，心里很想答应下来，但是一时还不便开口。

正当这个时候，有人报告："外面来了两个人，自称是张耳、陈余，特地前来求见将军。"陈胜早听见过张耳、陈余是魏国有名的人，秦始皇曾经悬过重赏，要捉拿这两个人，没有捉到，现在前来投奔，自然十分高兴，忙叫开门接见。

原来张耳年轻时候，曾经做过魏国信陵君的门下客，后来因为犯了事，逃到外黄（现在河南省杞县东）地方。外黄有一个富家女儿，容貌十分美丽，偏偏被父母错配给一个愚蠢的丈夫。这个女子心里不愿，逃到父亲的朋友家中，诉说苦情，宁死也不肯回去。这个朋友看见女子聪明美貌，也替她不平，说："你如果有决心，要选择一个优秀的青年做终身伴侣，那么我所看见的人，只有张耳最好。虽然他是单身客人，毫无财产，可是实在是个人才。"这女子也听见过张耳的名，情愿改嫁。这个朋友便出面对她的父亲和丈夫两面劝解，便与前夫离婚，任凭女子另嫁张耳。

张耳得了美貌妻子，又有丰富的嫁妆，便用金钱去交朋结友，名望越来越大。后来结交了比他年轻得多的陈余，爱他好像自己亲兄弟一般，十分亲热。当时人称他们俩做"刎颈之交"。

魏国被秦灭了，秦始皇悬赏：捉获张耳的赏给千金，捉获陈余的赏给五百金。两人便改姓更名逃往陈县，充当里中的监门。接到赏格，照例传达里中。谁也不知道这传令捉拿张耳、陈余的人，便是张耳、陈余本人。

有一天，陈余偶然为了一点小事被里中的小吏捉住责打。陈余心里不服，要想挣扎起来。张耳却暗暗用脚踩了陈余一下，陈余心里明白，勉强忍住。等到里吏去了，张耳把陈余唤到没有人的桑树底下，悄声责备他说："我当初对你说的什么话？不是要忍耐着等待出头的机会吗？你怎么就忘了？为了这一点儿耻辱，和一个小吏拼命，值也不值？"从此陈余更加小心隐避，竟没有人知道他俩的来历。

现在看见陈胜起兵，这正是他们所等待的机会到了，便都来求见。当时陈胜自然十分高兴，正是：

踏破铁鞋无觅处，得来全不费工夫。

第四回　兴张楚陈胜称王　入潼关周文耀武

当时陈胜接见张耳、陈余，约略说了些起义经过，又将大家要推自己做楚王的话说了。满想张耳、陈余一定顺水推船，极口赞成。却不料张耳、陈余听了上半段起义的话，倒还恭维了几句，到了陈胜要被推做楚王的要紧关头，却一言不发，只互相看了一下，好像有许多意见似的。陈胜看了满心诧异，正想不出道理，却见两人欠一欠身子，慢慢地说："将军这番冒了极大的危险，奋勇起义，完全为了替人民除害，消灭残暴的秦。人民都奔走响应，为的是相信将军能够替自己解除痛苦。现在刚刚到了陈——一个小小地方，如果便匆促地做起王来，这不是给人民看得将军是个自私的人吗？希望将军不要一下子便称王，还是赶快带兵去打秦，乘着胜利，打进函谷关去；一面访寻六国的后代，立他做王，让他们收集六国以前残余势力，来做我们帮手。使得秦措手不及，无法应付，这才是万全之计。那时就可以不费多大兵力，推倒秦朝，占了咸阳。将军立下大功，那一国诸侯敢不服从？他们全是已经灭亡的国家，靠了将军，才能恢复，还有不感激将军的吗？那时别说一个王，做个皇帝也成。这样才是帝王的事业。"

陈胜听了很不高兴。他因为这一个月来，军事进展得十分顺利，眼见四面八方响应起义的人民，如雨后春笋一般，遍地都是，并且一天多似一天。他满心要建立一个统一的政府，结合各地人民，一同打倒秦朝。现在张耳、陈余却劝他立六国后代为王，这不是把势力分散了吗？他犹豫了一会，便搪塞了几句话，把张耳、陈余送出去，却另和别人商议。这时候人人都怨恨秦的专制残暴，巴不得有个和秦对立的力量，大家都劝陈胜称王，说："现在各地方军队的领袖大半也是称作将军，名称既然同样，没有上下高低，怎么好指挥他们呢？将军是第一个起义的人，占领了许多地方，有了壮大的军队，应该做王。做了王，便好号召各地义军，都来归向我们旗帜底下，一心一意，共同打倒暴秦。这是为了军事上统一指挥的便利。"

陈胜被大家七口八舌的撺掇，也觉得很有道理。他要指挥这么多的军队，也应该有个名义，便接受了大家的意见。

到了选定的日子，陈胜穿起楚王服式，坐上宝座，受了许多臣下的拜贺。称为张楚，表示要把楚国扩充张大起来，来代替秦的地位。有了政府，便要分派官职。陈胜出身农民，他的朋友也多半是农民，对于朝廷制度是不熟悉的，这样，旧官僚们就混进了政府，蔡赐做了上柱国。上柱国是楚国的官名，它的地位相当于秦的丞相。朱防做了中正，胡武做了司过。这两个人管理纠察臣下的过失。还有孔鲋是孔子的后代，做了博士。此外还有许多，不必细表。

陈胜称王后，他的全部力量都用在跟秦朝斗争上。陈胜最亲密的朋友就是吴广，他决定和吴广分掌内外事务。由吴广用假王的名义，监督全部大军向西进攻，所有各军将领都受吴广节制。这一路是主力。陈胜自己坐镇在陈，招揽联络各地义军，调派接应,统筹全盘的计划。分配好了,吴广便率领了第一路大军,望西出发,进攻荥阳(现在河南省郑州市北面)。一路上势如破竹,受着人民的欢迎。队伍陆续增加。不多几日,便到达荥阳。这荥阳西面是伊水、洛水和黄河三条大川会合的地方;东面分布着好多条运河,总称鸿沟,所以荥阳地势十分重要,当时水陆交通全得经过此地。秦特地在此置了一个三川郡,驻屯重兵,由丞相李斯的儿子李由把守。

吴广到了荥阳境内,李由连忙亲身上城守御,一面上奏告急。吴广一时急切不能冲进城池,便指挥田臧、李归诸将,轮流攻打,不在话下。

陈胜接到前方战报,生怕秦出兵来救荥阳,要想调兵接应,又苦没有军队。忽然想起陈地有个周文,曾经在名将项燕军中做过"视日"的官。虽然不过是选择时日的小职,可是总看见过项燕用兵行阵的方法,正好向他请教计策。便命人请了周文来商议。

不多时,周文到来。陈胜望见他容貌轩昂,举止稳健,心中早有几分欢喜。见礼已毕,便动问进攻荥阳的计策。周文说:"现在进攻荥阳的军队,不算不多,又有假王指挥,不必再添兵了。现在应该另派一支大军,绕过荥阳,直取秦都咸阳。这时候,秦兵正在荥阳和假王拼命,关内一定空虚。这支奇兵出其不意,不但可以堵住秦兵援救荥阳的路,还可以一举歼灭暴秦。关中人民受秦暴虐最厉害,哪有不起来响应的? 咸阳一紧急,荥阳的兵也就不战自退了。"陈胜听了,把手在膝盖上重重一拍,说:"果然先生韬略出众,这计妙极。只是现在前线各军都受假王指挥,正在向荥阳猛攻,不便另调。后方又没有足够的军队,如何是好?"周文微微含笑,说:"大王过虑了。秦这般无道,那个人民不怨恨? 由陈到咸阳这一段长途,不知有多多少少人民等着我们。只消打起一面张楚的大旗,还怕他们不纷纷投奔到我们旗下不成? 这就是用不完的军队。"陈胜听了满心高兴,说:"先生的话真是句句金玉,不愧是个深知兵法的人。现在寡人身边许多文武,都没有像先生这般足智多谋。看来进攻咸阳的重任,只有请先生担任了。"便吩咐左右取出将军的印绶,陈胜亲手交给周文,说:"暂屈先生做一个将军,即日动身,进攻咸阳。一路上收编义军,攻取城池,都由先生便宜行事。将来打进咸阳,推倒秦朝之后,一定另有重赏。"周文并不推辞,双手接过印绶,诺诺连声地去了。

张耳、陈余看见周文得了重任,十分眼热。他们本来希望陈胜重建六国,他们借着虚名也好取得崇高的地位,想不到不曾成功,陈胜自己做了楚王,抓着兵权的都是和陈胜一同起义的农民们,他们没有办法插足。现在看见周文得到陈胜赏识,独当一面去打咸阳,他们就想趁势得个进身之路。便由陈余去见陈胜,献殷勤地说道:"大王派了军队进攻秦,也派将士去东南各地收揽义军。只是北方一带还没有派人。臣从前在赵国(现作河北省南部、山西省东部一带)住过几时,和赵国的豪杰都很熟,也懂得那一带的地势。请大王付臣一支奇兵,渡过黄河,招安赵地,使那里义军都来归附大王。"陈胜听了,想河北一带的招抚也是刻不容缓的工作。自己所有的部下,大都不熟悉北方情形,难得陈余、张耳都是熟悉北方的人,很可以派去。不过他们究竟是新来投附的人,不能十分信托。便派了农民出身的武臣做将军,邵騒做护军,带领三千兵士前往河北,招抚赵地。却把张耳、陈余派做左右校尉,和武臣、邵骚一同起身。张耳、陈余虽然达不到把持实力的奢望,却喜武臣、邵骚都是朴实的农民出身,很可以相机行事,便欣然跟着军队出发。

陈胜接连派了吴广、周文、武臣三路大军去后，还怕不够，又派了宋留带兵，向西南方前进，由南阳（现在河南省南阳市）进攻武关（现在陕西省商县东），这是秦的南关，和周文进攻的潼关（现在陕西省潼关县）一样重要。这四支军队，除了吴广一支兵力最强以外，其余三支，周文是中路，武臣是北路，宋留是南路，都是沿路收集义军、併力向西，准备到关内会师。

这边军队陆续出发，各地起义的喜报，也不断地像雪片飞来。陈胜又陆续调派军队去四方接应联络：第一路将军邓宗，由九江郡（现在安徽省寿县）招抚淮水南边一带义军。第二路将军周市，招抚从前魏国的地方（现在河南省开封一带）。第三路将军召平，由广陵郡（现在江苏省扬州）招抚东方一带义军。第四路武平君畔，去东海郡（现在山东省一带）招抚各路义军。这四路将领也都陆续出发。这时候各方面义军如同众星捧月一般，处处都扯开了张楚的大旗。各郡各县的人民都争先杀了秦的官吏，起兵响应。

这时候，那个醉生梦死的秦二世皇帝依然在阿房宫里花天酒地的享乐。他自从杀了许多兄弟和大臣贵族以后，觉得天下已经稳如泰山，再也没有人来夺他的皇帝宝座。每天除了任意取乐以外，就是想怎样能够把宫殿造得更华美，财宝积得更丰富，美女打扮得更娇媚。

一天，他忽然想到咸阳的城墙应当装饰得更壮丽，才配做皇帝的首都。最好用彩色的漆把它漆上一层，不但美观。而且还好画上各种花纹，夸炫他自己。想定了，便和左右说知。自然还有那一个人敢说二世的话不对？大家都极口赞成，说：“陛下真是圣明盖世。这样，城墙不但美丽，也坚固得多。”二世听了，十分开心，正要下诏去漆，忽然旁边传上一个优人名旃的，笑嘻嘻地说：“这真是太好了。陛下即使没有想到，臣也正要奏请把城漆一漆。漆城虽然对老百姓是麻烦一点，耗费一点，但是实在是顶顶好的计划。城漆了以后，又光又滑。敌人来了，爬也爬不上去。这岂不是最好的防御工程吗？漆起来也很容易。就算费一点工，倒也没有什么。只是找不到阴干漆汁的大屋子。”说罢又呵呵大笑起来。二世给他一说，也笑了起来。原来漆汁最不容易干燥，必须放在不见日光地方，才能阴干。城墙这样高大，怎么能够不受到日晒和雨淋呢？优旃借了戏笑，把这件事情难办的地方指出，二世便也只好把漆城的事情取消了。

不多几时，有一个使者由东方回到咸阳，报告说：“现在楚地方有个戍卒，名叫陈胜，杀了县尉，聚集戍卒造反，把陈县占了。”二世听说，大大生气，说这个使者造作谣言，立刻把他下在牢狱里。

但是二世心里究竟也有一点不安，便召集博士和儒生们来问：“听说楚地方的戍卒胆敢占了陈县，你们以为这是怎么一回事？”博士、儒生们都不知道二世是什么意思，便都依照平日二世欢喜谄媚的习惯，恭敬地回答说：“做臣下的人，是不能妄自行动的。没有旨意便公然行动，这就是造反，罪该万死。请陛下赶快下旨，派兵去剿灭他。”这几句话还没有说完，二世脸上立刻变了颜色，眼睛也凶狠狠地闪着红光。这三十多个说话的博士、儒生都吓得浑身发抖，却又想不出是那一句话说错了。正在战战兢兢下不了台的时候,恰巧有个名叫叔孙通的儒生,脑筋灵活,一看二世神气,晓得大家已经闯下大祸,连忙由下边越过班次,走到二世面前,躬身启奏:“这几个博士和儒生说的话都完全不对,太没有分晓了。现在天下已经成了一家,各地方的城池都划平了,兵器都销毁了。这已经让人民明白永远不再用这些东西。上面的皇帝是这样圣明,下面的法令又是这样完美,官吏人人都奉公守法,四方人民都安居乐业,真是从古没有的太平世界,那里会有人敢造反?这不过一两个偷儿毛贼,是不值得提起的微末事情,那算得什么!现在郡守郡尉就要把他们捉获论罪,用不到圣明的皇帝去操这样的心。”二世听了,方才回嗔作喜,满脸笑容,说:“你的话很是很是。”又回头问博士、儒生们:“你们说,究竟是什么?”有的人看风转舵,赶快说是毛贼。有的人不识时务,还说是造反。二世使便御史,把所有说是造反的儒生、博士,都捉下牢狱去问罪,因为他说了不应该说的话。还有说是毛贼的儒生、博士也都罢职回家。只有叔孙通一人,说话中听,赏赐帛二十匹,衣服一套,拜为博士之职。

叔孙通谢恩领赏,回到家中,碰着一班被罢免回家的儒生。大家一拥上前,七口八舌讥笑说:“看不出先生会这般花言巧语,说出这样谄媚阿谀的话,真亏你想得到。”叔孙通拭一拭额上的汗珠,说:“你们不知道,我也危险极了,差一点就逃不出虎口。这也不过是随机应变的言语,还是赶快逃走吧!”说罢,便收拾行装,逃出咸阳去了。

二世既然把使者和许多博士、儒生都下了牢狱,后来再有使者也都不敢再提陈胜的事。偶然二世问到,大家都依照叔孙通的言语,说不过是几个毛贼,老早已经捕捉干净,什么事也没有了。二世更加放心。

却说陈胜派出各路大军以后,陆续接到许多捷报。周文一路收集了几十万义军,果然毫无阻碍,穿城过县,十分顺利。武臣渡过黄河,也陆续占领了许多城池。其他各方义军,纷纷前来归附。一连串的胜利消息使得陈胜渐渐自满起来,起义时候的重要心腹大半都已派了出去,身边剩下的只是从前做过官吏的蔡赐、朱防、胡武这一班人。权力就渐渐落在他们手上了。

这时候,葛婴回来了。当他招抚楚地的时候,因为急于要安定地方,便立了楚国旧贵族襄彊做楚王。过了几天,才知道陈胜已经做了楚王,葛婴明白自己做错了事,连忙杀了襄彊,回来报告。朱防、胡武抓住葛婴这一个错误,怂恿陈胜,把葛婴杀了。

葛婴是起义有功的人,一旦被杀,许多旧日将士都觉得心里不安。朱防、胡武生怕他们得势,索性一不做二不休,对于派出招抚回来的将士,都百般挑剔,任意陷害,也不经过正式审讯,就由他两人胡乱判决,使得许多有功将士都受到无理的冤屈,有的下狱,有的被杀。渐渐使陈胜和他手下将士的中间,起了很深的隔阂。

从前和陈胜一伙耕种田地的农民,听说楚地起义的领袖就是陈胜,大家都又惊又喜,说:“想不到他果然做起楚王来,这真是我们农民出头的日子。”一个伙伴说:“他不是说过‘谁也不要忘了谁’吗?他大约总不会忘了我们吧!我们去看看他去。”大家都说:“好的。我们也要看看现在做了楚王的陈胜,和从前的陈涉是不是一样。”大家一起哄,就聚集了几十个和陈胜相熟的农民,一同到陈县来找陈胜。

现在陈胜真个和从前不一样了,住的是既高大又华美的王宫,宫门外还有许多卫兵把守着,那一派气象好不威严！农民们找到了王宫,便想进去。卫兵们看见这些人衣衫褴褛,立刻喝住。

农民们七口八舌的抢着说:“我们都是涉的老朋友,特地赶来看他的。你们不要拦阻。”一面说,一面就望里面直闯。卫兵拦阻不住,便动起手来,把农民捆住。农民急得大嚷说:“我们和陈涉有多年的交情,今天特地跑来看他。你们怎么这样不讲理,不让我们进去,还要捆我们！这是怎么说的！”一面嚷,一面叫,卫兵听他们口气,知道他们都是由农村来的,也许真的和陈胜有些交情,便把他们都放了,却不让他们进宫。

农民没有法子闯进宫门,只得在街上等着,大家都恨恨地说:“怎么一做了王,就这样神气。好吧,我们在街上等着他。他总不能不出来。看他还能记得我们吗?”

等了几天,果然陈胜出门经过大街。农民看见许多挂剑提刀的卫兵,整整齐齐地一排一排行进着,中间簇拥着一辆华贵的车辆,车上坐着一位穿着绣袍戴着冕旒的人。远远望去,可不是从前的陈涉吗?只不过面貌丰腴威严了许多,模样还是一样。大家认明白了,就一拥上前,纷纷喊叫起来:“涉！涉！你还记得我们吗?”陈胜听见有人叫他的小名,声音很熟,停了车,唤来一问,果然都是当年同伴,便吩咐带他们回宫。

农民们高高兴兴地跟了陈胜走进宫门,再也不怕卫兵拦阻了。这个王宫真大啊！楼台殿阁,多得数不清,都漆画得非常鲜明。里面摆设的帐幕家具更是灿烂夺目,他们从来也没有看见过。大家又惊又喜,东张西望。这里摸摸,那里瞧瞧,好像做梦一般。一面仔仔细细地看,一面不绝声地夸赞说:“真多啊！这么多的房子,这么好的东西！涉做了王有这么多的好东西！”说了又说,一阵阵欢笑的声音,充分流露了他们天真的快乐。

陈胜吩咐左右:“快拿酒食来,款待客人。”霎时端上许多丰盛菜肴,农民们便围坐在宫里,大吃大喝起来。一面吃喝,一面谈说起从前的事情,嘻嘻哈哈的一直吃到烂醉,方才停止。从此他们便常常来宫里游玩,也常常住在官里。还有许多从前认得陈胜的农民也陆续来看陈胜。他们都是朴实的乡下农民,酒喝醉了,便指手画脚大声地谈起天来。尤其几个和陈胜一起工作的长工,说到陈胜那回“谁也不要忘了谁”的话,总是眉飞色舞地当作一件光荣的美谈,说得津津有味。

自然,日子长久了,他们也不免谈论一些外面的情形。这就大大触犯了朱防、胡武的忌讳。他们只怕农民们把他们的罪恶暴露给陈胜知道,就想法去謢譖农民。他俩造了许多谎话说:“这些农民全是没有知识的乡下人,专喜欢谈论大王从前的事情。把大王说得太难听了。传扬出去,人民要看轻大王的。”又东编西造,用许多丑恶的言语来形容陈胜,却说这都是农民们说的。

陈胜听了,也不由面红耳赤起来。他觉得这些农民翻他的老账,使他面上无光,便生气起来,说:“谁造这样谣言来胡说,把他砍了。”朱防、胡武得了陈胜这句生气头上的话,便一刻不停,急忙把那个最敢说话的农民捉去杀了。

农民们再也想不到陈胜对待老朋友会这般残忍,吓得统统跑掉,谁也不敢再来看陈胜了。

忽然,探子报到消息,武臣平定了许多地方,已经自立做赵王了。陈胜听了大大生气,说:“我叫他收复赵国地方,好进攻秦。他竟然不得我的命令,自立做王,岂不是反了!”便把武臣、邵骚、张耳、陈余四家老幼都擒捉来。打算都杀了。上柱国蔡赐忙上前劝陈胜说:“这虽然是他们的不是,但现在秦还没有灭亡,要是把他们父母妻子都杀了,他们一定怨恨,和我们做起对来,岂不是又添一个敌国?不如客客气气地叫他们赶快去打秦,还好帮我们的忙。等将来再说。”陈胜想了一想,也很有理,只得忍住怒气,把四家家小都留在宫里,做个抵押,一面派人去贺喜,并且催武臣进攻关中,接应周文。

原来武臣自从渡过黄河,占了许多地方。因为他是农村生长,痛恨残暴官吏,把秦的官吏都杀了。各郡县官吏听了害怕,没有人敢前来投降。看看到了范阳(现在河北省定兴县南)地方,忽然有一个范阳人蒯彻前来求见。武臣请他进来。蒯彻说:“足下这番渡河,招安各地。如果必须用兵去攻打,才能占领城池,不是太麻烦吗?现在我有一条妙计,可以不费一兵,不折一矢,一下子就平定千里地方,好不好呢?”武臣高兴地说:“好极了。你有什么妙计呢?”蒯彻说:“范阳县令姓徐,是个贪恋富贵又怕死的人。他想投降,又怕你杀他。你如果认为只要是秦的官吏,就一味诛杀,那么所有的地方都不敢降了。你若是给他高官重赏,叫他坐了华贵的车马,各城官吏一定都学他的样子,争先投降。不消几天,就可以平定千里。”武臣听了,满心欢喜,果然就派蒯彻拿了侯印和黄金去招降徐令。徐令坐了高车驷马替武臣当先开路,果然一下子就招降了三十多个城池。

武臣得了许多地方,张耳、陈赊便劝武臣不要回去,说:“陈王现在听信谗言,杀了许多将士。我们回去,恐怕也不免惹祸,那时后悔无及。这河北地方这么大,没有王是不行的。陈王自己也不是楚国子孙,都做了楚王。我们为什么不可以立王?”两人竭力撺掇,劝武臣做赵王。武臣本来和陈胜一同起事,看见陈胜做了王,不免也有几分眼热,给他们一劝,也就答应,便自立做赵王。封邵骚做左丞相,张耳做右丞相,陈余做大将军。一面派人去报告陈胜。

张耳、陈余把武臣撮上赵王宝座,自己一文一武抓住实权,好不高兴。过了几时,陈胜使者来了,向武臣道贺,催他出兵去打秦,接应周文。张耳、陈余却又阻止武臣出兵,说:“大王别上当。陈王不是愿意让大王做赵王的。这不过暂时敷衍我们,等到秦灭了,就要进攻我们的。我们千万不要去打秦,只派兵去招安北方和南方,多占地方。那时即使秦亡了,楚也不敢来打我们。”武臣听了,果然不派兵去打秦,却派了韩广去招抚北方从前燕国的地方(现在河北省北部),又派了李良去招抚常山(现在河北省元氏县一带),张黡去招抚上党(现在山西省东南部),打算把这些地方都收进自己势力的范围。

这时候,周文已经收集了几十万起义军队,绕过了荥阳,直攻潼关,声势十分浩大。潼关的守兵望风投降。周文进了潼关,一直向西推进,到了戏(咸阳附近)的地方。这样重大的事情,再也瞒不得了,秦的官吏没奈何,只得奏上二世得知。

二世这才着急起来。他万想不到那“一两个偷儿毛贼”,竟会变成几十万壮大的队伍,而且公然打到了咸阳附近,便召集臣下们商量抵敌。

秦的名将要算蒙氏一家,但是已经被二世杀了。剩下的稍为能干的臣下,这两年内也都屠杀得差不多。现在农民军已经打到咸阳附近,便是老练的李斯,奸猾的赵高,也只有干瞪着一双白眼,什么方法也想不出。

只有少府(秦官名)章邯是一个比较懂得军事的人。他看见满朝文武都说不出方法,便上前启奏:“现在敌人已经到了离开首都不远的地方。去召集各地军队,来不及了。只有在骊山做工的刑徒七十多万,可以免除他们的苦役,暂当兵士。”二世没奈何,只得准奏,就派章邯做将军,把武库里的精良兵器拿出来装备。

这七十多万工人吃尽了千辛万苦,做梦也想不到二世会赦免了他们的苦役,改充军队。现在配备了武装,饱餐一顿,也就精神抖擞起来。章邯编练了队伍,便立刻出发,迎到戏下。

周文的军队虽然也有几十万,却都是陆续收编的,参差不齐,没有统一的编制,也没有精锐的武器。军士们只是为了愤恨暴秦的统治而来从军的。南路的宋留还没有打进武关,北路的武臣又被张耳、陈余怂恿做了赵王,不肯出兵,后面的吴广也没有打下荥阳。这一支队伍就成了孤军。意外地碰到章邯的军装完备的军队,招架不住,只好退下。

章邯抓住机会,拼命追赶。农民队伍溃退下来,周文弹压不住,一直退出潼关,全军溃散了一大半。章邯乘胜,一直追到关外。

这边周文正和章邯拼命抗拒,后方却演出许多争权夺利的事情。

原来韩广收集了燕地的起义军队,燕国没落的贵族们便拥戴韩广做了燕王。武臣知道了,只得和张耳、陈余到赵、燕边界查勘地界。武臣偶然独自出外,无意中撞着燕兵,被他们捉去。燕将认得是赵王,便扣留起来,要赵国割地来赎。

张耳、陈余发现武臣被扣,大吃一惊,连忙派人去燕军那里请求将武臣放回。燕将说:“要我放回赵王,必须割出赵国一半土地来赎。”使者回报。张耳、陈余无可奈何,便派人答应割给边地几个城池,请求放回武臣。谁知燕将不但不肯,反把使者杀了,声称没有一半赵国,决不放回。张、陈两人陆续又派了十几个使者,磋商赎回武臣的条件,双方越说越僵。结果所有派来的使者,都被燕杀了。

这时候,赵国军队里有个在厨下烧火砍柴的伙夫(那时叫作厮养卒),忽然把农服换齐整了,向伙伴说:“我要到燕营去劝说,和赵王一起回来。”伙伴听了,都大笑起来,说:“你活得不耐烦了吧!去的人十几个,都被杀了,你怎么能够把王救回来?这不是自己找死吗?”这个伙夫也不答话,一直出营望燕军走来。燕将听说赵军又有人来,暗想这许多天没有人来了,大约他们没有办法,只得割一半赵国来赎,便欣然叫他进来相见。

伙夫见了燕将,便向燕将说:“你知道我要什么?”燕将笑了起来,说:“你不过要想得到赵王罢了。这种话不用提,割一半赵国来,再说。”伙夫又问:“你知道张耳、陈余是什么样的人?”燕将说:“他们倒是满能干的人。不过现在他们怕也没有什么办法了吧!”伙夫说:“那么你猜他们要什么?”燕将说:“那更不必讲。他们无非想讨回赵王。我这里却没有这样便宜的事。”伙夫呵呵大笑起来,说:“你错了,你完全不知道他们的心事。他们不但不希望你放回赵王,并且希望你快快把赵王杀死,才趁了他们的心。”

燕将听了大为诧异说："这是什么道理？"伙夫笑着说："你完全受他们骗了。他们和武臣三个人赤手空拳招抚了许多地方，也希望个个称孤道寡，做个国王。只是地方刚定，势力还没有坚固，先让年龄大的武臣做了赵王，一面再招抚燕地和其他地方，好分开地界，各自为王。你想：做一个国王和做一个臣下，这差多么远！他们还有不羡慕的吗？无奈时机没到；倘要把赵国分做三份，地方又太小。他们正在没有办法的时候，你却帮着他们把赵王扣留了。他们表面上假装着要讨回赵王，心里只希望你快把赵王杀了，他们就好平分赵国，一人一半，做起王来，借口你杀了赵王，来攻打燕国。那时把燕灭了，一人一个国，岂不更好？你想：一个赵国已经瞧不起燕国，何况换了两个能干的国王，来声讨你们杀他赵王的罪状。燕国地方还没有安定，那里抵抗得过？你们以为他们真肯割地来赎赵王，一寸也别想。这都是骗人的话，遮遮外人耳目罢了。"燕将听了，心里踌躇起来。他晓得燕地新定，赵军真个来打，未必抵挡得住。伙夫又笑着说："据我所见，你还不如把赵王放出，要他承认以后不和燕国争战，永远和好，再让他送你一批厚礼。赵王一定答应，燕王也觉得你是个会办事的人。你若要想在张耳、陈余身上讨得便宜，那比糠里榨出油来，还要难些。将来惹起干戈，你也脱不了干系。"

燕将考虑了一会，也怕张耳、陈余真个恶干起来，讨不了便宜，便点头答应，请出武臣相见。武臣急于回国，自然满口答应，燕将便备下车马，就叫伙夫驾车，和武臣一同回赵。

燕、赵已经立了王，齐地(现在山东省一带)也由旧贵族田儋趁风起义，自立为王，拒绝陈胜所派的周市前来招抚。周市回到魏地，立了魏的旧贵族魏咎做魏王。六国里面，只有韩还没有王；其他楚(陈胜)、赵(武臣)、燕(韩广)、齐(田儋)、魏(魏咎)五个地方都已经立了王，各成一国。其中只有首举义旗的陈胜是一心要想灭秦的，其他四国都忙于扩充自己势力，争权夺利，早已把出兵攻秦的事撇在一边。这样，势力便分散了，自然是陈胜最痛恨的事。那时魏咎还在陈胜那里，陈胜就不让他回魏为王。可是魏地的没落贵族们只顾自己升官发财，谁做国王都是一样，便一致拥戴周市为王。周市不肯，再三派人去接魏咎，一直派了五次，陈胜没有办法，才勉强许魏咎回去。

胜利还没有把握，内部却早已分裂，大家互相争权夺利。内有朱防、胡武们篡窃政权，外则各方先后叛变，这样就种下了陈县政府灭亡的根因。

这时候有个孔鲋，是孔子的八代孙。因为秦烧灭诗书，破坏文化，便带了古时礼器来投陈胜，做个博士。他看见陈胜渐渐自满，便进谏说："臣听见古人说过：一个国家不要倚赖敌人的不来攻，要倚赖自己的实力坚固。现在大王不注重自己力量，却相信敌人不会来。这未免太危险了。"陈胜正在得意的时候，觉得孔鲋的话太迂阔了，便一口拒绝，说："寡人的军事，用不着先生操心。"从此，也就没有人再说什么了。

接着却传来了一连串失败的消息。

武平君畔到了东海，和当地起义军的首领秦嘉、朱鸡石等相处得不好。秦嘉不愿意受武平君畔的管辖，假借陈胜的命令，把武平君畔杀了。陈胜的东路势力便大大削弱了。

周文出关以后，和章邯且战且走，指望各路义军援助，谁知道他们都忙于封王拜相,自私自利,竟没有一兵一卒来帮助。周文愤怒到了极点,最后他壮烈地牺牲了。陈胜的西路势力完全崩溃。

章邯乘着胜利一直向东来救荥阳。这时候吴广围荥阳已经三个月了,还没有打下。眼见章邯救兵要到了,将军田臧、李归们想劝吴广撤兵,又怕吴广不听;要再围荥阳,又怕腹背受敌。大家计议一番,竟自假借了陈胜的命令,把吴广杀了,更派人将吴广的头献给陈胜,捏称:吴广要造反。当时陈胜也不追究,反把楚令尹(丞相)的印赏给田臧,拜他做上将。究竟陈胜是真的认为田臧该赏呢?或是出于无奈,为了要利用他去抵敌章邯的进攻呢?那就不容易知道了。不过这种破坏纪律的事情,更加速了陈县政府的崩溃。

田臧带了主力去迎敌章邯,只留下李归和少数兵守住荥阳附近的阵地。战了一阵,田臧大败,全军溃散,田臧也战死了。章邯乘胜追到荥阳,李归们的兵本来不多,抵敌不住,也都牺牲了。中路的大军,完全归于消灭。

章邯知道起义军的中心在陈县,就由荥阳直向陈县进攻。二世又派了司马欣、董翳随后接应,分路并进。这时候,散在各地的起义军也都被章邯各个击破。陈县已经没有多少兵力了。上柱国蔡赐带兵迎战,也战死了。最后,陈胜只得自己出来监督张贺军队和章邯争战。双方的兵力相差太远,起义军大败。但将士们英勇不屈,宁可战死。这种不屈服的精神,充分表现了农民战士们的英勇本色。

主将张贺也战死了。陈胜只得退出陈县,打算到汝阴(现在安徽省阜阳县)去,走到下城父(现在安徽省蒙城县西北)地方,车夫庄贾看见陈胜护卫四散,忽生歹心,竟杀了陈胜,去投降秦兵,领取重赏。孔鲋也死于乱兵之中。共计陈胜起义到减亡,仅仅六个月。时间虽然不多,但是他燃起了农民起义的烈焰,照明了革命的道路,后来终于把暴秦统治推倒,功绩是不可磨灭的。

这时候,另外却有一支农民军,以吕臣为首,头上都用苍蓝色的布包着,称为苍头军,赶来替陈胜报仇。军队虽然不多,却抱着无比的愤怒,登时打下了陈县,捉到叛徒庄贾,杀了。用隆重的葬礼,把陈胜埋葬,谥为楚隐王。

陈县政府的失败,震惊了各方面的义军。宋留打不进武关,被秦兵截断后路。他不像周文那样有骨气,却投降了秦,被二世用车裂的惨刑,残酷地杀了。这就是一个贪生怕死者的下场。

秦嘉自从杀了武平君畔以后,就不愿受陈胜的节制,听到陈胜败走的消息,便连忙拥立一个楚国贵族景驹做楚王。希望代替陈胜的地位。

那武臣派李良去招抚常山。回来后,武臣又叫他再去招抚太原(现在山西省中部一带)。李良走到半路,被秦兵堵住,不能前进。秦将知道李良从前曾经做过秦的官吏,便假造了一封二世的诏书,招他降秦,许他官爵。李良接了假诏,起了贪图富贵的心,一时委决不下,便带兵回赵。将要进入都城,忽然看见前面一队车马,约有一百多人,前呼后拥,威风十足,仿佛赵王仪仗。李良料是赵王出行,连忙下马伏地跪迎。谁知车里不是武臣,却是武臣的姊姊,赴宴回来,吃得大醉,又不认得李良,只传令跟随的人叫他免礼,仍然风驰电掣地去了。

李良一向做惯元帅，自认为地位很高，今天在全军面前，向一个不相干的女子磕头下跪，还落得个不理睬，面子上实在下不来，不由恼羞成怒。跟随的军官们也都觉得不平。有一个人便高声说道："现在天下都起来和秦算账，只要谁有本领，谁就该做王。不客气地说，赵王的江山还是将军给他打下来的呢！赵王那点儿比将军强？今天这个女人公然这般大模大样，见了将军连车也不下，就扬长地走了。真是岂有此理！我们赶上去，把她杀了，出一口闷气。"李良心里本来已经被二世的假诏摇惑了，就立刻赞成，带了军马，追赶上去，把武臣姊姊杀了。掉回头来，直扑赵国都城。守城军士看见是自己军队，并不怀疑，开了城门。李良引兵直到赵王宫中。侍卫们措手不及，都被杀散。李良杀了武臣和邵骚，只有张耳、陈余得了信，赶快逃出城外，收集散兵，想要替武臣报仇，又怕势力不够。有人建议说："你们两位都是魏国的人，寄居赵地，赵国人心还没有归附，自己做王是不行的。不如寻个赵国的后代子孙，立他做王，容易号召。"张耳、陈余觉得这话很对，便寻觅了一个赵国子孙名歇的，立做赵王，一同攻打李良。李良抵敌不过，索性投降章邯去了。

各方正在乱纷纷的时候，吕臣又被秦兵打败，双方在陈地相持。只有那位召平替陈胜招抚广陵，也没有成功，他偏有急智，知道江东的吴县（现在江苏省吴县）已经有了强大的义军，便急急渡过长江，假传陈王的命令，催促义军急速过江来攻打秦军。这一去不打紧，又引出多多少少惊天动地的事情来，正是：

山廻水转疑无路，柳暗花明又一村。

第五回　立楚后范增献策　识机先宋义论兵

江东义军的首领不是别人,原来就是陈胜曾经提到的楚国名将项燕的儿子项梁。项家世代都做楚国的将军,因封在项地(现在河南省项城市东北),所以姓项。到了项燕,尤其精通兵法,和秦将王翦打了不知多少次的仗。最后众寡不敌,项燕终于光荣地殉职。楚国也就被秦灭亡了。项梁抱了这样国亡家破的深仇,只恨没有机会起兵雪恨。他有个侄儿名唤项籍,字羽,年纪虽小,却是英气勃勃,勇力过人。项梁便加意教育他,教他读书写字。项籍拿起笔来简直比枪还重,写不了几个字,便跑去玩耍。项梁教了多时,一看项籍没有什么进步,暗想我家本来习武,和文墨无缘,这也难怪,不如教他学剑,也可以继承家学,便又教他学习剑法。项籍虽然欢喜抡刀舞棒,可是真的教他按照解数,一步一步苦练,却又不耐烦起来。学了几路,便随意乱挥乱劈,全不细心。结果是,学了下段,忘了上段,不是步法错乱,就是解数短缺。项梁教了几时,着实生气,便责骂他一顿。项籍说:"读书写字,不过能识得名姓罢了。学了剑,也只能抵敌一个人。这学了有什么用?我要学的是一个人能够抵敌一万人的本领,这才值得学。"项梁听他口气不小,不由回嗔作喜,说:"你既然有这样志气,我就教你布阵行兵的方法,好不好?"项籍连声答应:"好!好!"从此果然学习兵法,倒也很有兴趣。项梁尽心指教,把家传各种兵法,详细开导。项籍学了几时,略略懂得大要。他生性浮躁,缺乏耐性,学得差不多,便又抛在一边,再也不肯钻研了。

项梁原是下相(现在江苏省宿迁市西)人,因为杀了人,便带了项籍搬到吴(现在江苏省吴县)地方来住,好躲避仇人。吴地所有的人才,比起项梁,都差得多。地方上有了重大事情,像大工程大丧事,总要请项梁去主持。项梁暗暗用兵法来分配管理,做得井井有条,人人都很佩服。那时项籍渐渐长成,生得身长八尺有余,眼睛的黑珠子里有两个瞳人(重瞳),相貌英武,才气过人,有万夫不当之勇。吴地少年,没有一个不怕他的。

秦始皇出游会稽的时候,会稽人民有许多站在驰道外面观看,真是人山人海,万头攒动。项梁和项籍也夹在人丛里。看到秦始皇的车驾,奢华煊赫,大家都啧啧称羡。只有项籍指着始皇车驾对项梁说:"让我来替他做做吧!"项梁吃了一惊,连忙把项籍的嘴紧紧掩住,说:"别胡说,小心,要全家抄斩的。"项梁从此更加看重这个不平凡的侄儿。

陈胜举起义旗,各地方纷纷响应,会稽郡的郡守殷通知道守不住城池,也想乘机起兵,便唤项梁来商议说:"现在各地方都反了,看来是天意亡秦。我们也应该趁早起兵,免得受人支配。我想请你和桓楚一同领兵,即日起事,好吗?"项梁略略眨一眨眼睛,立刻回答说:"当然好的。只是桓楚现在已经逃往大泽中去,谁也不知道他躲在那里,只有我侄儿项籍知道,得去把他找来才好。"殷通欣然说:"那么就请令侄去一趟。"项梁答应了,便出外去唤项籍,先附在他耳边说了几句话,叫他带了利剑一同来到殷通府外。项梁先进去对殷通报告,已经叫来项籍。殷通十分欢喜,连忙请来相见。不多时,项籍进来。殷通看见项籍生得豹头环眼,威风凛凛,站在面前,只觉得英气逼人,不由含笑对项梁夸赞道:"令侄真不愧是将门之子,英雄得很。"项梁也含笑说:"不敢当,不敢当。现在可以叫他寻找桓楚去吧!"说罢回过头来,向项籍递了个眼色说:"快点吧!"项籍应声迈上一步,倏地抽出利剑,一剑挥去,把殷通砍翻,割下头来。

殷通左右因为事出意外,都失声惊叫起来,立刻乱哄哄地狂奔乱窜,胆大的便抡起刀枪来围捕凶手。项梁早已把殷通腰间的郡守印绶解了下来,挂在自己身上,右手拿着宝剑,左手挽着殷通首级,和项籍杀了出去。项梁家傅剑法,使起来就像一团白光,谁也近他不得。项籍更是天生神力,连人带剑,纺车儿一般东冲西撞,只见剑光到处,血雨纷飞,一霎时砍倒了无数卫兵,尸骸狼藉满地,杀得许多卫兵纷纷逃走。

项籍杀得性起,还在搜寻。项梁唤住了他,便召集郡里相熟的官吏士绅们,说明现在要起事的意思。大家一向佩服项梁,又看了殷通的榜样,自然没有不依的。项梁查点兵额,挑选各县精壮男丁,共计有八千名,编练起来,把吴地豪杰都按照才能,分别任事。有一个人没有工作,自己向项梁请求位置。项梁说:"你记得吗?从前某家丧事,我曾派你做某件事。你并没有做好。这可见得你的才干还不够。现在军事重要,我怎么可以随便用人?"这人无话可答。大家无不佩服项梁的精细公正。

部署已定,召平恰好到来,口称奉陈王命令,拜项梁做楚国上柱国之职。并且说:"江东既然平定了,赶快出兵向西,一同并力攻打秦国。"项梁受了命令,点齐八千兵马,带了项籍,一同过江。

走到东阳(现在安徽省天长市西北),探子报说:"前面已经有起义的军队,首领名唤陈婴,占住东阳城池。"项梁忙派人和陈婴联络,请他一同攻秦。

陈婴本来是东阳令史(秦官名),一向老实谨慎。东阳人民起义,杀了秦的县令,想要立陈婴为王。陈婴不敢答应,就回去问他的母亲。他母亲说:"我来到你家几十年,从来没听说过你家上代有什么了不起的人物,你现在忽然做起王来,这是一件很不好的事,不如做别人的属下,听别人的指挥。将来事情成功,也不失封侯地位。万一失败,也容易逃走,不会被敌人注意。这才是妥当的办法。"陈婴听了母亲的话,更加执意不做。恰好项梁使者来到,陈婴大喜,便向大家说:"项家是世代名将,在楚国有极大的名望。我们要起义,一定得有像项家这样的领袖,才可以成功。我情愿和大家一同归附他,听他指挥。"大家也都知道项门威名,人人愿意。

项梁收了陈婴二万兵马,渡过淮水,又有许多义军纷纷前来投效。其中有一名勇将,姓英,名布。曾经犯法,脸上被刺了两行黥字,送去骊山做苦工,所以又叫黥布。英布到了骊山,和工役数十万人一同工作,结交了许多勇敢的劳苦人民,寻个机会,一同逃到江上,做着没本钱的勾当。陈胜起事,英布也想响应,听说鄱阳(现在江西省鄱阳县)县令吴芮,很得民心,人民称他为鄱君,英布便去见他,劝他一同起兵。鄱君看见英布相貌轩昂,虽然面有黥文,不失英雄本色,知道将来是个人才,便把爱女许配给他,招为女婿,助他军装粮食。英布便招得壮士几千人,向西出发。到得陈县,陈胜已经战败。英布便帮助吕臣,和秦兵打了几阵仗,闻得项梁名望,特来相投。还有一个姓蒲的勇将,人称他为蒲将军,也带兵来投。项梁一路陆续聚集了六七万兵马,声势越发强大。

项梁到了下邳,探知秦嘉已经立了景驹做楚王,勃然大怒,说:"陈王是首先起义的人,现在虽然战败,还没有真实消息。秦嘉胆敢背叛,另外立王,必须讨伐。"便派黥布当先出马,项籍随后接应。自己率领大军继续出发。

秦嘉兵力本来有限,怎禁得黥布、项籍两员虎将,杀得大败逃走。项梁追上。秦嘉、景驹都战死了。

项梁消灭了秦嘉,军威大振。吕臣也带兵来会。这时候方才知道陈胜的确已经死了,章邯已经移兵去打魏国,项梁便召集各地义军首领都来薛(现在山东省滕县东南)地会齐,大家共同讨论。各地首领都陆续前来赴会。沛县(现在江苏省沛县东)刘邦也带了亲信人员前来参加。

刘邦是沛县的丰邑人,从小好吃懒做,父母因为他不像两个哥哥勤敏,常常责骂他。秦的制度,儿子长大必须与父母分居,别立门户。刘邦怕父亲责骂,只好常常到两个哥哥家里去打扰。大哥早死,大嫂带了侄儿辛苦度日,看见小叔常来吃饭,还呼朋唤友一起同来,自然十分讨厌。一天,刘邦又带了几个朋友来到大嫂家中。大嫂料知一定又来吃饭,便故意用铁勺在锅边刮得刺耳地响,好像锅里已经空了一般。客人听见,以为饭已经吃过了,便各自散去。刘邦心里怀疑,走到厨下一看,锅里还有很多的羹汤,才明白嫂嫂的用意,便不再到大嫂家来。

刘邦既然不愿种田,便去做吏,不久,便做了泗水亭长。原来秦的制度,十里设一个亭,供来往旅客休息住宿,如同驿站旅馆一般。管理的人称为亭长。刘邦做了亭长,越发交朋结友,认识了不少往来的县吏。

有一次,刘邦奉派到咸阳办公,看见街道繁华,楼台高敞,心里十分羡慕。忽然传说皇帝出行,百姓们都让开道路,远远站着观看。他看见皇帝这般煊赫奢华,感到自己实在太渺小了,不禁叹了一口气说:"大丈夫应该这样才是。"

不久,秦始皇死了,各县都挑选工役送去骊山作工,由刘邦押送。走了不到几里,工役们陆续逃走。刘邦无法弹压,心中暗想,现在已经逃去许多,走到骊山,一定逃得精光,也是无法交代,倒不如干脆把他们都放去,省得白白操心。想定了,走到丰邑西边一个大泽地方,泽中有个亭子,刘邦便叫大家都在亭内休息,自己买酒吃得烂醉,等到天黑,便除下了工役们身上的绳索刑具,说:"你们都去吧！我也从此不回去了。"工役里有几个勇敢的人,情愿跟着刘邦一同逃难。

县令查知刘邦逃走,便派人缉拿,一面把刘邦妻子吕氏捉来,关在狱中。幸亏刘邦和县吏萧何、曹参们都有交情,吕氏才得放回。

陈胜起义的消息传开了,各地纷纷杀死官吏,起兵响应。沛县县令也想起兵,萧何、曹参说:"你本是秦的官吏,现在要和秦对抗,恐怕人民不服。不如招集逃亡的人,借了他们的力量来挟制人民,人民不敢不听。"县令细想,倒也有理。萧,曹两人便举荐刘邦。县令因为刘邦是个亭长出身,总可以服从自己指挥,便允许了。唤来吕氏的妹夫樊哙,命他去找刘邦。

刘邦这时候已经啸聚有好几十人了,便跟了樊哙一起回来。县令听见刘邦带了许多人来,心里懊悔,恐怕刘邦势力太大,连忙把城门关了,不让刘邦进城。又想起萧何、曹参既然保荐刘邦,也是靠不住的,打算先把他们捉下。萧、曹两人本是县吏,看出风头不妙,趁着黑夜,悄悄爬城逃走,跑到刘邦那里报告。刘邦写了一张帛书缚在箭上,射进城去。城里人拾着,展开一看,内中是劝城内人民赶快除去县令,起义响应各方。要是替秦守城,只有自取灭亡的意思。人民看了,一传十,十传百,大家都不愿替秦守城。登时聚集了许多勇敢少年,围住县衙,杀了县令。城门大开,迎接刘邦入城,立为沛公。原来楚国的县令称为县公,现在既然响应陈胜,自然用楚的官名。

刘邦闻知景驹做了楚王,想去拜见。走到半路,忽然碰见前面一彪人马约有一百多人。为首一人生得姿容俊美,眉目清秀,好像书生模样。刘邦暗暗称奇,这般文弱,还带什么兵,造什么反?到了跟前,问起姓名,原来是韩人张良,也是要去见景驹的,便合兵一同前行。一路上两人谈论起来,非常投机。张良自从学得太公兵法,胸中学问,更非寻常可比。有时和人谈说,都没有人能够领悟的。不想这次碰见刘邦,随便一句话,刘邦都懂得其中道理,并且即刻依从他的意思去做。张良本心只想替韩报仇,并没有做领袖的野心,自己身体又瘦弱多病,很希望和人合作。刘邦既然这样听他的话,他就决意跟随刘邦到底。

当时刘邦得知景驹已经败死,项梁在薛召集会议,便也赶来参加。会中一切当然都是由项梁主持。大家都有推尊项梁做首领的意思。忽然有个须发斑白的老头子前来求见项梁,自称姓范名增,有奇计来献。项梁请他进来,见礼已毕,范增说:“现在诸位讨论大事,必须看清陈王失败的原因,才能成功。陈王这次失败,完全由于自取。当初秦灭六国,唯有楚国最为冤枉。自从楚怀王被秦骗去开会,扣留到死,不能回国,楚国人民没有一个不可怜他的,到现在说起来,还都像死了亲人一般的难受。人民是这样思念楚国,陈胜却自己做了楚王,不立楚国的子孙,所以人民的心都不归附他,现在将军起兵,楚国义军争先来投,为了什么呢?他们都是相信将军是楚国世代名将,一定会拥立楚国子孙为王,替楚国出一口冤气。将军如果能顺从民意,立楚王的后代子孙做王,一定可以团结人民,得到最后胜利。这就是我的意见。”

项梁听了范增言语,觉得很有道理。他本是楚国旧贵族,对于楚的王朝也多少有些感情,便向大家征求意见,各人都没有话说。项梁就派人分头查访楚国从前的王子王孙,但大半都给秦始皇迁到咸阳去居住了。访寻多日,才找得一个牧羊的人,名心,的确是楚怀王的孙儿。项梁把他接来,立为楚王,也称作楚怀王,来迎合楚国人民思念楚怀王的心理。楚王拜陈婴做上柱国,封项梁做武信君,仍然掌握兵权。

张良看见五国都有了王,只有韩国还没有恢复,便趁项梁高兴的时候,劝他立韩公子成做了韩王。张良辞了刘邦,跟了韩王成领兵去收复韩地。

项梁把国内事情安排清楚,正要出师,忽然魏王咎的弟弟魏豹逃来,哭诉魏国被章邯围攻甚急,魏相周市冒险出城向齐求救。齐王田儋亲自带兵前来救援,被章邯截杀,全军覆没。田儋、周市都已战死。哥哥魏王咎举火自焚身死,魏国全被章邯占去。项梁听了大惊。忽又报章邯灭了魏国，又移兵攻打齐国，把田儋的弟弟田荣围在东阿。田荣派人前来求救。项梁大怒，说："我正要大举出兵，剪灭秦国。叵耐章邯这般猖獗，必须把他消灭，才好向西。"立刻和楚怀王商议，分给魏豹五千兵马，叫他去收复魏地。项梁自己带了项籍、英布、刘邦等星夜去救田荣。

章邯自从打败周文以来，所向无敌，消灭了许多义军，打倒陈县政府，移兵向北，灭魏围齐，一连串胜利，眼看东阿不久就要攻下。正在得意的时候，忽然报说楚国起兵来救。章邯约退围城军队，摆开阵势，预备厮杀。只见迎面卷来一大队兵马，旗帜分明，行列齐整，和一向看见的义军大不相同，心里暗暗诧异。正待上前迎敌，只听得敌人阵里，鼓声大振。一员猛将，面带黥文，横枪跃马，带着左右健儿，像海潮一般冲进阵来，见人就杀，遇马便刺，好像煞神下降，凶猛无比。章邯抵敌不住，正在着忙，忽然后军又发起喊来。左有项籍，右有刘邦，两支人马，生龙活虎般分头包抄前来。只杀得秦军人仰马翻，全队大乱。章邯忙命司马欣、董翳分兵抵御。一面约退兵马，且战且走。项梁挥动全军，紧紧追上。秦兵都弃甲抛戈，四散逃生。章邯领了一些败残兵马，向西败走。东阿的围已解。田荣出城，谢了项梁相救的恩德，自回齐国去了。项梁依然领了全军，追赶章邯。一面派刘邦、项籍沿路攻打秦的郡县。项籍生长将门，喜欢屠杀，对秦又抱着仇视心理。凡是秦坚守的城池，被他打下，总杀得鸡犬不留。

章邯逃到濮阳（现在河南省濮阳县）东边，收集了败残兵卒，查点人马，伤亡一半，对司马欣、董翳说："不料楚兵这般凶猛。现在我们锐气已折，必须请求添兵，方能取胜。"司马欣说："这项梁是项燕儿子，兵法精通，不可小觑。"原来司马欣从前和项梁有过交情，还帮助过项梁，所以知道项梁的细底。

当下章邯派司马欣回咸阳求救。自己整顿军队和项梁对敌。这番不比前番，章邯也小心布置，步步提防。布阵已定，项梁追兵已经跟着到了。项梁看见章邯已有准备，便摆开阵势。鼓声才起，黥布便抡起长枪，雄赳赳地抢出阵来，放开马直冲了过去。楚军便排山倒海般跟着黥布一齐涌上。章邯上次吃过苦头，忙指挥前面军队拼死抵敌。黥布马快，早已抢到旗门，手起一枪，挑倒一个裨将，趁势杀进阵去，左冲右突，勇猛无比。秦军站脚不住，纷纷倒退。楚军重重叠叠围了上去。章邯被围在核心，苦战不能得脱。幸亏董翳带了预先埋伏的两支救兵杀了进来，方才把章邯救出，狼狈地逃到濮阳城里去了。

项梁大获全胜，得了无数旌旗马匹和辎重粮食，十分欢喜，便在濮阳城外堵截救兵，一面进兵攻打定陶（现在山东省定陶区）。忽然又接到刘邦、项籍报捷喜讯，献上三川郡郡守李由首级。原来李由接得章邯兵败消息，赶来救援，却碰着项籍军队。李由虽然弓马娴熟，如何是项籍敌手？不消几个回合，便被项籍一枪刺死。全军覆没。

章邯守住濮阳，又连连派人到咸阳求救。二世虽然不大知道外边情形，却也懂得义军还在进攻。他觉得皇帝是应该享受的，管理国事自有丞相负责，现在人民这般反抗，都是丞相们不够精明的缘故。在他听歌赏舞的余暇，偶然想到国家，便派宦者去责备李斯，为何让人民的势力这般强大起来？李斯被二世屡次责问，心里着实恐慌，想要辞职，又舍不得富贵。想来想去，只有奉承。便依照二世的意思，回奏说："人民胆敢这般反抗，都是刑法还不够严谨的缘故。圣明的君主必须懂得督察责罚的方法，用最严最重的刑法来管束人民。臣下个个只怕犯罪，唯求保全性命都来不及，哪敢造反？自然就太平了。”二世听他这样说，很合心意，便命令官吏一切都要严厉，每日杀人无数。

赵高在二世宫里，替二世批旨。凡是自己不欢喜的人，都假了二世的旨，屠杀了。他怕李斯会告诉二世，便想法来对付李斯。他装作很忧愁的模样，对李斯说：“现在关东乱得很。这都是人民工役太多太苦的缘故。皇帝还要抽壮丁去建兴阿房宫，养了许多猎狗骏马。这些东西实在没有用处。我想劝谏皇帝，但是地位太低，说的话未必会听。君侯是丞相，这正是该当管的事，为什么不说？”李斯看见赵高神气很忧愁，说的话又这样诚恳，信以为真，便也叹息道：“我何尝不想说，只是没有机会。皇帝现在不坐朝，不见臣下。这种话又不能叫人传达，必须当面细讲。有什么法子呢？”赵高说：“君侯这般爱国，还怕没有机会？只要你真的肯劝谏皇帝，我一定在旁边留意，等到皇帝有空的时候，就来通知。”李斯答应。赵高欣然去了。

过了几天，恰好巧匠造好十二个黄金美人，进入宫中。这美人身上都穿着五彩宫衣，手里拿着筝、笛、箫、笙、琴、瑟各种乐器。腹内安着巧妙机关。第一个美人背后有个指头粗细的管子，露出衣裳外面，最末个美人背后有一条绳子。只消一个人拉着绳子，一个人吹着管子，这十二个美人就会吹弹起来，如同活人一般。二世宫中宝贝虽然很多，这种玩意儿却还没有。自然十分高兴，吩咐摆起酒席来赏玩。赵高看出二世一心寻乐，连忙叫人通知李斯赶快前来。

李斯到了宫前，便有内侍通报丞相来朝。二世正和宠爱的妃嫔们说笑赏玩，刚刚在有趣的时候，哪肯撇下，便命宦者回绝不见。李斯只得回去。

再过几天，二世又和宠姬们在园里看花，唤宫里舞女把新作的舞曲演奏一番。赵高料知许多舞曲一定需要演奏一天，连忙又叫人通知李斯赶快前来。

李斯急急赶来请见，自然又碰了钉子。

又过了两天，二世正和美人喝酒。许多爱姬美妾花团锦簇般围在二世左右，争着向二世劝酒。赵高料知这一席酒，需要很长时间，便又派人去催李斯前来。

李斯一连两次没有见到二世，心里也有一些怀疑。但是赵高派的人再三说：“这次决不会错。”李斯只好再试这一趟，又到宫门请求朝见二世。

二世正喝得高兴的时候，哪肯放下酒杯，便厌烦地说：“丞相真是讨厌。我有空的时候，他又不来。总偏偏等到我有事情的时候，他就来打扰了。这简直是跟我开玩笑。他自己上了年纪，大约看不起我年轻的皇帝。这样不识趣！”赵高看出二世已经讨厌李斯，便趁机说：“这很难说。丞相要是存了这样的心，那就糟糕了。自然，丞相是做过许多年丞相的，始皇帝时，就已经做了丞相了。沙丘的事情，丞相是参加的。当然他也想有点好处，或许可以分几郡土地，做个国王。可是陛下做了皇帝，丞相却不过还是丞相，并不曾添上什么。他心里难保没有怨恨之心。从来陛下没有提到，臣也不敢多话。今天说到了，臣才敢说。陛下想：丞相是那样有才能的人，岂有捉不到几个毛贼的道理？这当然有点缘故。丞相的儿子李由在三川郡做郡守，陈胜们都是邻近三川地方的人。他们来来去去，李由从来也没有出兵堵截过。这不是明明白白的事情吗？臣还听人说:李由和陈胜们私通书信,不知讲些什么话。臣因为没有得到他的真实凭据,不敢说出。承相在外边管理国事多年,权力比陛下还重。要是丞相有了什么外心,那就糟了。”二世听说,不由暗暗惊慌。他本来只图快乐,把国事都推给李斯管,要是李斯和义军联合起来,他不是就完了吗?可是李斯已经做了多年丞相,不便无缘无故就说他通敌,便吩咐御史派人去查究三川郡郡守李由,有没有通敌的事。

却说李斯第三次请见,又没有见到二世,心里十分生气,这才相信一定是上了赵高的当。忽然听说二世查究李由通敌,更明白赵高已经向自己进攻。连忙去见二世,想要分辩。二世却在甘泉宫观看角抵的戏。这角抵是古时一种杂技,两个人相扑摔跤,要出各种奇妙的解数。李斯仍旧无法进见,气愤不过,便上书奏说赵高弄权。

二世见李斯反说赵高不好,奇怪得很,便唤来李斯,对他说道:“丞相太多疑了。赵高做人公正诚实,清廉勤谨,一意尽忠为国。这样的人,天下哪里找去?你怎么说他坏话?你想:朕年纪太轻,不谙政事,你又老了,正要倚靠赵高这样精明强干的人来帮助我。朕不用赵高,还用什么人?”李斯听见二世偏向赵高,更加有气,便极力诉说赵高种种不法。二世只是不听。李斯没奈何,只得退出。

二世一心偏爱赵高,只怕李斯杀害他,便偷偷把李斯的话告诉赵高。叫他小心。赵高装做十分感激的样子,说:“从他的谈话里,就可以知道他的用心了。他只怕臣帮着陛下,揭发他的反谋,故意造谣害臣。臣死了,丞相就放胆篡位,再不怕什么了。幸亏陛下圣明,不听他的胡说。”二世反安慰赵高,不必害怕李斯。

李斯出宫,越想越气。他年纪已经老了,一向作威作福,又借着功劳,还不知进退,依然和右丞相冯去疾,将军冯劫商议,共同上奏,说:“现在各地人民纷纷起来反抗朝廷,都是因为工役太重,负担不起的缘故。请暂时停止建筑阿房宫,减少抽取壮丁。”这种建议,在平日二世也是不会采纳的,何况现在和李斯心里有隙的时候,自然就借了这题目大发脾气,说:“当初先帝造阿房宫,何等光荣!朕刚刚继位两年,你们便弄得遍地刀兵,反要把先帝听做的事情也取消了。这不但对不住先帝,也不替我尽力。那配做什么大臣?”便把三人都捉下牢狱去问罪。

冯去疾、冯劫两人懂得风头不妙,不愿受人侮辱,便干脆自杀了。只有李斯自以为功劳盖世,不肯寻死,被捉入狱。二世将这桩案子交给赵高去审。赵高便把李斯全家和亲戚宾客一齐捉来,严刑拷打,逼李斯承认和儿子李由共同谋反。李斯被鞭子打得皮开肉绽,鲜血淋漓,实在受不起痛楚,只得承认谋反。可是他心中还指望二世能够明白他的冤枉,便写了一封奏书,详述自己一生功劳,请狱吏代奏。狱吏呈给赵高。赵高说:“犯了死罪的囚犯哪能上奏?”立刻把他的奏章毁去。

赵高又怕二世派人复审,李斯一定会翻供,便派了自己的心腹,假装二世使者,前来复讯。李斯不知是假,果然哭诉冤枉。结果是反被毒打一顿。这样复审了十几次,李斯一翻供,就被打得死去活来。一直打到李斯再不敢说了,方才奏上二世。二世果然派人复审,李斯已经被打怕了。一一照旧承认,不敢呼冤。使者回奏,二世高兴起来,说:“这次完全亏了赵高,才揭发了李斯奸谋。差一点我上了他的当。这样奸臣,应当重重办罪。”过了几天,查办李由的使者回来,报说李由已经被楚兵杀死。赵高连忙改了报告，只说："李由一向和楚兵通谋，知道父亲李斯下狱，已经投降楚国去了。"一面定了李斯谋反罪名，应受五刑。全家连三族都要抄斩。

李斯出了牢狱，解上市曹，看见全家都绑在市上等死，不由两泪交流，对着他的第二个儿子说："我真想不到有今天的日子。现在要想再像从前做平民的时候，和你一同牵了黄犬，出上蔡东城门去追逐兔子，哪里能够啊！"说罢大哭起来。儿子们也都哭作一团。不多时，刽子手开刀，全家都被屠杀。

李斯死后，赵高做了丞相。秦的内政，自然只有更糟。但是关外的守将章邯却意外地打了个胜仗。

原来项梁自从出兵以来，战无不胜，攻无不取，连最强的章邯也接连两次被项梁打得大败，逃入濮阳城里。从前吴广不能取胜的三川郡守李由，也被项籍轻巧地杀得片甲不留，项梁从此，便很轻敌。对于军事看得轻淡，不像从前认真。更加这个月接连大雨，满地泥泞。军事一停顿，大家就都松弛下来。楚军里有个宋义，曾经做过楚国令尹，年纪相当老，阅历很多，看见军纪渐渐松弛，便劝谏项梁说："兵法说：打了胜仗以后，要是骄傲懒惰，就要被打败的。这是至理名言。现在我军渐渐懒惰，白天里旌旗不整，黑夜里刁斗无声。可是秦兵方面前几日新到了王离的几万人，昨天又听说秦将涉间也带了几万人马来。他们天天添兵，不可小看。我实在替你担心。"项梁笑道："你未免太胆小了。谅章邯小子有多大本领。上回他带领五六十万大兵，被我连胜两次，杀得他狼狈逃走。现在困守濮阳，就像瓮里的鳖，早晚被我手到擒来。怕他怎的？就让他再来几万救兵，也济得甚事。我已经派人去催齐、赵两国，快点派兵前来。那时扫清秦兵，直捣咸阳，才出我胸中恶气。"宋义看见项梁满脸得意，知道说也无用，便转口说："这齐相田荣也太不讲交情了。我们救他东阿的围，他却不派兵来帮我们。真是岂有此理！我请走一趟，催他一催，看他有何话说。"项梁允诺。宋义出了营门，急急往东而去。

走到半路，遇见齐国使者高陵君，一行车马正向西来。宋义停在路旁和高陵君相见。动问高陵君是不是要去见武信君（项梁）。高陵君回答说："正是。武信君屡次催兵，可是齐相却另有苦衷，派我来和武信君接洽。"宋义点头叹气说："武信君不行了。据我观测，不到十天，他的兵一定要大败。你去见他，最好慢慢走，躲开这一场大祸。要是走得快，正赶上这个关头，就难保性命了。"高陵君听了，半信半疑，只得拱手称谢，分头自去。他想这次使命反正是不要紧的，迟到几天，也没有关系，便乐得拖延着，把一天的路程匀做两天行走。走了半个月，快到定陶，忽然听说昨天夜里，秦将章邯冒雨偷营，把楚军杀得大败，项梁已战死了。

高陵君听了，吓得目瞪口呆，暗想这次要是没有遇见宋义，岂不稳稳送死？现在武信君既然死了，只好去见楚王。一打听，楚怀王因为恐怕章邯乘胜进攻，已经搬到彭城（现在江苏省徐州）居住，便急急赶到彭城。

楚怀王这时候十分困难。项梁已战死了。项籍和刘邦失去接应，也只得撤兵回来。除了还有吕臣一些军队外，实力有限得很。最吃亏的是缺乏一个足智多谋的大将来统辖全军。大家地位都差不多，谁肯听别人管束？楚怀王没奈何只得把项籍、吕臣的军队合并起来,都归自己指挥。让吕臣改任司徒,又拜吕臣的父亲吕青做令尹,封项籍做长安侯,号为鲁公,来安慰他们。

高陵君到了彭城,交代使命完毕。楚怀王问他一路情形,高陵君备细说知。也说到路上碰着宋义的事,说:“宋义认为武信君军队一定要败。果然,不出所料,几日内便大败。军队还不曾交战,他就预先知道败象,这真是了不得的人。”高陵君原是无心谈到,楚怀王却字字留意。等到高陵君去了,便唤人去叫宋义来见,和他谈论军事。宋义说到项梁当日军队怎样疏忽,怎样应该改良,说得头头是道。楚怀王不觉满心欢喜,说:“我正愁没有大将,想不到你有这样才干。”便常常叫宋义来商量军事。

不多几日,探子报说:章邯并不望东进攻,却向北去打赵国,把赵军打得落花流水。现在赵王已经逃去,赵的国都已经踏成平地。怀王大惊,正想派人打听消息,赵国已经派了使者星夜赶来求救,诉说国都邯郸(现在河北省邯郸市西南)被章邯打破,把城全拆了。人民都被俘虏去。赵王歇和张耳逃走到钜鹿(现在河北省平乡县)城内,被秦军围住,日夜攻打。请求楚国赶快出兵来救。

怀王召集诸将,商议救赵。大家都说:章邯势力太强,又有关内的粮草源源接济。我们还是得抄从前陈王的老文章,一面出兵救赵,一面派兵去打秦都咸阳。要是能够打进秦的国都,章邯就成了孤军。怀王说:“这方法自然很好。双管齐下,使秦首尾不能相顾。但是秦兵大部分都在章邯手里,我们必须全力去对付。攻打咸阳的军队只能派一支奇兵。从前我曾说过:谁先打进关中,谁就做秦王。现在诸位谁愿意去打咸阳,夺个首功?”大众听了,面面相觑,都不作声。原来自从周文上次败阵以后,秦兵一向占着优势,中间虽然被项梁打败两次,但是不久章邯又获大胜。项梁也牺牲了。现在楚国不但兵力不够,连一个智勇出色的人才都难找到。谁敢向老虎头上拍苍蝇,冒这般大险。

大家正在迟疑的时候,项羽慷慨地站了起来,大声说:“秦杀了我的叔叔项梁,我和秦有血海般的深仇,情愿和刘邦一同去打咸阳,便是刀山剑树,我也不怕。不踏平秦国,誓不回来。”怀王一看是项羽,犹豫了一会,微微含笑说:“难得将军有这般勇敢。但是军情重大,还得从长计议。河北章邯一军也不可轻视。”项羽见怀王不肯爽快答应,心里很不高兴。

怀王进入宫中,又召来吕青、吕臣、陈婴、宋义一干老将,商量军事。大家都说:“项羽(籍)虽然十分武勇,可是手段太辣。从前他打下的城池,都杀得鸡犬不留,连军队经过的地方,也弄得残破不堪。这样不爱惜人民,一定会引起人民的反抗。派他去打秦,不会成功的。我们已经出兵了许多次,像吴广、周文、项梁,都没有好结果。可见专用武力还是不行。不如派个稳健宽大的人,一路招抚劝告人民。人民受秦这般压迫,只要好好联络,准可以和我们合作。像项羽这样的人,万万要不得。”怀王点头说:“我也是这样想,所以刚才没有允许他去。我想,西路派刘邦一个人去,似乎还稳当一点。留下项羽到北路去救赵国。章邯是他真正的仇人,他也一定愿意去报仇的。”老将们都赞成说:“刘邦为人还宽宏大量,或许还行。”怀王说:“只是北路的章邯是个劲敌,武信君还败在他的手中。项羽勇敢有余,经验不足,未必是章邯的敌手。还得一位深通兵法、老成稳健的人来做元帅。我想只有宋将军可当此任。”宋义谦让说:“臣才疏位小,恐怕不能号令诸将。”怀王说:“这有何妨,寡人自有办法。”便下令拜宋义做上将军,赐号“卿子冠军”,统领全军,即日北上救赵。项羽做次将,范增做末将,还有其他各将,一概听宋义的节制。另外派刘邦一军向西直攻武关。

这时候,魏豹已经得了魏地二十多个城池。怀王便封豹做个魏王。

项羽看见怀王不许他和刘邦同去,却派他北上,心里虽然怏怏不快,但是想到章邯和自己有深仇,也就决心先打倒章邯,再由潼关打进咸阳,也是一样。他和刘邦同事过,晓得刘邦的力量,绝对赶不上自己,倒也不怕。怀王的意思:范增是主张拥立自己的,宋义又是自己一手提拔的,自然都十分靠得住。他俩都是足智多谋的老将,加上一个勇猛无比的项羽,这胜利是有把握的。

当时宋义在很隆重的礼节下,受了上将军的印绶,即日向北动身。走了不多几日,赵国求救的使者已络绎而来,军事紧急的消息也像雪片般飞来。章邯派了王离、涉间围住钜鹿城,日夜轮流攻打。为了打算长期围城,特地筑了双重墙的“甬道”,像一条弄堂一般,在墙里运送粮草,以免被人劫夺。章邯自己带了五十万大军,驻扎钜鹿的南边,截住各国诸侯来救的军队。赵王歇和赵相张耳守在城里,日夜提心吊胆,危险万分。赵将陈余带领了几万兵马在钜鹿北边驻扎,因为秦兵势大,不敢向前。赵王派了不知多少的使者分头向各国请救。诸侯们一听章邯名字,谁也不敢前来。尤其齐国,从前齐王田儋因为救魏,被章邯打败,送了性命。齐图已经成了惊弓之鸟,再也不敢出兵。燕王韩广派了将军臧荼带了三万人马,走到钜鹿,看见秦兵漫山遍野杀来,吓得急忙倒退,只好远远立下营盘,和陈余做个犄角。齐将田都心里不服,不向齐王请命,自带兵来救钜鹿,一看大家都不敢上前,也只好远远扎住。张耳等了多时,不见有人来救。城里粮食看看快完了,兵士又少,不够巡守城池。探知大家都远远围在钜鹿附近,只是不敢向前。张耳只得缒人出城,去催他们快快进兵。陈余算算自己兵力万万不是章邯对手,无论如何,不敢进攻。张耳气得要死,便派了张黡、陈泽两人出城去责备陈余说:“从前我们(张耳、陈余)如何要好,不是说过誓同生死吗?现在赵王和我早晚就要死在秦兵刀下了,你却拥着几万大兵,坐着看我们死,这是誓同生死的好朋友吗?假使你真的拿我当朋友,你为什么不和秦拼一拼,也许可以有万一的希望。”陈余分辩说:“我认为没有把握的进兵,只有白白送死,一点也没有用处。我不打算一同死,是为了要留着命替你们报仇,不是怕死。”张黡、陈泽说:“你既然不怕死,为什么不和朋友一起死呢?我不信就一点没有希望。”陈余也火了,说:“你不信,你试试看。你看秦兵多么浩大。我们上去,就像一块鲜肉抛给饥饿的老虎一般。济得什么事?”张黡、陈泽赌气,真的就带了五千兵去。当然不够秦兵一扫,五千人白白送了性命。陈余更加不敢动弹。

这些消息传到宋义耳朵里。他觉得实在没有多大把握能够打败章邯,不知不觉气就馁了下来。刚刚走到安阳(在山东省曹县东)地方,不敢过河,停了四十六天,把个项羽急得满心焦躁。他忍耐了许多天,实在无法忍耐了,便向宋义建议说:“现在钜鹿被围得十分紧急。俗语说:‘救兵如救火’。我们应该赶快过河,星夜兼程赶路。我们在外面痛击，赵兵在城内响应，双方内外夹攻，一定可以打败秦兵。这实在是刻不容缓的事情。”宋义慢吞吞地摸着胡子，微笑着说：“这不是你懂得的。秦正和赵打仗，我们应该看看情形。如果是秦得胜，我们就可以趁他们疲劳的时候，和他们开战，自然容易得胜。如果秦打败了，我们更可以趁势向西，一定就可以灭了秦国。所以我等在这里，专等秦、赵两国的战事结果。这是兵法里面避实击虚的妙计，稳稳可以操得胜算。将军虽然勇敢，在战场上我比不上将军；可是行兵用计，恐怕将军也得让我见得多吧！”说完眯着眼睛哈哈大笑。

项羽一听宋义这般迂阔言谕，心里非常气愤，掉过头来，一言不发地走了。

宋义看见项羽的态度，知道他心里不服，暗想他不过二十五岁的青年，就这般不服教训，必须给他一个厉害看看，才好管束。便下了一个军令，说：“本上将军统领全军，各将士应该静听号令。如有凶猛像虎的，阴狠像羊的，贪残像狼的，和强硬不听调度的，不论将士兵卒，都应该斩首示众。”军令一出，人人皆知。项羽明知这是指桑骂槐，对付自己，只气得七窍生烟，想起当初叔父项梁起兵时候，那个人不听他的号令，连怀王都是叔父所拥立的，宋义也不过叔父麾下一个无名小卒。现在叔父一死，自己反受许多恶气，听人号令，这如何甘心？他心里动了杀机，打算相机行事。宋义还不知道，看见项羽并无动静，以为已经压倒，便得意扬扬地把儿子宋襄送去齐国做相，自己亲自到无盐（现在山东省东平县东）相送，摆设酒席，大飨将士。一连几天，又吃又喝。偏偏天不做美，下起雨来。正值十一月寒冬天气，兵士们衣服单薄，又冻又饿，人人心里怨恨。项羽心里有事，酒席未完，便托辞出来，看见兵士们愁眉苦脸，便发出一篇议论。这正是：

祸福常因无意得，盛衰难免不平鸣。

第六回　战钜鹿项羽沉舟　入咸阳刘邦约法

却说项羽趁着军士们怨恨的时候，便抓紧机会，故意发狠地说："咳！我们大家背井离乡，受尽辛苦，为的是要和残暴的秦拼个死活。现在不去救赵国，却在半路上饮酒作乐。年成这样不好，人民苦得要死，军士们也只吃杂粮。正应该赶快渡过黄河，利用赵国的粮食，来和秦拼命。却要停在这里，说什么要等到秦打得累了，再打。秦军那么强大，打一个小小钜鹿城，还怕打不破。有什么累？只有更加强大罢了。我们楚国新打了一个败仗。楚王为了国事，坐都坐不安稳，把全国军队扫数交给上将军。楚国的存亡，就看这个仗打得怎样了。却这般不当作一回事，这算得上社稷之臣吗？"一面说着，一面眼光不停地向四周扫射，察看众人颜色。

这些话打动了军士们的心。他们本来都是农民，因为受秦压迫得没有办法，才奋勇加入了起义军队，都希望快快把秦消灭了，好重整田园，安居乐业。想不到打了一年多的仗，还没有达到目的，反弄得有田难耕，粮荒米贵。现在停在半路上，眼看着将官大吃大喝，而自己却挨冻受饿，心里早已十分怨恨。现在项羽把他们不敢说的话说了出来，个个感到痛快，都不约而同地向项羽注目，嘴里虽然不说什么，眼睛里却都洋溢着一种火炽般热烈的感情。

项羽一看，知道已经打动了他们的心，这正是夺取宋义军权的好机会，便不再多言，自回营里安歇。

第二天，天色刚亮，项羽便起来，穿好军装，带了宝剑，走到宋义帐外。许多将士都已齐集，等候宋义上帐议事。项羽知道宋义昨夜喝酒很多，恐怕还没有起来，便独自走进去。大家以为他有什么话要对宋义说，谁也没有注意。

不多时，只见项羽大踏步走出来，右手拿着宝剑，左手提着一个血淋淋的人头。满脸杀气，威风凛凛地站在当中，圆睁着满布红丝的眼睛，好像要爆出凶烈的火焰。大家一看情形不对，全都吓得怔住了。

只听得项羽敞开喉咙，大声地宣布说："宋义受了楚王命令，带兵救赵；擅自在半路逗留不进，私派儿子宋襄，勾结齐国谋反。我奉楚王密诏，已经把他杀了。"说到"杀"字，声音特别提高，眼光也一闪一闪地放出了特别强烈的威棱。那种气势汹汹的态度，配合了魁梧英伟的状貌，就像煞神一般，又威严，又凶猛。

大家出于不意，个个都吓得脸色苍白，一句话也说不出。本来项羽在军中的地位，宋义下来，便是他了。现在他连宋义都杀了，还怕谁来？大家本来就对宋义不满，再加上项羽在军队中极有威信，很多人就一齐说道："本来建立楚国的就是项家，现在将军又平定了叛乱。这真是极大的功劳。军中不能没有主将，请将军做主，大家情愿听将军指挥。"这时候大家都不约而同地齐声说道："我们情愿听将军指挥，请将军做上将军。"

项羽见大家都已服从，便渐渐收敛了怒容，谦恭地说：“我只能权代一时，还得向楚王禀报。”说罢便派兵去追赶宋襄，把他杀死。一面派桓楚把杀死宋义的事情，报告楚怀王。怀王接得报告，不免吃了一惊。但是兵权已落在项羽手上，无法对付。只得吩咐桓楚传命，实授项羽做上将军，代替了宋义地位。

项羽掌握了军权，立刻发施号令，北上救赵，先派英布、蒲将军两人带了二万精兵渡河，星夜前进。英布、蒲将军都是有名的虎将，得了将令，马上起程，渡过河水，便一直风驰电掣地向钜鹿扑去。章邯听说楚兵要来救赵，以为项梁已死，没有什么可怕的人，不大放在心上。又过了四五十天，并不见楚兵形影，更加松弛。想不到忽然扑到两只猛虎般的勇将，横冲直撞，杀得秦兵叫苦连天。只得败退一阵，收营坚守。

这时候，张耳的儿子张敖也向各县收得一万多名兵卒，来到钜鹿城下，看见许多前来救援的军队，都远远地环着钜鹿城扎了十几个营寨，没有一个敢上前的。张敖也只得和大家一起扎着兵马，干瞧着。这天，忽然探子报说秦军南边有喊杀的声音。大家都爬上高处观看，却看不见什么动静，只见秦兵南路尘土飞扬，隐隐阵脚移动，料知是楚兵到了，便命探子再去打听。去了多时，探子回来报说：“楚兵很英勇，秦兵退了三里。现在扎定了营寨，看模样大约只是前锋，军队不多。”陈余听了大喜，忙派人迎上去催项羽快快进兵。

项羽接到英、蒲两人捷报，又接见了陈余使者，知道前线情形。便下令即刻全军渡河，渡过把河里船只全数烧掉。还向全军宣布：我们进击秦军，有进无退，所以把船只烧掉。大家看着船上熊熊的火焰，知道后路已经断了，只有努力向前。

走了一程，天色已经黑了，便扎营安歇。项羽算着明天可以走到和秦军接触的地方，便绝早起来，吩咐埋锅造饭，除了足够大众吃饱之外，还要准备三天干粮，每人带在身上。随后再烧掉房舍，毁掉炊具。项羽才重新点齐队伍，向全军宣布说：“弟兄们听着，我们背井离乡，抛妻别子，为的是什么？为的是要和强暴的秦拼个死活，才能得到永久的安乐。现在章邯军队就在我们的面前了。我们必须奋勇上前，把秦军打败。我们的船也沉了，锅也打破了。想要有东西吃，只有向前的一路，回来是不能了。勇敢点，弟兄们！在这三天之内，我们一定要打败秦军，取得他们的营寨粮食，我们才有活路。”

他的“破釜沉舟”的办法，大大鼓励了全军将士。大家都知道只有三天的粮了，而且也没有退回的希望，便下了决心向前冲去，不消半日时间，早已到达了前线附近。远远望去，只见前面英布，蒲将军两支兵正和秦军厮杀。项羽立刻下令，派龙且、锺离眛分倾左右两军，由秦军左右冲进。项羽亲统全军，直取中路。登时鼓声大振，项羽亲自抡起长枪，指挥全军猛烈向前扑去。

章邯那天因为一时没有防备，被英、蒲两人占了上风，心里好生不服，欺他们带的军队不多，便整顿兵马，再来迎战。英、蒲两人也知章邯势大，恐怕受了包围，不敢深入。双方正在相持，忽然听见正南方面鼓声震天动地，一霎时尘头大起，旗帜飞扬，漫山遍野的千军万马像怒潮一般汹涌到来。英布大喜，喝叫：“弟兄们，努力！我们军队来了！”把坐骑一催，那马便呼啦啦地直向敌阵跑去。蒲将军也把枪一摆，放开辔头，和英布一同冲了上去。楚兵一个个都精神百倍,紧跟着两人一齐卷上。章邯看见来势凶猛,连忙指挥将士,死命撑持。一面把旌旗一展,左右董翳、司马欣两军抄到,把英、蒲两人困在核心。对面楚军早已电掣雷轰地像潮水一般一齐涌到。项羽亲自一马当先,带了全军,挟着翻江倒海的威力。不顾一切,踏进敌人队里去。项羽一枝长枪,飞花滚雪一般,挑倒了无数秦兵。楚军将士看见主将亲自冲锋,都勇气百倍。人人奋勇。个个争先。喊杀的声音,像天崩地塌一般,震得耳朵都聋了。章邯虽然也经过许多战事,这般声势,却也抵挡不住。正在竭力相持的时候,龙且、钟离昧两军,一左一右,横冲进来。里面英、蒲两人又率领了楚军,左冲右突。他们知道救兵已到,更加大奋威风,凶猛无比。秦兵夹在中间,被楚兵内外夹攻,冲得七零八落。阵脚一乱,就无法站定。外面项羽简直是一只张牙舞爪的雄狮,引领了健儿们,在阵云里翻翻滚滚,东驰西骤,犹如滚汤泼雪一般,到一处,消灭一处。章邯看见大势已去,只得连忙收了残兵,败了下来。谁知楚兵并不停留,依然喊杀连天地向前穷追。直杀得秦兵四散奔逃,一直退下十里。却得涉间前来接应,方才勉强站住。正要休息一下,楚兵已经赶到,又猛扑过来。章邯大怒,对涉间说:"你且带了你部下的生力军向前抵挡一阵。我的儿郎们已经打了一天仗,都还没有吃饭哩!我不信楚兵是铁做的肚子,就不会饿。等我吃饱了饭再来收拾他们。"说罢,便带了残军,依然后退,让涉间一军迎了上去。

这时候,楚兵已经占了优势,更加充满了胜利的信心。人人由腰里掏出干粮,咽了几口,便乘着锐气一直追上。一面冲锋,一面呐喊。个个都像发了疯狂的老虎一般,横冲直撞,乱砍乱刺。这种凶猛无比的傻劲,就像泰山压顶一股,向着敌人推进。

涉间还没有站定阵势,就被楚兵怒潮般冲上,慌得秦兵手忙脚乱,气先馁了。不消几个回合,便抵敌不住,一步一步退了下去。这时候,章邯的兵还不曾把饭烧熟,没奈何只得抛弃了锅灶,狼狈逃走。楚兵依然紧紧追赶。一路上,秦兵且战且走,不知不觉已经到了钜鹿附近。王离连忙前来接应。秦兵喘息稍定,打算安营休息。

刚刚扎好营盘,埋锅造饭,忽然前后左右鼓声大起,楚兵又四面八方打进来了。秦兵荒得人不及甲,马不及鞍,连忙分头抵敌。昏黑之中,正不知有多少兵马。混杀了一阵,秦兵只得弃了营盘,望北撤退。楚兵一步也不放松,紧紧追赶。这一夜一直混战不停,鼓声喊声,闹得天翻地覆,惊动了扎在钜鹿附近的许多救赵的客军。他们不敢轻易离营,只派了探子出外打听消息。知道楚兵已经到了,正和秦兵彻夜鏖战。听得喊杀声音越来越近,料想秦兵已败。眼巴巴地盼到天亮,大家都站在自己营垒的墙壁上面,远远观望。只见秦兵像波浪般,一阵涌进,又一阵退下,拥挤得水泄不通。正南方,楚国的大旗迎风飘卷。战鼓和呐喊的声音,惊天动地。大家都提心吊胆,替楚兵捏一把汗。只见楚国军旗随着人浪,一层一层地向北推进,鼓声也跟着越来越近。这才看清楚国的英勇战士一个个赛过斑斓猛虎,在千军万马里,大展威风。枪挑刀砍,所向无敌。一向大家认为最凶猛的秦兵,和楚兵一比,就好像软弱的绵羊。一开始,秦兵还能一进一退地挣扎,到了楚兵胜了一阵,又胜了一阵以后,秦兵实在不能撑持,便完全崩溃了。这时候只看见楚兵像生龙活虎一般,在震天动地的喊杀声中,汹涌着层层怒潮,把秦兵吞没了下去。一层高潮过去,立刻接着又涌上一层高潮。无数秦兵在这潮头里一排一排的倒下,楚兵就践踏着血海尸山,暴风雨般猛挥迅扫。每一个楚兵都足足抵得百十来个敌人。这一场恶战只看得各营里的将士兵丁个个筋酥骨软,胆战心惊。把楚兵简直看得像天神下降,佩服得五体投地。一直看到秦兵狼狈地四散逃奔,各将士才记起自己本身也有救赵的义务,方才大开营门,带了军队冲出助威。自然也兜擒了一些残兵败卒,不必细表。

项羽大获全胜,一直赶到钜鹿城下。章邯落荒逃去。王离措手不及,被楚军生擒活捉。涉间进退无路,也自杀了。甬道被项羽截断,秦兵缺少粮草,又饥又饿,如何还能打仗?登时像失去蜂王的乱蜂一般,纷然四散。不多时,钜鹿城外除了满地尸骸和半死不活的伤残俘虏外,已经看不见半个秦兵。

这时候,楚军已经鏖战了两天一夜,不知打了多少回合的仗。在严寒的天气下,滴着满头大汗,越战越有精神。一个个都全身溅满了敌人的鲜血,依然意气昂昂地拼命追赶,一点也不觉得疲倦。一直到听得一阵阵奏凯的金声,方才洋溢着胜利的笑容,个个奔赴楚国大旗底下,向着主将纷纷报告自己的战绩,一堆一堆胜利品堆积得像山一般。那一股欢欣鼓舞的气氛,真不是言语所能形容的。

赵王歇和张耳在城上看见楚兵那样奋勇,不由兴奋得流下泪来。等到秦兵退尽,两人便亲自出城,到楚军营内,向项羽拜谢。

项羽扎定了营寨,整顿已毕,方才派人延请各国军队的主将相见。各将听得楚将来请,心里都感到无比的敬畏,连忙恭恭敬敬地率领偏将们前来。到了楚军营外,只见辕门大开,刀枪矛戟密密层层地摆得齐齐整整。一枝大楚的帅旗高高矗立,在凛冽的朔风里静荡荡地飘扬着。左右两边,一排一排全是威风凛凛的将士,个个面带神威,雁翅般排列着。二十万大军,鸦雀无声,站在那里,就像石头一样,这就可见这位主将的军令是怎样严明了。各将军低着头小心翼翼地走到了辕门。隐约望见正中军帐的座上,坐着一位凛若天神的少年将军,那一派森严气象,使得大家连正眼都不敢向他看一下。不由自主,扑通通地一齐跪了下去,用膝头代替了两只脚,匍匐着进了辕门,叩头行礼。

在这样惊人的神勇下,项羽树立了无比的威信。各国诸将都心甘意愿地列在项羽帐下,听从指挥。项羽成了各国共同的上将军,各国军队都隶属于他的麾下。

张耳见了陈余,怪他不肯进兵,抱怨了许多话。又问张黡、陈泽的下落。陈余说:“实在因为秦兵势大,不敢进兵。可是张黡、陈泽都不信我的话,一定要试试,结果都失陷了。”张耳吃惊地说:“怎么?两人都死了,我不信。我叫他们来责问你,莫不是被你杀了?”陈余生气了,说:“你也太多疑了,我何至这样。”两个人吵了起来。陈余赌气把将军印绶解了下来,掷在桌上说:“你以为我舍不得这捞什子吗?我不干了。”张耳看见陈余真的动气,倒怔住了。两个人赌气不说话。好半天,陈余出去解手。张耳的门客都恨陈余不肯救援,便劝张耳把将印收回,自己执掌兵权。张耳余怒未消,给大家一劝,便把将印挂在自己身上。陈余回来,一看桌上的印已经没有了,心里更加有气,一句话也不说,翻身就走,带了自己心腹部下,自去泽中渔猎为生。从此两个极要好的朋友变成了生死冤家。

张耳带了赵国军队，跟随项羽一同进攻章邯。章邯收集了残兵败卒，守住漳水，不敢和项羽开战，却派司马欣回到咸阳禀报军情，请求添兵。司马欣到了咸阳。过了三天，赵高不肯见他。司马欣探知赵高存心不良，恐怕惹祸，连忙从小路逃回军中。赵高果然派人来追，却没有追上。

司马欣到了军中，告诉章邯说："现在大权全在赵高手里，什么理都不能说。我们打赢了，赵高一定妒忌我们的功劳；打输了，赵高又要办我们的罪。反正都是一个死。我们得趁早打算。"章邯听了，心里十分忐忑，却又委决不下。忽然报说陈余派人送了一封书信来，章邯打开一看，里面也是劝章邯趁早投降，一同攻秦，还不失封王的地位。要是替秦出力，只有死亡。章邯看了，长叹一声，细想起来，实在无路可走，只得派人和项羽商量投降。

项羽记着章邯杀死项梁的仇恨，不肯答应，又派蒲将军乘夜渡过三户津（在今河北省临漳县南）偷袭章邯营盘，把秦兵打得大败。项羽亲统大兵随后进攻，章邯没奈何又派了司马欣请求投降。司马欣和项梁有过交情，替章邯婉言申说。项羽看在司马欣的面上，又因为军粮不多，便和诸将商量，允许章邯投降。

章邯订好降约，见了项羽，说到赵高怎样对待自己，不觉伤心流泪。项羽用好言安慰，立他做雍王，安放在自己军中。另派司马欣做上将军，带了二十万降兵，当先开道，一直向函谷关进发。

这些秦国的降兵都是关中人。从前各国百姓被秦差派在关中当差的时候，多半都受过秦国的气。因此楚军对这些投降的兵士，不免呼来喝去，把他们当奴才看待。降兵受了虐待，心里自然抱怨，背地里三三两两诉苦起来，都说："我们原有父母妻子，住在关中。现在章将军骗了我们，投降楚国。假若打赢了秦国，我们一家团聚，固然是好。假若打不赢秦国，我们父母妻子一定被秦国杀光，而自己也一定被楚军带到南方去做奴隶，岂不更糟？"

这些话渐渐传播开了，将士们也颇有所闻，纷纷报给项羽知道。项羽细想秦的降兵还有二十多万，万一到了紧要关头，变动起来，岂不要影响全局。便唤进英布、蒲将军两人，命他们带了部下秘密行事。

两人奉了命令。等到夜里，项羽派人唤司马欣来。司马欣离了营，英布便带兵杀进营去。秦兵已经安睡，措手不及，只得四散逃走。英、蒲两人早已布下埋伏，三面包围，只留营后一条小路。秦兵无路可走，都向营后拥去。这条小路旁边正是山谷，黑暗之中，自相践踏，都扑通扑通地跌下谷中，送了性命。英、蒲两人率同部下渐渐越围越紧，把秦兵二十多万人完全挤到了谷底。只剩下章邯、司马欣、董翳三人。

项羽坑杀了秦兵，依然带了全军向西进发，自以为咸阳唾手可得。却不料到了函谷关，关上已经插满了大楚旌旗，严密把守。原来当项羽和章邯相持的时候，刘邦早已趁空儿打进了咸阳。

却说刘邦接受了怀王命令，攻打武关，一路收集陈胜、项梁的溃败兵卒，渐渐也有几万人马。经过韩地，遇见张良，刘邦命韩王成守住韩地，招张良带了韩兵一同西行。到了南阳（现在河南省南阳市），南阳郡守守城不出。刘邦想一直引兵绕城过去，张良说:“这不行。我们前面有强敌秦,万一打不赢,后路给南阳截断了,多么危险。”刘邦细想有理,又回兵围住城池。南阳郡守急得没有办法,要想自杀。他的舍人陈恢阻止他,说:“不要忙着死,且等我出去接洽一下,再死不晚。”陈恢便缒下城来,求见刘邦,说:“我听说楚王有约,谁先打进咸阳的,谁就做秦王。现在你留在这里攻打城池,就一定延误日期。要是打不下,后路留下敌人,也不妥当。还不如和郡守约好,就封他做侯,留守南阳,把南阳精兵带走。这样,所有城池一定都开门接你。你就可以直抵咸阳,一点也不会耽搁了。”刘邦听了满心高兴,就叫陈恢进城,和郡守说妥。封郡守为侯,带兵走了。果然一路没有半点耽搁,一直到了武关。

武关守将想不到楚兵来得这般迅速,没有防备,一下子就被刘邦打破,把秦的将士兵卒完全屠杀了。这个惊人的消息传到了咸阳,吓得那一向弄权的赵高手足无措。

赵高自从做了丞相,一味欺骗二世,什么事情全不让二世知道。还怕有人会告诉二世,又故意拿了一只鹿献给二世,说是献马。二世命他牵来,一看,却是一只鹿,不由大笑,说:“丞相弄错了。这是鹿呀!怎么说是马呢?”赵高回奏说:“这的确是马,并不是鹿。”二世听了,心里疑惑,便问左右:“你们看,这难道是马吗?”大家明知是鹿,但是不敢说话,恐怕得罪赵高。有几个也顺了赵高口风,说是马。有几个老实回答,说是鹿。赵高把说鹿的人暗暗记下。过了几天,便借故把这几个不会说谎的人尽数办罪。从此再也没有人敢说半句真话。

过了几时,赵高又故意把青色说是黑色,把黑色说是黄色,任意胡说,察看左右还敢说话不敢。左右自然只好随声附和,没有人敢说真话。赵高便更加放胆。二世却被弄得糊里糊涂,疑惑自己眼睛有了毛病。一夜,二世梦见自己驾车出游。忽然路旁跳出一只白虎,把左边驾车的马一口咬死。蓦地惊醒,心里更加不乐。便唤掌管卜卦的太卜来,叫他卜看是什么原因。太卜已经受了赵高指示,便谎奏说:“这白虎是泾水的神,托了梦兆求祭。”二世想起泾水附近有一座离宫,是秦始皇建筑的,可以眺望北夷,名为望夷宫。正好到那里斋戒祭泾。说起斋戒,是古时一种重大典礼。在祭祀以前,主祭的人必须独住安静的房内,不吃荤腥美味,不近娇姬美女,不听繁杂的音乐,少则三天,多则七日,称为斋戒。古人以为只有这样,才能和鬼神接近。二世平素享福惯了,要他斋戒真是一件难事。但赵高的用意是要二世隔绝外人,独自静住。既可以遮瞒消息,一旦有事,也容易下手。二世受了他的欺骗,便起身去望夷宫斋戒。

赵高和女婿阎乐商议道:“现在外兵已经打破武关。若被皇帝知道,我一定要受严刑。不如先下手,除去皇帝,另立别人。”便派阎乐带了一千多兵士去围望夷宫。一面把阎乐的母亲抢来,关在赵高家里,做个押当,以免阎乐翻悔。一面派人去和刘邦联络,愿意除去二世,由赵高和刘邦平分秦国。

阎乐带兵到了望夷宫,喝命把护卫宫门的卫令捉下,说:“你好大胆,如何放贼进宫?”卫令分辩说:“宫门防守得十分严谨,哪有贼敢进来?”阎乐不由分说,喝命把卫令杀了,带兵一直冲进宫去,一面走,一面射箭。卫兵看见卫令被杀,不知什么缘故,都惊散了。也有上前格斗的,都被杀了。杀死几十人,箭一直射到了二世居住的地方。二世大怒,吆喝左右抵抗。左右都急忙逃走,没有一个上前的。只剩下一个宦者,站在二世旁边。二世对他说:“你为何不早一点告诉我,弄到这般地步?”宦者说:“臣因为一向不敢多话,才能活到今天。要是早说一句话,早被杀死了,哪能活到现在呢!”

阎乐走近二世,大声说道:“你一向乱杀无罪的人,现在天下都已经反了,你快点打算吧!”二世这时候再也不能顾到皇帝的威风,只得哀求道:“我可以见一见丞相吗?”阎乐道:“不能。”二世又哀求道:“我愿意退位,在一个小小的郡做王就够了。”阎乐板着脸说:“不行。”二世又哀声求告说:“做一个万户的侯也可以。”阎乐又厉声说:“不行。”二世哭泣着说:“做个小百姓也罢。”阎乐不耐烦地说:“我受丞相的命令,替天下人民要你的性命。你说的许多话,我不敢传达。”说罢伸手一挥,左右兵士都挺起刺刀,一拥而上。二世一见形势不好,只得拔出刀来,自刎而死。二世在位不过三年,死的时候才二十三岁。

阎乐回报赵高。赵高一心要想自做秦王,但是秦宗族还多,恐怕他们不服。便召集了大臣和公子们,对他们宣布二世已经死了。并且说:“秦本来是个王国,因为并吞六国,才称皇帝。现在六国纷纷自立,秦依然只有从前地盘,不好再称皇帝,只能称作秦王。公子里面,只有公子婴贤明仁爱,节俭小心,百姓都爱他,应该立做秦王。”大臣们一向惧怕赵高,谁敢不依。赵高便用平民的礼节,把二世埋葬了。通知公子婴斋戒五日,祭祀秦祖先,接受皇帝的玉玺。

公子婴原是二世的侄儿,平素为人正直。当二世杀蒙恬的时候,公子婴曾经苦谏。二世因他深得人心,不便加罪。现在听说赵高要立他做秦王,心里明白赵高不怀好意,却又不敢推辞。便遵依惯例,到斋宫斋戒。背地和两个儿子商议说:“赵高杀了二世,要想立我做他的傀儡。我听人说,他老早已经和关东的诸侯们接洽好了,让他做秦王,把秦的宗族杀光。现在不过因为怕人心未服,假装拥立我。等我到庙祭礼祖先的时候。前后左右都是赵高心腹,那时他一定会下毒手。我必须想个先下手的方法。”父子三人商议停当,唤来心腹宦者韩谈,共同秘密行事。

过了五日,赵高派人来请子婴到庙,祭告祖先。子婴推辞身体不快,不肯前去。赵高一连派了好几个人来催请,子婴总是不去。赵高着急,便亲自到子婴斋宫来请。宦者说:“公子在内静卧,吩咐不许进去扰他。”赵高便把跟随的人留在外面,自己一人昂然直入,果然看见子婴一人倚着枕头,坐在床上。赵高便上前问好,说:“今天是我王拜见祖庙,接受玉玺的好日子。这样重大事情,为什么不去?”子婴且不发话,却唤:“两个孩儿快来见过丞相。”两个儿子由床后走出,一左一右捉住赵高的手,韩谈由背后走出,手起刀落,将赵高砍倒地上。子婴唤进左右,召集大臣宗族们前来,宣布赵高罪状,吩咐把赵高尸身拖出车裂。一面派人捕捉阎乐等一班狐群狗党,尽数杀掉。子婴方才正式祭告祖庙,立为秦王。派兵分守各地。

那赵高派去和刘邦联络的使者,刚到刘邦军中。刘邦和张良、萧何们商议,赵高是秦国的罪魁祸首,不能和他合作,便拒绝了。一面沿路多插旌旗,虚张声势,好像有几十万大军的样子,吓得秦地各处守将个个心惊,望风投降。刘邦又用张良的计策,一路对老百姓秋毫无犯,尽力宣传秦的暴虐罪恶,说明义军完全是为了拯救人民而来,使得各地人民都踊跃欢迎,进军更加迅速。没有几天,便到了峣关(在今陕西省蓝田县东南)。这峣关是武关西边的险要地方,前据峣岭,后枕蒉山。关城就筑在山口要路,大有"一夫当关,万夫莫开"的形势。子婴已经派了将军带兵把守。

刘邦看见峣关有兵把守,便要派曹参、樊哙带兵二万攻打。张良连忙阻住,说:"现在秦兵还很强,峣关又是天险。费力攻打,未必有把握。臣听说这个守关的秦将,本是一个商人。容易被金钱收买。我们不如一面在附近多插旌旗,派人在前队预备五万人的伙食,让秦将看了害怕。一面派人带了金珠宝贝去贿赂秦将。这样,秦将一半怕死,一半贪财,一定献关投降。"刘邦依计。秦将看见漫山遍野都是楚国旌旗,不知虚实,吓得紧紧关着关门。又听见探子报说前锋马上就要到了,正在赶办五万人的粮食。秦将暗想:前队就有五万,那么全军最少也得二三十万人,这如何抵抗。正在惶恐时候,忽然又报说楚军派有使者前来。秦将叫放他进关,却是一个儒生模样的人,自称姓郦,名唤食其(音异基),带了黄金百镒,明珠一斗,送给秦将。秦将看见许多金珠,又惊又喜,查问来意。郦生说:"现在秦快要灭亡,无人不晓。沛公一路进兵,凡是和楚合作的都得了高官厚禄。只有将军固守关口,未免不达时务。因此特派我前来接洽。楚军势力如此浩大,将军何必为了将亡的秦和楚争战。依我看,不如双方连和,一同攻秦,才是上策。"秦将欣然答应,便派了心腹跟郦生出关,到楚军订约一同攻打咸阳。

刘邦看见秦将果然愿意合作,便想答应。张良又连忙阻住说:"不行,不行。"刘邦诧异说:"这计划不是你定的吗?为什么又不行了?"张良说:"这不过是秦将个人贪利怕死,愿意投降。他手下秦兵还多,未必个个愿意。我们且不要答应,应该趁着这机会尽力攻打,一定可以取胜。"刘邦又依了他的计策,把使者留下,一面派兵由蒉山绕到关后,乘夜进攻。

秦将派去使者,以为已经订约连和,可以安心,一点也不做准备。不想睡到半夜,忽然喊声大起,楚兵由关后打进来。秦将大惊。慌忙起来。同时关前也漫山遍野地涌到了无数灯球火把,喊声震天,直扑关门。秦兵都由睡梦中惊起,不及抵敌。火光中曹参提着大刀,首先扑上关来,一刀砍倒了关上守兵,楚兵跟着都上了关。秦将只得带了残兵向西逃去。刘邦进了峣关,乘胜向西追赶,赶到蓝田,又打了一个大胜仗,秦的最后抵抗力完全消灭。长驱前进,一直到了咸阳附近的霸上地方。

秦王子婴刚刚接位一个多月。内政方面被二世赵高弄得一塌糊涂,还来不及整理改革,军事方面又接连收到许多败报。关外章邯大军已经被项羽全数消灭,关内各地方又都望风迎降刘邦。咸阳再没有可以抽调的兵力。没奈何,只好投降楚军。

这一天,子婴穿了平民的衣服,脖手上系了一根丝带子,表示自己是一个犯罪的人,乘坐了平民用的素车白马,把皇帝所有的玺印符节都封好了,带到咸阳东北的轵道亭上,向刘邦投降。自从秦始皇统一中国到子婴降楚,共计只传了三世,十五个年头。子婴自己仅仅做了四十六天的秦王。

楚军将士大半农民出身,对于秦的暴虐是十分愤恨的,纷纷向刘邦请求把子婴杀了。刘邦却另有一番见解。他说:"当初怀王派我来,就是因为我比较宽大的缘故。现在他已经投降了,如果再把他杀死,也不大好。"便吩咐把子婴看管起来。

子婴既然投降,咸阳用不着攻打。刘邦便把大军十万都驻扎在霸上,自己带了一班重要人员进城。看见了金碧辉煌的宫殿,眩得眼睛都花了。刘邦自然毫不客气地一直走进秦宫去。只见里面的宫殿楼阁密密层层,数也数不清。没有一个地方不是嵌玉镶金,闪闪烁烁地发射出五颜六色的光彩,还有无数如花似玉的美女,真好像天宫一般。刘邦这里看看,那里望望,觉得无处不好,看得头昏目眩,心花怒放。便坐了下来,痴痴地望着许多珠光宝气的铺张陈设,记起他从前到咸阳的时候。那时只看见出行的秦始皇,羡慕他的尊贵地位。想不到自己今天竟然能够走进秦宫,做了始皇的替身。而且怀王明明说过:“谁先打进咸阳,谁就是秦王。”这个宝座准是自己坐定。这些美人宝物自然也是自己所有。刘邦想到这里,浑身好像雪狮子向火一般,融化得瘫软了。这时候,他老早把一切忘得一干二净,只想自己也像秦皇帝一般,快活快活。

当刘邦正在神魂颠倒的时候,带来的许多将士也都去打开府库,把金珠宝物抢夺一空。只有萧何原是县掾出身,颇有远见。他独自跑到秦丞相府里,把所有记载全国租税钱粮的图籍都搜集起来,以便将来管理一切。

大家搬到天黑,还不见刘邦出来。樊哙的妻子和刘邦的妻子是同胞姊妹,所以樊哙和刘邦算是连襟,自然加倍关切,便跑进宫来寻找。好容易找到刘邦,正在秦官里面尽情享受,一点也没有动身模样。樊哙看见他着迷的神气,又好笑,又好气,便上前催促说:“天快晚了,好回军中休息了!”刘邦懒懒地说:“我不回去了! 就在这里住下!”樊哙着急说:“这怎么能行! 你要想做个富翁,还是要想得天下呢?”刘邦说:“自然是要得天下。得了天下,这些东西不都是我的了吗?”樊哙板着脸说:“既然要想得天下,那么就不看看秦的榜样么? 秦就是因为有了这许多宝贝美人宫殿排设,才弄到今天亡国的地步。你要这些东西有什么用? 你也想灭亡吗? 快一点走,还是回到军中去,别留恋这些害人的东西。”刘邦哪里肯走,看着这边几个美人,又瞧瞧那边几个美人,留恋难舍。正在推托的时候,忽然外面又走进一个人来,却是韩人张良,他也向刘邦劝告说:“秦做了许多不合理的事情,才弄到这般下场。我们起兵,就是为了替天下人民除害,应该要树立起廉洁正直的模范。现在一进秦的宫,便想享受,这不是和秦一样吗? 樊哙的话是对的,应该接受,还是早一点走吧!”刘邦听他们一说,也觉得拗不过正理,只得勉强站起身来,叹了一口气,跟着两人,拖着疲乏的身子,走出官去。一面走,一面还再三回头去东瞧西看。这时候,他心里实在恋恋不舍,可是想到将来自己反正要做秦王,这不过暂时大方一下,也就硬着心走了出去。

刘邦出了宫门,便吩咐把宫门严密看守,府库机关都好好封锁起来,不许挪动。自己带了将士依然回到霸上居住。一面分头召集咸阳地方的父老们前来谈话,由刘邦对他们宣布这次起兵的宗旨。他说:“诸位都受够了秦的暴虐压迫,在许多年的虐政底下,随时都有死亡的危险。谈论国事的,便被指为诽谤造谣,要受到全家抄斩的惨刑。就是偶然谈话,也要得到斩首的罪。这是什么法律? 我和诸侯约定,先进关的就做王。我应当做这个地方的王。现在我和你们约定三章法律,就是:第一,杀人的应当偿命;第二,伤人的应当按轻重办罪;第三,偷窃人家东西的应当赔偿。除了这三件外,所有秦的法律都完全除去不要。大家都按照本来的职务,照旧做事,不必害怕。我们起兵的目的,就是要拯救你们,不是要难为你们的。你们尽管放心好了。我所以要在霸上驻扎军队的缘故，也不过是要等待诸侯到来，大家共同商量，并没有别的意思。”说罢，就派了许多军吏，跟着父老们一同出去，到各地传达。

秦地人民受够秦的残杀，这番看见楚军到来，心里虽然也希望他们打倒残暴的秦，却又怕楚军的骚扰，更怕换了新的皇帝，也和秦一般暴虐。大家都提心吊胆。后来看见楚军并不掳掠屠杀，很是奇怪。现在听见刘邦这一篇话，把秦的虐政一起废除，好像替他们拉脱了一身铁索，个个浑身都舒服起来，登时一传十，十传百，大家欢喜得像发狂一般，纷纷把自己家里可吃的东西，牛呀，酒呀，都搬出来，送到霸上去慰劳刘邦的军队。

刘邦看见他们这般热烈的欢迎，更加谦让不受，说：“这都是你们自己辛苦得来的东西，应当留着自己吃。咸阳仓里的米谷已经够多了，军队不愁没有吃，别让你们费心。”人民看见军队不但不拿人民的东西，连送来的都不收，更加佩服。个个都巴不得刘邦真做了秦王，他们就可以有好日子过了。

刘邦这番举动，自然是张良、萧何们教他的。他也的确有一种别人不容易赶上的优点，那就是他乐于听取别人的意见。所以他这番做得十分成功。

刘邦既然决心要占有秦国的地方，听见章邯已经全军投降项羽，项羽封他做雍王，就要入关，不由心里着忙起来。原来雍地（现在陕西省凤翔县南）离咸阳并不很远。章邯做了雍王，可见项羽是答应把关中地方封给他了。这块到口肥肉如何舍得让给别人？这时候也来不及考虑，连忙派了军队去守住函谷关，打算不让各国的兵进来，自己就可以稳稳地做定秦王了。

但是项羽是好惹的吗？他费了九牛二虎之力，在钜鹿血战九阵，好容易把章邯的主力完全消灭，才统率了各国诸侯，带领四十万大军，长驱入关。谁知来迟一步，被刘邦轻轻巧巧地抢去了到口的馒头，还要请他吃闭门羹，这在寻常的人都免不了愤怒，何况性如烈火的项羽呢！自然惹得他暴跳如雷。立刻唤来英布，命他火速攻打函谷关。

英布即刻带兵攻关。关上守军不多，英布等轮流攻打，片刻都不休息，瞅个空儿，便纷纷爬上关来。守关兵只得逃走。关门已破。项羽火速催兵进关，直望咸阳而来。到了戏的地方。当初周文曾经到过这里，被章邯打败。想不到仅仅两年光阴，章邯自己也跟着起义军队同来了。

项羽正在一腔愤怒的时候，忽然有人前来求见。项羽唤他进来，查问原因。这人叩头说：“小人是沛公军中左司马曹无伤派来的，有机密事禀上大王。这次沛公入关，把秦宫的宝贝美人尽数占据，打算自己做秦王，用子婴做丞相。曹司马要想劝谏，恐怕沛公会杀他。只得派小人前来禀报，曹司马是不敢跟着沛公胡为的。”项羽听了，更加火上添油，喝叫这人退去，便吩咐全军就在鸿门地方（现在陕西省临潼区东）暂驻一夜，明天一早饱餐，进攻刘邦的军队。

军令刚下，又报亚父前来。项羽收了怒容，向前迎接。原来亚父并非别人，就是范增。自从项羽做了上将以后，就把范增尊称为亚父，意思是待他如同父辈一般。一切计谋，都和范增商量。范增也都尽心替他筹划。当时项羽见了范增，范增便说：“刘邦从前是个酒色之徒，贪财好货。这次入关，秦宫美女财宝不计其数，他却一点没有沾染。这人志向不小,不要轻看他。我听说他还对人民用了许多手腕,将来一定是一个祸根。千万不要让他走脱,非将他除掉不可。”项羽连连点头,下令明日起兵。这正是:

落井有人偏下石,入关无故忽兴波。

第七回　宴鸿门项庄舞剑　拜大将韩信登坛

项羽军令一下,四十万大军都遵令驻扎在鸿门,预备明天厮杀。兵家讲究宣传,四十万兵马对外是号称一百万的。刘邦虽然也号称有二十万兵马,实际上却只有十万。别说项羽是怎样英勇无敌,光是军队数量已经比刘邦多了几倍。打起仗来,自然不费什么吹灰之力,就可以完全解决的。

这边项羽全军正在摩拳擦掌,准备一切,却惊动了一个人。这人姓项名伯,是项羽的叔父。他从前犯了杀人的罪,逃到张良家中,张良把他藏匿起来,躲过了一场大祸。现在听说项羽要打刘邦,他知道张良这时候正在刘邦军中,明天打起仗来,一定很危险。想起从前张良待他的情谊,不能袖手旁观,便私自骑了快马,跑到霸上刘邦军中来找张良。

张良看见项伯独自赶来,知道一定有重大事情,连忙动问。项伯从头细说,如此这般,明天一定交战,那时难以脱身,不如今天赶快跟我走,才是上策。

张良听了,心里大惊。暗想刘邦势力万万敌不过项羽,一动起手,性命难保。但是自己既然在刘邦军中,情谊也不浅,到了危急关头,撒手自去,似乎也说不过去。便向项伯称谢,说:"你是一片好心来叫我走,可是我是替韩王送沛公来的,来得光明,去也得明白。现在沛公既然有这般大祸,我只顾自己,脱身走了,在朋友交情上,是一种不义的行为。我应当向他说个明白,再走不晚。"项伯迟疑地说:"他要是不放你走呢?"张良说:"那么要紧。请坐一坐,我进去说明白了,好跟你走。"项伯只得说:"那么快一点,天就要黑了。这里到鸿门还有三四十里路呢!"

张良稳住了项伯,便走进刘邦营里,把项伯听说的话,一五一十告诉刘邦,明天一早项羽便要前来厮杀,如何是好?刘邦听了,惊得目瞪口呆,好一会儿,才说:"糟了,糟了!这怎么办?这怎么办?"张良看刘邦急成那种样子,便问他道:"是谁劝大王派兵守关呢?"刘邦恨恨地说:"都是他们劝我说,守住关,别让诸侯进来,就可以完全得到秦的地方做王了。这真是该死,该死!"张良说:"大王自己想一想,大王的兵力能抵抗得住项王吗?"刘邦不响了,停了一会才答应说:"那是当然比不上的。现在我怎么办呢?怎么办呢?"一面说,一面伸起手来,拼命抓着脑袋。

张良微微含笑说:"既然打不过,那只得讲和了。请和项伯说明,托他疏通疏通,说是沛公不敢违抗项王。这样或许可以大事化小,小事化无。大王想,这好不好?"

刘邦听了,忽然脑筋一动,连忙问张良说:"你怎么认识项伯的?"张良说:"从前常在一处见面,有点交情。后来他杀了人,我把他藏匿起来,救他一条命。现在他知道事情紧急,所以来告诉我。"

刘邦说:"你大还是他大?"张良说:"他比我大几岁。"刘邦说:"好极了!请你替我请他进来,让我把他当作老大哥一般看待。"

张良答应了，便急急走出去。项伯已经等得不耐烦了，一看见张良，便催促说："说明白了没有？好走了吧！"张良很从容地含笑说："说是说过了。沛公不相信。他说，他并没有对不起项王的地方，项王不会这般动怒。要请你进去，说个明白。项伯说："他不信就不信好了。你走你的。"张良说："那可不行。他不信，自然就不肯放我走，还以为我是吓唬他呢！说不得，只好请你进去和他说一说，他才相信。"项伯本来不愿意去见刘邦的，但要拉张良一同走，就没有那么干脆。没奈何便跟了张良一同进去。

那时天已经黑了。两人走到刘邦营外，只见火把高烧，刘邦恭恭敬敬站在营外，向项伯行了大礼。慌得项伯连忙答礼。刘邦闪开一旁，让项伯先走，非常客气。项伯倒觉得有点难为情起来，只得走进营内。营内早已明晃晃的点起两排大烛，一桌极丰盛的酒席陈设得整整齐齐。刘邦再三谦让，请项伯上坐。张良在旁坐下，刘邦自己坐了主位。项伯由鸿门来了半天，肚子正有一点饥饿，也就不客气坐下。刘邦捧了金杯，斟好美酒，敬项伯一杯。这时候正是腊月天气，寒冷得很，暖烘烘的热酒正是御寒妙品，项伯自然接过，一饮而尽。刘邦又拿起酒壶再斟一杯，一面敬酒，一面说："难得大哥今天下降敝营，真是三生有幸。天气太冷，请大哥多喝几杯。"说着又殷勤地夹了许多好菜，送到项伯面前。

项伯看见刘邦这样殷勤，也觉得不便开口，只好边吃边喝。刘邦这才慢慢说："我自从离开项王，差不多一年多了。这一年里的事情，真是说不完。总算叨了大哥的福，能够打进咸阳。想起当初武信君和项王待我的情谊，一天也忘不了。我能够有现在的日子，都是项家一手提拔的。人不是木头做的，哪能一点不识好歹！所以我一到咸阳，就把宫殿府库完全封锁起来，一根草也不敢动。秦降王子婴以及官吏人民，我也都不敢擅自分发，一五一十地登载在册子里，清清楚楚，专等项王到来，我好双手献上，以表我一点忠心。这一个月来，提心吊胆，日日夜夜地盼望，只盼望项王早早来到。所以派兵守关，是因为恐怕有意外事情，哪敢有背叛项王的心意！不知道谁造了这般伤天害理的谣言，惹得项王动怒，真使我惶恐万分。大哥试想，我受您项家的大恩，一点还没有报答，满想这次尽一点儿心，希望得到项王欢喜。凭空倒得个忘恩背义的恶名，这岂不是天大冤屈？难得大哥今天下降，务必替我向项王表白表白。"说罢又恭恭敬敬地进上一杯美酒。

项伯本来不愿意和刘邦多说的，现在却被他谦恭的礼貌和甜蜜的言词打动了，也就随口敷衍说："是的，我也想你是不会这样的。"一面说，一面接过酒杯来。

张良看见项伯口气很松，便帮着刘邦说："这次的事情真是冤枉，沛公哪里会有这样的心。他还满心高兴，因为项王来了，好卸下这肩重担，想不到有这样误会。大哥，你务必帮帮忙，替他解说解说。我想项王不会怎样怪沛公的，这都是旁人不好。他们妒忌沛公的功劳，就造这样谣言。要是项王听了他们的话，赏罚不明，将来还有谁肯这般忠心替项王做事。不说别的，就说咸阳宫里许多美人财宝，沛公一点也没有沾手，原封奉献，这难道还不够表明他的忠诚心迹吗？"

项伯是受过张良大恩的人，张良这样帮着沛公说，项伯却不过张良面子，只得答应说："好的，我回去一定向项王解说解说。"刘邦连忙斟满了一杯酒送上，感激万分地说：

"大哥真是有肝胆的人,这样帮忙,我刘邦一辈子也不会忘记。大哥有几位令郎令爱?"项伯随口应道:"小儿小女都住在家乡,没有带来。"刘邦说:"令郎几岁了?"项伯说:"最大的也不过二十岁。"刘邦立刻满脸喜色,说:"好极了,我有一个小女,今年十六岁了。大哥如若不嫌高攀,我们就结为儿女亲家,永远合作。"说着,就斟了一杯酒,递与张良,说:"有劳做个媒人,也表我对项家感恩图报的一点小意思。"

张良接了杯子,笑着对项伯说:"你总不好抹我这个面子吧!从此项、刘两家成了亲戚。我也叨扰几杯喜酒。"

项伯已经吃过几杯酒了,经不起沛公、张良一吹一拍地撮合,自然也就笑着默认了。刘邦趁势又说了几句亲热的话,再托他向项羽美言。项伯本是没有成见的,就认真答应替他去劝项羽,又说:"这得你自己去对项王赔个话,要早一点去,才行。我自然替你说话。"刘邦满口答应,又说了许多感谢的话。

一席酒罢,刘邦亲送项伯上马,叮咛了许多话。项伯辞别出来,急急加鞭,趁着月色,一直跑回鸿门。项伯下了马便到项羽帐中,时已三更,项羽还没有睡。项伯便把今天刘邦听说的话,告诉项羽,说:"他说,原要把关中一切保存得好好的,交给你,并没有违抗之意。我们无故去打他,实在说不过去。这次要不是他先把关中打破,我们也不能这般顺利进来。他建了这样功劳,却一点不敢自专,什么都原封不动,静等我们来接管,这也算不错了。我们反去攻打他,未免太不合理。还不如趁他来赔罪,就好好看待他,也显得我们大量。"

项羽原是吃软不吃硬的人。谁要和他别扭,他就要硬干到底,哪怕刀山剑树,也要闹个天翻地覆。可是要和他好好讲,他却也怎么说都可以。现在项伯是他的叔叔,和他细讲刘邦是怎样伏低做小,怎样惧怕自己,心里的怒气就平了一半。再说到秦的一切东西财宝,官吏人民,刘邦全没有沾手,完全听候自己支配,也觉得似乎刘邦是一个有功无罪的人,自己不应该听了外人的话,就这般生气。便点头答应,说:"如果刘邦真是这样,那我也就不必和他计较了。"

项伯一见项羽答应,满心欢喜,便安睡去了。

第二天,天色刚刚大亮,全军开始预备早餐。刘邦已经带了张良、樊哙和一干亲信人员,一百名卫兵,一共一百多人来到鸿门请见。自然他也知道这番是冒着极大的危险来的,但是借了张良和项伯的关系,不得不硬着头皮,来走一趟。

项羽闻知刘邦果然来了,便傅令唤入。刘邦带了张良一同走进辕门,向项羽深深施礼,十分恭敬。一面说道:"臣和将军同心协力共同攻打暴秦。将军在河北大展神威,把秦的军队完全消灭。臣在河南和秦的零星小股兵队交战,想不到托将军的福,能够先进了关。今日又在这里拜见将军,真有说不尽的欢喜。不知是哪个小人造作谣言,让将军对臣起了误会。这叫臣心里万分惶恐不安。今天特地前来谢罪,还望将军原谅。"说罢又深深施了一礼。

项羽原和刘邦共事过一时,彼此相熟。刘邦这时候已经五十岁,比项羽年龄大了一倍,向来是平等相称的。现在刘邦对项羽谦卑得如同下属一般,说的话也十分恭顺。项羽不由怒气全消,倒觉得有点过意不去,便立刻回答说:"这都是沛公左司马曹无伤对我说的。要不是这样,我也不会对你误会。”说罢便请刘邦坐下,谈说了一些闲话。又吩咐排设酒席,留刘邦同饮。

那时习惯还是用席子铺在地上。坐的时候,是把两只脚齐并着跪在地上,整个身体就坐在两个脚跟上,称为“危坐”。这种坐法,现在看起来,实在很不舒服。所以那时讲究铺上很厚的席,使座位温软一些。楚国风俗以左边为尊贵,座席的方向也以坐西向东为尊。当时项羽设宴留刘邦饮酒,自然也是这般排设。项羽自己并不客气,便邀了项伯在西边坐下,上面请范增坐,却请刘邦坐在东边。张良是跟刘邦来的,自然坐在下首。一席酒五个人同饮,却个个怀着不同的心情。刘邦心里捏着一把汗,巴不得早点脱身,却又不敢不装作没事的样子。桌上虽然摆满了山珍海味,他只觉得如坐针毡一般,简直辨不出吃的是什么滋味。张良心里也是暗暗替刘邦着急。项伯新结交了这位儿女亲家,处处留心替他设法。项羽却是没有心眼的人,看见刘邦已经十分服低,便也不想和他为难,依旧和刘邦有说有笑,互相劝酒。只有范增一人本来力劝项羽除去刘邦,现在看见刘邦自来送死,心里十分高兴,满想项羽只消喝左右把他拿下,便可了结。谁知项羽并不动怒,反留刘邦饮酒。他心中暗暗着急,只恐失去机会,当着刘邦面前,又不便说话,瞅着空儿便向项羽递个眼色。刘邦吓得要死,项羽却只当没看见。范增急得没法,只得拿起自己身上所佩的玉玦,悄悄给项羽看。原来古时男女都有佩玉的风俗。玉玦的形状如同半规月亮,是常佩的一种,因为“玦”的读音和“决断”的“决”相同,玉玦就常常作为决断的象征。范增举起玉玦的意思是催促项羽尽快决意除去刘邦。刘邦、张良如何不懂,只吓得心头小鹿乱撞,却又不得不假装镇定,好像没有看见一般。

范增举起玉玦,又连连使了几个眼色。项羽偏不开口,依然和刘邦饮酒。范增举起好几次玉玦,项羽只是不理。范增心里像火烧一般,暗想要是失去这个机会,将来一定后悔不及。想了一会,便托辞离席,走出营外,私下唤过项羽的堂弟项庄,对他说:“现在刘邦正在里面喝酒。这人不除,后患无穷。君王做人面软心慈,不肯把他拿下。你可进去劝酒,劝罢酒,便请舞剑,瞅空把刘邦一剑砍死,除去后患。要不这样做,你们将来都要被他俘虏去。那时懊悔就太晚了。”

项庄答应了,跟着范增,一前一后走进营来。刘邦看见范增出去,知道他又是去算计陷害自己的,好生忐忑不安。现在看见他带了项庄进来,明知一定不怀好意,又不能不客气地招呼。只见项庄走到筵席前,拿起酒壶,向项羽敬酒。敬罢,又挨次向刘邦、范增、张良一一敬酒。都敬完了,才堆下满脸笑容,向项羽说道:“今天君王和沛公喝酒,是难得的盛会。可惜军中没有什么娱乐。我舞一回剑,凑个热闹,可好吗?”刘邦一听要舞剑,心里早着慌起来。偏偏项羽不懂其中巧妙,也笑嘻嘻地点头说:“好极了。”又回头向刘邦说:“他的剑舞得可真不错,你看看。从前武信君也曾教过他剑法!”刘邦的心跳得像擂鼓一般,勉强装着笑容回答:“好极,好极。”项庄早已挽起袖子,掖起战袍的下襟,便拔出腰间冷森森的宝剑,就在筵前舞了起来。果然轻似蜻蜓点水,捷如蛱蝶穿花。渐渐舞得快了,就像风吹雪片一般,白纷纷卷成一团。只看见冷气逼人的剑光霍霍不定,呼呼作响,项庄整个影子都裹在剑光中间,化成一团白光。看得人眼睛都花了。

项羽擎着酒杯，不转眼地看着。脸上很自然地流露出欣赏的神气。刘邦却不住流着冷汗。张良暗暗叫苦不迭，只把眼色送给项伯，什么话也不好说。

渐渐这一团白光向前移动，而且向着刘邦那边移去。只吓得刘邦浑身哆嗦，咬着牙，额上迸出黄豆般汗珠。范增脸上显出十分得意的微笑。

说时迟，那时快，正在这一发千钧的时候，项伯霍地站起身来，一个箭步，就跨到刘邦和项庄的中间，顺手将腰间宝剑抽出，也舞将起来。项庄满想再移进一些，就可以一剑砍去，不料半空中杀出了自己的叔叔，挡住了他，心中好不懊丧。还以为项伯是自己人，总不会帮助外人，再舞一回，总可以找一个破绽。谁知项伯却是有意保护刘邦的，尽管舞得怎样兴会淋漓，总不肯离开这一带地点。只见两团白雪般剑光滚来滚去。叔侄两人各逞英雄，一个拼命地进攻，一个尽力地掩护。各抱一种心理，谁也不肯示弱。虽是舞剑，却比上阵还要认真。双方都用尽了心机，一进一退，一招一架，变出了无数新鲜花样。满座的杯盘都被寒森森剑气映射得闪闪生光，众人的眼睛也都被这精彩绝伦的表演吸住了。

可是真正欣赏这场舞剑的人，只有项羽一个，而且他也许就是最不懂这场舞剑真正妙处的人。范增呢，眼看项庄马上成功，无故被项伯阻挠，眼睁睁焦灼地望着剑光，像哑子吃了黄连，说不出的苦。刘邦和张良一直就像热锅上蚂蚁，胸口里十五个吊桶七上八落。张良算来只好去请救兵，便抽空走出营去，寻见了刘邦带来的一干人马。

大家看见张良出来，都忙着动问今天事情办得怎样了。张良皱着眉头说："今天真危险极了。现在，项庄正在舞剑，正要打沛公的主意。"樊哙着急地说："这险极了。我跟你进去，和他拼一拼。"说着便带了盾牌跟了张良急急进去。看守营门的卫士放进张良，便连忙举起戟来，交叉着营门阻止樊哙进去。

樊哙心里着急，哪有工夫和他们多讲。便歪着盾牌撞了过去。卫士冷不防跌了个仰面朝天，樊哙趁势冲了进去，掀开营帐，走进里面，站在项羽对面。圆睁着两只满燃着怒火的眼睛，恶狠狠地注视着项羽，两只眼睑都几乎要迸裂出一丝丝鲜血来，头上的发也几乎要一根根竖立起来，就像一只要找人拼命的咆哮的老虎。

项羽正在喝酒，猛不防来了这样一个"不速之客"。他生平几时见过人家对他这般凶狠？不由心里一惊，连忙伸手按住腰间剑靶，将腰一挺，跪了起来，朗声问道："来者何人？"张良恐怕这两个粗人闹僵了，连忙接口应道："这是沛公的参乘樊哙。"参乘是古时的车右，就像后世的保镖，是陪同要人坐在一车上的勇士。这时项伯、项庄两人的舞剑，也停止了。

项羽听说是沛公参乘，知道是一个力士，便顺口称赞说："真是一个壮士！赐他一杯酒。"左右看见樊哙这般神气，料想他是个老粗，干脆拿了一个大斗来，装满了一斗酒，端给他喝。樊哙接过来，直着脖子，咕噜咕噜，一口气灌了下去。

项羽见他喝的爽快，便又称赞说："壮士！再赐他一只猪胛肩。"左右忍着笑，拿了一只生的猪胛肩递给樊哙。樊哙更不推辞，把盾牌放在地上，接过猪胛肩放在盾上面，拔出腰间宝剑，一片一片切了来吃。

项羽看他这样豪爽,不由又赞叹说:“真是壮士!能再喝一点酒吗?”樊哙慷慨地应道:“臣连死都不怕,一杯酒还用得着客气?秦王凶暴无道,如同虎狼一般,所以天下都起来和他反抗。怀王同大家约定,谁先打进咸阳,谁就做王。现在沛公先打进咸阳,一丝一毫东西都不敢动,把宫室封锁起来,自己带了军队退到霸上驻扎,专等待将军到来。派兵守住函谷关,乃是防备小贼和意外的事。他这般劳苦,这般功大,还没有得到封侯的恩典,倒反听小人谣言,要加害这般有功的人,这不是和秦一般的行为吗?依臣看来,将军真不该这样做。”项羽听见樊哙说得爽朗痛快,和昨晚项伯的意思差不多。自己本来也没有加害刘邦的心,便也不多解释,只说了一声:“坐吧!”樊哙便挨身坐在张良旁边。

刘邦这时候惊魂才定,挨了一会,便托辞要解手,唤樊哙一同出去,张良也跟了出来。刘邦走到外面,将手捫住心口,还是跳个不停,便对他们说:“我这会儿出来,还没有向项王辞别呢!再进去,实在有点头痛。怎么办呢?”樊哙说:“在这样生死关头,人家好比是快刀和砧板,我们好比是等宰割的鱼和肉。还拘什么礼节!”跟随的一干人都说:“是的,太危险了,不要再进去吧!”刘邦想了一下,对张良说:“那只有劳你的驾了,请你代替我向他们告辞吧。”张良知道这件事别人也办不到,他好歹有项伯照应,不会有生命危险,便一口答应,又问刘邦道:“大王带了什么礼物来?”刘邦道:“我只带了一双白璧,打算送给项王,还有一双玉斗,打算送给范增,因为看见他们很生气,不敢拿出来。现在你可代我送上。我只带了四个人同走,由小路只消二十里便可到我军中,你等到我们快到了,才可以向他们告辞。”说罢便带了樊哙、夏侯婴、靳强、纪信四个人迅速地去了。

张良挨延了一会,恰好项羽命陈平出来寻找刘邦。张良又延搁了好久,才拿了白璧、玉斗走进营去。项羽半醉地倚着桌子,望着张良问道:“沛公还没有来吗?”张良走近席前,献上白璧,说:“沛公因为酒喝多了,恐怕失了礼节,不能亲来拜辞,使臣良再拜献大王白璧一双。”又捧上玉斗说:“还有玉斗一双献范大将军。伏乞笑纳。”项羽说:“沛公现在哪里?”张良应道:“听说大王有意要责备他,已经独自回去了,现在大约已经到了军中了。”项羽本来不一定要杀刘邦,倒也不怎样介意,便接过白璧,放在座上。范增听说刘邦已经逃去,不由怒气上冲,接过玉斗,抛在地上,拔出腰间宝剑,狠狠砍去,把一双玉斗砍成粉碎。不便骂项羽没有决断,却把项庄来泄气,恨恨地骂道:“唉!这家伙一点也不会办事!将来夺项王的天下,一定是沛公。我们都要死在他的手里的。”项羽看见范增发怒,一声不响。张良趁势退出,带了一千人马,自回霸上去了。

刘邦到了军中,立刻唤曹无伤来,喝骂一顿,推出斩首。

项羽歇了几天,带兵进入咸阳,果然宫殿如云,财宝无数。项羽和秦原有一段仇恨,又因刘邦抢了首功,心里更加不快,便命令将士把秦宫美人财宝尽数俘虏来,带到军中去。又把秦降王子婴和秦的宗族都一概屠杀,自然有许多贵族富家也都不免波及。秦的宫殿是那么多,搬了许多天,还搬不完。军士们也乘机抢掠人民,使得咸阳秩序大乱,人民都叫苦连天。到了财宝美人搬得差不多的时候,项羽索性下令放火,把几百座宫殿楼阁付之一炬。可惜许多劳动人民的血汗结晶,以及古代艺术文化上的杰作,都化为灰烬。这一场大火,足足烧了三个月。同时藏在秦博士官那里的上古相传下来的书籍,也都完全烧掉,造成了文化上不可弥补的损失。

项羽烧了咸阳,还不满意,又把秦始皇的墓掘开,派了二万人搬运墓里财宝,搬了一个多月。秦始皇费了许多光阴,造了这座自以为安稳的坟墓,仅仅葬了三年就被发掘了。

项羽烧了咸阳,派人去报告怀王,请问应该立谁做秦王。在项羽意思:现在他兵权在手。怀王一定不敢不封他做秦王。谁知这位楚怀王一向对项羽就怕他的屠杀烧抢,所以不派他入关。现在又知道他这般烧杀,如何肯封他呢！便回报项羽说:"当初原有约,谁先入咸阳,谁就做秦王。现在依照原约办理。"项羽接了这般回信,直气得他七窍生烟,痛恨怀王当初故意派他救赵。把入关这样美差留给刘邦,以致自己赶不上先入咸阳的机会。刘邦要是做了秦王,自己却做什么？楚、燕、齐、韩、赵、魏六国都已有了王,难道自己和许多将士都白白辛苦,只让刘邦一人得意不成！

他正在十分愤怒的时候,忽然报说有个韩生求见。项羽唤他进来。韩生说:"大王锄灭无道的秦,功业无比,正好在关中为王。这块地方,东西南北都有高山环绕,东边有函谷关,南边有武关,西边有散关,北边有萧关,险要非凡,敌人无法进攻。中间却有千里平原,物产肥饶,可称天府。大王若能在这里建都,一定能称霸天下。"项羽听了,心里好生不乐。一则他已经把咸阳烧得残破不堪,不愿留住。二则因为有了原约,不便公然自己占住。便对韩生说:"我已经决意回楚。我是楚人,富贵了不回故乡夸耀夸耀,那就像穿了锦衣黑夜行走,有谁会看见呢?"韩生碰了钉子,告辞出去。到了外边,冷笑说:"人都说:楚国人是轻躁的,好像猴子戴了帽子一样。果然果然。"谁知这话给人听见,报给项羽知道。项羽大怒,立刻把韩生拿来,下锅煮死。

项羽既然抱了回乡夸耀的心理,便一意要回楚做王,召集部下诸将,对他们宣布说:"当初起义时候,只望打倒暴秦,所以借了立六国后代的名义,来联合各国人民。其实血战三年,千辛万苦,冒着矢石,拼死忘生地打倒秦的,是诸位和我,并不是六国诸侯。怀王也是我家武信君立的,何曾有什么功劳！现在秦既然打倒了,应该重新分配地方,另立诸侯。怀王虽然无功,我们也应该尊他做个义帝。诸位意见如何?"

诸将一向畏服项羽,哪敢提出异议,何况这样办法对他们都有好处,自然乐得赞成。项羽看见大家并无反对,便和范增商定分封诸将为王。其中只有刘邦,最难安顿。要按原约封他做秦王,心里实在不愿把这么大的地方封给他。要改封别处,又怕人家议论违背原约。想来想去,无法安排。还是范增想起巴蜀(现在四川省)汉中(现在陕西南部)都算是关中的地方,那时开发不久,比较算是偏僻的所在。而且蜀地山路崎岖,交通不便,不如把刘邦封在蜀和汉中地方,也算不违背原约,刘邦也不容易向外发展,倒是两全之计。至于秦地,可以分做三份,把章邯、司马欣、董翳三人都封作王,镇守秦地,塞住刘邦的出路。这三人原是秦将,容易管理秦民。商量好了,又把麾下诸将按照功劳大小都封作王,却把原封的六国旧王另移别国。这样分割支配,很费一番心思。最后方才决定正式发表,共计分封十八个诸侯:

第一:汉王刘邦,封地巴蜀汉中。

第二:雍王章邯。封地咸阳以西。

第三:塞王司马欣,封地咸阳以东。

第四:翟王董翳,封地上郡。

第五:西魏王魏豹,由魏地迁河东。

第六:河南王瑕邱申阳,封地河南郡。

第七:韩王韩成,原封韩地。

第八:殷王司马卬,封地河内郡。

第九:代王赵歇,由赵地迁代。

第十:常山王张耳,封地赵。

第十一:九江王黥布,封地九江郡。

第十二:衡山王吴芮,封地衡山郡。

第十三:临江王共敖,封地南郡。

第十四:辽东王韩广,由燕迁辽东。

第十五:燕王臧荼,封地燕。

第十六:胶东王田市,由齐迁胶东。

第十七:齐王田都,封地齐。

第十八:济北王田安,封地济北。

十八诸侯分派已毕,项羽自立为西楚霸王,封地彭城等九郡地方,却把义帝搬到长沙居住。

刘邦听得封自己在巴蜀为王的消息,遏不住心头火起,大骂项羽公然违约,要和他拼个死活。樊哙、灌婴、周勃们都劝刘邦去和项羽计较,只有萧何再三劝解,说:“在汉中做王虽然不好,总比死强些。”刘邦生气说:“为什么就会死?”萧何说:“我们打得过项羽吗?和他一翻脸,就只有打败。败来败去,只有死路一条。现在我们只能暂时容忍,去汉中收揽人心,任用贤才,慢慢再攻取三秦(雍、翟、塞),那时才可以和项羽争天下。”刘邦想了一想,觉得也有道理,便忍气吞声带了兵马向西南去了。

但是张良所带的韩国军队是要回韩的。刘邦便赠给张良明珠二斗,黄金百镒,另外又托他厚送项伯礼物,叫项伯替刘邦请求把汉中地全封给刘邦。张良把金珠也送给项伯。项伯收了两笔厚礼,如何不替刘邦出力?项羽见刘邦一声不响,甘心就国,便慷慨地把汉中都封给他。

这时候又有人向项羽说:“陈余虽然没有跟着入关,可是他和张耳地位相等。张耳封王,陈余不可不封。”项羽没奈何也封陈余三县。其余部将也都有封赏,不必细表。项羽分发诸侯就国,自己也就带了宝物美人回去彭城,先叫人把义帝搬走。义帝这时候无力抵抗,只得动身。臣下贪恋彭城繁华,多不肯跟去。义帝走到半路,跟的人越来越少,光景十分凄凉。项羽还记着仇恨,暗暗派了英布、吴芮、共敖带兵截杀,把义帝在半路杀死。

项羽又恨韩王成不曾跟他入关,反派张良跟刘邦走。趁韩王成来见的时候,把他扣留,不许回国。后来索性把他杀死,另立郑昌做了韩王。

且说刘邦带了兵马向汉中出发。张良送到半路,辞别回韩。两人依依不舍。张良便劝刘邦把走过的栈道烧毁,以安项羽的心。刘邦依从他的计策,随走随把栈道烧断。

原来汉中多山,山上行程不便,都用木材架设栈道,好像桥梁一般,由这座岭通过那座岭。现在西南各处还有不少这样艰巨的工程。栈道一烧,就表示不容易再向外交通,使项羽相信刘邦是死心塌地长在汉中做王了。

带来的将士们看见回路已断,有的自然只好跟着走,有的想念中原,不愿老在边地,便私自逃回,每天总有许多人。刘邦没有办法,眼见跟来的人,一天比一天少,心里好不烦恼。一天,忽然左右报说:“丞相萧何也逃走了!”刘邦不由大惊大怒,好像失去两只臂膊一般,不知怎么办才好。因为萧何和他很早以前就是好朋友,连萧何都抛弃了他,何况别人。

过了两天,忽然又报说:“萧何回来了。”接着,萧何也匆匆进来。刘邦又喜又怒,不由又骂起来:“你!你也逃走。你为了什么要逃?”萧何却不动声色地慢慢回答说:“臣不敢逃走。臣是去追赶一个人。”刘邦诧异说:“你追哪一个人?这样上紧。”萧何说:“臣追的是韩信。”

刘邦听说追的是韩信,不由又掇起火来。他记得韩信是一个都尉,很小的官。这人,才不出众,貌不惊人。萧何追他怎的?便指着萧何骂道:“你这简直是撒谎。逃去的将士不知有多少,你都不追,却追一个韩信?你这话骗谁?”萧何从容不迫地应道:“那些人都容易找,没有什么稀奇。只有韩信,才是无双的国士。大王一定要长在汉中做王,就用不着韩信。要是想争天下,除了韩信再也没有人可以商量的。这就看大王的决心怎样了。”刘邦跳了起来,睁圆了眼睛,说:“我当然是要向东去的。谁还能老在这种地方待下去?”萧何微微点头说:“是呀!既然决意要向东发展,那就非用韩信不可。大王能用韩信,韩信才能留。不能用他,他还是要走的。”刘邦一双眼球注视着萧何的脸,察看萧何的神气,停了一会儿说:“好的。我看在你的面上,用他做个将吧。”萧何摇摇头,说:“做个将?他也一定不肯留下的。”刘邦诧愕了,但是由于萧何坚毅的态度,使他感觉到这是一件重大的事情,便决然地脱口说:“那么,我拜他做大将。”萧何这才显出笑容来,说:“那太好了。是应该这样办的。”刘邦说:“那么唤他来,拜他做大将。”萧何说:“且慢。大王平素不讲礼貌,待人十分傲慢。今天要拜一个大将,好像对待小孩子一般,呼来喝去。这样态度,韩信哪里肯留?大王真个要拜他做大将,应该选择一个好日子,还要斋戒三天,筑好高高的将坛,会集诸将,举行隆重的典礼,这才行。”刘邦笑了,说:“好的。就依你的话。你去预备一切吧。”

韩信究竟是个什么样的人,会使萧何这样敬重他呢。原来他本是淮阴人,家里贫穷,又不会做事,只在别人家里寄食,东一顿,西一顿,一天到晚游游荡荡,惹得人人讨厌。他认识一个南昌亭长,常常到他家中吃饭。亭长妻子看见韩信天天来,心里厌烦。便想出一个办法,故意起个绝早,煮好饭,端到床上来吃。等韩信到来,亭长一家早已吃过饭。韩信看见这种情形,心里明白,从此便不再到亭长家来。

后来韩信无事可做,只得在淮水钓鱼。钓不到鱼的时候,仍不免挨饿。淮河岸旁常有妇人前来漂洗绵絮。绵絮是蚕茧上面的一层松薄粗丝,不能缫来织锦,只好漂干净了,铺在衣内取暖。这种漂絮的妇女,那时称为漂母。她们漂到中午,家中便送饭来吃。其中有一位漂母,看见每天在她吃饭的时候,韩信却只在一旁呆坐着挨饿,心里老大不忍。便吩咐家人多送一点饭来,分给韩信吃。韩信白吃惯了,毫不客气。一连吃了几十日,这漂母一点也没有鄙厌韩信的神气。

到了绵絮漂完,漂母收拾回去。韩信便向漂母道谢,说:"我将来一定重重报答你的恩德。"漂母听了,大不高兴,放下脸色来,说:"你是一个大丈夫,自己还不能养自己。我不过因为看不过意,才请你吃。难道要你报答吗?"说罢一点也不理韩信,竟自去了。

韩信虽然这般穷困,可是常常欢喜佩带刀剑。大家因为他一向游手好闲,都看不起他。一天,有一个少年故意在大家面前讥笑韩信,说:"你虽然生得身材高大,又喜欢带着刀剑,其实不过是一个胆小的懦夫。你要是真有勇气,肯拼一死,就拔出剑来刺死我,那我就佩服你了。要是不敢的话,你得打我的胯下爬过去。"一面说一面分开两足,站在当街。两手也张起,露出胸口,大声叫:"来!来!你敢刺死我,就算好汉。"满街行人都被这奇特的举动吸引住了,纷纷围上来观看韩信怎样对付。这少年一见人多,更加表现出高傲鄙薄的神气,把挑战的眼光注定韩信面上。

韩信一声不响,对那少年看了好一会,他便低下头来,匍匐在地上,由少年的胯下爬过。围看的人都哄然大笑起来。从此大家更看不起韩信。

到了项梁起兵,韩信仗了宝剑,投入军中。项梁不知他是人才,并不重用。项梁死,韩信又跟了项羽。项羽用他做郎中(小官名)。韩信屡次献计,项羽都不用。韩信又去投刘邦。不想误犯军法,一班十四人都要斩首。斩到最后只剩韩信一人,恰巧夏侯婴走过。韩信大声叫道:"汉王不欲得天下吗?为什么把壮士杀了?"夏侯婴听他口气不凡,便喝刽子手暂停,把韩信带回家中,和他谈论,果然见解出众。夏侯婴大喜,连忙荐给刘邦,做了都尉之职。韩信又和萧何谈论了几次,萧何大加敬重,因为正向汉中搬移,一时没有向刘邦推荐。韩信以为萧何一定已经荐过,刘邦不用,还不如出关另择识人的主子,所以又复打算离去。

且说当时刘邦听了萧何的话,传命预备拜将典礼,筑起将坛,挑选吉日。全军得知这件非凡的大事,不免议论纷纷,不知要拜哪个做大将。有的人认为萧何、曹参一同起事,萧何既然做了丞相,曹参武功最多,合该有大将之份。有的人又认为樊哙是刘邦连襟,也立了不少功劳,可能升做大将。也有人猜是周勃、灌婴。他们战功也都不少,也可以做得大将。互相推测,谁也打不破这个闷葫芦。还有几个人自己算算一向战功,认为自己也未必不合格。这几天,全军充满了兴奋的喜气,各人心里都抱着无限希望,眼巴巴地盼望日期到来。

日期到了,刘邦穿了汉王的衮冕,排了王驾,率领文武官员一同到了将坛。只见静荡荡的广场上,旌旗密密,戈戟层层,十万大军各按方向站定。一个个明盔亮甲,挂剑提刀,军容十分整肃。正中一座高台,台上高矗着一支旗竿,大红的帅旗迎风招飐,周围插满了五色旗帜。当中一张桌,桌上摆列着一颗斗大的黄金帅印。虎符、龙节、金斧、银钺,亮闪闪地分列在帅印的旁边。十万大军,人人的眼睛都注在这颗金印上面。

不多时,细乐悠扬,香烟缥缈,刘邦王驾到了。随从人员,排列了很长的队伍,宛然秦始皇出行模样。校场上登时肃静无声。将坛旁边的乐队奏起乐来。刘邦到了坛下，由随从官员们簇拥着上了高台。刘邦坐了正中宝座，百官分列左右侍立。乐队奏罢。刘邦传下命令，宣召大将上坛。

命令一下，全军振起精神。二十万只眼睛一齐张大，要看看大将究竟是谁。不多时，只见一个面生的人上了将坛，态度行动全不是大家所熟识的。个个都惊诧得很。有的人认得这个新任大将乃是都尉韩信，官低职小，新来不久，也从来不曾有过半点功劳，为什么忽然得到统辖全军的重任？这真是做梦也想不到的。全军都被这件怪事怔住了。

早听得坛上奏起细乐来，赞礼官高唱："授印"。汉王刘邦亲手捧起斗大黄金帅印，授给韩信。这帅印乃是执掌全军的信物，接受帅印便可以管辖全军。韩信向刘邦行个大礼，双手接过帅印，挂在身上。

受印礼毕，赞礼官再唱："授符节"。刘邦拿起虎符、龙节交给韩信。这虎符是用铜打造的两片像合同一般的铜版，上面刻有虎的形状，预备调遣军队用的。龙节像旗杆一般，雕有龙形，垂着一层层的旄，也是调兵用的信物。有了符、节就表示可以全权派遣军队。韩信又恭敬地行了一个礼，接过符、节。

受符、节礼毕，赞礼官第三次唱："授斧钺"。刘邦又拿起金斧、银钺交给韩信。这斧、钺是表示可以专断一切，还可以有全权先斩后奏的意思。有了斧、钺，这大将就可以有无上威权。韩信依然行礼，接过斧、钺。坛下将士看见韩信平地得了这般恩宠，都不禁又羡又妒。

拜将礼毕，刘邦赐韩信坐下，开口问道："丞相屡次称赞将军大才。不知将军有何良策教导寡人？"韩信谦逊了几句，说："臣才疏学浅，蒙大王下问，敢不尽心直言。现在和大王争夺天下的，岂不是项王吗？"刘邦说："正是。"韩信说："臣敢问大王，大王自己估计，大王的勇敢、劲悍、仁慈、强盛，比项王怎样？"刘邦给韩信一问，无话可答，停了一会儿，才应道："这一切，寡人自然不如项王。"韩信听了，再拜称贺说："臣信也认为大王不如项王。但是，大王只要依照臣的计划，取天下易如反掌。"刘邦听了大喜，连忙问道："将军有何妙计？"韩信不慌不忙，说出一篇惊天动地的大议论来。这正是：

　　接来金印初悬肘，说到石人也点头。

第八回　修栈道巧计度陈仓　背绵蔓奇兵拔赵帜

韩信当时，便对刘邦说道："现在天下英雄，自然要算项王。臣从前也在项王麾下，熟知项王的为人，请说给大王听。项王发怒的时候，一声叱咤，宛如半空霹雳，千万人都会恐怖得伏不敢动。上起阵来，所向无敌，有万夫不当之勇。可是项王不能任用贤人，不能采纳良谋。他的勇敢不过是匹夫之勇，有什么用呢？平常项王见人的时候，态度恭敬，言语温和，表现得十分慈爱。遇人有病，往往流泪，把自己的饮食，分给他，好像十分仁慈。可是等到有人立了功劳，应该加封的时候，封爵的印已经刻好了，项王还要把印翻来覆去的摩弄，弄到印角都磨平了，还舍不得给他。他的仁慈不过是妇人之仁，那能成什么事呢？项王虽然称霸天下，臣服诸侯，似乎势力强盛无比，可是入关时候，不知据关中天险之地，反回去彭城建都，已经失了地利。又违背了义帝的约，只拣自己所亲爱的便封他做王，分配得十分不公平。诸侯看见项王逐走义帝，也都个个逐走本国的王，自己占了好的地方。项王行兵所过，没有一个地方不被屠杀掳掠。人民怨恨，谁肯归顺？只不过被他势力劫制，不敢反抗而已。这样的强盛是容易灭亡的。所以项王的勇敢、劲悍、仁慈、强盛，都是表面上的，算不了什么。现在大王要是能够用了和项王相反的策略，任用天下勇猛的将士，推心委任，使他们个个能够发展才能，哪还有什么敌人打不败的！有功的人，就把天下城邑封给他们，哪还怕有什么人不心服的？趁着将士都想东归的时候，出了有名的义师，哪有不会得胜的？他们雍、塞、翟三个国王本来都是秦将，连年作战，手下不知战死了多少秦兵。后来他们又骗秦兵投降诸侯，走到半路，把二十多万秦兵都坑死了，只剩他们三人。秦的人民恨这三个人，深入骨髓，没有一个人不愿意吃他们的肉。项王挟了兵力硬把这三个人立做国王，封在关中秦的故地，其实秦的人民没有一个爱戴他们的。大王入关，秋毫不取人民的东西，除去秦的暴虐法令，只留三章约法，秦的人民没有一个不希望大王做秦王的。并且诸侯原约，大王本来就应该做秦王，秦的人民都已经知道。大王被项王改封汉中，秦的人民没有一个不恨恨不平的。现在大王举兵向东，这三秦的地方，只消一纸檄文，登时就可以平定。那时据了关中，养精蓄锐，便可东向以争天下了。"

韩信这一篇言论，把刘、项两人的优劣强弱，说得了如指掌，又捧了刘邦一顿，直把个刘邦听得倾心佩服，欢喜到不能形容，只恨自己认识韩信太晚，便一一依从韩信的计策去做。从此韩信执掌了汉军的帅印，替刘邦筹划一切，分派各军。

当下刘邦由韩信主持，故意派了几百名兵士，假做修理栈道的模样，运了一些木材，动工修筑。那时项羽和许多诸侯早已分头东归，只留下雍、塞、翟三个国王镇守关中，其中雍王章邯的地方和刘邦最为接近。章邯受过项羽背地嘱咐，叫他防备刘邦。项羽认为章邯也是惯战能征的名将，所守的又是威名久著的本国地方，总可以制服得住刘邦。章邯也十分小心，不断派细作在边界上探听动静。

这天探子来报："刘邦已经拜韩信做大将，派有数百名兵士在修理栈道。"章邯暗想：韩信这样无名小卒，也配做大将，可见刘邦手下没有人才。这样大热天，却用几百人修理天险的栈道，看他修理到几年才能完工。既然今日要修，当初何必要烧。便不把汉兵放在心上，只派了军队把守栈道北口一带。

刚刚到八月，忽然探子报说：汉王兵马已经到了陈仓地方（现在陕西省宝鸡市东）。章邯大吃一惊，不知汉兵从何而来，只得连忙带兵前往迎敌。原来韩信知道汉中的西北方有一条小路，可以直通陈仓，故意用了声东击西之计，"明修栈道，暗度陈仓"，果然章邯不曾提防这一着，被汉兵闯入要地。等到章邯带兵赶到，韩信已经占了险要地点，长驱直进。秦民怨恨章邯，听说刘邦到来，果然个个欢迎，章邯部下军队也都不肯替章邯出力，这一切都在韩信意料之中。只交了一阵兵，便把能征惯战的章邯杀得大败，逃回国都，被汉兵团团围住。

韩信另派了两支军队分头向塞、翟两国推进，一面宣传刘邦要回秦做王。果然秦民痛恨司马欣、董翳，处处都争先恐后地迎接刘邦军队，司马欣，董翳见不是头，只得投降刘邦。果然不消一个月工夫，三秦完全落入刘邦之手。

正在西方的三秦闹得人仰马翻的时候，东方的三齐（齐、胶东、济北）也如荼如火地演出了一场全武行。原来齐相田荣当初曾被章邯围在东阿，亏得项梁救援，后来田荣却不帮助项梁，以致项梁战死，项羽心中早已怀恨。偏偏田荣只顾在齐享乐，也不出兵救赵，既没有参加钜鹿之战，也不跟项羽入关。反是齐将田都，田安两人，一个曾到钜鹿参战，一个打下济北地方，迎接项羽。所以项羽分封十八诸侯时，把齐王田市搬去胶东为王，封田都做齐王，田安做济北王，合称三齐。

田荣接到这个消息，大为愤怒。便留住田市，不许他去胶东做王。自己点出齐兵，迎上前去，兜头痛击，把田都打得全军覆没，孤身逃到楚国去了。

田市究竟胆小，惧怕项羽发怒，私下逃去胶东，不想又被田荣发现，连忙发兵追赶，把田市也杀了。田荣自己做了齐王。可是还有济北王田安，也是项羽心腹，田荣便派人去招安巨野（现在山东省巨野县）地方一个民军首领彭越，拜他做将军，叫他去打田安。

彭越一向在巨野泽里，和一群壮士来来去去的打着游击战。渐渐人数多了，大家商议，应当推举一个领袖，才好一致行动。这时候，大家都承认只有彭越最有胆略，最为勇敢，便公请他做个首领。彭越再三谦逊，大众再三请求。彭越推辞不脱，只得说道："既然诸位好意，一定要我担任，那么我说的话是要算数的。"大家都说："那自然。"彭越说："明天太阳刚出的时候，我们就在这里开会。谁要晚到，便依军法斩首。"大家答应了。

第二天，天色刚亮，果然许多人都纷纷来到。彭越按名点卯，却还有十几个人没有来。又等了一会儿，陆续来了几个。最迟的一个，直到将近中午才来。

这时候，彭越板起脸来，向大家说："我本来不配做首领，大家一定要我做。今天第一次下令，便有许多不按时间来到的。既然晚到这样多，不好都杀，只杀最晚到的这个人。"便命令把最晚到的人杀了。大家还当彭越和从前一般，都笑着说："何必这样认真。请原谅他,下一次再不敢了。”彭越也不理睬,真个把这人杀了。方才设坛正式指挥大众,分配职务。大家这才懂得彭越是执法如山,说一不二的人,没有一个不吓得战战兢兢,不敢正眼相觑。

从此彭越带了这一班壮士,东冲西撞,横行无忌。刘邦入关时候,彭越也曾投入他的军队,走了一段路,舍不得巨野的根据地,又回来了。现在接了田荣的将军印绶,果然带了手下万余勇士直扑济北。济北王田安措手不及,被彭越打破国都,送了性命。三齐地方完全落入田荣手里。田荣重赏彭越,命他再去攻打楚国。这一场战事的结果,不但田荣威震东方,连彭越也名闻天下了。

田荣定了齐地,正要向外发展。忽然陈余派了夏说前来,诉说项羽分配天下,太不公平,把赵王歇搬去代地,却把张耳封作常山王,占了赵地。陈余请求田荣借给二万兵马,他自己愿意尽发三县的壮丁,一同去打常山,若能恢复赵王地位,情愿永远做齐的属国。田荣听了,正合心意,立刻应允。

陈余带了自己三县兵和齐兵联合,进攻张耳。张耳败走,投奔汉王去了。陈余迎接赵王歇回赵为王,赵王便把代封给陈余做代王。

燕王韩广不肯搬去辽东。燕将臧荼回兵,把韩广杀了,臧荼占了整个燕国地方。

这时候项羽已经回到彭城,把由秦宫俘虏来的美人宝货都安放宫内,大开筵宴,庆贺成功。正在兴高采烈的时候,忽然陆续接到各方警报。齐、秦、燕、赵都不遵分封的命令,发生战事。项羽既然自任霸王,对于这种公然违抗的行为,哪能置之不理。尤其使项羽震惊的,是刘邦竟然突破封锁,占了整个关中,要是不赶快把他打倒,养成势力,那还得了?所以项羽连忙召集手下将士,筹备出兵向西攻打刘邦。

正在调兵遣将的时候,忽然项伯笑嘻嘻地走了进来,手里拿了一封书简,递给项羽。

那时还没有纸,书信是用木片或是竹简,削成薄薄长方形状,一面用漆汁写字,另一面就刻上两条横道,写好了,两片合起来,文字向内。外面用绳子依着横道缚紧,打个结,结上敷了一团泥,泥上用印章一按,显出印文,等到泥干了,再让人捎去,谁也不能打开偷看,因为一打开,印泥就要破碎的。

当时项羽接过书简,打开一看,却是张良写的。内中文字十分谦恭,说:“汉王蒙大王封在汉中,本来不敢东出。因为当初原约是说:谁打破咸阳,谁就做秦王。汉王只求依照原约,把关中封给汉王,便心满意足,绝不敢向东再进一步。恐怕大王误会,以为汉王不遵命令,特地禀报,希望大王原谅。现在齐、赵两国联合出兵,要想灭楚,这是楚国心腹大患。臣良探得他们秘密往来情形,今附上齐、赵勾结的反书一份,请大王过目。”果然附有齐王、赵王的书信各一封,写着约同攻打楚国的话。

项羽是个火性的人。一看齐、赵公然约定来打自己,直气得七窍生烟,恨不得把他们一脚踩平才好。回想刘邦当初对自己原没有什么不是,把他封在汉中,自己也有理亏之处,难怪他要占三秦。现在他既然托张良来说情,得罢手便罢手。这田荣负义忘恩,害得项梁战死,现在又并了三齐,还联赵来打楚,实在不能容忍。要是不理,一旦出兵向西,岂不是更给田荣一个好机会?项羽想到这里,便决定改变战略,先发兵向东攻打齐国。刘邦如果不再向东发展,也就算了。要是靠不住,等灭了齐,再和汉算账,也还不晚。

田荣听说项羽亲自前来,便点齐全国精兵,亲自统领,迎住厮杀。谅田荣如何是项羽敌手,不消几阵,杀得弃甲抛戈,连国都也失掉了。田荣逃到半路,被乱兵杀死。项羽本来是个屠伯,又加怨恨田荣,一路上烧杀抢掠,弄得鸡犬不留,激起了齐地人民的义愤。人人都拿起武器来,东一队游击,西一队民兵,像雨后春笋一般。项羽的军队只要一挪动,后方马上就发生问题。田荣的弟弟田横趁着人民爱国情绪高涨的时候,收集散兵几万人,和项羽抗拒。要说田横的兵力是万万抵敌不住项羽的,但是他代表了本地人民的意志,依靠了群众的力量,使得百战百胜的项羽,也无可奈何。

项羽正在齐地追逐田横,突然探子来报汉兵已经出关,向东进发。项羽暗想,关外还有许多诸侯,汉兵未必就会顺利地打到楚国。齐地战事快要结束,索性结束了再回去。谁知齐国人民是不可战胜的,刚平了东边,西边又起。好像踩了烂泥,拔不起脚一样。那边却一连串警报飞来:汉兵已经打破河南,河南王瑕邱申阳投降。接着韩国也被打破,韩王郑昌投降。魏王豹也带了魏兵迎降。殷王司马卬被汉擒捉。总计不过几个月,汉兵已经打破七个国家,直向楚的国都彭城挺进。

项羽这时候才感觉到进退两难:要回去,又舍不得就要平定的齐国;要留住,又怕汉兵打到彭城。正在左右为难的时候,忽然又听说汉派使者到处邀约各国诸侯来打楚国。项羽禁不住心头火起,连忙分派龙且、钟离眛诸将留在齐国,自己带了三万精兵火速赶回彭城。

那时,汉兵正在节节胜利,刘邦亲自带领全军,渡过黄河,到了洛阳。忽然看见前面有一个须发斑白的老头子,拦路求见。刘邦唤他上前。老头再拜说道:"臣是新城地方的三老(秦时的官名,掌管一乡教化的事情),姓董。闻得大王起兵攻打楚国,师出无名,不易取胜,必须声明敌人的罪状,才能使人心服。现在项羽迫逐义帝,又把他杀了。大王应该为义帝发丧,布告天下诸侯,替义帝报仇,这才能名正言顺。"刘邦听了,觉得董公所说的话,很有道理,便依了他的话,替义帝发丧。刘邦亲自穿了白色的孝服,脱下左边袖子,露出胳膊,拢上头发,穿了麻鞋,全军也都带了孝。刘邦向义帝灵前设祭,放声大哭,好像极伤心似的。全军将士也都依次祭奠。这样一连祭了三天,算是替义帝办过了丧事。然后派了使者,布告天下:

> 天下共立义帝,北面事之。今项羽放杀义帝于江南,大逆无道。寡人亲为发丧,诸侯皆缟素,悉发关中兵,收三河(河南,河东,河内)士,南浮江汉以下,愿从诸侯王击楚之杀义帝者。

这样就可以出师有名了。可是这十八诸侯呢,早已七零八落,不剩几个了。雍、塞、翟、殷、河南五国早被刘邦灭了。辽东王韩广被臧荼灭了。常山王张耳被陈余赶走。济北、胶东被田荣灭了。十八个诸侯中,去了九个,只剩下一半。齐国正给项羽打得落花流水。九江王英布、临江王共敖都是项羽心腹,不会来帮刘邦的。燕王臧荼、衡山王吴芮,一北一南,路途太远,也不会来参加的。韩、魏两国早已投降刘邦,此外就剩下赵、代两国了。

但是赵、代的势力都在陈余手里,陈余不肯出兵,对刘邦使者说:“汉要是杀了张耳,我就出兵帮汉。不杀张耳,就休想我出兵。”

从这条交换条件,可见刘邦白做了几天孝男,并不能吓倒人家,也骗不来陈余。要赵兵来帮忙,还得再想办法。好个刘邦,想了一条瞒天过海的计。他既不肯杀张耳,又要陈余出兵。于是他找了一个面貌极像张耳的人,也不管这人有罪无罪,砍下头来,送给陈余,说是他已经杀了张耳。

陈余看见这颗假头,认为张耳已经死了,便真个派兵来帮刘邦。刘邦统领了各国兵马,共计五十六万人,浩浩荡荡,直奔彭城。走到半路,彭越带了三万兵马来投。刘邦依旧把魏王豹封作魏王,拜彭越做魏相国,叫他去收拾魏地各城,截击楚兵。

到了彭城,项羽已经把兵马调出,攻打齐国。留守的军队不多,被刘邦一阵攻打,便占了彭城。守兵纷纷逃去报信。

这彭城本来是一座名都,项羽又添了许多俘虏品,自然奢华富丽,不比寻常。刘邦进了彭城,再也不客气,便把宝货美人统统占有。大开筵宴,和各军将士尽情欢乐。这时候的刘邦不但把替义帝报仇的话忘了一干二净,连从前对秦宫秋毫不犯的假面目,也一概抛去,赤裸裸地显露出生平贪财好色、争权夺利的本色。主帅这样,手下的将官兵卒自然更恣意作乐,成天过着花天酒地的生活。

突然间,咚,咚,咚,战鼓的声音,从北方传来。那暗呜叱咤的楚霸王接到彭城败兵的急报,知道国都被汉兵打破,气得他暴跳如雷。连手下将士也都义愤填膺,因为他们的父母妻子都在彭城居住。登时加紧前进,车驰马奔,和暴风骤雨一般,一口气赶到彭城附近。只见汉兵漫山遍野,营帐连绵,旌旗不断,望去何止百万。项羽全没一毫胆怯,带着三万健儿,一声吆喝,直冲上去,逢人便剁,遇马便砍。汉兵哪是楚军的敌手?登时大乱起来,一个个跌跌爬爬,没命逃走。这些楚兵全是项羽手下精锐的勇士,个个英勇无敌。为了保卫自己的国家,拼命血战。汉兵却已经吃饱喝足,抢够财宝,都想溜之大吉。尤其是几个小国的军队,他们早已领教过楚兵在钜鹿城下的神威,惊弓之鸟,不愿替刘邦送命,都远走高飞,抱头鼠窜而去。

这时候,由绮罗丛里惊醒的刘邦,慌得他手忙脚乱,带领军队出来抵敌。这时正是夏初四月的早晨,一轮太阳高高地挂在半天。刘邦带了大兵,在彭城外面摆开阵势,等候厮杀。兵数比起项羽多过十几倍。只听得鼓声一起,楚兵便像怒潮一般汹涌杀来,奔腾澎湃,如同铜墙铁壁,当头压下。那种坚强无比的力量,使前排汉军来不及退走,早已被践踏成肉泥。后面的汉兵一见情形不对,都发喊一声,纷纷逃走。楚兵哪里肯放,趁势追上。汉兵只得望南逃避,楚兵奋勇直追。汉兵正在抛戈弃甲,拼命飞逃,不想前面一条谷水,拦住去路。这班跑得快的兵士,连忙回头,已经来不及了。后面败兵排山倒海般推了过来,只听得扑通扑通地响,都纷纷堕入水中。几十万兵士,收不住脚步,都跟着一个一个掉在水里,足足淹死了十几万人。

当时汉兵一部分淹死在谷水里面,还有一大部分向南高处逃奔,希望躲开楚兵的刀锋。楚兵哪里肯放,依然拼命追赶。刘邦指挥着将士,勉强抵抗,杀了一阵,实在打不过了,只得又向南逃走。一直逃到灵璧(现在江苏省濉溪县附近)东面。汉兵只剩下二十多万了。项羽下令:“这些敌人现在已经成了网中之鱼,瓮中之鳖,必须杀得片甲不留,方许收兵。谁能取得刘邦首级的,重重有赏。”楚兵得了命令,更加奋勇地追扑上来。汉兵数量虽然比楚兵多得多,无奈他们已经被吓得亡魂丧胆,只有拔脚飞逃,并无招架的勇气。但见满地尸骸重叠,血肉纷飞。楚兵狂喊的声音和汉兵号哭的声音,打成一片。这些汉兵原是刘邦由关中帮来,其中有许多人不懂南方地理,他们只顾跑得快,却不知道应该向什么地方逃。逃了一程,前面又撞着一支河流。这是一条浩大的睢水,由现在河南省境内发源,直到江苏省境和淮河会合。这样一支大水,汉兵如何能够飞渡?楚兵见他们自投死路,更加四面包围过来,渐渐越挤越紧。汉兵走投无路,退到睢水旁边,被楚兵猛烈地向前一挤。汉兵像山崩一般,摔到睢水里面去了,把睢水填得满满地无法流下。

这时候刘邦左右的勇将们死命保住刘邦,往来冲杀。眼看二十万大兵一大堆一大堆的掉到水里去,只剩下几万人了。楚兵越围越紧,喊杀的声音,天摇地动。口口声声只叫:“休要放走刘邦,谁能捉到的有赏。”吓得刘邦遍身发抖,再看前后左右,自己的兵马越来越少。四面八方楚兵包围上来,刘邦身边虽然只剩下三四万人马,比起楚军来,数量还是不算太少,却大半都已中箭着枪,又饥又乏,战斗不得。刘邦没奈何强打精神,舍命冲突,无奈四面都是楚兵,碰着就死。冲了几回,也冲不出。刘邦眼看着败残兵卒,越杀越少。刘邦到了这时候也只好束手待毙,再也没有什么妙计了。

想不到天有不测风云,在四月温暖的季节里,忽然刮起了一阵大风,由西北一直向东南吹来。吹得尘土满天,墙崩屋塌,一排排大树都吹得连根拔起。一霎时日月无光,飞沙走石,人人都睁不开眼睛。连勇猛的楚兵也都站不住脚,个个背过身去,蒙着脸庞。刘邦看准这是一个逃走的机会,连忙带了亲信几十人,急急忙忙溜了出去。楚兵发现有人逃走,如何肯舍,连忙向前赶去。楚将丁公一马当先,赶到刘邦车后,觑准刘邦,刚要一枪刺去。刘邦急得没法,连忙向丁公说:“我久闻将军是个英雄,我刘邦也是堂堂汉子。惺惺惜惺惺,岂有相害的道理?将军手下留情,我一定厚报。”丁公听见这话,想了一想,便点头含笑,放了刘邦。原来丁公是个贪财的人,项羽素日对有功将士赏赐并不优厚,所以他想放走刘邦,日后多少可以得些好处。

刘邦逃出重围,急急向北赶程。记起此地离沛城不远,索性把家眷接去,免被项羽杀害。谁知到家一看,房屋已经空了。只得重新上车,还没有走几里,看见路旁有两个小孩,正是自己所生的一男一女。刘邦又惊又喜,连忙叫他们上车,问起情由。原来刘邦的父亲太公和刘邦妻子吕氏知道楚、汉争锋,带了小孩来寻刘邦,不幸半路失散。刘邦虽然接不着父亲和妻子,却喜得了儿女,便急急向西逃去。

还走不到一程,忽然后面喊声大起,楚将季布带了精兵追来。刘邦忙催驾车的夏侯婴,快快前进。又怕车上人多,马跑不快,便下了狠心,把儿女推落车下。夏侯婴看见大惊,慌忙下车,一手一个提上车来。刘邦急得跳脚,大骂夏侯婴。夏侯婴毫不理睬,依然加鞭向前飞跑。走了多时,看见后面喊声更加近了。刘邦唯恐走不脱,又把儿女踢下车去。夏侯婴放下缰绳，又跳下车去抱这两个小孩。一连踢下好几次，都被夏侯婴拾起。后来夏侯婴索性把两个小孩揽在自己怀中，左手拉缰，右手加鞭。刘邦气得两眼冒火，破口大骂，拔出剑来，要杀夏侯婴。夏侯婴全无惧色，说："虽然情势危急，总是自己亲生骨血，怎忍抛弃他们？"刘邦没奈何，只得罢了。

后来听得楚兵喊声渐渐远了，刘邦方才放下心来。打听得吕氏的哥哥吕泽带兵扎在附近，刘邦便先去投奔他，一面收集败兵，一面向西撤退。

这时候各国看见楚强汉弱，纷纷又服从了项羽。塞王司马欣和翟王董翳趁着汉兵败走的时候，带了自己残余部下投降项羽。魏王豹也借口母亲有病，要回去探望，向刘邦请假回魏国去了。这真是"树倒猢狲散"，刘邦依然只剩下了自己。

不久，刘邦又打听得父亲太公和妻子吕氏因为走失了路，寻不着刘邦，倒撞着楚国兵马，都给项羽活捉去了。现在项羽把他们安置军中，作为抵押。刘邦听得这个消息，心里好不烦恼，暗想项羽这样厉害，要想把他打败，实在困难，只有联结许多人，大家一齐动手，合力打他一个，或许能够成功。刘邦想定了，便和张良商议。原来张良自从韩王成被项羽杀死，另立郑昌为韩王以后，他重兴韩国的梦想已经完全毁灭，便把从前怨恨秦皇的心理移到项羽身上。他算起来，只有刘邦一向和他要好，要打倒项羽也只有刘邦比较有希望，便写了一封信给项伯，骗得项羽去打齐国，自己却孤身来投奔刘邦。刘邦向来敬服张良足智多谋，留他在身边计议军机大事。当下张良想了一会儿，便答应说："现在有三个英雄，是足够独当一面的大豪杰。大王要是舍得和他们分享天下，共成大功，那是很容易打倒项王的。"刘邦连忙问道："这三个豪杰是谁？我愿意把函谷关以东的地方割弃，分给他们。我自己只要占有关内，便满意了。"张良说："第一个是英布……"一句话还没有说完，刘邦接口说："他是项王心腹，哪肯帮助我们？"张良笑道："原来大王不知，英布自从做了九江王，很贪图享受，不像从前了。这番项王去打齐国，叫他出兵，他只派了几千名军队跟项王去，自己却推病不去。项王气得把他大骂一顿，臣听说英布怕得很。项王的使者越催得紧，英布越不敢去见项王。我们要是趁这机会去和他联络，很容易拉过来。"刘邦欣喜道："原来有这一段事情，英布是项王的一条臂膊，要是拉得过来，那太好了。第二个呢？"张良说："第二个是彭越。他正在魏的地方，足可采取游击战，扰乱项王的后方，让项王兵力分散，无法和我们对敌。还有第三个，是韩信，他智谋出众，可以付托大任。"刘邦说："这两个都不消说得，只是英布那里，得派一个会说话的人才好。"过了几天，刘邦果然派了谒者（官名）随何，带了二十人前往九江。

刘邦到了荥阳，各路败军陆续来会。恰好雍王章邯自杀，雍地平定。韩信等也带了军队前来。丞相萧何又把关中还未成丁的男子送到荥阳。因此汉兵登时增加了许多，才能够和楚兵在荥阳相拒，不让楚兵再进。

这时候关中壮丁早已在秦二世时代，跟随章邯打仗，结果都被项羽坑死新安。后来刘邦和三秦打仗，又被双方抽去许多，剩下一些壮丁被刘邦尽数带去攻打彭城。关内只剩下年龄不到二十岁的少男，和五十六岁以上超过当兵年龄的老头子，现在也被萧何抽去了。关中失去许多劳动力，还有谁来耕种田亩？结果，自然弄到遍地饥荒，一斛米贵到一万铜钱(大约合黄金一斤)。老百姓卖儿鬻女,苦到极点。这些田亩渐渐都归并到大地主们的手中。人民呢?连草根树皮都吃光了。

那时有个姓任的地主,最会打算。当义军起事的时候,大家都料定天下一定要响应,战争一起,一时完不了。所以个个地主都买金积玉,藏了许多细软宝贝,好见机逃走。只有任家却把由农民榨取来的稻谷,埋藏在地窖里。一窖又一窖,积存许多。大家都笑他留下这般笨重的谷,怎么搬移?不想到了这几年,米粮奇缺,可是人总得吃饭,许多地主只得忍痛地拿出金玉和任家换米。结果,任家大发横财,着实富了几辈子。

人民既然这般缺少粮食,那双方交战的军队呢?刘邦占了荥阳,抓住秦代藏谷的大仓——敖仓。他派了军队筑好甬道,由荥阳直达敖仓,不过十几里路,搬运粮米,十分方便。项羽却须由楚国彭城运米前来,走到荥阳大约八九百里光景,中间还要经过魏国地方。彭越受了刘邦指使,带领许多游击队,侦得楚兵运粮经过,便出其不意地拦路劫去。楚兵虽然骁勇,无奈"明枪易躲,暗箭难防"。彭越又是专做没本钱生意的,神出鬼没,巧妙无比,弄得楚军前线随时都可能闹饥荒,没有法子打仗。这对楚、汉双方胜败,起了极大作用。

彭越虽然帮着刘邦,可是魏王豹却归顺项羽,不听刘邦调度。刘邦派了郦食其前往劝告,魏豹只是不听。刘邦便决定派韩信带了曹参、灌婴进攻魏国。

魏王豹听得汉兵前来,连忙拜柏直做大将,统领全军守住蒲坂地方,预备迎敌。那蒲坂在现在山西省永济市西边,黄河岸旁,正对陕西省朝邑县东面,是魏和秦往来必经的要道。所以战国时候,魏国在黄河东岸旁筑了一座蒲坂关。这座关,据山扼河,高峻坚固,一则地势险要,二则建筑雄伟,真个"一夫当关,万夫莫开"。当下柏直把大兵驻在关内,塞断了黄河渡口,分派军队上下梭巡,不许黄河里有船只来往,料想汉兵再也不能插翅飞渡。

不多几日,韩信军队到了黄河附近。探子报知前面就是临晋津,已经有魏兵在蒲坂把守,无法渡河。韩信下令先扎下营盘,一面派探子沿河打探情形。探子回报:沿河都有魏兵分段梭巡,河里并无半条船只。只有黄河上游夏阳地方,河流迅急,两岸地势崎岖难走,才没有魏兵把守。韩信听了,踌躇了一会儿,便唤过曹参,嘱咐他带领三千兵士,沿着黄河向北,直到夏阳附近,砍伐山上林木,堆在夏阳岸边,限三日内办齐,务要秘密行事。曹参接令去了。韩信又唤过灌婴,嘱咐他也带了三千兵士,分头向各村庄秘密收买大瓦罂和绳索,也运到夏阳岸边,限三日办齐。灌婴也奉命去了。韩信传令多插旌旗,派一千兵士每日更换服色,在营盘附近,往来不绝,作为疑兵;又派一千兵士看守营帐,夜间多点灯火,白天鼓角不停,敌人如来挑战,不得迎敌;又派一千兵士在黄河附近搜索船只,预备渡河,搜到的船只,每船各派十名兵士看守。分拨已毕,过了两天,韩信便带了大军,乘着黑夜,悄悄离开营盘向北去了。

柏直知道汉兵到了,探得韩信正在搜捉船只,预备过河,又看见汉兵旗帜迤逦不断,兵马往来不绝,越发当心把守。日夜梭巡河边,专等汉兵渡河一半时,即便截杀。谁知一连好几日,并无动静。忽然流星探马报到,说是汉兵已经过了黄河,占领安邑

(现在山西省夏县附近),直取魏都平阳(现在山西省临汾市西)。魏王已经亲自带兵迎敌,催柏直火速回兵。柏直闻报大惊,也不知汉兵究竟由什么地方飞来,只得连忙回兵。走到半路,已经接到探子报告,平阳被汉兵打破,魏王被擒,柏直进退无路,没奈何只得率众投降。

原来韩信到了夏阳,曹参、灌婴早已办齐木材和瓦罂。韩信命把木材一横一直地缚成方格,格中安放瓦罂,捆得结实,一排一排地缚好,就成了不沉的木筏,放在河里,十分安稳。兵士登上木筏,向东岸划去,不消多少工夫,早已稳达彼岸。再把木筏放回,往返几趟,全队军马便都过了黄河。韩信一登东岸,立刻分派军马,命曹参做先锋,直取安邑。安邑人做梦也想不到汉兵来得这般快,手忙脚乱地出来迎敌,怎当得曹参又是一员虎将,不消一阵,便打败魏兵,占了安邑。安邑败兵逃到平阳,汉兵也就跟踪追去。魏王豹正在眼巴巴地盼望柏直捷报,却不料汉兵已经闯到国都。魏王豹只得纠集留守的一些军队迎战。这种意外的威胁,早已把魏兵吓得糊里糊涂,自然士气低落,一败涂地。

韩信平定了魏地,差人回去报捷,同时请求添兵三万人,乘胜向北攻打燕、赵两国,和东边的齐国。等到三国都打平了,便向南截断楚国粮道,和汉王在荥阳会师夹攻。汉王刘邦接到捷报,当然大喜,立刻依着韩信的建议,并且派张耳带兵前去协助,同时又令挑选魏地的壮丁,送到荥阳来补充队伍。

那时陈余因为看见刘邦兵败,又探得上次张耳的头是假的,张耳并没有死,便又归顺项羽。他虽被赵王封为代王,可是本人却留在赵国掌握兵权,只派夏说做代相,守护代地。当时陈余听说汉兵已经灭了魏国,就要进兵向赵,连忙聚集兵马二十万,亲自统领,守住井陉地方(现在河北省井陉县)。那井陉是赵国西边最险峻的地方,这一带全是崎岖的山路,人马难行。就中一座井陉山,因为四面高峻,中央低洼,故取名井陉。这山中间有一条小路,称为井陉口,是汉兵东出进攻必经之路。陈余料定汉兵数量不多,只消堵住井陉,便不怕他。刚刚布置完毕,忽然接到探子报告,汉兵已经进攻代国,代相夏说战死,代国已经完全降服,陈余听了大惊,忙聚集诸将商议。广武君李左车献计说:"韩信连破两国,乘胜而来,士气锐盛。我们不要和他争战,必须用计,才能取胜。他这番进攻,必定要经过井陉口。这井陉口险峻无比,兵队是不能排着队,必须一个挨着一个,车辆更不容易并排着走。这是最好的机会。他们由魏地走了几百里才走到井陉,带的粮食辎重一定都在后面。请派给我三万精兵,由小路绕过汉兵的后面,把汉兵粮食辎重截断。汉兵前队已经进入井陉,无法回头救援。足下在前面只守住关口,不让汉兵进来,也不和他交战。汉兵既不能进,又不能退,又没有村庄人家,无处掳掠粮食。只消十天,饿也饿死他们。韩信和张耳的脑袋,指日可以献上麾下。这是万全的妙计。要是不这样做,我们是打不过他们的,一定要被他们俘虏。"陈余听了,踌躇了一会儿,说:"你说的也很有理。可是韩信这番带来汉兵,号称数万,其实并不足数,又且远征千里,苦战多时,精锐大半已经伤亡,剩下的不过疲乏老弱之辈。这样又少又疲乏的汉兵,我们还躲避着不和他见个高低,各国一定笑我懦怯无能,都来欺侮我赵国了。现在井陉天险地方,我只先据着险地,趁他刚刚走出井陉口,人困马乏的时候,围住痛击。我兵比他多了几倍，他们无路可退，一定失败无疑。这才是堂堂正正之师，用不着奇谋巧计去暗算敌人。”说罢拈着胡子，微微含笑。

原来陈余本由儒生出身，一向以忠义自命，不喜欢用诈谋诡计。所以他不肯采用李左车的计策，却吩咐诸将准备厮杀。不料这一席会议早被韩信派来的细作侦得详细，报与韩信得知。韩信听见李左车的计，心中大惊，后来听说陈余并未采用，方才放下心来，连忙吩咐探子再去细探。不多时，探子陆续回报，陈余兵马都在井陉口安营，的确没有分兵的事。韩信才敢放胆前进。进到离井陉口三十里的地方，韩信传令扎下营盘，住宿一夜。到了半夜，韩信传令召裨将靳歙，命他带领二千兵士，每人各带一支赤色的汉军旗帜，趁黑夜爬过山去，由小路走到可以看见赵军营垒的地方埋伏，等待明天交战时候，只看赵军全数离营时，便急急掩入赵营，把赵军旗帜拔下，换上汉军的赤帜。靳歙奉令去了。

不多时，天色渐明，韩信又传令派傅宽、张苍各引兵一万人，悄悄到赵营左右埋伏，只等赵兵回营时候，一齐出来夹攻。两人奉令去了。韩信方才下令，全军整装预备出战，不必造饭，只命裨将分给全军一些早点，说：“元帅有令，这些点心权且充饥。等今天打败了赵军后，再饱餐一顿。”诸将听了，都莫名其妙，心中十分疑惑，只得遵令。韩信先派步兵一万人，渡过绵蔓水，紧靠岸边，立下营寨。韩信和张耳方才带领大队，向井陉口进兵。

陈余在井陉口闻报汉兵已到，连忙带领诸将登高眺望，只见初日曈昽，阳光四射，汉兵渡过绵蔓水，零零落落，数量不多，陈余指点着说：“这不过是前队不满万人的偏军，我们不要打草惊蛇，且等汉军到齐再打不迟。”不一会儿，汉兵上岸，便在岸边不远地方，扎了营垒。陈余不觉失声笑道：“人说韩信多谋，张耳足智，原来都是虚有其名。这些微末兵卒，扎在背水的绝地，只消我用大军紧紧一挤，还不都落水而死。他们连兵法都不知道，还敢前来送死！”说罢呵呵大笑，诸将也都大声地狂笑起来。

这时候，汉兵陆续由井陉口经过，陈余唯恐被韩信、张耳逃脱，眼睁睁地只等汉的中军主力到来，吩咐诸将，不要太早下手，要诱得汉兵进入平地，才好一网打尽。等了一会，果然鼓声大震，帅旗飘扬，汉兵簇拥着中军旗鼓，由井陉口徐徐出来。陈余见了大喜，忙传令大开营门，奋勇出战。这时候汉兵已经过了井陉口，在平地上排好阵势，和赵兵接战。赵兵数量比汉兵多了好几倍，可是汉兵因为后面是井陉口，并无退路，只好竭力撑持。战了多时，汉兵渐渐不支。韩信、张耳便抛弃了大将旗鼓，带领全军退到水边营垒去了。

陈余催动全军，乘胜追赶，一路上夺得旗帜马匹辎重不计其数。眼看汉中军大将的旗鼓就在前面不远，诸将都要抢得帅旗，占个头功，个个奋勇飞赶。连赵营留守的将士也都看了许多俘虏品十分眼热，大家争先出营来赶。赶到水边，韩信等已经进入营里，箭矢像飞蝗一般射了出来。赵军知道汉军别无退路，人人胆壮，拼命攻打汉营。汉兵也知道无路可走，败了只有淹死，个个死守不退。这样相持了半天光景，赵军看看天色过午，都感到饥饿，渐渐不像起头那样地有劲了。陈余料想汉军无路可逃，便下令：“先回营午餐，吃饱了再来。务要生擒韩信，活捉张耳，把汉兵杀得片甲不留，才泄我心头的怨气。”赵军得令,后队改成前队,慢慢撤退,陈余亲自押后。走了一程,远远望见赵军营垒,一片鲜血也似的红旗,完全是汉军的标帜,吓得赵军目瞪口呆。大家都知道营垒已经完全被汉军夺去,自然主将也一定被汉军俘虏,登时军心大乱,不约而同地发了一声惊喊,便纷纷四散逃走。赵将极力弹压,也无法制止。正在手忙脚乱的时候,忽然鼓声大震,左有张苍,右有傅宽,两支伏兵齐出,冲杀过来。赵军已经被汉帜吓破了胆,认为老营已失,无家可归;再碰着这两支生力军,如狼似虎地扑来,哪敢迎敌?又不知汉兵究竟有多少,大家性命要紧,拼命飞逃。后面韩信、张耳催动全军,一齐掩杀上来。陈余便有天大本领,到了军心涣散的时候,也独木难支,只得带了残部冲出重围,望东逃去。走到泜水附近,被汉军追上杀死。赵军除了逃走之外,都做了俘虏,连赵王歇也被生擒。果然半日工夫,杀败了赵兵二十万,平定了赵国。

许多将士都纷纷呈献首级和俘虏,韩信打开功劳簿,一一登载。将士拜贺已毕,便请问韩信道:“按兵法里面,说:靠山近水的地方,才能扎营。将军命臣等背水扎营,这犯了兵法的大忌。为什么居然得胜?这是臣等不明白的,请将军晓示其中道理。”韩信笑道:“这正是兵法里面有的,诸位没有细心研究罢了。兵法曾说过‘陷之死地而后生,置之亡地而后存’。背着绵蔓水,我兵无路可退,正是应该死亡的地方。我韩信并不是多年老将,和兵士们有深恩厚谊;这些兵都是临时抽来的壮丁,要不把他们安置在背水的死地上,使他们知道退后必死,怎肯拼命向前。要是在平地交战,他们必定四散逃去,哪肯出死力打仗呢?”诸将听了尽皆拜服,说:“将军神机妙算,非臣等所能及。”

大家正在谈论的时候,忽然外面推进一个人来。韩信一看,连忙离了帅座,上前迎接,亲手解开这人身上的绳索,连连谢罪。大家都看得呆了。这人是谁?原来就是李左车。韩信自从得知李左车向陈余献计,便深深佩服他足智多谋,晓谕全军,将来遇着李左车,不许杀死,只许生擒,捉到李左车,重赏黄金一千斤。果然重赏之下,必有勇夫,趁着赵兵溃散的当儿,汉兵擒得李左车来献。

当下韩信一面吩咐左右如数给赏,一面让李左车上坐,自己纳头便拜,说:“我韩信谬当重任,统领大兵。深愧才疏学浅,见识不周。难得广武君今天降临,务望不吝指教。我当敬拜老师,一切听老师教训。”李左车连忙辞谢说:“我是败军之将,哪里配当这样的大礼。”韩信说:“不是这样说。这完全是因为陈余不用先生的妙计。如果他采用了先生的计谋,我韩信早已被先生擒住了,哪里会有今天听先生教训的荣幸呢?”

韩信拜罢,坐在下面,恭恭敬敬地说:“请问先生。现在我要进兵攻打北边的燕和东边的齐,应该先从哪一国下手?”李左车听了,不慌不忙说出一篇道理,说得足智多谋的韩信连连点头称是。这正是:

任教智略如韩信,还得虚心拜左车。

第九回　逞舌辩英布归刘　中反间范增辞楚

当时李左车看见韩信诚心请教，便也不再客气，向韩信说："兵家的要诀，在于善用所长，避去所短，这样就可以百战百胜了。现在将军一战破魏，再战灭代，三战收服了赵国，长驱千里，所向无敌，将军的威名震动天下，这是将军所长的。但是将军的军队已经太疲劳了，真个打起仗来，不见得有多少把握。将军要是把这些疲劳的兵，北上攻打燕国；燕国惧怕将军兵威，一定死守城池，不敢出战，那时兵疲粮尽，进退两难。齐国当然也要保守国境，和将军抗拒；将军长年在燕、齐两国中间争战，分不开身子，怎么能够去帮助汉王呢？这就是将军所短的。会用兵的人要巧妙地运用所长来补救所短。"韩信听了十分佩服。原来他这番攻打赵国，已经因为兵士疲劳和久无训练，不得不用背水之计，来迫使兵士死战。再要去打燕和齐，实在也感到困难。李左车的话，说到他的心坎里，如何不倾心拜服？当下韩信连忙把座席向前一挪，说："这真是句句良言。请问现在应该怎样办，才能避开所短，发挥所长？"李左车说："将军最好的方法是暂时按兵不动，安抚赵国的人民，每日宰牛设酒，大享士卒，让军士和人民都有休息的机会。然后调兵安营做出要向北攻打燕国的模样。再派了一名能言善辩的人，送一封书信给燕王，告诉他将军的兵威无敌，叫他趁早来降。燕王一定不敢不听。燕既然降了，兵士也休息够了。那时再向东，宣扬将军的威德，齐国就不攻自败了。这就是先虚后实的妙计。"韩信听了大喜，说："这真是妙计，就这么办好了。"一面派人去汉王那里报喜，请求立张耳为赵王。

刘邦连连接到韩信的捷报，心中自然欢喜，却也怕韩信势力太大，难以管制；好在张耳和刘邦有交情，又是儿女亲家，乐得封他为王，便同意了韩信的提议。一面叫韩信快快挑选精壮兵士前来荥阳，帮助刘邦充实军队，表面上当然为了荥阳军事紧急，一半却也为了要削减韩信的实力。

正在刘邦高兴的时候，忽然又报说随何带了项羽唯一的爱将九江王英布前来投奔。刘邦喜上加喜，连忙催唤英布进来相见。

原来随何到九江的时候，英布还是一心归向项羽，听说汉王使者到来，只叫太宰（官名）招待，并不接见。随何等了多日，知道英布无意见他，便对太宰说："九江王不肯见我，无非以为楚强汉弱，不肯和汉通好。那么正应该快快地接见我，如果我说的话对，王就采纳；我说的话不对，干脆把我们二十人杀了，不更显出九江王对楚的忠心吗？这样见又不见，杀又不杀，留着我们有什么用呢？"太宰听他说得有理，便替他传达给英布听。英布果然叫随何进来相见。

随何见了英布，行礼已毕，恭敬地说："汉王派臣前来通好。请问大王为何对楚那般尊敬？"英布说："楚王是寡人故主。寡人一向北面称臣，自然与众不同。"随何说："大王和项王同是诸侯，为什么大王要对楚称臣呢？既然称臣了，那就应该尽做臣的本分，项王上次攻打齐国的时候,身先士卒,亲冒矢石。大王既然是臣,就该全数征发九江壮丁,亲身带领,做个先锋,才是正理。臣听说大王仅仅派了四千兵卒,去帮项王。做臣下的人,应该这样吗?项王国都彭城被汉王打破,项王本人还在齐国,大王既然是项王臣下,就该亲身带领九江军队,扫数渡过淮河,和汉兵在彭城拼命。可是大王并不曾派过一兵一卒,只是袖手旁观,一任项王东奔西走,浴血苦战,好像别人的事情一般。做臣下的人,应该这样吗?大王不过空名事楚,却要楚做九江的靠山,这那里能够?也许大王认为楚强汉弱,所以忠心于楚。却不知楚杀了义帝,天下都说他不义。而且楚攻打荥阳,要经过八九百里地,运粮十分艰难,不比汉只须坐守荥阳,关中和蜀汉都可以运粮接济。成败的形势,已经十分清楚。楚兵越强,诸侯越害怕,也就越和汉团结。大王不和万全必胜的汉通好,反要和危险的楚亲善,这实在是大大失算。"

英布听得随何一篇议论,不觉内心动摇起来。他本来因为贪恋安逸,不曾帮项羽出兵,心里老捏一把汗,只怕项羽发怒,可是叫他对项羽翻脸,却又不敢,正在进退两难的时候,被随何一说,自然有些活动。他低着头,沉吟着不说一句话。

随何看出英布已经被他打动,便再进一步,说:"大王不必怀疑,臣并不是说九江的兵力足够打败项王。只须大王出兵和汉兵呼应,项王必定分出一部分兵力来对付九江。这样,汉王便稳稳可以得了天下。那时臣只消和大王提了随身宝剑去见汉王,哪怕汉王不分出地盘来封大王,九江也当然永属大王所有。这是千载一时的立功机会,愿大王不要错过。"

英布细细想了一会儿,觉得这话很有道理。他原知道项王是神勇无敌的,不敢得罪;又怕项王发怒,自己性命难保。现在随何并不要求他单独和项王对敌,那么和汉私下连和,留个后路,万一项王真个发怒,还可以逃到汉那里去,依旧为王。想毕便点头答应。随何看出英布口头答应,心里还在犹豫不定,又切实劝了几句,才退出来。

过了几天,随何探知楚国使者到来,催促英布火速发兵。随何连忙也到九江王宫求见。守门卫士不让他进去,陆何随口撒个谎,说:"我就是来和楚国使者商谈的。"说着便直闯了进去。

楚国使者正在理直气壮地责备英布为什么不快快发兵,去帮助项羽。不提防随何忽然闯到面前,一点也不客气,大模大样地到楚国使者座位的上一位坐下。这使楚国使者大大惊愕起来。英布急得直瞪着眼睛,不知道要怎么办才好。

随何更不迟疑,正色地向楚国使者说:"你是来催促九江王发兵的吗?九江王现在已经归向汉了,楚有什么资格叫他出兵?"这几句话好像晴天霹雳一般,吓得英布和楚使者都愣住了。楚使者呆了一呆,回过头来,对英布狠狠瞪了一眼。他看出英布满脸惊慌尴尬的神气,更加气往上冲,便一言不发,站了起来,恨恨地走了。英布看见楚使者生气,跺着脚"唉"了一声。他觉得这件事情闹糟了,可又不知道要怎样办。

随何抓紧机会,立刻催促英布,说:"这件事情已经到了这步田地,不能再挨了。楚使者回去,就会向项王报告的。不如干脆把他杀了。"英布被随何弄得完全没有了主意,也怕使者回去会激怒项羽,便依了随何的话,派人把楚使者捉住杀了。一面起兵去攻打楚国。项羽得了这个消息,如何不生气?无奈自己正和刘邦在荥阳相持,不能分身，只派了大将龙且和项声一同前往攻打九江。英布虽是勇将，却因贪图安逸，不肯亲自上阵，打了几个月，地方都快丢光了，果然依了随何的话，孤身一人跟了随何来见刘邦。

在英布心中，以为这番为了刘邦，才丢了九江，多少有一些功劳；又且和刘邦同为一国之王，地位相等，相见时候，总有一番礼貌。谁知到了汉王宫外，并不见刘邦出来迎接，只有侍卫的人传报进去，英布心中已经老大不舒服。一会儿，有人出来，请英布进内相见。英布忍住愤怒，走进宫中，转弯抹角，好半天，才走到刘邦住所。跨进门去，一眼瞧见刘邦高踞床上，光着两只脚，踏在脚盆里。左右一边一个女子，正蹲在地上替刘邦洗脚。英布一看，不由心中冒火，懊悔不该跟随何前来，受了这样大的侮辱。这时候，进退两难，他的一张脸都气得紫涨了，更听不清刘邦和他说了些什么话，糊里糊涂敷衍几句就走了出来，一边走，一边想，越想越气，决计寻个自尽，还落得干净。

英布出了宫门，早有汉的官吏招待他上了车子，不多时到了一个地方，只见一所大宅，朱门翠瓦，建筑得十分壮丽。车子一直进入内庭，方才有人请英布下车。英布看这地方和刘邦所住宫殿相仿，料想主人来头不小，只得忍气吞声任凭招待的人引导。走进内面，只见房屋无数，陈设得极其华丽，还有许多妙龄的美女歌姬，都是满身锦绣。后面还有一座宽大花园，亭台楼阁，一应俱全。英布看了一周，莫名其妙。最后走到一所餐室，只见珍馐百味，都已经摆设齐整，左右两列舞女，都拿了乐器伺候。招待的人说："这所房子是汉王替大王预备下的。请大王就在这里居住，小臣告退了。"说罢告辞去了。

英布看见这房屋这般华美，生活这般舒服，想起刚才亲眼看见刘邦自己的享受，也不过如此，不觉心花大开，把寻死的念头完全丢去，欢欢喜喜地住下，从此一心一意归向刘邦，成为项羽的死敌。

刘邦既然用了手段来笼络人才，自然也时时刻刻提防别人。他自己困守荥阳和项羽争战，把关中付托萧何管理，一面却不断地派人去慰劳萧何。萧何不知原因，只道刘邦体贴他，更加尽心做事。却被一个姓鲍的儒生冷眼看破，便对萧何说："丞相大祸到了。"萧何大惊，说："我有什么祸？"鲍生说："大王亲自在前线交战，受尽辛苦，丞相却坐守关中。双方比较起来，大王比丞相辛苦多了。现在大王倒反常常派人来慰劳丞相，这岂不是颠倒轻重？既然不是真心慰劳，自然是放心不下，要察看丞相动静了。大王存了这种心理，丞相还能平安吗？"萧何听了连连点头说："你说得有理，那么我应该怎样？"鲍生说："要解除大王疑心，只有把丞相心爱的兄弟子侄都派到大王军中，明说是为了效力，暗中是做质押的意思。大王看见丞相肯把最亲爱的人送来，自然不会疑心了。"萧何依了鲍生的话，就把一家子侄都派遣到荥阳军队里。刘邦果然大喜，再也不怀疑萧何了。

这时候，楚、汉在荥阳已经相持了一年光景，项羽无法取胜，心里十分着急，便和范增商议。范增说："刘邦死守荥阳，所靠的是粮食充足。我们派了奇兵截劫他甬道的粮草，汉兵缺粮，自然内乱。"项羽大喜，便派钟离昧带兵前往，埋伏在甬道旁边，等待汉兵运粮经过，伏兵齐起，拆毁甬道的墙，把粮草劫去。汉兵虽然也有防备，无奈甬道甚长，防不胜防，一连被楚兵劫去数次。汉兵缺乏粮草，感到相当困难。刘邦心里忧愁，便和郦食其商议，怎样能够消灭楚国势力。郦食其说："秦灭六国，使六国失去地位成为平民。大王要是再封六国，六国君臣一定感恩，愿做大王的臣下，那时楚就没有势力了。"刘邦欣然说："好的，好的。我立刻去铸六国国王的印，就请先生一行，去封授六王。"

过了几天，刘邦正在吃饭，张良由外面走进来。刘邦看见张良，猛然记起这事，一向因为张良患病，还没有和他商量过，便唤道："子房，来！来！有人劝我立六国后代为王，来消灭楚国势力。依你看，这个计策好吗？"张良听了大惊，说："谁替大王想出这样的计？完了，完了！"刘邦大惊，忙问是什么道理。张良拿过刘邦手里的筷子，说："请借大王的筷子，指点给大王看。从前封建诸侯，都是看准了将来一定能够制伏。现在大王封建各国，将来能够制伏他们吗？能够制伏项羽吗？项羽一强，他们六国都去服从项羽了，还肯听汉的命令吗？现在许多人离乡背井，跟大王出力，无非要想封得一些地方。大王立了六国后代，再没有多余地方封他们了。他们自然都要各回本乡，去服侍本国的王，谁还肯再跟着大王卖力呢？大王要是封了六国，大王自己的事业就完了。"刘邦听了，恍然大悟，拍着桌子直跳起来，来不及咽下嘴里的饭，便将饭吐出来。大骂郦食其："这没有见识的腐儒，差点儿败坏了老子的大事。"喝叫左右，快把六国的印镕化了。

刘邦既然不立六国，忖度自己兵力还打不过项羽，又缺乏粮食，只得派人向项羽求和，愿意把荥阳以东地方都割给项羽，以西归汉，大家罢兵修好。

项羽围了刘邦一年，打来打去，也觉得腻了，很想就这样算了吧。偏偏亚父范增不肯，他听见汉兵求和，连忙阻止项羽，说："这是刘邦缓兵之计，我们切不可上当。现在我们兵粮充足，汉兵缺乏粮食。我们兵马强盛，汉兵比我们少。我们围了一年，好容易把刘邦困在荥阳，怎么可以轻轻把他放了？现在一不做，二不休，非得把荥阳打下，活捉刘邦不可！要是大王听了他的话，那就是放龙入海，纵虎归山，将来后悔就来不及了。"项羽一向很听范增的话，上次鸿门没有依范增劝告，不曾除却刘邦，现在弄得这般麻烦，也相当懊悔。因此，项羽便依了范增的话，拒绝讲和。

范增再进一步劝项羽趁汉缺食时候，加紧攻打。项羽果然督了兵卒，奋勇围攻，渐渐越围越紧，汉兵更不容易运粮进城。刘邦困在城里，无计可施，心里十分忧闷，偶然看见中尉陈平在旁，想起他原是项羽手下的人，深知楚军内部情形，且又足智多谋，便对他叹气说道："你看天下这般纷乱，真不知道哪一天才能安定下来？"陈平听得刘邦动问，想了一想，计上心来。他本是一个家道贫寒的农民，弟兄两个只有三十亩田地。那时地广人稀，三十亩就算是很少了。他又不喜欢劳动，只爱读书，每天交朋结友，却把种田的事都推在哥哥身上。自己吃得又胖又白，一表人才，乡里人都看他不起。后来投军，辗转到了项羽麾下。项羽派他去打殷，取得胜利，项羽升他做了都尉。不想没有几时，殷又投降了刘邦。项羽发起怒来。陈平害怕逃走，来投汉王。刘邦一见之下，大大赏识，立刻也拜他做都尉，并且做个护军。这护军是管理将士们的人事职务。许多人看见陈平平地高升，很妒忌他，说了许多坏话。刘邦不但不听，反更升陈平做护军中尉，有事就和他计议。因此陈平感激刘邦的厚待，又借着他本来和楚军将士认识，就替刘邦想出了一条毒计。

当下陈平对刘邦说："现在楚兵强盛，难以和他争战。项王又会用兵，百战百胜。要是正式和楚打仗，绝对没有胜利的希望。不过项王也有弱点，如果能用臣的计策，准可打败项王。只是这计是秘密的，不能让人知道。"刘邦高兴地说："你快些说来。"陈平说："项王平日为人谦恭有礼，对待臣下如同骨肉一般，十分仁爱，所以很得人心。凡是有骨气，讲面子的人，多被项王礼貌感动，团结在项王的周围，肯替他出力。可是项王也有一个缺点，就是吝惜官爵赏赐，不肯慷慨地给人。因此，许多求名图利的人，也对项王不满。这是项王极大的毛病，使得有才干的人都没有发展的机会。大王的性情恰恰和项王相反，待人十分傲慢，要骂便骂，所以爱面子讲气节的人都不肯来归大王。可是大王肯分给人官爵封邑，不惜重赏，买人的死力。贪图富贵，不怕羞耻的人，便都情愿来归。这是大王和项王不同的地方。现在项王虽然军势极强，可是他身边靠得住的忠直将士，也不过范增、钟离昧、龙且、周殷……几个，并不太多。大王要是肯拿出几万斤黄金来，收买楚军里面贪利的人，散布谣言，施行反间计，让楚国上下相疑，彼此不协，一定会发生内乱。那时大王进兵，自然就易如反掌了。"刘邦喝彩道："此计大妙。现在我就给你四万斤黄金，随你的意思，要怎样用就怎样用，我全不管。只要计策有效，便算是你的功劳。"说毕，立刻唤人将黄金交给陈平。

陈平接了黄金，不由心中感动，暗想我替项王打下殷地，项王不过赏我二十镒黄金（每镒二十四两），升我做都尉。现在我到汉军，并无分毫功劳，汉王就拜我都尉。许多人说我坏话，汉王不但不见罪，反升我做护军中尉，把赏罚诸将的大权付我管理，现在又一下子交给我四万斤黄金，我要是不办出一两件事情来，真也说不过去。他想着，便找了几个心腹，假扮楚军，暗暗携带了书信黄金，分头去见楚军里面素日和陈平相好的朋友。自然陈平看准谁是可以收买的，便多多送上黄金，叫他散布谣言，说钟离昧、周殷、龙且们都已经跟项王多年，大家都希望割地称王，现在没有达到愿望，心怀怨恨，想和刘邦勾结，共同把项王打倒，大家平分土地。这样一传十，十传百，到处都议论纷纷，使得楚军里笼罩着一团疑云。

项羽虽然也听到一些闲话，但是他向来待人忠厚，项伯那样帮助刘邦，项羽还是照样优待，何况这些捕风捉影的话，哪能使他相信。可是那些被造谣的将士，却着急起来，他们觉得只有加紧攻打荥阳，捉到了刘邦，才能表白他们心迹。于是荥阳的围困，更加紧了。尤其范增更催得厉害，他只怕项羽中了刘邦缓兵之计，误了大事，差不多天天都在项羽耳边絮聒。项羽是直性的人，禁不起这老头儿絮絮叨叨，也觉得这老头上了年纪，有点讨厌。可是要说他沟通刘邦，项羽是再也不会相信的。

这样计策既然没有多大用处，荥阳城里粮食又渐渐吃完。楚兵一天一天增加，眼见就要支撑不住。这时候不但刘邦心里着急，连陈平也急得像热锅上蚂蚁一般走投无路。

正在陈平挠腮抓耳无计可施的时候，忽然报说项王派了使者前来。陈平突然心生一计，忙唤来左右，吩咐如此如此，这般这般。左右会意去了。

项羽使者到了城里，劝告刘邦趁早投降。刘邦却不接见，只由招待的人引领他到了客舍暂歇。不多时,一群人员端进热腾腾一桌酒席来,真是山珍海错,丰盛无比,还有许多美酒,连杯盘器皿都是十分讲究精美。大家抬到院子里,正要上来摆设。那为首的一个人员,望了使者一望,忽然面上显出惊疑的神气,呆了一呆,连忙向众人摆一摆手,自己立刻走上堂来,向着楚使者恭敬地问道:“请问您是……”楚使者看见酒食这般丰盛,心想刘邦势穷力尽,所以对我这般恭敬,不免暗暗高兴,便摆出架子,正色回答说:“我是奉项王命令前来的。”哪知一句话还没有说完,那个人突然把面色一沉,急忙转身下堂,对众人连连挥手说:“错了,错了。我以为是亚父的使者,谁知却是项王的使者。快点端走。”大家登时端起酒席,一哄而散。

楚使者看了这情形,莫名其妙,只得呆呆地等着。又等了好多时候,才看见刚才那个人带了两名仆役,端了一碗粗饭,两盘青菜豆腐,大模大样地放在桌上,头也不回,便自去了。使者一看,气得肚皮几乎胀破,一口也吃不下,立刻拂袖而去。到了楚军,便把所闻所见一一告诉项羽。

项羽听了,心里也觉得十分奇怪。恰巧项伯也在旁边,便冷笑一声说:“你白白这般尊敬亚父,原来他却心向刘邦。不知鬼鬼祟祟地和刘邦干了什么勾当,才连使者都受刘邦这般优待。”项羽想了一会儿,半信半疑,慢慢地说:“亚父劝我尽力攻打荥阳,难道他自己反和刘邦勾结?他是我许多年尊敬的人……”项伯鼻子里哼了一声,道:“不错,许多年了。当初你做次将的时候,亚父是末将,和你平等。现在你做了霸王,他却还是一个亚父,他会就此满足吗?他的心眼多得很,谁又斗得过他?他催你攻打荥阳,保不定是他向刘邦讨价还价的一种手段。你就这样相信。像英布吧,岂不是你许多年的心腹。他现在怎样?还有韩信、陈平……许多人,哪一个不被刘邦勾引了去。他们又不是你的骨肉亲戚,你就这样信得过!”项羽听他提到了英布,心里十分难受。他本来深爱英布的勇猛,一向另眼相看。英布的叛变,使他非常难过。他立刻垂下头来,一句话也不说。

恰好范增知道使者回来,恐怕刘邦又有什么诡计,连忙来见项羽,查问情形。当他一脚跨进项羽营中,正撞见项伯和项羽说话。范增自从鸿门宴后,瞧破项伯心向刘邦,对他就刻刻提防。现在荥阳被围紧急,项伯却和项羽单独说话,范增心中先有几分不自在。项伯看见范增,便站了起来,鄙夷地招呼了一声,掉转身冷冷地走了。范增更加满腹狐疑,揣度必是项伯又替刘邦说情,给撞破了,所以不高兴。这时候,项羽也起身让座,范增只得勉强按住怒气,一同坐下,便问:“听说君王派使者进荥阳城里招降刘邦,刘邦怎生回话?”项羽迟疑了一会,说:“并没有什么结果。”范增说:“现在刘邦已经是瓮里的鳖。我们用不着派什么使者,和他多讲,还是上紧攻城为妙。”项羽听了,抬起头来,眼光注着范增脸上,觉得他所说的和使者所见的完全不同,这实在难以断定真假。心里这样想,嘴巴就随便敷衍着。范增看出项羽心里有事,更加断定是项伯弄鬼,不由气往上冲,便说:“这是千载一时的机会,君王不要听了人言,把刘邦放松。老夫情愿亲自督促各将,上紧攻城。不擒到刘邦,誓不甘休。”项羽停了一会儿,慢腾腾地说:“这不用亚父操心。我也没有听了什么人的话。”范增看见项羽这样不冷不热的态度,更加生气。他万万料不到项羽疑他和刘邦勾结,只道项羽有意放松刘邦,便倚老卖老地着实催促项羽一顿。哪知项羽听了项伯的话，以为范增这般催促，是别有用意，只一味敷衍，不肯切实去做。范增一连催了项羽几次，总是没有结果。一天一天过去，范增也渐渐看出项羽待他不像从前那样倾心吐胆，说的话总是淡淡敷衍。他这一气非同小可，想起自己一向操了多少心，指望帮助项羽成功，谁知项羽倒反疑忌自己。既然言不从，计不用，留在这里，也没意思，倒不如撒手不管，告辞回乡。

范增是七十多岁的人，禁不起这般气愤，便下决心向项羽告辞，说："现在荥阳已经围得铁桶一般，料想刘邦插翅也难飞去。从此天下大定，君王自己足够办理清楚。老夫年纪已经老迈，近来常常抱病。现在只好告辞了。"项羽还想挽留，可是范增的意思已经决定，便打叠行装回家。

范增一路上越想越气，又加跋涉辛苦，上了年纪究竟体力不行，还没有到彭城，背上生了一个大疽，医药无效，不多几天，便病死了。

范增离去，在项羽方面算是失去了唯一足智多谋的军师，在刘邦方面自然要算一个大收获。可是范增去了，项羽再没有什么疑虑，更加尽力攻打荥阳。看看荥阳城里粮食快完了，四面被围得水泄不通，不但救兵不能进来，连甬道也被楚兵截断，一颗米粒也运不来。刘邦和手下许多将士急得失魂落魄，毫无办法。

汉将纪信忽然慷慨地向刘邦说："现在别无他法，只有臣假装大王去投降楚，大王趁这机会便好脱身。"刘邦沉吟说："这是很好的计策，只是你到了楚军，恐怕项羽放你不过。"纪信说："这是臣自愿的事。"大家想不出别的计策，都赞成了。刘邦便派了使者到楚军接洽，定在明天刘邦亲自出城投降。

项羽知道荥阳城里缺少粮食，相信刘邦投降是真，便允许了。到了夜里，大约三更时候，忽然荥阳东门大开，涌出无数兵卒，黑暗之中，看不清面目。楚军连忙四面包围攻击。这些兵士并不抵抗，只是拼命逃走。原来这是陈平的计策，把城里妇女二千多人，乘夜装作兵士出城，引得楚兵都来攻击，就把其他三个城门的包围松懈了。果然楚兵俘虏了许多妇女，其他队伍也就纷纷赶来。正在这个时候，城里举起灯笼火把，一片传呼声音，都叫："现在城里粮食断绝，汉王出城投降，请楚兵暂退。"接着一阵马蹄声音，汉军齐齐整整列队出城，簇拥着仪仗銮驾，旌旗无数，迤逦不绝。灯球千万个夹拥左右，和两条火龙相似，灿烂得如同白画一般。同时楚营门也大开，项羽高坐正中，两旁排列得十分威武，专等刘邦进营投降。像这样盛大仪节，轰动了整个楚军，大家争先恐后地跑来参观，一个个都笑逐颜开，相信从此战事完全结束了。

不多时，汉王銮驾到了楚营前面，楚军高喝："刘邦下车行礼。"銮驾慢慢停住，揭开车帘，纪信穿着汉王装束，跨下车来。楚军早一窝蜂似的把他拥进辕门。

纪信进了营门，直立不跪。项羽望下一看，认得并非刘邦，不由大怒，喝问："你是何人？胆敢冒充刘邦，来欺骗我！"纪信到了这地方，早就拼却一死，毫不畏惧，从容应道："我是汉将纪信，特地代替汉王前来。"项羽又惊又怒，厉声问道："刘邦本人何在？"纪信说："早已在我出城的时候，离开荥阳了。"项羽听说刘邦已经逃走，不由暴跳如雷，立刻喝命堆起柴来，把纪信活活烧死。

原来刘邦果然在纪信出东门的时候，楚军都跑出瞧热闹，不加防备，他趁了黑夜，悄悄开了西门，带着亲信几十人逃出城去，把城里防务交给周苛、枞公、魏豹等几个人掌管。

刘邦逃出了荥阳，直入关内，收集了农村民丁，又想再出关和项羽交战。有个姓辕的儒生献计说："项王英勇善战，在荥阳交战了几年，汉兵总是吃亏。这不是用武力能够得胜的。我们必须假意由武关方面出兵，项王得知，一定向南来。大王却不和他交战，只守住营垒，让荥阳、成皋（荥阳西）有喘息机会，也让韩信可以安定赵、燕和齐。等到我们力量充足了，再由潼关出兵，直抵荥阳。这时候，项王又得回兵向北。项王的力量一天一天削弱，但是防备的地方却一天一天增加，必定会完全失败的。"刘邦听了辕生的话，果然向南由武关出兵。

项羽一听见刘邦由武关出兵，果然只留下一部分兵马，守住荥阳，自己带了大军向南，准备和汉兵大战。刘邦却紧紧关住营门，坚守不出。项羽百般挑战，刘邦总不理睬。正在无计可施时候，忽然流星探马报告，彭越又在后方捣乱，不但劫去军粮，还占了楚国下邳（现在江苏省睢宁县北），楚将薛公战败阵亡。项羽闻报，只得撇下刘邦，星夜回兵救援下邳。

项羽行军向来是十分神速的，这次又是救援本国，人人奋勇，不多几日，赶到下邳。彭越想不到项羽亲自前来，抵敌不过，狼狈逃走。项羽正要挥兵穷追，忽然探子又报，刘邦趁着楚兵撤退，又向北进兵，有援救荥阳的模样。项羽暗想，荥阳被围多时，已经是囊中之物，不能再让刘邦夺回，好在彭越已经败走，还是和刘邦先决雌雄为上。于是楚军又向西出发，到达荥阳城外。这时候，楚将终公正在成皋被刘邦打败。刘邦刚刚进入成皋，一听项羽已经亲自来到，不由大惊，死命守住成皋，哪敢来救荥阳？

那荥阳守将周苛、枞公两人自从刘邦去后，私自商量说："现在楚强汉弱，那魏豹曾经叛汉降楚，不可信托。我们和他同守这城，太危险了。不如先把他杀死，以绝内患。"两人商量定了，便设计把魏豹杀死。两人轮流在各门防守，真个是衣不解带，昼夜无眠。幸亏那时项羽知道刘邦已走，对这座荥阳空城，攻打不甚上紧。不多时，项羽又移兵去了，只剩下不多军队，两人才能勉强支持，城里将士也都陆续逃出城去投奔刘邦。想不到现在忽然项羽又来了。这番兵威，更非前日可比，好像狂风暴雨一般，疯狂地扑到荥阳城下，一阵猛烈攻打，锐不可当，不消几日工夫，早把城墙打坍，楚兵一拥而入。周苛、枞公措手不及，双双被擒，推到项羽帐下。

项羽性情刚烈，对于顽抗的敌人总是毫不容情地一律诛杀。这番却为周苛死守荥阳，起了爱惜的念头，看见他怒容满面，直挺挺地站在那里，不但不动气，反和颜悦色地对他说："你若肯归我楚军，我封你三万户，并且拜你做个上将军。你意下如何？"

原来那时，国王认为有功的人，常常把几千几万户的人民封给他，封了以后，这几万户人民应纳的税便给领主享用，好像小皇帝一般。所以项羽用这话来打动周苛。想不到周苛却是一个莽直武夫，并不接受项羽好意，反破口大骂起来，说："你自己还是趁早投降，省得将来做俘虏，你哪能干得过汉王。你要我投降你，别做梦！"项羽被周苛这般顶撞，不由掇起心头怒火，厉声喝叫左右，把周苛丢入锅里去煮死。枞公也被绑出砍了。

不领项羽好意的人，还有一位汉将王陵的母亲。当王陵起义时候，因为和刘邦厮熟，就加入刘邦的队伍。恰巧刘邦兵败，王陵的母亲被楚军捉去，献上项羽。项羽希望借她招来王陵，就格外优待。一天，刘邦派个使者前来。项羽故意让王母坐在客位，表示尊敬。可是王母见了使者，却一言不发。等到使者告辞离营，王母才离开座位，跟了出去。项羽暗想她必定和使者有什么言语，托他转达王陵，便命左右悄悄跟在王母后面，听她说些什么。果然王母走到营外，两眼含着泪水，对使者说："请替我告诉我的儿子王陵，他既然跟了汉王，总得好好努力的干，不要三心二意。汉王是忠厚人，将来一定会得天下。陵儿不要为了我一个老婆子牵肠挂肚。我今天特地死在使者面前，省得陵儿为难。"说罢拿起剑来，往自己脖子上一抹，登时扑倒地下。

汉使者看见情形，吓得心胆都破了，唯恐牵累自己，急急上马加鞭逃去。项羽派来的人，正跟在王母背后听得清楚，要来抢救，已经不及，只得把这情形回报项羽。项羽知道王母不但不招儿子来降，反叫他一心事汉，直气得七窍生烟。一腔怒气无处发泄，便把王母尸骸煮了。

且说项羽得了荥阳，更不耽搁，立刻移军向成皋进攻。刘邦一听荥阳陷落，项羽亲领大军前来，吓得不敢再住成皋，只怕也像上次被围在荥阳那般狼狈。想起韩信、张耳两人现在带领大军在脩武（现在河南省获嘉县）附近驻扎，仅仅隔了一道黄河，要是有这一支军队相帮，还可以和楚军抵抗。可是他们兵权在手，未必听话。派人去叫，恐怕也没有用，不如亲自前往，相机行动。想定了，便和最亲信的夏侯婴同乘一辆车子，悄悄出了成皋北门，望北而去。

两人渡过黄河，暂且住宿一夜。等到天色微明，刘邦穿了军中便服，和夏侯婴一直到韩信营外，自称是汉王派来的使者，有机密要事，专和元帅说话。说罢，便取出军符，给营外护兵观看。

军符是一种竹做的东西，分为左右两爿，和合同相似，双方各执一爿为据。重要的兵符是用铜铸成虎形，称为铜虎符。当时护兵看见两人衣装都是汉式，军符又能相合，相信他俩真是汉使，便放他进去。

进入营内，韩信、张耳还在熟睡未醒。中营将士认得是汉王本人，慌忙要入内通报。刘邦急急摇手阻止，轻轻走入后帐，到了韩信卧内，趁他未醒，把兵符帅印都拿过手，便立刻出外升帐，传令召集全营将士听令。

诸将到了中营，忽见帐内高坐着汉王本人。大家都吃了一惊，不知韩信、张耳现在何处，只得依次参见。刘邦便传下帅令，另外分派职务，把各将重新调动一番。各人奉令去了。

这时候，韩信、张耳方才惊醒，知道汉王到来，取去帅印兵符，也都大吃一惊，只得出来叩见。刘邦便叫张耳急回赵地，固守地方，以免被楚兵攻击；又叫韩信把赵地壮丁尽数点出，去打齐国。两人只得奉令去了。

刘邦得了这支大军，声势登时浩大起来，正要向南救援成皋，却碰着陆续逃来的将士，报说成皋已经失守，楚兵还在向西推进。刘邦急急移兵守住巩县（现在河南省巩义市），一面召集诸将商议。

按照刘邦意思，项羽兵力这般强大，荥阳、成皋既然失去，无法取回，只好坚守成皋西边的巩县和洛水一带地方，以免损失兵力。诸将也都怕项羽勇猛善战，无人表示反对。只有郦食其谏道："这是退避的政策，万万不可。要成就大事，必须倚靠人民。人民最需要的是米粮。现在天下大乱，到处闹饥荒，没有多余的米充作军粮。唯有敖仓是秦时藏粟的地方，里面积存着极多的谷。楚得了荥阳，不知据守，反分出一部大军来和我争战，这真是自讨失败。我们应该急急设法夺回荥阳，占了敖仓的粟，使全军粮草充足。再控制了成皋和沿河一带险要地方，胜利就有把握了。"刘邦听了，点头称是。

郦食其继续说道："大王在这里和楚兵相拒，可是韩信带的赵地新兵还在进攻齐国，不能前来帮助。齐是一个大国，兵多将广，未必一时打得下。臣请出使齐国，劝齐王服从大王，不助项羽。只要齐国归汉，楚就失去党羽，成为孤军了。我们却可以调回兵来，夹攻楚军。天下大势，反掌可定了。"刘邦大为高兴说："我正着急齐国没有打下，韩信这支兵不能迅速前来。若是先生肯去，那太好了。我就准备行装，请先生即日动身。"郦食其欣然领命去了。

郦食其去后，刘邦决意再取荥阳。但是项羽军势强盛，刘邦不敢冒昧进兵。郎中郑忠献计说："项王百战百胜，不能和他争战。大王应该把营垒筑得坚固，营外的沟挖得深阔，使楚兵不能攻进。守的日子一久，楚兵自然懈怠，锐气大减。一面我们派兵绕到他们的后路，去烧他们的粮草。这样他们一定大败。"

刘邦细想实在打不过项羽，只好用这种釜底抽薪的办法，便依了郑忠劝告，把营垒筑得十分坚固。每日任凭楚军讨战，总不出来交战。项羽是个性急的人，不耐烦这般磨时光。几十万大兵消耗的粮食实在不少，只指望打一个痛快的仗，把汉兵消灭了，好奏凯回去，偏偏汉兵又不肯出营。正等得十分焦躁的时候，忽然探马来报，彭越又在楚地到处捣乱，烧毁了许多粮草，还攻陷了许多城池。

原来刘邦表面上和项羽相持，绊住了项羽全军，背地却派了刘贾、卢绾两将带了两万人马，悄悄由小路渡过黄河，陆续和彭越会齐，大家商量怎样截烧楚兵的粮草。彭越说："我早已探知楚军粮草都囤积在燕县（现在河南省延津县）地方，只是有大兵防守，不能轻易得手。我又新被项王打败，兵士不多，不敢轻举妄动。好在两位将军现在带有军队，合力进攻，一定可以成功。"当下三人约定时间，乘着阴暗的黑夜，分为三路，悄悄向燕县进袭。守护粮草的楚兵，想不到半夜有敌人来袭，都睡熟了。忽然喊声大起，刘贾带兵杀进营来。楚兵由梦中惊醒，正不知汉兵多少，霎时大乱起来。忽然后面火光冲天，卢绾也带了兵由营后扑进。楚兵只得弃营逃走。彭越早已抢到屯聚粮草的地方，叫兵士把引火东西堆在粮草上面，放起火来。登时东一堆，西一堆，都引着了火，像火焰山一般，烧得半天都红了。楚军忙着逃命，哪有工夫救火。不消半夜工夫，把楚军的粮草烧得精光。

彭越乘胜会合了刘贾、卢绾，向南打进梁地，攻陷了十七个城池，烧毁各地楚军粮草，不计其数。各地败兵陆续飞奔到成皋报告，项羽接到这许多败讯，又惊又怒，忙唤大司马曹咎进帐，吩咐说："现在彭越截我后路，烧我军粮。我军缺乏粮草，事情严重，我非得亲自一行不可。看刘邦情形，一时不会出战。我把成皋交与你，你要好好坚守。

我只消半个月一定回来。在这半个月内，汉兵要是前来挑战，你切不可中他诡计，和他开仗。只消把守城池，不让汉兵过去，便算是你的功劳。”曹咎领令。项羽把军务交代清楚，自己带了三万精兵，星夜赶到梁地外黄（现在河南省兰考县附近）地方。外黄早已被彭越攻下，派有将士看守，一见项羽前来，连忙关了城门，拼命把守。楚军攻打了半天，反被城上矢石打伤了许多。项羽大怒，亲自督军攻城。外黄城小，又缺粮食，守了几天，看看力尽，守将只得带兵逃去，人民便开门投降楚军。

项羽进了城内，深恨外黄人民替彭越守城，下个命令：全城男子年在十五岁以上的都要出城，到城东地方听候命令。一面叫军士在城东挖下深坑，打算把他们全部活埋。

外黄人民一闻项王下了这般命令，明知性命危险，但是又不敢不遵命前往。一时，全城人心惶惶，家家啼哭，有的母亲搂着儿子，有的妻子拖住丈夫，又怕触怒驻守全城的楚军，不敢放声号哭，只是悲悲切切，涕泪交流。楚军挨户搜查，眼见全城十几万男丁就要同时枉死。

这时候外黄县令的舍人（就是门客）有个儿子，年方一十三岁，生得容貌端正，口齿伶俐，他看见全城人民遭到这般惨劫，再不能袖手旁观。他也不信项羽真是一个不可理喻的魔王，便壮着胆子，独自一个人跑到楚军营前，求见项王。

楚军将士看见一个小小年纪的儿童，居然不怕刀剑林立的军队，胆敢前来，还要求见项王。大家都暗暗纳罕，便替他通报进去。项羽听说小儿求见，也觉得奇怪，吩咐带他进来。

不多时，小儿跟了传命的兵士，走到项羽营里，规规矩矩地行了军礼，虽然项羽左右侍立着许多明盔亮甲、带剑提刀的将士，这小儿却丝毫没有惊慌失措的模样。项羽暗暗称奇，便问他为何求见。那小儿从容不迫地用着明朗的声音回答说：“我有一句要紧的话，要来告诉大王。我们外黄全城人民一向都是爱戴大王的。不幸被彭越用武力打破城池，外黄人民赤手空拳，无力抵抗，天天盼望大王到来，好像大旱望雨一般。好容易盼到大王来了，把我们外黄百姓拯救出来，人人都欢天喜地欢迎大王的军队。想不到大王现在要把全城男丁杀死，那么外黄人民岂不是太冤枉了吗？现在被彭越强占去的城池还有许多。如果他们听见外黄人民被杀的事情，一定不敢投降，拼命死守。大王不是要浪费许多兵力么？”项羽听到这句话，猛然记起，自己和曹咎约定半个月回兵，如果个个城池都死守起来，哪里赶得及！自己原恨外黄人民耽搁了自己宝贵的时光，才要把全城男丁杀死来警告其余各地的人民。却没有想到杀死外黄人民，各地更不敢投降。这小儿年纪虽小，说话却很有道理，不可不听。项羽想到这里，便和颜悦色地对小儿说：“你的话不错。我现在就赦免外黄人民，一概不杀。”小儿谢了项羽，自回家里。果然各地人民听说投降免死，都纷纷迎接项羽军队，不多几日便把十七个城池完全收复了。

项羽收复城池，正要回兵成皋，忽然接到前线急报，说：曹咎因为忍受不了汉兵的辱骂挑战，出兵打仗，全军覆没，曹咎也自刎身亡，所有楚军珍宝辎重也都被汉兵掳去了。项羽接报大惊，连忙带兵星夜赶回。一路上不断地接到了败兵报告：成皋已被汉兵得去，又占了敖仓，楚将钟离昧正带了军队和汉兵大战，可是众寡不敌，已经被围。

项羽急得催兵飞速前进，一直赶到荥阳，望见前面尘土蔽天，喊声动地。钟离昧率领英勇的楚军，正和汉军拼命死战。汉军人数众多，将钟离昧紧紧团住。钟离昧全无惧色，率领手下兵马，东冲西突，宛如生龙活虎一般，只杀得天昏地暗，日月无光。看看杀到午后，汉兵越来越多。钟离昧和手下将士都还未曾进食，又饥又渴。正在危急的当儿，忽然汉军阵势大乱，纷纷倒退。钟离昧连忙乘机冲杀。一支人马像狂潮巨浪一般涌将进来。战鼓的咚咚咚声音，擂得人心胆崩裂。西楚霸王的大纛早已在半空中飘飐着。这支大纛所到的地方，就像滚汤泼雪一般，汉兵一排一排地退走得无影无踪。钟离昧这才突出重围，跟着楚军，一起追赶汉兵。一直赶杀到日落西山，汉兵退入广武（现在河南省荥阳市东北）城里，项羽方才大获全胜，掌着得胜鼓，收兵回营。

广武在敖仓西边。有座高山，名为三皇山，横亘在楚、汉两军的中间。汉兵占了西边一个山头，在山上筑了一座城，称为西广武。这西广武居高临下，前面横着一条极深的山涧，地势非常险要。要是进攻的话，山地又很崎岖，也不容易绕过。所以刘邦拣了这地方来把守。

项羽看了地势，急切无法进攻，便把全军移到东边一个山头上。对着西广武，也筑了一座城，称为东广武。这东西两个城，高度相等，险要相仿，中间相距不过二百余步远近，却被深涧隔着，双方无法接触。这在打算长期死守的刘邦，自然合适不过。可是项羽却要迅速解决战事，碰着这宜守不宜攻的地势，对他的战略实在不利。

还有一层，项羽最吃亏的地方，便是敖仓已被刘邦占去，大量的存粮都供给了汉军。楚兵必得由本国运粮前来，十分不便。何况还有彭越、刘贾不断地在后方捣乱呢！

因此，项羽心中十分着急，希望速战速决。刘邦却尽管沉住气，一声不响地消磨时间。项羽没奈何，便挑选了一班壮士，叫他到营前向汉军挑战，只要骂得汉军忍耐不住，便好厮杀一场。壮士们奉命，轮流到营前叫骂。这东西广武的山头很接近，大声说话是可以听见的。汉军被他们不停地叫骂，吵得心头火起，但是刘邦无论如何，总不出战。这时候。汉军中有一个壮士，名叫楼烦，射得一手好弓箭，真有百步穿杨的技巧。刘邦便派他出营去射楚军挑战的壮士。楼烦跑出营来，张弓搭箭，向着耀武扬威、高声叫骂的敌人射去。只听得弓弦一响，楚军壮士便应声翻身落马。楚军抢回尸骸，第二个壮士又接上去叫骂。骂声未了，又被楼烦射倒。一连射死了五六个，楚军就没有一个人再敢上前叫骂了。

项羽听说汉军把叫骂的壮士射死许多，现在无人上前，不由勃然大怒，喝叫“带我的乌骓马来”。这乌骓是项王的爱马，浑身上下黑炭也似，并无一根杂毛，日行千里。项王骑着它在千军万马中间，冲锋陷阵，所向无前，不知建了多少功劳，所以项羽爱它简直和性命一般。当下左右牵过乌骓，项羽全身披挂，绰起画戟，飞身上马，直奔汉营。

楼烦射了一会儿，看见楚军没有人来，正想回身，忽然看见远远地又有一骑，如飞地跑来。楼烦暗想，这人竟不怕死。胆敢前来，索性把他也射死。便拿起弓，正要瞄准。哪知不看犹可，刚刚一对面，便突然脑筋一震。只见来将头戴黄金飞凤盔，身披连环锁子甲，胯下雄骏无比的黑色乌骓马，手里挺着红缨方天戟，威风凛凛，英气昂昂，两道斜飞入鬓的剑眉，带着一团杀气，仿佛天神下降一般，尤其面上那一段神威，使人不寒而栗。楼烦不觉犹豫了一下。说时迟，那时快，正在楼烦迟疑的一刹那，项王已经陡地圆睁起两只光棱闪闪的眼睛，大喝一声，宛如半空响起一个霹雳，虽然隔着一段地方，还震得楼烦耳膜里嗡嗡作响。吓得楼烦浑身发抖，两只手一松，手上的弓箭跌落在地，连忙转身就走，拼命跑回营去，见了刘邦，定一定神，才能把所做所见的事说出来。

刘邦听说楚将这般雄猛，也不免吃惊，忙叫人打听这个猛将是谁。回报说：这人不是别个，便是项王本人。刘邦听了大惊，帐下诸将也都吃惊不小。刘邦说："项王英勇无敌，天下皆知，现在威风依然不减。我们还是坚守，不可轻敌。"吩咐各营紧闭，无论如何挑战，只是不理。诸将唯唯遵命。

项羽见汉兵坚守不出，心中焦躁，正在无可奈何的时候，忽报齐国使者到来，诉说韩信已经攻破齐国，齐王正在竭力抵抗，请求项王派兵救援。项羽听了，更加烦恼，暗想齐是东方一个大国，地广兵多，如若被韩信得去，不但可以和刘邦一东一西，腹背夹攻我军，而且这许多兵粮落到敌人手里，也是万分危险，非救援不可。只是这里和刘邦正在相持，我一走开，交给何人把守？上次交给曹咎，竟弄得全军覆没，现在万不能再有疏忽，只好派别人去了。想罢，便唤进大将龙且，叫他带了二十万兵马，星夜去救齐国。

原来齐王田广就是田荣的儿子，自从得知韩信要来攻打齐国，便和齐相田横商议，派了大将华无伤，副将田解统领大军二十万，驻扎在历下（现在山东省济南市西）地方，预备迎敌，一面打点守备。那齐国本是富裕地方，人丁强盛，物产丰饶，再加上城高池广，粮足兵精，不论打仗和坚守，都很有把握。

一天，齐王正和田横商议军事，忽报汉王派了郦食其前来求见。齐王唤他进来。郦食其到了殿下，长揖不拜，高声说道："大王拥有全齐的土地，当现在天下大乱的时候，不可不明天下大势。天下最后要归到哪个手里，大王知道吗？"

齐王暗想，他一定要大发议论，我且听他怎么说，就回答说："寡人很惭愧，还不知道天下要归到谁人手中。先生远来，一定有高见。"

郦食其点头笑道："天下自然要归汉的。"齐王也笑道："先生此话从何说起？"郦食其说："论理论势，都非归汉不可。当初义帝约定，谁先入咸阳，谁就做秦王。汉王先入咸阳，这是天下应当归汉的第一点。后来项王背约，把汉王封在汉中，又把义帝搬去江南，干脆杀了。汉王起兵号召天下，替义帝报仇，这是天下应当归汉的第二点。汉王任用贤能之士，得了城池，便封给有功的将士，得了财货，便分给出力的兵卒，所以天下豪杰都愿意归汉。项王却任用私人，有功不赏，部下都很怨恨，不肯出力。这是天下应当归汉的第三点。再说现在的形势，汉已经得了三秦，破了赵、魏，收服了燕国，占领成皋险要之地，拥有敖仓无尽的粮食。天下大半已经归汉。楚的党羽越来越少，又且缺少粮食，早晚必定崩溃。大王趁早与汉联和，国家可保。要是不明大势，不识成败，一旦楚亡，齐岂能独存？"齐王听了，仔细一想，却也有理，便举手称谢说："先生高见，真是字字金玉，寡人遵命便了。"便邀请郦食其欢宴。齐地物产丰美，席上说不尽海错山珍。郦食其本是酒徒，乐得开怀畅饮。齐王便另派了使者前赴汉王军中答礼，并且订立和约。一面派人告诉华无伤、田解，齐已经与汉和好，不要轻启刀兵，一面和郦食其日日宴会。郦食其最拿手的就是高谈阔论，最嗜好的就是美酒，有了这般好东道，自然乐而忘归。这正是：

凭将三寸莲花舌，换取千杯琥珀浆。

第十回 **虞美人垓下和歌 楚霸王乌江自刎**

正在这时候,韩信的兵也到了齐的边境。韩信接到探子报告,知道齐已经和汉联和,便罢了攻齐的念头。正要下令回兵,旁边闪出一位谋士,连声阻止,说:“不可,不可。将军不能这般草率。”韩信错愕一看,乃是辩士蒯彻。韩信问道:“先生有何高见?”蒯彻说:“将军当初受了汉王命令攻打齐国,并没有说要和齐议和。汉王另外派了使者劝齐降汉,也不曾通知将军。齐听了汉使者的话,派使联和,汉王更没有阻止将军不必进兵的诏书。为什么将军便就此罢兵?再说一句,郦食其不过一个儒生,仗着三寸不烂之舌,便劝降了齐国七十多座城池。将军是堂堂元帅,带着十万大兵,苦战了一年多,才打下赵国五十多座城池。算来将军做了几年元帅,费了无数钱粮,所立下的功劳,倒不如一个区区儒生了。”这几句话,说得韩信面红耳赤,动了忌妒之心,不觉连连点头,吩咐全军依然向齐进发。一路上偃旗息鼓,趁着齐兵没有防备,扑了进去。

那华无伤、田解接到齐王命令,以为已经讲和,不做防备,冷不防半夜三更,汉兵忽然杀来,自然杀得大败,全军覆没。韩信乘胜进攻,势如破竹,不消几天,已经进到齐的国都临淄附近。

齐王田广接到败招,大吃一惊。田横又惊又怒,说:“我国已和汉通好,为何又有这等事?这不是上了郦食其的当吗?”齐王也恍然大悟,便指着郦生骂道:“你原来是出卖我们的。我们上了你的当了。现在别无话说,你要是能叫韩信退兵,我便饶你一死。要是你办不到,我便把你煮死,以出我胸中恶气。”郦食其听了,并不畏惧,也厉声地应道:“这是韩信不遵守汉王命令,与我何干?老子不能管这闲账。”田广、田横大怒,喝命左右把郦食其提起,抛入滚锅里,煮个烂熟。

田广、田横这才手忙脚乱地打点出兵抵敌韩信,一面派人向项羽求救。这田广如何是韩信对手,轻轻几阵,早已丢了临淄,逃到高密(现在山东省高密市西)地方去了。

过了一个月,龙且救兵到了,和田广商议计策,决定由田广在后面策应,龙且统兵和汉兵决战。有个谋士献计说:“韩信连战皆胜,又且长路远征,无路可退,一定拼命死斗。这种军队难以对敌。我兵都是附近地方的人民,都有家室,无心恋战,若和汉兵打仗,容易奔散。不如固守不出,把一切田里谷物收拾干净,一面由齐王分派臣下到各城晓谕,各处城池知道齐王尚在,楚兵来救,必定会反汉归齐。那时汉兵进不能战,退不能守,四野又没有可以抢掠的粮食,各城又都为齐死守,不消一个月,饿也饿杀他们了。”龙且听了,哈哈大笑,说:“你把韩信看得太高了。他从前在过楚军,我深晓得他的根底。他年轻时候,没有饭吃,寄食在漂母那里,可见他连养自己的才能都没有。后来有个少年要他由胯下爬过,他不怕羞耻也照着做了。你想,懦怯到这种程度,还有什么勇气打仗?这种人有什么可怕?况且我这次救齐,如果不打仗,即使得胜,也没有什么功绩。要是打个胜仗,起码有半个齐国可分,这样好机会,怎么可以错过?”便不用这条计，自己带了大兵，直到潍水，和汉兵对岸立营。

韩信探得龙且要战，心中大喜，便唤进副将傅宽，附耳密嘱，命他带了兵士五千名，每人各带沙袋，乘夜先到潍水上流，寻觅河面窄狭的地段，填在河中，壅住河水，等楚兵过河，再把沙袋提起，放水下来，不可有误。傅宽领命去了。

第二天，韩信升帐，命灌婴、曹参各带一万兵士埋伏在河岸芦苇中间，等到楚兵渡水，截他的归路。灌婴、曹参领命去了。韩信自己引了大军徐徐前进，到了潍水岸边。这时候河水上流已经被傅宽部下用沙袋壅住，河中水浅，可以涉过。韩信便命军士涉水过岸和楚军交战。龙且闻报汉兵涉水过河，忙披挂上马，大开营门迎敌。一眼望见汉兵正在纷纷涉水，只有一部分已经上岸，龙且便挥军大战。汉兵上岸不久，队伍未整，战了一会，便都纷纷败退，都跳下水去。龙且看了呵呵大笑，说："我早知道韩信是无用的懦夫。这般兵马，也来送死。"忙令全军乘胜过河追赶。龙且匹马当先，带了兵士涉水过河，韩信带了汉兵，如飞地退走。楚兵也奋勇向前追赶，赶了一程，忽然后面喊声大起，曹参、灌婴两军从后面追来，前面韩信也回兵大战。前后三路汉兵夹攻楚兵，把龙且团团围住。龙且奋勇死战，还指望后面军队来救。谁知龙且过河不久，傅宽便把沙袋提起，河水汹涌地流下，把正在过河的楚兵都冲倒水里，淹死了几百人。河水登时涨高了几尺，把楚军截在东岸，无法过河。

龙且战了多时，救兵不到，自然全军覆没。汉兵取了龙且首级，隔岸招降楚兵。楚兵见主将已死，都四散逃走去了。韩信乘胜渡水，追击田广，把田广杀死。田横闻说田广已死，便自立为齐王，率兵抵抗，也杀得大败逃去。齐地都入了汉兵手中，韩信派人向刘邦报捷。

这时候，刘邦正和项羽在广武相拒。项羽百般挑战，刘邦只是不出。转眼已经好几个月，楚军粮食无多，项羽焦灼万分，想来想去，忽然想到刘邦的父亲刘太公和刘邦的妻子吕氏一向养在军中，毫无用处，不如把他们来挟制刘邦，要他降服。便吩咐做一个很高的俎（切肉用的砧板），把太公缚在俎上，好像就要被宰的猪羊一般，安放在汉军望得见的地方，派个人到汉营去约刘邦出来面谈，刘邦不知是什么事，果然到了广武涧边和项羽遥遥相见。

隔了一道深深的广武涧，这两个对头冤家重新见面。现在不是鸿门宴的时候了，刘邦再也不必伏低做小。大家招呼过了，项羽便开言道："我们打了几年仗，实在没有什么意思。你还是早早投降吧。要是你不肯投降，那么对不起，请你看一看这个。"说罢把鞭梢一指，刘邦随着鞭梢望去，只见楚营旁边，自己父亲太公高高地被绑在俎上，不由吃了一惊。项羽接着说道："你看见吗？再不投降，我只有把你父亲煮了。你可想清楚了。"刘邦听了，又看了太公一眼。他知道项羽是杀人不眨眼的，一向不知煮了多少人。太公在他手中，自然由他摆布。可是自己投降过去，是不是能救父亲，也是没有把握。偌大基业，一下子拱手抛弃，万万舍不得的。想了一会儿，微微冷笑答应说："你想错了。我当初和你一同做楚怀王臣下的时候，不是说过要同生共死，和亲兄弟一般吗？那么，我的父亲就是你的父亲，你要是高兴把你的父亲煮了，务必也分一杯肉羹给我。"说罢又微微冷笑，一点儿也没有惊惶的模样。

项羽听见刘邦这般回答，不由气得暴跳如雷，说："好！好！你这般嘴硬，我就煮了给你看。"喝叫左右："快点把他煮了。"左右答应一声，正待动手。旁边转上项伯连忙阻住说："且慢，这件事还得三思。"项羽愤愤地说："还留他干吗？"项伯说："现在战事的胜败，还不能决定。刘邦一心要得天下，还管什么家庭。我们杀了他父亲，什么好处也没有，只不过加添刘邦对我们的怨恨，更加不肯投降，一定会出死力相争。不如留着，倒可系住刘邦的心。"项羽听了项伯的话，觉得也很有理，想了一会儿，遏住怒气，又把太公放下。

过了几天，项羽又和刘邦在涧边见面。项羽说："天下打了许多年的仗，就为了我们两个，干脆我们两个人单枪匹马决个胜负。何必要连累军士和老百姓呢！"刘邦暗想这话说得真漂亮，我哪是项羽对手，便笑嘻嘻地应道："我情愿和你斗智，不能和你斗力。"项羽愤怒说："我们的事情应当由我们自己解决，为什么要搅得天下不安？来！我和你斗三百个回合，逃避的不算好汉。"说着把缰绳一揽，虎虎地站在涧边，眼睛盯住刘邦，等他答复。刘邦暗想："不好！我要是再拒绝了，被左右将士看轻。"他眉头一皱，计上心来，立刻把脸色一沉，轻蔑地说："哼！你是什么样的人，我值得和你交手。你有十条大罪，你知道吗？当初怀王约定谁先入关谁做秦王。你负约，把我搬到汉中，这是第一条大罪。你假传怀王旨意，杀死宋义，这是第二条大罪。怀王派你救赵，不曾派你入关，你救赵之后，并不回楚，擅自带了诸侯入关，这是第三条大罪。你烧了秦宫，掘了秦始皇墓，掳掠许多财宝，这是第四条大罪。你擅自把秦王子婴杀了，这是第五条大罪。你用了诈计把秦降兵二十万坑死新安，这是第六条大罪。你把所爱的诸将都封在好的地方，反把原来的各国国王搬到荒僻的地方去，这是第七条大罪。你自己占了许多地盘，又把义帝逐去，自己占了楚的国都彭城，这是第八条大罪。你又使人暗杀义帝，这是第九条大罪。你抓住天下大权，却干了许多不公不平的事，天下都恨你切齿，这是第十条大罪。我带了大兵来讨你的罪，只消派下贱的罪人与你厮杀，你怎配和我交手。"说罢又冷笑一声。

项羽听见刘邦公然当面数说，直气得七窍生烟，恨不得扑过涧去，拼个死活。他咬住牙齿，握紧拳头，把手中画戟一招，左右五百名弓弩手登时拉满弓弦，流星般地把箭矢攒射过去。刘邦不及提防，正中胸口，翻身落马。汉军将士连忙一拥上前，扶救刘邦回营。刘邦自知伤势不轻，只怕军心摇动，咬着牙，忍痛把箭矢拔出，抛在地下，却高声咒骂道："该杀的奴才，把老子的脚指头射破了。"一面摸着脚，一面大骂。兵士们听见是脚指头射伤，料想没甚关系，便都放下了心。这也可见刘邦是怎样一个机警的人。

回到汉营，伤口血流不止，刘邦一连昏过去几次，病势十分严重，好几日躺在床上，不能外出。各营军士也渐渐觉到。大家交头接耳纷纷议论，都说汉王箭疮一定沉重，万一有什么意外，如何是好？张良听见这些闲话，唯恐兵心摇动，暗暗捏一把汗。好容易盼到刘邦伤口稍为痊愈一点，便劝刘邦巡行各营，以息谣言。刘邦无可奈何，只得坐上小车，左右拥护着，到各营巡行一周。大家看见刘邦还能出来巡营，才相信伤势无妨。刘邦趁势回成皋城里养病。

项羽看见刘邦坠马，心中大喜，忙派探子打听消息，一面调兵预备进攻。谁知探子回报,刘邦仅仅被射伤脚趾,还能出巡各营。项羽一团高兴,化为乌有。

过了两个月,刘邦伤势渐渐平复,又到广武来和项羽相持。忽然韩信使者到来,报说齐国平定的事。刘邦大喜。使者又呈上韩信书信。刘邦拆开一看,信中说齐国虽然平定,但是齐人心眼最多,南边又紧接楚国边界,恐怕不大靠得住。臣权位太轻,难以服人,请暂时做个假王,才好放手办事。刘邦刚刚看到这里,不觉勃然大怒,厉声大骂说:“我在这里捱惊受苦,专望你赶快回兵来帮我。你倒想做起王来……”还不曾骂完,早把旁边的张良、陈平两个人急杀。他两人只怕刘邦和韩信吵翻了,误了大事,又碍着韩信的使者在前,不便拦阻,只得暗暗去踹刘邦的脚跟。刘邦倒也乖觉,立刻住口。两人赶快附着刘邦耳朵低声说道:“我们正在困难关头,怎能禁止韩信不做齐王?大王赶快推水推船,立他做王。要不然,顷刻祸起,后悔无及。”刘邦猛然觉悟,立刻又转口大声骂道:“大丈夫既然立下了这般大的功劳,就是做个真王也不为过。做什么假王?老子就不喜欢这么不痛快!”吩咐赶快铸齐王金印,派张良随同使者一同到齐,立韩信做齐王,并且催他即日出兵攻打楚国。

张良去了,刘邦又想现在天下一半已经归汉,项羽势力日小。万一将来项羽力穷,又把太公拿出来挟制,如何是好?想了一会儿,便唤陆贾进来,吩咐他前往楚军,和项王约和,请他把太公、吕氏送回汉军,大家罢兵。陆贾去了。刘邦又封英布做淮南王,命他去勾结周殷,一同截断项羽的后路。

这时候,项羽也已接到龙且全军覆没的消息,心里大惊,暗想韩信如此厉害,一旦帮刘邦前后夹攻,岂不危险?筹思了多时,想不出计策来。大将钟离昧说:“韩信从前本在我军,大王待他不错。现在不如派人去劝他不要帮助刘邦。韩信为人很忠厚,臣想或者可以办到。”原来钟离昧和韩信很要好,所以想出了这个计策。项羽细想也没有别计可行,便派了武涉去见韩信。

武涉刚刚去了,陆贾便来到楚军,说明求和的意思,请放太公、吕氏回汉。项羽暗想,现在楚军并未打败,东南一带还是我的势力,只要韩信按兵不动,天下事还有希望,便一口拒绝,不管陆贾怎么说,总不肯听。陆贾无奈,只得回去。

不多几日,张良到了齐国。韩信受了王印,择日登了齐王的宝座,南面称孤,好不得意。张良聪明绝顶,一言一动,都使韩信感到刘邦真是他生平唯一的知己,果然点齐兵马,预备去攻打楚国。张良去后,武涉恰好也到。韩信唤他入见。武涉说:“项王派臣来贺大王。大王今天做了齐王,和楚国接界。彼此邻国,应该和好。当初项王和诸侯起兵,是为了诛灭无道的秦。秦亡了,大家按照功劳,各封土地,让士卒休息。不想汉王不服分配,擅自出兵,占了许多地方。他的意思简直要把整个天下都占去,这样贪心不足的人,怎么可以和他相处呢?大王以为汉王待大王好,那就完全错了。当初汉王多少次在项王掌握里,项王宽宏大量,让他活着。他一得性命,立刻就反面无情。他是这样靠不住。现在他所以不敢和大王翻脸,是因为项王还在的缘故。项王一旦败北,汉王一定不容大王。大王原和项王相熟,为何不和项王联和?三分天下,各享富贵,岂不美哉!大王要是相信汉王,帮他攻打楚国,楚国一亡,大王也就完了。”韩信新做了王,心里高兴得很,哪肯听武涉的话,便冷笑一声说:“对不住,请你替我回复项王。

我在项王手下好几年了，职务不过执戟侍立，官位不过郎中。我在汉军中，汉王一见，立刻拜我为大将，带领数十万大军，计无不听，言无不从，才有今天的地位。人家待我这般好，我却亏负良心，岂有此理？请你替我回报项王。”说罢，不由武涉分说，便拂袖而入。武涉碰了一鼻子灰，没奈何，怏怏回去。

武涉虽然劝不转韩信，却惊动了韩信身边一个谋士。这人不是别人，便是蒯彻。他看见张良、武涉仆仆往来，心知楚、汉双方都要拉住韩信做个帮手。替韩信个人打算，也是维持了双方的均势，方能长保权位。要是一方灭亡，韩信之祸也必不远。便想劝告韩信，无奈韩信身边护卫甚多，不便当众明言。他打定了主意，次日一早来见韩信，对韩信说：“臣懂得相人的法子，凭着人的相貌，仔细分析，便知道这人一生的贫富穷通，百不失一。”韩信高兴了，说：“原来先生还会看相。请问先生凭什么来断定？”蒯彻说：“要知道一个人的贵贱，只消看他的骨格。要知道一个人有忧或是有喜，只消看他的容色。要知道一个人的将来成败，只消看他的决断能力。把这三种参合起来，没有不奇验的。”韩信夸奖说：“先生的话很高明。那么请相寡人将来如何？”蒯彻听说，便故意仔细向韩信脸上瞧了一会儿，又走到韩信旁边、后面，前前后后都看了一会儿，方才慢慢说道：“请大王恕臣无罪，才敢直言。”韩信说：“那是自然，先生尽管直言，不须隐瞒。”蒯彻又故意做出欲言不言的态度，方才不得已地说：“臣相大王的面，不过封侯而已，又且危险不安。可是大王的背，却贵不可言。”韩信诧异说：“这话怎么说？”蒯彻说：“请大王屏退左右，臣才敢直言。”韩信已被蒯彻弄得迷迷惑惑，真个命左右完全退去。蒯彻看清左右无人，方才说道：“现在楚、汉争战三年，人民死者无数，双方相持不下。除了天下英雄，不能拯救天下大祸。现在楚、汉两王的性命都掌握在大王手里。大王帮汉汉胜，助楚楚强。替大王打算，最好双方都不帮，收拾全齐兵力，制止双方的争斗，自然天下人民都要感德大王。分裂土地，封建弱小的国，诸侯都要归向大王了。那时大王可以握天下的大权，这是千载一时的机会。”韩信听了，才知道蒯彻说的想法，完全一篇鬼话，不过骗得韩信遣开左右罢了。便回答道：“汉王待我极好，我岂可负他？”蒯彻说：“大王错了。当初张耳、陈余是刎颈之交，因为张黡、陈泽的事情，弄得二人不和。张耳很了大王打败陈余，将陈余杀死在泜水之上。大王和汉王的交情，当然比不上张耳、陈余二人，可是比张黡、陈泽更大的事情又不知有多少。大王以为汉王会永远和大王合作吗！大王功劳过大，无人可比。归汉汉人害怕，归楚楚人害怕。大王还想归谁？”韩信被他说得毛骨悚然，心里也犹豫不定，沉吟了一会儿，蒯彻又说：“大王不要自误，这是千载一时的机会。失去这个机会，后悔就来不及了。”韩信拱手称谢，说：“先生良言，我韩信十分感激。但是这事情太重大了，我还得仔细想想。先生且去休息。”蒯彻又劝了一番，方才退出。

韩信这一夜翻来覆去，总睡不着。他把从前和现在细细比较，又把天下情形细细推想。觉得自己以前那般不得意，刘邦却一下便提拔做了元帅，这是何等的情谊，怎么可以相负？又想张耳、英布都没有什么大功，尚且被封为王，我建下这般大功，替刘邦打平了魏、代、赵、燕、齐许多国家，便做个齐王，有何过分？难道刘邦还好意思夺我的齐国么？又想到刘邦一向对我言听计从，这般倾心吐胆地待我，我怎么好翻起脸来！

想来想去，总觉得良心上说不过去。

过了几天，蒯彻又来见韩信。这番左右在旁，蒯彻不便直言，只隐隐约约地劝韩信别失了机会。韩信默然不语。蒯彻知道他不用这计，恐怕将来韩信反把自己杀死，便假说有病，逃走去了。

武涉回到楚军，报告项羽。项羽知道韩信不肯背汉，心里十分着急，眼看粮草用尽，汉兵还是不出。忽报燕、赵各国都派兵来帮助汉王，齐王韩信也已出兵要打楚国。项羽暗想自己的兵马自从龙且带去二十万以后，剩下不过十几万人。汉兵日日增加，这便如何是好？正在烦恼，又报汉王派使者侯公前来求和。项羽唤他进来。侯公口若悬河，滔滔不绝，极力说明刘邦一向和项羽怎样要好，现在情愿平分天下，彼此罢兵休息，请项羽放回太公、吕氏，永远和好。项羽听了侯公言辞，暗想自己现在实在没有打胜的把握，不如和了也好。寻思一番，便允许了，派了使者正式和汉磋商条件。

刘邦听说项羽肯放太公、吕氏回汉，心中大喜，自然一切条件都好商量。不多几日已经议妥。楚、汉两国，以鸿沟为界。原来这鸿沟就在荥阳东南，是战国以后利用自然水道所开的一条运河，西北通黄河，东南通淮水，是我国古代最重要的一条水上交通线。当时刘邦、项羽两面商定，鸿沟以西属汉，鸿沟以东属楚，双方和好，不再争战。定了九月吉日，订立和约，楚把太公、吕氏送回汉军，然后退兵。

到了定约这一天，荥阳城外筑起高坛，坛上坛下插满了旌旗，楚、汉两军喜气洋溢。项羽、刘邦都穿了礼服，乘着銮驾，摆开仪仗，无数将士簇拥着。到了坛上，举行隆重的结盟仪式，宣布从此永息干戈，双方和好。两军将士齐声欢呼，震动天地。自从鸿门宴后，楚、汉足足打了五年的仗，别说老百姓，连双方将士也已十分厌倦。今天定了和约，大家自然都很高兴。

在坛上，项羽和刘邦又一度见面。这不是鸿门，也不是广武，大家都显得十分客气。盟约一定，项羽如约派人把太公、吕氏送还刘邦，自己便拔营东归。他虽然做了楚王，却年年南征北讨，已经三四年没有回到国都彭城了，自然归心似箭。刘邦却另有打算，他接回父亲妻子后，便暗暗和张良、陈平商议，一面又派了几个使者星夜分头通知韩信、彭越、英布，叫他们赶快进兵，三面阻击项羽的归路。自己也拔营向东追赶。

项羽在东归路上，走到固陵（现在河南省淮阳县西北）扎下营盘，和美人虞姬在帐中饮酒。忽然项庄慌慌张张地跑来说："刚才探子来报，汉兵已经追来，人马很多，明天大约就要追上我们了。"项王啪的一声，把酒杯掼在桌上，霍地站起身来，眼睛里闪着怒火，愤愤地骂道："好不要脸的刘邦，这般无信，欺人太甚。"喝命各营明天一早整队出战；杀他一个下马威。楚军知得汉军背约来追，无不咬牙切齿，都愿拼一个你死我活。

第二天，天色刚明，楚军已经摆好阵势。只听得咚咚咚战鼓的声音渐渐越来越近，汉兵果然漫山盖野地追来了。汉兵本来惧怕项王，这番明欺项王兵少粮尽，才敢追赶，如今看见楚军已经摆好阵势，不由都吃了一惊，只得也扎住阵脚。三通鼓罢，项王怒气勃勃，挺戟跃马，大喝："刘邦无耻小人，竟敢背盟负约，还不出来受死？"把手中画戟一招，楚军发一声呐喊，山崩天塌一般，一齐扑了过去。项王一马当先，领着左右勇将，冲进汉军，如入无人之境。身边百十个将士也都英勇百倍，只杀得汉军尸横遍野，血流成河。汉军抵敌不住,纷纷败退。楚兵踏着血海尸山,紧追不舍。钟离昧一眼瞥见刘邦正由诸将护住飞逃,连忙飞马去追,大叫:“刘邦休走!”刘邦吓得急急加鞭拼命逃走。樊哙连忙拦住钟离昧,提刀就砍。钟离昧只得抡枪接战。战了几合,樊哙眼见汉军全都溃退,不敢恋战,虚晃一刀,也败了下去。

这一场大战,汉兵二十多万,折了三分之一。刘邦逃到半路,收集残兵败将,靠山傍水,扎下营盘。项羽因为天色已晚,方才收兵回去。

第二天,项王督了将士来攻汉营,刘邦哪敢出战。项王攻打了一天,因为粮食已尽,料到刘邦又是抱定“死守”主意。只好撤兵,仍向东回去。

刘邦知道项羽已经去了,便问张良道:“各方兵马都不肯来,如何是好?”张良沉吟了一会儿,说:“这也怪不得他们不来。现在的大势,楚已经就要败了,可是韩信和彭越还没有得到酬报,自然不愿出力了。大王要是舍得和他们共分天下,马上就可以使他们来。”刘邦睁圆了眼睛说:“还应该怎样酬报他们啊?”张良悄悄地说道:“这次韩信做了齐王,并非出于大王本意,他心里总有点不安。他的家在楚,希望能得到故乡土地。彭越一向因为魏豹做了魏王,所以他只做魏相。现在魏豹早已死了,彭越自然也希望做王了。大王要是肯把楚地分给这两个人,那就容易了。”刘邦听了,伸手挠着脑袋,仔细想了一会儿,自己打了许多年仗,好容易有打败项羽的机会,却把楚地都分给人,不是白白费力吗?可是没有他们,项羽是万万打不倒的。现在是“落水要命”的时候,只好将来“上岸”以后再算账了。想定了便慷慨地答应,派使者去告诉韩信、彭越说:“如果打败了楚,把楚地一半分给彭越,还有一半封给齐王。”韩信、彭越两人接到命令,果然即日出兵。一面刘邦又派人去催促刘贾、英布一同进兵,自己带了汉兵,远远跟在项王的后面,专等各方兵来。

项王带了身经百战的楚军,离开固陵,向东进发。他知道汉军一定还要跟在后面,便唤进项伯、项庄、钟离昧、季布一干将士,商议说:“刘邦欺我粮尽,一定紧跟不舍。我且诱他深入重地。彭城还有十万守兵,可以由北迎战。周殷还有二十万军队驻扎在舒(现在安徽省舒城县)地,可以由南进攻。那时我们回兵,三面夹攻,不怕刘邦飞上天去。”季布说:“周殷正镇守九江地方,堵截英布。恐怕英布也跟着北上,岂不麻烦?”钟离昧也接着说:“我们全靠彭城一带守兵堵截韩信南下,恐怕动不得。”项王沉吟了一会说:“也罢。刘邦的军队脆弱得很。当年彭城一战,我们三万人还打败他五十多万兵马,何况我们现在还有十万精兵呢?”说罢又顿足道:“英布、韩信,我几时亏待过他们,却去帮这等反复无信的刘邦来跟我作对。”几句话说得大家都低了头,沉默无语。项伯眼睛一转,蓦地想起一事,便向项羽说:“现在彭城方面十分重要。我想先去观察形势,好堵截韩信军队。如若可能,抽派一部分军队前来接应更好。”项王欢喜说:“叔叔肯去,那好极了。接应倒不必,汉兵我自会对付。只消堵住韩信就行。再运些粮食一路迎上来,我军粮草快完了。”项伯满口答应说:“这个自然。”项王又对项庄说:“你也去周殷那里,叫他好生防备英布。”项庄也领命去了。

项王派了两人去后,依然率兵东进,因为粮食不够,不能不随地补充,就走得慢了。

这一天楚军正在前进,忽然项庄一马跑来,喘吁吁地向项王报告说:“不好了!寿春(现在安徽省寿县)已经被刘贾攻破。周殷也反了,倒和英布合作起来,把九江的兵全部向北推进,不久就要到了。南边的路已经断了,我只好回来。”项王一听连周殷也反了,不由烈火冲心,握着拳头,咬紧了牙,吩咐停下军来,对诸将说:“现在我只有趁着英布没有来的时候,把刘邦先解决了,省得他们联合起来。只是彭城方面,好几天没有消息了,只怕叔叔堵不住韩信,那就糟了。”话还未毕,探子飞马来报:“韩信军队三十万已经南下,和汉军合在一处,从后面追来。”项王不觉怔了一怔,可是立刻又恢复了庄严威武的态度,把眼睛向左右一扫,像闪电一般,英气逼人,郑重地说:“诸位,现在我们已经到了严重关头,不能不和这班忘恩负义的人决一死战。我们楚军自从起义以来,血战八年,从未败过。我们要保持这常胜的荣誉。现在还有十万人,不算不多。只是粮食快完了,利在速战速决。就在明天,我们要和汉军拼个死活。”说着脸色凛冽得像罩了一层冰霜似的。

这一夜楚军戒备得十分严紧,天一亮就全体进餐,准备厮杀。项王派钟离昧和季布分头领左右两翼,自己带同诸将在中军迎战。

却说刘邦已接到了项伯将彭城迎降韩信的消息,知道项羽后路已断,十分高兴,只是还怕项王英勇,不敢进逼。一直到了韩信兵到,刘邦忙把剑、印交给韩信,请他带领齐、汉两军,向前追赶,刘邦自己却躲在后面管理辎重。

韩信领了剑、印,上了将坛,召集汉、齐两军,一同听令。派将军曹参、靳歙、樊哙、灌婴、王陵、杨喜、王翳、吕马童、吕胜、杨武十人,各带汉军二万,十面埋伏,只听中军金鼓暗号,便分批出来接战。鼓声一变。尽管退去。十人领令去了。韩信又传令齐军三十万人随帅旗出战。将军陈贺领右翼,孔聚领左翼。战时,左右两翼按兵不动,只等中军退后,楚兵追上,方可出兵截断楚军归路。另派张良、陈平一班谋士跟汉王在后山驻扎,由周勃等一干汉将随同保护。再令彭越、英布、刘贾由三面夹次楚军。

原来汉兵屡战屡败,吃尽楚军的苦。但齐兵却曾打败过楚将龙且。所以韩信派齐军当先,汉军只担任埋伏和接应,以免望风奔溃,牵动全局。

当日韩信催兵前进,到了离垓下(现在安徽省灵璧县东南)不远地方,望见楚军已在前面扎定阵势,果然人雄似虎,马骏如龙,阵势十分严整。韩信传令扎下阵脚。三通鼓罢,旗门大开,楚、汉两军一齐呐喊。项王全身披挂,亲率随身将士,冲杀过来。齐军不知项王厉害,连忙接战,战不到几个回合,早被项王冲开阵脚。楚军一齐踩进阵来,逢人便砍,遇马便刺,杀得齐军纷纷倒下。因为韩信军令极严,虽然大败,还不敢公然崩溃,仍是有秩序地倒退下来。楚军已经得手,哪肯放松,紧紧地向前压迫。齐军站脚不住,大败而逃。韩信在阵后望见齐兵已经无法支持,连忙鸣金收兵。齐兵一听金声,恨不能身生两翅,拼命飞跑。楚军也火速向前追赶,只杀得齐兵抛戈丢甲,没命飞逃。楚军追了一程,忽听汉军金鼓齐鸣,左右杀出两支伏兵,为首的大将便是曹参、靳歙。他们放过齐军败兵,却由两旁夹攻楚兵。楚军也分出左右两支兵来,由钟离昧、季布迎住曹参、靳歙大战。汉军虽是生力军,却因一向打不过楚军,气先馁了,只能勉强招架。楚军是越战越长精神。不多时,汉军早已站不住脚,往后倒退。恰好一阵金声,汉军趁势急急逃走。楚军正要向前急追,忽然鼓声又响,汉军又冲出两支生力军来。为首大将便是樊哙、灌婴，拦住楚军。楚军抖擞精神，大呼酣战，只杀得烟尘滚滚，日月无光。战够多时，汉军支持不住，只得败了下去。项王见汉兵这般无用，和当年彭城大战时候一般，便催军再追上去。但听一阵鼓声，又杀出王陵、杨喜两支伏兵来。楚军杀得性起，哪肯住手，都拼命冲了上去。刚刚战了几合，这两支军便往后倒退。项王和楚军乘胜追赶，杀得汉军尸横遍地，楚军身上都溅满了鲜血。忽然西南方面鼓声大震，周殷、英布率领二十万精兵，风驰电掣般扑到。钟离昧连忙领了三万楚军迎敌。英布原是骁将，在楚军多年，军队精整和楚军差不多，恃着兵马众多，把钟离昧团团围住，喊杀的声音，天摇地动。项王正待催兵救应，汉军里早撞出王翳、吕马童两支兵来。忽然北面喊声大起，彭越、刘贾也带了二十万军队赶到。季布火急分兵抵敌。正在这时候，前面鼓声又起，韩信带了二十万齐兵，回头迎战。这时楚军不满十万人，汉兵却不下六七十万，像汪洋大海一般，包围着几个小岛。楚军已经苦战一天，汉军却有不少生力军。在这样艰难的环境下，英勇的楚军依然活泼得和生龙活虎一般，随着项王东冲西突，杀死汉军不计其数。但是杀透一层，又是一层，打败一万，又是一万。只杀得项王汗透重袍，眼看自己的兵士一天没有吃饭了，恐怕疲劳太过，估计汉兵数量是杀不完的，不如突围出去再说，便把辔头一带，那乌骓便放开四脚，豁喇喇冲了出去。项王一支画戟，搅开了一条血路。楚军跟着杀出。汉军抵敌不住，被项王杀出重围。

项王回头一看，北方一支楚军被汉兵围住，心知一定是季布，忙大喝一声，帮了楚军向北冲去。季布正和彭越苦战，楚军人少，渐渐不支。忽见彭越军队大乱，季布连忙趁势冲出，和项王会合。一部分楚军却被彭越截住了。

项王检点军队，伤亡的已经不少，正要向南去救应钟离昧，忽然前面喊声大起，吕胜、杨武带领四万人马杀来，后面韩信也催动大军追赶。楚军连忙分头接战，且战且走。不妨孔聚、陈贺带了十万齐军迎头截住归路，又把项王、季布围得水泄不通。项王杀得性起，展开画戟，忽上忽下，忽左忽右，如同风飘柳絮一般，挑死了汉军不计其数。这些楚军也都是百战英雄，一个个浴血苦战，杀死了几万的汉兵。无奈汉兵委实太多，密密层层，杀退一批，又来一批。看看杀到天黑，忽然汉军阵势大乱，钟离昧浑身血污，带了残兵，撞进围来救援项王。项王大喜，忙同季布一齐冲了出去。

这一场大战，汉兵死亡了十几万。楚军也丧失了三万人。项王带了残兵，向东退走。四面八方的汉兵紧紧追赶。项王只得奔回垓下大营，收集人马驻扎。韩信、英布、彭越也都追到，把项王的营垒团团围住。

原来垓下这个地方，四面绝壁，无人居住，项王依山扎营，所以汉兵不能攻进。

当夜月色微明，项王在山上远望，只见汉兵营幕，连绵不断，把这山围了好几层。旌旗遍野，刁斗不绝。项王不觉长叹一声，想起自己身经百战，没有一次不大获全胜的，不想今天困在这里，内无粮草，外无救兵，明天能不能冲出去，很少把握。想不到区区韩信，竟比刘邦强得多。看了一番，闷闷回到帐中，吩咐左右好好把乌骓喂饱，明天还要厮杀，不要难为了它。

虞姬看见项王今夜神气和平日不同，也知道事势紧急。她心中早安下主意，并不露出惊惶，依然很安详地替项王卸下金甲。甲上鲜血凝结成片片红冰，抖散满地。项王闷闷躺下,满腔心绪,像沸水一般在胸中翻腾,总睡不着。忽然隐隐约约听见远远一阵风吹送来一片歌声,悠扬凄婉,好像从前曾经听见过的。侧耳细细一听,却是楚人常唱的楚地歌曲。项王原是楚国将门出身,故乡腔调,入耳特别刺心,觉得有一种说不出的怅惘滋味。再听一听,这歌声越来越近,非常清晰,并且唱的人也越来越多,四面八方都布满了楚歌的声音,此唱彼和,悠扬不绝,听起来何止十万多人。项王霍地推开被窝,站了起来,吃惊地说:"糟了!难道彭城已经被汉军占了吗?难道楚地都投降了汉军吗?为什么汉军里有许多楚人呢?唉!"他扑地坐了下来,心里像乱丝一般,想到楚地和彭城要是都已失去,自己即使杀出重围,也是无家可归。而且今夜的楚歌,楚军一听也要勾起思乡的情绪,明天能不能像从前一般死战,很难有把握。何况粮食已尽,又不能多捱时日。他想到这里,觉得已经到了山穷水尽的地步,一世英名竟弄得这般结果,不由把手在桌上一拍,唤左右:"酒来!"左右连忙捧上酒壶。虞姬斟了一杯美酒,递与项王,自己也在旁陪饮。项王喝了几杯,更勾起无穷心事,眼看着花容月貌的虞姬,今夜还在这里饮酒,不知明天怎样结局。想要带她杀出重围,又不可能;抛掉她又不忍。这便如何是好!想了一番,不免英雄气短,儿女情长,一双虎目滚下了两行热泪。左右侍卫看见项王悲伤,都暗暗啜泣,呜咽无声。虞姬更是掩着袖子,簌簌地落下许多泪珠。过了一会儿,项王慨然拔出腰间宝剑,就在帐中舞了起来,把一腔抑郁不平之气,完全寄托在剑锋上面。舞得特别快,好像疾风暴雨一般。剑光霍霍不定,盘绕在项王周身,仿佛一团白雪。舞到后来,剑光瞥然收住,却发出了项王高亢激烈的歌声,像敲金裂帛一般:

力拔山兮气盖世,肘不利兮骓不逝。
骓不逝兮可奈何!虞兮虞兮奈若何?

唱到末了两句,激烈的声音转成了酸楚的腔调,更觉得悲壮凄凉,刺入肺腑。项王停了一停,重又再唱一遍。虞姬听得项王歌词,暗想项王英雄盖世,到了穷途末路,还念念不忘自己,又感动,又悲伤,便也跟着项王歌唱了一遍,然后顺手接过项王手中宝剑舞了起来。这时候,不要说虞姬手颤心伤,剑法散乱,就是项王也无心赏鉴。舞不多时,虞姬便收住剑,含泪说道:"妾有和歌一首,请大王垂听。"说罢,幽幽咽咽地唱道:

汉军已略地,四面楚歌声。
大王意气尽,贱妾何聊生。

唱罢,满脸泪痕,呜咽地说:"大王保重自爱,不要为妾牵心。明天大王冲锋,妾是女子,无力跟随,也不能做汉军的俘虏。就此告辞,省得拖累。"说罢,慷慨地回手一剑向粉颈刺去。可怜:

香魂夜逐剑光飞,精血化为原上草。

项王见虞姬已死。大哭一场,吩咐左右草草埋葬。后人因虞姬贞烈明决,谱了歌曲来唱,名为虞美人调。又相传楚地有一种花,花叶两两相对,是虞姬的血入地所生,人若向它唱虞美人曲,这花便会摇动,好像美人舞姿,因此也把它名为虞美人花。这种民间传说的发生,都为了哀怜虞姬而起的。有名的京剧“霸王别姬”,也是取材于这段故事。

当下项王寻思,汉军重叠包围,天明恐怕难以冲出,还是趁黑夜悄悄脱身。彭城大约已失,只有向南到江东整顿兵马,还可以卷土重来。想定了,便命人牵来乌骓,披挂上马。左右壮士都情愿跟随项王同走,大家乘着黑夜,悄悄下山,抹过汉军营盘,方才向南飞驰。走了一程,天色微明,项王检点随从,共计八百余人。且喜汉军不曾追来,便放辔一直跑去。那乌骓日行千里,诸将士如何赶得上?一路上掉队的人很多,渐渐人数减少。到了渡过淮水时,只剩下一百多人了。

过了淮水,依然向南飞驰。不觉到了阴陵地方(现在安徽省定远县附近),好几条小路分歧,不知向哪一条路走好。恰好田边有个老头子,坐在树下晒太阳。项王便动问说:“请问哪一条路好过江?”老头子抬头一看,看见项王一行人众,身上战袍染了许多鲜血,手里都带着兵器,骑着战马。他暗想这一伙准是打败的残兵,要想逃到江东去。他们一向残杀良民,我且骗他一骗。便伸手指道:“向左边那一条路走,便是。”项王性情率直,再不想这老头子有心骗他,真个向左边小路走去。

谁知这条路越走越泥泞,越走越低湿。马脚踩在烂泥里拔也拔不出。左转弯,右抹角,走来走去,总走不通。原来是一个极大的大泽,并不是江边。等到走了许多时光,才发现上了老头子的当。大家急急重新掉转马头,辛苦跋涉,费了无数力气,方才寻着大路,可是已经只剩下二十八骑了。

项王率同二十八名勇士刚刚踏上征途,后面尘土飞扬,汉军已经追到。原来汉兵直到天明才发现项王已经逃去,连忙派灌婴领了骑兵五千人追赶。汉兵虽然善骑,也赶不上项王。偏偏项王在阴陵误陷大泽,耽搁许多时光,以致被汉兵赶上。

项王一见尘头很高,知道兵马不少。自己身边只有二十八人,且又十分疲乏,看光景是不能逃脱的了。便慷慨地向跟随的勇士说道:“我起义兵已经八年,经过大小七十余战,战无不胜,攻无不取。想不到今天会落到这般下场。这是天意要灭亡我,并不是我打得不好。今天当然只有战死,但是我必要斩将搴旗,连胜三次,让诸君知道这是天亡我,不是我战术不精。”说罢便带了诸人一同到一座小山上面。汉兵已经和怒潮一般滔滔涌来,看见山上有楚军,料知是项王,便把小山围得水泄不通。项王命二十八人向外排在圆形,说:“现在我们分成四队,四面冲下。诸君看我取他们一员将领的首级。以后我们在山的东边会齐。”说罢,大喊一声,宛如半空霹雳。二十八骑应声由山上分四面飞驰冲下。汉军不知哪个是项王,都吓得四散分开。项王一戟刺去,挑下汉将一员,取了首级,径向山东驰去。杨喜看见项王东驰,连忙放马来赶。项王回头一看,睁圆眼睛,大喝一声,恰似巨雷一般,吓得杨喜心胆俱堕,几乎跌下马去。连马也惊得狂跳起来,拼命向后大奔。杨喜伏在鞍上,不敢睁眼,一直退到几里以外,才喘吁吁地停了下来。

项王跑到山的东边,会合了二十八人。这时候二十八个勇士也已经杀得浑身溅满了敌人的鲜血。项王把他们又分成三队。汉兵不知谁是项王,只好紧紧围住。项王又大喝一声,三队健儿,分三方英勇地冲去。冲进汉军阵里,一个个大展神威,宛如凶神恶煞一般,人撞着就死,马撞着就亡。这二十八人都是跟随项王身经百战的最精悍的勇士,一个个都能力敌万夫,在这生死关头,自然更加凶猛。汉兵被他们杀死的不计其数,只得分兵把这三队勇士都包围起来。项王挺起长戟,狂啸一声,舞动画戟,周围的汉兵纷纷落马。顷刻之间,冲开阵脚,杀出重围。回头一看,还有两队勇士正在围中苦战。项王再喝一声,又冲进围里,杀开血路,救出一队勇士,再踏着汉兵的尸骸,带了已出重围的健儿,重新冲进第三队围里,迎面撞见汉军一名小将,他不识项王,挺枪拦住。项王随手一戟,把汉将刺下鞍去,招引随身勇士,把汉兵痛杀一阵,方才会合了三队勇士,一同杀出重围。这一场大战,只杀得汉军将士人人咬指,个个摇头,眼看着这群咆哮的狮子冲出重重叠叠的包围,向南而去。

项王出了重围,放辔南行,回顾健儿,只失散二名,还有二十六人,便问他们说:“我刚才说的话如何?”二十六个勇士都伏在鞍上致敬,说:“大王的话不错。大王的神勇,天下无敌。”

这座小山,后人称为四溃山,也称为四马山(现在安徽省和县北七十里),民间相传,现在山石上面还留有马迹。

项王走了一会,举戟指道:“前面不远,就是乌江。我们可以觅船过江。”大家纵辔飞驰,眨眼间到了乌江地界。只见一人伏在道旁拜道:“臣是乌江亭长。知道大王到来,已经预备下船只等待。江东地方虽小,还有千里,足可建国为王。现在仅臣有船,汉兵追到也没有船只渡江。请大王上船。”说罢,便上前拢马。项王听罢亭长言语,蓦地仰天呵呵狂笑起来。他本性天真坦直,从来不肯用欺诈对待别人。想不到自己心爱的英布和曾经提拔的韩信、陈平,委托重任的周殷,骨肉相连的项伯,都一个个投降了敌人,反面无情地打击自己。那天歃血订盟,指天誓日的刘邦,也忘了自己放回他父亲妻子的情谊,顷刻背盟。人心是这般难测,为了利益就丝毫不顾信义,使他看破了冷酷黑暗的真面目。甚至那位乡野纯朴的老农民,和自己往日无冤,今日无仇,也无缘无故地骗自己陷入大泽绝地,失去百余勇敢心腹。何况这位亭长已经明明认出自己是项王,是汉军曾经悬赏黄金千斤,封侯万户来收买他首级的项王。这位亭长就肯巴巴地预备船只,送他过江,这样热心帮忙吗?在受过许多人欺骗之后的直性的项王,对于这种甜蜜言语不能不起了疑心。他想:我握了天下大权,还弄到今日地步。区区江东之地也未必便站得住脚。大丈夫要死得明白,死得痛快。若是受了他的暗算,落在敌人手中,岂不坏了我一世英名?项王一阵笑罢,把心一横,笑向亭长说道:“天已经要灭亡我了,我还渡什么江?我当初带了江东子弟八千人过江,纵横天下,所向无敌。可是现在呢,一个人我也没有带他回来。即使江东的父兄不怨恨我,还依然奉我为王;可是我有何面目见他们呢?”说到这里,项王又看了看亭长,再想了一想,向他说道:“罢了!我也知道你是厚道的人,我骑了这匹乌骓马,已经好几年,在千军万马中间,从来没有一点不如人意的地方。我骑了它,经历了不知多少次大战,是我一辈子最忠实的朋友。

现在我既然不想生还，不忍使它陪我同死，我就送给你吧。”说着，便翻身跳下马鞍，拍一拍这生死相依的乌骓，黯然地把它交给亭长。

二十六名勇士一见项王下马，连忙也都跳下马来。项王一见便问道：“你们怎么啦？”二十六人同声答道：“臣等跟随大王已经多年。大王若是不生，臣等也情愿同死。不能舍弃大王他去，也不能做敌人的俘虏。臣等的马也都是千里名驹，陪着臣出生入死，冲锋陷阵，臣等也不忍杀它，也留在这里吧。”项王听得二十六人这般慷慨，心里大受感动，说：“我项羽一辈子能交到你们这些朋友，也算值得了。罢了！既然我们没有马，也不必用长枪大戟了。只用佩剑和汉兵拼个轰轰烈烈的下场吧。”

二十六人一闻项王言语，立刻都抛下手中兵器，拿出随身佩剑。这时候，前面是滚滚长江，一望无际；后面尘头起处，汉兵远远追来。项王和二十六人一一握手诀别。大家脸上都露出凛冽坚决的神色，然后站齐脚步，等着汉兵到来。到了汉兵将近的时候，项王大喝一声，二十六人像狂风般猛扑过去。项王大踏步当先杀入汉军，旋风般地来往冲杀。汉兵阵势大乱，鲜血纷飞。这二十多个勇士，疯狂般乱砍乱切，杀倒了几百个士卒。汉兵叫苦连天，东奔西跑。不料这群勇士都已把生死置于度外，不望生还，所以他们专拣汉兵多的地方杀去。杀得汉兵没处投奔，仅仅项王一人，就杀死了汉兵好几百人。

最后项王身上也受了十几处重伤，恰巧吕马童也在阵中，被项王一眼瞥见，便呼唤他说：“你不是我的故人吗？”吕马童忙抬头一看，果然正是项王，虽然浑身血污，还是英气勃勃，两只眼睛尤其炯炯可畏。他不敢上前，连忙指给王翳看，说：“你看，这位就是项王，”王翳也不敢动手。只见项王慷慨地向吕马童大声说：“我听人说，刘邦出过赏格，有人能取得我的首级的，赐千金，封万户侯。今天我把这人情送给你吧。”说罢回过右手来，把宝剑向自己咽喉刺去，登时汉军里发出了极度混乱的喊声，前前后后无数的将士兵丁都一拥上前去抢项王的身体。大家都拔出刀来，互相乱砍乱杀，拼命抢夺。杀死了几十人。最后，王翳、杨喜、吕马童、吕胜、杨武五人，各抢得了项王一部分身体。后来刘邦把一万户分为五国，封这五个人都做了侯。

项王自从二十四岁起兵，争战八年，死时仅三十一岁，还是个英俊的少年。后人因为他勇武盖世，往往把他画得满脸虬须，这是不合事实的。

且说项王既死，垓下楚军自然也都溃散。钟离昧、季布两人杀出重围，改装逃去。丁公自恃有放走汉王的功劳，投到汉营求见刘邦，以为一定得到封赏。不料刘邦一见丁公，记起前情，立即喝命左右把丁公缚住，押到各营巡行，说：“丁公为臣不忠，以致使项王失去天下。后人切不可像他一般。”便把丁公斩首示众。刘邦又分派诸将招抚楚地城池。各城都望风归顺，只有鲁（现在山东省曲阜市）地不肯投降，闭城坚守。刘邦大怒，自引大军来攻，想要屠杀全城。到了城下，忽听得城内传出朗朗书声，还夹着弹琴唱歌的声音，一些不像战争模样。刘邦暗想：原来鲁地的人，多读经书，固执信义，他们一定以为项王还在，要替项王尽忠。这不过是书呆子的见识，并不真要和我作对。便命人拿了项王的头，给城中人观看，告诉他们说：“项王已经死了。”鲁城的人看见了项王的头，知道坚守无用，方才开门投降。

刘邦因为当初楚怀王曾封项羽做鲁公,现在鲁又替他坚守,便把项王尸体按照鲁公的礼节埋葬在穀城地方。刘邦亲自设祭,也不禁哭泣一番。凡是项氏一门都不杀害,并封项伯等四人为侯,赐他们改姓为刘。

这时项羽所封十八诸侯中还剩下临江王共敖的儿子共尉,嗣立为王,不肯降汉。刘邦派刘贾领兵灭了临江。

战事结束,刘邦心中只怕韩信的势力太大,急急乘他不及提防,闯入营中,把帅印兵符拿去。同时下了一道命令说:“现在楚地无主,义帝也没有子孙可以嗣立。齐王韩信家在楚国,熟识楚地风俗,可移封楚地为王。”就这样,轻轻巧巧地把齐地收去。韩信失了兵符,不能抗拒,只得到楚地为王。

刘邦又封彭越为梁王,韩王信仍封为韩王。他们便会同楚王韩信、淮南王英布、燕王臧荼,还有张耳的儿子赵王张敖等,联名上奏,议尊刘邦做皇帝。

公元前二〇二年,刘邦即了帝位,是为汉高祖,建立了历史上有名的汉朝,上距秦始皇统一中国(公元前二二一)仅仅十九年。于是秦末农民大起义的果实,就落到了刘邦手里。当他在受群臣诸侯祝贺时,非常得意,向大家说:“你们可以直言,我为什么能够成功?项羽为什么会失败?”王陵们答道:“陛下待人傲慢,不及项羽仁慈。可是陛下肯把城池土地分给有功的人,而项羽妒贤嫉能,对有功的人不肯分赏,所以臣下不肯为他尽力。”刘邦听了,哈哈大笑说:“你等只知其一,不知其二。论多谋足智,我不如张良;管理国家,补充兵粮等,我不如萧何;统兵百万,战无不胜,我不如韩信。这三个人都是人中之杰,我能够用他们,所以我能得到成功。项羽只有一个范增,还不能用,所以败在我的手里。”大家听了,都高呼:“万岁!万岁!”这正是:

自诩成功由智术,何曾革命为农民。